VERZWEGEN

ANDER WERK VAN KARIN SLAUGHTER

Nachtschade
Zoenoffer
Een lichte koude huivering
Onzichtbaar
Trouweloos
Triptiek
Onaantastbaar
Onbegrepen
Versplinterd
Genesis
Verbroken
Ongezien
Gevallen
Doorn in mijn vlees
Genadeloos
Stille zonde
Veroordeeld
Mooie meisjes
Verborgen
Laatste adem
Goede dochter
Gespleten
Laatste weduwe
Schoon goud (met Lee Child)

ALLEEN ALS E-BOOK VERSCHENEN

Kwijt
Gepakt
Koud hart
Diep

KARIN SLAUGHTER

VERZWEGEN

Vertaling Ineke Lenting

WILL TRENT THRILLER

HarperCollins

MIX
Papier van verantwoorde herkomst
FSC
www.fsc.org
FSC® C083411

Voor het papieren boek is papier gebruikt dat onafhankelijk is gecertificeerd door FSC®
om verantwoord bosbeheer te waarborgen.
Kijk voor meer informatie op www.harpercollins.co.uk/green.

HarperCollins is een imprint van Uitgeverij HarperCollins Holland, Amsterdam.

Oorspronkelijke titel: *The Silent Wife*

Omslagontwerp: Marry van Baar
Omslagbeeld: © Shutterstock
Foto auteur: © Alison Rosa
Zetwerk: Mat-Zet B.V., Huizen
Druk: CPI Books GmbH, Germany

ISBN 978 94 027 0551 5 (paperback)
ISBN 978 94 027 0576 8 (gebonden)
ISBN 978 94 027 5985 3 (e-book)
NUR 305
Eerste druk juni 2020

Originele uitgave verschenen bij HarperCollins Publishers LLC, New York, U.S.A.
Deze uitgave is uitgegeven in samenwerking met HarperCollins Publishers LLC.
HarperCollins Holland is een divisie van Harlequin Enterprises ULC.

www.harpercollins.nl

Voor mijn Dutchies en Flemmies.
Op de volgende twintig jaar!

Speak to me.

Let me have a look inside these eyes while I'm learning.
Please don't hide them just because of tears.
Let me send you off to sleep with a "There, there, now stop your turning and tossing."
Let me know where the hurt is and how to heal.

Spare me? Don't spare me anything troubling.
Trouble me, disturb me with all your cares and your worries.
Speak to me and let our words build a shelter from the storm.

'Trouble Me' door Natalie Merchant en Dennis Drew,
10,000 Maniacs

Dit verhaal is fictief.
Ik heb me enige vrijheden veroorloofd met de tijdlijn.

PROLOOG

Beckey Caterino tuurde tot in de donkerste uithoeken van de gezamenlijke koelkast. Woedend ging ze de etiketten langs op zoek naar iets waarop ze haar initialen had gekrabbeld: cottagecheese, Lunchables, minipizza's, veganistische hotdogs… Zelfs met snoepworteltjes zou ze al blij zijn.

K.P., Kayleigh Pierce. D.L., Deneshia Lachland. V.S., Vanessa Sutter.

'Bitches.' Beckey sloeg de koelkastdeur zo hard dicht dat de bierflesjes rinkelden. Ze gaf een schop tegen het dichtstbijzijnde voorwerp, toevallig de afvalbak.

Lege yoghurtbekers vlogen over de vloer. Verfrommelde zakken caloriearme popcorn. Flessen met restjes cola light. Allemaal met twee zwarte viltstiftletters op de voorkant.

B.C.

Ze keek naar de lege verpakkingen van etenswaren die ze van haar karige geld had gekocht en die door die klotemeiden waren opgegeten, terwijl zij de hele nacht in de bibliotheek had zitten zwoegen op een paper die vijftig procent uitmaakte van haar cijfer Organische chemie. Om zeven uur had ze met haar docent afgesproken om te kijken of ze de juiste lijn te pakken had.

Haar blik schoot naar de klok.

4.57 uur.

'Kutwijven!' schreeuwde ze naar het plafond. Ze deed alle lampen aan die ze kon vinden. Haar blote voeten trokken een spoor over het tapijt in de gang. Ze was uitgeput. Ze kon amper op haar benen staan. De zak Dorito's en de twee kaneelbroodjes uit de automaat in de bibliotheek waren in haar maag in beton veranderd. Alleen door aan eten te denken had ze zichzelf van de bibliotheek naar het studentenhuis kunnen slepen.

'Opstaan, vuile dief!' Ze beukte zo hard op Kayleighs deur dat hij openvloog.

Tegen het plafond hing een waas van wietdamp. Vanonder de lakens keek Kayleigh haar knipperend aan. De jongen naast haar draaide zich om.

Markus Powell, Vanessa's vriendje.

'Shit!' Kayleigh sprong uit bed, naakt op haar linkersok na.

Op weg naar haar eigen kamer timmerde Beckey met haar vuisten op de muren. Ze was akkoord gegaan met de kleinste kamer omdat ze een voetveeg was die niet wist hoe ze moest opboksen tegen drie meiden van weliswaar haar eigen leeftijd, maar met dubbel zoveel geld op hun bankrekening.

'Niet tegen Nessa zeggen!' Nog steeds in haar blootje kwam Kayleigh achter haar aan rennen. 'Het stelde niks voor, Beck. We hadden iets gedronken en...'

We hadden iets gedronken en...

Elk verhaal dat die wijven vertelden begon met dezelfde vijf woorden. Toen Vanessa betrapt was terwijl ze Deneshia's vriendje pijpte. Toen Kayleighs broer per ongeluk in de kast had gepist. Toen Deneshia Beckeys ondergoed had 'geleend'. Ze waren altijd dronken of stoned, aan het rondneuken of elkaar aan het besodemieteren, want dit was geen studentenhuis, dit was *Big Brother*, waaruit niemand werd weggestuurd en waar iedereen gonorroe kreeg.

'Toe nou, Beck.' Kayleigh wreef over haar blote armen. 'Ze ging het toch al uitmaken.'

Beckey kon nu keihard gaan schreeuwen of er als de bliksem vandoor gaan.

'Beck...'

'Ik ga hardlopen.' Ze rukte een la open en zocht naar sokken, maar natuurlijk kon ze geen enkel compleet paar vinden. Haar lievelingssport-bh lag in een prop onder het bed. Ze griste haar vuile hardloopshort uit de wasmand en koos twee verschillende sokken, één met een gat bij de hiel, maar liever een blaar dan hier blijven, waar ze gegarandeerd elk levend organisme zou afmaken.

'Beckey, doe niet zo lullig. Ik kan hier niet tegen.'

Beckey negeerde het gejank en hing haar koptelefoon om haar nek.

Tot haar verbijstering lag haar iPod Shuffle op de plek waar hij hoorde te liggen. Kayleigh was de huismartelaar, die al haar misdrijven pleegde uit naam van het grotere goed. Ze was alleen met Markus naar bed gegaan omdat Vanessa zijn hart had gebroken. Ze had alle antwoorden van Deneshia's tentamen alleen maar overgenomen omdat haar moeder er kapot van zou zijn als ze weer ergens voor zakte. Ze had Beckeys *mac and cheese* alleen opgegeten omdat haar vader haar te mager vond.

'Beck.' Nu gooide Kayleigh het over een andere boeg. 'Waarom praat je niet met me? Waar gaat dit eigenlijk over?'

Beckey wilde net uit de doeken doen waar het precies over ging toen ze zag dat haar haarspeld niet op zijn vaste plek op het nachtkastje lag.

Alle lucht verliet haar longen.

Kayleigh hief haar handen. 'Ik heb hem niet gepakt.'

Heel even keek Beckey gebiologeerd naar Kayleighs volmaakt ronde tepels, die als een tweede stel ogen omhoogblikten.

'Oké, dude,' zei Kayleigh. 'Ik heb je troep uit de koelkast opgegeten, maar van je haarspeld blijf ik af. Dat weet je best.'

In Beckeys borst opende zich een zwart gat. De haarspeld was van goedkoop plastic, zo'n ding dat je bij de drogist kocht, maar voor haar was hij de wereld waard, want het was het laatste wat haar moeder haar had gegeven voor ze in haar auto was gestapt om naar haar werk te rijden en was verongelukt door toedoen van een dronken spookrijder op de snelweg.

'Hé, Blair en Dorota, beetje dimmen, graag.' Vanessa's deur stond open. Haar ogen waren twee spleten in haar opgezwollen slaapgezicht. Zonder acht te slaan op de naakte Kayleigh stapte ze recht op Beckey af. 'Mens, je gaat toch niet hardlopen tijdens het verkrachtingsuur?'

Beckey begon al te rennen. Langs die twee hoeren. De gang door. De keuken weer in. Door de woonkamer. De deur door. Weer een gang. Drie trappen. De grote recreatiekamer. De glazen voordeur waarvoor je een sleutelkaart nodig had om weer binnen te komen, maar tering, ze moest bij die monsters weg. Weg van hun terloopse valsheid. Weg van hun scherpe tongen, puntborsten en snijdende blikken.

Dauw striemde langs haar benen toen ze over het met gras begroeide binnenplein van de campus rende. Ze liep om een betonnen afscheiding heen en nam de hoofdstraat. Het was nog koel buiten. In het vroege ochtendlicht knipperden de straatlantaarns een voor een uit. De bomen hulden zich in schaduw. Verderop hoorde ze iemand hoesten. Opeens liep er een rilling over haar rug.

Het verkrachtingsuur.

Alsof het hen boeide als ze werd verkracht. Alsof het hen boeide dat ze nauwelijks geld had om te eten, harder moest werken dan zij, harder moest studeren, harder haar best moest doen, harder moest rennen, maar altijd en eeuwig, hoe ze zich ook uitsloofde, op twee stappen achter de plek eindigde vanwaar alle anderen begonnen.

Blair en Dorota.

Het populaire meisje en het kruiperige, dikke geval uit *Gossip Girl*. Twee keer raden wie welke rol speelde in ieders gedachten.

Beckey schoof haar koptelefoon op haar hoofd. Ze drukte op play op de iPod Shuffle, die aan de onderkant van haar shirt zat vastgeklikt. Flo Rida begon te zingen.

Can you blow my whistle baby, whistle baby…

Haar voeten raakten de grond op de maat van het nummer. Ze liep door de hoofdpoort, die de campus scheidde van de naargeestige winkelstraat in het centrum van het stadje. Bars of studentencafés ontbraken, want de universiteit bevond zich in een drooggelegd district. Volgens haar vader leek het op Mayberry uit *The Andy Griffith Show*, maar dan witter en saaier. De ijzerwarenzaak. De kinderkliniek. Het politiebureau. De kledingwinkel. De oude baas van het eethuisje spoot het trottoir schoon terwijl de zon boven de boomtoppen verrees. Het licht zette alles in een griezelige, oranjerode vuurgloed. Toen de man Beckey zag, tikte hij even aan zijn honkbalpet. Ze struikelde over een barst in het asfalt, maar bleef overeind. Ze keek recht voor zich uit en deed alsof ze niet had gezien dat hij de slang had laten vallen om haar te helpen, want ze liet zich leiden door de gedachte dat de wereld barstte van de klootzakken en dat haar leven kut was.

'Beckey,' had haar moeder gezegd toen ze de plastic haarspeld uit haar tas pakte, 'deze keer meen ik het. Ik wil hem terug.'

De haarspeld. Twee scharnierende kammen waaruit een tand miste. Driekleurig, als een schildpadkat. Julia Stiles droeg er een in *10 Things I Hate About You*; die film had Beckey ongeveer duizend keer met haar moeder gezien, want het was een van de weinige die ze allebei mooi vonden.

Kayleigh had de speld vast niet van haar nachtkastje gestolen. Ze was een karakterloos kreng, maar ze wist wat de speld voor Beckey betekende, want op een avond toen ze allebei stoned waren geweest had Beckey haar het hele verhaal verteld. Dat ze tijdens Engels door de rector uit de klas was gehaald. Dat de schoolagent op de gang had staan wachten en dat ze zich kapot geschrokken was, want ze was nog nooit in overtreding geweest. Maar ze was niet in overtreding geweest. Ergens diep vanbinnen moest ze hebben geweten dat er iets vreselijks was gebeurd, want toen de agent het woord had genomen, hadden haar oren gehaperd als bij een slechte telefoonverbinding, met af en toe een los woord dat door het geknetter was gedrongen.

Moeder... snelweg... dronken bestuurder...

Vreemd genoeg had Beckey naar de speld achter op haar hoofd getast. Het laatste wat haar moeder had aangeraakt voor ze van huis was gegaan. Beckey had de klemmen geopend. Ze had met haar vingers door haar haar gestreken en het uitgeschud. Ze had zo hard in de plastic speld geknepen dat er een tand was afgebroken. Ze wist nog wat ze had gedacht, dat haar moeder haar zou vermoorden. *Ik wil hem terug.* Maar toen had ze beseft dat haar moeder haar nooit meer zou kunnen vermoorden, want haar moeder was dood.

Beckey veegde tranen van haar gezicht toen ze het einde van Main Street naderde. Links of rechts? Naar het meer, waar de docenten en rijke mensen woonden, of naar de armere buurt, waar kleine percelen werden afgewisseld door grote trailers en starterswoningen?

Ze sloeg rechts af, weg van het meer. Op haar iPod had Flo Rida plaatsgemaakt voor Nicki Minaj. In haar maag woelden de Dorito's en kaneelbroodjes rond; de suiker werd eruit geknepen en steeg op naar haar keel. Ze klikte de muziek uit en liet haar koptelefoon langs haar hals naar beneden glijden. Er trok een soort huivering door haar longen, het teken dat ze er de brui aan gingen geven, maar ze bleef doorgaan, nam grote happen lucht, en terwijl haar ogen nog prikten, zag ze zichzelf in gedachten weer met haar moeder op de bank zitten en caloriearme popcorn wegkauwen terwijl ze 'Can't Take My Eyes Off You' met Heath Ledger meezongen.

You're just too good to be true...

Beckey ging harder rennen. Naarmate ze dieper in de troosteloze wijk doordrong, werd de lucht muffer. De straatnaamborden hadden merkwaardig genoeg het ontbijt als thema: SW Omelet Road. Hashbrown Way. Beckey kwam hier anders nooit, en al helemaal niet op dit uur van de dag. Het oranjerode licht was in vaalbruin overgegaan. De straat werd ontsierd door oude auto's en pick-ups in verbleekte kleuren. Verf bladderde van de huizen. Veel ramen waren dichtgetimmerd. Ze voelde een kloppende pijn in haar hiel. Verrassing! Het schurende gat in haar sok had een blaar veroorzaakt. Voor haar geestesoog doemde een beeld op: Kayleigh die uit bed sprong met alleen een sok aan.

Beckeys sok.

Ze ging langzamer lopen. Toen bleef ze staan, midden op straat. Met haar handen op haar knieën boog ze voorover om op adem te komen. Inmiddels prikte haar voet alsof er een hoornaar in haar schoen zat. Voor ze terug was op de campus, zou ze al het vel van haar hiel hebben geschaafd. Om zeven uur die ochtend had ze een afspraak met dr. Adams om haar paper te bespreken. Beckey had niet op de tijd gelet, maar ze wist dat dr. Adams nijdig zou zijn als ze niet kwam opdagen. Ze zat niet meer op de middelbare school. De docenten konden je het leven heel zuur maken als je hun tijd verspilde.

Kayleigh zou haar moeten halen. Ze was een verachtelijk wezen, maar in nood kon je altijd op haar rekenen – al was het alleen maar voor het dramatische effect. Beckey stak haar hand al in haar zak, maar op dat moment doemde er een nieuwe reeks beelden voor haar geestesoog op: ze was in de bibliotheek en stopte haar telefoon in haar rugzak, en later in het studentenhuis liet ze dezelfde rugzak op de keukenvloer vallen.

Geen telefoon. Geen Kayleigh. Geen hulp.

Inmiddels stond de zon al iets hoger boven de bomen, maar ze voelde zich nog steeds omhuld door duisternis. Niemand wist waar ze was. Niemand zat op haar terugkomst te wachten. Ze was in een onbekende buurt. Een onbekende, sléchte buurt. Ergens aankloppen en vragen of ze van de telefoon gebruik mocht maken voelde als het begin van een aflevering van *Dateline*. In gedachten hoorde ze de verteller al...

Beckeys huisgenoten dachten dat ze tijd nodig had om af te koelen. Dr. Adams ging ervan uit dat ze niet op de afspraak was verschenen omdat ze haar opdracht niet af had. Niemand wist dat de boze jonge studente had aangeklopt bij een kannibalistische verkrachter...

Een scherpe rottingsgeur bracht haar met een ruk terug naar de werkelijkheid. Aan het begin van de straat reed een vuilniswagen de kruising op. Met piepende remmen kwam hij tot stilstand. Een man in een overall sprong van de achterkant, rolde een vuilcontainer naar de wagen en klikte die vast aan het hijsgeval. Beckey zag het mechanische drijfwerk in de wagen rondmalen. Overallman had haar geen blik waardig gekeurd, maar ze had opeens het beklemmende gevoel dat ze bekeken werd.

Het verkrachtingsuur.

Ze draaide zich om en probeerde te bedenken of ze hier links of rechts was afgeslagen. Er was niet eens een straatnaambord. Het gevoel dat ze werd bekeken werd sterker. Beckey liet haar blik langs de huizen gaan, ze keek vluchtig in pick-ups en auto's. Niets of niemand keek terug. Geen gordijn dat bewoog achter een van de ramen. Geen kannibalistische verkrachter stapte op haar af om zijn hulp aan te bieden.

Haar brein kwam onmiddellijk met een reactie die een vrouw niet hoorde te hebben: het verweet haar bang te zijn, verdrong haar intuïtie en zei dat ze de situatie die haar angst aanjoeg het hoofd moest bieden in plaats van als een klein kind weg te rennen.

Beckey bracht tegenreacties in stelling: niet midden op straat gaan lopen. Dicht bij de huizen blijven, want daar zijn mensen. Schreeuw je longen uit je lijf als iemand je nadert. Ga terug naar de campus, want daar ben je veilig.

Prima advies, maar waar was de campus?

Ze schoof zijwaarts tussen twee geparkeerde auto's door en kwam niet op een trottoir uit, maar op een smalle, met onkruid begroeide strook tussen twee huizen. In een stad zou ze het een steeg hebben genoemd, maar dit was eerder een stuk braakliggend terrein. De grond was bezaaid met sigarettenpeuken en kapotte bierflesjes. Achter de huizen zag Beckey een keurig gemaaid veld en daarachter, voorbij de glooiing, begon het bos.

Het bos in gaan druiste tegen haar intuïtie in, maar de aangestampte zandpaden die het gebied doorkruisten kende ze op haar duimpje. Waarschijnlijk kwam ze daar andere studenten met een type A-persoonlijkheid tegen die aan het fietsen waren, naar het meer gingen voor tai chi of nog snel even een ochtendrondje renden. Ze keek omhoog en gebruikte de zon om zich te oriënteren. Als ze naar het westen liep, kwam ze weer op de campus. Blaar of geen blaar, uiteindelijk zou ze terug moeten, want ze kon zich geen onvoldoende voor Organische chemie veroorloven.

Beckey boerde iets wrangs op dat naar kaneel smaakte. Haar keel voelde gezwollen. De snacks uit de automaat maakten zich op voor een toegift. Ze moest terug naar haar kamer voor ze ging overgeven. Ze was niet van plan als een kat in het gras te kotsen.

Toen ze tussen de twee huizen door liep, beefde ze zo hevig dat haar tanden klapperden. Op het open veld ging ze iets harder lopen, tussen rennen en wandelen in. Telkens als ze haar voet neerzette, kneep de blaar in haar hiel. Ze vertrok haar gezicht en dat leek te helpen. Vervolgens klemde ze haar kiezen op elkaar. En toen liep ze op een drafje over het veld en voelde ze duizend ogen in haar rug branden, hoewel er waarschijnlijk niemand naar haar keek.

Waarschijnlijk.

Voorbij de rand van het bos daalde de temperatuur. Schaduwen schoven haar blikveld in en uit. Moeiteloos vond ze een van de paden waarover ze al talloze keren had gerend. Haar hand ging naar haar iPod, maar ze bedacht zich. Ze wilde de stilte van het bos kunnen horen. Slechts een enkele zonnestraal wist zich een weg door het dichte bladerdak te banen. Ze dacht aan eerder die ochtend, toen ze voor de koelkast had gestaan. De koude lucht die haar brandende wangen had omvat. De lege popcornzakken en colaflesjes op de vloer. Het eten zouden ze haar terugbetalen. Dat deden ze altijd. Het waren geen dieven. Ze waren gewoon te lui om naar de winkel te gaan en te slordig om een lijst op te stellen als Beckey aanbood boodschappen voor hen te doen.

'Beckey?'

Bij het horen van de mannenstem keek Beckey achterom, maar haar lichaam bleef rennen. Ze zag zijn gezicht in de fractie van een seconde tussen struikelen en vallen. Hij keek vriendelijk, bezorgd. Hij stak zijn hand naar haar uit toen ze viel.

Haar hoofd knalde tegen iets hards. Haar mond vulde zich met bloed. Een waas trok voor haar ogen. Ze probeerde om te rollen, maar slaagde er maar half in. Haar haar was ergens in blijven haken. Er werd aan getrokken. Gerukt. Ze tastte naar haar achterhoofd en om de een of andere reden verwachtte ze haar moeders haarspeld te zullen voelen. Wat ze voelde was hout, toen staal, en vervolgens kwam het gezicht van de man in beeld en besefte ze dat het ding dat uit haar schedel stak een hamer was.

ATLANTA

1

Will Trent ging verzitten om voor zijn lijf van één meter negentig wat beenruimte te vinden in de Mini van zijn collega. De bovenkant van zijn hoofd paste keurig onder het schuifdak, maar door het kinderzitje achterin was het voorin erg krap. Hij moest zijn knieën samenklemmen om niet per ongeluk de versnellingspook in z'n vrij te zetten. Waarschijnlijk leek hij nu net een slangenmens, maar zelf dacht hij eerder aan een zwemmer die het gesprek in en uit dook dat Faith Mitchell vooral met zichzelf scheen te voeren. In plaats van twee-slagen-en-dan-ademen was het wegdromen-wegdromen-en-dan-*eh, wat zei je?*

'Dus ik zit 's nachts om drie uur een vernietigende recensie van één ster over die bakspaan te schrijven...' Faith nam beide handen van het stuur en deed alsof ze tikte. '...toen ik besefte dat ik een wasbol in de vaatwasser had gestopt, wat idioot is want de waskamer is boven, en tien minuten later sta ik uit het raam te kijken en vraag me ik af: is mayonaise echt een muziekinstrument?'

Will had haar stem aan het eind omhoog horen gaan, maar hij wist niet of ze antwoord verwachtte. In gedachten probeerde hij het gesprek terug te spoelen, maar hij was volledig de draad kwijt. Ze zaten nu bijna een uur in de auto en Faith had het, in schijnbaar willekeurige volgorde, gehad over de belachelijk hoge prijs van lijmstiften, de verjaardagspizzapartyrage en dat wat zij als folterporno bestempelde, namelijk foto's die ouders postten over hun kinderen die weer naar school gingen, terwijl zij thuis nog een peuter had.

Hij hield zijn hoofd schuin en dook het gesprek weer in.

'En dan komen we bij de scène waarin Mufasa te pletter valt.' Nu had Faith het kennelijk over een film. 'Emma begint te brullen, net als Jeremy op die leeftijd, en ik besefte dat ik dus twee kinderen had met een leeftijdsverschil van twee versies van *The Lion King*.'

Will dook weer weg uit het gesprek. Bij het horen van Emma's naam was zijn maag ineengekrompen. Schuldgevoel sloeg als een schot hagel in zijn borst.

Hij had bijna de dood van Faiths tweejarige dochtertje op zijn geweten gehad.

Het was als volgt gegaan: Will en zijn vriendin pasten op Emma. Sara deed de administratie in de keuken. Will zat samen met Emma op de vloer van de woonkamer. Hij liet de peuter zien hoe je het knoopcelbatterijtje van de HEXBUG moest vervangen. Het stuk speelgoed lag gedemonteerd op de salontafel. Will had het batterijtje ter grootte van een pepermuntje op zijn vingertop gelegd zodat Emma het kon zien. Hij legde net uit dat je de batterijtjes niet moest laten slingeren, want dan zou Betty, zijn hond, ze misschien per ongeluk opeten, toen Emma totaal onverwacht vooroverboog en het batterijtje opzoog.

Will was special agent bij het Georgia Bureau of Investigation. Hij had situaties meegemaakt waarbij het een kwestie van leven of dood was en hij alleen door razendsnel te handelen het noodlot had kunnen keren.

Maar toen hij dat batterijtje had zien verdwijnen, was hij als verlamd geweest.

Zijn lege vinger stak hulpeloos omhoog. Zijn hart klapte samen, als een fiets om een lantaarnpaal. In slow motion keek hij toe terwijl Emma weer ging zitten en met een grijns op haar engelachtige gezichtje aanstalten maakte het ding door te slikken.

Op dat moment was Sara hen komen redden. Even snel als Emma de batterij naar binnen had laten floepen, was zij er als een roofvogel bovenop gedoken, had een vinger in Emma's mond gestoken en het ding eruit gevist.

'Goed, ik sta dus in de rij bij de kassa en kijk over de schouder van dat meisje mee terwijl ze haar vriendje woedend staat te appen.' Faith was alweer op een ander verhaal overgegaan. 'Ze loopt weg, en nu moet ik me tot in eeuwigheid afvragen of dat vriendje het inderdaad met haar zus heeft aangelegd.'

Wills schouder drukte tegen het raam toen de Mini een scherpe bocht maakte. Ze waren bijna bij de staatsgevangenis. Daar zouden ze Sara treffen, en Wills schuldgevoel over Emma ging over in een gevoel van onrust ten aanzien van zijn vriendin.

Weer ging hij verzitten. De achterkant van zijn overhemd maakte zich los van het leer. Voor de verandering zweette Will niet van de hitte. Hij zweette vanwege zijn relatie met Sara.

Het ging fantastisch, maar op de een of andere manier ging het ook heel erg slecht.

Op het oog was er niets veranderd. Ze brachten nog steeds de meeste avonden samen door. In het weekend aten ze nog steeds samen haar lievelingsmaal, zondagsontbijt-in-je-blootje, en zijn lievelingsmaal, tweede zondagsontbijt-in-je-blootje. Sara zoende hem nog op dezelfde manier. Het was alsof ze nog op dezelfde manier van hem hield. Ze dumpte haar vuile kleren nog steeds op vijf centimeter van de wasmand, bestelde nog steeds salade en at dan de helft van zijn patat, maar iets zat vreselijk scheef.

De vrouw die Will de afgelopen twee jaar om de oren had geslagen met haar eis te praten over dingen waarover hij niet wilde praten, verklaarde opeens dat één gespreksonderwerp taboe was.

Het was als volgt gegaan: zes weken geleden was Will thuisgekomen nadat hij allerlei klusjes had gedaan. Sara had aan zijn keukentafel gezeten. Opeens was ze over het verbouwen van zijn huis begonnen. En niet zomaar een verbouwing, nee, het huis zou praktisch gesloopt moeten worden om ruimte te scheppen voor haar, waarmee ze in bedekte termen had aangegeven dat ze eigenlijk moesten gaan samenwonen, waarop Will had besloten haar in min of meer bedekte termen ten huwelijk te vragen door op te merken dat ze in de kerk moesten trouwen omdat haar moeder daar blij van zou worden.

En toen had hij een soort gekraak gehoord alsof de grond onder zijn voeten bevroor en elk oppervlak door ijs werd bedekt. Sara had hoorbaar uitgeademd en in plaats van *Ja, natuurlijk, liefste, ik wil niets liever dan met je trouwen* had ze op een toon die kouder was dan de ijspegels die uit het plafond staken gevraagd: 'Wat heeft mijn moeder daar in godsnaam mee te maken?'

Ze hadden geruzied, wat Will moeilijk had gevonden, want hij had niet goed geweten waarover de ruzie ging. Hij was met een paar tegenwerpingen gekomen, had gezegd dat zijn huis niet goed genoeg was voor haar, waarop ze ruzie hadden gekregen over geld, wat in zijn voordeel had gewerkt, want Will was een arme ambtenaar terwijl Sara – tja, Sara was op dat moment ook een arme ambtenaar, maar daarvoor was ze een rijke arts geweest.

En zo hadden ze doorgeruzied tot ze naar Sara's ouders moesten voor de brunch. De volgende drie uur mocht er niet over huwelijk of samenwonen worden gesproken, zo had ze bepaald, maar die drie uur waren uitgebreid naar de rest van de dag, daarna naar de rest van de week, en nu was het anderhalve maand later en leefde Will praktisch onder één dak met een buitengewoon verleidelijke huisgenote, die de hele tijd seks met hem wilde en alleen maar wilde praten over wat ze 's avonds gingen eten, over haar jongere zus die vastbesloten leek haar leven te verknallen en over hoe gemakkelijk het was om de twintig algoritmen uit het hoofd te leren waarmee je de Rubiks kubus kon oplossen.

Faith reed het parkeerterrein van de gevangenis op. 'En natuurlijk moest mij dat weer overkomen: net op dat moment werd ik ongesteld,' zei ze.

Zwijgend parkeerde ze de auto. Haar laatste zin had niet als een afsluiting geklonken. Verwachtte ze een reactie? Ze verwachtte duidelijk een reactie.

'Best klote,' besloot Will te zeggen.

Faith keek hem geschrokken aan, alsof ze nu pas doorhad dat hij ook in de auto zat. 'Wat is best klote?'

Opeens besefte hij dat ze helemaal geen reactie had verwacht.

'Jezus, Will.' Met een ruk zette ze de auto in de parkeerstand. 'Kun je me de volgende keer even waarschuwen als je inderdaad luistert?'

Faith stapte uit en beende naar de dienstingang. Will zag alleen haar rug, maar in gedachten hoorde hij haar brommen bij elke stap die ze zette. Ze toonde haar ID aan de camera bij de poort. Will wreef over zijn gezicht. Hij zoog de hete lucht in de auto op. Waren alle vrouwen in zijn leven gestoord of was híj gek?

Alleen een gek stelde zo'n vraag.

Hij opende het portier en wurmde zich uit de Mini. Zijn schedel prikte van het zweet. Het was de laatste week van oktober, maar buiten was het al even warm als in de auto. Will schoof het wapen aan zijn riem recht. Hij pakte zijn jasje, dat tussen Emma's autostoeltje en een zak muffe Goldfish-crackers in lag. Terwijl hij als een ware Homer Simpson de hele zak soldaat maakte, keek hij een gevangenisbus na die de weg op reed. De bus jakkerde door een gat in het wegdek. Achter de betraliede raampjes zag hij alle tinten ellende op de gezichten van de gevangenen.

Will wierp de lege zak op de achterbank, maar pakte hem meteen weer op en liep ermee naar de dienstingang. Hij keek naar het lage, deprimerende gebouw. Phillips State Prison was een medium beveiligde gevangenis in Buford, op ongeveer een uur rijden van Atlanta. Bijna duizend mannen waren ondergebracht in tien wooneenheden met elk twee cellenblokken. Zeven eenheden beschikten over tweepersoonscellen. De overige combineerden eenpersoonscellen met dubbele en isolatiecellen en waren bedoeld voor gevangenen met psychische problemen en veroordeelden die in beschermde bewaring waren geplaatst, doorgaans politieagenten en pedofielen, die tot de verachtelijkste soorten onder de gevangenispopulatie werden gerekend.

Het was niet zonder reden dat de psychiatrische gevallen en de mannen in beschermde bewaring over één kam werden geschoren. Voor een buitenstaander leek een eenpersoonscel het summum van luxe. Voor een gevangene in isolatie betekende een eenpersoonscel twintig uur per dag eenzame opsluiting in een raamloze betonnen doos van twee bij vier. En dat na een baanbrekende rechtszaak waarbij Georgia's oude regime voor eenzame opsluiting als onmenselijk was bestempeld.

Vier jaar eerder had de FBI in Phillips – en in negen andere staatsgevangenissen in Georgia – een undercoveroperatie uitgevoerd waarbij eenenveertig corrupte gevangenbewaarders waren gearresteerd. Het overige personeel was over de verschillende inrichtingen verdeeld. De nieuwe directeur regeerde met harde hand, waarover zowel positief als negatief werd gedacht, afhankelijk van je visie op de gevaren die het opsluiten van woedende, geïsoleerde mannen met zich meebracht.

Na een oproer van twee dagen verkeerde de gevangenis op dat moment in lockdown. Zes personeelsleden en drie gevangenen waren zwaargewond. Een vierde gevangene was in de kantine op beestachtige wijze vermoord.

Die moord had hen hier gebracht.

Volgens de wetten van de staat moesten alle moordzaken in gevangenschap door het GBI worden onderzocht. De gevangenen die zojuist per bus waren afgevoerd, waren niet rechtstreeks bij de moord betrokken, maar ze hadden ongetwijfeld aan het oproer meegedaan. Ze kregen de zogenoemde dieseltherapie, waarbij schreeuwlelijkerds, onruststokers en pionnen in de bendeoorlogen door de gevangenisdirecteur op de bus werden gezet. Dat het rapaille werd weggestuurd kwam de sfeer ten goede, maar was minder leuk voor de weggestuurde mannen. Ze raakten de enige plek kwijt die ze 'thuis' konden noemen en gingen naar een nieuwe inrichting, die veel gevaarlijker was dan de vorige. Alsof je naar een andere school ging, waar je in plaats van valse meiden en pestkoppen verkrachters en moordenaars aantrof.

Aan het hek bij de ingang was een metalen bord bevestigd. GDOC, Georgia Department of Corrections. Will dumpte de lege Goldfish-zak in de vuilnisbak naast de deur. De gele kruimels aan zijn handen veegde hij af aan zijn broek. Vervolgens streek hij over de cheddarhandafdrukken om alles nog enigszins te fatsoeneren.

De camera hing vijf centimeter boven Wills hoofd. Hij moest een stap naar achteren zetten om zijn legitimatiebewijs te tonen. Een luide zoem en een klik, en hij was binnen. Hij legde zijn wapen in een kluisje en stopte de sleutel in zijn zak. Even later moest hij hem er samen met de rest weer uithalen om langs de beveiliging te kunnen. Hij werd door de sluis geloodst door een zwijgzame cipier, die zijn kin als communicatiemiddel gebruikte: *Wazzup bro, je collega is al verderop, loop maar mee.*

De man slofte in plaats van gewoon te lopen, een gewoonte die bij het vak hoorde. Haast was overbodig als de plek waar je naartoe ging identiek was aan de plek waar je vandaan kwam.

De gevangenis klonk als een gevangenis. Gedetineerden schreeuwden en beukten tegen hun tralies uit protest tegen de lockdown en/of het algehele menselijke onrecht. Will trok zijn das wat losser toen ze dieper het gebouw in liepen. Zweetdruppels rolden over zijn nek. Door hun ontwerp waren gevangenissen moeilijk koel of warm te houden. Het kwam door de lange, brede gangen, door de scherpe hoeken. Door de muren van betonblokken en de linoleumvloeren. Door het feit dat elke cel op het open riool was aangesloten en iedere opgesloten man genoeg angstzweet produceerde om de vredig voortkabbelende Chattahoochee River in een waterval van categorie zes te veranderen.

Faith stond hem bij een dichte deur op te wachten. Met gebogen hoofd krabbelde ze iets in haar notitieboekje. Ze was een kletskous en daardoor heel goed in haar vak. Terwijl Will zijn broek onder de cheddar had gesmeerd, was zij druk bezig geweest informatie te verzamelen.

Ze knikte naar de zwijgende cipier, die zijn positie aan de andere kant van de deur innam, en zei: 'De vermoorde gevangene ligt in de kantine. Amanda is net gearriveerd. Ze wil de plaats delict zien voor ze met de directeur gaat praten. Zes agenten van de afdeling North Georgia zijn al drie uur lang verdachten aan het screenen. Wij mogen het afmaken zodra ze een werkbare lijst hebben. Sara zegt dat ze klaarstaat zodra wij zover zijn.'

Will keek door het raampje in de deur.

Sara Linton stond midden in de kantine, gekleed in een witte Tyvek-overall. Haar lange kastanjebruine haar was weggestopt onder een honkbalpet. Ze was patholoog-anatoom bij het GBI. Tot ongeveer zes weken geleden was Will dolgelukkig geweest met deze recente ontwikkeling. Ze was nu in gesprek met Charlie Reed, hoofd technische recherche van het GBI. Hij knielde neer om een bloederige schoenafdruk te fotograferen. Gary Quintana, Sara's assistent, hield een liniaal naast de afdruk om de schaal aan te geven.

Sara zag er moe uit. Ze was al vier uur bezig de plaats delict in kaart te brengen. Will had zijn ochtendrondje gerend toen ze uit haar bed was gebeld. Ze had een briefje voor hem achtergelaten, met een getekend hartje in de hoek.

Hij had langer naar dat hartje gekeken dan hij aan enig levend wezen zou durven bekennen.

'Oké,' zei Faith, 'het gedonder begon dus twee dagen geleden. Op zaterdag, om 11.58 uur.'

Will maakte zijn blik los van Sara en wachtte tot Faith verderging.

'Twee gevangenen vlogen elkaar in de haren. De eerste cipier die ze uit elkaar probeerde te halen, werd knock-out geslagen. Elleboog tegen zijn hoofd, hoofd tegen de vloer, *see ya later alligator*. Hij lag nog niet op de grond of het feest begon pas echt. De tweede cipier z'n keel werd dichtgeknepen tot hij het bewustzijn verloor. Een derde die te hulp schoot kreeg een dreun in zijn gezicht. Iemand pakte de tasers en iemand anders greep de sleutels, en toen brak de hel los. De moordenaar had duidelijk zijn kans schoon gezien.'

Will knikte bij dat 'duidelijk', want een gevangenisoproer had iets weg van huiduitslag. Het eerste teken was altijd een soort jeuk, en er was altijd wel iemand, of een groep, die die jeuk voelde en de rel naar zijn hand zette. Een overval op de gevangeniswinkel? Een paar cipiers op hun nummer zetten? Rivalen uitschakelen?

De vraag was of het moordslachtoffer als nevenschade of als specifiek doelwit moest worden beschouwd. Dat was van buiten de kantine moeilijk vast te stellen. Will keek weer door het raampje. Hij telde dertig picknicktafels, elk met plek voor twaalf personen en allemaal met bouten aan de vloer bevestigd. Overal lagen dienbladen. Papieren servetten. Rottend fruit. Veel opgedroogde vloeistoffen, hoofdzakelijk bloed. Hier en daar een tand. Will zag een verstijfde hand onder een van de tafels uit steken, vermoedelijk van hun slachtoffer. Het lichaam van de man lag onder een andere tafel, bij de keuken. Hij lag met zijn rug naar de deur. Hij droeg een gebleekt wit gevangenispak met blauwe strepen, waardoor de plaats delict iets weg had van een ijssalon waar een slachtpartij had plaatsgevonden.

'Hoor eens,' zei Faith, 'als je nog steeds over Emma en die batterij inzit: nergens voor nodig. Jij kunt het ook niet helpen dat die dingen er zo lekker uitzien.'

Will vermoedde dat hij bij het zien van Sara een signaal had afgegeven dat Faith had opgepikt.

'Peuters zijn net gedetineerden, van het ergste soort. Als ze niet keihard tegen je liegen of je spullen kapotscheuren, liggen ze te dutten, te kakken of proberen ze je op allerlei manieren te grazen te nemen.'

De cipier hief zijn kin. *Vertel mij wat.*

'Wil je tegen onze mensen zeggen dat we er zijn?' vroeg Faith.

De man knikte – zo van: je-zegt-het-maar-dame-mijn-leven-is-dienen – en slofte weg.

Will keek door het venster naar Sara. Ze noteerde iets op een klembord. Ze had haar pak opengeritst en de mouwen om haar middel gebonden. De honkbalpet was verdwenen. Ze had haar haar nu in een losse paardenstaart.

'Komt het door Sara?' vroeg Faith.

Will keek op haar neer. Vaak vergat hij hoe klein ze was. Blond haar. Blauwe ogen. Eeuwige teleurstelling in haar blik. Met haar handen op haar heupen en haar hoofd zo ver omhoog dat haar kin op gelijke hoogte was met zijn borst deed ze hem aan Pearl Pureheart denken, het vriendinnetje van Mighty Mouse. Alleen was die waarschijnlijk niet zwanger geraakt op haar vijftiende en nogmaals op haar tweeëndertigste.

Dat was de belangrijkste reden waarom Will niet met haar over Sara wilde praten. Faith moest nu eenmaal moederen over iedereen binnen haar bereik, of het nu om een arrestant ging of om de jongen achter de kassa van de supermarkt. Will had een ruige jeugd gehad. Hij wist allerlei dingen over de wereld die de meeste jongeren nooit te weten zouden komen, maar zich laten bemoederen kon hij niet.

Ook hield hij zijn mond omdat Faith een verdomd goede agent was. Binnen twee seconden zou ze de Zaak van de Plotseling Zwijgende Vriendin hebben opgelost door simpelweg de feiten op een rij te zetten.

Feit nummer één: Sara was buitengewoon rationeel en consequent. In tegenstelling tot Wills psychotische ex-vrouw was zij niet door een razende hellepoort uitgebraakt. Wanneer Sara kwaad, geïrriteerd of nijdig was, vertelde ze Will altijd hoe dat zo gekomen was en wat ze eraan wilde doen.

Feit nummer twee: Sara speelde geen spelletjes. Hij hoefde geen veelzeggende stiltes, gemok of nare schimpscheuten te interpreteren. Ook hoefde hij nooit naar haar gedachten te raden, want die deelde ze altijd met hem.

Feit nummer drie: Sara was duidelijk voorstander van het huwelijk. In haar vorige leven was ze twee keer getrouwd geweest, beide keren met dezelfde man. Ze zou nog steeds met Jeffrey Tolliver getrouwd zijn geweest als hij vijf jaar geleden niet was vermoord.

Conclusie: Sara had geen bezwaar tegen het huwelijk of tegen verhulde aanzoeken.

Ze had bezwaar tegen een huwelijk met Will.

'Voldemort,' zei Faith, op hetzelfde moment dat het geklikklak van adjunct-directeur Amanda Wagners hoge hakken tot hem doordrong.

Met haar telefoon in haar hand kwam Amanda door de gang op hen af stiefelen. Op zoek naar informatie was ze altijd aan het appen of bellen met haar old girls network, een enge groep veelal gepensioneerde vrouwen, die in Wills verbeelding in een geheim hol hoesjes voor handgranaten zaten te breien tot ze in actie moesten komen.

Een van die vrouwen was Faiths moeder.

'Zo.' Van tien meter afstand had Amanda Wills met cheddar bevlekte broek al in de peiling. 'Agent Trent, ben jij de enige zwerver die van de trein is gekukeld, of moeten we naar anderen zoeken?'

Will kuchte.

'Oké.' Faith bladerde door haar notitieboekje en stak gelijk van wal. 'Het slachtoffer is Jesus Rodrigo Vasquez, achtendertig, latino, kreeg tien jaar voor geweldpleging met dodelijk wapen, voorwaardelijk vrij na zes jaar, zat de rest van zijn straf uit nadat hij drie maanden geleden bij een routinetest op drugsgebruik werd betrapt.'

'Lid van een bende?' vroeg Amanda.

‘Zwitserland,’ zei Faith, waarmee ze neutraal bedoelde. ‘Zijn strafblad staat vol foto’s van mobieltjes die hij in zijn reet had verstopt. Zo’n gast die altijd in de stront zat te roeren. Als je het mij vraagt, ging hij eraan omdat hij zijn mond niet kon houden.’

‘Probleem opgelost.’ Amanda tikte op de ruit. ‘Dokter Linton?’

Sara griste wat spullen mee voor ze de deur opende. ‘We hebben het onderzoek van de plaats delict afgerond. Je hoeft geen pak aan, maar alles zit onder het bloed en andere vloeistoffen.’

Ze deelde schoenhoesjes en mondkapjes uit. Toen Will aan de beurt was, kneep ze even in zijn hand.

‘De lijkstijfheid is opgeheven en het ontbindingsproces is ingezet. In combinatie met de temperatuur van zijn lever en de hogere omgevingstemperatuur komt fysiologisch gezien het tijdstip van overlijden overeen met verklaringen dat Vasquez ongeveer achtenveertig uur geleden werd aangevallen, dus hij moet ergens aan het begin van de opstand zijn gedood.’

‘De eerste minuten of de eerste uren?’ vroeg Amanda.

‘We schatten tussen twaalf en vier uur op zaterdagmiddag. Het precieze tijdstip zul je uit de getuigenverklaringen moeten afleiden,’ zei Sara terwijl ze Wills masker rechtzette. ‘Wat het exacte tijdstip betreft kun je uiteraard niet alleen op de wetenschap afgaan.’

‘Uiteraard niet.’ Amanda had niet veel op met schattingen.

Sara keek Will geërgerd aan. Zij had niet veel op met Amanda’s toon. ‘In Vasquez’ geval is de plaats delict verdeeld over drie locaties: twee hier in het hoofdgedeelte, een in de keuken. Vasquez heeft zich verzet.’

Will reikte achter Sara langs om de deur te openen. De stank van stront en urine, het visitekaartje van de opstandige gevangenen, doortrok elke molecuul in de kantine.

‘Mijn god.’ Faith drukte de rug van haar hand tegen het masker. Ze was toch al niet happig op plaatsen delict, maar hier was de geur zo sterk dat zelfs Wills ogen begonnen te tranen.

‘Gary, wil jij de kleinere waterpomptang uit de bus halen?’ vroeg Sara aan haar assistent. ‘We moeten de tafel losschroeven om het lichaam te kunnen verwijderen.’

Gary's paardenstaart wipte op en neer onder zijn haarnetje toen hij zich snel uit de voeten maakte. Hij werkte nog geen halfjaar voor het GBI. Dit was niet de ergste plaats delict waar hij gewerkt had, maar alles wat binnen gevangenismuren gebeurde was dubbel zo heftig.

De flitser van Charlies camera ging af. Will knipperde tegen het licht.

'Ik heb de beveiligingsbeelden bekeken,' zei Sara tegen Amanda. 'Er zitten negen seconden tussen het begin van de ruzie tot het moment waarop de zaak in een opstand overging. Op dat moment dook er buiten beeld, achter de camera, een onbekend iemand op die de toevoerkabel doorsneed.'

'Geen bruikbare vingerafdrukken op de muur, de kabel of de camera,' vulde Charlie haar aan.

Sara nam het weer over. 'De ruzie begon voor in de kantine, bij het buffet. Al heel snel liep het uit de hand. Zes leden van een rivaliserende bende gingen zich ermee bemoeien. Vasquez bleef aan de tafel daar in de hoek zitten. De elf anderen aan zijn tafel renden naar voren om het gevecht beter te kunnen zien. Op dat moment werd de kabel doorgesneden.'

Will schatte de afstanden in. De camera bevond zich achter in de kantine, dus geen van de elf mannen had ongezien terug kunnen gaan.

'Deze kant op.' Sara ging hun voor naar de hoektafel. Twaalf plastic stoelen met daarvóór twaalf dienbladen. Het eten was beschimmeld. Zure melk was over de bladen uitgelopen. 'Vasquez werd van achteren aangevallen. Een impressiefractuur in de schedel, veroorzaakt door een stomp trauma. Het wapen was waarschijnlijk een klein, zwaar voorwerp dat met een zwaai neerkwam. Door de kracht van de klap schoot zijn hoofd naar voren. In het dienblad zitten stukjes van Vasquez' voortanden, nemen we aan.'

Will keek weer naar de camera. Het leek het werk van een duo: de een sneed de kabel door, de ander schakelde het subject uit.

Faith ademde door haar mond en zoog haar kapje in en uit. 'Die eerste klap, was die bedoeld om te doden of om hem knock-out te slaan?'

'Over bedoelingen laat ik me niet uit,' zei Sara. 'De klap kwam hard aan. Ik heb geen scheur kunnen vaststellen, maar een impressiefractuur is precies zoals het klinkt: het gebroken bot gaat naar binnen en drukt op de hersenen.'

'Hoelang is hij nog bij bewustzijn geweest?' wilde Amanda weten.

'Uit het bewijs kunnen we afleiden dat hij tot aan zijn dood bij bewustzijn is geweest. Over zijn toestand kan ik niets zeggen. Was hij misselijk? Ongetwijfeld. Zag hij wazig? Mogelijk. Hoe bewust was hij nog? Daar valt niets over te zeggen. Iedereen reageert anders op hoofdletsel. Wat hersenletsel betreft weten we vanuit medisch oogpunt alleen dat we het niet weten.'

'Uiteraard.' Amanda had haar armen over elkaar geslagen.

Will sloeg zijn armen ook over elkaar. Elke spier in zijn lijf was gespannen. Zijn huid voelde strak. Hij had ontelbare plaatsen delict onderzocht, maar zijn lichaam weigerde te accepteren dat de aanwezigheid van een door geweld omgekomen mens iets normaals was. Hij kon tegen de stank van uitwerpselen en rottend eten, maar van de metalige zweem die bloed afgaf wanneer het ijzer oxideerde kreeg hij een vieze smaak in zijn mond, die nog een week in zijn keel zou blijven hangen.

'Vasquez werd tegen de grond geslagen,' zei Sara. 'Drie kiezen aan de linkerkant zijn bij de wortel gescheurd, de linkerkaak en -oogkas zijn gebroken. Voorlopig onderzoek wijst uit dat er aan de linkerkant mogelijk ribben zijn gebroken. Je ziet dat het bloedspatpatroon op de muur en het plafond de vorm van een halve cirkel heeft. We hebben drie stel voetafdrukken, dus het gaat om twee aanvallers, waarschijnlijk allebei rechtshandig. Ik vermoed dat er een *sock lock* is gebruikt, dus de aanvaller heeft geen zichtbare schade aan zijn handen.'

Het woord zei het al: een sock lock was een in een sok verstopt combinatieslot.

'Om onduidelijke redenen was Vasquez na de eerste aanval blootsvoets. We hebben zijn schoenen of sokken nergens in de kantine kunnen vinden. Zijn aanvallers droegen gevangenisgympen met een identiek wafelpatroon. Uit de schoen- en voetafdrukken hebben we aardig veel kunnen afleiden. De volgende locatie waar hij naartoe werd gebracht was de keuken.'

'En zijn tattoo?' Amanda stond aan de andere kant van het vertrek naar de afgehakte hand te kijken. 'Is het een tijger? Of een kat?'

Charlie zei: 'Volgens de tattoodatabase betekent een tijger dat iemand de politie haat of dat hij een *cat burglar* is, een inbreker.'

'Een crimineel die de politie haat. Hoe bestaat het?' Amanda maakte een ongeduldig handgebaar. 'Kom, we gaan door, dokter Linton.'

Sara wenkte hen mee naar de voorkant van de kantine. Op de lopende band stonden lege dienbladen, bewijs dat in elk geval sommige gevangenen hadden geluncht voor de opstand uitbrak.

'Vasquez was ongeveer één meter zeventig en woog een kleine vijfenzestig kilo. Hij was aan de magere kant, maar dat is niet vreemd voor een intraveneus drugsgebruiker. Spuitgaten op zijn linkerarm, tussen de tenen van zijn linkervoet en bij zijn rechterhalsslagader, dus we mogen ervan uitgaan dat hij rechtshandig was. In de voorbereidingsruimte van de keuken ligt een slagershakmes, en alles zit onder het bloed, dus daar is de linkerhand waarschijnlijk verwijderd.'

'Hij heeft hem niet zelf afgehakt?' vroeg Amanda.

Sara schudde haar hoofd. 'Lijkt me niet. Naar de schoen- en voetafdrukken te oordelen werd hij vastgehouden.'

'Het wafelpatroon van de gymschoenen heeft geen bijzondere kenmerken,' vulde Charlie haar aan. 'Zoals Sara al zei, horen ze bij de standaarduitrusting. Iedere gevangene heeft een paar.'

Sara was bij het lijk van Vasquez aangekomen. Ze hurkte bij een tafel neer. Op Amanda na volgde iedereen haar voorbeeld.

Wills neusvleugels trilden. Het lijk had bijna twee volle dagen in de hitte liggen rotten. Het verkeerde in voortschrijdende staat van ontbinding. De huid gleed van het bot. Kennelijk had iemand Vasquez' lichaam met zijn voet onder de tafel geschoven, hem aan de kant geschopt zoals je vuile kleren onder het bed schopt. Bloedvegen en voetafdrukken met wafelpatroon duidden erop dat minstens twee mannen hem daar hadden achtergelaten.

Zijn blote voeten zaten vol aangekoekt bloed. Hij lag op zijn zij, geknakt bij zijn middel. Zijn ene hand reikte naar voren. De bloederige stomp waar zijn andere hand had gezeten was in zijn buik weggepropt.

Letterlijk. Vasquez' moordenaars hadden zo vaak op hem ingestoken dat zijn ingewanden als een groteske bloem naar buiten waren opengevouwen. Het uiteinde van zijn pols was in zijn buik geramd zodat zijn arm net een stengel leek.

'Bij gebrek aan tekenen die het tegendeel uitwijzen, is de doodsoorzaak hoogstwaarschijnlijk massaal bloedverlies of shock.'

In elk geval keek de man geschokt. Zijn ogen stonden wijd open. Zijn lippen weken uiteen. Verder had hij een heel gewoon gezicht, als je de zwelling buiten beschouwing liet en de zwarte, halvemaanvormige plek onderaan zijn schedel, waar zijn bloed zich had verzameld. Kaalgeschoren hoofd. Pornosnor. Om zijn hals een gouden kettinkje met een kruisje, wettelijk toegestaan door de gevangenisautoriteiten in Georgia omdat het een godsdienstig symbool was. Het kettinkje was heel dun. Misschien een geschenk van een moeder, een dochter of een vriendin. Will vond het opmerkelijk dat de moordenaars Vasquez' schoenen en sokken hadden meegenomen, maar de ketting ongemoeid hadden gelaten.

'Shit. Dat is stront.' Kokhalzend sloeg Faith beide handen voor haar mondkap. Vasquez' darmen hingen als ongekookte worsten uit zijn onderbuik. Op de vloer lag een plas ontlasting, die was opgedroogd tot een zwarte massa ter grootte van een leeggelopen basketbal.

'Kijk eens of Vasquez' cel al is doorzocht,' zei Amanda. 'In dat geval wil ik weten door wie en wat er is gevonden. Anders is de eer aan jou.'

Faith wist niet hoe snel ze bij het lijk moest wegkomen.

'Will.' Amanda stond al op haar telefoon te tikken. 'Jij maakt het hier af en dan begin je aan de tweede ronde verhoren. Die mannen hebben inmiddels voldoende tijd gehad om hun verhaal op orde te krijgen. Ik wil dat dit snel wordt opgelost. Van een speld in een hooiberg is hier geen sprake.'

Will dacht er anders over. Het ging om ruwweg duizend verdachten, stuk voor stuk beruchte criminelen. '*Yes, ma'am.*'

Met een knikje noodde Sara hem mee naar de keuken. Ze trok haar mondkap naar beneden. 'Faith heeft het langer volgehouden dan ik had gedacht.'

Will trok zijn kapje ook naar beneden. In de keuken was de chaos al even groot. Overal lagen dienbladen, eten en bloed. Gele sporenbordjes op het slagersblok gaven aan waar Vasquez' hand was afgehakt. Op de vloer lag een hakmes. Bloed was als een waterval van het blok gestroomd.

'Er zitten geen vingerafdrukken op het mes,' zei Sara. 'Ze hebben plasticfolie om het heft gewikkeld, en dat hebben ze door de afvoer van de gootsteen geduwd.'

Will zag dat de afvoerpijp onder de spoelbak ontkoppeld was. Sara's vader was loodgieter; ze wist wel raad met een zwanenhals.

'Alles wat ik heb ontdekt, toont aan dat ze de tegenwoordigheid van geest hadden om hun sporen te verbergen,' zei ze.

'Waarom namen ze die hand mee naar de kantine?'

'Vermoedelijk hebben ze ermee gegooid.'

Will probeerde een werkbare theorie over het misdrijf op te bouwen. 'Toen het vechten begon, bleef Vasquez aan tafel zitten. Hij stond niet op want hij was geen bendelid.' Gevangenen hadden hun eigen NAVO. Een aanval op een bondgenoot betekende dat je je in het gevecht stortte. 'Hij is door maar twee mannen gepakt, niet door een bende.'

'Verkleint dat het aantal verdachten?' vroeg Sara.

'Gedetineerden hebben de neiging zich tot hun eigen groep te beperken. Vasquez zou zich niet openlijk hebben ingelaten met gevangenen van een ander ras.' De hooiberg was ietsje kleiner geworden. 'Dit voelt als een gelegenheidsmisdrijf. *Als de hel losbreekt, pakken we hem.*'

'Chaos creëert gelegenheid.'

Wrijvend over zijn kaak bestudeerde Will de bloederige schoen- en voetafdrukken die kriskras over de vloer liepen. Vasquez had als een beest teruggevochten. 'Hij moet informatie hebben gehad waar zij op aasden, denk je niet? Je hakt niet zomaar iemands hand af. Je houdt hem in bedwang, je bedreigt hem, en als je niet krijgt wat je hebben wilt, pak je een hakmes en hakt zijn hand af.'

'Zo zou ik het doen.'

Will glimlachte.

Sara glimlachte terug.

In zijn zak zoemde zijn telefoon. Hij nam niet op. 'Het was bekend dat Vasquez mobieltjes in zijn lichaam verstopte. Zouden ze hem daarom hebben opengesneden?'

'Ze hebben hem niet zozeer opengesneden als wel herhaaldelijk op hem ingestoken,' zei Sara. 'Als ze op zoek waren naar een telefoon, heeft die klap met de sock lock tegen de ribben hetzelfde effect gehad als een Valsalva-manoeuvre. Het is niet voor niets dat cipiers je laten hoesten bij het vooroverbuigen. Door de toegenomen druk op de onderbuik ontspant de sluitspier zich. Bij de eerste klap zou het telefoontje al naar buiten zijn gekomen. Bovendien heeft het weinig zin om de buik open te snijden. Als ik op zoek was naar een telefoon in je kont, zou ik in je kont kijken.'

Faith wist het moment altijd feilloos te kiezen. 'Stoor ik?' vroeg ze.

Will nam zijn telefoon uit zijn zak. De gemiste oproep was van Faith. 'We denken dat de moordenaars van Vasquez ergens naar op zoek waren. Naar informatie. Misschien naar een geheime bergplaats.'

'Vasquez' cel was schoon,' zei Faith. 'Geen verboden spullen. Te oordelen naar zijn kunstverzameling hield hij van halfnaakte dames en van Jezus Christus.' Met een zwaaitje naar Sara nam ze Will weer mee door de kantine. Ze hield haar handen als een kom om haar neus tegen de stank. 'Nick en Rasheed hebben onze lijst met verdachten teruggebracht tot achttien mogelijke kandidaten. Niemand is veroordeeld voor moord, maar er zitten er wel twee bij die voor doodslag zijn veroordeeld, en er is een vingerbijter.'

'Zijn eigen vinger of die van iemand anders?'

'Van iemand anders,' zei Faith. 'Gek genoeg zijn er geen betrouwbare getuigenverklaringen, maar wel veel verklikkers met allerlei verzonnen samenzweringstheorieën. Wist je dat de Diepe Staat een pedofielensyndicaat runt via het bibliotheeksysteem van de gevangenissen?'

'Ja,' zei Will. 'Denk je dat er een persoonlijk motief achter deze moord zit?'

'Absoluut. We zijn toch op zoek naar twee latino's van ongeveer Vasquez' leeftijd die tot zijn intimi behoorden?'

Will knikte. 'Wanneer is zijn cel voor het laatst doorzocht?'

'Zestien dagen geleden is de hele gevangenis uitgekamd. De directeur had acht interventieteams opgeroepen om de cellen binnenstebuiten te keren. De plaatselijke sheriff had twaalf hulpsheriffs vrijgemaakt. Shock-and-awe. Niemand zag het aankomen. Ruim vierhonderd telefoons werden in beslag genomen, zo'n tweehonderd opladers, en de gebruikelijke drugs en wapens, maar het echte probleem waren de telefoons.'

Will wist wat ze bedoelde. Mobiele telefoons in een gevangenis vormden een groot gevaar, hoewel niet alle gevangenen ze voor criminele doeleinden gebruikten. De staat pakte een deel van de opbrengst van alle vaste telefoongesprekken: een telefoonkaart kostte minimaal vijftig dollar, een kwartier bellen was ongeveer vijf dollar, en telkens als je de kaart opwaardeerde, betaalde je weer vijf dollar. En dat terwijl je voor ongeveer vijfentwintig dollar per uur een klaptelefoon van een medegevangene kon huren.

Bovendien waren er de criminele doeleinden. Met een smartphone kon je persoonlijke informatie over cipiers opzoeken, via versleutelde teksten kon je toezicht houden op criminele organisaties, familie van gevangenen afpersen en het allerbelangrijkste: geld inzamelen. In de gevangenis hadden apps zoals Venmo en PayPal sigaretten en chips verdrongen als betaalmiddel. Geraffineerdere bendes gebruikten de bitcoin. De Aryan Brotherhood, de Irish Mob Gang en de United Blood Nation haalden miljoenen binnen via het staatsgevangenissysteem.

Het blokkeren van mobieletelefoonsignalen was verboden in de Verenigde Staten.

Will hield de deur voor Faith open terwijl ze naar buiten liepen. De zon stond te blakeren boven de verlaten luchtplaats. Achter de smalle celraampjes zag hij schimmen. Hier en daar klonk geschreeuw. De beklemming van de lockdown was bijna tastbaar, als een schroef die langzaam in de bovenkant van je hoofd werd geboord.

'Het administratiegebouw.' Faith wees verderop, naar een laag bouwwerk met een plat dak. Ze liepen er met een omweg naartoe, over het voetpad in plaats van in een rechte lijn over de opeengepakte rode klei van de luchtplaats.

Ze passeerden drie cipiers, die met hun blik op oneindig tegen het hek leunden. Er viel niets te bewaken. Ze verveelden zich al even stierlijk als de gevangenen. Of misschien wachtten ze hun kans af. Tijdens het oproer waren zes collega's gewond geraakt. Als groep stonden cipiers niet bekend om hun vergevingsgezindheid.

Faith zei zachtjes: 'De directeur ging helemaal over de rooie vanwege die telefoons. De isoleerafdeling zat al helemaal vol. Het luchten werd opgeschort, de winkel ging dicht, bezoek werd stopgezet, alle computers en tv's gingen uit, en zelfs de bibliotheek ging op slot. Twee weken lang was er voor die gasten niets anders te doen dan elkaar opfokken.'

'Slimme manier om een opstand uit te lokken.' Will opende weer een deur. Ze liepen langs kantoorvertrekken die op de gang uitkeken. Geen enkele stoel was bezet. In plaats van bureaus waren er klaptafels zodat niemand iets kon verbergen. Het administratieve werk werd grotendeels door gevangenen gedaan. Met hun drie cent per uur viel niet te concurreren.

De kamer van de directeur had geen raam dat op de gang uitkeek, maar Will herkende Amanda's bedrieglijk kalme stem aan de andere kant van de gesloten deur. Hij vermoedde dat de man ziedend was. Gevangenisdirecteurs hielden niet van extern onderzoek. Weer een reden waarom hij finaal over de zeik was gegaan vanwege al die geconfisqueerde telefoons. Niets was vernederender dan een van je gedetineerden vanuit de gevangenis op tv te horen.

'Hoeveel telefoontjes werden er gepleegd tijdens de opstand?' vroeg Will.

'Een naar CNN en een naar 11-Alive, maar er fietste een verkiezingsschandaaltje doorheen, dus niemand die er aandacht aan besteedde.'

Ze waren in een lange, brede gang aangekomen, met een nog langere rij gevangenen. Hun achttien moordverdachten, vermoedde Will. De mannen waren als een verzameling treurige gelijkbenige driehoeken neergezet. Hun bovenlichamen leunden schuin naar voren, hun benen waren gestrekt, hun enkels geknikt en hun gewicht rustte op hun voorhoofd, dat de muur raakte. De twee toezichthoudende cipiers waren duidelijk een stel doorgedraaide klootzakken.

Het protocol voor lockdown hield in dat iedere gevangene buiten zijn cel in een zogenoemd vierdelig pak in bedwang moest worden gehouden. Polsen geboeid, boeien aan de voorkant vastgemaakt aan een buikketting. Enkelboeien vastgemaakt aan een ketting van dertig centimeter met voldoende ruimte voor de twostep. Als je op die manier was vastgeketend en bovendien met je voorhoofd tegen een betonnen muur moest leunen, kregen je nek en schouders het zwaar te verduren. Doordat je handen door de zwaartekracht naar voren werden getrokken, gaf de buikketting extra druk op je onderrug. Blijkbaar stonden de mannen al enige tijd in deze houding. De muur zat vol zweetvegen. Will zag trillende ledematen. Kettingen rinkelden als munten in een wasdroger.

'Jezus christus,' mompelde Faith.

Toen Will achter haar aan langs de rij liep, zag hij een bonte verzameling tattoos in de bekende gevangenisinkt en getekend met onvaste lijnen. Alle gevangenen leken boven de dertig, en dat kon wel kloppen. Uit ervaring wist Will dat mannen onder de dertig allerlei stommiteiten begingen. Als een man na zijn dertigste nog in de gevangenis zat, was dat omdat hij het zwaar had verkloot, zelf zwaar was genaaid of nog steeds het soort foute beslissingen nam waardoor hij in het systeem bleef.

Zonder te kloppen opende Faith de deur naar de verhoorkamer. Special agents Nick Shelton en Rasheed Littrell zaten aan de tafel met een stapel mappen voor zich.

'...ik zweer het, die meid had een kont als een centaur.' Rasheed onderbrak zijn verhaal toen Faith binnenkwam. 'Sorry, Mitchell.'

Fronsend deed Faith de deur dicht. 'Ik ben geen paardmens.'

'Shit, betekent het dat?' Rasheed lachte goedmoedig. 'Alles lekker, Trent?'

Bij wijze van groet hief Will zijn kin.

Faith nam de mappen op tafel door. 'Zijn dit alle gevangenisdossiers?'

Het dossier van een gevangene was een soort levensdagboek: arrestatieverslagen, veroordelingsrichtlijnen, transportgegevens, medische statussen, geestelijkegezondheidsclassificatie, risiconiveau, onderwijsniveau, behandelingsprogramma's, bezoekverslagen, tuchtmaatregelen, religieuze voorkeur, seksuele geaardheid.

'Zit er iemand bij?' vroeg ze.

Rasheed gaf de relevante informatie over de achttien gevangenen op de gang. Will hield zijn hoofd naar de special agent toe gedraaid, alsof hij aandachtig naar hem luisterde, maar ondertussen probeerde hij te bedenken wat hij tegen Nick Shelton moest zeggen.

Jaren geleden, toen Nick was gedetacheerd bij het GBI-bureau in het zuidoosten van de staat, had hij nauw samengewerkt met Sara's overleden man. Jeffrey Tolliver was politiechef in Grant County geweest. Tijdens zijn studie had hij in het universiteitsfootballteam gespeeld, en als je de verhalen moest geloven, was hij een geweldenaar geweest. Nicks samenvattingen van hun zaken lazen soms als een filmscript, waarin Jeffrey Tolliver de Lone Ranger was geweest, met Nick als Tonto – maar dan wel een Tonto die klonk als Foghorn Leghorn en zich kleedde als een Bee Gee in vrijetijdstenue, met gouden kettingen en veel te strakke spijkerbroeken. Samen hadden ze pedofielenbendes, drugssmokkelaars en moordenaars uitgeschakeld. Jeffrey had zijn reputatie te gelde kunnen maken en in een veel grotere stad een prachtcarrière kunnen opbouwen, maar hij had roem en glorie links laten liggen en gekozen voor Grant County als werkterrein.

Waarschijnlijk zou Sara voor de derde keer met hem zijn getrouwd als hij tijdens het tweede huwelijk niet was gestorven.

'Daar kunnen we iets mee,' zei Faith, die in tegenstelling tot Will wel naar Rasheeds opsomming had geluisterd. 'Verder nog iets?' vroeg ze.

'Neu.' Nick krabde door zijn Barry Gibb-baard. 'Nemen jullie de kamer maar. Rash en ik gaan nog even met drie getuigen babbelen.'

Faith nam Rasheeds stoel en ging op zoek naar veelbelovende verdachten. Will zag dat ze er meteen de tuchtmaatregelen uitpikte. Ze geloofde heilig dat de geschiedenis zich altijd herhaalde.

'Hoe is het de laatste tijd met Sara?' vroeg Nick aan Will.

In gedachten liet Will een reeks vernederende antwoorden de revue passeren, maar uiteindelijk zei hij: 'Ze is in de kantine. Vraag het haar maar.'

'Bedankt, man. Doe ik.' Nick reikte naar Wills schouder in een gebaar dat het midden hield tussen een greep en een klop, waarna hij de kamer uit liep.

Wat hij had gedaan was een kruising tussen de zenuwkneep van een Vulcan en het opruwen van een hondenrug, en Will dacht er langer over na dan nodig was.

Faith wachtte tot de deur dichtklikte. 'Was dat ongemakkelijk?'

'Hangt ervan af aan welk deel van het paard je het vraagt.' Will legde zijn hand op de kruk, maar deed de deur nog niet open. 'Hoe pakken we dit aan? Ik betwijfel of die gasten het prettig vinden om door een vrouw ondervraagd te worden.'

'Dat kan wel kloppen.' Ze trok een dossier uit de stapel. 'Maduro.'

Hij opende de deur. De cipier stond op de gang te wachten. 'Haal die mannen van de muur, en snel, voor ik je je longen laat uitpissen,' zei Will zachtjes.

De man schonk hem een giftige blik, maar zoals de meeste pestkoppen was hij een lafaard. Hij keerde zich naar zijn gevangenen toe. 'Mannen! Op de vloer!'

Er klonk een collectieve kreun van opluchting. Moeizaam maakten de gevangenen zich los van het beton. Ze hadden allemaal een felrode plek op hun voorhoofd en keken glazig uit hun ogen. Sommigen konden nauwelijks zitten. Anderen lieten zich met een zucht van verlichting op de vloer zakken.

'Maduro, jij eerst!' riep Will.

Een gedrongen spierbundel van een man wilde net neerhurken, maar stopte halverwege. Hij draaide zich op één voet om, waarbij zijn enkels door de korte ketting bleven steken. Dertig centimeter was niet veel, ongeveer de lengte van twee dollarbiljetten met de korte kanten aan elkaar. Stijf en moeizaam zette Maduro zich in beweging. Hij hield zijn buikketting omhoog om te voorkomen dat die in zijn heupbeenderen sneed. Er zaten speldenprikjes bloed op de plek waar het beton in zijn voorhoofd had gebeten. Hij schuifelde de deur door en bleef voor de tafel staan.

De gevangenissen in Georgia waren op paramilitaire leest geschoeid. Als ze niet geketend waren, moesten de gedetineerden zich met hun handen samengevouwen op hun rug verplaatsen. Ze werden geacht kaarsrecht te staan, hun cel smetteloos schoon te houden en hun lakens strak in te stoppen. Het allerbelangrijkste was dat ze de cipiers met respect moesten aanspreken: *yes sir, no sir, mag ik mijn ballen krabben, sir?*

Maduro keek Will afwachtend aan.

Will sloeg zijn armen over elkaar en liet Faith het voortouw nemen, want het ging hier om moordverdachten. Die mochten niet kiezen door wie ze ondervraagd werden.

'Ga zitten,' gebood Faith. Ze vergeleek zijn ID-kaart en foto met die van het dossier. 'Hector Louis Maduro. Je zit vier jaar uit voor een hele reeks inbraken. En je kunt nog eens anderhalf jaar verwachten voor deelname aan de opstand. Ben je op je rechten gewezen?'

'*Español.*' De man leunde met zijn volle gewicht achterover op zijn stoel. '*Tengo derecho legal a un traductor. O te podrías sacar la camisa y te chupo esas tetas grandes.*'

Emma's vader was tweede generatie Mexicaans-Amerikaans. Faith had Spaans geleerd om hem in twee talen op stang te kunnen jagen. '*Yo puedo traducir por ti, y puedes hacerte la paja con esa verguita de nada cuando vuelves a tu celda, pendejo de mierda.*'

Maduro trok zijn wenkbrauwen op. 'Shit, bleekscheet, die vuilbekkerij heb je vast niet op de wittemeisjesschool geleerd.'

Faith kwam meteen ter zake. 'We weten dat je met Jesus Vasquez omging.'

'Hoor eens.' Met zijn handen om de tafelrand geslagen boog Maduro zich naar voren. 'Je komt hier allerlei gasten tegen die beweren dat ze onschuldig zijn, maar ik ben niet onschuldig, oké? Ik heb de inbraken gepleegd waarvoor ik hier zit, maar ik kan je één ding vertellen: ik heb heel veel onrecht zien gebeuren in deze inrichting – personeel tegen gevangenen, gevangenen onderling – en je moet weten dat ik een christen ben, en goed is goed en fout is fout, dus toen ik zag dat gevangenen zich verenigden rond een gemeenschappelijk doel, namelijk het opkomen voor en garanderen van de mensenrechten van –'

'Mag ik je TED-talk even onderbreken?' zei Faith. 'Ken je Jesus Vasquez?'

Maduro schonk Will een nerveuze blik.

Die keek onbewogen. Hij had tijdens talloze verhoren geleerd dat stilte een zeer effectieve manier was om een gesprek op gang te brengen.

'Je bent in het verleden op het bezit van mobiele telefoons betrapt,' zei Faith. 'Er staan twee aantekeningen in je dossier wegens ruzie met –'

Opeens stoof Nick de kamer in alsof de duivel hem op de hielen zat. Zo te zien had hij gerend. Zweet droop van zijn bakkebaarden. In zijn vuist klemde hij een verkreukeld blaadje. 'Naar buiten,' zei hij tegen Maduro.

Faith keek Will vragend aan. Will haalde zijn schouders op. Nick was al twintig jaar bij het GBI. Hij had alles gezien, van gruwelijk tot dom. Als híj ergens van ondersteboven was, hoorden ze allemaal ondersteboven te zijn.

'Moven.' Nick duwde Maduro naar de cipier op de gang. 'Sluit ze weer op.'

De deur ging dicht. Nick zweeg. Hij streek het papier glad op de tafel. Er droop zweet op. Hij haalde hijgend adem.

Weer keek Faith Will vragend aan.

Weer haalde hij zijn schouders op, net als vijf tellen eerder.

Ze deed haar mond al open om te vragen wat er was, maar toen begon Nick te praten.

'Een gevangene genaamd Daryl Nesbitt heeft me dit briefje gegeven. Hij wil een deal. Hij zegt dat hij weet wie Vasquez heeft vermoord en hoe de telefoons de gevangenis binnenkomen.'

Nu keek Will Faith vragend aan. Dit was een buitengewoon positieve ontwikkeling. Maar waarom keek Nick zo ontzet?

Faith had de tegenwoordigheid van geest om de vraag te stellen: 'Wat staat er nog meer in dat briefje?'

Nick antwoordde niet, wat het nog vreemder maakte. In plaats daarvan draaide hij het papier om en schoof het naar haar toe.

Ze liet haar blik over de woorden gaan en las de belangrijkste gedeelten voor. 'Wil onderhandelen. Hij weet waar de telefoons worden verstopt –'

'Derde alinea,' zei Nick.

Faith las door: '"Ik ben het slachtoffer van een politiesamenzwering in een klein stadje, waardoor ik de rest van mijn leven in de gevangenis zit voor een misdaad die ik niet heb gepleegd."'

Will las niet over haar schouder mee. Hij bestudeerde Nicks gezicht, waar de tegenstrijdige gevoelens van afdropen. Het enige waar Nick zeker van leek te zijn was dat hij niet in Wills richting wilde kijken.

'"Dat luizige district was net een snelkookpan,"' vervolgde Faith. '"Een blanke studente van de universiteit werd aangevallen. De hele campus sloeg op tilt. Geen vrouw die zich nog veilig voelde. De politiechef moest iemand arresteren. Wie dan ook. Anders raakte hij zijn baan kwijt. Toen verzon hij een reden om mij te kunnen pakken."'

Faith keerde zich naar Will toe. Ze had vooruitgelezen en gezien dat dit een heel vervelende kant op ging.

Will hield zijn blik op Nick gericht, die opeens met alle geweld de versierde metalen punten van zijn blauwe cowboylaarzen wilde oppoetsen. Hij haalde een witte zakdoek tevoorschijn, boog zich voorover en wreef als een schoenpoetser over het zilver.

Faith las verder: '"Ik ben onschuldig. Zonder die corrupte smeris en zijn nog corruptere team zou ik hier niet zitten. Heel Grant County geloofde de vuile leugens van de chef."'

Ze las door, maar Will had alles al gehoord wat hij moest weten.

Universiteit. Grant County. De chef.

Nesbitt doelde op Jeffrey Tolliver.

2

Faith maakte gebruik van het herentoilet, want het enige damestoilet was op tien minuten lopen, in de bezoekersvleugel. Ze waste haar handen bij de groezelige wasbak en spetterde koud water tegen haar gezicht. Er zou een schuurspons aan te pas moeten komen om het gevangenisvuil uit haar poriën te boenen.

Zelfs hier in het administratiegebouw was alles doortrokken van wanhoop. Uit de isolatieafdeling klonk geschreeuw. Gehuil. Gebrul. Gesmeek. Faiths huid tintelde, als reactie op haar inwendige vechten-of-vluchten-strijd. Vanaf het moment dat ze door de poort was gelopen, had haar lijf in de vluchtmodus gestaan. Door haar werk was ze eraan gewend meestal de enige aanwezige vrouw te zijn. Maar nu was ze zo ongeveer de enige vrouw in een mannengevangenis, en dat was een heel ander verhaal. Ze mocht niet te ver afdwalen van de mannen die als goed stonden geboekstaafd, en daarmee bedoelde ze de mannen die haar niet aan een groepsverkrachting zouden onderwerpen.

Ze schudde het water van haar handen en weigerde toe te geven aan angst. Ze had al haar denkvermogen nodig om Daryl Nesbitt in de tang te nemen, want ze was niet van plan Sara's leven kapot te laten maken door een lamlendige gevangene die de aandacht probeerde te trekken.

Faith opende de deur. Nick en Will stonden met strakke gezichten op haar te wachten. Het was duidelijk dat ze geen woord hadden gewisseld, want waarom zou je praten als je ook in zwijgend gepeins kon verzinken?

'Ik vertrouw die klootzak van een Nesbitt voor geen cent, jullie wel?' vroeg ze. 'Het is een boef. Ze hebben het nooit gedaan. Ze zijn altijd onschuldig. De politie is altijd corrupt. Fuck die gast. Toch?'

Nick gaf een vaag knikje.

Will keek woedend.

'Wat weet je over Nesbitt?' vroeg Faith aan Nick.

'Ik weet dat hij voor pedofilie is veroordeeld, maar ik heb niet echt in zijn dossier zitten grasduinen.'

Zelf zou Faith alles over Daryl Nesbitt hebben opgediept voor ze als een kip zonder kop zou gaan rondrennen. 'Waarom niet?' vroeg ze.

Nicks onderkaak stak schuin naar voren, als een krop. Daarom keek Will zo nors. Nick zou niet zo aangeslagen zijn geweest als hij ervan overtuigd was dat Daryl Nesbitt loog. Dan zou hij niet de verhoorkamer zijn binnengestormd met een gezicht zo vaal als hotdogwater. Elke actie die Nick tot op dat moment had ondernomen, was als een gigantisch neonbord met een flitsende pijl die op het woord MISSCHIEN! was gericht.

'Kom, dan handelen we dit af.' Zonder Will verder te raadplegen liep Faith de gang op. Een innig gesprek zat er bij hem niet in. Uitgaande van haar ervaring kon ze wel raden wat er door hem heen ging. Hij probeerde te bedenken hoe hij dit alles voor Sara verborgen kon houden.

Faith was een groot voorstander van een zwijgcomplot. Jezus, Sara had haar man vijf jaar geleden zien sterven. Ze was door het hellevuur gekropen om haar verdriet te boven te komen. En nu was ze eindelijk gelukkig met Will. Waarschijnlijk gingen ze trouwen, als Will ooit voldoende moed verzamelde om het haar te vragen. Zolang er niks te melden viel, was er geen enkele reden om Sara over Daryl Nesbitt te vertellen.

Faith ging linksaf, de laatste kamer aan het eind van de gang in.

Nesbitt zat op een stoel achter de klaptafel. Wit, midden dertig, bruin haar met wat grijs erin, een bril die bij de brug met plakband aan elkaar zat. Hij kon zich vrij bewegen. Geen handboeien, geen kettingen. Hij miste een onderbeen. Een onderbeenprothese leunde tegen de muur. Zo'n gast die eeuwig stoned was geweest en die ooit had gedroomd van een carrière als skateboardvirtuoos, maar uiteindelijk was opgepakt voor een overval op een Dunkin' Donuts. Vóór hem op tafel lagen keurige stapeltjes krantenknipsels.

Nick stelde iedereen aan elkaar voor. 'Daryl Nesbitt, special agents Trent en Mitchell.'

Nesbitt kwam meteen ter zake. 'Deze hier...' Hij priemde naar een stapel artikelen. 'Die was tweeëntwintig.' Hij wees naar een ander stapeltje. 'Zij was negentien.'

Faith nam de enige andere stoel in het vertrek, tegenover Nesbitt. De man stonk naar bederf, maar misschien rook ze zichzelf. Haar kleren en haren hadden de geur van de kantine geabsorbeerd. De kamer was klein, niet veel groter dan een cel. Nick ging recht achter de gevangene staan, met zijn rug tegen de muur. Will bleef in de deuropening staan, vlak achter Faith.

Ze liet de stilte voortduren, zodat Nesbitt wist wie hier de baas was. Ze keek nadrukkelijk niet naar de knipsels, maar ze had genoeg gezien voor een eerste indruk. Tien stapeltjes in totaal, elk met vijf of zes artikelen. Twee stapeltjes zagen er vrij recent uit, maar de overige acht waren vergeeld van ouderdom, en van één was de tekst bijna helemaal vervaagd. De grijze woorden liepen schimmig over het papier. Ze zag het logo van *The Grant Observer*. Nick had niets over de krantenartikelen gezegd. Maar Nick zei überhaupt niet veel.

'Als je dat leest...' zei Nesbitt tegen Faith.

'Wacht even.' Ze speelde het formeel en zei: 'Je zit weliswaar in hechtenis, maar je hebt nog altijd het recht om –'

'Ik zie af van mijn rechten.' Nesbitt spreidde zijn handen, met de palmen naar voren. 'Ik ben hier om te onderhandelen. Ik heb niks te verbergen.'

Faith had haar twijfels. Als ze Nesbitt op straat was tegengekomen, zou ze onmiddellijk de crimineel in hem hebben herkend. De slinkse blik. De verslagen, boze stand van zijn schouders. Als die niet iets in zijn schild voerde, werd het tijd dat ze een andere baan zocht.

Hij wees weer naar de krantenartikelen. 'Lees die maar. Dan snap je het.'

Ze las een paar koppen uit het eerste stapeltje knipsels. LICHAAM VAN TIENER IN BOS GEVONDEN. STUDENTE VERMIST. MOEDER SMEEKT POLITIE OM VERMISTE DOCHTER TE ZOEKEN.

Ze bladerde door de andere stapels. Meer van hetzelfde en allemaal in omgekeerde volgorde, zodat het begon met een lijk dat was gevonden en eindigde met een vrouw die niet op haar werk, op school of thuis voor het avondeten was verschenen. Iemand had deze verhalen voor Nesbitt verzameld. Er waren geen kranten in de gevangenis. De artikelen moesten hem per post zijn toegestuurd. En aangezien het echte krantenartikelen betrof, vermoedde ze dat een moeder of een ouder familielid deze taak op zich had genomen.

Faith keek naar de datums boven de koppen. De knipsels uit Grant County waren van acht jaar geleden. De overige uit de tussenliggende jaren. 'Recent zijn ze niet, deze verhalen.'

'Door omstandigheden kan ik maar beperkt onderzoek doen.' Nesbitt wees naar de twee nieuwere gevallen. 'Deze hier werd drie maanden geleden vermist. Haar lichaam is vorige maand gevonden. Deze is gisterochtend gevonden. Gisterochtend!'

Dat laatste woord kwam er snerpend uit. Om duidelijk te maken dat schreeuwen niet geaccepteerd werd, wachtte Faith even voor ze antwoordde. 'Hoe weet je dat er een lijk is gevonden terwijl je sinds dat oproer in lockdown zit?'

Nesbitt smakte zijn lippen open en deed ze snel weer dicht. Hij moest toegang hebben gehad tot een smartphone. 'Ze heet Alexandra McAllister. Haar lichaam is door twee wandelaars gevonden.'

Faith wilde dit kortsluiten met Will. Ze keek achterom en noemde de plaats waar het lichaam was gevonden. 'Sautee Nacoochee.'

Will knikte, maar al zijn aandacht was op Nesbitts gezicht gericht. Hij haalde een leugenaar er altijd feilloos uit. Te oordelen naar het gezicht van de man loog hij niet.

Faith nam het artikel over de verdwijning van Alexandra McAllister van acht dagen geleden vluchtig door. De jonge vrouw was gaan wandelen, maar ze was niet teruggekeerd. Vanwege het slechte weer werd de zoektocht gestaakt. Sautee lag in White County, wat betekende dat het onderzoek werd geleid door het bureau van de sheriff. Faith had op het nieuws gezien dat het lichaam van de vrouw in het bos was gevonden. Volgens de verslaggever werd een misdrijf uitgesloten.

'Hoe kom je hieraan?' vroeg ze aan Nesbitt.

'Van een vriend, maar dat doet er niet toe. Ik heb waardevolle informatie voor jullie.' Nesbitt sloeg zijn handen ineen. Zijn nagels hadden zwarte randen, als schimmel rond een badkamertegel. 'Ik weet wie Jesus Vasquez heeft vermoord.'

'Waarschijnlijk zijn we daar voor het einde van de dag zelf ook achter.' Het was bluf, maar niet geheel onwaarschijnlijk. Ze had de dossiers van de achttien gevangenen ingezien en was er redelijk van overtuigd dat ze de daders bijna te pakken hadden. 'Verlaat-de-gevangenis-zonder-betalen-kaartjes zijn heel duur.'

'Ik kan jullie tijd besparen. Het enige wat ik wil is een eerlijke deal.'

Hij hield iets achter. Dat was duidelijk. Een crimineel liet 'hartelijk' achterwege wanneer hij zijn moeder belde op haar verjaardag.

'Lees maar eens.' Weer wees Nesbitt naar de artikelen. 'Straks ben jij de agent die een seriemoordenaar arresteert. Al die vrouwen zijn gepakt nadat ik was veroordeeld. Dat is de man die jullie moeten hebben. Mij niet. Ik ben onschuldig.'

'Daarin verschil je dan van alle andere gevangenen binnen deze muren.'

'Je luistert verdomme niet!' Nesbitts stem weergalmde in de benauwde kamer. Zijn opeengeklemde kaken hielden een explosie van woorden tegen. Hij was lang genoeg opgesloten geweest om te weten dat je met woede niets bereikte. Maar door die lange opsluiting was zelfbeheersing niet zijn sterkste kant.

'Luister, ik hoor hier niet,' zei hij. 'Ik was op het verkeerde moment op de verkeerde plek. De plaatselijke politie pakte me op omdat een jonge, witte studente was vermoord en ze een dader nodig hadden. Het was regelrechte profilering.'

'Statistisch gezien worden witte vrouwen doorgaans door witte mannen vermoord,' merkte Faith op.

'Ik heb het niet over dat soort profilering!' Nesbitt was zijn woede niet langer de baas. 'Waarom luister je niet naar me, stomme bitch?'

Achter haar rug voelde Faith hoe Will zich als een ratelslang gereedmaakte om toe te slaan.

Nick had zich van de muur afgeduwd.

Nesbitt was ingesloten, maar zijn vuisten waren nog gebald. Zijn kont raakte nauwelijks de stoel. Faith dacht aan alle plekken waar hij haar kon raken voor Will en Nick hem tegenhielden, maar drukte die gedachte weer weg, want ze moest een klus klaren. Tegen Will had ze gezegd dat gevangenen net peuters waren. Eén ding kon Faith als de beste en dat was een opstandig kind aanpakken.

'Time-out.' Ze maakte een T van haar handen. 'Als we in gesprek willen blijven, Nesbitt, zul je iets voor me moeten doen.'

De stoom kwam nog uit Nesbitts oren, maar hij luisterde wel.

'Diep inademen en dan langzaam uitademen,' zei Faith.

Hij keek verward, en daar ging het om.

'Vijf keer. Ik doe met je mee.' Faith ademde diep in om hem op gang te helpen. 'In en uit.'

Uiteindelijk gaf Nesbitt zich gewonnen. Hij liet zijn borst op- en neergaan, en nog een keer, tot de woede geleidelijk uit zijn ogen wegtrok.

Na vijf keer te hebben in- en uitgeademd voelde Faith haar eigen hartslag vertragen. 'Oké, laat maar eens horen. Waarom ben je hiermee naar agent Shelton gegaan in plaats van naar de directeur?'

'Die directeur is een lamlul. Ik ken de wet. Het GBI onderzoekt corrupte wetshandhavers.' Nesbitt spuwde de woorden uit, maar deed wel zichtbaar zijn best om zijn toon te matigen. 'Ik ben het slachtoffer van de corrupte politie. Ik werd eruit gepikt omdat ik arm ben. Omdat ik een strafblad had. Omdat ik altijd achter de meisjes aan zat.'

Meisjes.

'Hoe oud waren die jongedames?' wilde Faith weten.

'Daar gaat het niet om. Jezus.' Nesbitts vuist hing boven de tafel, maar hij hield zich nog net op tijd in. Zonder aansporing ademde hij weer diep in en liet de lucht sissend ontsnappen. Hij stonk uit zijn mond. Ze zag dat zijn huid klam was.

Faith keek even over Nesbitts schouder. Nick had zijn bril opgezet om het verhaal over Grant County te lezen. Acht jaar voelde als een heel leven. Het krantenknipsel was zo oud dat hij het met beide handen vasthield tegen het scheuren. Ze zag aan zijn gezicht dat elk woord dat hij las als een stomp in zijn maag was.

Tegen Nesbitt zei ze: 'Zoals ik al zei, hebben we aardig door hoe het zit met Vasquez, en mochten we besluiten deze zaken te onderzoeken, dan heb je ons de artikelen al gegeven, dus eigenlijk hoeven we niet –'

'Wacht!' Hij wilde haar hand pakken, maar stopte net op tijd. 'Even wachten, oké? Ik heb nog meer.'

Faith wilde terugdeinzen, maar ze liet haar hand op tafel liggen. Ze keek op haar horloge. 'Je hebt één minuut.'

'Vasquez werd vermoord vanwege zijn distributienetwerk.' Nesbitt likte gespannen over zijn lippen in afwachting van een reactie. 'Ik kan jullie vertellen hoe de telefoons hier binnenkomen. Waar ze worden verstopt. Hoe het zit met het geld. Ik ga niet getuigen, maar ik kan jullie precies vertellen waar ze zijn wanneer de telefoons worden binnengebracht.'

Faith legde het nog eens fijntjes uit. 'Dat distributienetwerk kunnen we zelf wel openbreken. Dat hebben we vier jaar geleden ook gedaan. Dankzij die actie zitten er nu vijftig cipiers achter de tralies.'

'Krijgen jullie nog een jaar voor een onderzoek?' vroeg Nesbitt. 'Wil het GBI er bergen tijd, geld en middelen in steken, er de FBI, de drugspolitie en het bureau van de sheriff bij halen en agenten undercover laten gaan voor een nieuwe operatie, die miljoenen gaat kosten en die ervoor zorgt dat jullie je straks dood generen voor al die foute dienders die voor de rechter staan telkens wanneer je het nieuws aanzet?'

De man had zijn huiswerk gedaan. Geld. Federale instellingen. Openbare vernedering. Geen politieambtenaar boven de rang van brigadier zou het niet benauwd krijgen bij elk woord dat over zijn lippen kwam.

'Ik kan jullie de telefoonbende op een presenteerblaadje aanreiken,' zei Nesbitt. 'Jullie krijgen van mij een week om de zaken in die krantenartikelen te bekijken. Een week in plaats van een onderzoek van een jaar. En als bonus kunnen jullie straks een seriemoordenaar inrekenen. Je hoeft alleen maar –'

'Kappen met die bullshit!' Van het ene op het andere moment trok Nick Nesbitts stoel naar achteren en sloeg hem tegen de muur.

Faith was zo geschokt dat ze opstond en haar hand al naar haar riem bracht voor ze besefte dat haar wapen in een kluis bij de metaaldetector lag. 'Agent Shelton!' bulderde ze met haar beste politiestem. 'Weg van –'

'Gore kinderneuker!' Nick greep Nesbitt bij zijn shirt en hees hem overeind. 'Je weet dat je hier niet wegkomt. In je eigen artikel staat dat je veroordeling twee keer is bevestigd. Niemand die je lulkoek geloofde. De jury niet. Het hof van beroep niet. Het staatshooggerechtshof niet.'

'En wat dan nog?' schreeuwde Nesbitt terug. 'Sandra Bland is dood! John Hinckley loopt vrij rond! O.J. speelt golf in Florida! En dan wil je me vertellen dat ons rechtssysteem eerlijk is?'

Nick had zijn gezicht zo dicht bij de man gebracht dat hun neuzen elkaar raakten. Hij zwaaide zijn vuist naar achteren. 'Ik zou die gore bek maar houden, of anders ram ik je tegen de grond!'

Will legde zijn hand op Nicks schouder. Faith had hem niet in actie zien komen, maar opeens stond hij er. Ze zag hem zijn vingers buigen in dezelfde soort schoudergreep die Nick hem in de verhoorkamer had gegeven.

Faith bedacht net op hoeveel manieren dit van kwaad tot erger kon gaan toen de sfeer in de kamer omsloeg.

Langzaam keerde Nick zich om. Hij keek Will aan. Zijn ogen stonden woest, en toen niet meer. Al zijn spieren stonden strak, en toen niet meer. Hij ontspande zijn vuisten. Hij week een stap terug.

'Jezus!' Nesbitt probeerde op zijn ene been bij hem weg te hinken.

Will zette de stoel recht. Hij hielp Nesbitt om te gaan zitten.

Zwijgend smeekte Faith Nick om te vertrekken, maar hij stelde zich weer achter de gevangene op, met zijn handen diep in de zakken van zijn spijkerbroek.

'Klootzak.' Nesbitt streek zijn verkreukelde shirt glad. Hij was zichtbaar aangeslagen.

Dat gold ook voor Faith. Zo pakten ze de dingen niet aan. Ze had Nick nog nooit zo zien ontploffen. Ze wilde het ook nooit meer zien. 'Oké.' Haar stem kwam nauwelijks boven het geroffel van haar hart uit. Ze moest het gesprek weer in goede banen leiden, vooral omdat ze niet naar de getuigenbank geroepen wilde worden door een openbaar aanklager die Nick van geweldpleging tegen een gevangene beschuldigde. 'Nesbitt, ik luister. Vertel maar over die artikelen. Waar moeten we naar kijken?'

Nesbitt veegde met zijn handen over zijn mond. 'Laat je hem daarmee wegkomen?'

'Waar laat ik hem mee wegkomen?' Vol gespeeld ongeloof schudde Faith haar hoofd en verlaagde zich daarmee tot een smeris van het ergste soort. 'Ik heb niks gezien.'

Zonder naar Will te kijken wist ze dat ook hij zijn hoofd schudde.

'Nesbitt,' zei ze. 'De beurt is aan jou. Je praat of we stappen op.'

'Ik ben erin geluisd.' Nesbitt veegde weer over zijn mond. 'De zuivere waarheid. Ik ben besodemieterd.'

'Oké.' Faith voelde het zweet over haar rug gutsen. Ze moest deze man het gevoel geven dat er naar hem werd geluisterd. 'Wie heeft je besodemieterd? Vertel.'

'Die smerige dorpsdienders, nou goed? Die gingen over alles wat er in dat district gebeurde. De aanklager, de rechter, de jury, ze stonken er allemaal in, in die zelfingenomen cowboybullshit.'

Hij draaide zich om, want iedereen moest weten over wat voor cowboybullshit hij het had.

'Oppassen, jongen.' Nick klonk hees. 'Je kunt beter niks zeggen wat je later niet meer terug kunt nemen.'

Nesbitts woede had plaatsgemaakt voor wanhoop. 'Vuile koeienneuker, dacht je dat ik nog wat te verliezen had?'

Nu zou Nick weer iets stoms doen, verwachtte Faith, maar hij hief alleen zijn kin en keek de gang in.

Ze bestudeerde Nesbitts gezicht. Donkere kringen omrandden zijn ogen. Over zijn voorhoofd liepen diepe rimpels. Hij leek een oude man. In de gevangenis verouderde je snel, maar gevangenzitten met een beperking moest een dubbele hel zijn.

In de stilte die viel, trommelde ze met haar vingers op de tafel. Toen vroeg ze: 'Hoe weet je eigenlijk van dat telefoonhandeltje van Vasquez af?'

'Ik werk al zes jaar als conciërge in deze tent. Niemand die me ziet, maar ik zie iedereen.' Nesbitt telde het na op zijn vingers. 'Ik kan je de namen, locaties, leveranciers en dealers geven van de twee gasten die Vasquez hebben vermoord. Ik kan je vertellen wie de telefoons naar binnen smokkelt. Ik kan je vertellen hoe ze het doen. Ik kan je vertellen waar ze ze op dit moment verbergen. Denk je dat de directeur alle telefoons hier heeft gevonden? Een man hoeft maar te schijten en er knalt een mobiel deuntje uit zijn reet.'

Faith liet haar blik over de artikelen uit Grant County gaan en bevestigde wat Nick ook al had gezegd. 'Je bent twee keer zonder resultaat in hoger beroep gegaan. Je weet dat een rechter niet graag toegeeft dat een andere rechter het bij het verkeerde eind had. Hoe denk je beter te worden van een onderzoek?'

'Daar wordt iedereen beter van. Het gaat om corrupte smerissen. Ze hebben de verkeerde opgesloten. Ze hebben mij erin geluisd en de echte moordenaar laten gaan. Het bederf begon in Grant County, toen verspreidde het zich over de hele staat, en nu zijn die andere vrouwen dus ook dood.' Met een zelfingenomen lachje leunde Nesbitt achterover. Hij voelde het tij keren. 'We zitten nog een week in lockdown. Zoals ik al zei, geef ik jullie zolang de tijd om ernaar te kijken.'

'Daarvoor hebben we een inzet nodig,' zei Faith. 'Om te bewijzen dat je je aanbod waar kunt maken.'

'Ik geef jullie één bergplaats zodra ik weet dat jullie serieus werk maken van deze zaken.'

'Verklaar je nader,' zei Faith. 'Wat bedoel je met "serieus werk maken"?'

Hij keek zo mogelijk nog zelfingenomener. 'Dat kom ik dan wel te weten.'

Nog steeds trommelend met haar vingers probeerde Faith zijn spel te doorzien. 'Stel dat we bewijs bovenhalen dat de politie onrechtmatig heeft gehandeld. Dat is nog geen garantie dat jij hier weg mag.'

Nesbitt bevestigde een van haar vermoedens. 'Als die vuile smeerlappen in deze hel eindigen, zou dat op mijn vrijlating na het allermooiste zijn.'

'Vervelend voor jou, maar Jeffrey Tolliver is al vijf jaar dood,' zei Faith.

'Dacht je dat ik dat niet wist? Dat hele klotedistrict was in de rouw. Midden in Main Street is een gedenkplaat, alsof hij een of andere held was, maar hij was gif, zeg ik je.' Nesbitt raakte weer geagiteerd, ditmaal van pure verontwaardiging. 'Tolliver was de bendeleider. Hij leerde zijn hele team hoe ze de wet moesten omzeilen en ermee weg konden komen, en dat doen ze nog steeds. Ik wil die kloteplaat neergehaald zien. Dan schijt ik op zijn naam en steek het ding in de hens.'

Faith moest dit snel afkappen voor Nick zijn geduld weer verloor. 'Ook al zou je informatie kloppen,' zei ze, 'de staat zet geen middelen in voor een wraakactie. We onderzoeken misdaden. We maken ergens een zaak van. We kunnen niet met terugwerkende kracht dode mensen in staat van beschuldiging stellen.'

'Dat klotewijf hier verlinkt Tolliver zodra je met de handboeien rammelt.' Nesbitt priemde met zijn vinger naar een van de artikelen over Grant County.

RECHERCHEUR IN GETUIGENBANK

'Ze is nog altijd bij de politie,' zei hij. 'Ze speelt nog altijd de vuile spelletjes die ze van Tolliver heeft geleerd en maakt alles kapot wat ze aanraakt. Het is jullie taak om corrupte dienders eruit te halen. Als jullie haar eruit halen, garandeer ik je dat ze Tolliver en de hele rest met zich meesleept.'

Ook zonder de artikelen was overduidelijk wie met 'ze' werd bedoeld. In de hele geschiedenis van Grant County kwam maar één vrouwelijke rechercheur voor. Lena Adams was rechtstreeks uit de politieacademie gerekruteerd. Haar veelbelovende begin was verzand in een poel van broddelwerk en smerige trucjes.

Dat wist Faith omdat Lena al eens door het GBI aan een onderzoek was onderworpen. Will had destijds de leiding gehad. Toen Sara het had ontdekt, had ze hem bijna verlaten. En niet zonder reden. Nesbitt had gelijk toen hij zei dat Lena Adams alles kapotmaakte wat ze aanraakte.

Door haar toedoen was Jeffrey Tolliver vermoord.

Met haar hoofd steunend op haar hand las Faith het dossier van Daryl Eric Nesbitt door. Het was zo dik als een bijbel en voor het grootste gedeelte gevuld met medische aantekeningen in verband met zijn amputatie. Haar zicht werd wazig bij het lezen van het ondoorgrondelijke medische jargon. Haar rug deed pijn. Ze balanceerde meer dan dat ze zat op iets wat in deze gevangeniskapel voor een kerkbank moest doorgaan. Ze keek even op naar Will. Hij had zijn gebruikelijke houding aangenomen, leunde tegen een muur en luisterde zonder echt te luisteren. Nick gaf Amanda een samenvatting van wat Nesbitt hun in dat benauwde kamertje had verteld en legde uit waarom hij het haar nu pas vertelde.

Faith vroeg zich af of hij nog ging zeggen dat hij een gevangene had aangevallen, maar Nick ging vooral in op Nesbitts aanmatigende houding. Later die avond, toen ze de slaap probeerde te vatten, zou ze het hele gesprek nog eens doorlopen en zichzelf verwijten dat ze Nick had beschermd. Het was intuïtief geweest, het was van diep vanbinnen gekomen, net zoiets als braken bij voedselvergiftiging.

Het ergste was dat ze wist dat ze het de volgende keer weer zou doen.

Faith knipperde het waas voor haar ogen weg. Ze negeerde Amanda, die op zachte bromtoon een van haar venijnige vragen stelde. Ze keek de ruimte rond, die was ingericht voor alle gezindten, met alle tinten Jezus en ook een ijzeren vergiet, die vermoedelijk voor de Pastafarians was bestemd, een geloof dat na verscheidene rechtszaken wettelijk door de staat werd erkend. De preekstoel was beklad met graffiti. Gekleurde stickers gaven een gebrandschilderd effect aan het enige reepje raam. Het vochtige kapelletje was zo deprimerend dat de paus er atheïst van zou worden.

'Ma'am.' Nick probeerde zich goed te houden. 'Tolliver was zo betrouwbaar als wat. Dat weet u. Hij was een van de beste politiemensen – een van de beste mensen – in de hele staat. Ik heb meer dan eens mijn leven in zijn handen gelegd. Ik zou het zo weer doen als hij nog onder ons was. God, ik zou zo met hem ruilen als het kon.'

Faith keek weer naar Will. Het was al moeilijk genoeg om de concurrentie met een geest aan te gaan. Dat Jeffrey nu praktisch heilig werd verklaard moest onverdraaglijk zijn.

'Is het niet mogelijk om het een los te koppelen van het ander?' vroeg Amanda. 'Om alles op Adams te gooien en Tolliver uit de wind te houden?'

Nick schudde zijn hoofd.

Faith deed hetzelfde. Daryl Nesbitt leek vastbesloten Jeffreys naam door het slijk te halen, samen met die van Lena. Echt weer iets voor dat rotwijf. Ze slaagde er altijd in iedereen om haar heen te bezoedelen.

'Goed.' Amanda knikte afgemeten. 'Nesbitt biedt twee dingen aan. Ten eerste de namen van Vasquez' moordenaars. Ten tweede informatie over de stroom aan mobiele telefoons die deze instelling binnenkomt. In ruil daarvoor geeft hij ons een week om de zaken van de dode vrouwen uit die artikelen te heropenen en om een onderzoek naar Grant County in te stellen. Klopt dat?'

'Ja,' beaamde Nick.

Faith knikte.

Will hield nog steeds de muur overeind.

'Laten we beginnen met de moord op Vasquez,' vervolgde Amanda. 'Er zijn twee verdachten. Maduro en wie nog meer?'

'Ik ga voor Michael Padilla,' zei Nick. 'Een bottenbreker, tegen het psychotische aan. Is vanuit Gwinnett naar hier overgeplaatst nadat hij de vinger van een andere gevangene had afgebeten.'

Faith was de naam tijdens het inlezen tegengekomen. 'Het is niet zo'n rare gedachte dat een vingerafbijter ook een handafhakker kan zijn.'

'Nick, probeer eens of je Maduro tegen Padilla kunt opzetten,' zei Amanda. 'Als we de moord op Vasquez kunnen afwikkelen, heeft Nesbitt nog maar één poot om op te staan.'

Er ging een schok door Faith heen. Amanda wist niet dat Nesbitt een prothese had, en Faith wist niet hoe ze dat zo luchtig mogelijk kon aankaarten.

'Nick!' riep Amanda. 'Sara krijgt hier niets van te horen. Begrepen?'

'Yes, ma'am.' Nick had een norse trek om zijn mond. Op weg naar buiten klopte hij Will op zijn schouder. Faith wist niet of hij Will zijn steun aanbood, hem bedankte omdat hij tussenbeide was gekomen bij dat akkefietje met Nesbitt of dat hij hem jende. Het minste wat ze kon doen was Jeffrey Tollivers naam zo weinig mogelijk noemen.

'Faith,' zei Amanda. 'Vat het eens voor me samen.'

'Oké, nu wordt het tricky. Grant County heeft Nesbitt nooit aangeklaagd voor moord.'

Amanda trok een wenkbrauw op. 'O nee?'

'Theoretisch is het onderzoek nog open en de moord wordt als onopgelost beschouwd. Er was allerlei indirect bewijs waardoor ervan uit werd gegaan dat Nesbitt de moordenaar was. Wat vooral tegen hem pleitte, was het feit dat de narigheid ophield zodra hij achter de tralies verdween.'

'Het Wayne Williams-paradigma.'

'Klopt. Nesbitt werd gearresteerd en veroordeeld voor andere misdaden die tijdens het moordonderzoek waren ontdekt zonder er verband mee te houden, maar er wordt van uitgegaan dat hij de onderliggende misdrijven wel heeft gepleegd,' zei Faith. 'Als ik een slecht cliché moest gebruiken, zou ik zeggen dat Nesbitt schaakt in plaats van damt. Hij denkt dat als we hem vrijpleiten van die moord hij opnieuw aan zet is en de overige beschuldigingen van het bord kan vegen.'

'En die zijn?'

'Aanvankelijk werd Nesbitt door Grant County betrapt op een hele zooi kinderporno op zijn computer. We hebben het over de leeftijdsgroep van acht tot elf.' Faith verdrong de gedachte aan haar eigen kinderen. 'Hij kreeg vijf jaar met eventueel voorwaardelijke vrijlating na drie jaar, maar zover is het nooit gekomen. Die gast is kampioen zelf toegebracht letsel. Hij was de poort nog niet door of het gezeik begon al. Vechtpartijen, niet doorverkopen van smokkelwaar, spullen stelen van de verkeerde mensen. Uiteindelijk sloeg hij een cipier knock-out, die pas twee weken later uit zijn coma ontwaakte. Nesbitt kreeg twintig jaar boven op zijn eerdere straf wegens poging tot moord op een gevangenbewaarder.'

'Dat wordt een gevalletje Buck Rogers Time,' zei Amanda, ouderwets slang voor een vrijlatingsdatum zo ver in de toekomst dat het op een illusie ging lijken. ‘Veel heeft Nesbitt niet te verliezen. Het is een notoir probleemgeval. Wat is jouw indruk? Denkt hij echt dat hij straks de poort uit loopt?’

‘Zijn been is tot onder zijn knie geamputeerd.’

‘Maakt dat iets uit voor je antwoord?’

‘Nee.’ Faith probeerde zich in Nesbitt te verplaatsen. ‘Hij zit vast voor die aanval op de cipier, ongeacht wat er met zijn oorspronkelijke zaak gebeurt. Er is geen oorzakelijk verband tussen de vermeende schending van zijn grondrecht en wat hij de cipier heeft aangedaan. Maar nu wordt het schaakspel interessant. Stel dat de wolk wordt weggenomen die wegens dat onderzoek in Grant County boven zijn hoofd hangt. Als Nesbitt de aanklacht wegens kinderporno van zijn strafblad weet te krijgen, gaat hij uit de beveiligde bewaring. Hij kan dan een verzoek indienen voor overplaatsing. De poging tot moord op de cipier blijft staan, maar ik zie wel een scenario waarin hij verminderde toerekeningsvatbaarheid aanvoert vanwege zijn handicap. Daarmee versiert hij een ticket voor een halfopen inrichting, een countryclub vergeleken met waar hij nu zit.’

‘Denk je dat hij ons piepelt om betere accommodatie te krijgen?’

‘Hij piepelt ons zonder meer. Het blijft een crimineel. Nesbitt zou dit niet doen als hij niet minstens twintig verschillende lijntjes heeft uitgezet. Ik heb het gevoel dat wraak op Grant County zijn grootste drijfveer is, maar als we zijn oorspronkelijke zaak heropenen, kan hij er allerlei andere voordeeltjes uit slepen. Aandacht. Speciale behandeling. Tripjes naar het politiebureau, naar de rechtszaal.’

‘Will?’ vroeg Amanda. ‘Nog iets aan toe te voegen?’

‘Nee.’

Tegen Faith zei ze: ‘Vertel eens over Nesbitts verzoeken om herziening van zijn proces.’

‘Hij ging op twee punten in beroep tegen zijn veroordeling wegens bezit van kinderporno.’ Voor de zekerheid raadpleegde Faith haar aantekeningen. ‘Ten eerste zei hij dat het onderzoek waarbij de inhoud van zijn harde schijf werd aangetroffen onwettig was. De politie was niet in het bezit van een huiszoekingsbevel en er was geen gerede aanleiding om zijn woning binnen te gaan. Hij kwam nergens als verdachte bovendrijven.'

'En ten tweede?'

'Als de politie wel gerede aanleiding had gehad om zijn huis binnen te gaan, hadden ze hun onderzoek moeten beperken tot het opsporen van een verdachte of een wapen, niet van een computerbestand. Voor de computer hadden ze een apart huiszoekingsbevel nodig gehad.'

Amanda trok weer haar wenkbrauw op, want hiermee kregen Nesbitts advocaten vastere grond onder de voeten. 'En?'

Faith had het warm. Inmiddels was Wills aandacht gewekt. Hij had een merkwaardig zesde zintuig dat in werking trad wanneer iets dreigde te ontsporen. 'Een van de rechercheurs verklaarde tijdens het proces onder ede dat ze de bureaulades had doorzocht op wapens en per ongeluk tegen de laptop had gestoten. Het scherm ging aan; ze zag kinderpornobeelden, en Nesbitt werd in staat van beschuldiging gesteld wegens bezit van illegaal beeldmateriaal.'

'Lena Adams.' Amanda's van afschuw vervulde toon sprak boekdelen. Geen van hen geloofde het verhaal. Daarom was Nick zo fel geweest toen ze Nesbitt verhoorden. Wat Faith betrof, die zou Lena Adams nog niet geloven als de corrupte rechercheur op een stapel bijbels zwoer dat de zon in het oosten opkwam.

Faith legde het ten overvloede nog eens uit. 'Als we tijdens een onderzoek ontdekken dat Lena loog over hoe die porno op Nesbitts computer werd ontdekt, wordt elke zaak waaraan ze ooit heeft gewerkt onder een microscoop gelegd. En dan heeft Nesbitt een verdomd goed argument om die beschuldiging wegens porno van zijn strafblad te krijgen. In feite zouden we een pedo helpen.'

'Je zei net dat hij in de gevangenis zou blijven.'

'Maar dan wel in een fijnere.'

'Dat zien we dan wel weer.' Met haar handen samengevouwen onder haar kin ijsbeerde Amanda tussen de preekstoel en de muur. 'Vertel eens over die krantenartikelen.'

Faith had liever wat langer op Nesbitt zitten broeden, maar Amanda had gelijk.

'Kennelijk komen ze allemaal uit *The Atlanta Journal-Constitution*, op de stukken over Grant County na, die zijn uit *The Grant Observer*. Toen ik Nesbitt vroeg hoe hij aan de artikelen kwam, zei hij dat "een vriend" ze had gestuurd.'

'Moeder? Vader?'

'Volgens zijn dossier stierf Nesbitts moeder aan een overdosis toen hij nog een jongen was. Zijn stiefvader heeft hem opgevoed, maar die zit al bijna tien jaar in de Atlanta Penitentiary. Ze schrijven of bellen elkaar niet. Nesbitt heeft geen andere familie. Hij heeft nog nooit bezoek gehad sinds hij vastzit. Hij belt of mailt nooit. Tenzij hij een gesmokkelde telefoon gebruikt, dan is alles mogelijk.'

'Ik dien een verzoek in voor inzage in Nesbitts post. Er is een centrale plek waar alle correspondentie van en naar gevangenen wordt gescand en gecheckt op eventuele criminele activiteiten.' Amanda tikte de opdracht in haar telefoon. 'Wat zit er achter Nesbitts deadline van een week?' vroeg ze. 'Wat gebeurt er over een week?'

'Dan wordt de lockdown opgeheven. Misschien is zijn informatie over die gesmokkelde telefoons niet meer relevant wanneer de gevangenen hun cel weer uit mogen. Misschien krijgt hij op zijn flikker als ontdekt wordt dat hij met de politie heeft gepraat.' Ze haalde haar schouders op. 'Misschien zit hij lang genoeg vast om te weten dat traagheid de vijand is van vooruitgang.'

'Misschien.' Amanda liet haar telefoon weer in haar zak verdwijnen. 'Moet ik me zorgen maken om Nick?'

Faiths maag trok samen. 'Iedereen geeft weleens aanleiding tot zorg.'

'Bedankt, Agent Gelukskoekje.' Met een handgebaar zette ze weer vaart achter het gesprek. 'Wat staat er in die artikelen?'

'Er waren in totaal acht mogelijke slachtoffers, Grant County uiteraard niet meegerekend.' Faith raadpleegde haar aantekeningen. 'Het waren allemaal witte vrouwen tussen de negentien en eenenveertig. Het waren studentes, administratiemedewerksters, een ambulancemedewerkster en een dierenartsassistente. Getrouwd. Gescheiden. Alleenstaand. De oudste artikelen gaan over zaken in Grant County. De overige bestrijken de daaropvolgende acht jaar en gaan over zaken in

Pickens, Effingham, Appling, Taliaferro, Dougall, en als het klopt wat hij zegt over die vrouw die gisteren is gevonden, ook in White County.'

'Dus iemand heeft de staat als dartbord gebruikt.' Amanda keerde zich om en liep terug naar de preekstoel. 'Modus operandi?'

'Alle vrouwen werden door vrienden of familie als vermist opgegeven. Ze werden tussen de acht dagen en drie maanden later gevonden, gewoonlijk op bebost terrein. Niet verborgen, gewoon liggend op de grond. Sommigen op hun rug, anderen op hun buik of zij. De meesten waren aangevreten door lokale wilde dieren, vooral de lijken in het noorden. Alle slachtoffers hadden hun eigen kleren nog aan.'

'Verkracht?'

'Dat vermelden de artikelen niet, maar als we het over moord hebben, hebben we het naar alle waarschijnlijkheid ook over verkrachting.'

'Doodsoorzaak?'

Faith hoefde haar aantekeningen niet te raadplegen, want alle doden waren op min of meer dezelfde manier geclassificeerd. 'Geen van de lijkschouwers heeft iets afwijkends opgemerkt, dus dit is wat we hebben: onbekend, vermoedelijk geen opzet in het spel, onbekend, onduidelijk, en ga zo maar door.'

Amanda fronste haar voorhoofd, maar ze was duidelijk niet verrast. Op districtsniveau was alleen een lijkschouwer bevoegd om een overlijden als verdacht aan te merken en te vragen om een autopsie door een professionele patholoog. Lijkschouwers waren stuk voor stuk gekozen functionarissen en een medische opleiding was niet vereist. Slechts één lijkschouwer in Georgia was arts. De rest bestond onder andere uit begrafenisondernemers, leraren, een kapper, de eigenaar van een autowasserette, een verwarmingsmonteur, een bootmonteur en de eigenaar van een schietbaan.

'In sommige krantenartikelen wordt over moord gespeculeerd,' zei Faith, 'maar niets concreets. Misschien waren de plaatselijke dienders het niet met de lijkschouwer eens en lekten ze naar de pers om wat meer druk op een onderzoek te zetten. Ik zou naar elk individueel district moeten afreizen om de dossiers van die zaken op te vragen, en dan zouden we de rechercheurs en getuigen moeten ondervragen om te zien of er verdachten waren. Dat zijn dus acht verschillende politiedistricten waarmee onderhandeld moet worden.'

Faith verzweeg de shitzooi die hieruit voort zou vloeien. Het GBI was een staatsinstelling, zoals de FBI een federaal orgaan was. Op een beperkt aantal uitzonderingen na vielen plaatselijke zaken buiten hun bevoegdheid, ook moord. Ze konden niet zomaar binnen komen walsen om een onderzoek over te nemen. Dat kon pas na een verzoek door de plaatselijke sheriff, de plaatselijke openbaar aanklager of op bevel van de gouverneur.

'Ik kan informeel wel navraag doen bij bepaalde bronnen,' zei Amanda. 'Vertel eens over de slachtoffers. Blond? Lelijk? Mooi? Klein? Dik? Zongen ze in het koor? Speelden ze fluit?'

Ze zocht iets wat de vrouwen verbond. 'Ik kan alleen afgaan op de foto's bij de artikelen,' zei Faith. 'Sommigen waren blond. Anderen hadden bruin haar. Sommigen droegen een bril, anderen niet. Eén had een beugel. Sommigen hadden kort haar, anderen droegen het lang.'

Amanda vatte het samen. 'Afgezien van Grant County hebben we dus acht verschillende vrouwen van uiteenlopende leeftijden, die op verschillende terreinen werkzaam waren, totaal niet op elkaar leken en allemaal dood werden aangetroffen zonder duidelijke doodsoorzaak, en in verschillende gebieden van een staat met duizenden onopgeloste vermissingszaken, in een land waar elk jaar zo'n driehonderdduizend vrouwen en meisjes als vermist worden opgegeven.'

'Het bos,' zei Will.

Amanda en Faith keerden zich naar hem toe.

'Dat is de verbindende factor,' zei hij. 'De lichamen werden allemaal op bebost terrein achtergelaten.'

'Twee derde van de staat is bebost,' zei Amanda. 'Het is moeilijker om een lijk níét in een bos achter te laten. Tijdens het jachtseizoen staat de telefoon roodgloeiend.'

'We moeten weten hoe ze zijn gestorven,' zei Will. 'Op het oog zijn ze niet op gewelddadige wijze om het leven gebracht, en hun lijken zijn niet uitgestald zoals je dat van een seriemoordenaar zou verwachten. Moord was hier ondergeschikt aan verkrachting.'

Faith probeerde zijn theorie in een helder verhaal om te zetten. 'Volgens jou is het geen seriemoordenaar. Denk je dat het om een serieverkrachter gaat die zijn slachtoffers doodt omdat ze hem kunnen identificeren?'

'Laten we het woord "serie" niet al te lichtvaardig gebruiken,' mengde Amanda zich erin. 'Daryl Nesbitt is een veroordeelde pedofiel die ons voor zijn karretje probeert te spannen. Series zie je op tv.'

Faith bestudeerde haar aantekeningen. Ze wist dat Amanda gelijk had. Maar ze was ook lang genoeg bij de politie om op haar intuïtie te durven vertrouwen. Ze wist zeker dat als ze Amanda in stukjes zou kunnen verdelen, ze dezelfde tinteling zou aantreffen die haar eigen botten deed trillen.

'Heb je gehoord van al die verkrachtingskits die op de plank lagen en nu eindelijk worden onderzocht?' vroeg Will.

'Uiteraard,' zei Amanda. 'Naar aanleiding daarvan hebben we tientallen arrestaties verricht.'

'Sara heeft me over een paper verteld die in een van haar medische tijdschriften heeft gestaan.' Will lichtte het toe: 'Een paar masterstudenten hebben de methodes bestudeerd die de daders van de opgeloste zaken toepasten. Op enkele uitzonderingen na beperkten de serieverkrachters zich niet tot één bepaalde werkwijze, ontdekten ze. Soms is zo'n gast gewelddadig, maar soms ook niet. Soms neemt hij de vrouw mee naar een andere locatie, maar soms ook niet. Een en dezelfde man gebruikt de ene keer een mes en de andere keer een pistool, of hij bindt het ene slachtoffer vast met touw en het volgende met tiewraps. Het komt erop neer dat de MO van een serieverkrachter verkrachting is.'

Faith werd bevangen door een verpletterend gevoel van moedeloosheid. Op de academie werd telkens benadrukt dat bij elk onderzoek moest worden uitgegaan van de modus operandi.

'En?' was Amanda's reactie.

'Als alle zaken uit Nesbitts artikelen verband met elkaar houden, gaan we de moordenaar niet vinden door de slachtoffers aan elkaar te linken via hun werk of hun hobby's.'

'Laten we uit al die districten verkrachtingsrapporten opvragen.'

Faith voelde wel iets voor Wills verhaal. 'Misschien zijn er andere slachtoffers die hij wel heeft verkracht, maar niet heeft vermoord. Misschien hebben ze zijn gezicht niet gezien. Misschien besloot hij ze te laten gaan.'

'Wil je echt duizenden verkrachtingsrapporten van de afgelopen acht jaar verzamelen?' vroeg Amanda. 'En de vrouwen die wel zijn verkracht, maar geen aangifte hebben gedaan? Moeten we soms de deuren langsgaan?'

Faith zuchtte zich door de bitterheid heen.

'We moeten erachter zien te komen hoe de slachtoffers zijn gestorven,' zei Will. 'Hij heeft ze omgebracht zonder dat er een zichtbare doodsoorzaak werd gevonden. Zo gemakkelijk is dat niet. Bot vertoont sporen van kogels en messteken. Bij wurging wordt het tongbeen meestal gebroken. Toxicologisch onderzoek toont vergiftiging aan. Hoe doodt hij ze?'

Faith vond het nog steeds een goede theorie. 'Als hij een verkrachter is die moordt in plaats van een moordenaar die –'

'Die academische paper waarnaar je verwijst is niet meer dan dat, gewoon een academische paper.' Amanda veranderde van onderwerp. 'Laten we eens teruggaan naar Nesbitt. Waardoor was hij zo op die artikelen gefocust?'

'Is Nesbitt wel degene die erop gefocust was?' vroeg Faith zich af. 'Hij werkt samen met iemand van buiten. We moeten uitvinden wie die zogenaamde vriend is en hoe hij ertoe is gekomen om specifiek deze artikelen te kiezen.'

'Misschien is de vriend de moordenaar,' opperde Will. 'Of een copycat.'

'Of een gek. Of een navolger,' zei Faith. 'Nesbitt zei dat hij het wel te weten zou komen als we "serieus werk maken van het onderzoek". Daarvoor heeft hij iemand van buiten nodig. Een privédetective bijvoorbeeld. Of een cipier. Of God verhoede een politieagent.'

'Daar gaan we nog even niet van uit,' waarschuwde Amanda. 'Nesbitt doet alsof hij alles weet, maar hij komt er alleen achter dat we onderzoek doen zoals de rest van de wereld erachter komt. De hele pers zal zich op een mogelijke moordzaak storten. Niet alleen de lokale, maar ook de nationale pers. Ik wil juist vermijden dat we op de nek gezeten worden. Vanaf nu blijft alles onder ons. We moeten zo ver onder de radar blijven dat een slang ons nog niet doorheeft.'

Daar kon Faith het niet mee oneens zijn, maar alleen omdat ze geneigd was Daryl Nesbitt geen millimeter tegemoet te komen. 'Het is hoe dan ook subjectief. Wanneer is iets een serieus onderzoek? Wie mag dat definiëren? Een veroordeelde kinderlokker? Dacht ik toch niet.'

'Voorlopig gaan we uit van wat voor ons ligt,' zei Amanda. 'Nick zet ik op de moord op Vasquez. Zelf ga ik Nesbitts vriend van buiten opsporen. Jullie tweeën gaan achter Lena's versie van dat onderzoek in Grant County aan. Ze moet destijds nog in uniform zijn geweest. Die heeft vast alles opgetekend, tot en met de temperatuur. Ga voorzichtig te werk. Ze zal de kluit toch niet altijd bedonderen? Misschien hebben we haar nog nodig. Vanmiddag komen we weer bij elkaar en besluiten we hoe we verdergaan.'

'Wacht even.' Wat Will vervolgens zei overviel Amanda al evenzeer als Faith. 'Sara heeft het recht om te weten wat er gebeurt.'

'Wat gebeurt er dan?' vroeg Amanda. 'We hebben een pedofiel die met vergezochte beschuldigingen strooit. We hebben wat krantenartikelen waar geen lijn in te ontdekken valt. Het zou me niks verbazen als dit de poging van een gevangene is om ons om de tuin te leiden. Wat denken jullie?'

'Sara was patholoog-anatoom in Grant County,' zei Will. 'Ze herinnert zich misschien –'

'Hoe denk je dat Sara reageert als Jeffrey Tolliver ervan beschuldigd wordt dat hij aan het hoofd stond van een corrupt team? Kijk wat het met Nick heeft gedaan. In al die jaren heb ik hem nog nooit zo aangeslagen gezien. Denk je dat Sara het lichter zal opvatten? Lena Adams is er nota bene bij betrokken.' En toen gaf Amanda de genadestoot. 'Dat liep de vorige keer niet zo goed voor je af, toch?'

Will zei niets, maar ze wisten allemaal dat Sara woedend was geweest toen Will zich de laatste keer had laten meeslepen in Lena's bullshit. Niet zonder reden. Mensen in Lena's directe omgeving moesten het nogal eens met de dood bekopen.

'We hebben informatie nodig, Wilbur. We onderzoeken zaken. We gaan dus op onderzoek uit.' Amanda zette een punt achter de discussie. 'Lena Adams woont nog altijd in Macon. Jullie tweeën gaan er nu op af en peuteren de waarheid uit haar los. Ik wil haar kopieën van dossiers, van autopsierapporten, haar aantekenboekjes, haar cocktailservetjes, de hele handel. Zoals ik al zei: doe voorzichtig. Maar vergeet niet dat Adams degene is die ons met deze shitzooi heeft opgezadeld. Als dit fout gaat, kan ze het terugkrijgen, en niet zo zuinig ook.'

Faith wilde achter haar aan de kapel uit lopen, maar Will stond erbij alsof hij in een brok cement was veranderd.

Amanda richtte zich tot hem. 'Als jij ermee instemt dat we Sara hier voorlopig buiten houden, zorg ik ervoor dat de lijkschouwer van White County haar op de meest recente zaak zet.'

Will wreef over zijn kaak.

'Nog geen vijf minuten geleden zei je dat we de dader kunnen vinden aan de hand van zijn moordmethode. Als Sara autopsie heeft gepleegd op het eerste slachtoffer, herkent ze misschien de handtekening van de dader bij het recentste geval.'

'Ze is een volwassen vrouw, geen wichelroede,' zei Will.

'En jullie werken allebei voor mij. Het is mijn zaak. Het zijn mijn regels.' Amanda haalde haar telefoon uit haar zak. Ze keerde hun de bovenkant van haar hoofd toe en daarmee was het gesprek beëindigd. Al tikkend liep ze de kapel uit.

Will ging op de kerkbank zitten. Het hout kraakte. 'Negentig procent van alle ruzies die ik met Sara heb gehad, ging erover dat ik dingen voor haar verzwijg,' zei hij.

Dat percentage leek nogal aan de lage kant, maar Faith ging er niet tegen in. 'Weet je, ik zou nog niet weten hoe een gezonde relatie eruitzag als Octo Tentakel het voor me uittekende, maar dit is een van de zeldzame gevallen dat ik het met Amanda eens ben. Wat verzwijg je eigenlijk voor Sara? Op dit moment vallen we van de ene *what the fuck* in de andere.'

Hij wreef weer over zijn kaak. 'Dus jullie zeggen: wacht een paar uur, zie wat we boven water krijgen, maar hoe dan ook, vertel haar de waarheid vanavond pas?'

Hoewel dat 'vanavond' nieuw was, vroeg Faith: 'Wil je echt dat Sara zich de komende zes uur suf piekert over iets wat nergens op uit hoeft te draaien?'

Eindelijk begon Will te knikken, heel traag.

Faith keek op haar horloge. 'Het is bijna twaalf uur. Onderweg naar Macon versieren we wel een lunch.'

Weer knikte hij, maar toen vroeg hij: 'En stel dat het wel ergens op uitdraait?'

Faith moest hem het antwoord schuldig blijven. Het ergste was natuurlijk het besef dat een seriemoordenaar jarenlang ongehinderd zijn gang had kunnen gaan. Het op een na ergste was van persoonlijker aard. Een onterechte veroordeling leidde tot een schandaal zonder weerga. De pers zou alles tot op de bodem uitzoeken. De corruptie. Het proces. Het onderzoek. De verhoren. De rechtszaken. De onvermijdelijke podcasts en documentaires.

Will vatte het samen: 'Sara maakt straks die hele moord op haar man opnieuw mee.'

GRANT COUNTY – DINSDAG

3

Vanaf de campus sloeg Jeffrey Tolliver links af Main Street in. Hij deed het raampje naar beneden om wat frisse lucht binnen te laten. Een koude wind floot door de auto. Het statische geknetter van de mobilofoon vormde een zachte grondtoon. Hij kneep zijn ogen samen tegen de vroegeochtendzon. Pete Wayne, de restauranteigenaar, tikte tegen zijn pet toen Jeffrey langsreed.

Het voorjaar was vroeg dat jaar. De kornoeljes weefden al een wit gordijn langs de trottoirs. De dames van de tuinclub hadden bloemen in de bakken langs de straat geplant. Op de stoep bij de ijzerwarenzaak was een tuinhuisje uitgestald. Voor de kledingwinkel stond een rek met UITVERKOOP. De straat was een plaatje, daar deden zelfs de donkere wolken in de verte niets aan af.

Grant County had zijn naam niet te danken aan Ulysses S., de generaal uit het Noorden aan wie Lee zich bij Appomattox had overgegeven, maar aan Lemuel Pratt Grant, de man die aan het einde van de negentiende eeuw de spoorbaan vanuit Atlanta door het zuiden van Georgia naar zee had doorgetrokken. De nieuwe spoorbanen hadden stadjes als Heartsdale, Avondale en Madison op de kaart gezet. De mais, het katoen en de pinda's die de vlakke velden en rijke aarde hadden voortgebracht, hadden tot de beste van de staat behoord. Om de snelgroeiende nieuwe middenklasse te voorzien, waren bedrijven als paddenstoelen uit de grond geschoten.

Op elke periode van welvaart volgde altijd een periode van neergang, en de eerste kwam tijdens de crisis van de jaren dertig. De drie stadjes konden alleen overleven door samen te werken. Om geld te besparen hadden ze de drinkwatervoorziening, afvalverwerking, brandweer en politie samengevoegd. Dankzij hun zuinigheid hadden ze het hoofd boven water kunnen houden, tot er door de bouw van een legerbasis in Madison opnieuw gouden tijden aanbraken. Een tweede periode van voorspoed werd ingeluid toen Avondale werd aangewezen als onderhoudscentrum voor de spoorlijn tussen Atlanta en Savannah. Een paar jaar later wist Heartsdale de staat over te halen een hogeschool aan het eind van Main Street te financieren.

Deze gouden tijden waren van ver voor Jeffreys komst, maar hij kende de politieke krachten die tot de huidige recessie hadden geleid. Hij had het zien gebeuren in zijn eigen geboortestadje in Alabama. De BRAC-commissie had de legerbasis gesloten. Reaganomics, het politieke beleid uit de jaren tachtig, was doorgesijpeld naar de spoorwegindustrie en het onderhoudscentrum had steeds minder te doen gehad. Toen kwamen de handelsovereenkomsten en de schijnbaar eindeloze oorlogen, en vervolgens had de wereldeconomie een duik gemaakt en was rechtstreeks in het riool beland. Als de hogeschool er niet was geweest, die inmiddels was uitgegroeid tot een technische universiteit gespecialiseerd in agribusiness, zou Heartsdale dezelfde neerwaartse trend hebben vertoond als elk ander Amerikaans plattelandsstadje.

Je kon het aan verstandige planning toeschrijven of aan stom geluk, maar Grant Tech vormde de levensader van het district. De studenten hielden de lokale bedrijven overeind. De lokale bedrijven tolereerden de studenten zolang die hun rekeningen betaalden. De eerste opdracht die Jeffrey als politiechef van de burgemeester had gekregen, was het tevreden houden van de universiteit, tenminste als zijn baan hem lief was.

Hij betwijfelde ten zeerste of hij de universiteit die dag tevreden kon houden. In het bos was een lichaam gevonden. Het betrof een meisje, waarschijnlijk een studente, en ze was dood. De eerste agent ter plaatse had tegen Jeffrey gezegd dat het een ongeluk leek. Het meisje droeg hardloopkleren. Ze lag plat op haar rug. Kennelijk was ze over een boomwortel gestruikeld en met haar achterhoofd tegen een steen geslagen.

Het was niet de eerste keer dat er een student overleed in de periode dat Jeffrey politiechef was. Op de universiteit stonden ruim drieduizend jongeren ingeschreven. Statistisch gezien zou er elk jaar een klein aantal sterven. Sommigen aan hersenvliesontsteking of longontsteking, anderen door zelfmoord of een overdosis, en sommigen – voornamelijk jongemannen – door hun eigen stomme schuld.

Een dodelijk ongeluk in het bos was zonder meer tragisch, maar er was iets met dit sterfgeval wat Jeffrey niet helemaal lekker zat. Hij liep ook weleens hard in datzelfde bos. Hij was vaker dan hem lief was over een boomwortel gestruikeld. Zo'n val kon tot allerlei letsel leiden. Een gebroken pols als je jezelf kon opvangen. Een gebroken neus als dat niet lukte. Als je op je zij viel, kon je een klap tegen je slaap krijgen of een schouder ontwrichten. Je kon jezelf op talloze manieren verwonden, maar het was zeer onwaarschijnlijk dat je je halverwege de val omdraaide en plat op je rug smakte.

Hij reed met een scherpe bocht Frying Pan Road in, de hoofdstraat van een wijk die in de volksmond IHOP heette, want alle straten waren genoemd naar gerechten die je op het menu van een International House of Pancakes aantrof. Pancake Place. Belgian Waffle Way. Hashbrown Way.

Jeffrey zag het zwaailicht van een politiewagen over de zuidwesthoek van Omelet Road strijken. Hij parkeerde zijn Town Car dwars op de weg. Toeschouwers stonden op hun gazons. De zon hing nog laag aan de hemel. Sommigen waren gekleed voor het werk, anderen droegen nog het besmeurde uniform van de nachtdienst.

'Rol de tape uit om die lui op afstand te houden,' zei hij tegen Brad Stephens, een van zijn aspirant-agenten.

'Yes, sir.' Opgewonden rommelde Brad met zijn sleutels om de kofferbak te openen. De jongen was zo groen dat zijn moeder zijn uniformen nog streek. De voorgaande drie maanden had hij bekeuringen uitgeschreven en de troep opgeruimd na verkeersongelukken. Dit was Brads eerste zaak met dodelijke afloop.

Terwijl Jeffrey de straat in liep, nam hij de omgeving in ogenschouw. Langs de stoepranden stonden oude auto's en pick-ups. IHOP was een arbeiderswijk, maar hij moest toegeven dat het er beter uitzag dan de wijk waarin hij zelf was opgegroeid. Hier en daar zag hij een dichtgetimmerd raam, maar de meeste gazons waren keurig netjes. De buitenlampen deden het nog. De verf bladderde af, maar er hingen schone gordijnen voor de ramen, en de vuilcontainers stonden braaf in de rij te wachten op de komst van de vuilniswagen.

Jeffrey tilde het deksel van de dichtstbijzijnde container op. Die was leeg.

Hij zag zijn team in een uitgestrekt open veld dat achter de huizen langs liep. Het bos begon vlak na de helling, minstens honderd meter verderop. Jeffrey liet de straat achter zich. Een trottoir ontbrak. Terwijl hij over een in het gras uitgesleten pad door braakliggend terrein liep, speurde hij de grond af. Sigarettenpeuken. Bierflesjes. Proppen aluminiumfolie. Toen hij zich bukte om beter te kunnen kijken, ving hij een vleug kattenpis op.

'Chef.' Lena Adams kwam op een drafje naar hem toe. De blauwe uniformjas van de jonge agente was zo ruim dat hij tot onder haar kin reikte. Jeffrey nam zich voor om de volgende keer dat hij uniformen bestelde zich in damesmaten te verdiepen. Klagen deed Lena niet, maar hij vond het een gênante misser.

'Was jij de eerste agent ter plaatse?' vroeg hij.

'Yes, sir.' Ze begon uit haar notitieboekje voor te lezen. 'Om 5.58 uur kwam de 911-oproep binnen, vanaf een mobiel. Ik werd er meteen op afgestuurd en arriveerde hier om 6.02 uur. Om 6.03 uur trof ik de beller, die me op het veld tegemoetkwam. Agent Brad Stephens kwam om 6.04 uur, ter assistentie. Truong nam ons mee naar de locatie. Om 6.08 uur stelde ik vast dat het slachtoffer was overleden. Ik noteerde de positie van het lichaam en zag een grote, bebloede steen naast het hoofd van het slachtoffer. Om 6.09 uur belde ik rechercheur Wallace. We hebben toen het gebied rond het lichaam met tape afgezet en gewacht tot Frank om 6.22 uur arriveerde.'

Onderweg naar de locatie had Frank Jeffrey gebeld. Die was al op de hoogte van de bijzonderheden, maar met een knikje naar Lena gaf hij te kennen dat ze door mocht gaan. Je leerde alleen door dingen te doen.

Lena begon weer te lezen. 'Het slachtoffer is een witte vrouw tussen de achttien en vijfentwintig jaar, gekleed in een rood hardloopshort en een marineblauw T-shirt met het logo van Grant Tech. Ze is gevonden door een andere studente, Leslie Truong, tweeëntwintig jaar. Truong neemt dit pad vier à vijf keer per week. Ze gaat naar het meer om tai chi te doen. Truong kende het slachtoffer niet, maar ze was behoorlijk aangeslagen. Ik heb aangeboden een auto te laten komen om haar naar de verpleegpost op de campus te brengen. Ze zei dat ze liever ging lopen, dan had ze tijd om het te laten bezinken. Ze leek me nogal zweverig.'

Jeffreys kaak verstrakte. 'Je hebt haar in haar eentje terug laten lopen naar de campus?'

'Ja, chef. Ze zei dat ze naar de verpleegkundige ging. Ik heb haar laten beloven dat ze –'

'Dat is minstens twintig minuten lopen, Lena. En in haar eentje.'

'Ze zei dat ze –'

'Stop.' Het kostte Jeffrey moeite zijn stem in bedwang te houden. Politiewerk leerde je vooral door fouten te maken. 'Nooit meer doen. We dragen getuigen altijd over aan familie of vrienden. We laten ze geen wandeling van drie kilometer maken.'

'Maar ze –'

Jeffrey schudde zijn hoofd, hoewel dit niet het moment was om Lena over medeleven te onderhouden. 'Ik wil voor het einde van de dag met Truong praten. Ook al kende ze het slachtoffer niet, wat ze heeft gezien was traumatisch. Ze moet weten dat er iemand is die de leiding heeft en zich ontfermt over mensen.'

Lena knikte plichtmatig.

Jeffrey gaf het op. 'Lag het slachtoffer op haar rug toen je hier kwam?'

'Yes, sir.' Lena bladerde naar het einde van haar notitieboekje. Ze had een ruwe schets gemaakt van het lichaam in relatie tot een groep bomen. 'De steen lag rechts van haar hoofd. Haar kin was iets naar links gedraaid. Geen duidelijke sporen in de aarde. Ze heeft zich niet omgedraaid. Ze is op haar rug terechtgekomen en heeft met haar hoofd de steen geraakt.'

'Die vaststelling laten we aan de lijkschouwer over.' Hij wees naar de aluminiumfolie. 'Iemand heeft hier onlangs meth gerookt. Junkies zijn gewoontedieren. Verzamel alle incidentrapporten van de afgelopen drie maanden om te zien of we een naam aan de folie kunnen koppelen.'

Lena had haar pen al in de aanslag, maar ze schreef niet.

'Vandaag wordt de vuilnis opgehaald,' vervolgde Jeffrey. 'Iemand gaat met het vuilnisteam praten. Ik wil weten of ze iets verdachts hebben gezien.'

Lena keek achterom naar de straat en toen naar het bos. 'Het slachtoffer is gestruikeld, chef. Ze is met haar hoofd op een grote steen geklapt. Die zit onder het bloed. Waar hebben we getuigen voor nodig?'

'Was je erbij toen het gebeurde? Is dat wat je gezien hebt?'

Lena bleef hem het antwoord schuldig. Jeffrey begon het veld over te lopen, en ze moest rennen om hem bij te kunnen houden. Ze zat nu drieënhalf jaar bij het korps, maar ze was slim en doorgaans luisterde ze goed, dus deed hij zijn best haar zoveel mogelijk bij te brengen.

'Goed onthouden, want dit is belangrijk,' zei hij. 'Deze jonge vrouw heeft familie. Ze heeft ouders, misschien broers en zussen, vrienden. We zullen ze moeten vertellen dat ze dood is. Ze moeten weten dat we er alles aan gedaan hebben om de doodsoorzaak vast te stellen. Je behandelt elke zaak als moord tot het tegendeel is bewezen.'

Lena's pen kwam eindelijk in beweging. Ze noteerde elk woord. Hij zag haar het woord 'moord' twee keer onderstrepen. 'Ik neem de incidentrapporten door en maak werk van de vuilniswagen.'

'Hoe heet het slachtoffer?'

'Ze had geen ID bij zich, maar Matt doet nu navraag op de campus.'

'Mooi.' Van alle rechercheurs in het korps was Matt Hogan het meest begaan. Ook onder de straatagenten zaten fijne kerels. Jeffrey had geboft met de meeste teamleden die hij had geërfd. Er waren maar een paar lamstralen bij, en die had hij er tegen het einde van het jaar uitgewerkt. Na vier jaar had hij zich voldoende bewezen om de rotte appels te mogen verwijderen.

'Chef.' Frank stond midden op het veld. Hij was twintig jaar ouder dan Jeffrey en zag eruit als een astmatische walrus. Toen de positie van politiechef vrijkwam, had Frank ervoor bedankt. Hij moest niets van intriges hebben en kende zijn tekortkomingen. Zolang het werk betrof wist Jeffrey dat de rechercheur hem zou steunen. Van de andere aspecten van zijn leven was hij minder zeker.

'Brock...' Frank hoestte om de sigaret in zijn mond heen. 'Brock kwam er net aan. Hij loopt nu naar het lichaam. Ze ligt daarzo, zo'n zestig meter verderop, aan de andere kant van de heuvel.'

Dan Brock was de districtslijkschouwer. In het dagelijks leven was hij uitvaartondernemer. Jeffrey vond hem bekwaam in zijn vak, maar twee dagen geleden was zijn vader aan een hartaanval gestorven. Brock senior was onderaan de trap gevonden, wat Jeffrey niet verbaasde. De man was een stille drinker. Hij had naar alcohol gestonken.

'Denk je dat Brock het aankan?' vroeg hij.

'Hij is er nog steeds kapot van, arme kerel. Hij was heel hecht met zijn pa.' Om onverklaarbare redenen verscheen er een grijns op Franks gezicht. 'Ik denk dat het goed komt.'

Jeffrey draaide zich om, benieuwd naar wat Frank zo vrolijk stemde.

Sara Linton naderde over het braakliggende terrein. Ze droeg een zonnebril en had haar kastanjebruine haar in een paardenstaart. Ze had een wit shirt met lange mouwen aan en een bijpassende korte rok.

'O, fantastisch,' mompelde Lena. 'Tennis barbie komt ons redden.'

Jeffrey schonk haar een waarschuwende blik. Rond zijn scheiding had hij de vergissing begaan om tegen Lena over Sara te klagen. Sindsdien had ze zich het recht op beledigende opmerkingen aangemeten.

'Kijk eens of Brock niet verdwaald is,' beval Jeffrey. 'En zeg dat Sara er is.'

Lena liep weg, maar het ging niet van harte.

Frank drukte zijn sigaret uit op zijn schoenzool toen Sara op hen afkwam.

Met onverholen genoegen zag Jeffrey haar naderen. Objectief gezien was ze beeldschoon. Ze had lange, slanke benen. Haar bewegingen bezaten een bepaalde gratie. Ze was de slimste vrouw die hij ooit had ontmoet, en hij kende een heleboel ongelooflijk intelligente vrouwen. Na hun scheiding had hij zichzelf wijsgemaakt dat ze hem haatte. Pas zeer recent was hij gaan beseffen dat Sara iets ergers dan haat voor hem koesterde. Ze was diep in hem teleurgesteld.

En als hij eerlijk was, moest hij toegeven dat hij ook in zichzelf teleurgesteld was.

'Ik zou je helemaal verrot kunnen slaan,' zei Frank, 'en dan was het nog niet genoeg voor wat jij hebt gedaan.'

'Bedankt, vriend.' Jeffrey gaf hem een niet-gemeend schouderklopje. Sara's familie was al even verweven met de lokale gemeenschap als de universiteit. Frank kaartte met haar vader. Zijn vrouw deed vrijwilligerswerk met Sara's moeder. Als Jeffrey de schoolmascotte had onthoofd, zou hij minder bagger over zich heen hebben gekregen.

'Fijn je te zien, snoes.' Frank liet zich door Sara op zijn wang kussen. 'Ben je net terug uit Atlanta?'

'Ik heb besloten een nachtje te blijven. Hallo.' Sara smeet het woord in Jeffreys gezicht. 'Mijn moeder vertelde me over dat lichaam. Ze dacht dat Brock wel wat hulp kon gebruiken.'

Jeffrey besefte dat Frank hen niet alleen ging laten. Hij besefte ook dat het dinsdagochtend was. Normaal zou Sara zich nu gereedmaken voor haar werk. 'Beetje vroeg voor tennis,' zei hij.

'Ik heb gisteren gespeeld. Die kant op?' Ze wachtte zijn antwoord niet af, maar volgde het spoor naar het bos.

Frank ging naast Jeffrey lopen. 'Sara komt rechtstreeks uit Atlanta, maar ze draagt dezelfde kleren als gisteren. Wat zou dat te betekenen hebben?'

Jeffrey proefde het metaal van de vullingen in zijn kiezen.

'Hoe is het met Parker?' riep Frank naar Sara. 'Ben je weer mee geweest in zijn vliegtuig?'

Het metaal veranderde in bloed.

Sara antwoordde niet, dus daarom zei hij tegen Jeffrey: 'Parker was vroeger gevechtspiloot bij de marine. Zo'n echt *Top Gun*-type. Tegenwoordig is hij advocaat. Rijdt in een Maserati. Eddie heeft me over hem verteld.'

Jeffrey zag het al helemaal voor zich: Sara's vader die zich tijdens een gezellig kaartspelletje de informatie liet ontvallen in de wetenschap dat Frank Jeffrey met de details om de oren zou slaan.

Weer moest Frank lachen. Toen hoestte hij, want zijn longen zaten vol teer.

De joligheid werd Jeffrey te gortig. Ze waren op weg naar een dode jonge vrouw. Hij keek op zijn horloge en zei tegen Sara's rug: 'Het slachtoffer is een halfuur geleden gevonden. Lena kreeg het telefoontje.'

Sara draaide zich niet om, maar haar paardenstaart wipte op en neer toen ze knikte. Jeffrey zei tegen zichzelf dat het goed was om haar erbij te hebben. Zij had vóór Brock de functie van lijkschouwer bekleed en anders dan de uitvaartondernemer was zij arts.

Deze zaak vroeg om een deskundige die zich over het slachtoffer uitsprak. Hij had in niemand zoveel vertrouwen als in Sara. Dat het gevoel niet wederzijds was, was de laatste tijd gaan wringen.

Er was inmiddels een jaar verstreken sinds ze de scheiding had aangevraagd. Hij had gedacht dat Sara's woede uiteindelijk wel zou doven, maar die kreeg eerder iets van een eeuwige vlam. Rationeel begreep hij wel waarom ze het niet los kon laten. Het was al erg genoeg dat hij zo stom was geweest om vreemd te gaan, maar daarbij had hij haar ook nog vernederd. Sara had hem op heterdaad betrapt met een andere vrouw, in hun bed, in hun huis. Iedere normale vrouw zou woest zijn geweest. Wat ronduit beangstigend was geweest, was wat Sara vervolgens had gedaan.

Jeffrey had geroepen dat ze moest wachten, maar Sara had niet gewacht. Met een deken om zijn middel had hij haar door het huis achternagezeten. Op weg naar buiten had ze de honkbalknuppel gepakt die hij altijd bij de voordeur had staan. Net toen Jeffrey de veranda op was gestrompeld, had ze de Louisville Slugger naar achteren gezwaaid. Ze had bij zijn Ford Mustang uit 1968 gestaan. Hij had een soort gejank uitgestoten.

Maar Sara had zijn auto niet vernield. Ze had de knuppel op de grond gegooid en was naar haar Honda Civic gelopen. In plaats van weg te rijden had ze haar arm door het open raampje gestoken, de handrem naar beneden gedrukt en de auto in zijn vrij gezet, en toen had ze hem het meer in laten rijden.

Jeffrey was zo geschokt geweest dat hij de deken had laten vallen.

Al meteen de volgende dag had Sara een echtscheidingsadvocaat in de arm genomen, een BMW Z4 cabrio gekocht en haar ontslag ingediend als districtspatholoog. Clem Waters, de burgemeester, had Jeffrey gebeld en hem de brief voorgelezen. Die bestond uit één zin en gaf geen nadere uitleg, maar tegen die tijd was het hele stadje op de hoogte, en Clem had Jeffrey de wind van voren gegeven.

Vervolgens had ook Marla Simms, de secretaresse van het politiebureau, Jeffrey de wind van voren gegeven.

De derde die hem de wind van voren had gegeven was Pete Wayne, toen Jeffrey zijn restaurant was binnengelopen voor de lunch.

Jeb McGuire, de plaatselijke apotheker, wilde niet voor hen onderdoen en had amper een woord gezegd toen hij Jeffrey zijn bloeddrukverlagers had gegeven.

Cathy Linton, Sara's kerkgaande, godvruchtige en zelfingenomen heilige van een moeder, had een afwerend handgebaar gemaakt toen ze elkaar op het parkeerterrein waren tegengekomen.

Tegen de tijd dat Jeffrey zich had teruggetrokken in zijn bedompte kamer in de Kudzu Arms bij Avondale, was hij blij geweest met de stilte. Daarna had hij heel veel whisky gedronken, naar allerlei wezenloze tv-programma's gekeken en was hij geleidelijk aan tot de conclusie gekomen dat het allemaal zijn eigen schuld was. Zijn fout was niet zozeer dat hij was vreemdgegaan, maar dat hij zich had laten betrappen. Jeffrey was in een klein stadje opgegroeid. Hij had moeten weten dat hij het bij het hele district verbruide als hij Sara bedonderde.

Frank liet weer een rauwe hoest horen toen ze dieper het bos in liepen. De sfeer was nu gepast somber. Het was koud geworden. Schaduwen schoven over de grond. In de verte zag Jeffrey het gele politielint dat om de bomen was gewikkeld. Lena had een wijde cirkel rond het lichaam afgezet.

Sara's voet gleed uit over een steen. Jeffreys hand schoot uit naar haar onderrug om haar op te vangen. Hij zag voor zich hoe dat een jaar eerder zou zijn gegaan. Sara zou naar achteren hebben gereikt en in zijn hand hebben geknepen. Of ze zou naar hem hebben geglimlacht. Wat dan ook, behalve wat ze nu deed, namelijk zich nadrukkelijk van hem losmaken.

Terwijl ze de heuvel overstaken, begon Frank harder te hoesten. Ze bleven voor het lint staan. Het slachtoffer lag ongeveer vijf meter verderop. Het meisje was slank, zo'n één meter vijfenzestig en woog misschien vijfenvijftig kilo. Gesloten ogen. Lippen iets uiteen. Donkerbruin haar. Hardloopkleren. De steen naast haar hoofd zat half in de grond en was zo groot als een voetbal. Er liep een netwerk van donker bloed overheen. Uit haar rechterneusgat was een straaltje bloed weggestroomd. Op haar polsen en enkels waren geen sporen te zien. Zichtbare kneuzingen ontbraken ook, maar waarschijnlijk was ze nog geen uur dood. Het duurde even voor er blauwe plekken verschenen.

Net toen Jeffrey aan Lena wilde vragen of ze het lichaam echt niet had omgedraaid, hoorde hij gesnik. Hij draaide zich om.

Dan Brock hing tegen een boom, met zijn handen voor zijn gezicht. Zijn lichaam schokte van verdriet.

'Brock.' Sara snelde naar hem toe. Ze had haar zonnebril afgezet. Onder haar ogen zaten donkere wallen. Die Top Gun kon zich maar beter niet als een nachtmens ontpoppen. 'Wat erg van je vader.'

Brock veegde zijn tranen weg. Hij keek opgelaten, maar alleen omdat Jeffrey en Frank het zagen. 'Ik weet niet wat me bezielt. Sorry.'

'Je hoeft je niet te verontschuldigen, Dan. Het is vreselijk wat je nu meemaakt.' Sara trok een tissue uit haar mouw. Ze had altijd een zwak voor Brock gehad. Zijn leven was niet gemakkelijk geweest. Hij was wat vreemd. Hij was in een uitvaartbedrijf opgegroeid. Op school was Sara altijd de enige geweest die in de kantine naast hem had willen zitten.

Brock snoot zijn neus. Hij keek Jeffrey schuldbewust aan.

'Sara heeft gelijk, Brock. Het is normaal om aangeslagen te zijn op zo'n moment.' Jeffrey kwam uit een familie van dronkaards. Hij hoorde wat meelevender te zijn. 'Wij redden ons hier wel. Ga maar naar je moeder.'

Brocks adamsappel wipte op en neer toen hij iets probeerde te zeggen, maar meer dan een knikje bracht hij niet op. Hij liep weg.

'Jezus,' fluisterde Lena.

Jeffrey legde haar met een blik het zwijgen op. Ze was te jong om te begrijpen hoe het was om iemand te verliezen. Helaas was medeleven iets wat je door bittere ervaring verwierf.

'Oké, laten we aan de slag gaan voor het begint te regenen.' Sara doorzocht de instrumentenkist die Brock had achtergelaten. Monsterbuisjes. Bewijszakken. Een Nikon-camera. Een Sony-camcorder. Zaklantaarns. Ze trok een paar onderzoekshandschoenen aan. 'Het slachtoffer is een halfuur geleden gevonden?'

Jeffrey tilde het gele politielint op zodat Sara eronderdoor kon. Hij voorzag haar van de informatie die Frank telefonisch aan hem had doorgegeven. 'Het is gemeld door een studente. Leslie Truong. Ze was op weg naar het meer toen ze muziek hoorde uit de koptelefoon van het slachtoffer.'

Sara zag de koptelefoon naast het hoofd van de vrouw op de grond liggen. Hij was verbonden met een roze iPod Shuffle, die zat vastgeklemd aan de zoom van het T-shirt. 'Heb je de muziek uitgezet?' vroeg ze aan Lena.

Bij wijze van ja hief Lena haar kin. Jeffrey kon haar wel door elkaar schudden. Kennelijk voelde Lena zijn afkeuring, want ze zei: 'Ik wilde niet dat de batterij leegliep voor het geval er iets belangrijks op stond.'

Sara keek Jeffrey even aan, zo van: ja-dat-zal-wel.

Ze had Lena nooit gemogen. Wat Jeffrey als jeugdige onwetendheid zag die met wat training wel zou verdwijnen, beschouwde Sara als halsstarrige arrogantie die tot een levenslange aandoening zou uitgroeien.

Het probleem met Sara Linton was dat ze nog nooit een domme fout had gemaakt. Haar middelbareschooljaren waren niet vergeven geweest van drankovergoten feestjes. Op de universiteit was ze nooit wakker geworden naast een corpsbal met een ketting van pukaschelpen om, van wie ze de naam niet meer wist. Ze had altijd een doel in haar leven gehad. Op de middelbare school had ze een jaar overgeslagen. Ze had in drie jaar een bachelor in twee richtingen gehaald. Ze was de op twee na beste van haar jaar toen ze afstudeerde aan Emory Medical School. In plaats van voor een dynamisch assistentschap in Atlanta te gaan, was ze teruggekeerd naar Grant County om zich als kinderarts aan de plaatselijke gemeenschap te wijden, die eeuwig gebrek aan middelen had.

Geen wonder dat het hele district hem verafschuwde.

'Zo is ze aangetroffen?' vroeg Sara aan Lena. 'Op haar rug?'

Lena knikte. 'Ik heb foto's gemaakt met mijn BlackBerry.'

'Zodra je weer op het bureau bent, ga je ze downloaden en printen.'

Jeffrey knikte instemmend. Lena nam geen orders aan van Sara, maar dat probleem was van later zorg.

'Het klopt niet zoals ze is gevallen,' zei hij tegen Sara.

Hij zag iets oplichten in haar ogen. Ze was te beschaafd om hem in aanwezigheid van zijn team tegen te spreken.

Hij stelde een suggestieve vraag: 'Kun jij uitleggen hoe ze op haar rug heeft kunnen vallen?'

Sara keek naar de boomwortel die uit de grond stak. Er zat een diepe groef in het zand die overeenkwam met de vuile punt van de linkersportschoen van het slachtoffer. 'De etiologie van valincidenten is goed gedocumenteerd. Na auto-ongelukken vormen ze de op een na grootste oorzaak van onopzettelijk letsel. Deze val wordt gerangschikt onder "val op gelijk niveau". Bij vijfentwintig procent van al deze valincidenten treedt THL oftewel traumatisch hersenletsel op. Bij ruwweg dertig procent van de slachtoffers is er sprake van een onbeheersbare verschuiving, dus trapsgewijs zie je een spiraalfractuur in de pols, een heupfractuur of THL. Tien procent van de slachtoffers draait zich een achtste slag. Het zwaartepunt ligt dan niet langer in het steungebied van de romp en de voeten. Letsel wordt veroorzaakt door geabsorbeerde energie op het moment van de klap, dus kinetische energie is gelijk aan lichaamsmassa en snelheid, en die is weer gerelateerd aan de hoogte van de val.'

Jeffrey knikte aandachtig, meer vanwege het deskundige abracadabra dan omdat hij snapte wat Sara had gezegd. Hij deed een poging: 'Haar linkervoet bleef haken, haar lichaam schoot naar voren, ze draaide zich halverwege haar val om en smakte met haar achterhoofd op de steen.'

'Mogelijk.' Sara knielde naast het lichaam neer. Ze duwde de oogleden van het meisje open en legde de rug van haar hand tegen haar voorhoofd.

Jeffrey vond dat vreemd, het soort oma-weet-raad-geneuzel dat moeders deed geloven dat ze konden voelen of hun kind koorts had. Sara ging altijd zeer wetenschappelijk te werk, soms op het overdrevene af. Als ze wilde weten of iemand koorts had, gebruikte ze een thermometer.

'Was jij het eerst ter plaatse?' vroeg ze aan Lena.

Lena knikte.

Sara drukte haar vingers tegen de zijkant van de hals. Haar gezichtsuitdrukking ging van bezorgd over in geschokt en toen in woedend. Net toen Jeffrey wilde vragen wat er aan de hand was, legde ze haar oor op de borst van het meisje.

Hij hoorde een vaag geklik. Eerst dacht hij aan een insect of een of ander diertje. Toen besefte hij dat het geluid uit de mond van het slachtoffer kwam.

Klik. Klik. Klik.

Langzaam stierf het weg.

'Ze ademt niet meer.' Sara aarzelde geen moment. Ze hees zich op haar knieën overeind en legde haar handpalmen op de borst van het slachtoffer. Met haar vingers ineengeslagen en haar ellebogen op slot begon ze compressies te geven.

Een steek van paniek schoot door Jeffreys brein. 'Leeft ze nog?'

'Bel een ambulance!' riep Sara. Met een schok kwam iedereen in actie.

'Shit!' Frank had zijn telefoon al gepakt. 'Shit-shit-shit.'

Tegen Lena zei ze: 'Haal de defibrillator!'

Lena vloog onder het gele lint door.

Jeffrey liet zich op zijn knieën vallen. Hij hield het hoofd van het meisje schuin naar achteren en keek in haar mond om te zien of de luchtweg vrij was. Hij wachtte op Sara's teken, ademde in en blies uit in de mond van het meisje.

De meeste lucht stroomde zijn eigen mond weer in. Weer controleerde hij haar keelholte om er zeker van te zijn dat die niet werd geblokkeerd.

'Gaat er lucht doorheen?' vroeg Sara.

'Niet veel.'

'Doorgaan.' Sara begon weer met de compressies en telde bij elke snelle druk op de borstkas. Hij hoorde haar hijgen van inspanning terwijl ze handmatig bloed door het hart van het meisje probeerde te pompen.

'De ambulance is hier over acht minuten!' riep Frank. 'Ik wacht hem wel op.'

'Dertig,' zei Sara ten slotte.

Jeffrey blies nog twee keer kort lucht in de longen. Het was alsof hij door een rietje blies. Er ging lucht doorheen, maar niet genoeg.

'Een halfuur,' zei Sara, en ze begon aan een nieuwe reanimatieronde. 'Heeft die fucking Lena niet eens haar pols gevoeld?'

Ze verwachtte geen antwoord, en Jeffrey had er geen. Hij wachtte tot Sara bij dertig was aangekomen, boog zich voorover en ademde zo hard mogelijk uit.

Opeens kwam er een golf braaksel omhoog, recht zijn mond in. Het hoofd van het meisje schoot naar voren en sloeg met een harde klap tegen zijn gezicht.

Duizelend week Jeffrey terug. Hij zag sterretjes. Zijn neus klopte. Hij knipperde bloed uit zijn ogen. Er zat bloed op zijn gezicht. In zijn mond. Hij spuugde het uit.

Sara begon op de voorkant van zijn broek te kloppen. Hij had geen idee wat ze aan het doen was tot ze het zakmes uit zijn zak trok.

'Ik krijg haar luchtpijp niet vrij. Hou haar hoofd stil,' zei ze terwijl ze het lemmet openklapte.

Jeffrey schudde de duizeligheid van zich af. Hij zette zijn handen schrap aan weerszijden van het hoofd van het meisje. Ze was niet meer wasbleek, maar paarsig blauw. Haar lippen kregen de kleur van de zee.

Sara zocht naar de geschikte plek en maakte toen een kleine, horizontale incisie aan de onderkant van de hals. Bloed sijpelde naar buiten. Ze verrichtte een noodtracheotomie om de blokkade van de luchtpijp te omzeilen.

Jeffrey haalde een balpen uit zijn zak. Hij schroefde het omhulsel los en nam de vulling eruit. Het onderste holle, kunststof gedeelte moest als buis dienen zodat het meisje weer kon ademen.

'Shit,' siste Sara. 'Er zit... Ik weet niet wat dit is.'

Met haar duimen trok ze de huid rond de snee weg. Het verse bloed maakte plaats voor een korrelige substantie in de slokdarm. Jeffrey zag blauwe vegen tussen het rood, bijna alsof het meisje verf had ingeslikt.

'Ik moet om de blokkade heen.' Sara scheurde het dunne T-shirt open. De sportbeha was te dik om kapot te scheuren, dus ze zette het gekartelde lemmet erin tot ze het materiaal helemaal open kon scheuren.

Jeffrey keek toe terwijl ze met haar vingers op de bovenkant van het borstbeen drukte, vlak onder de snee van de tracheotomie. Ze telde de eerste ribben af, net zoals ze dat bij de compressies had gedaan. Het meisje was zo mager dat hij onder haar huid de contouren van de botten kon zien.

Sara drukte met de duim van haar linkerhand op de plek vlak onder het sleutelbeen. Ze legde de muis van haar rechterhand eroverheen en drukte toen met haar hele gewicht naar beneden.

Haar armen begonnen te trillen. Haar knieën kwamen van de grond.

Jeffrey hoorde een scherpe *krak*.

Sara herhaalde de handeling, maar nu lager.

Weer een scherpe *krak*.

'Dat waren de eerste en de tweede rib,' zei Sara. 'We moeten snel zijn. Ik ga het manubriosternale gewricht met het mes dislokeren. Ik moet het bovenste deel van het borstbeen optillen en dan op het borstbeen drukken. Vervolgens moet jij voorzichtig met het bovengedeelte van de pen de ader en slagader aan de kant schuiven. Ik kan dan tussen de kraakbeenringen door bij de luchtpijp komen.'

Jeffrey kon het niet volgen. 'Zeg maar wat ik doen moet wanneer het zover is.'

Sara stroopte haar mouwen op. Ze veegde het zweet uit haar ogen.

Met vaste hand maakte ze met het kleine, scherpe lemmet van het zakmes een verticale incisie van tien centimeter vanaf de eerste incisie naar beneden.

Donker bloed welde over de randen. Jeffreys maag speelde weer op toen hij het felwitte bot zag. Het borstbeen was plat en glad, zo'n anderhalve centimeter dik en had de afmetingen en vorm van een ijskrabber. Als oud-footballspeler wist hij een beetje van anatomie. Hij kende alle plekken waar je beter niet geraakt kon worden. Het borstbeen bestond uit drie delen: de dikke bovenkant, het lange middenstuk en een soort kort staartje dat aan de onderkant uitstak. De botten waren allemaal met elkaar verbonden, maar met voldoende kracht konden ze uiteen worden gebroken.

Als Jeffrey het goed had begrepen, ging Sara proberen het dikke bovenstuk van het borstbeen als het deksel van een soepblik open te wrikken.

Ze klapte het gekartelde lemmet uit. 'Hou haar stil. Ik maak een kerf langs het gewricht zodat ik het gemakkelijker kan verschuiven.'

Jeffrey drukte met zijn handen op de schouders van het meisje.

Sara zat weer op haar knieën. Ze zaagde over het bot heen en weer, alsof het het gewricht van een kalkoenenpoot was.

Jeffrey beet op zijn wang. Hij proefde bloed en werd weer duizelig.

'Jeff?' zei Sara waarschuwend om hem bij de les te houden.

Hij klemde de schouders van het meisje vast terwijl Sara heen en weer zwoegde. Het slachtoffer was zo tenger. Alles aan haar leek breekbaar. Hij voelde haar lichaam schokken bij elke ruwe haal van het mes.

'Nog steviger.'

Dat was de enige waarschuwing die hij kreeg.

Sara ramde het lemmet onder het gewricht.

Onwillekeurig klapperde hij met zijn tanden bij het horen van het geschraap.

Weer wierp Sara haar hele gewicht in de strijd. De muis van haar hand drukte midden op het borstbeen. Ze sloeg haar linkerhand als een vuist om het heft en trok, in een poging het bot met het gekartelde lemmet omhoog te krijgen.

Haar schouders begonnen weer te trillen.

Het leek in niets op het opentrekken van een blik soep. Het was eerder alsof ze een mes in het deksel ramde en het ding met kracht probeerde open te breken.

'Trekken en op mijn handen neerduwen,' gebood ze.

Jeffrey legde zijn handen op die van haar. Aarzelend leunde hij naar voren, bang dat hij het meisje ging pletten.

'Harder.'

Hij duwde en trok nog harder, hoewel elke spier in zijn lijf hem wilde tegenhouden. Het meisje was zo frêle. Ze was nog maar net tiener af. Haar openbreken druiste in tegen alles in Jeffrey wat zich man noemde.

'Doorgaan,' zei Sara. Zweet droop van het puntje van haar neus. Hij voelde het getril van haar schouders in zijn handen. 'Harder, Jeffrey. Ze gaat dood als we geen lucht in haar longen krijgen.'

Hij drukte met zijn volle gewicht naar beneden en trok zo hard mogelijk weer omhoog. Het lemmet begon te buigen, maar hij besefte dat het niet het lemmet was dat het begaf. Het was het bot.

Het gewricht kraakte als een oesterschelp.

Hij probeerde niet weer te braken. Het versplinterende gevoel was via zijn armen tot in zijn tanden doorgedrongen. Erger nog was het zuigende geluid van brekend kraakbeen, scheurende zenuwen en splijtende pezen toen het bot van het gewricht werd losgewrikt.

'Hier.' Sara wees in de open incisie. 'Dat is de ader. En dat is de slagader. Gebruik de bovenkant van de pen zodat je hand niet in de weg zit.'

Hij zag de ader en de slagader als twee roze rietjes voor de luchtpijpringen langs lopen. Aan een van de twee zaten rode dingetjes. De andere zag er glad uit. Hij kon het getril van zijn vingers niet onderdrukken toen hij de ader en de slagader voorzichtig met de pen opzijschoof.

'Hou de zaak stil.' Sara hield de kunststof huls van de pen tussen haar duim en vingers. Ze klemde haar elleboog strak tegen haar lichaam. Ze bewoog naar beneden en duwde de zilverkleurige punt van de huls in de luchtpijp tot de onderkant er voor een derde in was verdwenen.

‘Weg.’

Behoedzaam trok hij zijn hand weg. De ader en de slagader gleden weer op hun plaats.

Sara ademde in. Ze plooide haar lippen rond de huls van de pen en blies een stroom lucht recht in de luchtpijp.

Er gebeurde niets.

Weer ademde ze in en toen weer uit door de huls.

Ze bogen zich allebei met gespitste oren naar voren, hoorden vogels kwetteren, bladeren ruisen en toen, na een eeuwigheid, het fluitende geluid waarmee lucht door de huls werd gestoten.

Sidderend ging de borstkas van het meisje omhoog toen ze inademde, waarna hij weer langzaam, bijna onmerkbaar naar beneden ging. Jeffrey hield nu zelf zijn adem in, telde de seconden af tot de borstkas weer omhoogging en ze haar eigen longen vulde met lucht.

Hij ademde met haar mee, in en uit, en zag het blauw uit haar gezicht wegtrekken en het leven in haar lichaam terugkeren.

Met een ruk trok Sara de bebloede onderzoekshandschoenen uit. Ze streek het haar van het meisje naar achteren en fluisterde: ‘Het komt goed, schat. Gewoon blijven ademen. Het komt goed.’

Jeffrey wist niet of ze het tegen het slachtoffer had of tegen zichzelf. Haar handen waren gaan trillen. Tranen welden op in haar ogen.

Met een geruststellend gebaar stak Jeffrey zijn hand naar haar uit.

Sara deinsde terug, en hij had zich nog nooit in zijn leven zo monsterlijk, zo waardeloos gevoeld.

Hij liet zijn handen doelloos op de grond vallen.

Het enige wat hij kon doen, was samen met haar in stilte op de komst van de ambulance wachten.

ATLANTA

4

'Tessa!' Sara schreeuwde het bijna in de hoorn. 'Tessie, als je nou eens –'

Haar zusje was niet van plan te luisteren. Ze bleef maar doorbazelen, op net zo'n toon als de volwassenen in *Peanuts.*

Blablaba, blablabla.

Sara tikte de luidspreker aan en zette de telefoon op de plank boven de spoelbak. Ze waste haar gezicht met het roze spul uit de zeepautomaat. De goedkope papieren doekjes vielen in haar handen uiteen. Als ze niet snel deze gevangenis uit was, konden ze haar ook opsluiten.

Tessa hoorde de geluiden die ze maakte. 'Wat ben je in godsnaam aan het doen?'

'Ik neem een hoerenbadje in het bezoekerstoilet van Phillips State Prison.' Sara pelde een nat stuk papier van haar wang. 'Ik heb de afgelopen vijf uur tot over mijn oren in bloed, pis en stront gezeten.'

'Alsof je weer in een studentenhuis woont.'

Sara lachte zachtjes, zonder dat Tessa het kon horen. 'Tessie, ga jij nou maar je gang. Als jij graag verloskundige wilt worden, dan word je toch verloskundige? Daar heb je mijn toestemming niet voor nodig.'

'Bull. Shit.'

Sara zei het niet nog eens, want in werkelijkheid konden ze niet buiten elkaars toestemming. Ze kon niet slapen als Tessa kwaad op haar was. Tessa kon zich nergens toe zetten als Sara iets niet zinde. Naarmate ze ouder werden, gebeurde het gelukkig steeds minder vaak, maar deze keer was anders.

Tessa was de weg aan het kwijtraken. Ze zou eigenlijk een maand geleden naar huis vliegen, maar had de vlucht uitgesteld. Ze had haar man via een berichtje laten weten dat ze wilde scheiden. Via FaceTime had ze haar dochtertje van vijf beloofd met Thanksgiving thuis te zullen zijn. Blijkbaar had ze weer haar intrek genomen in het appartement boven de garage van haar ouders. De ene dag wilde ze terug naar de universiteit, maar de volgende wilde ze opeens verloskundige worden. Eigenlijk zou ze een goede therapeut moeten zoeken die haar liet inzien dat al die veranderingen in wezen niets veranderden.

Zoals vaak werd gezegd: waar je ook gaat, je neemt jezelf altijd mee.

'Je zou toch moeten weten, zusje,' zei Tessa, 'dat de moedersterfte in Georgia tot de hoogste in het land behoort. Voor zwarte vrouwen is het nog erger. Die hebben een zesmaal grotere kans dan witte vrouwen om in het kraambed te sterven.'

Sara wees er maar niet op dat ze dat inderdaad wist, want als staatspatholoog had ze als taak alle deprimerende gegevens te verzamelen waar haar zus haar nu mee om de oren sloeg. 'Dus zijn er meer artsen nodig, niet meer verloskundigen.'

'Niet van onderwerp veranderen. Het is bewezen dat thuisbevallingen even veilig zijn als die in een ziekenhuis.'

'Tess.' *Niet op ingaan, Sara. Niet op ingaan.* 'De studie waarnaar je verwijst, werd uitgevoerd in het Verenigd Koninkrijk. In plattelandsgebieden moeten zwangere vrouwen meer dan een uur rijden om –'

'In Zuid-Afrika...'

Blablabla, blablabla.

Sara zat niet te wachten op het zoveelste hartverwarmende verhaal over Tessa die door haar zendingswerk in Zuid-Afrika een Beter Mens was geworden. Alsof iedereen de zes jaar maar moest vergeten waarin ze al feestend een vierjarige studie Engelse poëzie had afgerond, of de daaropvolgende vijf jaar waarin ze in haar vaders loodgietersbedrijf had gewerkt en elke knappe kerel in de wijde omtrek had geneukt.

Niet dat Sara tegen het neuken van knappe kerels was – zelf had ze er de nodige ervaring mee – maar de echte reden voor haar onverzettelijkheid zou ze nooit hardop kunnen uitspreken.

Ze was niet per se tegen het beroep van verloskundige, maar beschouwde het voornemen van haar zus Tessa om verloskundige te worden als een ramp in wording. Ze hield van haar zusje, maar ooit had Tessa een schoen door een ruit gesmeten toen de veter brak. Ze kon de Rubiks kubus nog niet oplossen als je die voor haar uittekende. Tessa's beeld van een volwaardige maaltijd was een stuk bleekselderij waarmee ze mac and cheese oplepelde. En zo iemand werd geacht kalm en beheerst te blijven, haar deskundigheid voorop te stellen tijdens een gespannen en mogelijk riskante bevalling?

'Als je niet naar me luistert, hang ik op,' zei Tessa.

'Ik luis–'

Tessa hing op.

Sara klemde de telefoon vast alsof het de nek van haar zus was.

Ze keek op haar horloge. Charlie zou zich inmiddels wel afvragen of ze zichzelf had doorgespoeld. Ze stak haar haar weer op en trok haar T-shirt met lange mouwen recht. Eigenlijk was het Wills T-shirt. De stof slobberde om haar schouders. De mouwen waren te lang. Ze streek er met haar vingers overheen. Ze had een schone operatiebroek aangetrokken, maar de stank van de kantine bleef als de smerigste parfum ooit om haar heen hangen.

Toen ze de deur opende, zag ze Charlie geduldig aan een van de bezoekerstafeltjes zitten wachten. Ongevraagd pakte hij haar plunjezak. De glimlach onder zijn krulsnor was oprecht. Charlie was een schat, maar hij had het Sara moeilijk kunnen maken toen ze pas bij het team was. Hij was jarenlang verliefd op Will geweest. Will had niets in de gaten gehad, zoals hij ook niets in de gaten had gehad toen Sara verliefd op hem werd. Hij had een hint nog niet door als hij erover struikelde.

'Alles in orde?' vroeg Charlie.

'Ja, hoor. Ik had even een minuutje voor mezelf nodig.'

Hij glimlachte, want door de dunne houten deur heen had hij alles gehoord.

'Sorry,' zei Sara. In Charlies functieomschrijving stond niets over het bij damestoiletten zitten wachten. Maar nu ze in een mannengevangenis werkten, was hij waakzamer dan anders. 'Is Gary klaar met de registratie van het bewijsmateriaal?'

'Ja, en anders scheelt het niet veel.' Charlie hield de deur open. Het zonlicht droogde de laatste druppeltjes op Sara's gezicht. Ze waren nu buiten de gevangenis en liepen het parkeerterrein over, maar het gebouw was nog steeds onheilspellend aanwezig. Ze hoorde geschreeuw, want er klonk altijd geschreeuw wanneer mensen in kooien waren opgesloten.

'Goed.' Charlie zette een zonnebril op. 'Heb je die nieuwe gezien van Dactyloscopie?'

'Die op Rob Lowe lijkt, maar dan de outdoorvariant?'

'Hij vroeg of ik iets met hem ging drinken. Ik had bijna mijn koffer gepakt.' Charlie schudde zijn hoofd. 'Ik ben ook zo'n trut.'

'Jouw woorden.' Sara probeerde haar luchtige toon te bewaren. 'Heb je Will onlangs nog gesproken?'

Charlie nam zijn zonnebril af. 'Waarover?'

Ze had met haar vraag al te veel verraden. En eigenlijk was het zinloos. Will liep niet met zijn gevoelens te koop. Meestal lukte het Sara om hem uit zijn schulp los te peuteren, maar ze had de grenzen van het schulppeuteren bereikt. Met heel haar wezen hield ze van Will. Het enige wat ze wilde, was de rest van haar leven met hem doorbrengen. Hij hoefde er geen show van te maken, zolang hij die ene vraag maar stelde. *Ik wil dat je moeder ook blij is* was een levensdoel, geen huwelijksaanzoek. Het was om gek van te worden dat er drieënveertig dagen waren verstreken zonder dat Will er opnieuw over was begonnen. Sara wilde geen zwijgende man. En ze was al helemaal niet van plan een zwijgende vrouw te worden.

'Sara?' vroeg Charlie. 'Is er iets?'

Gelukkig begon haar telefoon op dat moment te trillen. Ze had een berichtje van Will: een icoontje van een telefoonhoorn met een vraagteken. Hun schriftelijke communicatie verliep meestal via plaatjes. Will was dyslectisch. Hij kon lezen, maar niet snel. Sara wist dat de rest van de wereld ook emoji's gebruikte, maar ze maakte zichzelf wijs dat Will en zij er hun eigen speciale taal mee hadden ontwikkeld.

'Ik moet even bellen,' zei ze tegen Charlie.

'Ik help Gary wel met de laatste dingen.' Hij liep vast vooruit. 'Over vijf minuten zijn we zover.'

'Ik ben er over twee minuten.' Sara ging ervan uit dat Will had gebeld om te vragen wat voor eten hij moest bestellen. Hij was bang te verhongeren als hij meer dan een uur zonder voedsel zat.

Bovendien had hij de afgelopen drieënveertig dagen zo'n beetje alle andere belangrijke onderwerpen gemeden.

Hij nam meteen op. In plaats van te groeten vroeg hij: 'Kun je vrijuit praten?'

Er was iets mis. 'Alles goed met je?'

'Ja hoor.' Hij klonk onzeker. 'We moeten praten. Ik wil niet dat je boos bent. Ik had het niet zo lang moeten laten duren. Het spijt me.'

Sara legde haar hand voor haar ogen. Jezus, drieënveertig dagen. Hij belde toch niet uitgerekend nu om erover te praten? 'Schat, ik sta op een parkeerterrein bij een gevangenis.'

Even leek hij van zijn stuk gebracht, en daar was het haar ook om begonnen. 'Sara, ik –'

'Will.' Tessa had haar al tot het uiterste gedreven, maar nu verloor ze haar geduld helemaal. 'Je hebt verdomme zes weken de tijd gehad om –'

'Daryl Nesbitt.'

De naam zei haar niets.

En toen opeens wel.

Er flitste een reeks beelden door Sara's brein, als de beelden op het schijfje van een viewmaster. Ze was weer terug in Grant County. Ze liep over het veld. Ze voelde Jeffreys blik. Ze knielde neer in het bos. Wachtte op de ambulance. Bloed aan haar handen. Lucht die door het omhulsel van Jeffreys plastic pen floot. Lena die de open plek op kwam rennen met de nutteloze defibrillator die ze niet meer nodig hadden.

Sara drukte haar vingers tegen haar oogleden. Tranen persten zich naar buiten.

'Sara?'

'Wat is er met Nesbitt?'

'Hij is hier. Hij heeft een aantal beschuldigingen geuit aan het adres van Lena Adams.' Will zweeg, alsof hij een reactie verwachtte. 'En, eh… hij heeft ook een paar dingen gezegd, een paar slechte dingen, over…'

De lucht werd uit Sara's longen geknepen toen ze de naam eruit wrong. 'Jeffrey.'

'Ja.' Weer zweeg hij even. 'Heel slechte dingen.'

Ze bracht haar hand naar haar keel. Opeens dacht ze aan hoe Jeffrey altijd haar hals had gestreeld wanneer ze in bed lagen. Ze schudde de gedachte van zich af. 'Zegt Nesbitt dat hij erbij is gelapt? Dat de politie onwettig heeft gehandeld?'

'Ja.'

Sara knikte, want dat was geen nieuws. 'Hij heeft het bij de civiele rechter op Jeffreys nalatenschap proberen te verhalen.' Het kwam erop neer dat hij had geprobeerd Sara aan te klagen. Destijds had ze nog geworsteld met Jeffreys dood. Ze sliep te veel, huilde te veel, slikte te veel slaappillen, en het boeide haar niet of ze wakker werd. 'De zaak werd niet-ontvankelijk verklaard. Wat wil hij nu weer?'

'Hij biedt informatie aan in ruil voor heropening van zijn zaak.'

Sara bleef maar knikken. Zo probeerde ze fysiek grip op het verhaal te krijgen, alsof ze vooruit kon lopen op alles wat er ging gebeuren en het probleemloos kon aanvaarden. 'Wat voor informatie?'

Will schetste de bijzonderheden, maar ze snapte niets van wat hij zei. Na het verlies van Jeffrey was ze bijna verdronken in haar verdriet. Ze was naar Atlanta vertrokken om te vluchten voor Jeffreys geest, die ze op elke straathoek tegenkwam. Ze had Will ontmoet. Ze was verliefd op hem geworden. Ze stond op het punt een nieuw leven te beginnen, en nu –

'Sara?' zei Will.

Ze probeerde haar gevoelens opzij te zetten en dit tot een logisch einde te brengen. Gemakkelijk was het niet. Haar hart bonkte als een vuist tegen haar ribbenkast. 'Je zult met Lena over Nesbitts zaak moeten gaan praten.'

'Ja,' zei hij na enige aarzeling.

'En Lena gaat je vertellen dat Nesbitt voor geen cent te vertrouwen is, want dat is hij nog nooit geweest. Of misschien ook wel, want Lena is een leugenaar en een waardeloze smeris. Maar Nesbitt is een pedo en hij zit in de bak, dus wie wordt er geloofd?'

'Ja.' Zijn stem klonk nog steeds vreemd, maar alles voelde vreemd. 'Er is nog iets.'

'Uiteraard.'

'Nesbitt beweert dat er andere slachtoffers zijn. Het eerste –'

'Rebecca Caterino.' De naam van het meisje stond in haar geheugen gegrift. 'Ze werd Beckey genoemd.'

'Volgens Nesbitt vielen er ook na zijn arrestatie nog slachtoffers.' Weer zweeg Will even. 'Volgens hem is er een seriemoordenaar actief, in de hele staat.'

Sara kon de informatie nog steeds niet bevatten. Ze sloeg haar hand voor haar mond. Elke vezel in haar lijf wilde een eind maken aan dit gesprek. 'Geloof je hem?'

'Ik weet het niet. Van Faith en Amanda mocht ik je niks vertellen zolang we niet meer informatie hebben, maar ik had het gevoel dat je het zou willen weten. Meteen. En dit is mijn eerste kans om met je te praten. Ik ben op het toilet. Faith zit in de auto op me te wachten.' In afwachting van een reactie zweeg hij weer, maar Sara was met stomheid geslagen. 'Je wilde toch dat ik je dit vertelde?'

Eerlijk gezegd wist Sara het niet. 'En verder?'

'Ik heb Amanda zover dat je het meest recente slachtoffer mag onderzoeken. Het vermoedelijke slachtoffer. We weten het nog steeds niet zeker.' Hij slikte iets weg. 'Ze wilde dat je er onbevooroordeeld naartoe ging, denk ik. Als je dan iets zag, een detail of een bepaald kenmerk dat je aan Grant County deed denken, maar ik –'

'Vond Faith het ook oké om tegen me te liegen?'

Hij antwoordde niet.

Sara liet haar blik over het parkeerterrein gaan. Ze zag Faiths rode Mini bij de personeelsingang. Haar vriendin zat met gebogen hoofd op de passagiersstoel. Waarschijnlijk las ze het dossier van Daryl Nesbitt, want ze had al tegen Will gezegd dat hij tegen Sara moest liegen, dus dat kon ze van haar to-dolijstje afstrepen.

'Will?'

Sara hoorde hem ademen, maar hij antwoordde nog steeds niet.

Ze beet op haar lip om het trillen tegen te gaan. Ze keek naar haar hand.

Handwortelbeentjes. Middenhandsbeentjes. Vingerkootjes: het proximale, middelste en distale kootje.

De hand had zevenentwintig botjes. Als ze ze allemaal had gehad zonder dat Will iets had gezegd, hing ze op en ging ze weg.

Hij kuchte.

Scheepvormig beentje. Halvemaansbeentje. Driehoeksbeentje. Erwtbeentje. Groot veelhoekig beentje. Klein veelhoekig beentje.

'Sara?' zei hij ten slotte. 'Heb ik het verkeerd aangepakt?'

'Nee.' Ze verbrak de verbinding, schoof de telefoon weer in haar zak en vervolgde haar weg over het parkeerterrein. Ze voelde zich wazig, alsof ze zich vijf centimeter buiten haar lichaam bevond. Voor een deel was ze in het heden, deelde ze haar leven met Will. Het andere deel werd weer naar Grant County getrokken. Jeffrey. Frank. Lena. Het bos. Het slachtoffer. De lugubere omstandigheden van de zaak.

Sara worstelde met de over elkaar heen buitelende beelden. Ze zocht naar concrete, aantoonbare dingen.

Gary en Charlie stonden achter het busje van de forensische recherche.

Faith zat nog steeds in haar Mini.

Amanda zat in haar witte Audi A8, met haar telefoon tegen haar oor gedrukt. Ze leunde tegen de hoofdsteun en haar helm van peper-en-zoutkleurig haar hing als een klok naar voren. Toen ze Sara zag, wenkte ze.

Het raampje aan de passagierskant gleed naar beneden. 'Jij gaat met mij mee,' zei Amanda. 'We hebben een interessant geval in Sautee.'

Ze wilde dat je er onbevooroordeeld naartoe ging...

Sara trok de portierkruk omhoog. Ze handelde op de automatische piloot. Haar brein was zo overbelast dat het alleen nog spiercommando's kon verwerken. Ze opende het portier en wilde instappen.

'Sara?' Will kwam op een drafje aanlopen. Hij zag er precies zo uit als zij zich voelde: overdonderd. Buiten adem kwam hij bij de auto aan. Zijn blik ging van Amanda naar Charlie, naar Gary en naar Faith. Waarschijnlijk wisten ze het allemaal van Nesbitt en waren ze overeengekomen Sara van de domme te houden.

'Ik wil vanavond salade,' zei ze tegen Will.

Hij aarzelde en knikte toen.

Ze legde haar hand op zijn borst. Ze voelde zijn hart tekeergaan. 'Ik bel je wanneer ik op weg naar huis ben.'

Ze kuste hem op zijn mond, zoals ze dat altijd deed, en stapte in Amanda's auto. Will sloot het portier. Sara klikte haar veiligheidsriem vast. Will zwaaide. Ze zwaaide terug.

Amanda reed weg van de parkeerplaats en sloeg links af de hoofdweg op. Pas toen ze de snelweg op reden, deed ze haar mond open. 'Sautee Nacoochee ligt in White County, zo'n tachtig kilometer hiervandaan. Vanochtend rond zes uur is in het Unicoi State Park een negenentwintigjarige vrouw gevonden, Alexandra McAllister. Haar moeder heeft haar acht dagen geleden als vermist opgegeven. Een grootschalige zoektocht leverde niks op, *nada*. Twee mensen waren met hun hond aan het wandelen. De hond vond het lichaam op dichtbebost terrein tussen twee wandelpaden. De districtslijkschouwer heeft het officieel als een dodelijk ongeluk bestempeld. Mijn intuïtie vertelt me iets anders.'

Er is nog iets.

'In ruil voor een wederdienst mogen wij even bij het lichaam kijken,' vervolgde Amanda. 'We zitten er met onze grote teen in, maar ze kunnen ons op elk moment terugfluiten, dus voorzichtig aan.'

Meer slachtoffers. Andere vrouwen. Seriemoordenaar.

Sara had Daryl Nesbitt maar één keer gezien. Hij had naast zijn advocaat in de rechtszaal gezeten. Zij had bij Buddy Conford gestaan, de advocaat die ze had ingehuurd om haar te vertegenwoordigen in de civiele rechtszaak tegen Jeffreys erfgenamen. Ze had staan zwaaien op haar benen en Buddy had haar overeind moeten houden. Het verlies van Jeffrey had haar wereld tot stilstand gebracht. Sara had zichzelf altijd als een sterke vrouw beschouwd. Ze was intelligent, gedreven, in staat om tot het uiterste te gaan. De moord op Jeffrey had haar tot in haar vezels veranderd. De vrouw die voorheen alleen bij haar familie had durven huilen, haalde het eerste schap van de supermarkt niet eens zonder in te storten. Ze had het nooit voor mogelijk gehouden dat ze zo kwetsbaar kon zijn.

Maar doordat ze zo kwetsbaar was, kon ze een relatie met Will hebben.

Heb ik het verkeerd aangepakt?

Sara liet haar hoofd op haar hand zakken. Wat had ze Will aangedaan? Ze had verbijsterd gezwegen. Toen hij niet had gereageerd, was ze boos geworden en had gezegd dat ze salade wilde voor het avondeten. Hij zou nu wel panisch zijn. Ze nam haar telefoon uit haar zak om hem een bericht te sturen, maar wat moest ze zeggen? Er bestond geen emoji voor wat ze wilde doen, namelijk naar huis gaan, in bed kruipen en slapen tot dit alles voorbij was.

'Alles goed?' vroeg Amanda.

Sara toetste Wills nummer in. Ze luisterde naar de beltoon.

Deze keer nam hij op. 'Hallo?'

Ze hoorde het geraas van verkeer. Faith had op de passagiersstoel van de Mini gezeten, wat betekende dat Will reed, wat betekende dat de telefoon op de luidspreker stond.

Ze probeerde een luchtige toon aan te slaan. 'Hé, schat. Laat die salade toch maar zitten.'

Hij schraapte zijn keel. Ze zag hem al over zijn kaak wrijven, een van zijn weinige zenuwtics. 'Oké.'

Sara merkte dat Amanda geen woord miste. Waarschijnlijk gold hetzelfde voor Faith, want zo ging het nu eenmaal wanneer mensen geheimen hadden.

'Ik ga wel langs de McDonald's,' zei ze.

Weer kuchte Will. Sara ging nooit langs de McDonald's, want dat was geen echt eten. 'Oké.'

'Ik ben...' zei ze.

Aan het flippen. Bezorgd. Kwaad. Gekwetst. Verscheurd vanwege Jeffrey, maar nog altijd zo ongeneeslijk verliefd op je en sorry, maar ik weet niet wat ik verder nog moet zeggen.

Ze deed een nieuwe poging. 'Ik geef wel een seintje als ik op weg naar huis ben.'

'Oké,' zei hij na een paar seconden.

Sara verbrak de verbinding. Drie 'oké's', en ze had het vast alleen maar erger gemaakt. Dat was precies de reden waarom ze zo'n hekel had aan liegen, aan dingen achterhouden of aan wat voor rotsmoes Amanda ook had bedacht om deze informatie voor haar te verbergen, alsof ze een kind was dat niet mocht weten dat de paashaas niet bestond.

Nesbitt. Jeffrey. Lena Fucking Adams.

Dat Faith niets had gezegd, raakte haar nog het meest. Amanda verwijten dat ze verwarring zaaide was net zoiets als een slang verwijten dat hij siste. Will had het haar opgebiecht omdat je zelfs een amoebe kon leren om negatieve prikkels te vermijden. Faith was haar vriendin. Ze hadden het nooit over Will, maar wel over allerlei andere dingen. Serieuze dingen, bijvoorbeeld dat Faith zich ellendig had gevoeld toen ze op haar vijftiende zwanger was geraakt. Of dat Sara's hart was gebroken toen Jeffrey was gestorven. Ze wisselden recepten uit die ze geen van beiden ooit zouden uitproberen. Ze roddelden over het werk. Faith klaagde over haar seksleven. Sara paste op Faiths kind.

'Zou je het raampje naar beneden willen doen?' vroeg Amanda. 'Het ruikt hier naar, naar...'

'Naar een plee?' Sara deed het raampje op een kier open, net genoeg voor wat frisse lucht. Ze keek naar de bomen die in een waas voorbijtrokken terwijl ze over de snelweg reden. De aanblik van de bomen voerde haar terug naar die dag in het bos. De viewmaster in haar hoofd haalde het beeld weer naar boven: zij op haar knieën, Jeffrey die tegenover haar zat.

Ze had zo verlangd naar zijn armen om haar heen dat ze er weer helemaal kapot van was geweest. De enige door wie ze getroost had willen worden, was ook de enige die haar geen troost had kunnen bieden. Uiteindelijk had ze haar zus gebeld om te vragen of ze naar haar werk wilde komen zodat ze even bij haar kon uithuilen.

'Je bent wel erg stil,' zei Amanda.

'Vind je?' De woorden zwollen op in haar mond.

'Een cent voor je gedachten.'

Dan zou ze met een veel hoger bedrag over de brug moeten komen. 'Die randen langs de kant van de weg,' zei Sara. 'Die zo'n bonkerig geluid maken wanneer de banden eroverheen gaan. Hoe heten die?'

'Ribbelstroken.'

Even hield Sara haar adem in, toen zei ze: 'Ze doen me altijd denken aan Wills buik wanneer ik er met mijn vingers overheen strijk. Zijn buikspieren zijn zo –'

'Zullen we een muziekje opzetten?' Amanda's radio stond permanent afgesteld op het Frank Sinatra-station. Een bekende samba ronkte door de speakers:

The girl from Ipanema goes walking...

Sara sloot haar ogen. Haar ademhaling was te oppervlakkig. Ze voelde zich licht in haar hoofd. Ze dwong zichzelf rustig in te ademen. In gedachten keerde ze terug naar Grant County.

De dag waarop Rebecca Caterino was gevonden, was precies een jaar en een dag na de dag waarop Sara de scheiding had aangevraagd bij de rechtbank. Om het te vieren was Sara naar Atlanta gereden, waar ze met een man had afgesproken. De man was niet bepaald gedenkwaardig geweest, maar ze had zich voorgenomen er hoe dan ook een feestje van te maken. Ze had te veel wijn gedronken. Daarna had ze te veel whisky gedronken. Uiteindelijk had ze met haar hoofd boven de wc-pot gehangen.

Het volgende wat ze zich herinnerde, was dat ze wakker was geworden in de slaapkamer uit haar jeugd, met een kater om u tegen te zeggen. Haar auto had op de oprit gestaan. Tessa en haar vader waren naar Atlanta gereden om haar op te halen. Sara was niet het type dat ooit te veel dronk. Aan de ontbijttafel had Tessa haar ermee geplaagd. Eddie had gevraagd of ze haar uitstapje naar Kotsburg leuk had gevonden. Cathy had gezegd dat ze Brock moest gaan helpen. Het enige schone dat Sara in haar oude ladekast had gevonden, was een tennissetje dat rechtstreeks uit *Sweet Valley High* kwam.

‘Ken je deze?’ Amanda zette het geluid harder. Sinatra zong nu ‘My Kind of Town’. ‘Die zong mijn vader altijd voor me.’

Sara was niet van plan zich te laten meeslepen door Amanda’s nostalgie. Ze had genoeg aan haar eigen herinneringen.

Jeffrey was een Frank Sinatra-type geweest. Gerespecteerd. Bekwaam. Bewonderd. Hij trok mensen aan; ze lieten zich door hem leiden. Jeffrey had het allemaal prima gevonden. Hij was met een footballbeurs naar Auburn gegaan en was afgestudeerd in Amerikaanse geschiedenis. Hij had voor de politie gekozen omdat zijn mentor bij de politie had gewerkt. Hij was naar Grant County gegaan omdat hij wist hoe het er in kleine stadjes aan toeging.

Sara kon zich de eerste keer dat ze hem had gezien nog goed herinneren. Het was tijdens een schoolfootballtoernooi geweest, waar ze vrijwillig als teamarts had gewerkt. Jeffrey, de nieuwe politiechef, had het publiek van harte welkom geheten. Hij was adembenemend knap geweest. In haar hele leven had Sara zich nog nooit zo rauw en hevig tot iemand aangetrokken gevoeld. Ze had lang genoeg naar Jeffrey gekeken om een rekensommetje te maken. Nog voor het einde van het weekend zou Tessa met hem naar bed zijn geweest.

Maar Jeffrey had voor Sara gekozen.

Vanaf het allereerste begin had ze gevoelens gehad die haar altijd vreemd waren geweest. Ze was gevleid geweest. Compleet stuurloos. Onbezonnen, want ze was na de eerste date al met hem naar bed geweest. En enorm kwetsbaar, want Jeffrey was de eerste man met wie ze had geslapen nadat ze ooit bruut was verkracht in Atlanta.

Ze had tegen Jeffrey gezegd dat ze weer in Grant County was komen wonen omdat ze zich nuttig had willen maken in een plattelandsgemeenschap. Dat was een leugen geweest. Vanaf haar dertiende was ze vastbesloten geweest de beste kinderarts van Atlanta te worden. Sindsdien had ze elke vrije minuut met haar neus in een studieboek of met haar kont op een bureaustoel gezeten.

Tien minuten in het personeelstoilet van het Grady Hospital hadden haar hele leven doen ontsporen.

Sara was geboeid geweest. Gekneveld. Ze was verkracht. Ze was met een mes bewerkt. Ze had een buitenbaarmoederlijke zwangerschap gehad, die haar had beroofd van de mogelijkheid kinderen te krijgen. Daarna was het proces gekomen. Ze had ondraaglijk lang moeten wachten op de uitspraak, en nog ondraaglijk veel langer op het vonnis, waarna ze naar Grant County was teruggekeerd, een nieuwe carrière had opgebouwd en aan een nieuw leven was begonnen – een nieuw soort normaal.

En toen was daar die beeldschone, intelligente man geweest, die haar compleet had overdonderd.

Eerst had Sara Jeffrey niet over de verkrachting verteld omdat ze het juiste moment wilde afwachten. Toen had ze beseft dat het juiste moment nooit zou komen. Wat Jeffrey het aantrekkelijkst aan Sara had gevonden, wat haar boven de meeste mensen had doen uitstijgen, was haar kracht. Ze kon hem niet vertellen dat ze gebroken was. Dat ze haar dromen had opgeofferd. Dat ze een slachtoffer was geweest.

Tijdens hun eerste huwelijk had Sara dat geheim voor hem verzwegen. Tijdens hun scheiding was ze blij geweest dat ze het voor hem had achtergehouden. Ze had het voor zich gehouden toen ze weer met elkaar omgingen, weer verliefd op elkaar werden. Ze had het geheim zo lang bewaard dat ze zich had geschaamd tegen de tijd dat ze het hem eindelijk had verteld, alsof het op de een of andere manier haar eigen schuld was geweest.

Het nummer op de radio bracht haar terug naar het heden. Amanda's ring tikte tegen het stuur op de maat van Sinatra's ode aan Chicago:

One town that won't let you down.

Sara zocht naar een tissue. Haar mouw – Wills mouw – was leeg. Charlie had haar plunjezak meegenomen. Ze had haar tas in het busje laten staan. Eigenlijk moest ze Charlie bellen, vragen of hij de tas in haar werkkamer wilde zetten en de kamer wilde afsluiten, maar alleen al de gedachte dat ze haar telefoon uit haar zak moest halen en het nummer moest intoetsen was te veel.

Ze verlangde naar Will. Lepeltje-lepeltje met hem op de bank. Op zijn schoot en dan zijn armen om haar heen. Waarschijnlijk was hij nu halverwege Macon. Ze reden letterlijk in tegenovergestelde richtingen.

Sara wist nog precies wanneer ze Will over de verkrachting had verteld. Ze kende hem nog maar een paar maanden. Hij was nog getrouwd. Zij was nog onzeker van zichzelf. Ze stonden in de voortuin van haar ouders. Het was ijzig koud. Haar windhonden rilden. Sara smachtte naar Wills kus, maar uiteraard ging hij haar pas kussen als zij begon. Ze had het hem heel spontaan verteld. Of zo spontaan mogelijk. Ze had Will verteld dat ze de verkrachting heel lang voor haar man had verzwegen omdat ze bang was geweest dat Jeffrey haar zwak zou vinden.

Will had gezegd dat hij haar altijd alleen maar als sterk had beschouwd.

Dat was lief van hem. Hij had een prachtlijf. Hij was zo scherp als een mes. Maar Will was niet het soort man dat aandacht afdwong. Op feestjes was hij degene die in de hoek de hond van de buren stond te aaien. Zijn humor was vol zelfkritiek. Hij trok zich de gevoelens van anderen aan. Hij was zwijgzaam, maar altijd alert. Sara vermoedde dat zijn afschuwelijke jeugd daar debet aan was. Will was in pleegtehuizen opgegroeid. Hij sprak er zelden over, maar ze wist dat hij afgrijselijk was mishandeld. Het verhaal stond in zijn huid gekerfd: uitgedrukte sigaretten, elektrische brandwonden, kartelige richels waar bot door de huid was gescheurd. Hij hield zijn littekens het liefst verborgen, schaamde zich omdat hij het soort kind was geweest waar anderen de pest aan hadden gehad.

Dat was niet de Will die de buitenwereld kende. Zijn lange stiltes bezorgden de meeste mensen een ongemakkelijk gevoel. Hij had iets ongetemds. Een soort ingehouden dreiging. Een verborgen veer die als het lemmet van een mes dreigde open te springen. In een ander leven had hij een van de criminelen kunnen zijn die in Phillips waren opgesloten. Will had zijn middelbare school maar net afgemaakt. Op zijn achttiende was hij dakloos geweest. Zijn voorgeschiedenis had aanklachten bevat die Amanda op de een of andere manier had doen verdwijnen. Dankzij die schone lei had Will de kans gekregen om zijn leven te veranderen. De meeste mensen zouden er geen gebruik van hebben gemaakt. Will hoorde niet bij de meeste mensen. Hij had gestudeerd. Hij was special agent geworden. Hij was een verdomd goede politieman. Hij gaf om mensen. Hij wilde het goed doen.

Sara wilde de twee grote liefdes in haar leven liever niet met elkaar vergelijken, maar er was één schril contrast: toen ze nog bij Jeffrey was, had ze altijd geweten dat er tientallen, mogelijk honderden vrouwen waren die even intens van hem zouden kunnen houden als zij.

Wat Will betrof was Sara zich er scherp van bewust dat zij de enige vrouw op aarde was die van hem kon houden zoals hij het verdiende.

'We hebben nog een halfuur,' zei Amanda. 'Luister je liever naar iets anders?'

Sara zette de tuner op Pop2K en draaide het volume omhoog. Ze deed het raampje helemaal naar beneden. De krachtige bries sneed in haar huid. Ze sloot haar ogen tegen het branderige gevoel.

Na tien seconden de Red Hot Chili Peppers te hebben ondergaan, gaf Amanda zich gewonnen.

Ze klikte de radio uit. Sara's raampje gleed weer omhoog.

'Will heeft je over Nesbitt verteld,' zei ze.

Sara glimlachte omdat ze er nu pas achter was. 'Ik dacht dat je rechercheur was.'

'Dat dacht ik ook.' In Amanda's stem klonk respect door, maar van harte ging het niet. 'Hoeveel weet je?'

'Alles wat Will weet.'

Dat kwam hard aan. Amanda was het niet gewend dat Will een andere kant koos. Niettemin zei ze: 'Nesbitts dossier zit in mijn tas, achter de stoel.'

Sara reikte naar achteren om het dossier te pakken. Ze opende het op haar schoot. Het rapport was minstens vijf centimeter dik. Ze sloeg al het voor de hand liggende over – dat die doorgedraaide idioot zichzelf twintig jaar extra had bezorgd – tot ze bij het medische gedeelte was aangekomen. Ze hadden geen machtiging nodig om de bijzonderheden in te zien. Als gevangene had Nesbitt zijn recht op privacy verspeeld. Sara nam de uitgebreide aantekeningen over ziekenhuisopnames en talloze bezoeken aan de ziekenboeg van de gevangenis vluchtig door.

Nesbitts been was vanaf de knie geamputeerd, een knie-exarticulatie, afgekort als KE. Tijdens de acht jaar dat hij in de gevangenis zat, had hij tientallen en misschien wel honderden artsen gezien. Gevangeniszorg kende geen enkele continuïteit. Je kreeg eerder een eenhoorn te zien dan een wondzorgdeskundige. Gevangenen moesten het ermee doen, en als ze heel veel geluk hadden, was hun arts niet op de vlucht voor een aanklacht wegens nalatigheid of in dienst van een particulier bedrijf dat alleen het absolute minimum aan zorg bood.

Sara bladerde door naar pagina's vol facturen. Gevangenen moesten een eigen bijdrage van vijf dollar per bezoek betalen, ongeacht of ze naar de dokter gingen wegens congestief hartfalen of om hun teennagels te laten knippen. Nesbitt stond voor iets meer dan zesentwintighonderd dollar bij de staat Georgia in het krijt. Op zijn zakgeld en zijn conciërgeloon van drie cent per uur werd beslag gelegd tot de schuld was voldaan. Als hij ooit vrijkwam, zou er van elk loon dat hij wist te verdienen geld worden ingehouden. Alleen al in de afgelopen acht jaar had Nesbitt vijfhonderdeenendertig keer een arts bezocht en was hij achtentwintig keer in het ziekenhuis opgenomen geweest. Dat kwam neer op meer dan één bezoek per week.

'Nesbitts voet werd geamputeerd na een auto-ongeluk,' zei Sara. 'Sinds het begin van zijn gevangenisstraf is hij tien centimeter been kwijtgeraakt. Hij kreeg een slecht aangemeten prothese. Een slechte prothese is net als een schoen die niet past. Door wrijving en frictie wordt de normale capillaire druk afgesloten. Het weefsel raakt onvoldoende doorbloed. Als dat lang genoeg duurt, en dat is onvermijdelijk in de gevangenis, sterft het weefsel af.'

'En dan?'

'Dan...' Sara bladerde door de status, een casestudy in derdewereldgeneeskunde. 'Uit diagnostisch oogpunt stel je de schade vast aan de hand van wat je ziet. Fase I is oppervlakkig, hooguit een rode vlek. Fase II betreft de bovenste twee huidlagen. Het ziet er min of meer uit als een blaar. Fase III is een volledig ontwikkelde ulcus. Een open wond. Je kunt het vet zien, maar het bot en het spierweefsel zijn niet zichtbaar. Er zit wit of gelig dood weefsel op, dat afgeveegd moet worden.'

'Etter?'

'Eerder een slijmerig laagje. Het stinkt verschrikkelijk. Als je het niet schoonhoudt, ontwikkelt zich anaerobe bacteriële groei.' Sara zag in de status dat zich herhaaldelijk bacteriën hadden gevestigd in Nesbitts been. Gevangenen mochten geen medicijnen in hun cel hebben, en het was moeilijk om aan steriel verband te komen, vooral voor vijf dollar per bezoek.

'Fase IV is een volledig ontwikkelde ulcus. Je kunt letterlijk in het been kijken en het bot, het spierweefsel en de pezen zien liggen. Daarna is het theoretisch niet te diagnosticeren, want je kunt niets meer zien. Er ontstaat zwart, hard littekenweefsel op de huid, zo dik als een schoenzool. Je moet erdoorheen zagen. Het stinkt naar bederf. Denk maar aan rottend vlees, want dat is het in wezen. Het spierweefsel is vernietigd. Het bot raakt geïnfecteerd. Nesbitt heeft de afgelopen acht jaar vier keer dat punt bereikt, en telkens werd er weer een stukje van zijn been afgehaald.'

'Is dat de beste behandeling?'

Als de situatie niet zo afgrijselijk was, zou Sara hebben gelachen. 'Absoluut, als je tijdens de Burgeroorlog op het slagveld lag. Maar dit is de eenentwintigste eeuw. Volgens de gulden regel wordt vacuümtherapie toegepast om de wond af te sluiten en hyperbare zuurstoftherapie om de bloedstroom naar het betreffende gebied weer op gang te helpen. Onder de gunstigste omstandigheden heelt het pas na maanden van intensieve wondzorg.'

'Dat zou de staat nooit betalen.'

Nu stond Sara zichzelf een lachje toe. De staat betaalde amper voor schone lakens. 'Nesbitt heeft momenteel een ulcus fase III, volledig ontwikkeld. Als je dicht genoeg bij hem stond, zou je het bederf kunnen ruiken. Nog één, hooguit twee infecties en hij raakt zijn kniegewricht kwijt. Dat geeft aanleiding tot een compleet nieuwe reeks problemen. Zelfs onder ideale omstandigheden hebben patiënten moeite met een prothese boven de knie.'

'Verliest hij steeds een stukje been tot er niets meer over is?'

'Zover komt het niet. Hij krijgt een rolstoel. Hij heeft geen recht op fysiotherapie. Lichaamsbeweging is beperkt. Het is bijna onmogelijk om met toiletwater je vochthuishouding op peil te houden. Hij is al bijna tien kilo te zwaar. Zijn bloeddruk, cholesterol en bloedsuikerspiegel zijn te hoog. Diabetes ligt op de loer.'

'Nog dieper de hel in?'

'Tot op de bodem,' zei Sara. 'In de cel kan hij zijn bloedsuiker meten, maar hij zal naar de ziekenboeg moeten telkens als hij een injectie nodig heeft. Je kunt je voorstellen hoe goed dat systeem werkt. Elk jaar sterven er honderden gevangenen aan diabetische ketoacidose. Nesbitt staat op de rand van een afgrond die hem tientallen jaren van zijn leven gaat kosten. Om nog maar te zwijgen van het trauma van alles wat hij al ondergaan heeft.'

'Je lijkt erg mee te leven met een pedofiel die de erfgenamen van je man voor de rechter heeft gesleept.'

Sara besefte dat Amanda zelf ook het nodige onderzoek had verricht. De civiele rechtszaak werd niet vermeld in Nesbitts dossier. 'Ik geef je mijn medische mening, niet mijn persoonlijke.'

Niettemin hoorde ze haar moeders stem zachtjes in haar achterhoofd. *In zoverre gij dit aan een van deze minsten niet gedaan hebt, hebt gij het ook aan mij niet gedaan.*

'Vreemd,' zei Amanda. 'Nesbitt heeft zijn medische behoeften nooit als inzet gebruikt bij onderhandelingen. We zouden hem nu naar een ziekenhuis kunnen brengen om zijn wond te laten behandelen.'

'Dat is een druppel op een gloeiende plaat. Als je hem echt goede zorg wilt bieden, heb je het algauw over meer dan een miljoen.' Sara verduidelijkte het: 'Een wondzorgspecialist. Een orthopedisch chirurg die gespecialiseerd is in amputatie en ledemaatsparende behandelingen. Een cardioloog. Een vasculair chirurg. Een goed passende prothese. Fysiotherapie. Om de drie maanden nieuwe afstelling. Elke drie of vier jaar volledige vervanging. Voedingsvoorlichting. Pijnbestrijding.'

'Duidelijk,' zei Amanda. 'Dat begrijpt Nesbitt ook heel goed. Daarom is hij zo op wraak gebrand. Hij is vastbesloten om de naam van het politiekorps van Grant County door het slijk te halen.'

'Je bedoelt Jeffrey.'

'Ik bedoel Lena Adams. Hij wil haar achter de tralies hebben.'

'Zal ik je eens wat zeggen? Ik denk daar precies hetzelfde over als een pedofiel.' Sara bladerde terug naar Nesbitts meest recente bezoek aan de ziekenboeg. 'Als er geen wonder gebeurt, treedt er binnen twee weken sepsis in. Wanneer de symptomen ernstig genoeg zijn, wordt hij in het ziekenhuis opgenomen. Vervolgens gaat hij terug naar de gevangenis. Zijn toestand verergert en hij wordt weer opgenomen. Hij is er al vier keer geweest. Hij weet wat hem te wachten staat.'

'Dat verklaart zijn deadline van één week. Kun jij je nog iets herinneren van dat onderzoek in Grant County?' vroeg Amanda.

'Het enige wat ik je kan vertellen is vanuit het oogpunt van een patholoog.' Sara probeerde het diplomatiek aan te pakken. Destijds waren de meeste gesprekken met Jeffrey al snel afgegleden naar het niveau van scheldpartijen en hatelijke opmerkingen. 'Ik werkte als adviseur van de plaatselijke lijkschouwer. Jeffrey en ik stonden niet op goede voet met elkaar.'

Amanda zwenkte met een scherpe bocht een zijstraat in. Sara had geen benul meer van de tijd, maar ze waren bij het uitvaartbedrijf aangekomen, het Ingle Funeral Home of Sautee. Amanda reed met een boog om het gebouw heen en parkeerde bij de vooringang. Ze pakte haar telefoon om haar contactpersoon te laten weten dat ze waren gearriveerd.

Er stond maar één andere auto bij de ingang, een rode Chevy Tahoe. Sara keek naar het gebouw van twee verdiepingen. Helderwitte lijsten. Koperen goten. Binnen lag Alexandra McAllister. Ze was negenentwintig. Ze was acht dagen vermist geweest. Haar lichaam was gevonden door twee wandelaars die hun hond uitlieten.

In plaats van zich stilletjes in het verleden te wentelen, had Sara Amanda over de bijzonderheden moeten uithoren.

'Nog twee minuten.' Amanda had de verbinding verbroken. 'De familie staat op het punt te vertrekken.'

Sara stelde de vraag die ze een halfuur eerder had moeten stellen. 'Denk je dat Nesbitt gelijk heeft? Is er een seriemoordenaar actief?'

'Iedereen wil op een seriemoordenaarszaak worden gezet,' zei Amanda. 'Het is mijn taak om richting aan het team te geven zodat ze niet langer naar de vliegen meppen maar op zoek gaan naar het rottende vlees.'

De voordeur ging open. Ze vielen allebei stil toen ze een man en een vrouw naar buiten zagen komen. Ze waren eind vijftig en gingen beiden gebogen onder hun verdriet. De ouders van Alexandra McAllister, vermoedde Sara. Ze waren in het zwart gekleed. Waarschijnlijk hadden ze een kist moeten uitzoeken. Ze waren met zachte hand overgehaald om een kussen en een gekleurde satijnen voering te kiezen. Er was hun verzocht om de laatste kleren te brengen die hun dochter ooit zou dragen. Ze waren discreet geïnstrueerd om er ook ondergoed, schoenen en sieraden bij te doen. Ze hadden documenten moeten ondertekenen, cheques moeten uitschrijven, foto's moeten overhandigen en een datum en tijdstip moeten afspreken voor het afscheid, de dienst en de uitvaart – allemaal dingen die ouders nooit voor hun kind wilden doen.

Of die een vrouw nooit voor haar man wilde doen.

Amanda wachtte tot de ouders wegreden, toen vroeg ze: 'Wat is er met Jeffreys dossiers gebeurd?'

Opeens zag Sara Jeffreys elegante handschrift weer voor zich. Voor een deel was ze verliefd op hem geworden vanwege zijn minutieuze schuinschrift. 'Die zitten allemaal in de opslag.'

'Ik heb die dossiers nodig. Vooral zijn notitieboekjes.' Amanda stapte uit.

In plaats van de hoofdingang te nemen ging ze Sara voor naar de zijkant van het gebouw. Ondertussen bedacht Sara hoe ze Jeffreys dossiers in Atlanta moest krijgen. Hij had alles altijd zeer nauwkeurig bijgehouden, dus het vinden van de juiste dozen zou geen probleem moeten zijn. Ze kon vragen of Tessa ze wilde brengen. Maar Tessa zou met haar in discussie willen gaan. Sara wist dat het de nodige spanning met Will zou opleveren. Ze kon de dag niet voorbij laten gaan zonder met Faith te praten. Die to-dolijst ging haar steeds meer tegenstaan.

De zijdeur zat niet op slot. Buiten het gebouw was geen beveiliging, niet eens een camera. Amanda deed simpelweg de deur open en ze liepen naar binnen. Ze had duidelijk aanwijzingen ontvangen. Ze liep rechtsaf een lange gang in en nam toen de trap naar het souterrain.

Het voelde kil binnen. Het rook er antiseptisch. Onderaan de trap zag Sara een bureau, en langs de achtermuur stonden dossierkasten. Een accordeonhek blokkeerde de open schacht van de vrachtlift. Uit de inloopkoeling klonk zacht gezoem. Op de vloer lagen grijze laminaattegels en in het midden was een grote afvoerput. De kraan boven het roestvrijstalen industriële aanrecht druppelde heel langzaam.

Sara had meer tijd in uitvaartcentra doorgebracht dan haar lief was. Hoewel ze geen fan was van de manier waarop lijkschouwers in Georgia werden gekozen, alsof het een soort spelletjesprogramma was, was ze altijd blij wanneer de plaatselijke man – en doorgaans was het een man – uitvaartondernemer was. Gediplomeerd begrafenispersoneel was uitstekend ingevoerd in de anatomie. Ook waren ze beter in staat zich de finesses eigen te maken van de inleidende cursus van veertig uur die alle nieuwe lijkschouwers moesten volgen.

Amanda keek op haar horloge. 'Laten we hier niet te lang blijven rondhangen.'

Dat was Sara ook niet van plan, maar ze liet zich niet haasten. 'Ik kan hier alleen maar een voorlopig, visueel onderzoek uitvoeren. Als er een volledige autopsie nodig is, zal ik haar mee moeten nemen naar het hoofdkwartier.'

'Begrepen,' zei Amanda. 'Vergeet niet dat de officiële doodsoorzaak op dit moment een ongeluk is. We kunnen haar pas vervoeren als de lijkschouwer zijn bevinding herziet.'

Dat betwijfelde Sara. Amanda kon als geen ander mensen van mening doen veranderen. 'Yes, ma'am.'

Luid brommend daalde de vrachtlift af naar het souterrain. Sara zag een paar zwarte brogues. Een zwarte pantalon. Een bijpassend jasje. Een vest dat tot op vijf centimeter onder de hals was dichtgeknoopt. Een zwarte das en een wit overhemd maakten het plaatje compleet.

De lift stopte. Het hek vouwde zich terug. De man die uitstapte, zag er precies zo uit als Sara zich had voorgesteld. Zijn grijze haar was achterovergekamd, zijn snor was keurig bijgeknipt. Hij leek achter in de zeventig. Hij had iets ouderwets over zich en een plechtige uitstraling die perfect bij zijn beroep paste.

'Goedemiddag, dames.' Hij trok een brancard uit de lift en rolde die naar het midden van het souterrain. Een wit laken bedekte het lichaam. Het was van dik katoen en voorzien van het monogram van de Dunedin Life Services Group, een multinational die de helft van alle uitvaartbedrijven in de staat in bezit had.

'Welkom, adjunct-directeur Wagner,' zei de man. 'Dokter Linton, ik ben Ezra Ingle. Mijn oprechte verontschuldigingen omdat ik u heb laten wachten. Ik heb de ouders geadviseerd het niet te doen, maar ze wilden met alle geweld hun geliefde dochter zien.' Hij had het zachte accent van iemand uit de Appalachen, en Sara vermoedde dat hij hier geboren en getogen was. Met een professioneel soort kalmte schudde hij haar hand.

'Dank u, Mr Ingle,' zei ze. 'Ik stel het op prijs dat ik over uw schouder mag meekijken.'

Met een behoedzame blik op Amanda zei hij: 'Ik sta altijd open voor een second opinion, maar ik moet bekennen dat het verzoek me verbaasde.'

Amanda zweeg, hoewel het duidelijk was dat ze elkaar kenden. Geweldig, dacht Sara. Een uitgelezen moment voor nog meer spanning.

'De ouders hebben bevestigd dat het meisje een ervaren wandelaar was. Het was niet uitzonderlijk voor haar om een hele dag alleen in het park door te brengen.' Hij liep naar het bureau en pakte de documenten. 'U zult zien dat ik zeer grondig te werk ben gegaan.'

'Ongetwijfeld, dank u.' Sara kon het de man niet kwalijk nemen dat hij zich op zijn teentjes getrapt voelde. Ze zou haar best doen het zo pijnloos mogelijk te maken.

Ingles aantekeningen waren op een ouderwetse typemachine uitgewerkt. Ze kon de verse correctievloeistof nog ruiken op de ene typefout die hij had gemaakt.

Het lichaam was aangetroffen op vijftig meter van Smith Creek in Unicoi State Park, dat in het noordoostelijke deel van de staat lag. Het park besloeg ruim vierhonderd hectare. Smith Creek was een tien kilometer lange zijrivier van de Chattahoochee River. Het lichaam lag van oost naar west op ongeveer zestig meter van Mountain Bike Trail, een twaalf kilometer lang pad met een verdicht zandbed, van een gemiddelde tot hoge moeilijkheidsgraad. De route beschreef een acht, slingerde tussen het Unicoi- en Helen-gedeelte van Smith Creek en werd gemarkeerd met een wit routeteken.

Sara sloeg de bladzij om.

Het riviertje lag op vijftig meter afstand van het lichaam, onderaan een helling van vijfentwintig graden. Het slachtoffer droeg volledige wandelkleding van professionele kwaliteit. De matige staat van ontbinding kwam overeen met de omgevingstemperatuur van veertien tot eenentwintig graden gedurende de voorafgaande week. De Subaru Outback van de vrouw was al eerder aangetroffen, bij de ingang van het park, aan een afrit van Georgia State Route 75, op iets meer dan zes kilometer van de plek waar het lichaam later werd gevonden. Haar telefoon en tas lagen in de afgesloten auto. De sleutel van de Subaru zat in de dichtgeritste binnenborstzak van haar regenjas. Een gedeeltelijk gevulde roestvrijstalen waterfles lag op twee meter afstand van het lichaam.

'Mr Ingle,' zei Sara, 'waren mijn docenten maar even grondig geweest als u. Uw voorlopige rapport is ongelooflijk gedetailleerd.'

'Voorlopig,' herhaalde Ingle.

Sara keek Amanda hulpzoekend aan. Het enige wat ze zag was de bovenkant van haar hoofd. Ze tikte iets in op haar telefoon, was voor de verandering weer eens buitengewoon lomp. Sara had haar eigen telefoon horen zoemen in haar zak, maar niets was belangrijker dan wat voor haar lag.

'Staat u me toe.' Ingle legde zo'n twintig kleurenfoto's van tien bij vijftien op het houten bureau.

Wat zijn documentatie betrof was hij bondig geweest. Het lichaam in situ vanuit vier verschillende hoeken. De blootliggende romp vertoonde tekenen van diervraat. De handen. De hals. De ogen met en zonder de zonnebril die ze op had gehad. Niets was van heel dichtbij genomen, behalve de binnenkant van de mond. Het beeld was wat wazig, maar er was niets te zien wat haar keel blokkeerde.

'De volgende reeks afbeeldingen vertelt het meest waarschijnlijke verhaal,' zei Ingle. 'Het was die dag druk op Mountain Bike Trail, dus ik vermoed dat ze dwars door het bos is gelopen naar Smith Creek Trail. Het is behoorlijk zwaar terrein, begroeid met bramen en zo. Op een zeker moment is ze gevallen en waarschijnlijk met haar hoofd op een steen terechtgekomen. Daarvan zijn er veel in dat gebied. Door de klap tegen haar hoofd kon ze niet meer overeind komen. Het begon te regenen, en niet zo'n beetje ook. Aan de achterkant vindt u mijn weerverslag. Het kwam die avond met bakken naar beneden. Het arme kind heeft zich zo goed en zo kwaad als dat ging proberen te beschermen, maar uiteindelijk is ze bezweken.'

Sara bekeek de tweede reeks foto's, die op een inkjetprinter was afgedrukt. Net als bij de eerste waren de zwarte en bruine tinten dof. Het licht was niet erg goed. Het lichaam van Alexandra McAllister was bij het middel gedraaid. Haar opgetrokken knieën wezen dieper het bos in, haar bovenlijf lag naar het riviertje gericht. Sara's aandacht werd getrokken door de close-up van de romp. De diervraat was aanzienlijk, maar ongebruikelijk. Tenzij er sprake was van een open wond richtten aaseters zich op lichaamsopeningen: mond, neus, ogen, vagina en anus. De foto's toonden aan dat de schade zich grotendeels beperkte tot de buik en de borstkas.

Ingle had haar vraag kennelijk al verwacht. 'Zoals u ziet, droeg ze een regenjas van zeer goede kwaliteit. Van het merk Arc'teryx, gemaakt van Gore-Tex, volledig waterdicht en afgesloten bij de mouwen en rond de capuchon. Het probleem was dat de rits aan de voorkant niet goed werkte en niet dicht wilde blijven. De broek was van Patagonia, van een soort waterdicht bergbeklimmingsmateriaal, afgesloten bij de enkels en in haar wandelschoenen gestopt.'

Sara snapte waarom hij al die bijzonderheden noemde. Zoals Ingle het schetste, had de dichtgetrokken capuchon het gezicht beschermd.

De zonnebril had haar ogen beschermd. De afsluiting van de mouwen en broekspijpen had insecten en andere dieren geweerd. Zo bleef er maar één gedeelte open voor aasdieren. Door de kapotte rits was de voorkant van de jas opengeklapt. Haar hemdje was een soort tanktop, mouwloos en met een diepe v-hals. Zo te zien hadden allerlei dieren om het lichaam gevochten. Dat verklaarde misschien waarom het in verschillende richtingen verdraaid lag.

'Er zitten hier veel grijze vossen,' zei Ingle. 'Een paar jaar geleden is een vrouw door een hondsdolle vos gebeten.'

'Dat weet ik nog.' Sara trok een paar onderzoekshandschoenen uit de doos op het bureau. 'Voorlopig wijst alles wat u me vertelt en alles wat ik heb gelezen op een tragisch ongeval.'

'Blij dat u het met me eens bent,' zei hij. 'Voorlopig.'

Sara keek toe terwijl hij het dikke, witte laken van het lichaam trok. Een tweede laken zat er als bij een mummie vanaf de schouders omheen gewikkeld. Het was duidelijk bedoeld om te voorkomen dat haar ouders meer zagen dan ze waarschijnlijk aankonden. Hij knipte de dunne stof heel voorzichtig weg met een schaar, van de borst naar de voeten.

De man had zich duidelijk de grootst mogelijke moeite getroost met Alexandra McAllister voor hij de ouders bij hun kind liet. Haar naakte lichaam rook naar ontsmettingsmiddel. Haar gezicht was opgezwollen, maar nog niet misvormd. Haar haar was gekamd. Ingle had de lijkvlekken waarschijnlijk uit haar gezicht gemasseerd om het er zo ontspannen en natuurlijk mogelijk te laten uitzien. Met zorg had hij make-up aangebracht om de gruwel van de laatste paar uur van de jonge vrouw uit te wissen. Het betoonde respect deed Sara denken aan Dan Brock in Grant County. Vooral sinds de dood van zijn eigen vader bejegende hij rouwenden met een bijna heilige zachtheid.

Sara had het zelf ervaren toen Jeffrey was gestorven.

Ingle vouwde het dunne laken weg. Er was nog een laag. Hij had de romp met plastic bedekt om te voorkomen dat het vocht door de lakens drong. Het deed denken aan huishoudfolie dat een volle pan spaghetti afdekte.

'Dokter?' Ingle stelde het verwijderen van het plastic tot op het laatste moment uit. Ondanks zijn voorzorgsmaatregelen kwam er ongetwijfeld een sterke geur vanaf.

'Dank u.' Sara begon haar visuele onderzoek bij het hoofd. Ze taxeerde de open breuk op het achterhoofd. Duizelig. Misselijk. Wazig zicht. Bedwelming. Bewustzijnsverlies. Het was onmogelijk vast te stellen hoe de toestand van het slachtoffer na het toegebrachte letsel was geweest. Elk brein reageerde weer anders op trauma. Het enige wat vaststond, was dat een schedel een gesloten vat was. Zodra de hersens begonnen op te zwellen, konden ze geen kant op. Alsof je een ballon opblies in een glazen bal.

Ze schoof de ogen van de vrouw open. De contactlenzen waren met het hoornvlies versmolten. Er waren tekenen van petechieën: de rode, her en der verspreide gebarsten bloedvaatjes in de ogen. Dat kon het gevolg van wurging zijn, maar het kon er ook op duiden dat het brein tot in de hersenstam was opgezwollen en de ademhaling had verminderd tot de dood intrad. Bij een autopsie zou blijken of het tongbeen was gebroken en er dus handmatig druk was uitgeoefend, maar dit was geen autopsie.

Voorlopig zag Sara geen reden om daartoe over te gaan.

Met haar vingers palpeerde ze de hals. De structuur voelde stijf, maar dat kon op allerlei manieren verklaard worden, van een whiplash ten gevolge van de val tot opgezette lymfeklieren.

'Hebt u een zaklantaarn?' vroeg ze aan Ingle.

Hij haalde een penlight uit zijn zak.

Sara duwde de mond van de vrouw open. Die zag er nog net zo uit als op de foto. Ze drukte de tong naar beneden en scheen met het lampje naar binnen. Niets. Ze stak haar wijsvinger zo ver mogelijk in de keel.

'Voelt u weerstand?' vroeg Ingle.

'Nee, ik voel niks.' De enige manier om dat met zekerheid vast te stellen was door de luchtpijp te openen. Weer zag ze daar geen reden toe. Sara was niet van plan deze familie met nog meer verdriet te belasten, enkel en alleen vanwege de theorieën van een pedofiel die zijn gram wilde halen.

‘Ik ben zover,’ zei ze.

Langzaam pelde Ingle het plastic weg dat de romp bedekte.

Het zuigende geluid zong tegen het lage plafond. De onderbuik zag eruit alsof er een granaat in was afgegaan. De stank was zo verderfelijk dat Sara ervan moest hoesten. Haar ogen begonnen te tranen. Ze keek achterom, naar Amanda. Nog steeds zag ze alleen de bovenkant van haar hoofd, maar ze tikte nu met één hand. De andere hield ze onder haar neus om de geur tegen te gaan.

Die luxe kon Sara zich niet permitteren. Ze ademde een paar keer diep in en dwong haar lichaam de situatie te accepteren. Ingle leek onaangedaan. Hij had zijn mondhoeken opgetrokken tot een welverdiende glimlach.

Ze richtte zich weer op het lichaam.

De scheidslijn tussen het waterdichte materiaal dat delen van het lichaam had beschermd en het dunne katoenen shirt dat de romp had bedekt, kon met een liniaal zijn aangebracht. Alles boven de sleutelbeenderen en onder de heupen was onaangetast. De buik- en borstholte vertelden een ander verhaal.

De ingewanden waren naar buiten getrokken. De borsten waren weggescheurd. De meeste organen ontbraken. De ribben waren schoongelikt. Sara zag tandafdrukken op het bot. Ze trok de linkerarm weg van het lichaam om het spoor van vernieling vanaf de kapotgereten borst naar de zijkant te volgen. De oksel was leeggehaald. De zenuwen, slagaderen en aderen staken er als strengen gebroken elektriciteitssnoer uit. Ze draaide de rechterarm weg en zag eenzelfde soort vernieling.

‘Wat denkt u als u de axilla ziet?’ vroeg ze aan Ingle.

‘U bedoelt de oksels? Vossen kunnen heel wreed zijn, vooral als ze vechten. Ze hebben messcherpe klauwen. Ze moeten razend zijn geweest.’

Sara knikte, hoewel ze het niet helemaal met hem eens was.

‘Hier.’ Ingle liep weer naar het bureau. Uit de bovenste la haalde hij een vergrootglas. ‘Hiermee kunt u stukjes blauwe stof van het katoenen shirt bekijken. Ik heb geen tijd gehad om het er allemaal uit te peuteren.’

'Dank u.' Sara pakte het vergrootglas en knielde naast de brancard neer. De tand- en klauwafdrukken waren duidelijk te zien. Ongetwijfeld hadden verschillende kleine dieren zich tegoed gedaan aan het lichaam. Ze wilde de schade aan de oksels onderzoeken.

Aaseters werden aangetrokken door het bloed in orgaan- en spierweefsel. Wat de oksel betrof loonde het niet echt de moeite. De zenuwen, aderen en slagaderen van de armvlecht reikten vanuit het ruggenmerg via de hals en over de eerste rib tot in de oksel. Er waren ingewikkeldere manieren om de structuren te beschrijven, maar het kwam erop neer dat de armvlecht de armspieren aanstuurde. De verschillende strengen onderscheidden zich door hun kleur. Aderen en slagaderen waren rood. Zenuwen waren parelachtig wit tot geel.

Onder het vergrootglas zag Sara dat de aderen en slagaderen waren opengereten door tanden van dieren die door het bloed waren aangetrokken.

De zenuwen, daarentegen, zagen eruit alsof ze keurig met een mes waren doorgesneden.

'Sara?' Eindelijk keek Amanda op van haar telefoon.

Sara schudde haar hoofd. 'Hoe zit het met de schaafplek op haar rug?' vroeg ze aan Ingle.

'De wond?'

'In uw aantekeningen noemde u het een schaafplek.'

'Een wond. Een snee,' zei hij. 'Zou ze haar nek ergens aan geschramd hebben? Aan een steen misschien? Haar kleren waren niet gescheurd, maar ik heb iets dergelijks eerder gezien. Simpelweg wrijving.'

Hij gebruikte de woorden 'wond', 'snee' en 'schram' door elkaar heen, wat hetzelfde was als zeggen dat een hond een kip was en een kip een appel. 'Kunnen we haar op haar zij draaien?' vroeg Sara.

Voor Ingle de schouders omdraaide, bedekte hij de onderbuik weer met het plastic. Sara draaide de heupen en benen. Met de smalle lichtbundel van de penlight bestudeerde ze de rug van de vrouw. Lijkvlekken hadden het gebied langs de ruggengraat zwart gekleurd, alsof het gekneusd was. Door ontbinding was de huid opgerekt en gebarsten.

Sara telde de nekwervels vanaf de onderkant van de schedel. Ze herinnerde zich een ezelsbruggetje uit haar studententijd: *c3, 4, 5, heel belangrijk voor het lijf.*

De middenrifzenuw, die het op- en neergaan van het diafragma regelde, splitste zich ter hoogte van de derde, vierde en vijfde nekwervel af van de ruggengraatzenuwen. Wanneer letsel aan het ruggenmerg werd vastgesteld, hoefde een patiënt niet aan de beademing als deze zenuwen nog intact waren. Beschadiging beneden c5 betekende verlamde benen. Beschadiging boven c5 betekende verlamde armen en benen, maar bovendien was de patiënt dan niet meer in staat om zelfstandig te ademen.

Sara vond het letsel uit Ingles aantekeningen vlak onder c5.

De schaafwond, want de huid was afgeschaafd, had ongeveer de afmeting van een duimnagel. Hij was aan de ene kant dieper en liep aan de andere kant uit, als een komeet. Ze begreep waarom Ingle er verder geen aandacht aan had geschonken. Het leek op het soort toevallige letsel dat je overal en altijd kon oplopen. Je wreef met je nek langs iets scherps. Je krabde iets te hard aan een jeukplek. Je voelde pijn, maar niet veel. Later vroeg je aan je partner om even te kijken, want je snapte niet waarom je nek pijn deed.

Maar dit letsel was niet zomaar een jeukplek. De schaafwond was duidelijk bedoeld om een wond aan het zicht te onttrekken. En niet zomaar een wond, maar een punctiewond. De omtrek van het gaatje was ruwweg een kwart van die van een drinkrietje. Sara dacht onmiddellijk aan de priem van een zakmes. Het ronde, puntige instrument was handig om gaatjes in leer te slaan. Haar vader gebruikte een vergelijkbaar hulpmiddel, een zogenoemde drevel, om draadnagels in fijn houtwerk te verzinken.

Toen Sara op het gaatje drukte, stroomde er waterig donkerbruin vocht uit.

'Is dat vet?' vroeg Ingle.

'Vet is eerder rubberig en wit. Dit is cerebrospinale vloeistof,' zei Sara. 'Als ik het goed heb, heeft de moordenaar een stuk metalen gereedschap gebruikt om het ruggenmerg open te breken. Hij heeft de zenuwen van de armvlecht doorgesneden om de armen te immobiliseren.'

'Wacht eens even.' De geoefende kalmte was uit Ingles stem verdwenen. 'Waarom zou iemand dat arme meisje willen verlammen?'

Sara wist heel goed waarom, want ze had dat soort letsel vaker gezien. 'Zodat ze zich niet kon verweren tijdens de verkrachting.'

GRANT COUNTY – DINSDAG

5

Jeffrey liep over de hoofdoprit van de universiteit naar de poort aan de voorkant. Regen waaide van opzij onder zijn paraplu. Het water was met bakken uit de hemel gekomen, terwijl hij in de kamer van de rector een college over 'optiek' had moeten aanhoren. Kevin Blake was een wandelende encyclopedie vol managersgebeuzel, of hij het nu had over 'het totaalplaatje', 'de man aan het roer', 'out of the box denken' of een pleidooi hield voor 'een holistische benadering'.

In normale taal gevat wilde de man een positieve, stimulerende verklaring doen uitgaan om het tragische ongeval in het bos af te sluiten en de studenten te helpen een pad naar heling te vinden. Jeffrey had er geen misverstand over laten bestaan dat hij nog niet aan een dergelijk pad toe was. Hij had om een week gevraagd. Blake had hem tot het einde van de dag gegeven. Veel viel er daarna niet meer te zeggen. Jeffreys keuzes waren beperkt. Hij kon de regen in lopen om af te koelen of hij kon Blake uit het raam gooien.

Uiteindelijk was het lopen geworden, ondanks de wolkbreuk die was begonnen toen ze in het bos op de ambulance hadden staan wachten. Jeffrey was inmiddels halverwege de poort en zijn sokken waren al drijfnat. De zware politieparaplu boorde een gat in zijn schouder. Hij klemde het handvat vast. Er waren vier uur verstreken sinds dat moment in het bos, maar zijn handen bewaarden nog steeds de schurende herinnering aan brekend bot in de borstkas van het meisje. Jeffrey was het niet gewend bevelen op te volgen, maar door alles wat Sara hem had opgedragen, door alles wat ze samen hadden gedaan, hadden ze een leven kunnen redden.

Of dat leven in uren, dagen of decennia kon worden geteld bleef de vraag.

Het meisje heette Rebecca 'Beckey' Caterino. Ze was negentien. Ze was het enige kind van een weduwnaar en was bezig aan een master Milieuchemie. De kans bestond dat ze niet meer wakker werd uit de operatie na wat op het oog een tragisch ongeval was.

Op het punt van dat 'ongeval' was Jeffrey het oneens met Blake. Sara kon hem met zoveel vakjargon om de oren slaan als ze wilde, het zat hem niet lekker dat het meisje op haar rug was geland. Bovendien was er dat verontrustende telefoontje van Caterino's vader. De man was nog geen halfuur na zijn dochter in het ziekenhuis gearriveerd. Hij had Jeffrey van medische informatie voorzien die Sara aan hem zou moeten uitleggen. Het kwam erop neer dat Beckey Caterino zichzelf onmogelijk had kunnen omdraaien, daar in dat bos. Ze was op haar rug gevallen of iemand had haar zo neergelegd.

Jeffrey kon niet goed onder woorden brengen waarom hij dat laatste tot de mogelijkheden rekende. Niets wees op kwade opzet. Maar hij deed dit werk lang genoeg om te weten dat je intuïtie het soms scherper zag dan je ogen.

Hij nam het tijdpad nog eens door dat hij had opgesteld. Volgens Caterino's huisgenoten was ze rond vijf uur vertrokken. Een uur later was de noodoproep binnengekomen. De studente was een geoefend hardloper. Jeffrey had de cijfers erop nageslagen. Een vrouw van Caterino's leeftijd deed over het algemeen twaalf minuten over een mijl. Van haar huis naar IHOP was anderhalve mijl. Ervan uitgaande dat ze daar rechtstreeks heen was gerend, zonder omweg of tussentijdse stop, had ze er achttien minuten over gedaan.

Zodat er tweeënveertig minuten overbleven waarin iets ergs had kunnen gebeuren.

Als iemand het op Caterino voorzien had gehad, moest als eerste worden vastgesteld wie haar iets zou willen aandoen. Was een ex-vriendje kwaad omdat ze het had uitgemaakt? Of gold het tegenovergestelde scenario en had een ex-vriendje een nieuwe vriendin die het verleden wilde uitwissen? Had Caterino ruzie met een huisgenote?

Had ze een studierivaal? Was een docent bezeten van haar en nam hij geen genoegen met nee?

Jeffrey had Frank naar Chuck Gaines gestuurd, het stumperige hoofd beveiliging van de campus. Matt Hogan ondervroeg iedereen in Caterino's studentenhuis. Brad Stephens nam Leslie Truong voor zijn rekening, de vrouw die Caterino in het bos had gevonden. Lena sprak met dr. Sibyl Adams. Toevallig was Lena's zus een docent van Caterino. Sibyl had aangeboden om die ochtend vroeg naar de universiteit te komen om Caterino's paper over organische chemie door te nemen.

Jeffrey betwijfelde of het meisje voorlopig in staat zou zijn om ook maar iets in te leveren. Sara had de ambulance opgedragen Caterino naar het dichtstbijzijnde traumacentrum te brengen, in Macon. Het Heartsdale Medical Center kon niet veel meer dan schrammen en blauwe plekken behandelen. Toen Jeffrey Sara om een prognose had gevraagd, had ze nauwelijks gereageerd. Ze was woedend op Lena geweest omdat die geen pols bij het meisje had gevoeld en had al haar woede op de jonge agente gericht, wat een opluchting voor Jeffrey had moeten zijn.

Voor de verandering was hij eens niet het doelwit van Sara's scherpe tong.

Hij deed een stap opzij om een auto te laten passeren en liep door de open poort van de universiteit. Main Street strekte zich voor hem uit. De regen sloeg zo hard tegen het asfalt dat het water een halve meter opspatte. Links van hem was het politiebureau. Heuvelopwaarts, rechts van hem, was de kinderkliniek van Heartsdale, een soort monument voor de abominabele architectuur uit de jaren vijftig.

'Extra beveiligde inrichting' was nog de beste manier om de dichtgemetselde stijl te beschrijven. Aan de buitenkant gaf niets aan dat kinderen er welkom waren. De ramen waren smal. Het kunststof overstek kleurde al het natuurlijke licht vaalbruin. Aan het uiteinde stak een achthoekig bouwsel van glas en baksteen als een steenpuist naar buiten. Dat was de wachtkamer. 's Zomers steeg de binnentemperatuur soms tot boven de dertig graden. Dokter Barney, de eigenaar van de kliniek, was van mening dat patiënten dankzij de hitte alles uitzweetten waar ze last van hadden. Sara was het absoluut niet met hem eens, maar dokter Barney was haar eigen kinderarts geweest voor hij haar baas werd. Ze vond het moeilijk om openlijk tegen hem in te gaan.

De man had geen idee wat een bofkont hij was.

Jeffrey beklom de steile helling van de oprit. Op het parkeerterrein naast het gebouw stond Sara's zilverkleurige z4 turbo. Ze had hem als in een showroom schuin geparkeerd, in een hoek die niet alleen recht op het politiebureau was gericht, maar ook recht op de voordeur, want ze kon Jeffrey maar één keer met een mes castreren, maar hem de ogen uitsteken met haar cabrio van tachtigduizend dollar kon ze elke keer opnieuw doen wanneer hij uit zijn werk kwam.

Over castratie gesproken: Tessa Linton stond onder het smalle overstek bij de zijingang naar de kliniek. Ze was gekleed in een spijkerbroek met afgeknipte pijpen en een strak shirt met lange mouwen. Het logo LINTON AND DAUGHTERS PLUMBING spande over haar ruime boezem. Zoals gewoonlijk zat Tessa's lange, rossige haar in een wrong boven op haar hoofd. Jeffrey glimlachte aarzelend. Toen dat niet hielp, bood hij haar zijn paraplu aan.

'Da's lang geleden,' zei hij.

Tessa keek met uitdrukkingsloze blik de straat in.

Van alle mensen in het stadje had Jeffrey van Tessa het meeste begrip voor zijn misstap verwacht. Ze was bepaald geen vrouw zonder verleden, om over het heden maar te zwijgen. De straten van Grant County waren geplaveid met harten die Tessa Linton had gebroken. De eerste keer dat Sara Jeffrey mee naar haar ouderlijk huis had genomen om hem aan haar familie voor te stellen, hadden Tessa en hij elkaar meteen als verwante zielen herkend. Tessa had hem plagerig gewaarschuwd om nooit het hart van haar grote zus te breken. Op zijn beurt had Jeffrey gezegd dat het geen bedrog was als het telkens een andere vrouw betrof. En zo hadden ze jarenlang dat soort grapjes uitgewisseld. Toen had Sara hem op heterdaad betrapt, waarop Tessa de banden van zijn Mustang had doorgesneden.

'Alles goed met Sara?' vroeg Jeffrey. 'Het was nogal een heftige ochtend.'

'Mijn vader komt me zo halen.'

Behoedzaam keek Jeffrey naar links en naar rechts de straat in. Weer bood hij Tessa zijn paraplu aan. 'Je kunt hem bij de deur laten staan.'

Ze sloeg haar armen over elkaar.

Jeffrey keek naar de regenvlagen die het parkeerterrein striemden. Water stroomde van het krappe overstek. Zodra Tessa eronderuit stapte, zou ze doorweekt zijn. Jeffrey had haar aan de elementen moeten prijsgeven, maar zijn ridderlijkheid won het. Hij betwijfelde of zijn paraplu er nog zou staan als hij terugkwam.

'Is dat oude huis van Colton een beetje naar je zin?' vroeg Tessa.

Jeffrey wilde vragen hoe ze wist dat hij een huis had gekocht, maar toen besefte hij dat het hele stadje het wist. 'De constructie is prima. Ik zet er een nieuwe keuken in. Beetje verf op de muren.'

Nu glimlachte ze. 'Trekt de wc nog goed door?'

De moed zonk Jeffrey in de schoenen. Hij had geen professionele inspecteur in de arm kunnen nemen. Niemand beantwoordde zijn telefoontjes. Eddie Linton had een loodgietersfatwa over hem afgeroepen.

'Die oude aardewerken rioolbuis zit vol boomwortels,' zei Tessa. 'Volgende maand om deze tijd schijt je in een emmer.'

Jeffrey kon zich de hypotheek amper veroorloven. Al zijn spaargeld was opgegaan aan de aanbetaling. 'Kom op, Tess. Help me alsjeblieft.'

'Moet ik je helpen?' Ze stapte van de stoeprand. Haar vaders busje was de straat in gereden. 'Koop een metalen emmertje. Plastic absorbeert de stank.'

Jeffrey probeerde de paraplu haastig in te klappen toen Eddie het parkeerterrein op reed. Hij wist dat de man een .380 Ruger in zijn dashboardkastje had liggen.

Het busje kwam met een woeste draai voor het gebouw tot stilstand.

Jeffrey liet de paraplu vallen en rukte de deur open. Binnen botste hij bijna tegen Nelly Morgan op.

'Hm,' bromde de officemanager van de kliniek misprijzend voor ze rechtsomkeert maakte en wegliep.

Jeffrey onderdrukte een sarcastische opmerking. Nelly was immuun voor sarcasme.

Dat gold niet voor dokter Barney. 'Je ziet er goed uit, jongen,' zei hij terwijl hij met een klap de deur van een onderzoekskamer achter zich sloot.

Jeffrey bekeek zichzelf in de spiegel boven de spoelbak op de gang. De regen had zijn werk gedaan. Zijn overhemd was drijfnat. Zijn haar stak aan de achterkant als een eendenkont omhoog.

'Wat kom jij hier doen?' Molly Stoddard, Sara's assistente, leek nog het minst blij om hem te zien.

Jeffrey streek zijn haar glad. 'Ik moet Sara spreken.'

'Moet je dat of wil je dat?' Molly keek op haar horloge, hoewel ze zo'n type was dat altijd wist hoe laat het was. 'De wachtkamer zit vol patiënten. Je zult moeten –'

'Molly.' De deur van Sara's spreekkamer schoof open. 'Wil jij vast Jimmy Powells vernevelaar aanzetten? Ik kom zo.'

Na een laatste sombere blik op Jeffrey sjokte Molly de gang op.

'Hoe maakt dat meisje het?' vroeg Sara.

'Ze wordt nu geopereerd. Ze...'

Sara verdween in haar spreekkamer.

Jeffrey vroeg zich af of hij haar moest volgen. Weer streek hij zijn haar glad. Op de gang passeerde hij een moeder die hem afkeurend aankeek. Zelfs haar peutertje keek fronsend naar hem op. Had hij maar een schema zoals je dat voor in Russische romans aantrof, zodat hij wist hoe iedereen zich tot Sara verhield en in welke mate ze de pest aan hem hadden.

Hij trof haar zittend achter haar bureau aan, waar ze een recept uitschreef. Sara's spreekkamer was even groot als die van dokter Barney, maar door alle foto's van patiëntjes die ze op de muur had geplakt leek hij kleiner. Het waren er meer dan honderd. Nog even en alle houten wanden zaten vol. De meeste waren schoolfoto's. Ook waren er kiekjes met katten, honden en een enkel woestijnratje. De chaotische decoratiestijl besloeg de hele kamer. De bak met ingekomen stukken was boordevol. De vloer was bezaaid met studieboeken. Patiëntenstatussen lagen in stapels op de twee stoelen en boven op de dossierkasten, die gevuld waren met nog meer statussen. Als Jeffrey niet beter wist, zou hij denken dat er een overval had plaatsgevonden.

Hij tilde een stapel mappen op zodat hij kon zitten. 'Ik kwam Tess buiten tegen.'

'Doe de deur dicht.' Ze wachtte tot hij weer opstond, de deur dichtdeed en opnieuw plaatsnam en vroeg toen: 'Ga je nu eindelijk Lena ontslaan?'

Jeffrey had zelf een vraag paraat. 'Hoelang heb jij erover gedaan om een pols te vinden?'

'Ik heb hem in elk geval gecontroleerd.'

'Net als Lena zodra ze ter plekke was. Dat heb ik in haar aantekeningen gelezen.'

'Waren die in dezelfde kleur inkt?' Met een handgebaar kapte Sara een antwoord af. 'Vertel eens wat ze in het ziekenhuis hebben gezegd. Hoe gaat het met het meisje?'

Haar scherpe toon galmde na in Jeffreys oren. Het afgelopen jaar was hij maar al te vertrouwd geraakt met de twee verschillende Sara's. In het openbaar bewaarde ze een dramatisch zwijgen en toonde ze respect. Onder vier ogen liet ze geen kans onbenut hem een trap na te geven.

Jeffrey legde de dossiers op een toch al wankele stapel. 'Het meisje heet Rebecca Caterino. Ze wordt Beckey genoemd. Het ziekenhuis kan geen informatie over haar geven –'

'Maar?'

'Maar.' Hij zweeg even om haar af te remmen. 'Ik heb met haar vader gesproken. De neurochirurg gaat –'

'Een craniotomie uitvoeren om de druk op de schedel weg te nemen?' vroeg Sara. 'En hoe zit het met die prop in haar keel?'

'Volgens de longarts leek het op –'

'Onverteerd gebak?'

Jeffrey klemde de armleuningen van zijn stoel vast. 'Ga je al mijn zinnen –'

Sara speelde het spel niet mee. 'Waarom ben je hier eigenlijk, Jeffrey?'

Hij moest zich door zijn ergernis heen worstelen om het zich te herinneren. 'Is het je opgevallen dat haar benen verlamd waren?'

'Verlamd?' Nu was Sara bij de les. 'Leg uit.'

'De chirurg heeft tegen Beckeys vader gezegd dat er een scheur in haar ruggengraat zit.'

'De wervelkolom of het ruggenmerg?'

Zonder enige haast nam Jeffrey zijn notitieboekje uit zijn zak en bladerde naar de betreffende pagina. 'Bij het stellen van de diagnose reageerden haar voeten en benen niet op prikkels. Een MRI bracht een kleine punctie aan de linkerkant van haar ruggenmerg aan het licht.'

'Een punctie?' Sara boog zich naar voren. 'Wees eens wat specifieker. Zat er in de huid ook een gaatje?'

'Meer weet ik niet.' Jeffrey klapte zijn boekje dicht. 'Zoals je begrijpt, was de vader behoorlijk van streek. De artsen verstrekten maar weinig informatie. Je weet hoe het is aan het begin van dit soort zaken. Ze weten niet wat ze niet weten.'

'Ze weten meer dan ze prijsgeven,' zei Sara. 'Weet je waar die punctie precies zit?'

Hij sloeg zijn aantekeningen er weer op na. 'Onder C5.'

'Ze hoeft dus niet aan de beademing. Geluk bij een ongeluk.' Sara leunde weer achterover. Hij wist dat ze nu alle mogelijkheden doornam. 'Oké, schade aan het ruggenmerg. In de meeste gevallen komt dat door fysiek trauma. Sportletsel. Auto-ongelukken. Schot- en steekwonden. Of door een ander ongeluk, maar doorgaans niet als gevolg van een struikel- en valpartij. Voor beschadiging van het ruggenmerg is gigantisch veel kracht nodig. Zou het door een gebroken wervel zijn doorboord? Of is ze op iets scherps gevallen? Heb je ter plekke ook maar iets gevonden wat doordringend letsel zou kunnen veroorzaken?'

'Tegen de tijd dat ik de vader had gesproken, was de plek van het ongeluk al schoongespoeld door de regen.'

'Is het niet bij je opgekomen er een tent overheen te zetten?'

'Hoezo?' vroeg Jeffrey, want daar draaide het hele probleem om. 'Waarom zou ik extra maatregelen nemen voor iets wat alles weg had van een ongeluk? Heb jij iets gezien wat je op andere gedachten heeft gebracht?'

Ze schudde haar hoofd. 'Je hebt gelijk.'

Jeffrey hield zijn hand achter zijn oor, alsof hij haar niet verstond.

Ze lachte aarzelend.

Hij haatte het gevoel dat hij kreeg wanneer ze positief op hem reageerde, alsof hij in de onderbouw zat en indruk wilde maken op een cheerleader. 'Er zit een luchtje aan deze zaak, vind je niet? Of ligt het aan mij?'

Ze schudde haar hoofd, maar hij merkte dat ze zijn aarzeling deelde. 'Ik wil de MRI zien. Die punctie is vreemd. Die zou alles kunnen veranderen. Of er is een verklaring voor. Ik heb meer informatie nodig.'

'Ik ook.' Jeffrey voelde de druk op zijn borst enigszins afnemen. Een van de dingen die hij het meest miste was met Sara praten over wat hem dwarszat. 'Kevin Blake dringt erop aan dat ik vandaag nog met een verklaring kom. Hij wil de angst bij de mensen wegnemen. Ergens kan ik hem geen ongelijk geven. Maar tegelijkertijd denk ik dat we iets over het hoofd zien. "Wat zou dat kunnen zijn?" vraag ik me dan af. Er is geen fysiek bewijs dat vragen opwerpt waar een onderzoek antwoord op kan geven.'

'Ik betwijfel of het meisje zal kunnen helpen,' zei Sara. 'Ook als ze de operatie overleeft, ook als ze in staat is te communiceren, zal ze door posttraumatische amnesie waarschijnlijk onbruikbaar zijn als getuige.'

'Ik ga met Leslie Truong praten. Zij heeft Caterino gevonden. Misschien herinnert zij zich iets.'

'Misschien.'

Jeffrey keek Sara onderzoekend aan. Kennelijk wilde ze nog iets zeggen. 'Wat is er?'

'Dit is gewoon een gesprek, hè?'

'Ja.'

Sara tikte met haar pen op het bureau. Het klonk als een metronoom. 'Vraag eens of ze een bekkenonderzoek willen doen.'

'Denk je dat ze verkracht is?' Jeffrey kon de gedachtesprong niet volgen. 'We hebben het over een keurig meisje. Je hebt gezien wat ze aanhad. Ze had niet eens make-up op. Ze had de hele nacht in de bibliotheek gezeten. Dat is niet het soort feestbeest van wie je verwacht dat ze aangerand wordt.'

De pen staakte het getik. 'Wil je me vertellen dat er zoiets als een verkrachtbare vrouw bestaat?'

'Nee, dat is krankzinnig.' Ze wilde hem niet begrijpen. 'Ik wil alleen maar zeggen dat je naar het bewijs moet kijken. Caterino was niet vastgebonden. Ze had geen blauwe plekken. Ze had haar kleren nog aan. Op het oog was nergens mee gerommeld. Het was al licht in het bos, en ze bevond zich op tweehonderd meter van een drukke straat.'

'En ze was vannacht in de bibliotheek in plaats van in een bar. En ze was niet gekleed alsof ze erom vroeg.'

'Je moet me geen woorden in de mond leggen. Daar vraagt niemand om,' zei hij. 'Oké, misschien drukte ik me wat onhandig uit, maar het klopt dat we haar niet in een risicovolle categorie kunnen plaatsen. Ze is een goede studente. Ze gebruikt geen drugs. Ze lijkt op jou, altijd met haar neus in een boek. Jezus, ze was gewoon aan het hardlopen aan het begin van de dag in plaats van in een of andere steeg rond te hangen om benzo's te scoren.'

Sara perste haar lippen op elkaar. Ze ademde diep in. Hij zag haar neusvleugels trillen. 'Zal ik jou eens wat vertellen, Jeffrey? Dit is mijn taak niet meer.'

'Wat voor taak?'

'Ik ben niet meer degene met wie je je zaken bespreekt. Ik ben niet meer degene die je influistert dat er ergens een luchtje aan zit. Ik ga je niet vertellen hoe je om Kevin Blake heen moet manoeuvreren. Het is mijn taak niet meer om als emotionele steunpilaar te dienen die je leven overeind houdt.'

'Wat bedoel je daar in godsnaam mee?'

'Daarmee bedoel ik dat ik niet naar je hoef te luisteren, me geen zorgen om jou hoef te maken, je niet hoef te helpen en zelfs niet naar je hoef te kijken.' Sara priemde met haar vinger op het bureau. 'Morgen is je moeder jarig. Heb je daaraan gedacht?'

'Shit,' siste hij.

'De bloemist gaat om vier uur dicht, en ze bezorgen niet op dezelfde dag, dus als je haar niet snikkend aan de telefoon wilt hebben, zou ik ze maar snel bellen voor je het vergeet.'

Jeffrey keek op zijn horloge. Hij had nog vijf uur. Dat vergat hij vast niet. 'Dat is één ding. Ik heb je nooit gevraagd om –'

'Wist je dat Possum en Nell volgende maand zeventien jaar getrouwd zijn?' Kennelijk wist Sara het nog wel. 'De laatste keer dat we daar waren, heb je ze beloofd dat je op het feest zou komen. En dat je een toost zou uitbrengen. Verder heb je Jared beloofd dat je hem zou leren hoe hij een *spiral* moet gooien. En je moet een griepprik halen. De titers van je vaccinaties moeten bepaald worden. God verhoede het, maar als ik jou was, zou ik me op soa's laten testen. Je had je allang moeten laten keuren. Heb je nieuwe bloeddrukverlagers nodig? Dan moet je een afspraak met je huisarts maken voordat je recept verlopen is.'

'Dat weet ik allemaal,' loog hij. 'Ik heb al afspraken gemaakt. En die speech staat op mijn laptop.'

'Wat ben je toch een waardeloze lul.'

'Zullen we het eens over jou hebben, Sara? Over hoe verknipt jij bent?' Hij sloeg met zijn knieën tegen het bureau toen hij zich naar voren boog. 'Hoe zit het met die nieuwe gast met wie je in Atlanta rondhangt? Parker? Dat is toch geen naam voor een vent. Dat is zo'n vulpotlood dat je van je opa krijgt.'

Ze moest lachen. 'Wauw, die is raak, zeg.'

Ze kon nog meer krijgen als het aan Jeffrey lag. 'Je ziet er slecht uit, trouwens. Wist je dat? Heb je je haar vandaag al geborsteld? Ik kan zien dat je een kater hebt. Waarschijnlijk heb je al een week niet geslapen. Je kunt amper op je benen staan. Ik probeer als een volwassene met je te praten over –'

'Jeffrey.' Haar keel leek zich om het woord te klemmen. Sara schreeuwde nooit wanneer ze kwaad was. Ze uitte haar woede altijd in furieus gefluister. 'Mijn kamer uit.'

'Hou eens op met die kapsones.' Hij sloeg met zijn hand op het bureau. Ze had het recht niet om nu kwaad op hem te zijn. 'Jezus, Sara. Ik probeerde met je over een zaak te praten, maar jij blies het weer eens op tot we –'

'Ik ben de lijkschouwer niet. Ik ben je klankbord niet. En je hebt er alles aan gedaan om ervoor te zorgen dat ik je vrouw niet meer ben.'

Hij lachte moeizaam. 'Ik heb de scheiding niet aangevraagd.'

'Nee, jij was alleen maar degene die telkens tegen me loog wanneer ik vroeg waarom je tot laat op de avond wegbleef, waarom je opeens naar buiten moest om iemand te bellen, waarom je je e-mailwachtwoord had veranderd, waarom je de meldingen van je telefoon had uitgeschakeld, waarom je een privacyfilter op je laptop had gezet.' Hij zag haar keel verstrakken. 'Je deed alsof ik gek aan het worden was. Je hebt me vernederd tegenover de hele stad. En je liegt nog steeds over –'

'Ik heb één fout gemaakt. Eén.'

'Eén.' Het klonk alsof ze naar lucht hapte. Wat hij ook zei, ze weigerde te geloven dat het bij één stomme fout was gebleven. 'Het is alweer een jaar geleden, maar je vertelt me nog steeds de waarheid niet.'

'Weet je wat, schat? De waarheid is dat ik niet langer je man ben.' Hij stond op en wilde vertrekken. 'En ik hoef ook niet meer naar deze shit te luisteren.'

'Ga dan.'

Hij gunde haar het laatste woord niet. 'Jij hebt ook dingen gedaan, Sara.'

Ze spreidde haar armen ten teken dat hij haar mocht afschieten.

'Waarom bleef je niet één zondag bij je man in bed in plaats van er als een speer vandoor te gaan om met je familie te lunchen? Waarom zei je niet tegen je moeder dat ze niet zes dagen per week onaangekondigd langs moest komen? Waarom zei je niet tegen je vader dat hij niet langer achter mijn rug allerlei karweitjes moest afmaken die ik in mijn eigen tijd had kunnen doen? Waarom moest je je zus alle ins en outs over ons seksleven vertellen? Waarom heb je niet één enkele keer in ons hele huwelijk mijn behoeften, mijn gevoelens laten voorgaan boven die hele kutfamilie van je?'

Ze begon in de bureauladen te rommelen en liet papieren en kantoorbenodigdheden op de vloer vallen.

Jeffrey keek naar de troep. Dit was al net als met de auto, toen ze ook was doorgedraaid en haar eigen spullen kapot had gemaakt in plaats van de zijne. 'Wat ben je aan het doen?'

'Ik zocht dit.' Ze smeet een rekenmachine op het bureau. 'Ik wil uitrekenen hoeveel fucks ik níét om jouw gevoelens geef.'

Hij klemde zijn kaken zo stijf op elkaar dat hij zijn hart in zijn gezicht voelde kloppen. 'Stop dat ding maar in je reet.'

'Fuck you!'

'Genoeg vrouwen die dat willen doen.'

'Vast en zeker, eikel.'

'Krijg de klere.'

Sara's reactie ging verloren in de klap waarmee Jeffrey de schuifdeur dichtschoof, zo hard dat het kozijn losraakte. Hout versplinterde. Foto's dwarrelden door de lucht. Op de gang liep hij tegen een muur van witte jassen op – verpleegkundigen, assistenten, dokter Barney in zijn laboratoriumjas – die zich rond de verpleegpost hadden verzameld. Ze keken hem allemaal vol afschuw aan, want Sara had het zo verdomd strategisch aangepakt dat alleen zíjn aandeel in de ruzie op de gang te horen was geweest.

Dit was geen scheiding. Dit was de carrousel uit *Logan's Run*.

Jeffreys schoenen piepten toen hij de gang door liep. Zijn natte sokken slobberden om zijn enkels. Het was alsof er stoom uit zijn kop kwam. Met zijn schouder duwde hij de deur open. Buiten was het nog steeds noodweer. Bliksem brak de hemel open. De wolken waren even zwart als zijn gemoed.

Hij zocht zijn paraplu. Die lag midden op het parkeerterrein. De stang was verbogen. Hij liep de plensregen in. Hij griste de paraplu van de grond. Zijn telefoon ging, maar hij negeerde het geluid terwijl hij uit alle macht de paraplu probeerde te openen.

'Fuck!' Hij smeet het nutteloze ding naar de gesloten deur. Regen kletterde op zijn hoofd. Hij sjokte naar de oprit en wierp een blik op Sara's auto, maar hij was nog niet zo ver heen om haar in de kaart te spelen door iets stoms te doen.

Hij keek achterom, naar de paraplu. Hij keek naar de auto.

Weer ging zijn telefoon.

Hij haalde het apparaat uit zijn zak. 'Jezus, wat nu weer?'

Hij voelde aarzeling. Iemand ademde zachtjes in. Zonder naar de nummerweergave te kijken wist hij dat het Lena was.

'Wat is er, Lena?' vroeg hij. 'Wat wil je?'

'Chef?' Haar toon was nog steeds zo aarzelend dat hij zijn telefoon het liefst in de grond had geramd. Hij zag haar aan de overkant van de straat. Ze stond achter de glazen voordeur van het politiebureau. 'Chef?'

'Je weet waar ik ben, Lena. Je kunt me door dat stomme raam heen zien. Wat is er?'

'Dat meisje...' Ze zweeg even. 'Het andere meisje. Die studente.'

'Ben je vergeten hoe je hele zinnen moet maken?'

'Ze wordt vermist,' zei Lena. 'Leslie Truong. De getuige die Beckey Caterino in het bos heeft gevonden. Ze is nooit bij de verpleegpost aangekomen. Ze is ook niet in haar studentenhuis of op college geweest. We kunnen haar nergens vinden.'

ATLANTA

6

Terwijl Faith allerlei bijzonderheden uit Daryl Nesbitts krantenknipsels in haar boekje noteerde, zat Will zwijgend achter het stuur. Hij hoorde haar balpen over het papier krassen. Het was haar gewoonte belangrijke woorden te omcirkelen. Het was een irritant geluid, als schuurpapier over tanden. Hij smachtte naar enige afleiding, maar bij wijze van detente luisterden ze in de auto nooit naar de radio. Faith vond Bruce Springsteen niet om aan te horen. Will weigerde naar *NSYNC te luisteren.

Afgezien van een enkel 'hm' leek Faith geen moeite te hebben met de langdurige stilte. Wills brein bleef gespreksonderwerpen ophoesten waarover ze iets zou kunnen zeggen. *Hoe staat het ervoor met Emma's vader? Zijn thuismoeders en werkende moeders inderdaad net de Bloods en de Crips? Wat is de tekst van 'Baby Shark'?* Alles was beter dan zich het hoofd te moeten breken over elk woord dat Sara het afgelopen uur tegen hem had gezegd.

Niet dat hij over veel ruwe data beschikte. In de loop van drie korte gesprekken had zijn grappige, welbespraakte vriendin opeens een soort codetaal uitgeslagen die zelfs Alan Turing niet had kunnen ontcijferen. Eerder die dag, in de gevangenis, had Sara niet echt de verbinding verbroken toen Will haar vanaf het toilet had gebeld, maar hun gesprek was zo abrupt geëindigd dat hij als een gek door de gangen was gaan rennen. Hij mocht van geluk spreken dat de cipiers geen kogel door zijn rug hadden gejaagd. En toen had Sara hem bij wijze van spreken recht in zijn gezicht geschoten.

Salade?

McDonald's?

Wát?

Als er in Wills jeugd dingen uit de hand dreigden te lopen, stelde hij zich voor dat zijn brein een stapel dienbladen was. Hij was altijd een groot fan geweest van eten dat in vakjes werd opgediend: pizza in de grote rechthoek, mais, aardappelkroketjes en appelmoes in de vierkantjes. Het visualiseren van dienbladen bood hem scherp afgebakende segmenten waarin hij zijn problemen wegstopte tot hij er op een later moment werk van kon maken. Of niet. Het stapelsysteem had hem door een aantal schokkende gebeurtenissen geloodst. Als een pleegouder zijn handen niet thuis kon houden of als een leraar hem uitschold omdat hij dom was, stopte hij het rotgevoel in een vakje, en wanneer alle vakjes vol waren, gooide hij een nieuw dienblad op de stapel.

Will wist niet waar hij de drie gesprekken met Sara moest wegbergen. Van de laatste twee snapte hij nagenoeg niets. Vóór de lunch wilde Sara doorgaans niet over het avondeten praten. En ze zou nooit van haar leven iets van McDonald's voor hem meenemen. Dan bleef alleen het eerste telefoontje over, dat nog geen minuut had geduurd. Sara had verward geklonken, vervolgens boos, toen stijfjes en ten slotte alsof ze elk moment in huilen kon uitbarsten.

Will wreef over zijn kaak.

Hij zag het meest voor de hand liggende over het hoofd.

Sara had gezegd dat ze midden op een parkeerterrein stond. Daarom had ze de verbinding verbroken. Ze weigerde in te storten waar anderen bij waren. Wat ze ook beweerde over open communicatielijnen, met haar gevoelens liep ze niet te koop. In het openbaar gedroeg ze zich altijd heel evenwichtig. Privé kon ze totaal instorten, op een wijze die maar weinig mensen voor mogelijk zouden houden. Will kon op de vingers van één hand het aantal keren tellen dat hij Sara buiten zinnen had gezien. Soms gebeurde het wanneer ze kwaad was, soms wanneer ze gekwetst was, maar het gebeurde altijd, zonder uitzondering, achter gesloten deuren.

Hij keek in de autospiegel. Achter hem strekte de weg zich uit. Sara was inmiddels een halve staat van hem verwijderd. Hij haalde zijn telefoon uit zijn zak. Hij kon Sara met een app lokaliseren, maar hij wist waar ze was, en de app kon hem niet vertellen wat ze dacht.

Will keek op zijn telefoon. Het toegangsscherm toonde een foto van haar met de honden. Betty had zich onder Sara's kin genesteld. Bob en Billy, haar twee reuzenwindhonden, verdrongen zich rond haar schoot. Sara's bril zat scheef. Ze had geprobeerd een kruiswoordpuzzel op te lossen. Ze was in lachen uitgebarsten en op dat moment had Will afgedrukt. Ze had hem gesmeekt de foto te wissen omdat ze vond dat ze net een halvegare leek, waarop hij hem als achtergrond had gebruikt, en niets van dat alles deed er nu toe, want...

Waarom had ze hem geen berichtje gestuurd?

'Jezus, Will, hoe kun je hier in godsnaam zitten?' wilde Faith weten. 'Fysiek, bedoel ik. Hoe past je lijf hierin?'

Will wierp haar een blik toe. Ze probeerde haar stoel naar achteren te schuiven voor wat meer beenruimte.

'Emma's stoeltje zit in de weg.'

'Waarom heb je het dan niet verplaatst?' vroeg ze.

'Het is jouw auto.'

'En jij bent een reus.' Ze ging op haar knieën zitten om ruimte te maken op de achterbank.

Will stopte zijn telefoon weer in zijn zak. Hij probeerde het gesprek gaande te houden. 'Ik dacht dat ze heel moeilijk te installeren waren. Autostoeltjes.'

'Het is geen hogere wiskunde.' Ze stootte haar stoel naar achteren en strekte haar benen in de zalige vrije ruimte. 'Toen ik nog straatagent was, heb ik ik weet niet hoeveel zaterdagen ouders aangehouden om hun kinderstoeltjes te controleren. Ongelooflijk hoe stom mensen kunnen zijn. Er was eens een stel...'

Het kostte Will moeite zijn aandacht bij het verhaal te houden, dat met een onverwachte wending opeens over een drugsvangst ging en over de dierenambulance die ergens bij gehaald moest worden. Hij wachtte tot Faith een adempauze nam en vroeg toen met een knikje naar haar aantekeningen: 'Nog iets bijzonders?'

‘Die mobiele telefoons zitten me dwars.’ Ze had zich nu op Daryl Nesbitts aanbod gestort om informatie uit te wisselen. ‘Dat moet een heel geraffineerde onderneming zijn. Meer dan gewoonlijk. Voor de opstand uitbrak, had de directeur vierhonderd telefoons in beslag genomen. Die smokkel je niet zomaar in je reet naar binnen. Ik weet hoe een gat eruitziet. Ik heb ook weleens een telefoon gezien. Ik snap niet hoe ze het doen. Fysiek, bedoel ik. Moet je mijn telefoon zien.’

Will keek naar de iPhone x in haar hand. ‘Daar kun je in de gevangenis drieduizend dollar voor krijgen.’

‘Ik zou er waarschijnlijk wel twee tegelijk kunnen doen.’

Haar telefoon zoemde toen er een bericht binnenkwam. Gevolgd door nog een bericht. En nog een.

Will vermoedde dat het gepiep van Amanda kwam. Ze stuurde elke zin in een apart bericht, want de Geneefse Conventies golden niet voor haar team.

Faith vatte het samen: ‘Volgens Amanda is het medisch gezien behoorlijk mis met Nesbitts been en heeft hij ons daarom die deadline van een week gegeven. Dat ze berichtjes stuurt betekent waarschijnlijk dat ze in het uitvaartcentrum zijn.’

Will keek op de klok. Amanda had flink doorgereden. Hij schatte dat het nog tien minuten rijden was naar Lena’s huis. In de hoop haar te verrassen waren ze al bij het politiebureau van Macon langsgegaan. Die lui daar waren zelf verrast geweest. Lena had zwangerschapsverlof en was thuis. Over een maand werd de baby verwacht.

‘Laat mij het voortouw maar nemen met Lena,’ zei Faith.

Hoewel Will nog niet over een strategie had nagedacht, zei hij: ‘Lijkt me ook beter. Ze is zwanger. Jij hebt twee kinderen.’

‘Ik ga met die dingo echt niet gezellig over het moederschap babbelen,’ zei Faith stuurs. ‘Ik haat zwangere vrouwen. Helemaal als het de eerste keer is. Ze vinden zichzelf geweldig, alsof er op magische wijze opeens leven in hen groeit. Weet je hoe magisch Jeremy in me begon te groeien? Ik liet me door een geile randdebiel van vijftien aanpraten dat ik niet zwanger kon worden als hij alleen met het topje naar binnen ging.’

Will was opeens zeer geïnteresseerd in het gps-scherm op het dashboard.

'Ik kan Lena beter voor mijn rekening nemen, want ik heb die leugenachtige heks-ex van je ontmoet. En ik heb je aantekeningen gelezen van de laatste twee keer dat je onderzoek naar Lena hebt gedaan.'

'Alleen de eerste keer was een onderzoek. En ze werd vrijgesproken van wangedrag. Van enig wangedrag dat ik kon bewijzen, tenminste.' Will besefte dat hij niet bepaald een pleidooi voor zichzelf voerde. 'De tweede keer was toeval. Lena was toevallig betrokken bij een paar gasten die –'

'Toevallig betrokken.' Faith keek hem scherp aan. 'Je stapt alleen in de hondenstront als je achter een hond aan loopt.'

Will wist alles over honden uitlaten. 'Je hoeft alleen maar naar beneden te kijken.'

Faith kreunde. 'Je weigert ook maar iets slechts in Lena te zien. Je weigert ook maar iets slechts te zien in iedereen die op haar lijkt.'

Will gaf stilzwijgend toe dat ze heel in de verte misschien gelijk had. Hij had altijd een zwak gehad voor boze, beschadigde vrouwen. In de meeste gevallen brachten ze zichzelf nog de meeste schade toe.

Hij moest ook toegeven dat ze niet naar Macon waren gereden voor een therapiesessie. Ze probeerden informatie uit Lena los te krijgen, en Will wist als geen ander dat het een zware klus ging worden. 'Ze is nogal onvoorspelbaar,' zei hij.

'Als een soort demon?'

'Als iemand die je vertrouwt tot je haar niet meer vertrouwt,' zei Will. 'Je praat bijvoorbeeld met haar en ze zegt allemaal zinnige dingen, maar opeens, zonder dat je weet waarom of wanneer het gebeurde, is ze boos of gekwetst of paranoïde en heb je met een boze, gekwetste, paranoïde vrouw te maken.'

'Klinkt geweldig.'

'Het verraderlijke is dat ze soms een heel goede smeris is.' Hij hoorde Faith ongelovig snuiven. 'Ze heeft het juiste gevoel. Ze weet hoe ze met mensen moet praten. Ze is de kluit niet voortdurend aan het belazeren. Alleen soms.'

'Een beetje corrupt is net zoiets als een beetje zwanger,' zei Faith. 'Waar ik graag de hand op wil leggen, zijn Lena's notitieboekjes. Dit was een van haar eerste grote zaken. Amanda heeft gelijk: als je net begint, schrijf je elke scheet op. Daar is Lena mogelijk de fout in gegaan. We kunnen haar op haar eigen woorden pakken.'

Will wist dat ze gelijk had. De eerste jaren van je loopbaan was je spiraalschriftje een soort dagboek. Je chef keek er niet in. Het was geen officiële verklaring onder ede. Het was geen feitelijk verslag. Het was een schriftje waarin je losse gedachten noteerde, samen met bijzonderheden die bleven knagen en die je verder wilde uitzoeken. Vervolgens eiste de advocaat van de verdachte inzage, stemde de rechter ermee in en zat je voor je het wist in de getuigenbank peentjes te zweten in een poging uit te leggen dat DQ het restaurant was waar je geluncht had, niet de initialen van een andere verdachte die de echte moordenaar zou kunnen zijn.

'Lena is uitgekookt,' zei Will. 'Zodra we naar haar notitieboekjes vragen, weet ze dat we haar klem proberen te zetten. En ze heeft alle tijd gehad om erover na te denken. Allerlei mensen hebben ons op het bureau gezien. Reken maar dat ze een telefoontje heeft gehad met de mededeling dat het GBI naar haar op zoek is.'

'Smerissen zijn akelige roddeltantes,' klaagde Faith. 'Maar we hebben niet gezegd over welke zaak het gaat. Lena heeft waarschijnlijk bergen zaken waar ze zich zorgen over maakt. Uiteindelijk loopt ze tegen de lamp, en dan sta ik met de handboeien klaar.'

Will verbaasde zich over haar felheid. 'Sinds wanneer heb je zo de pik op haar?'

'Ze is tweeëndertig. Ze heeft vijftien jaar politie-ervaring. Die gun ik het voordeel van de twijfel niet meer. En bovendien...' Faith stak een vinger op, als om aan te geven dat het belangrijkste nog moest komen. 'Ik ben bevriend met Sara. De vijand van mijn vriendin is míjn vijand.'

'Ik geloof niet dat Churchill het zo heeft gezegd.'

'Die vocht alleen maar tegen de nazi's. Wij hebben het hier over Lena Adams.'

Will liet de vergelijking passeren. En hij gaf niet toe dat Faiths uitval haar eerdere uitspraak bekrachtigde. Hoe harder ze Lena aanviel, hoe meer Will het voor haar wilde opnemen. Zijn grootste tekortkoming was dat hij begreep waarom ze al die vreselijke dingen deed. Lena's fouten kwamen niet voort uit kwaadwilligheid. Ze was er heilig van overtuigd dat ze deed wat juist was.

En zo kwam hij op een van de belangrijkste lessen die hij ooit van Amanda had geleerd: de gevaarlijkste agent bij willekeurig welk onderzoek was degene die vond dat hij altijd gelijk had.

'Ik vind dat je Sara over Daryl Nesbitt moet vertellen,' zei Faith.

Met een ruk keerde Will zich naar haar toe.

'Je hebt gelijk,' zei Faith schouderophalend. 'We moeten dit niet voor haar achterhouden. Ze heeft er recht op het te weten.'

Will vroeg zich af of hij het moest opbiechten. 'In de gevangenis was je nogal zeker van je zaak. Je zei zelfs dat je het met Amanda eens was.'

'Ja, eh… je moet niet alles geloven van iemand die na halftien haar ogen niet meer open kan houden.' Weer zoemde haar telefoon. En nog eens. En nog eens. Ze opende het bericht. 'Amanda. Nog geen nieuws over Nesbitts correspondentie, dus nog niks over de "vriend" die hem die krantenartikelen heeft gestuurd. Sara is net begonnen met het voorlopig onderzoek op Alexandra McAllister. Amanda wil op de hoogte worden gehouden van ons bezoek aan Lena. Jezus, Mandy, fijn dat je ons eraan herinnert. Het is nooit bij me opgekomen jou te vertellen wat er gebeurt.'

Will hoorde de tikjes waarmee ze een vermoedelijk wat evenwichtiger antwoord typte.

'Echt, je moet het Sara vertellen. We moeten trouwens tanken. Ik wacht wel in de winkel, dan heb je privacy.'

Will tuurde naar de weg voor hem. Hij wist dat Faith het onderwerp niet zou laten rusten. 'Ik heb het haar al verteld.'

Langzaam drukte Faith een hoekje van haar telefoon tegen haar voorhoofd. Ze kneep haar ogen dicht. 'Je neemt me in de maling, hè?'

'Voor we vertrokken, heb ik haar gebeld vanuit het toilet.'

'Je wordt bedankt, Will. Nu is ze vast razend op me. Wat…' Ze zuchtte. 'Oké, goed, ik snap wat je denkt. Anders zou ze razend op jou zijn geweest, en aangezien jij haar partner bent, had jij het haar moeten vertellen, wat je uiteindelijk gedaan hebt, en ik ben haar vriendin, dus ik krijg de volle laag omdat ik het haar niet heb verteld, maar god nog aan toe, dat gezonde-relatiegedoe is niet makkelijk. Geen idee hoe je het doet.'

Will wist niet of hij wel iets deed.

'Ik ga gelijk mijn excuses aanbieden.' Al pratend begon Faith te tikken. 'Het zou nogal helpen als jij tegen haar zegt dat ik heb gezegd dat je het moest vertellen voor ik wist dat jij het al had verteld.'

'En zo is het ook gegaan.'

'We vinden het niet oké dat Nick Nesbitt te grazen heeft genomen, hè?'

Will had moeite met de abruptheid waarmee ze van onderwerp veranderde. Hij was Nicks uitbarsting al bijna vergeten. Hij had er geen moeite mee een verdachte flink onder druk te zetten, maar je bleef met je poten van hem af. 'Nee, dat vinden we niet oké.'

'Het is flink klote, want we moeten Nick steunen zodat hij ons steunt als het ooit zover komt, niet dat we ooit zoiets zouden doen, maar jezus, het is het zoveelste kloteding in wat toch al een klotedag is.'

Ze dumpte haar telefoon in de bekerhouder. 'Ik heb meer nodig dan krantenartikelen over die dode vrouwen. Zaten ze op datingapps? Waren ze actief op sociale media? Werkten ze op kantoor of thuis? Ik wil zaakdossiers, lijkschouwersrapporten, foto's, getuigenverklaringen, schetsen van de pd's, toxicologische rapporten. Het enige wat ik weet is dat er acht vrouwen in bossen zijn gevonden, en wat dat betreft heeft Amanda gelijk. Kijk maar uit het raam. Is er ook maar iemand in Georgia die niet in een bos doodgaat?'

Will keek al bijna een uur uit het raam. Hij was minder stellig dan Faith. Iemand zag een patroon bij deze doden. Iemand die de afgelopen acht jaar van zijn of haar leven had gewijd aan het natrekken ervan. Dat deed je alleen als het een obsessie was. Wills intuïtie fluisterde hem in dat het vinden van de bron van die obsessie veel van hun vragen zou beantwoorden.

'Als we contact opnemen met alle betreffende politiedistricten, gaat er uiteindelijk iemand praten,' zei hij. 'Je hebt het zelf gezegd: smerissen zijn akelige roddeltantes. Willen we dat iedereen straks weet dat we op zoek zijn naar een mogelijke seriemoordenaar?'

Het antwoord werd Faith bespaard omdat haar telefoon weer zoemde. En nog eens. Kreunend las ze het bericht. 'Amanda wil dat je je relatie met Sara inzet om contact te leggen met Lena.'

Will fronste zijn wenkbrauwen. Sara gaf Lena de schuld van de moord op Jeffrey. Het enige contact dat ze met Lena wilde leggen, liep via een honkbalknuppel.

'Hij is een pedo, hè?' Faith was weer terug bij Daryl Nesbitt. 'Ergens zeg ik, ja, Nick jongen, ga je gang en sla hem helemaal verrot. Maar een andere stem zegt: hij heeft nog steeds rechten. We hebben een eed op de grondwet gezworen, niet op wat wij denken dat rechtvaardig is. En Nesbitt is nog altijd een mens. En waarschijnlijk is hij als kind misbruikt, dat moeten we ook in het achterhoofd houden.'

Will liet haar laatste zin rondrollen in een vakje in zijn brein.

'Niet dat er een rechtstreeks verband is tussen kindermisbruik en latere pedofilie,' haastte Faith zich te zeggen toen ze bedacht tegen wie ze het had. 'Zeg nou zelf, als misbruik tijdens de jeugd de hoofdoorzaak was, zou de wereld vol pedo's zitten. En bovendien, de pedo's die met onderzoekers praten, zitten meestal in de gevangenis, en het overgrote deel van de gevangenispopulatie heeft een rotjeugd gehad. Dat is min of meer een voorwaarde om opgesloten te worden, tenzij je psychopaat bent.' Meteen sprak ze zichzelf weer tegen. 'Maar je kunt domheid ook niet uitsluiten. Ik heb ik weet niet hoeveel idioten gearresteerd die een prima jeugd hebben gehad.'

Will keek verlangend naar de radio.

Haar telefoon begon piepjes af te vuren.

'Amanda zegt dat het voorlopig onderzoek van Alexandra McAllister door de lijkschouwer heeft uitgewezen dat het een dodelijk ongeluk was. Sara heeft nog niets gevonden wat dit onderuithaalt. Ze is nog bezig, maar niet meer dan vluchtig.' Faith keek op van haar telefoon. 'Heeft Sara ooit iets vluchtig gedaan?'

Will kon wel een paar voorbeelden bedenken, maar die ging hij niet met Faith delen. 'Als McAllister niet vermoord is, zijn die krantenartikelen misschien willekeurig en jagen we op schimmen.'

'We hebben nog altijd Nesbitts beschuldigingen aan het adres van Lena, waarvan we allebei weten dat ze waarschijnlijk waar zijn, want ze is een corrupte smeris en doet corruptesmerisdingen om anderen erbij te lappen.'

Will tuurde naar de weg. Hij voelde de zuigkracht van een nieuwe, door Lena veroorzaakte maalstroom die wat meer gewicht gaf aan Faiths hondenstrontmetafoor.

Weer een piepje uit Faiths telefoon. 'En Amanda en ik zitten op dezelfde golflengte. Ze zegt: Keihard aanpakken, die Lena.'

Weer eentje. 'Hoofdletters. IK WIL HAAR NOTITIEBOEKJES. Ja, duh.'

En weer een. 'Zoek iets wat we tegen Nesbitt kunnen gebruiken.'

En weer een. 'Vraag Will of hij een strategie heeft.'

Opnieuw kreunde Faith. 'Oké, boomer, zo kan-ie wel weer.' Ze zette het geluid van haar telefoon uit en zette hem terug in de bekerhouder. 'Trek je het nog een beetje?'

Volgens de gps naderden ze de afslag. Will minderde vaart en wisselde van rijbaan.

Faith zweeg even en vroeg toen: 'Geef je geen antwoord?'

Wills kaak verstrakte. Evenals zijn maag. En elk ander orgaan in zijn lijf. Als hij een manier had geweten om met Faith te praten en haar daarna geheugenverlies te bezorgen, zou hij met liefde zijn hart hebben uitgestort. 'Je zult iets specifieker moeten zijn.'

Zijn verzoek bood hem minder tijd dan hij had gehoopt. Faith ging recht op de zere plek af. 'Wat Jeffrey betreft. Ik probeerde net te bedenken hoe ik me zou voelen als de vrouw van wie ik hield opeens geconfronteerd werd met de geest van haar vorige man. Ik zou echt sterven. En dan bedoel ik letterlijk doodgaan.'

Hij haalde een schouder op. Volgens de gps moest hij de volgende afslag hebben. Hij stuurde de auto naar de afrit. Aan het einde zag hij een splitsing.

'Je hebt er zeker een reden voor om Sara niet ten huwelijk te vragen, hè?' vroeg Faith.

Will wachtte tot de gps zei wat hij moest doen.

'Eerste regel uit het politieboekje: geen vraag stellen als je het antwoord niet wilt horen.' Faith zette het geluid van de gps uit. Ze wist dat Will moeite had met links en rechts. Ze wees in de goede richting. 'Die kant op.'

Will ging die kant op.

'Sara houdt echt van je, mocht het je interesseren,' zei Faith. 'Ze noemt je "liefste" zonder dat het oubollig klinkt. Ze straalt helemaal wanneer ze je ziet. Zelfs vanochtend nog. Ze staat midden op de plek waar een brute misdaad is gepleegd, maar zodra ze je in het oog krijgt, lacht ze als Rose op de Titanic wanneer ze Jack voor het eerst ziet.'

Will keek bedenkelijk.

'Oké, Jack gaat dood, maar je snapt wel wat ik bedoel. Die kant op.' Ze wees naar de volgende afslag. 'Of Duke en – hoe heet ze ook alweer? Van *The Notebook*? Laat ook maar, ze gaan aan het eind allebei dood.' Weer wees ze naar een afslag. '*Ghost*. Nee. Patrick Swayze werd vermoord. *The Fault in Our Stars. Bright Star. Love Story*... die acteerde zo slecht dat ze wel dood moest gaan, zeg nou zelf. *Princess Bride*... Westley was zo goed als dood. Hier afslaan.'

'Tot uw orders.'

Faith wees naar een brievenbus in de verte. 'Mijn kant van de weg. Nummer 349.'

Will parkeerde voor het huis van de buren. Lena en haar man woonden in een beige-met-wit huis van één verdieping, dat zich niet onderscheidde van alle andere huizen in de buurt. Een stakerige boom in de voortuin. Een brievenbus met bloemen rond de onderkant. De oprit was steil. Jared Long, Lena's man, had zijn motor dwars op het trottoir geparkeerd. Hij was bezig de tuinslang op te rollen. Kennelijk had hij net zijn motor gewassen, een van de mooiste exemplaren die Will ooit had gezien.

'Fuuuuuhh...' fluisterde Faith.

'Dat is de Chief Vintage.' Will had nooit geweten dat ze iets met motoren had. 'Zes versnellingen, Power Plus 105-ci, luchtgekoelde v-twin-motor, gesloten circuit sequentiële –'

'Bek houden.'

Will zag zijn fout in. Faith wierp geen begerige blikken op de motor. Ze verslond Jared met haar ogen. Hij was slechts gekleed in boardshorts en had het lijf van een vijfentwintigjarige die drie uur per dag in de sportschool doorbracht.

Will, die niet twijfelde aan zijn eigen mannelijkheid, gaf toe dat de man ongelooflijk knap was. Wat hem wel aan het twijfelen bracht, was het besef dat Jared als twee druppels water op zijn ongelooflijk knappe biologische vader leek, die toevallig Jeffrey Tolliver heette. Sara's man was gestorven zonder te weten dat Jared zijn zoon was, een tragedie van het type Jack-en-Rose.

'Fuck, Lena.' Faith klapte de zonneklep naar beneden om in het spiegeltje te kijken. 'Hoe kan een kreng met de persoonlijkheid van de moordlustige Lizzie Borden zich een leventje als dat van J.Lo veroorloven?'

Will stapte uit. Terwijl hij op Jared af liep, keek hij even op zijn telefoon. Nog steeds geen bericht van Sara. Geen smiley. Geen hartje. Hij zette het toestel uit. Hij was hier voor zijn werk. Hij kon niet elke vijf minuten als een smoorverliefde schooljongen op zijn telefoon kijken.

'Hé, da's lang geleden.' Jared begroette Will met een brede grijns. 'Wat kom jij hier doen?'

'Ik ben op zoek naar Lena.' Will rechtte zijn schouders. Hij was in elk geval groter. 'Is ze thuis?'

'Ze is binnen. Leuk je te zien.' Jared gaf hem een ferme hand. Vervolgens klopte hij hem op zijn schouder alsof hij een hond was, wat kennelijk de gewoonte was van mannen uit zuidelijke stadjes. 'Hoe gaat het tegenwoordig met Sara?'

'Die is...' Er was iets geks aan de hand met Wills mond. 'We gaan trouwen.'

'Wauw, fantastisch, man. Zeg maar dat ik –' Hij vertrok zijn gezicht.

Faith was als door een katapult de Mini weer in geschoten. Ze was vergeten haar veiligheidsriem los te klikken.

'Wanneer gaat het gebeuren?'

'Binnenkort.' Het zweet brak Will uit. Hij hoopte met heel zijn hart dat Faith hem niet had gehoord. 'We houden het nog even onder ons, oké?'

'Best.' Grijnzend keek Jared naar Faith, die langzaam hun kant op kwam. 'Hoe is-ie? Ik ben Jared, Lena's man.'

'Mitchell. Faith. Zeg maar Faith.' Ze vond het knap van zichzelf dat ze niet in katzwijm viel. 'Aangenaam kennis te maken, Jared.'

'Wederzijds.' Jared sloeg zijn armen over elkaar. De spieren bolden op de verkeerde plekken. Kennelijk sloeg hij de push-downs voor zijn triceps over. 'Dus jullie zijn helemaal uit Atlanta gekomen. Zijn jullie hier voor een zaak of zo?'

Will wierp een blik op Faith. Haar politiebrein trad gedeeltelijk weer in werking. 'Heeft Lena geen telefoontje van het bureau gehad?' vroeg ze.

'Ik heb haar telefoon uitgezet.' Hij knikte naar het huis. Lena's blauwe Toyota RAV4 stond voor de garage, met de kont naar achteren. 'Die arme meid slaapt al twee uur. Weet je, d'r groeit een splinternieuw mensje in haar buik. Geweldig, hè?'

'Geweldig,' herhaalde Faith. Hoe knap hij ook was, het laatste beetje bekoring smolt weg. 'We willen haar spreken. Zou je haar wakker willen maken?'

Zonder op antwoord te wachten liep ze de steile oprit op.

Jared keek Will vragend aan.

Will probeerde te glimlachen. Hij voelde hoe zijn lippen zich strekten als het plastic om een sixpack cola. Hij pakte de lege emmer naast de motor en knikte naar de oprit om Jared in beweging te krijgen.

Die wierp de tuinslang over zijn schouder en volgde Faith. 'Gaat dit over een van Lena's zaken?'

Will besefte dat Jared niets over zijn eigen telefoon had gezegd. Hij was motoragent en hoorde bij Lena's team. Als Lena niet opnam, werd Jared gebeld.

'We willen Lena's standpunt horen,' zei Will. 'Ze wil ons vast helpen.'

'Zorg dat ze zich niet druk maakt, oké? Ze is op dit moment erg gevoelig. Door de baby en zo. Die laatste loodjes vallen haar zwaar.'

Will hoorde Faith een diepe zucht van afkeer slaken.

'Ik zal niks zeggen waar ze van overstuur raakt,' beloofde hij.

'Bedankt, man.' Het leugentje om bestwil leverde Will weer een krachtige schouderklop op.

Hij zag Faith in het voorbijgaan het rechterachterpaneel van Lena's RAV4 even aanraken. Jared deed hetzelfde. Waarschijnlijk hadden ze geen van beiden door wat ze deden. Het spiergeheugen kwam van hun patrouillewerk. Ze waren erop getraind hun DNA en vingerafdrukken achter te laten op de achterkant van alle auto's die ze aanhielden, voor het geval die later nodig waren voor het vaststellen van een forensische keten.

Lena werkte op een politiebureau. Er zaten tientallen afdrukken op het achterpaneel.

'Wat een lange trap,' zei Faith toen ze de veranda beklom. Naar haar vrolijke toon te oordelen zag ze Lena al met een wandelwagentje de steile helling op sjouwen. Faith had zo haar eigen ideeën over wandelwagentjes.

Will liet Jared voor hem uit sprinten. Hij herinnerde zich de trap nog van een jaar geleden. Will had undercover gewerkt. Hij had niet geweten van wie het huis was dat hij binnenging. Toen had hij een geweer horen afgaan. Het volgende moment had hij Lena aangetroffen met bloed aan haar handen.

Jared hield de voordeur open. Hij nam de emmer van Will over en zette hem naast de tuinslang, achter de deur. 'Ik zal tegen Lee zeggen dat jullie er zijn. Als ik jullie niet meer zie voor ik wegga: veel plezier. Ik moet nog even douchen voor ik ga werken.'

'Bedankt,' zei Faith.

Will keek naar de slang, die grassprietjes mee naar binnen had gesleept. Het ding ontrolde zich alweer, want Jared had nagelaten de uiteinden drie keer om de slang te slaan en ze aan elkaar te koppelen, zoals een man hoorde te doen als hij zo'n ding wegborg.

'Psst.' Faiths wenkbrauwen verdwenen bijna onder haar haarlijn.

Will vermoedde dat ze elke vierkante centimeter van Lena's huis aan haar kritische blik onderwierp. De begane grond was een open ruimte, met de woonkamer aan de voorkant, de eetkamer en keuken aan de achterkant en de deur naar de gang ertussenin. Het zag er allemaal keurig uit, op de keuken na, die zich nog steeds in hetzelfde renovatiestadium bevond als de vorige keer dat Will er was geweest. De kastjes waren nog ongeverfd. In dozen verpakt laminaat moest nog steeds worden gelegd. Wel was er inmiddels een spoelbak in plaats van een emmer onder de kraan.

Even werd Will bekropen door een kleinzielig gevoel van voldoening. Hij had begrepen dat Jeffrey Tolliver het soort man was dat verbouwprojecten eindeloos op hun beloop liet. Zelf ging hij pas slapen als het laatste spijkergat was dichtgeplamuurd en de derde verflaag was aangebracht.

'Psst.' Faith was weer bezig. Ze knikte naar een foto waarop Lena een andere vrouw op haar mond leek te kussen.

'Dat is Sibyl, haar tweelingzus,' zei Will. 'Die is een aantal jaren geleden gestorven.'

Faith keek lichtelijk teleurgesteld.

'Will?' Lena kwam de gang door lopen. Met haar handen tegen de muren hield ze zichzelf in evenwicht. Normaal was ze heel tenger, maar door de zwangerschap had ze een bol gezicht gekregen en haar donkerbruine haar had iets van zijn glans verloren. Het klopte wat Jared over de laatste loodjes had gezegd. Haar lichtbruine huid had nu de kleur van een vale sportsok. Haar ogen waren bloeddoorlopen. Ze maakte een uitgeputte indruk. Ze straalde alleen nog ellende uit. Haar opgezwollen buik deed Will denken aan een softbal die in een rietje was gepropt.

'Wauw!' zei Faith. 'Wat ben je dik! Het kan nu zeker elke dag komen?'

Om de een of andere reden keek Lena ontzet. 'Volgende maand pas.'

'O.' Faith bouwde een pauze in en zei toen: 'Je draagt zo laag. Is het een tweeling?'

'Nee, eh... eentje maar.' Lena schonk Will een panische blik, die hij niet goed begreep. Ze streek over haar buik alsof het een bange hond was die gerustgesteld moest worden. 'Wie ben jij?' vroeg ze aan Faith.

'Ik ben Faith Mitchell, Wills collega.' Krachtig schudde ze Lena's hand. 'Sorry dat ik zo direct was. Ik heb er zelf ook twee. Ik vond het heerlijk om zwanger te zijn.'

Oké, ze was dus met Lena aan het kloten.

'Nog een maand, zei je?' Faiths stem was een en al gemaakte geestdrift. 'Dat is zo'n lastige periode. Nog even en je hele leven is voor altijd veranderd. Mijn eerste kind kwam twee weken na de uitgerekende datum. Ik dacht dat ik elk moment kon ontploffen. Ze zeggen dat je de pijn vergeet, maar god, het was alsof ik op een cirkelzaag zat. Hopelijk houdt Jared van knuffelen.'

Faith lachte. Lena lachte ook. Slechts een van hen meende het.

'Zullen we gaan zitten?' stelde Will voor.

Opgelucht slofte Lena naar de bank.

Pas op het allerlaatste moment vroeg Faith: 'Heb je misschien een glas water voor me?'

Lena aarzelde tussen zitten en staan.

'Ik haal het wel.' Will hoopte Faith met zijn blik duidelijk te maken dat ze moest kappen.

Zijn poging mislukte. Hij hoorde haar nog steeds kletsen toen hij de keuken in liep.

Hij hoefde niet naar een glas te zoeken, want de kastdeurtjes lagen nog op een stapel op de koelkast. Hij draaide de kraan open. De vloer was geveegd, maar er drong gruis in zijn schoenzolen. Specie. In de ondervloer zaten groeven waar tegels waren weggetrokken. Het was verstandig om de vloer egaal te maken, zeker met een baby op komst. Will had pas beseft hoe belangrijk het was om een lang, glad oppervlak te hebben toen hij met Emma een tennisbal heen en weer rolde, een spelletje dat de tweejarige uren kon volhouden.

'En Beyoncé,' zei Faith. 'Pas na een halfjaar was ze haar zwangerschapsvet kwijt. Je zou toch zeggen dat iemand met zoveel geld dat sneller voor elkaar moet kunnen krijgen.'

Met een waarschuwende blik op Faith liep Will terug naar de bank. Hij gaf het glas water aan Lena, want die leek er meer behoefte aan te hebben.

'We wilden je een paar vragen stellen over een van je zaken in Grant County,' zei hij.

'Grant County?' De naam leek Lena te verbazen. 'Ik dacht dat het over die drugsvangst van vorige maand ging.'

Will zag Faith in gedachten al besluiten ook die zaak onder de loep te nemen.

Hij streek zijn das glad en ging tegenover Lena zitten. 'Nee, dit gaat om acht jaar geleden. Een zekere –'

'Daryl Nesbitt.'

Het verbaasde Will niet dat Lena die naam al paraat had. Het was geen zaak die je snel vergat.

'Wat beweert die pedo nu weer?'

Faith begon met veel omhaal in haar tas naar haar notitieboekje te zoeken.

Lena richtte zich tot Will. 'Probeert Nesbitt jullie over te halen om zijn zaak weer te openen?'

'Waarom zou hij dat doen?' vroeg Will.

'Zo is hij nou eenmaal. Hij is een intrigant. Hij manipuleert mensen. Hij is gek, die gast.' Lena wilde haar glas op de salontafel zetten, maar haar buik zat in de weg.

Will deed het voor haar.

'Bedankt.' Ze liet zich met een diepe zucht achteroverzakken en legde haar handen op haar buik. 'Nesbitt is twee keer in hoger beroep gegaan. Beide keren werd het afgewezen. Toen klaagde hij Jeffreys erfgenamen aan. Dat was dus nog geen drie maanden na Jeffreys dood. Ik heb samen met de officier van justitie geprobeerd om Nesbitt achter de schermen af te kopen. Sara was een wrak, toen. Dat waren we allemaal.'

'Af te kopen.' Faith had haar notitieboekje en pen paraat. Nu was ze helemaal bij de les. 'Hoe ging dat?'

'Nesbitt leefde in geleende tijd,' zei Lena. 'Door zijn handicap klopte zijn puntensysteem niet meer. Toen kwam daar ook nog een poging tot moord op een cipier bij en kreeg hij alleen maar vieren.'

Ze doelde op het classificatiesysteem dat de Georgia Diagnostic and Classification State Prison hanteerde om gevangenen aan inrichtingen toe te wijzen. Met een score van hoofdzakelijk enen ging je naar een open inrichting. Hoofdzakelijk vieren betekende een gesloten, extra beveiligde inrichting. Het eerste gedeelte van het puntensysteem betrof de lichamelijke conditie: kracht in boven- en onderlichaam, gehoor en zicht. In het tweede gedeelte werd het menens: veroordeling, psychiatrische geschiedenis, handicap, werkvermogen, eventueel gebrek, vervoerbaarheid. Vanwege zijn amputatie was Nesbitt met een achterstand begonnen, maar er zat enige speelruimte in het systeem. De moordpoging had hem de rode kaart opgeleverd.

'Het verbaast me niet dat hij het GBI erbij heeft kunnen betrekken,' zei Lena. 'Nesbitt weet hoe hij het systeem moet bespelen. Die civiele procedure leverde hem een tijdje vakantie in het huis van bewaring op. We kregen geld van de staat om die klootzak tijdens het proces te kunnen opbergen. Ze wilden niet voor de kosten van het transport opdraaien telkens als de zaak behandeld werd of wanneer er om een rechterlijke uitspraak werd verzocht.'

'Hoe hebben jullie Nesbitt precies afgekocht?' wilde Faith weten.

'Frank Wallace, die na Jeffrey waarnemend korpschef was, ging rechtstreeks naar de officier van justitie. We wilden Nesbitt niet bij ons in de cel hebben. Hij was niet alleen gek, hij wist ook hoe hij een open zenuw moest raken. Die etterbak bleef maar doorgaan over mij en over Jeffrey. Alsof hij erop uit was door iemand omgelegd te worden.'

Will was benieuwd naar wat ze eraan gedaan had.

'De officier van justitie wist het bureau van de gouverneur erbij te betrekken,' zei Lena. 'Als de weduwe van een smeris wordt lastiggevallen, worden je telefoontjes wel beantwoord. De dag waarop het proces zou beginnen, kregen we Nesbitt zover dat hij zijn aanklacht introk in ruil voor overplaatsing naar een beperkt beveiligde gevangenis. De gouverneur zette zijn handtekening. Het hoofd gevangeniswezen zette zijn handtekening. De rechter verklaarde de aanklacht niet-ontvankelijk.'

Will wreef over zijn kaak. Hij was geneigd Lena als een leugenaar te beschouwen, maar ze kwam met concrete, bewijsbare gegevens. Tijdens hun eerste telefoontje had Sara het hier niet over gehad. Maar het was ook wel erg veel informatie om in minder dan een minuut over te brengen.

Kennelijk kon Lena zijn gedachten lezen. 'Sara wist niet wat er achter de schermen speelde. Zoals ik al zei was ze destijds een wrak. Nesbitt zou zijn zaak verloren hebben, geen twijfel over mogelijk. Hij had geen bewijs, geen getuigen. Het verbaasde me dat hij een advocaat kon vinden, maar hij kreeg geld van iemand. Als het aan mij had gelegen, had ik hem zijn graf in geprocedeerd, maar Sara kon amper haar hoofd omhooghouden. Frank en ik hebben het erover gehad. Jeffrey zou hebben gewild dat we Sara in bescherming namen. Dus dat deden we.'

Will voelde het kriebelen in zijn nek. Hij wist hoe Lena te werk ging. Ze stelde zich redelijk, bijna meelevend op, maar de geschiedenis had hem geleerd dat dat nooit lang duurde.

'Soms start een gevangene een civiele procedure om informatie over zijn strafzaken te krijgen,' zei Faith. 'Zo is hij in de gelegenheid om getuigen een verklaring onder ede te laten afleggen. Hij kan inzage eisen in zaakdossiers en interne rapporten. En hij kan je notitieboekjes opvragen.'

'Ja,' zei Lena. 'Dat klopt.'

Will ving een subtiele verandering in haar toon op. Hij zág haar voelsprieten bijna omhooggaan.

Ook Faith had het opgemerkt. Ze veranderde haar aanpak. 'Waarom vroeg Nesbitt om een beperkt beveiligde in plaats van een open inrichting?'

'Open zou hij nooit hebben gekregen. Niet met poging tot moord op een cipier op zijn strafblad.' Lena haalde haar schouders op. 'Zoals ik al zei, hij kent het systeem. En hij neemt er de tijd voor. Hij is veel te slim voor waar hij nu is. Gelukkig hebben we hem op die kinderporno kunnen pakken.'

'Nu we het daar toch over hebben...' zei Faith.

'Als je me over de computer gaat vragen: ik sta nog steeds achter mijn oorspronkelijke rapport, achter mijn getuigenis en mijn verklaring onder ede tijdens het proces. Ik zocht in de bureaula naar wapens en stootte per ongeluk tegen de laptop. Op het scherm zag ik allerlei foto's van blote kinderen. Je kunt de verslagen van het hof van beroep erop naslaan. De rechters waren unaniem in hun oordeel. Ze zeiden dat het boven alle twijfel verheven was dat ik de waarheid sprak.'

Will zat tegenover Lena, maar hij kon niet zien of ze loog. Wel vermoedde hij dat ze voor honderd procent overtuigd was van haar eigen oprechtheid. Dat was een van de vele problemen met Lena Adams. Ze was altijd haar eigen slachtoffer.

'We zijn hier niet om te vragen hoe je op die porno stuitte,' loog Faith. 'We willen nog eens naar het oorspronkelijke onderzoek kijken. Heb je je dossiers of misschien je notitieboekjes van de zaak?'

'Nee.'

'Nee?' herhaalde Faith, want politiemensen deden hun notitieboekjes nooit weg. Die van Will lagen op zijn zolder. Faith bewaarde die van haar bij haar moeder thuis, naast de notitieboekjes die haar moeder vanaf de jaren zeventig had bijgehouden, toen ze bij het Atlanta Police Department in dienst was getreden. Je wist nooit wanneer een zaak weer opdook en je ze heel hard nodig had.

'Ik heb al mijn notitieboekjes versnipperd toen ik naar Macon verhuisde,' zei Lena.

'Versnipperd?' zeiden Faith en Will tegelijk en allebei even geschokt.

'Ja, ik wilde het allemaal achter me laten.' Ze knipoogde naar Will. 'Frisse start.'

Hij wist waarom Lena een frisse start had willen maken. Je kon maar een beperkt aantal schepen achter je verbranden voor je het zelf te heet kreeg. Boven het politiekorps van Grant County had een giftige wolk gehangen toen Will er onderzoek naar had gedaan. Lena mocht van geluk spreken dat Macon het niet had geroken.

Maar het versnipperen van notitieboekjes was geen frisse start. Het was het vernietigen van mogelijk bezwarend bewijs.

'Wanneer precies heb je ze versnipperd?' vroeg Faith.

'Precies?' Lena schudde haar hoofd. 'Weet ik niet meer.'

'Was het voor of na de civiele procedure?'

'Zou het ervoor zijn geweest? Of misschien erna?' Lena bleef haar hoofd schudden, maar haar lepe lachje gaf aan dat ze genoot van het spel. 'Je weet hoe het is, Faith. Zwangerschapsbrein. Alles is wazig.'

Faith knikte, maar niet bij wijze van instemming. Lena had haar door. Ze hoefde niet meer te doen alsof.

'Als onderdeel van de civiele procedure heeft Nesbitt ongetwijfeld inzage in je notitieboekjes geëist,' zei Faith.

'O, ongetwijfeld,' was Lena's antwoord. 'Al mijn officiële rapporten stonden op het mainframe van het bureau.'

'Maar in je notitieboekjes stond de documentatie waarop ze gebaseerd waren.'

'Klopt.'

'In je notitieboekjes stonden ook dingen die je vreemd vond, maar waarvoor je onvoldoende bewijs had om ze in je verslag te verwerken.'

'Correct.'

'Maar je notitieboekjes zijn weg.'

'Versnipperd.' Ze deed geen moeite meer haar glimlach te verbergen. Het leek wel of de echte Lena blij was dat ze haar gezicht mocht tonen. 'Kan ik verder nog iets doen voor het GBI?'

Faith kneep haar ogen tot spleetjes. Zo gemakkelijk gaf ze het niet op. 'Rebecca Caterino. Kun je je haar nog herinneren?'

'Vaag.' Lena onderdrukte een gaap. 'Sorry, jongens, maar ik ben doodmoe.'

'Nog heel even.' Faith bladerde door haar boekje op zoek naar een detail. 'Jullie hadden Nesbitt in het vizier voor de aanvallen op Beckey Caterino en –'

'Leslie Truong,' zei Lena, doelend op het tweede slachtoffer in de Grant County-zaak. 'Een leuke meid. Dat waren ze allebei, weet ik nog. Het waren allebei topstudenten. Ze stonden op de erelijst. Iedereen vond hen aardig, zonder dat ze echt populair waren. Mijn zus gaf ze allebei les, wat niet zo vreemd was. Sibyl stond destijds onderaan in de pikorde van docenten. Organische chemie was een verplicht college. Ik geloof dat Leslie een vaste vriend had. Beckey had het ongeveer een jaar eerder uitgemaakt met een vriendin, maar volgens haar vrienden had ze daarna geen nieuwe date of relatie gehad.'

Will volgde Lena's blik. Ze keek naar de foto van haar zus. Sibyls ogen waren gesloten terwijl ze haar vriendin zoende. Ze zag er heel gelukkig uit. De tweeling had hetzelfde latinx uiterlijk. Ze waren identiek, tot op de moedervlekjes aan de zijkant van hun neus. Lena moest het gevoel hebben gehad dat ze een deel van zichzelf kwijtraakte toen haar zus stierf.

‘Het is idioot,’ zei ze, ‘maar wat ik me nog het best herinner uit die tijd was dat ik kwaad was op Sibyl. Ik maakte me zorgen dat mensen erachter zouden komen dat ze gay was. En nu denk ik: wat maakt het uit? Zeg nou zelf. Het enige wat ik wil voor de baby in mijn buik is dat ze gezond en gelukkig is.’

Na een gepaste stilte zei Faith: ‘Je zei dat je je zorgen maakte om Sibyl. Had ze iets met Beckey?’

‘Jezus, nee zeg. Sibyl was met Nan, voor honderd procent. Dat ik inzat over haar gay-zijn was mijn eigen frustratie,’ gaf Lena toe. ‘Je weet hoe het gaat bij de politie. En ik was ook nog eens een vrouw. Ik was nog een groentje, een jaar jonger dan Jared nu. Frank en Matt, dat waren de ervaren rechercheurs. Van de oude stempel. Heel behoudend, tenzij ze hun vrouw belazerden of hun kinderen matsten of dronken tijdens het werk. Ik was bang dat als ze het ontdekten van Sibyl, ze mij niet meer zouden accepteren. Ik was nog zo jong. Het was heel belangrijk voor me om geaccepteerd te worden. Tegenwoordig denk ik: pas maar op dat ik jou niet accepteer.’

Will wees haar er maar niet op dat ze de cirkel sloot. Nu het niet meer over haar notitieboekjes ging, was de wispelturige Lena weer veranderd in de Lena van eerst.

‘Wat ik me nog herinner, is dat Jeffrey veel met Truongs moeder sprak,’ zei ze. ‘Hij was heel goed met mensen. Leefde met ze mee. Was geduldig. Via haar pikte hij bijkomstige informatie op die niet in de officiële rapporten belandde.’

Hij verwachtte een scherpe opmerking van Faith, namelijk dat die informatie in Lena’s versnipperde notitieboekjes had gestaan, maar ze was zo verstandig om Lena aan het woord te laten.

‘Jeffrey kon als geen ander het vertrouwen van mensen winnen.’ Lena schudde haar hoofd, als om een treurig gevoel van zich af te zetten. ‘Goed, ongeveer een week voor die aanval op Caterino had Leslie haar moeder gebeld. Ze was in alle staten geweest. Ze dacht dat haar huisgenoten van haar stalen. Wat heel goed mogelijk is, maar als je met mensen samenwoont, wordt er nu eenmaal gestolen, dus het is maar de vraag of het iets betekende.’

'Was er volgens Leslie iets specifieks gestolen, of miste ze allerlei dingen?' vroeg Faith.

'Weet ik eigenlijk niet.'

'En Rebecca Caterino? Miste die ook spullen?'

'Zou kunnen. Of niet.' Lena maakte zich er met een schoudergebaar van af. 'Sorry. Acht jaar is heel lang.'

'Inderdaad.' Faith keek Will doordringend aan, met een blik van: daarom-heb-jij-al-je-notitieboekjes-bewaard.

Het was Lena niet ontgaan. 'Als je bedenkt wat we allemaal op ons bord kregen, was een jattende huisgenoot geen prioriteit.'

'Weet je nog wanneer de zaak-Caterino in een onderzoek veranderde?' vroeg Faith.

'Niet precies,' moest Lena bekennen. Nog iets wat ze uit een van haar boekjes had kunnen halen. 'Vanaf het begin zei Jeffrey dat hij er geen goed gevoel bij had. Hij was de beste politieman met wie ik ooit heb gewerkt. Als hij zei dat iets niet klopte, dan luisterde je.'

'Had jij hetzelfde gevoel bij Caterino?'

'Nee. Eerlijk gezegd had ik destijds heel veel dingen nog niet door. Niet om met de vinger naar Frank te wijzen, maar hij had van die rotopmerkingen, zoals: "Voor etnisch profileren is altijd een reden." En dat zei hij dan recht in mijn gezicht. Míjn gezicht.' Lena wees naar haar bruine snoet. 'En dan had hij nog zo'n klassieker: "Ik heb nog nooit een verkrachtingszaak onder handen gehad waarbij de vrouw ook echt was verkracht."'

Faith keek ontzet.

'Snap je?' zei Lena. 'Dude, hoe is dat alleen al statistisch mogelijk? Je werkt in een universiteitsstad met elk jaar bijna tweeduizend studentes, en dan durf je te beweren dat er in heel je dertigjarige loopbaan geen enkele vrouw is verkracht?'

Met zachte dwang loodste Faith haar terug naar hun onderwerp. 'Waardoor ging je geloven dat Jeffrey gelijk had wat Caterino betrof?'

'Door Leslie Truong,' zei ze. 'Dat was een van de gruwelijkste zaken die ik ooit heb gezien. En ik sta aan het hoofd van de zedenbrigade in een stad die zes keer groter is en waar het stikt van de godsgruwelijk slechte mannen.'

'Ik dacht dat je bij de drugsbrigade zat,' zei Faith.

'Ik heb om overplaatsing gevraagd.' Lena wreef over haar buik. 'Ik vond dat ik meer te bieden had aan slachtoffers van zedenmisdrijven.'

'Ja,' beaamde Faith. 'Als je zwanger bent, komt de vrouw in je pas echt naar boven.'

'Wie weet.' Het sarcasme was Lena niet ontgaan, maar het raakte haar niet. 'Ik ben zeven jaar geleden verkracht. En nu krijg ik een dochter. Ik kan de wereld niet gemakkelijker maken voor mijn meisje, maar wel veiliger, als het aan mij ligt.'

Will zag Faiths keelspieren bewegen. Dat was een van Lena's gaven: ze had een klap uitgedeeld zonder haar vuist te heffen.

'Goed,' zei ze. 'Jullie zijn niet helemaal hiernaartoe gereden om mijn levensfilosofie aan te horen. Jullie willen weten of ik denk dat Nesbitt verantwoordelijk is voor wat er met Rebecca Caterino en Leslie Truong is gebeurd, toch? Absoluut. Kan ik het bewijzen? Nee. En waarom denk ik dat hij het gedaan heeft? Omdat het ophield toen Nesbitt naar de gevangenis ging. Meer kan ik er niet over zeggen.'

Faith deed er het zwijgen toe, en nu nam Will het over. 'En als er meer zaken zijn? Meer slachtoffers?'

Lena keek hem schuins aan. 'Niet in Grant County. Nesbitt had een bepaalde methode. Die hebben we nooit meer gezien. En voor je ernaar vraagt: Jeffrey droeg me op om alle zaken van de voorgaande vijf jaar persoonlijk door te nemen, niet alleen in Grant, maar ook in de omringende districten, om er zeker van te zijn dat we geen enkel slachtoffer over het hoofd hadden gezien.'

Will moest met tegenzin toegeven dat dat prima politiewerk was. 'Nesbitt heeft ons op acht andere zaken gewezen die zijn voorgevallen sinds hij in de gevangenis zit. Volgens hem zijn ze met elkaar verbonden.'

'Echt?' Ze lachte. 'Oké. En jij gelooft een pedo die een cipier heeft willen vermoorden?'

'Nesbitt is alleen veroordeeld voor kinderporno,' zei Faith. 'De zaken van Caterino en Truong zijn in feite nog steeds niet opgelost.'

'Dit gaat niet over een zaak. Dit gaat over Nesbitt die het weer op Jeffreys reputatie heeft gemunt.' Lena keek Will onderzoekend aan. Ze had een wenkbrauw opgetrokken. Een halve tel voor ze de vraag stelde, voelde hij haar paranoia al opkomen. 'Heeft Sara je hiertoe aangezet?'

Will kuchte. Hij was niet van plan haar ook maar iets over Sara te vertellen. 'Dat heeft er niets mee te maken.'

'Echt wel.'

'Lena...'

'Ik heb het nu door. Ik was wat traag van begrip, maar...' Lena lachte schel en sloeg in een oogwenk weer om. 'Jezus, over lange adem gesproken. Sara denkt een zwakke plek te hebben gevonden, hè? Jullie zijn hier om me klem te zetten vanwege Nesbitt. Daarom willen jullie mijn boekjes hebben. Jullie denken dat ik zo dom ben geweest om iets op te schrijven waardoor ik in de problemen kan komen.'

Faith nam het weer over. 'We zijn hier omdat we onderzoek doen naar een reeks –'

'Mitchell,' zei Lena, alsof ze nu pas aan elkaar waren voorgesteld. 'Hoelang werken jullie tweeën al samen?'

Faith antwoordde niet.

'Je zou voor hem door het vuur gaan, hè?' Lena knikte in zichzelf, alsof ze het antwoord al wist. 'Sara denkt te weten hoe het is, maar ze is geen smeris. De boeven, de bazen, de schurken en criminelen en burgers en zelfs de slachtoffers, alles wat ze doen, elke ademtocht is bedoeld om jou te stangen. En als iemand je dan iets aandoet of – nog erger – je collega iets aandoet, ben je te opgefokt. Uit wraak schiet je alle kanten op.'

'Het gaat er allereerst om dat niemand geraakt wordt,' zei Faith.

'Je weet zelf dat dat niet gemakkelijk is,' zei Lena. 'Ik probeer je advies te geven, want ik heb met eigen ogen gezien dat Sara maar met haar vingers hoefde te knippen en Jeffrey rende al, wat hem uiteindelijk de dood heeft ingejaagd.'

Will wreef over zijn kaak. In zijn ooghoeken zag hij rode wolken opkomen.

'Op dat punt twijfel ik aan je geheugen,' zei Faith.

Lena negeerde haar. 'Kom op, dude,' zei ze tegen Will. 'Wees eens een kerel. Sara gebruikt Nesbitt om jou op te stoken.'

‘Oké.’ Faith stopte haar boekje in haar tas. ‘Tijd om te gaan.’

Lena lachte meesmuilend. ‘Dat moet ik Sara nageven: ze komt over als een truttige braverik, maar dat vuile kreng heeft een kut als een vliegenvanger.’

Will balde zijn vuisten. ‘Nou hou je je vuile bek.’

‘Kijk jij maar uit,’ zei Lena. ‘Je bent al net zo verblind als Jeffrey destijds.’

Will stond zo snel op dat zijn stoel naar achteren schraapte.

‘Oké.’ Faith stond nu ook. ‘Als iemand een zwangere vrouw een knal voor haar kop mag geven, ben ik het.’

‘Jullie moeten allebei weg.’ Jared was achter Lena opgedoken. Kennelijk had hij op de gang staan luisteren. Hij was in uniform. Zijn hand rustte op de kolf van zijn pistool. ‘Nu.’

Will schoof zijn jasje naar achteren. Ook hij had een wapen.

‘Jezus! Oké, we zijn al weg.’ Met haar hand om Wills arm duwde Faith hem naar de deur. ‘Kom, we gaan.’

Will liet zich meevoeren, maar alleen omdat hij wist dat het alternatief in een bloedbad zou eindigen.

‘Feliciteer Sara namens mij,’ zei Jared pesterig.

Wills handen jeukten om de grijns van zijn gezicht te slaan. Faith gaf hem weer een duw om hem de deur door en de verandatrap af te krijgen. Will keek woedend achterom naar Jared. Hij kon die jongen met één hand tegen de grond slaan.

‘Mitchell.’ Lena stond in de deuropening, achter haar man. ‘Ik zal het je laten weten als ik me iets belangrijks herinner. Jammer dat ik mijn boekjes niet meer heb om mijn geheugen op te frissen.’

‘O, mijn god,’ zei Faith kreunend. ‘Hou je kop.’

Will voelde haar hand in zijn rug. Hij liet zich door haar meevoeren over de oprit, naar het trottoir. Ze opende het rechterportier en wachtte tot hij was ingestapt. Zelf kroop ze achter het stuur en startte de auto. De banden van de Mini ploegden een flink stuk van Lena en Jareds voortuin om toen ze met een wijde boog wegreed.

‘Smerig kutwijf!’ Met beide handen wurgde Faith het stuur. ‘Wat haat ik die bitch. Echt. Ik krijg bijna geen lucht meer, zo erg haat ik haar.’

Will keek naar zijn vuisten. Woede trok een waas voor zijn ogen. Dat rotjong. En Lena. Vooral Lena. Will had nog nooit een vrouw geslagen. Zelfs toen zijn ex-vrouw hem niet met rust liet, was hij de controle nooit helemaal kwijtgeraakt. Nu kostte het hem elk grammetje zelfbeheersing om niet terug te gaan en Sara's naam uit Lena's vuile bek te slaan.

'Oké,' zei Faith, 'diep inademen. We laten dit achter ons.'

Dat was Will niet van plan. Niet voor hij iemand helemaal verrot had geslagen.

'Haal nog eens diep adem,' drong Faith aan.

Will voelde zijn vingernagels in zijn handpalmen dringen. Hij was godverdomme geen arrestant die een time-out nodig had.

'Oké.' Aan Faiths stem te horen wilde ze verder. 'Laten we ons richten op wat we daarbinnen voor elkaar hebben gekregen. We hebben twee nieuwe gegevens losgepeuterd voor de zaak uit de hand liep.'

Will klemde zijn kiezen op elkaar. Hij gaf geen ruk om gegevens.

'Ten eerste,' vervolgde Faith, 'Nesbitt kreeg geld van iemand om een advocaat in te huren. Van wie? Niemand klaagt de vrouw van een dode smeris aan als hij niet zeker van zijn zaak is.'

Will vond het stom van zichzelf dat hij Lena ook maar één goede eigenschap had toegedicht. Ze was door- en doorslecht. Ze had hem naar haar hand gezet zonder dat hij het had zien aankomen.

'Ten tweede,' zei Faith, zich niet bewust van zijn woede. 'Volgens Truongs moeder dacht haar dochter dat haar huisgenoten dingen van haar stalen. Dat zou weleens de dader kunnen zijn die op een trofee uit was.'

Will balde zijn vuist nog krachtiger. Hij wilde iets kapotslaan. Iets pijn doen. Iets doden.

'We zouden kunnen uitzoeken of de vrouwen uit Nesbitts artikelen –'

'Jezus, Faith!' barstte Will uit. 'Wat heeft dit in godsnaam voor zin? Amanda heeft het uitgelegd voor we daar naar binnen gingen. De dood van McAllister was een ongeluk. Stelende huisgenoten en een dubieuze schadeadvocaat zijn geen aanwijzingen. En wat dat bos betreft heb je gelijk. Het stikt overal van de bossen.'

Faith perste haar lippen op elkaar.

'Wat nou, Faith? Wat heeft het voor zin om hierover te praten? Over wat dan ook?'

Ze zweeg.

Opeens besefte Will dat het signaal van de veiligheidsriem al klonk sinds ze bij Lena's huis waren weggescheurd. Hij gaf een ruk aan de riem. Het ding bleef steken. Hij gaf een nog hardere ruk. 'Het is bullshit, punt uit. Het is allemaal fucking bullshit, want dat zei Sara al. Dat zei Amanda al. Dat zei jij al. Lena liegt, en Nesbitt liegt en...'

Het lukte hem niet de riem vast te klikken. Het signaal drong als een spoornagel in zijn oren.

'Er valt hier gewoon niks te vinden,' zei hij. 'Van Lena zijn we geen fuck wijzer geworden, zoals jij al vermoedde. Geef je nog antwoord? Nou?'

'Ja, hoor.'

'Ja, hoor,' bauwde hij haar na. 'Wat betekent dat we deze hele klotedag hebben verknoeid. Dat we naar een smerige pedo hebben geluisterd. Naar een lelijke, leugenachtige hoer hebben geluisterd. En dat we erdoorheen zitten, want ja, Faith, hier komt mijn antwoord: ik zit er helemaal doorheen vanwege die Jeffrey-toestand. En het is allemaal mijn schuld, want Amanda had gelijk toen ze zei dat ik het nog niet aan Sara moest vertellen. Maar ik heb niet naar haar geluisterd, en nu zit Sara al de hele dag over Jeffrey in. Ze stuurt me niet één berichtje, en ik moet haar straks récht in haar gezicht vertellen dat Lena denkt dat ze in een complot zit om haar wegens meineed achter de tralies te krijgen, en kom nou niet aanzetten met een of ander lulverhaal dat we moeten liegen over wat er echt bij Lena is gebeurd, want ik ga godverdomme niet liegen. Fuck!'

Hij staakte zijn gepruts met de riem. Het metalen uiteinde vloog terug en sloeg tegen het raam. Will ramde met zijn vuist op het dashboard. En nog eens en nog eens.

'Fuck! Fuck! Fuck!'

Hij gaf een laatste klap, verbijsterd door zijn eigen geweldsuitbarsting. Zijn vuist hing als een hamer in de lucht. Hij zweette en blies als een stoommachine zijn adem uit. De auto had bij elke klap heen en weer geschud. Wat was hij in godsnaam aan het doen? Hij ging nooit zo tekeer. Hij was altijd juist degene die anderen in toom wist te houden.

Faith minderde vaart en reed de berm in. Ze zette de auto in de parkeerstand. Ze wachtte even tot Will weer tot bezinning was gekomen.

Het duurde niet lang. Wat hij vooral voelde, was schaamte. Hij kon haar niet eens aankijken.

'Volgens mij is dat de langste zin die ik je ooit heb horen uitspreken.'

Will veegde met de rug van zijn hand over zijn mond. Hij proefde bloed. Zijn knokkel was opengebarsten van de klap. 'Sorry.'

'Geeft niet. Echt niet. Alleen is dit de laatste nieuwe auto die ik me kan veroorloven tot mijn dochter is afgestudeerd.'

Will streek met zijn vingers over het dashboard om te voelen of er geen barst in zat.

'Ongelooflijk dat de airbag niet afging,' zei ze.

'Ja, hè?'

Faith haalde een tissue uit haar tas. 'Nieuwe regel: we gaan nooit meer met Lena Adams praten.'

Will depte het bloed van zijn hand. Hoe moest hij dit alles aan Sara vertellen? Hij wist niet eens precies wanneer de ondervraging zo gigantisch uit de hand was gelopen. Had Lena hen vanaf het begin in de maling genomen? Ze was als de schorpioen die op de rug van de kikker de rivier overstak.

Faiths telefoon ging.

'Amanda,' zei ze.

Will wreef over zijn gezicht. Amanda betekende Sara. Wat moest hij tegen haar zeggen? Dat hij Burger King wilde in plaats van McDonald's? Dat hij zich verheugde op een salade? Dat het haar twee seconden zou hebben gekost om hem met een berichtje te laten weten dat alles goed was tussen hen en dat hij dan misschien niet razend was geworden en Faiths auto niet had gemolesteerd?

De telefoon bleef maar gaan.

'Neem op,' zei Will.

Faith drukte op de knop. 'We zijn hier allebei. Je staat op de speaker.'

'Waar hebben jullie uitgehangen?' wilde Amanda weten. 'Ik probeer jullie al achtentwintig minuten te bereiken.'

Faith vloekte binnensmonds toen ze de tientallen meldingen op haar telefoon zag. 'Sorry, maar we waren Lena aan het ondervragen en –'

'Sara heeft tijdens het onderzoek iets ontdekt. Het staat vast dat Alexandra McAllister is verkracht en vermoord. Sara heeft bevestigd dat er overeenkomsten zijn met de zaken in Grant County.'

Will staarde Faith aan.

Vol ongeloof had ze beide handen voor haar mond geslagen.

Opeens was alles wat Lena had gezegd wel degelijk van belang. Wat hadden ze over het hoofd gezien? Iemand had de advocaat betaald om Jeffreys erfgenamen aan te klagen. Spullen van Leslie Truong waren weg, maar spullen verdwenen altijd. Misschien had Caterino ook iets gemist. Misschien niet. Ze konden niet teruggaan om Lena om opheldering te vragen. Ze had haar notitieboekjes versnipperd. Will had zijn wapen bijna op haar man gericht. Faith had het recht opgeëist haar in haar gezicht te slaan. Onmogelijk dat een van hen ooit weer samen met Lena Adams in één ruimte kon verblijven.

'Er is meer,' zei Amanda. 'Ik heb van het GDOC vernomen wie die artikelen naar Daryl Nesbitt heeft gestuurd. Het is dezelfde weldoener die de civiele procedure tegen de erfgenamen van Tolliver heeft gefinancierd.'

'Oké.' Faith had eindelijk haar stem terug. 'Wie is het?'

'Gerald Caterino,' zei Amanda. 'De vader van Rebecca Caterino.'

7

Gina Vogel keek op van haar laptop en wierp een blik uit het raam. Haar ogen hadden moeite zich op de verte te focussen. Bomen, een voedertafel, een windgong. Ze had de leeftijd bereikt waarop een leesbril niet meer een toekomstige afgang was, maar pure noodzaak begon te worden.

Ze keek weer op haar computer. De letters waren nog steeds wazig. Ze wijzigde het font tot het formaat van de E op een oogkaart. Toen opende ze haar browser en googelde 'als ik lettergrootte wijzig in e-mail kunnen anderen dat dan zien', want haar twaalfjarige baas mocht niet denken dat hij een e-mail van zijn grootmoeder opende.

Google had meer informatie nodig dan Gina kon bieden.

Ze sloot de laptop en dumpte hem op de salontafel. Weer probeerde ze de boom te zien. Haar oogarts had gezegd dat ze minstens twee keer per uur in de verte moest kijken. Een jaar geleden had ze het een mal advies gevonden, maar nu keek ze om de tien minuten dwangmatig naar bomen, want inmiddels was haar zicht zo slecht dat ze naar de tv moest lopen wanneer iemand op het scherm een bericht verstuurde of las.

Ze stond op en strekte haar rug – een ander lichaamsdeel dat haar had verraden. Ze was nog maar drieënveertig, maar kennelijk klopten alle waarschuwingen over beter eten en meer lichaamsbeweging die ze in de loop van de jaren van artsen had moeten aanhoren.

Wie had dat kunnen vermoeden?

Pas na een paar stappen wist haar rechterknie weer wat lopen was. Ze had te lang op de bank gelegen. Thuis werken had zijn voordelen, maar ze zou voortaan aan haar bureau moeten gaan zitten. Zich als een kat op de bank oprollen was een luxe die alleen de jeugd zich kon veroorloven.

Gina zette de tv in de keuken aan. Ze keek een paar minuten naar het weerbericht. Toen de nieuwslezer over een vrouwenlichaam begon dat in het bos was gevonden, schakelde ze naar HGTV, een zender over onroerend goed. De enige lichamen waarover zij iets wilde horen, waren die van de Property Brothers.

Ze trok de koelkast open, zocht een hoop groenten bij elkaar en legde ze in de spoelbak om ze te wassen. Heel even overwoog ze iets bij Uber Eats te bestellen, maar statistisch gezien was de kans groot dat ze uiteindelijk vierenveertig zou worden, en daarna vijfenveertig, wat zo ongeveer gelijkstond aan vijftig, en dat betekende een gezonde salade als avondmaal in plaats van een vettige cheeseburger met patat.

Of niet?

Voor ze van gedachten kon veranderen, draaide ze de kraan open. Ze pakte de vergiet uit het kastje. Haar hand ging naar de kom boven de spoelbak, maar haar vingers stuitten niet op de scrunchie die daar altijd lag. Gina was geen sloddervos. Ze bewaarde de scrunchie altijd in dezelfde kom. Hij was zoetig roze met witte madeliefjes, en ze had hem tien jaar geleden van haar nichtje gepikt toen ze met de hele familie op strandvakantie waren.

Gina zocht de werkbladen af, verschoof bussen en de Cuisinart-mixer. Ze bukte zich en keek onder de kastjes. Ze rommelde in haar tas, die aan de rugleuning van de keukenstoel hing. Ze keek in haar sporttas naast de deur. Toen inspecteerde ze de vloer van de gang. Haalde de badkamerschappen overhoop. Trok elke la in haar slaapkamer open. Toen die in de logeerkamer. En die in de woonkamer. Ze keek zelfs in de koelkast, want ooit had ze haar telefoon naast de melk gelegd.

'Shit.' Ze stond midden in de keuken, met haar handen in haar zij.

Ze droeg de scrunchie nooit buitenshuis, want het was een gênante kleur en bovendien had haar nichtje het geheugen van een olifant en de longinhoud van een verwende driejarige.

Niettemin griste Gina de sleutels van de console, liep naar buiten en doorzocht haar auto. Ze klikte zelfs de kofferbak open.

Geen roze scrunchie.

Ze liep het huis weer in en schoof de grendel voor de deur. Ze gooide haar sleutels op het tafeltje in de gang. Er trok een vreemde tinteling door haar lichaam. Was er iemand binnen geweest? De vorige week had ze ook al zo'n raar gevoel gehad, alsof er met dingen was geschoven. Maar ze had niets gemist. Ook de scrunchie had nog op zijn vaste plek gelegen.

De vorige dag had Gina ontdekt dat er een raam niet op slot zat, maar het was lekker weer geweest. De laatste tijd liet ze de ramen overdag open. Het was mogelijk dat ze er eentje had overgeslagen toen ze ze weer op slot deed. Dat was een logischer verklaring dan dat een scrunchiedief de buurt onveilig maakte. Alleen een gek zou het op een tien jaar oude scrunchie met witte madeliefjes hebben voorzien als er ook een laptop, iPad en 55 inch-tv voor het grijpen lagen.

Ze liep terug naar de keuken. Toch kon ze het beklemmende gevoel niet van zich afzetten. Het was iets wat je niet kon beschrijven, want als je dat probeerde, werd je uitgelachen en voor dwaas uitgemaakt.

En dwaas was ze. Ze had de kraan open laten staan. De stop was in de afvoer gegleden. Nog even en de keuken zou onder water hebben gestaan.

Gina was niet alleen haar jeugd aan het verliezen.

Ze was haar verstand aan het verliezen.

8

Faith verafschuwde het wanneer mannen hun status als vader, echtgenoot of broer als reden aanvoerden om zich te mogen uitspreken over zaken die vrouwen aangingen, alsof ze door het samenleven met een meisje opeens beseften dat verkrachting en seksuele intimidatie inderdaad slecht waren. Dat nam niet weg dat ze van zichzelf wel vond dat ze door haar status als moeder van een gevoelige zoon en als zus van een klier van een oudere broer een goede kijk had op hoe ze met mannen moest omgaan die er slecht aan toe waren. Je vroeg niet hoe ze zich voelden. Je probeerde ze niet aan het praten te krijgen. Je liet ze luisteren naar hun saaie radiomuziek en je reed ze naar de winkel zodat ze junkfood konden kopen.

Ze zat in de auto terwijl Will in de buurtwinkel zijn vangst afrekende. Zijn kaak stond nog steeds strak. Hij had die wilde blik weer in zijn ogen uit de tijd vóór Sara in zijn leven kwam.

Faith keek naar de berichten op haar telefoon:

FAITH: Ik heb net tegen Will gezegd dat hij het je moest vertellen maar hij heeft het al verteld en sorry dat ik zo'n slechte vriendin ben vergeef me alsjeblieft.

SARA: Dank je. Geeft niet. We hebben het allemaal zwaar vandaag. We praten later wel.

De reactie was vijf minuten geleden binnengekomen. Je kon het zien als een aardige, doodnormale reactie, tenzij je de halve dag in Wills gezelschap had doorgebracht.

Faith wist niet hoe ze moest reageren. Wat Will betrof hadden Sara en zij een regel. Meteen aan het begin had Sara gezegd dat ze het niet over hem in de persoonlijke sfeer zouden hebben, want Faith was zijn collega en moest altijd zijn kant kiezen.

In theorie had Faith de achterliggende redenering begrepen. Door hun werk belandden ze vaak in gespannen situaties. De wapens die ze droegen waren niet voor de show. Inmiddels had ze alle waardering voor de regel, want nu ze zag hoe verscheurd Will was, hoe hij elke tien minuten op zijn telefoon keek tot hij hem uiteindelijk uitzette, kon ze Sara wel wurgen.

Ze stopte haar telefoon weer in de bekerhouder. Bij wijze van test keerde ze in gedachten terug naar Lena Adams om te zien of haar blinde haat ook maar enigszins was afgenomen.

Nee.

Het portier ging open en Will stapte weer in, met zijn armen vol zakken Doritos, Cheetos, Bugles en een half opgegeten hotdog die hij al in zijn mond had gepropt voor het portier dichtsloeg. Uit zijn jaszakken diepte hij een Dr Pepper voor zichzelf en een cola light voor Faith op. Zijn koopwoede had zich duidelijk niet tot pleisters uitgestrekt. Op sommige vreemde gebieden was Will irritant krenterig. Op het toilet in de winkel had hij een hele sliert wc-papier afgerold en die om zijn bloedende hand gewikkeld.

'Heb je plakband?' Hij wees naar het vakkundige wikkelwerk, dat als het vieze touwtje van een tampon naar beneden hing. 'Het raakt steeds los.'

Faith slaakte een diepe zucht. Ze opende het vakje in de armleuning en pakte wat pleisters uit haar eerstehulpkit. 'Elsa of Anna?'

'Is er geen Olaf?'

Weer zuchtte Faith. Ze pakte de laatste Olaf, wat haar gegarandeerd een krijsbui van Emma zou opleveren wanneer ze besefte dat haar lievelingssneeuwman was verdwenen. 'Ik heb zitten nadenken over Lena en Jared.'

Will begon het wc-papier van zijn hand te pellen. Het goedkope spul kleefde aan de wond.

'Volgens mij zat Jared nog op school toen Lena aan de Caterino-zaak werkte.' Met haar tanden trok ze de papiertjes van de pleister. 'Als je het uitrekent, word je misselijk.'

'Het is een knappe vent,' zei Will.

'Tja.' Faith plakte zijn knokkel af, die nog steeds bloedde. 'Mannen van wie je denkt dat ze gecompliceerd en onbegrepen zijn wanneer je in de twintig bent, blijken sukkels te zijn wanneer je de dertig bent gepasseerd.'

Will keek naar de radio. Ze had op E Street Radio afgestemd.

'Heerlijk om oude kerels voortdurend hun keel te horen schrapen,' zei Faith.

Hij zette de muziek uit. 'Wat heb je over Gerald Caterino ontdekt?'

Faith pakte haar telefoon er weer bij. In de paar minuten die ze tot haar beschikking had gehad, had ze allerlei informatie gevonden die ze eigenlijk uren eerder had moeten zoeken. 'Geen criminele achtergrond. Zelfs geen parkeerbon. Hij heeft een hoveniersbedrijf. Mooie website. Het ziet er allemaal heel legaal uit, met een officemanager, twee ploegbazen. Wil je hem zien?'

Will nam de telefoon van haar over en scrolde door de site. Hij klikte naar het gedeelte over de eigenaar. Op de foto leek Gerald Caterino halverwege de vijftig, wat wel klopte als hij een dochter van zevenentwintig had. Zijn schaarse donkere haren waren doorweven met grijs. Hij had een bezemsnor en droeg een bril met een dun metalen montuur.

Faith vatte de inhoud samen: 'Volgens zijn bio heeft hij als hobby's tuinieren, lezen met zijn zoontje en zoeken naar gerechtigheid voor zijn dochter. Moet je dit zien.'

Ze opende de link. Een Facebook-pagina vulde het scherm.

'Gerechtigheid voor Rebecca,' zei ze. Ze wist nooit hoe snel Will kon lezen. 'Caterino heeft die pagina vijf jaar geleden aangemaakt. Hij heeft ongeveer vierhonderd volgers. Er staan links op naar andere Facebook-pagina's voor vermiste of vermoorde vrouwen. Het zijn vooral ouders die tegen de politie tekeergaan omdat die lui, dom of incompetent zou zijn of gewoonweg niet genoeg doet.'

'Eenendertig likes voor een donutgrap.' Will swipete naar beneden. 'Heeft hij de krantenartikelen gepost die Nesbitt ons heeft gegeven?'

'Het nieuwste is een verhaal uit *The Atlanta Journal-Constitution* over Alexandra McAllister, die gisterochtend is gevonden.'

'Hij zit erbovenop,' zei Will. 'Telkens als iemand iets post, reageert hij binnen enkele minuten.'

'Zet je schrap. Nu wordt het pas echt macaber.' Faith ging naar haar zoekgeschiedenis en opende een website met de naam GERECHTIG-

HEID VOOR REBECCA. Wijzend naar het menu las ze hardop: DE MISDAAD. HET ONDERZOEK. HET BEWIJS. DE DOOFPOT.

Ze klikte naar een submenu onder DOOFPOT en las de blauw afgedrukte namen in de hyperlink voor: 'Jeffrey Tolliver. Lena Adams. Frank Wallace. Matt Hogan.'

Will klikte de namen willekeurig aan. De begeleidende foto's waren bewerkt zodat het net politiefoto's leken. Op elk gezicht was een rode schietschijf geplaatst, zoals op een kartonnen doelwit op een schietbaan.

Bij Jeffrey Tolliver was een kogelgat tussen zijn ogen aangebracht.

Faith had de beelden al gezien toen Will in de winkel was, maar ze vond ze nog steeds schokkend. Wettelijk vielen ze onder de vrijheid van meningsuiting. Het viel onmogelijk te zeggen of Caterino een grap maakte, zich uitleefde in een fantasietje of geweld tegen de politie propageerde.

Als politievrouw ontbrak het Faith aan de mildheid om hem het voordeel van de twijfel te gunnen.

'Veel mensen doen allerlei dingen op internet gewoon omdat het kan,' zei Will.

Er viel een stilte. Will bekeek het van twee kanten, maar Faith zag dat hij even verontrust was als zij. Hij bleef maar naar de telefoon kijken. Waarschijnlijk vroeg hij zich af wat het met Sara zou doen als ze een foto van haar dode man zag met een gefotoshopt kogelgat in zijn hoofd.

Ten slotte zei hij: 'Als het niet hoeft, wil ik niet dat Sara dit ziet.'

'Mee eens.'

Hij gaf de telefoon terug. 'Wat staat er verder? Iets belangrijks?'

Faith haalde even adem voor ze er weer in dook, want als ze zich door dit soort shit liet raken, zou ze nooit meer het huis uit gaan. 'Ik heb de stukken over misdaad/bewijs even doorgenomen. De man is dol op bijwoorden. Het staat vol met woeste speculaties en samenzweringsbullshit, maar concrete feiten ontbreken nagenoeg. Het gaat vooral over de kutpolitie die collectief de doodstraf verdient omdat ze haar werk niet doet. Het komt over als Peppa Pig die John Grisham nadoet.'

'De doodstraf?'

'Yep.'

Weer was het even stil.

'Wat is hij?' vroeg Will. 'Een navolger? Een copycat? Een gek? Een moordenaar?'

Hij stelde dezelfde vragen die ze elkaar die ochtend in de gevangeniskapel hadden toegespeeld.

'Volgens mij is hij een gebroken vader wiens dochter op brute wijze is aangevallen, en hij verwijt de politie het leven van hen allebei te hebben verwoest. Als hij ergens aan doet denken, is het aan een Don Quichot die de politie haat.'

'Je zei dat Caterino vijf jaar geleden met dit onlinegedoe is begonnen. Die aanval op Beckey was acht jaar geleden. Hij heeft er dus drie jaar mee gewacht. Wat gaf hem de eerste aanzet?'

'Laten we maar eens kijken of hij dat zelf wil vertellen.'

Faith startte de auto. Ze had het adres al in het navigatiesysteem ingevoerd. De enige dienst die Lena hun had bewezen was dat ze nu tot diep in de staat waren doorgedrongen. Gerald Caterino woonde in Milledgeville, ongeveer een halfuur rijden van Macon. Faith had naar zijn kantoor gebeld met de smoes dat ze een prijsopgave voor een hoveniersklus wilde. Ze had te horen gekregen dat Gerald die dag thuis werkte. Ze had het belastingarchief van het district geraadpleegd en ontdekt dat Caterino in een ouder gedeelte van de stad woonde, in een huis van tweehonderdveertigduizend dollar.

Will trok de zak met Doritos open. 'We moeten meer te weten zien te komen over de zaak-Leslie Truong. Volgens Amanda heeft Sara dezelfde soort punctiewond in het ruggenmerg van Alexandra McAllister aangetroffen als destijds bij Beckey Caterino. Hoe zit het met Truong?'

'Daar heeft Lena vast een schets van gemaakt in haar notitieboekje,' zei Faith. 'Dat kutwijf.'

'Die informatie moet in de dossiers staan.'

Faith hoorde hem kauwen.

Met 'de dossiers' bedoelde hij Jeffreys dossiers. Sara ging ze uit de opslag halen, een van de vele taken die Amanda aan het team had gegeven en die ze geacht werden voor het einde van de dag te hebben verricht. Gelukkig was Emma die week bij haar vader. De klok stond al bijna op drie uur. Faith was sinds drie uur die ochtend op. Het enige waaraan ze nog kon denken was dat ze haar voordeur door liep, haar bh uittrok en verhalen over dodelijke roltrapongelukken ging lezen tot het donker genoeg was om naar bed te gaan.

'Pas bij drie moorden spreek je van een seriemoordenaar,' zei Will.

'We zouden er veel meer kunnen hebben als we de lichamen uit de artikelen mogen laten opgraven.' Faith hoopte vurig dat zij niet degene was die de families om toestemming zou moeten vragen om hun dode kinderen op te graven. 'Stel dat Gerald Caterino met ons wil praten. Zeggen we dan dat de dood van McAllister aan moord wordt toegeschreven?'

'Als het moet,' zei Will. 'Wel moeten we de bijzonderheden zoveel mogelijk achterhouden.'

'Prima.'

Faith kon nog steeds niet bevatten wat Amanda hun had verteld. Een vrouw aanvallen, haar verkrachten, haar doodsangst aanjagen, haar vermoorden, dat was allemaal erg genoeg. Maar om haar te martelen, te verlammen zodat ze zich niet kon verweren, dat was een gruwel van een totaal nieuwe categorie.

'Sara heeft steekwonden rond de onderbuik en bij de oksels aangetroffen,' zei ze. 'De moordenaar moet verstand hebben gehad van diergedrag, toch? Hij sneed McAllisters huid open zodat aaseters het bewijs konden verslinden.'

Will propte een handvol chips in zijn mond. Hij meed het deel van de discussie dat over Sara ging. Of misschien was hij de weerzinwekkende details nog aan het verwerken, net als Faith. De meeste moordenaars werden niet gepakt omdat ze op de plaats delict een zandkorrel hadden achtergelaten van een afgelegen eiland dat alleen zij hadden kunnen bezoeken. Ze werden gepakt omdat ze slordig en dom waren.

Deze moordenaar was geen van beide.

'Brad Stephens.' Will trok de zak Cheetos open. 'Hij ontbreekt op de lijst agenten onder het kopje DOOFPOT.'

'Hij kwam vast net van de opleiding toen dit gebeurde.' Faith wist precies hoe dat ging. 'Hij was waarschijnlijk de loopjongen, moest alle rapporten verzamelen en archiveren, de deuren langsgaan, aankloppen, met minder belangrijke getuigen praten.'

'Hij moet alles wel gezien hebben.'

Faith wierp een blik op haar collega. Hij veegde kruimels van zijn das. Hoe dieper ze in de zaak doken, hoe scherper Will klonk. 'Laat eens horen wat je denkt. Hoe trek jij de lijn van Gerald Caterino naar Brad Stephens?'

'Ik ben Gerald Caterino,' zei Will. 'Mijn dochter is zwaargewond. Daar moet ik hier en nu mee dealen, oké? Haar herstel, fysiotherapie, noem maar op. En al die tijd denk ik dat de vent die dit op zijn geweten heeft achter de tralies zit. Hij gaat twee keer in hoger beroep en verliest beide keren. Er gaan drie jaar voorbij. Mijn leven sukkelt voort, maar dan krijg ik een brief van de man die volgens mij schuldig is, waarin hij beweert dat hij het niet heeft gedaan.'

Faith knikte, want dat leek de meest waarschijnlijke gang van zaken. 'Jij zou die vent niet geloven.'

'Ik niet, nee.' Will propte de rest van de Cheetos in zijn mond. Hij kauwde, slikte en zei: 'Maar nu ben ik weer die vader. Het laat me niet los. De vent die volgens mij mijn dochter heeft aangevallen, beweert dat het iemand anders is geweest, iemand die nog op vrije voeten is en mogelijk andere vrouwen pakt. Wat doe ik nu?'

'Je bent een witte man uit de middenklasse en je gaat ervan uit dat de politie je zal helpen.' Faith kreeg haar cola light niet open en reikte Will het blikje aan. 'Vijf jaar geleden was Matt Hogan al weg. Net als Tolliver. Frank Wallace was waarnemend chef. Lena was hoofdrechercheur. Brad was hoofdagent.'

Will gaf het geopende blikje terug. 'Frank kon hij vergeten. Lena zou misschien proberen te helpen, maar daar schoot hij niets mee op.'

Faith zag al voor zich hoe Lena de situatie naar haar hand probeerde te zetten en toekeek hoe alles als een bermbom ontplofte. 'De civiele rechtszaak leverde Nesbitt geen inzage op in de dossiers van Truong en Caterino. Nesbitt was alleen maar de vermoedelijke dader. Zijn veroordeling was gebaseerd op de kinderporno.'

'Klopt, maar je kunt een agent slechts op enkele gronden persoonlijk voor het gerecht dagen. Buitensporig geweld. Schending van het vierde amendement wegens onrechtmatige huiszoeking. Beschuldiging van discriminatie en/of intimidatie.' Will lichtte het toe: 'Je kunt je zaak niet baseren op één verkeerde handeling. Je moet een gedragspatroon kunnen aantonen. Zo krijg je toegang tot de dossiers van Caterino en Truong. Je zegt tegen de rechter dat hij de vorige onderzoeken moet bekijken om een patroon te kunnen vaststellen.'

Faith nam een slok cola. Als juridische strategie klonk het niet slecht. 'Gerald Caterino was vast pissig toen Daryl Nesbitt zijn aanklacht introk in ruil voor overplaatsing naar een beperkt beveiligde inrichting.'

'Toch hield hij contact,' zei Will. 'Hij stuurde de artikelen naar Nesbitt in de gevangenis.'

'Alleen de artikelen,' zei Faith, want dat had Amanda aan hen doorgegeven. 'Geen brieven, geen post-itberichtjes. Alleen de knipsels in een envelop, met een postbus als retouradres.'

'GDOC bewaart postrapporten maar drie jaar. We weten niet of ze vóór die tijd ook gecorrespondeerd hebben.'

Faith vermoedde dat Gerald Caterino de enige was die hen van alle informatie kon voorzien. Als hij met hen wilde praten. 'Je hebt de lijn nog steeds niet doorgetrokken naar Brad Stephens.'

'Rustig. Van Frank en Lena kunnen we geen hulp verwachten. Dus ga ik op zoek naar zwakke plekken in het politiekorps van Grant County. Iemand die erbij was toen het gebeurde. Iemand voor wie het eigen gelijk niet vooropstaat. Brad Stephens is mijn enige optie.'

Daar wilde Faith niet aan. 'Bedoel je dat hij zich tegen Jeffrey zou keren?'

'Nooit, maar hij zou Lena er zonder enig probleem bij lappen.'

'Ik dacht dat Brad en Lena een team vormden?'

'Inderdaad,' zei Will. 'Maar hij is het braafste jongetje van de klas.'

Faith snapte wat hij bedoelde. Brad zag alles in zwart-wit, waardoor hij misschien wel een goede agent was, maar niet per definitie een goede teamgenoot. Niemand wilde met een klikspaan samenwerken.

'We moeten met Brad gaan praten,' zei Will.

'Zet hem maar helemaal achteraan op de lijst met alle rechercheurs, lijkschouwers en nabestaanden die betrokken zijn geweest bij elk van de zaken uit Daryl Nesbitts artikelen.'

Will hield de zak met Bugles schuin boven zijn mond en werkte de laatste kruimels weg. Als toetje haalde hij een handvol snoepjes uit zijn zak, maar dat kon Faith niet meer aanzien.

Volgens het navigatiesysteem moesten ze rechtsaf.

Faith reed door een oudere woonwijk. De straten waren omzoomd door hoge kornoeljes. Forse struiken en sierbomen vulden de voortuinen. Het ontwerp deed haar denken aan haar eigen stadsbuurt, waar honderden splitlevelwoningen in ranchstijl waren gebouwd voor terugkerende veteranen uit de Tweede Wereldoorlog. Haar huis was een van de weinig overgebleven woningen die niet tot een afgrijselijke villa waren omgetoverd. Van haar salaris kon Faith nauwelijks een kapotte waterkoker vervangen. Als haar grootmoeder haar het huis niet had nagelaten, had ze bij haar moeder moeten intrekken. Dat zouden ze geen van beiden overleefd hebben.

Ze minderde vaart om de nummers op de brievenbussen te lezen. 'We moeten 8472 hebben.'

'Daar.' Will wees naar de overkant.

Gerald Caterino woonde in een betrekkelijk bescheiden stenen woning van twee verdiepingen, gebouwd in koloniale stijl. Het gazon was van keurig bijgehouden Zoysia-gras, dat ondanks de seizoenswisseling nog niet in ruststand verkeerde. Aardewerken potten waren gevuld met welig bloeiende bloemen, waarvan Faith de namen niet wist. Plaveistenen omzoomden de met grind bedekte oprit. Ze stopte voor een gesloten smeedijzeren hek dat de toegang tot de parkeerplaats versperde. Aan de andere kant van het hek was een jongetje met een basketbal aan het spelen. Hij leek een jaar of acht, negen. Faith dacht aan Caterino's bio op de website van zijn bedrijf. Ze nam aan dat dit het zoontje was met wie Caterino graag boeken las.

'Kijk eens omhoog.' Will knikte in de richting van een bewakingscamera.

Faith speurde de voorkant van het huis af. Elke hoek had twee camera's.

'Die bestel je niet bij Amazon,' zei Will.

Faith schudde haar hoofd. De camera's zagen er professioneel uit, van het soort dat je in een bank aantrof.

Opeens kreeg het hek een andere betekenis. Faith had haar hele leven in Atlanta gewoond en had het hek aanvankelijk als een gewoon hek beschouwd. Nu bedacht ze dat ze in Milledgeville waren, waar het jaarlijkse moordcijfer op nul stond en de helft van de huizen aan deze landelijke, lommerrijke straat de voordeur van het slot had.

'Zijn dochter is acht jaar geleden op beestachtige wijze aangevallen,' zei ze.

'Hij geeft ons de schuld van wat er daarna is gebeurd.'

'Niet ons persóónlijk. Hij verwijt het Grant County.'

Will reageerde niet, maar dat was ook niet nodig. Te oordelen naar Gerald Caterino's uitspraken online was het duidelijk dat hij het verschil niet zag.

Faith gaf zichzelf exact twee seconden om aan het kogelgat te denken dat tussen Jeffrey Tollivers ogen was aangebracht. 'Ben je zover?' vroeg ze.

Will stapte uit.

Faith pakte haar tas van de achterbank en ging naast Will bij het hek staan. Hij leunde met zijn ellebogen op de bovenkant en keek hoe de jongen de bal naar de basket wierp. Hij zat er meters naast, maar keek niettemin naar Will voor bijval.

'Wauw, dat scheelde bijna niks.' Will wees Faith met een knikje op de achterkant van het huis. 'Doe dat nog eens!'

Vrolijk rende de jongen achter de stuiterende bal aan.

Faith moest op haar tenen gaan staan om het huis goed te kunnen zien. Aan de achterkant was een afgeschermde veranda. De man aan de tafel werd door schaduw omhuld. Hij boog naar voren, het zonlicht in. Zijn schaarse donkere haren waren doorweven met grijs. Hij had een keurig getrimde bezemsnor. Zijn bril met dun metalen montuur was naar boven geschoven.

'Wat willen jullie?' vroeg hij boos.

Faiths nekharen gingen overeind staan. 'Mr Caterino.' Ze had haar ID al paraat en stak het kaartje boven het hek uit. 'Ik ben special agent Mitchell. Dit is special agent Trent. We zijn van het Georgia Bureau of Investigation. We zouden u graag willen spreken.'

Hij bleef aan tafel zitten en zei tegen de jongen: 'Heath, ga jij eens bij je zus kijken.'

Heath liet de bal wegstuiteren en vloog naar binnen.

Faith hoorde een klik, waarna de poort zich langzaam opende.

Ze ging als eerste naar binnen en liep over de oprit, zonder te weten waaraan ze zich blootstelde. De achtertuin was enorm en al even goed beschermd. Eromheen liep gaashekwerk van bijna twee meter hoog. Onder de dakrand waren nog meer camera's aangebracht. Een prachtig zwembad werd afgeschermd door een hek van hetzelfde smeedijzer als dat van de poort. Op het stenen terras was een stoellift gemonteerd. De veranda werd bereikt via een hellingbaan in plaats van een trap. In de garage stond een grote rolstoelbus naast een pick-up met hoveniersspullen in de laadbak.

De hordeur was van bijpassend smeedijzer. Merkwaardig, want het gaas kon moeiteloos worden doorgesneden, maar Faith was niet gekomen voor een veiligheidscheck. Heath had de deur niet helemaal dichtgedaan, maar ze peinsde er niet over om ook maar één voet op de veranda te zetten zonder daartoe te zijn uitgenodigd.

De bewakingscamera's. De poort. Het hoge hek. De schietschijven op de politiefoto's van Grant County. Het kogelgat in het hoofd van Jeffrey Tolliver.

De aanval op Rebecca Caterino had bijna een decennium geleden plaatsgevonden. Dan verkeerde je wel heel lang in een staat van verhoogde waakzaamheid. Faith had gezien wat verdriet met een gezin kon doen, vooral met een vader. Ondanks alle beveiliging was Gerald niet van zijn plek gekomen om hun ID's te controleren voor hij de poort opende. Online deed de man bijna niet anders dan propaganda tegen de politie spuien. Ze vroeg zich af of hij niet opstond omdat hij een wapen onder zijn tafel had geplakt. Vervolgens vroeg ze zich af of ze paranoïde was. Waarop ze tegen zichzelf zei dat ze dankzij haar paranoia elke dag veilig naar haar dochtertje kon terugkeren.

Ze hadden nu al een impasse bereikt, besefte ze. 'Mr Caterino, ik heb uw mondelinge toestemming nodig om uw woning te betreden.'

Hij had zijn gespierde armen over elkaar geslagen en gaf een knikje. 'Akkoord.'

Will reikte langs haar om de deur verder open te doen. Faith hield haar tas dicht tegen zich aan. Het slechte gevoel dat ze de hele tijd al had zwol aan tot een tsunami aan waarschuwingssignalen. Alles aan Gerald Caterino voelde geladen, alsof hij elk moment tot ontploffing kon komen. Hij zat op de rand van zijn stoel, nog steeds met over elkaar geslagen armen. Zijn laptop was dicht. Ernaast lag een stapel werkroosters. Hij droeg een zwarte cargoshort en een zwarte polo. Onder de v van zijn losgeknoopte boord was zijn huid spierwit. Zijn bruine hoveniersvel stopte bij zijn werkshirt.

Faith keek om zich heen. Er was nog een camera, van het *dome*-type, aan het plafond bij de keukendeur. De veranda was lang en smal. Rond de tafel waaraan Caterino zat, stonden drie stoelen, en er was plaats voor een rolstoel.

Faith hield hem haar legitimatiebewijs voor. Seconden verstreken voor hij het aannam. Hij zette zijn bril op, bestudeerde het kaartje en vergeleek de foto met haar gezicht. Will overhandigde hem zijn portefeuille en werd aan dezelfde inspectie onderworpen.

'Wat komen jullie hier doen?' vroeg Caterino.

Faith schuifelde onrustig heen en weer. Hij had hun niet gevraagd te gaan zitten. 'Daryl Nesbitt.'

Meteen spande Caterino zijn hele lichaam. In plaats van simpelweg te zeggen dat hij Nesbitt de afgelopen vijf jaar van krantenartikelen had voorzien, keek hij uit over de achtertuin. Zonlicht blonk op het water van het zwembad en veranderde het in een spiegel. 'Wat wil hij nu weer?'

'We denken dat hij uiteindelijk naar een minder zwaar beveiligde inrichting wil worden overgeplaatst.'

Caterino knikte, alsof dat logisch was. En waarschijnlijk was het dat ook. De laatste keer dat Nesbitt een deal had gesloten, was hij van een gesloten naar een halfopen inrichting gebracht. Voor de overplaatsing had Caterino vermoedelijk rond de honderdduizend dollar aan advocaatkosten moeten betalen.

'Mr Cateri–' zei Faith.

'Mijn dochter heeft een halfuur in dat bos gelegen voor iemand besefte dat ze nog leefde.' Hij keek van Faith naar Will. 'Weten jullie wat die dertig minuten voor verschil hadden kunnen maken voor haar herstel? Voor haar leven?'

Faith dacht niet dat die vraag ooit beantwoord kon worden, maar het was duidelijk iets waaraan hij zich vastklampte.

'Dertig minuten,' zei Caterino. 'Mijn meisje was verlamd, getraumatiseerd, niet in staat om te praten of ook maar met haar ogen te knipperen, en niet één van die vuile klotesmerissen kwam op het idee om even te checken of ze nog leefde. Om alleen maar haar gezicht aan te raken of haar hand vast te houden. Als die kinderarts niet toevallig langs was gekomen...'

Faith probeerde een lichtere toon aan te slaan om de bitterheid in zijn stem enigszins te temperen. 'Wat heeft Brad Stephens u verder nog over die dag verteld?'

Caterino schudde zijn hoofd. 'Die waardeloze snotaap deed wat ze allemaal doen. Zodra je een diender vraagt om een verklaring af te leggen, slaat-ie dicht. De sterke arm, laat me niet lachen.'

'Mr Caterino, we zijn hier om de waarheid te achterhalen,' zei Faith.

'Bullshit. Jullie smeerlappen houden elkaar altijd uit de wind.'

Faith dacht aan Nick, die Daryl Nesbitt had gegrepen en tegen de muur had gesmeten.

'Waardeloze eikels.' Caterino blies sissend tussen zijn tanden door. 'Ik had jullie hier nooit moeten toelaten. Ik ken mijn rechten. Ik hoef niet met jullie te praten.'

Faith probeerde de spanning uit de lucht te halen door de ouderkaart te spelen. 'Ik heb ook een zoon. Hoe oud is Heath?'

'Zes.' Caterino zette zijn laptop recht. 'Mijn ex-vriendin, zijn moeder, kon de situatie met Beckey niet aan. We zijn niet goed uit elkaar gegaan. Ik was in die tijd heel kwaad.'

Volgens Faith was hij nog steeds heel kwaad. 'Dat vind ik akelig voor u.'

'Akelig?' herhaalde hij. 'Waarom zou jij dat akelig moeten vinden?'

Faith wist dat ze niet verantwoordelijk was, maar toch voelde het zo. Op de website 'Gerechtigheid voor Rebecca' stonden tientallen foto's van Beckey, van voor en na de aanval. Ze was een beeldschone jonge vrouw geweest die op die dag in het bos onherstelbare schade had opgelopen. Een verlamd onderlichaam. Een spraakgebrek. Slecht zicht. Traumatisch hersenletsel. Volgens de site had de aanval haar verstandelijke vermogens zodanig aangetast dat ze vierentwintig uur per dag zorg nodig had.

Die dertig minuten in het bos waren waarschijnlijk de laatste minuten in het leven van Beckey Caterino geweest dat ze helemaal alleen was geweest.

Gerald Caterino schoof zijn bril weer op zijn hoofd. Opnieuw keek hij naar het zwembad. Hij kuchte voor hij het woord nam. 'Twaalf jaar geleden dacht ik dat het ergste wat me ooit kon overkomen het verlies van mijn vrouw was. Acht jaar geleden vertrekt mijn dochter naar de universiteit en komt terug als...' Zijn stem stierf weg. 'Weet je wat nog erger is dan die twee dingen, special agent Faith Mitchell?'

Faith voelde dat hij dit spel eerder had gespeeld. Je kon niet raden wat erger was dan het verlies van een dierbare. Je kon alleen maar bidden dat het jou nooit zou overkomen.

'En jij, special agent Will Trent?' zei Caterino. 'Nou, wat is erger? Wat is het ergste wat jullie tweeën me op dit moment zouden kunnen aandoen?'

Zonder aarzelen zei Will: 'We zouden u hoop kunnen geven.'

Caterino keek verbijsterd. Zijn ogen vulden zich met tranen. Hij knikte even en zijn blik ging weer naar het zwembad.

'Sorry, Mr Caterino,' zei Will. 'We zijn niet gekomen om u hoop te geven.'

Weer spande Caterino zijn keel. Faith besefte dat wat ze voor woede had aangezien weleens Caterino's manier zou kunnen zijn om met angst om te gaan. Hij had jarenlang geprobeerd zijn dochter te wreken. Hij was doodsbang nog eens vijf, tien of dertig jaar voor de boeg te hebben zonder het te kunnen afsluiten.

'Zou u ons willen vertellen waarom u die artikelen naar Daryl Nesbitt hebt gestuurd?' vroeg Will.

Caterino schudde zijn hoofd. 'Die vuile gluiperd is zo achterbaks dat hij bij de politie had moeten gaan.'

'Waarom uitgerekend die artikelen?' drong Will aan.

Caterino keek naar hem op. 'Wat doet het ertoe?'

'Daarom zijn we hier, Mr Caterino. We doen onderzoek naar de doden uit die artikelen.'

'Onderzoek?' Hij lachte vol ongeloof. 'Weet je hoeveel geld ik kwijt ben geweest aan privédetectives? Vliegtickets, treintickets, hotelkamers, alleen om met andere ouders te kunnen praten? Forensisch psychologen, gepensioneerde politiemensen en godbetert een helderziende, en dat allemaal omdat jullie, egocentrisch, hondslui tuig, simpelweg jullie werk niet doen.'

Faith weigerde hem een opening te bieden om een tirade tegen de politie af te steken. 'U hebt ongetwijfeld gehoord dat het lichaam van Alexandra McAllister gisterochtend in het bos is gevonden.'

Hij maakte een afwerend schoudergebaar. 'Volgens het nieuws was het een ongeluk.'

Faith wachtte op Wills stilzwijgende toestemming en zei toen: 'We hebben deze informatie nog niet vrijgegeven, maar de dood van McAllister wordt aan moord toegeschreven.'

Verward trok Caterino zijn wenkbrauwen samen. Hij was het niet gewend dingen te horen die hij graag wilde horen. 'Hoezo?'

'De patholoog-anatoom heeft een punctiewond in haar nek gevonden.'

Langzaam stond Caterino op. Zijn mond ging open, maar er kwamen geen woorden. Hij keek verbijsterd, ongelovig, verward.

'Mr Caterino?' zei Faith.

'Was het...' Hij sloeg zijn hand voor zijn mond. Zweet parelde op zijn vrijwel kale hoofd. 'Zat de wond bij c5?'

'Ja,' beaamde Will.

Zonder nog een woord te zeggen rende Gerald Caterino het huis in.

Faith keek hem na terwijl hij door een lange gang stoof en rechts afsloeg.

Toen was hij weg.

'O,' zei Will.

In gedachten nam Faith het gesprek nog eens door. 'Hij waarschuwde ons dat we hem geen hoop mochten geven.'

'En toen gaven we hem hoop.'

Er trok een ongenode rilling langs haar ruggengraat. Ze hield zichzelf voor dat Caterino dringend naar het toilet had gemoeten. Vervolgens bedacht ze dat hij een wapen ging halen. De donderpreken op zijn website en de bewerkte foto's zaten haar nog steeds hoog. Talloze mensen beweerden dat ze de politie gingen vermoorden. Er waren zelfs liedjes over geschreven. Slechts een klein deel was bereid om het dreigement ook uit te voeren. Het was niet moeilijk het verschil tussen die twee te zien. De eerste groep deed niets. De tweede groep richtte een pistool op je hoofd en haalde de trekker over.

Faith keek Will aan om te zien of ze gek was.

'Moord of zelfmoord?' vroeg hij.

Ze was dus gek. 'Heath is binnen. Beckey waarschijnlijk ook.'

'Ik ben bij je.'

Faith liep het huis in. De keuken was vol licht en zag er heel vertrouwd uit. Ze zag kindersloten op alle kasten en laden. De contactdozen waren afgedekt. Harde randen waren met schuimrubber beplakt. Op zijn zesde was Heath te oud voor kindveilige maatregelen. Dit was bedoeld voor Beckey, Caterino's dochter van zevenentwintig.

Faith keerde zich naar Will toe. Hij keek naar een bewakingscamera die op een plank was gemonteerd, tussen stapels kookboeken in. Hij ging op zijn tenen staan om de bovenkant van de kastjes te kunnen zien. Met een handgebaar – gekromde duim, gestrekte vinger – gaf hij aan dat er een wapen lag.

'Hallo allemaal.' Een vrouw in verpleegstersuniform liep de keuken binnen. Een lege drinkbeker bungelde aan haar vinger. 'Zijn jullie bij Gerald op bezoek? Die gek rende net de trap op.'

Faith voelde haar angst weer iets wegebben. Er was nog iemand. Een getuige. Ze stelde zichzelf en Will netjes voor en toonde haar ID. De vrouw leek niet verbaasd of geschrokken bij het zien van twee special agents in de keuken.

'Ik ben Lashanda.' Ze spoelde de beker af bij het aanrecht. 'Ik zorg overdag voor Beckey.'

Faith besloot van de gelegenheid gebruik te maken. 'Hoe gaat het met haar?'

'Vandaag heeft ze een goede dag.' Lashanda lachte opgewekt. 'Ze worstelt met depressies. Dat komt door het hersenletsel. Soms is ze onhandelbaar. Maar vandaag gaat het goed.'

Voor Faith kon vragen hoe een slechte dag eruitzag, huppelde Heath de keuken binnen. Hij had een grijns als van een Halloween-masker.

'Kijk eens!' Heath liet Will een tekening van een tyrannosaurus zien, die zeer indrukwekkend was voor een kind van zes.

Will bekeek het kunstwerk. 'Ongelooflijk, jongen. Heb je dit helemaal zelf getekend?'

Heath werd verlegen en verschool zich achter Lashanda's been.

'Wat een schatje,' zei Faith tegen de vrouw. 'Hoe oud is hij?'

'Zes, maar over twee maanden wordt hij zeven. Dit zoetelapje is een kerstbaby.'

'Voor een jongen van zes ben je best wel groot.' Faith hurkte voor hem neer. 'Wedden dat je al kunt optellen? Hoeveel is twee plus twee?'

'Vier!' Heaths grijns was terug. Een van zijn blijvende voortanden groeide scheef.

'Met welke hand schrijf je?' vroeg ze.

'Met de rechter!' Hij wapperde met zijn rechterhand door de lucht.

'Heb je vandaag zelf je veters gestrikt?'

'Ja!' Hij wierp als Superman zijn armen omhoog. 'En ik heb mijn bed opgemaakt en mijn tanden gepoetst, ook de losse, en ik –'

'Oké, kleine man, ze hoeven niet alles te horen wat je vandaag hebt gedaan.' Lashanda woelde door zijn haar. 'Komen jullie mee naar de tv-kamer? Het is niet te zeggen hoelang Gerald wegblijft.'

Faith gaf graag gehoor aan haar verzoek. Caterino's abrupte vertrek zat haar nog steeds niet lekker. Ook zonder die krankzinnige online-shit zou ze hem al vreemd hebben gevonden.

'Deze kant op.' Lashanda ging hun voor door een lange gang. Ze passeerden de eetkamer. De tafel lag bezaaid met leerboeken.

'Huiswerk?' vroeg Faith.

'Heath krijgt thuis les. Zijn leraar is net vertrokken.'

Faith wist dat er talloze goede, legitieme redenen waren om een kind thuis les te geven, maar in de loop van haar carrière was ze alleen maar zonderlingen tegengekomen die hun kinderen niet naar school wilden sturen uit angst dat ze daar controversiële dingen zouden leren, bijvoorbeeld dat incest verkeerd was en slavernij slecht.

Er hingen geen reuzenswastika's aan de muren. Ze zag ingelijste uitdraaien en foto's van Beckey in uiteenlopende perioden van haar leven. Faith herkende de typische schoolfoto's met appels en boekenstapels en ronddraaiende globes. Beckey had aan hardlopen gedaan. Op één foto stond ze met een groep meiden in sporttenue. Op een andere brak ze door het finishlint.

Na de middelbare school stopten de foto's abrupt. Faith besefte dat er geen foto's van Heath bij waren, zelfs geen kiekjes. Gerald had hem genoemd in zijn bio op de site, maar ook daar ontbraken foto's.

Ze keek op toen ze de tv-kamer binnengingen. Het plafond was minstens zes meter hoog. Vanaf de loft op de eerste verdieping stak een balkon met een boog naar buiten. Een lift was zo aangepast dat hij toegang tot beide niveaus verschafte.

Faith keek weer op haar horloge. Gerald Caterino was nu vier minuten weg. Ze draaide zich om naar Will. Hij keek op naar de loft, maakte kennelijk een tactische inschatting. Tot haar opluchting zag Faith dat ze niet de enige achterdochtige gek in de kamer was.

'Miss Beckey,' zei Lashanda. 'Kijk eens. Je papa heeft bezoek.'

Beckey Caterino's rolstoel stond naar een paar grote ramen toe gekeerd, die uitkeken over de achtertuin. Er waren bloemen, betonnen tuinornamenten en een fontein, die kennelijk speciaal voor haar was aangelegd. Faith zag een robijnkeelkolibrie op de voedertafel.

‘Beckey?’ herhaalde Lashanda.

Met haar handen draaide het meisje de rolstoel om. Op haar schoot lag een haarborstel. Ze droeg een huisjurk van roze stof. Haar pastelblauwe sokken waren versierd met roze konijntjes.

‘Hal-lo.’ Beckey glimlachte met de helft van haar mond. Het ene oog was op Faith gericht, het andere maakte een lege indruk. Faith herkende de aangezichtsverlamming nog van haar grootmoeder, die een reeks beroertes had gehad voor ze stierf. Voor deze jonge vrouw was dat een aantal decennia te vroeg.

‘Laat mij maar even.’ Lashanda veegde Beckeys mond af met een tissue. Faith zag een T-vormig litteken, dat over haar keel naar haar borstbeen liep. ‘Dit zijn Ms Mitchell en Mr Trent.’

‘Aange…’ Beckey slikte voor ze de rest van het woord eruit kreeg. ‘…naam.’

‘Wederzijds, Beckey.’ Faith probeerde zo neutraal mogelijk te klinken, want ze was geneigd tegen deze volwassen vrouw een toon aan te slaan alsof ze een kind was. Ze had iets heel onschuldigs. Ze was broodmager. Moeizaam pakte ze met beide handen de borstel op. Het was duidelijk dat ze net onder de douche was geweest. Haar haar was nog vochtig, en zo te zien had ze schone kleren aan.

Heath klom bij zijn zus op schoot en leunde met zijn hoofd tegen haar borst. Faith wist nog hoe lief Jeremy was geweest op die leeftijd. Haar aanbiddelijke zoontje had toen nog net niet de militante waarom-fase bereikt.

‘Hier.’ Beckey stak Lashanda de borstel toe. ‘Vlecht.’

‘Liefje, je weet dat ik dat niet kan.’ Tegen Faith zei Lashanda: ‘Ze wil net zulke vlechten als Elsa. Ik heb een YouTube-filmpje bekeken, maar ik bak er niks van.’

Will kuchte. ‘Zal ik het doen?’ vroeg hij aan Beckey.

Met een glimlach gaf ze hem de borstel.

‘Vind je het goed als ik je stoel omdraai?’

Ze knikte, en haar glimlach werd nog stralender.

Will draaide Beckey met haar gezicht naar de kamer. Toevallig bood hem dat ook beter zicht op de loft. Voorzichtig borstelde hij haar lange haren. Heath keek toe, dus legde hij het uit. 'Je begint met drie aparte strengen.'

Will had de vlecht in een mum van tijd klaar. Faith bedacht dat Sara haar haar in het weekend ook altijd zo droeg. In een ander leven had ze zelf bij Will kunnen eindigen als ze niet altijd en eeuwig haar hart verloor aan karakterloze maar vruchtbare lamstralen. Nu kon ze alleen nog maar hopen op een man die voldoende water dronk.

'Wacht,' zei Lashanda. 'Dan pak ik iets om hem mee vast te binden.'

Will klemde het uiteinde van de vlecht vast terwijl zij het bureau doorzocht. Hij knipoogde naar Heath.

'Ik ben boven.' Gerald stak zijn hoofd over de balustrade. 'Ik ben er klaar voor. Maar de rest blijft beneden!'

Hij verdween weer.

Will gaf het uiteinde van de vlecht aan Lashanda, die zijn vragende blik met een schouderophalen beantwoordde.

'Dat is Gerald,' zei ze. 'Die doet de dingen op zijn eigen manier.'

Will zorgde dat hij vóór Faith de trap op ging. Toen ze op de overloop waren, verschoof hij zijn jasje. Hij bewaarde zijn Glock in een zijholster. Omdat Faith ervan uit was gegaan dat ze de hele dag in een gevangenis zou werken, had ze haar revolver in een Crown Royal-zak in haar tas gestopt. Aangezien ze overal op voorbereid wilde zijn, trok ze de rits open en controleerde ze of het touwtje los was dat om de bovenkant van de zak zat.

Ze dacht aan haar dagen als straatagent. Verkeersboetes. Beroving. Huiselijk geweld. Het waren allemaal routinezaken geweest, tot ze dat opeens niet meer waren omdat mensen nu eenmaal mensen waren en je nooit wist wat ze echt dachten tot ze ermee voor de dag kwamen.

Will had bovenaan de trap nog een camera ontdekt. Faiths paranoia vlamde weer op. Misschien hield Gerald hen in de gaten. Hij haatte de politie. Hij koesterde wrok. Hij had tot dusver bewezen onvoorspelbaar te zijn.

Ze sloegen links af de gang in. Will bleef staan. Hij knielde neer en raapte een pluk roze pluis op. Isolatiemateriaal. Hij wees naar het plafond. De zoldertrap was zeer recent nog naar beneden getrokken.

'Dit staat me helemaal niet aan,' zei hij tegen Faith.

Het stond Faith al evenmin aan. 'Mr Caterino?' riep ze.

'In de slaapkamer,' antwoordde Gerald. 'Zorg dat jullie alleen zijn.'

Zijn stem had vanaf de andere kant van de loft geklonken, aan het eind van een gang die wel tweehonderd meter lang leek.

Hij was er al twee keer tussenuit gepiept. Beneden had hij een wapen. Waarschijnlijk had hij er boven ook een. Hij was kortgeleden nog op de zolder geweest. En hij zei telkens dat ze alleen moesten komen.

Faith volgde Will naar de slaapkamer. Bij elke deur die ze passeerden, draaiden ze hun hoofd alle kanten op. Toilet op de gang. Washok. Heath had zijn muren getooid met dinosauriërs en figuren uit *Toy Story*. Beckeys kamer was gevuld met medische apparatuur, een ziekenhuisbed en een tillift. De logeerkamer ertegenover was waarschijnlijk voor de nachtzuster. Faith zou weleens willen weten wat dat allemaal kostte. Beckey kwam in aanmerking voor een invaliditeitsuitkering, maar dat was net zoiets als een zwachtel aanbrengen op een zuigende borstwond.

Ze waren bij de loft aangekomen. De vloer rond de tv lag vol speelgoed. De gameconsole die Faith zag, was een nieuwere versie van het exemplaar dat ze thuis had. Om het laatste stuk gang te bereiken moest ze over een kunststof kabelgoot van het formaat verkeersdrempel stappen. Er zaten geen kabels in. De barrière was bedoeld om Beckeys rolstoel tegen te houden.

'Fuck,' mompelde Will.

Faith keek langs hem de slaapkamer in. Er brandde geen licht. De ramen werden verduisterd door IKEA-achtige boxen vol opgevouwen kleren. Strepen zonlicht sneden rond de opbergeenheden.

Met zes grote stappen was Will de kamer binnen. Faith bleef op de gang. Ze zag hoe hij met de rug van zijn hand zijn mond afveegde. De Olaf-pleister floepte naar achteren. Hij had het plakgedeelte los gezweet. 'Mr Caterino, zie ik een pistool naast uw bed?'

'O, ja,' zei Gerald, 'ik zal –'

'Ik pak het wel.' Will verdween uit het zicht.

Faith had haar revolver al uit haar tas, klaar om te schieten. Ze wilde net de kamer binnenstormen toen Will weer in de deuropening verscheen.

Hij had een Browning Hi-Power 9mm in zijn handen. Faith was minder goed op de hoogte van wapentuig dan Will, maar ze wist dat de patroonhouder van het pistool zich lastig liet ontgrendelen. Of Gerald wist hoe hij een vuurwapen moest hanteren, of iemand had hem meer power verkocht dan hij kon gebruiken.

Will liet de houder eruit vallen. Hij deed de plafondlamp aan.

Faith stopte haar revolver weer in haar tas, maar ze hield haar hand erin. Toen ze over de drempel stapte, liet ze haar blik door de kamer gaan. Ramen veilig. Deuren veilig. Handen veilig. Het was duidelijk dat Gerald hier sliep. De inrichting was uiterst sober. Een onopgemaakt kingsize bed, niet bij elkaar passende nachtkastjes, een tv aan de muur, de IKEA-boxen, een deur naar een grote badkamer. De deur van wat vermoedelijk een inloopkast was zat dicht. Uit het nachtslot stak een sleutel.

'Doe de deur dicht,' droeg Gerald haar op.

Faith duwde de deur tot op een kier dicht.

'Ik praat hier liever niet over waar Heath bij is,' zei hij. 'En ik heb geen idee wat Beckey weet of wat ze onthoudt. Van het ongeluk weet ze niets meer, maar ik ben bang dat ze dingen hoort. Of dat ze dit ziet.'

Hij draaide de sleutel om en duwde tegen de deur.

Faiths mond viel open.

De wanden van de inloopkast waren beplakt met krantenartikelen, uitdraaien, foto's, schetsen, aantekeningen. Alles werd met gekleurde punaises op zijn plaats gehouden. Rode, blauwe, groene en gele draden verbonden de verschillende stukken. Aan de achterkant reikten dossierdozen van de vloer tot aan het plafond. Hij had zijn kast in een waar crisiscentrum veranderd, en hij was doodsbang dat zijn kinderen het zouden ontdekken.

Faith had met de vader te doen. Elk stuk papier, elke punaise, elke draad, was een symbool van zijn marteling.

'Ik verstop de sleutel van de kast op zolder,' zei Gerald. 'Heath speelt graag met mijn sleutelbos. Hij is hier bijna een keer binnen geweest. Ik vertrouw Lashanda, maar zij is ook weleens afgeleid. Als Heath dit ooit ziet… Ik wil niet dat hij dit weet. Niet tot hij er klaar voor is. Ik zal het jullie laten zien.'

Faith deed de slaapkamerdeur dicht en draaide hem op slot. Ze haalde haar telefoon tevoorschijn en liep achter Will aan de kast in. Ze zette de camera op video. Voor de goede orde vroeg ze: 'Mr Caterino, vindt u het goed dat ik dit vastleg met mijn telefoon?'

'Ja, ga je gang.' Gerald begon te wijzen, eerst naar de foto's. 'Deze heb ik genomen op de eerste dag dat Beckey in het ziekenhuis lag, ongeveer twaalf uur na de aanval. Deze snee hier is van de snee in de luchtpijp. En hier is haar borstbeen gebroken om haar leven te redden.' Zijn vinger gleed naar beneden. 'Dit zijn haar röntgenfoto's. Op deze kun je de schedelbreuk heel duidelijk zien. Kijk eens naar de vorm.'

Faith zoomde in op de foto, die was vastgeprikt naast een oudere afdruk van de plaats delict. 'Heeft Brad Stephens u kopieën van uw dochters dossiers gegeven?'

Gerald opende zijn mond en sloot hem weer. 'Ik heb ze. De rest doet er niet toe.'

Faith liet het passeren. Hij had haar in elk geval wat tijd bespaard. Ze zoomde in op getuigenverklaringen, onderzoeksaantekeningen, lijkschouwersrapporten, reanimatieverslagen en schetsen van de plaats delict.

Will had zijn handen in zijn zakken. Hij boog zich naar voren om een foto te bekijken van een jonge vrouw die bij de Golden Gate Bridge stond. 'Is dat Leslie Truong?' vroeg hij.

'Ik mocht haar dossier niet inzien omdat het een cold case betrof,' zei Gerald. 'Haar moeder, Bonita, gaf me die foto. We hebben veel met elkaar gepraat. De laatste tijd minder. Vanaf een zeker punt word je erdoor verteerd, snap je? Je leven wordt…'

Hij hoefde zijn zin niet af te maken. De wanden vertelden het verhaal van zijn leven na de aanval op Beckey.

Faith draaide zich om naar de wand achter haar en begon die langzaam en systematisch te filmen. Gerald had ontelbare pagina's van het internet geprint. Ze zag Facebook-berichten, tweets, mails. Ze zoomde in om de afzenders scherp in beeld te krijgen. De meeste e-mails waren van dmasterson@Love2CMurder.

Ze vroeg: 'Hebt u toegang gekregen tot dossiers van de zaken uit de krantenartikelen?'

'Ik heb om inzage verzocht vanuit de wet omtrent vrijheid van informatie, maar er stond niets in de dossiers, hooguit een paar pagina's per vrouw.' Hij wees naar het betreffende wandgedeelte. 'Ze vielen allemaal onder de categorie ongelukken, net als met Beckey het geval zou zijn geweest als ze het niet had overleefd. Niet dat haar leven ooit weer hetzelfde is geworden. En dat zal ook niet meer gebeuren.'

De wanhoop in zijn stem was als een bankschroef die zich om de kamer sloot.

'Mr Caterino,' zei Will, 'u had er een reden voor om die artikelen naar Nesbitt te sturen. Hoe hebt u ze uitgekozen?'

'Ik heb met de families gepraat.' Gerald snelde naar de achterkant van de kast, naar de dossierdozen. 'Kijk dit zijn mijn telefoonverslagen. Leg ze vast.'

Faith draaide de camera naar hem toe. Ze wilde hem ook in beeld.

'Ik heb tientallen telefoontjes gepleegd,' zei hij. 'Telkens als er een vrouw werd gevonden, spoorde ik de familie op en nam contact met ze op. Zo kon ik de slachtoffers tot acht terugbrengen.'

Hij wees naar iets achter Faith, maar ze draaide zich niet om. Ze herkende de gezichten van de vrouwen uit de krantenartikelen, maar de foto's aan de wand waren anders, persoonlijker, iets wat je in een lijst op je bureau zou zetten.

Gerald wees de vrouwen een voor een aan en noemde hun namen. 'Joan Feeney. Bernadette Baker. Jessica Spivey. Rennie Seeger. Pia Danske. Charlene Driscoll. Deaundra Baum. Shay Van Dorne.'

Faith zoomde op elke foto in en zorgde ervoor dat Gerald in beeld bleef.

Weer wees hij. 'Haarband. Kam. Haarspeld. Haarband. Borstel. Borstel. Scrunchie. Kam.'

'Wacht eens,' zei Faith. 'Waar hebt u het over?'

'Dat zijn de spullen die ze misten. Hebben jullie dat niet onderzocht? Hebben jullie niks gelezen?'

'Mr –'

'Nee!' riep hij uit. 'Ik hoef me niet rustig te houden. Ik heb tegen die vuile diender gezegd dat Beckey de haarspeld kwijt was die ze van haar moeder had gekregen. Met schildpadprint. Beckey had er per ongeluk een tand afgebroken. Hij lag altijd op haar nachtkastje. Die ochtend toen ze naar buiten ging...' Hij rende weer naar de andere kant. 'Kijk, hier staat het. Kayleigh Pierce, haar huisgenote. Dit is haar officiële verklaring.'

Faith had hem gevolgd met de camera.

'Kayleigh zei dat op de ochtend dat Beckey werd gevonden, daarvoor dus, dat ze zei toen ze zich aankleedde...' Hij was buiten adem. 'Ze zei...'

'Rustig maar, Mr Caterino,' zei Faith. 'Kijkt u me eens aan.'

Hij keek haar aan met ogen vol snijdende wanhoop.

'Neem er de tijd voor. We luisteren naar u. We hoeven nergens naartoe.'

'Oké, oké.' Hij sloeg met zijn vuist tegen zijn hart in een poging zichzelf te kalmeren. 'Kayleigh zei dat Beckey de haarspeld niet kon vinden die op het nachtkastje had gelegen. Hij lag er die ochtend niet. Ze bewaarde hem altijd op het nachtkastje. Ook voor ze ging studeren, legde ze de speld altijd naast haar bed. Hij mocht niet stukgaan. Ze wilde hem dragen als ze dicht bij Jill wilde zijn, snap je?'

'Jill was haar moeder?'

'Ja.' Gerald wees naar een foto van Beckey van voor de aanval. Ze lag in bed te lezen. Haar haar was met een speld naar achteren vastgezet. 'Die haarspeld is nooit teruggevonden. De meiden, Kayleigh en haar huisgenotes, hebben het huis binnenstebuiten gekeerd, oké? Nog voor de politieagenten aan hún onderzoek begonnen. Niet dat die hun best hebben gedaan, want op dat moment kon het ze niks schelen. Maar de meiden wisten wat de haarspeld voor Beckey betekende, dus terwijl zij in het ziekenhuis lag, zochten zij ernaar. Maar ze vonden hem niet. En toen de agenten eindelijk de moeite namen om het gebeurde te onderzoeken, vonden ze hem ook niet.'

Faith beet op het puntje van haar tong. Ze kon niet geloven dat Lena Adams dat detail was vergeten.

'De politie, hè,' zei Gerald. 'Tolliver was de ergste. Hij kwam heel sympathiek over, alsof het hem aan het hart ging, maar hij wilde de zaak alleen afvinken en afsluiten zodat hij zijn geld zou blijven vangen.'

Faith wist hoe het salarisstrookje van een politieman eruitzag. Erg motiverend was het niet.

'Weet je wat hij tegen me zei, die leugenachtige klootzak...' Gerald onderbrak zichzelf in een poging zijn gedachten te ordenen. 'Tolliver heeft Nesbitt erbij gelapt. Neem dat maar van mij aan. Als ik het kon bewijzen, zou ik die hele stad kapot procederen. Jullie weten dat de universiteit betaald heeft, hè? En het district. Ze wisten dat het politiekorps corrupt was. Daarom hebben ze zich scheel betaald.'

Opeens was Faith blij dat ze de man aan het filmen was die politiekorpsen voor het gerecht daagde. 'Is er een proces geweest voor schadeloosstelling?'

'Ze wilden geen proces omdat ze allemaal wisten dat de bezwarende feiten dan boven tafel zouden komen. Snap je het niet? De verzekeringsmaatschappij, het stadsbestuur, de advocaten – zelfs mijn eigen juridische team – ze deden allemaal mee aan de doofpot.'

Faith wist niet anders dan dat juridische teams alles op alles zetten om een zo groot mogelijk bedrag binnen te slepen.

'Het district kwam tot een schikking met me,' zei Gerald, 'maar ze wilden niet toegeven dat ze iets fout hadden gedaan, ook al weten we dat het wel zo is. Dat wéten we. Dertig hele minuten, godverdomme. Dertig minuten van het leven van mijn dochter. Ik verbreek die geheimhoudingsovereenkomst hier en nu. Ik had naar de pers moeten gaan. Dat kan ik altijd nog doen. Laten ze maar proberen dat geld terug te krijgen. Dan hebben ze een kwaaie aan me.'

Faith schoof haar duim voor de microfoon, maar het was al te laat.

'Jij hebt een zoon,' zei Gerald. 'Hoe zul jij je voelen wanneer je hem naar de universiteit stuurt? Je vertrouwt ze, toch? Je vertrouwt de politie. Je vertrouwt erop dat iedereen waakt over je kind, en als ze dat niet doen, laat je ze ervoor betalen.'

Will kuchte. 'Hoeveel hebben ze betaald?'

'Te weinig.' Gerald keek om zich heen. Zijn lip begon te trillen. 'Allejezus veel te weinig.'

Bij dat laatste woord schoot zijn stem omhoog. Het werd gesmoord in een snik, die hij met zijn hand voor zijn mond probeerde tegen te houden. Die strijd verloor hij. Hij boog zich voorover en een radeloze jammerklacht ontsnapte aan zijn lippen. Zijn knieën klapten dubbel en hij zakte op de vloer. Met zijn handen voor zijn gezicht begon hij als een kind te huilen.

Faith stopte met filmen. Ze wilde naar Gerald gaan, maar Will hield haar tegen. Hij zag een doos tissues in de hoek staan, naast een overvolle prullenbak.

Gerald had zijn hoofd tegen het tapijt gedrukt. Zijn gesnik vulde de kamer. Hem troosten was geen oplossing. Hoop viel niet te troosten.

Will knielde bij hem neer en hield hem de doos voor.

'Sorry.' Gerald pakte een tissue en veegde ermee langs zijn ogen. 'Dit gebeurt soms. Ik kan het niet helpen.'

Will hielp de vader overeind.

Hij snoot zijn neus. Zijn gezicht was rood. Hij geneerde zich.

Na even te hebben gewacht voerde Faith hem terug naar het heden. 'Mr Caterino, toen we beneden waren en mijn collega zei dat het ruggenmerg was beschadigd bij c5, toen kwam er iets in u los.'

Hij snoot zijn neus weer en trok zijn shirt recht.

'Beckey had een punctie.' Hij wees naar een zwart-witafbeelding aan de wand. 'Ik wilde dit eerst beneden aan jullie laten zien, maar toen bedacht ik me en besloot jullie naar boven te halen zodat jullie het hier konden zien. Er is zoveel en ik... ik kan niet...'

'Rustig maar,' suste Faith hem. 'Ik ben blij dat u ons dit heeft laten zien. Het is belangrijk dat we al uw werk intact laten.'

'Ja. Je hebt gelijk.' Opnieuw wees hij naar de wand. 'Hier is die punctie.'

Ze begon weer te filmen en zoomde in op de zwart-witfoto, die van een MRI-scan afkomstig was. Zelfs met haar lekenoog kon ze de schade zien die aan het ruggenmerg was toegebracht. Het leek op een lekke band uit een tekenfilmpje, maar in plaats van lucht lekte er vloeistof naar buiten.

'Niemand kon het verklaren,' zei hij.

'Is er nog iets wat we moeten weten over de zaak van uw dochter?'

'Het is allemaal verdwenen. Alle sporen lopen dood. Er is niemand om mee te praten. In elk geval niemand die erover wíl praten.' Gerald gooide de tissue weg. 'Tolliver werkte zich een slag in de rondte om ervoor te zorgen dat de waarheid over Beckey en Leslie nooit aan het licht kwam. Hij verborg informatie, beweerde dat die verloren was gegaan in alle bureaucratische rompslomp. En zijn schoothondje, Lena Adams... Wisten jullie dat ze al haar notitieboekjes heeft versnipperd? Kun je je voorstellen wat ze daarin heeft opgeschreven? Dat kreng heeft niet eens gekeken of mijn dochter nog leefde. Ze stonden daar allemaal te lachen en te geinen terwijl haar hersenen onherstelbare schade opliepen.'

'Vertel nog iets meer over Beckeys haarspeld,' zei Faith, in een poging hem van dat drijfzand weg te leiden.

'Oké,' zei hij. 'Die was weg. Wat op zich niks betekent, hè? Maar toen ging ik met Bonita praten –'

'De moeder van Leslie Truong?' Faith probeerde hem weer wat af te remmen. 'Wat zei ze?'

Geralds tranen waren opgedroogd. Nu kwam zijn woede weer opzetten. 'Leslie miste een haarband die ze altijd droeg wanneer ze 's avonds haar gezicht waste.'

'Was de haarband het enige wat ze miste?'

'Ja.' Hij aarzelde even. 'Ik weet het niet,' gaf hij toe. 'Misschien ook wat shirts, wat kleren, maar in elk geval die haarband. Leslie belde Bonita zelfs om zich erover te beklagen. Het was stom, zei ze, om iets te stelen wat zo weinig waarde had. Daar was ze heel kwaad om, want waarom zou iemand zoiets meenemen?'

Faith dacht aan de andere mogelijke slachtoffers en wat er misschien van hen was gestolen. 'Miste Shay Van Dorne niet een borstel?'

'Een kam. Ze zat in haar auto toen ze besefte dat die weg was. Ze was zo verontwaardigd dat ze het aan haar moeder vertelde.' Hij richtte zich weer op de foto's van de vrouwen uit de krantenartikelen. 'Joan Feeney. Die droeg in de sportschool altijd een haarband. Ze zei tegen haar zus dat ze de paarse niet kon vinden, haar lievelings. Seeger zat in haar auto, net als Van Dorne. Ze was met haar zus aan het bellen toen ze zei dat haar blauwe elastieken haarband niet meer in de middenconsole lag.'

Faith knikte om hem aan te sporen.

'Danske had een zilveren borstel die van haar grootmoeder was geweest. Die lag niet meer op haar toilettafel. Driscoll had een borstel in haar dashboardkastje. Die lag er niet meer toen haar man erin keek. Spivey had een haarspeld in haar bureau waarmee ze haar pony naar achteren deed. Baker had een kam met in kristallen de naam *Chillax* erop. De zus van Baum zei dat Baum haar scrunchie altijd uitkoos bij haar kleren. Toen ze werd gevonden, droeg ze een groen shirt, maar geen scrunchie. En toen haar zus haar spullen doorzocht, vond ze allerlei scrunchies – rode, gele, oranje. Maar geen groene.'

Faith zag al voor zich hoe een advocaat haar filmpje gebruikte om aan te tonen dat Gerald Caterino wanhopige nabestaanden op gedachten had gebracht. Als je het per se wilde, kon je de vader betichten van het beïnvloeden van getuigen. Maar met welk doel?

Een borstel. Een kam. Een scrunchie. Een haarband. Een haarspeld. Verdeeld over Faiths auto, tas en huis had ze al die dingen zelf ook, sommige in veelvoud. Achteraf was het heel gemakkelijk om te beweren dat een van die dingen ontbrak.

Vooral als er wanhopig naar overeenkomsten werd gezocht.

Will dacht blijkbaar hetzelfde. Hij wachtte tot Faith klaar was met filmen.

'Hoe was het om de families te bellen?' vroeg hij.

'Sommigen wilden niet met me praten. Bij anderen liep het verhaal dood. Ik had een vragenlijst bij wijze van selectie. Zo kwam ik uiteindelijk op die acht slachtoffers.' Hij liep naar de andere wand en scheurde een blocnotevel van een punaise. 'Deze gebruikte ik.'

Faith las de lijst door.

1. Stel jezelf voor (rustig blijven!)
2. Leg uit wat er met Beckey is gebeurd (alleen de feiten!)
3. Vraag of ze vermoedens hebben over de doodsoorzaak van hun eigen dierbare (gedraag je normaal!)
4. Vraag of hun dierbare het over een vermist voorwerp heeft gehad
5. Vraag of ze het ontbreken van het voorwerp kunnen bevestigen

'Telkens als ik iets in de krant lees, ga ik aan de slag,' legde Gerald uit. 'Er staat heel veel op internet. Mensen zijn makkelijk te vinden. Ik bel ze op. In de loop van de jaren heb ik met tientallen nabestaanden van slachtoffers gesproken. Ik geloof dat ik er steeds beter in word. Je moet ze aftasten, ervoor zorgen dat ze openstaan voor de mogelijkheid. Het is vreselijk om een kind te verliezen, maar het besef dat het van je is afgepakt, is nog veel erger.'

Faith las de laatste drie punten nog eens door, een schoolvoorbeeld van suggestieve vraagstelling. 'Die laatste vraag, nummer vijf. Zei u ook waarnaar ze moesten zoeken? Dat het voorwerp iets met haren te maken moest hebben?'

'Ja. Waar zouden ze anders naar moeten zoeken?' Hij stapte weer op de andere wand af en wees naar de geprinte e-mails van de domeinnaam Love2CMurder. 'Dit is een lijst met de werkwijze van seriemoordenaars. Allereerst pakken ze een trofee. Dat doet de verkrachter van Beckey ook. Hij stalkt ze. Hij pakt iets van hen. Dan valt hij ze aan, maar zo dat het op een ongeluk lijkt.'

'Wacht eens even,' zei Faith. 'Wat bedoelt u met stalken?'

'Weken voor hun dood zeiden deze vrouwen stuk voor stuk tegen een familielid, een vriendin of een collega dat ze een vreemd gevoel hadden, alsof ze in de gaten werden gehouden.'

Faith liet de nieuwe informatie bezinken. Ze kon allerlei verklaringen bedenken, niet in de laatste plaats dat je je als vrouw op deze wereld nu eenmaal soms kwetsbaar voelde. 'Dat staat niet op uw lijst, de vraag of het slachtoffer het gevoel had in de gaten te worden gehouden.'

'Je moet altijd iets achterhouden, dat weet ik wel. Ik laat het hen vertellen.'

'Ze vertelden het u ongevraagd?'

'Ik was voorzichtig.' Hij wees naar de mails van Love2CMurder. 'Deze man is gepensioneerd rechercheur. Een van de zeldzame goeien. Hij heeft me geholpen bij mijn onderzoek. Hij zei dat een vrouw geen grotere fout kan maken dan niet naar haar intuïtie te luisteren.'

Faith nam de mails vluchtig door. DMasterson correspondeerde al minstens twee jaar met Gerald. Ze zag pdf's van facturen. 'U zei eerder dat u een privédetective betaalde. Is hij dat?'

'Nee, dat was Chip Shepherd. Met hem heb ik vijf jaar geleden gewerkt. Hij is ook gepensioneerd politieman. Ik heb hem drie maanden betaald. Hij heeft zes maanden gewerkt. Hier zitten zijn dossiers in.' Hij gaf een schop tegen de stapel dozen. 'Chip heeft niks kunnen vinden. Ze vinden nooit iets. Vijf jaar lang heb ik me kapot gewerkt om de zaak actueel te houden. Ik heb een goedlopend bedrijf, maar het levert niet genoeg op. Mijn spaargeld is verdwenen. Ik heb geen pensioenplan. Op het huis rust een hypotheek. Het geld dat ik aan de processen heb overgehouden is in een trust ondergebracht, voor Beckey. Mijn hele leven draait om de zorg voor haar en voor Heath, en in de resterende tijd doe ik dit.'

Faith slaakte een diepe zucht. De kamer gaf haar een claustrofobisch gevoel. Het leek wel of hij kleiner werd. Ze dacht dat ze het antwoord had gevonden op de vraag die Will al stelde sinds ze die ochtend in de gevangeniskapel theorieën hadden uitgewisseld.

Ze begon heel voorzichtig. 'Mr Caterino, waarom stuurde u die krantenknipsels naar Daryl Nesbitt? Er zat verder niks bij, geen brief of zo. Alleen die artikelen.'

'Omdat...' Hij hield zich in, maar het was al te laat. 'Hij beweert nog steeds dat hij onschuldig is. Ik wilde dat hij zich net zo klemgezet, net zo hulpeloos voelde als ik.'

Faith dacht dat hij Daryl Nesbitt probeerde te kwellen, maar er zat meer achter. 'Sorry dat ik het vraag, maar waarom bent u er zo zeker van dat Daryl Nesbitt niet de man is die uw dochter heeft aangevallen?'

‘Ik heb nooit beweerd –’

‘Mr Caterino, vijf jaar geleden hebt u een aanzienlijk bedrag uitgegeven aan Daryl Nesbitts advocaten toen hij die civiele rechtszaak aanspande tegen de erfgenamen van Jeffrey Tolliver.’

Gerald trok een verbaasd gezicht.

‘Vaak wordt een civiele procedure gebruikt om agenten onder ede iets te laten verklaren wat later als bewijs kan worden gebruikt in een crimineel proces.’

Hij perste zijn lippen op elkaar.

‘Vijf jaar geleden hebt u Beckeys Facebook-pagina en website aangemaakt,’ vervolgde Faith. ‘De afgelopen vijf jaar hebt u artikelen verzameld over zaken van vermiste vrouwen waarbij u een verband vermoedt met de aanval op uw dochter.’

‘Die andere vrouwen –’

‘Nee.’ Faith onderbrak hem weer. ‘U bent vijf jaar geleden met uw onderzoek begonnen. Sommige van deze zaken zijn van acht jaar geleden. Waarom geloofde u vijf jaar geleden dat Daryl Nesbitt niet de man was die Beckey had aangevallen? Daar moest u een dwingende reden voor hebben.’

Gerald beet op zijn lip om het trillen tegen te gaan. Zijn tranen keerden terug, en hij kon ze niet tegenhouden.

Faith nam het langzaam met hem door. ‘U post over heel veel dingen, Mr Caterino, maar nooit over uw zoon.’

Hij veegde langs zijn ogen. ‘Heath begrijpt dat de meeste aandacht naar Beckey moet gaan.’

Faith bleef aanhouden. ‘Ik heb de vele camera’s gezien die u in en om het huis heeft laten installeren. Is dit een gevaarlijke wijk, Mr Caterino?’

‘De wereld is een gevaarlijk oord.’

‘Het lijkt mij anders een heel veilige buurt.’ Faith zweeg even. ‘Ik vraag me af wat u wilt beschermen.’

Hij haalde afwerend zijn schouders op. ‘Bewakingscamera’s en hekken zijn niet verboden.’

‘Nee, zeker niet,’ beaamde Faith. ‘Ik wilde trouwens zeggen dat ik zeer onder de indruk ben van uw zoontje. Hij is heel slim. Hij is in veel opzichten zijn leeftijd ver vooruit. Heeft de kinderarts dat weleens gezegd? Hij lijkt eerder acht.'

'Met kerst wordt hij zeven.'

'Beckey werd eind maart aangevallen,' zei ze. 'Tussen eind maart en zijn verjaardag zitten ongeveer negenendertig weken.'

Gerald slaagde er niet in haar blik langer dan een paar tellen vast te houden. Toen keek hij naar beneden.

'Ik zal u zeggen wat ik denk,' zei Faith. 'Ik denk dat Daryl Nesbitt u vijf jaar geleden vanuit de gevangenis heeft geschreven.'

Geralds keelspieren verstrakten.

'Ik denk dat u toen u die brief zag besefte dat Daryl Nesbitt de envelop had dichtgelikt. Zijn speeksel zat ook op de achterkant van de postzegel.' Faith probeerde zo voorzichtig mogelijk te zijn. 'Hebt u het DNA laten testen dat Daryl Nesbitt op de envelop had achtergelaten, Mr Caterino?'

Gerald hield zijn hoofd gebogen, en zijn kin raakte zijn borst. Tranen drupten op het tapijt.

'Weet u wat mij angst zou aanjagen, Mr Caterino? Waarom ik bewakingscamera's, poorten en hekken zou laten installeren en waarom ik met een wapen naast mijn bed zou slapen?'

Hij ademde diep in, maar hield zijn blik nog steeds op de vloer gericht.

'Waar ik wakker van zou liggen,' zei Faith, 'is van de angst dat de man die mijn dochter heeft aangevallen, ontdekt dat ze negen maanden later het leven heeft geschonken aan zijn zoon.'

9

Sara keek op het ovenklokje.

19.42 uur.

De tijd was tussen haar vingers doorgeglipt terwijl ze met Alexandra McAllister bezig was geweest. Allereerst had het heel wat voeten in de aarde gehad voor Ezra Ingle de officiële doodsoorzaak wijzigde. Toen had Amanda samen met het bureau van de sheriff de officiële verzoeken ingediend om de zaak door het GBI te laten overnemen. Vervolgens had Sara het lichaam naar het hoofdkantoor van het GBI laten vervoeren om de autopsie te kunnen verrichten. Daarna had ze haar rapport gedicteerd en getekend voor alle bewijsmateriaal, laboratoriumtesten en sporenonderzoek. Een patholoog in opleiding had gevraagd of ze wilde kijken naar de autopsierapporten van Jesus Vasquez, de gedetineerde die tijdens het gevangenisoproer was vermoord. Ten slotte had ze god wist hoelang aan haar bureau gezeten in een poging wat licht te laten schijnen op haar eindeloos zware dag.

Ze had pas doorgehad hoe laat het was toen ze het gebouw uit was gelopen en omhoog had gekeken naar de zwarte, maanloze hemel.

Ze stond op van de keukenstoel. De honden op de bank hieven hun kop toen ze heen en weer begon te lopen. Ze voelde zich nutteloos. Tessa was onderweg van Grant County met Jeffreys dossiers. Ze had nog net het staartje van het spitsuur te pakken. Voor Sara zat er voorlopig niets anders op dan te wachten. De honden waren gevoerd en uitgelaten. Ze had het appartement opgeruimd. Ze had een maaltijd in elkaar geflanst die ze nauwelijks had aangeraakt. Ze had de tv aan- en toen weer uitgezet. Met de radio had ze hetzelfde gedaan. Ze was zo ongedurig dat haar huid ervan jeukte.

Ze griste haar telefoon van het aanrecht en nam haar laatste berichten aan Will nog eens door: een telefoon met een vraagteken. Toen een etensbord met een vraagteken. Toen alleen een vraagteken.

Hij had niet geantwoord.

Will was de tijd ook uit het oog verloren, hield ze zichzelf voor. Inmiddels hadden ze met een moord te maken. Mogelijk met meerdere moorden. Waarschijnlijk had Lena alles ontregeld, zoals ze dat altijd deed. Eigenlijk moest Sara niet te veel achter Wills zwijgen zoeken. Of achter het feit dat hij zijn telefoon kennelijk had uitgezet. Sara had de Zoek Mijn-app al een keer of vijf aangetikt om zijn locatie op de kaart te kunnen vinden, maar telkens kreeg ze Lena's adres en het aantal minuten en vervolgens uren dat verstreken was sinds Will daar was geweest.

Er werd op de deur gebonsd.

'Zusje?' Het klonk alsof Tessa ertegenaan trapte. 'Schiet eens op.'

Sara deed open voor haar zus, die drie dossierdozen in haar armen probeerde recht te houden. Haar schoenafdrukken stonden op de onderkant van de deur.

'Niet helpen, het lukt wel.' Tessa dumpte de hele handel op de eettafel. Gelukkig had Jeffrey de deksels vastgebonden. 'Wat een ramp, dat verkeer. Ik heb een blaar op mijn hand van het claxonneren. En nu ga ik dood van de dorst.'

Uit haar toon maakte Sara op dat ze niet naar water smachtte. Ze aarzelde even voor ze de onderste kast opende. Will had er moeite mee als ze dronk, alsof één glas merlot haar in Judy Garland zou veranderen.

'Whisky.' Tessa reikte langs haar en pakte de fles. 'Doe maar een kleintje, wat je aan een baby zou geven. Ik moet vanavond nog terug. Wat doet dat papieren handdoekje daar?'

'Vraag maar niet.' Will droogde papieren handdoekjes voor hergebruik, alsof haar slimme, sexy geliefde tijdens de crisisjaren was opgegroeid. 'Waarom moet je vanavond nog terug?'

'Ik heb morgen om negen uur een sollicitatiegesprek met die vroedvrouw over wie ik je verteld heb. Ze zoekt een stagiaire. Duimen dat ik het word.' Tessa pakte twee glazen uit de kast. 'Lemuel belde toen ik net de stad in reed. Alsof ik van het verkeer al niet moordzuchtig genoeg was.'

Sara schonk in, voor zichzelf een dubbele. Tessa's man was nog steeds in Zuid-Afrika, met hun dochtertje. 'Hoe is het met Izzie?'

'Geweldig, zoals altijd.' Tess nam een slokje. 'Lem heeft de scheidingspapieren inmiddels ontvangen. Hij pakt het beter op dan ik had verwacht.'

Sara voerde haar mee terug naar de tafel, zodat ze konden zitten. 'Had je liever gehad dat hij het niet trok?'

'Ik ben gewoon moe.' Ze plofte naast Sara op een stoel neer. 'Getrouwd zijn is doodvermoeiend als je het niet meer wilt. En hij is soms zo'n aanmatigende eikel.'

Sara had bezwaar tegen dat 'soms', maar ze hield haar mond.

'Ik weet dat jij nooit in hem hebt gezien wat ik in hem zag,' zei Tessa. 'Laten we het er maar op houden dat hij net Taco Bell is. Voor extra vlees moet je betalen.'

Sara hief haar glas.

'Waar is Will?'

'Aan het werk.' Ze keek even naar de dozen. Jeffreys dozen. De etiketten met zijn vertrouwde, vloeiende handschrift. Het liefst had ze de woorden aangeraakt. 'Will heeft me ten huwelijk gevraagd.'

Tessa verslikte zich in haar drankje.

'Zes weken geleden,' bekende Sara.

'En hoe vaak hebben we elkaar sindsdien gesproken?'

Sara sprak haar zus minstens één keer per dag, soms vaker. Maar hierover had ze het nooit gehad. 'Denk je dat het de eerste keer met Jeffrey mislukte omdat ik hem niet genoeg aandacht gaf?'

'Ik snap je niet helemaal.'

'Ik bedoel dat ik altijd bij pa en ma was, of iets met jou deed, of –'

'Het huwelijk is geen ballingschap. Je hoeft je niet los te maken van je familie.' Ze zette haar glas neer en pakte Sara's hand. 'Zusje, weet je nog dat ik erbij was? Ik was degene die hem op zijn huid zat, die inbrak op zijn computer en motelreceptionisten omkocht omdat jij gek werd van al zijn rotleugens dat het maar één vrouw was geweest en niet veel vaker dan één keer, terwijl we allebei wisten dat het er eerder vijf waren en wel vijftig keer.'

Sara herinnerde zich de discrepantie tussen Jeffreys beloften en zijn gedrag. Als Tessa toen geen speurwerk had verricht, was ze waarschijnlijk nooit achter de waarheid gekomen.

'Dat weet ik nog,' zei ze.

'Jeffrey bedroog je omdat hij alleen maar dacht aan wat hij miste, niet aan wat hij had.' Tessa kneep in Sara's hand. 'Hij wilde veranderen voor jou. Hij deed zijn uiterste best om het soort man te zijn dat je verdiende. De eerste keer was het een hel, maar daardoor was het de tweede keer des te fijner.'

Sara knikte, want alles wat ze zei was waar. 'Toen Will me vroeg, vroeg hij me eigenlijk niet echt. Maar ik moet toegeven dat het een raar gesprek was. Ik begon over het renoveren van zijn huis, dat we er een extra verdieping aan konden toevoegen.'

'Wat een fantastisch idee! Dan kun je het precies zo maken als jullie willen.'

'Dat zei ik ook tegen hem. En toen zei Will: "Maar we gaan wel in een kerk trouwen. Ik wil dat je moeder ook blij is."'

'Wat heeft mama er in godsnaam mee te maken?' Tessa fronste haar voorhoofd. 'En dan moet papa zeker *Lohengrin* spelen op de piccolo?'

Sara schudde haar hoofd. 'Ik weet niet wat hij wil.'

'Dus dat is het echte probleem. Je praat niet met hem over iets wat heel belangrijk is. Je doet net alsof het niet gebeurd is.'

Sara wist niet meer wat ze deed. 'Ik wil niet degene zijn die erover begint. Ik ben altijd degene die dingen erdoor duwt. Laat Will maar eens terugduwen. Maar dan ben ik weer bang dat hij van gedachten is veranderd. Dat hij het gevoel heeft op het nippertje ontsnapt te zijn.'

'Wat een onzin. Je weet best wat hij voor je voelt.' Tessa dronk haar glas leeg. 'Je begint er niet over omdat je er niet over wilt praten. Prima. Maar wees dan wel zo fatsoenlijk om hem te laten weten dat je er nog niet klaar voor bent.'

'Dat verwacht ik juist van hém.'

'Zing jij maar liedjes van verlangen. Nee, daar schiet je iets mee op.'

Alleen al daarom was Sara er niet eerder over begonnen.

'Niet dat het iets met Will te maken heeft,' zei Tessa, 'of met je gevoelens voor hem of waarom je weigert met hem over trouwen te praten, maar als je wilt, kan ik je wel helpen Jeffreys spullen te doorzoeken.'

'Nee, ga jij maar naar huis om uit te rusten.' Eindelijk strekte Sara haar hand uit en raakte een doos aan. Een warm gevoel trok door haar vingers. 'Ik ga de hele avond zitten lezen.'

'Vier ogen zijn sneller dan twee.'

'Het staat vol jargon, technische dingen en zo.'

'Ik weet hoe ik technische dingen moet lezen.'

Te laat besefte Sara hoe scherp ze klonk. 'Tessie, ik weet dat je –'

'Ik ben niet debiel. Ik snap "jargon". Ik heb een basiskennis van anatomie. Ik heb allerlei blogs over verloskunde gelezen.'

Sara hoestte om haar lach te verbergen.

'Zit je me uit te lachen?'

Sara smoorde een nieuwe lach.

'Jezus!' Tessa schoof haar stoel naar achteren. 'Dit heb ik nou altijd van Lemuel moeten pikken. Maar ik pik het niet van jou!'

'Het spijt me, Tess.' Weer schoot Sara in de lach. 'Ik wilde niet... Sorry. Ga nou niet –'

Het was te laat. Tessa sloeg de deur al achter zich dicht.

Weer ontsnapte er een lach aan Sara.

Maar al snel werd ze door schuld overvallen omdat ze zo'n onvergeeflijk kreng was. Ze had haar zus naar de gang moeten volgen, maar haar benen weigerden dienst. Ze keek weer naar de dozen. Het waren er drie. Jeffrey had ze acht jaar geleden van etiketten voorzien. Voor ze weer bij elkaar waren gekomen. Voor ze weer samen hun leven hadden opgebouwd. Voor ze het leven langzaam uit zijn prachtige ogen had zien wegtrekken.

REBECCA CATERINO DOOS 1 VAN 1

LESLIE TRUONG DOOS 1 VAN 1

THOMASINA HUMPHREY DOOS 1 VAN 1

Sara liep naar de keuken voor een schaar. Ze nam de fles whisky mee terug naar de tafel, pakte de afstandsbediening en zette zachte muziek op. Uit haar tas haalde ze een blocnote en een pen. Ze ging zitten en knipte de eerste doos open.

Zat er een luchtje aan het papier?

Jeffrey had zijn handen altijd ingesmeerd met haverlotion als hij dacht dat niemand het zag. Hij gebruikte geen geurtje, maar wel een aftershave die heerlijk naar hout rook. Sara herinnerde zich de ruwheid van zijn huid 's nachts in bed. Hoe hij zijn vingers zachtjes over haar lichaam naar beneden liet glijden. Ze sloot haar ogen, probeerde de diepe bariton op te roepen waar ze eerst zo door geraakt was geweest en die haar vervolgens tot razernij had gedreven, waarna ze opnieuw verliefd op hem was geworden.

Was dit bedrog?

Waren haar herinneringen aan Jeffrey verraad aan Will?

Ze nam haar hoofd in haar handen. Ze was gaan huilen. Ze veegde haar ogen af en schonk zichzelf opnieuw in. Ze trok de eerste stapel papieren uit de doos en begon te lezen.

GRANT COUNTY – WOENSDAG

10

Jeffrey was verdiept in Rebecca Caterino's dossier. Zijn bureau lag bezaaid met papieren over het ongeluk in het bos. Getuigenverklaringen van haar huisgenotes. De rapporten van Lena en Brad. Franks samenvatting. Zijn eigen herinneringen. Foto's gemaakt met Lena's BlackBerry. Sara's aantekeningen over de reanimatie. Een paar voorlopige krabbels van Dan Brock, die officieel nog steeds als lijkschouwer aan de zaak verbonden was, hoewel een lijkschouwer niet nodig was.

Nog niet, in elk geval.

Hij sloot het dossier en liet het in de kartonnen doos achter zijn bureau vallen. Op het etiket stond ALGEMEEN, maar het voelde niet goed om het meisje in een archief weg te bergen. Eerlijk gezegd voelde het niet alleen niet goed, het voelde ronduit verkeerd.

Hij wist niet wat hem het laatste zetje had gegeven. Misschien het feit dat de enige die nadere bijzonderheden over het ongeluk zou kunnen verschaffen op dat moment vermist werd.

Leslie Truong had de vorige ochtend rond zes uur de plek verlaten waar Caterino was gevonden. Het was drie kilometer lopen naar de campus, een afstand die ze in zo'n dertig minuten had kunnen overbruggen. Rond die tijd was er een wolkbreuk geweest. Jeffrey hield zichzelf voor dat Truong onder een boom was gaan schuilen of in het bos was uitgegleden. Een verstuikte enkel. Een botbreuk. Dat was de enige reden waarom ze zich niet op de verpleegpost had gemeld. Ze wachtte tot ze gevonden werd.

Zijn halve korps en verscheidene vrijwilligers van de universiteit hadden de hele nacht in het bos naar de vermiste vrouw gezocht. Jeffrey had vaak meegedaan aan slopende zoektochten naar vermiste tieners, maar dit was anders. Truong was een al wat oudere studente. Ze was bezig met een major Polymeerchemie en stond op het punt af te studeren. Toen het bos niets had opgeleverd, was Jeffrey naar haar appartement buiten de campus gereden. Truongs blauwe Toyota Prius had op het parkeerterrein achter het gebouw gestaan. Haar tasje lag in haar kamer. De drie studentes die het huis met haar deelden hadden geen idee waar ze was. De vriendenlijst die ze hem hadden gegeven had al evenmin iets opgeleverd.

Truong had haar telefoon mee het bos in genomen. Het was dezelfde telefoon waarmee ze 911 had gebeld nadat ze Caterino had gevonden. De batterij was leeg, of misschien was het toestel nat geworden. Telefoontjes kwamen niet door. Volgens Lena's officiële verslag was Truong overstuur geweest toen ze Caterino had ontdekt, maar niet zo dat ze begeleiding naar de verpleegpost nodig had gehad. Lena had aangeboden iemand te zoeken die haar kon brengen, maar Truong had gezegd dat ze liever lopend naar de campus terugging.

Dat waren uiteraard Lena's woorden.

Jeffreys mensen waren nog steeds het bos aan het uitkammen, waarbij ze gebruikmaakten van het eerste daglicht. Het grootste obstakel was dat ze geen idee hadden welk pad Truong had gekozen. Er kronkelden er verschillende door het dichte woud. Bovendien was het de vraag of Truong een pad had gekozen. Het was ook mogelijk dat ze dwars door de wirwar van ranken en doornstruiken was gerend omdat ze net een lijk had gezien en wanhopig op zoek was naar een veilige, vertrouwde omgeving. In gedachten zag hij haar onder een boom zitten wachten. Misschien werd ze op ditzelfde moment wel gevonden.

Maar misschien was niets van dat alles waar en had iemand haar meegenomen.

Jeffreys gedachten slingerden heen en weer, net als met de zaak van Rebecca Caterino. De hele nacht had hij zich het hoofd gebroken over de reden achter Truongs verdwijning. De ene keer dacht hij dat ze zich ergens had verstopt na de traumatische vondst van het lijk waarop ze bij toeval was gestuit. Het volgende moment dacht hij dat er iets ergs was gebeurd en dat het meisje was ontvoerd.

Hij had geen idee waarom uitgerekend deze twee jonge vrouwen iets ergs moest overkomen. Net als met Caterino vond iedereen op de campus Truong aardig. Jeffrey had met haar huisgenotes gepraat, met de baas van het restaurantje waar ze werkte en met de conciërge van haar flatgebouw, een vrouw die meer weg had van een huismoeder. Bonita Truong, die in San Francisco woonde, had al dagenlang niets van haar dochter vernomen. Dat was niet ongebruikelijk, en de moeder had er vrede mee. Jeffrey bedacht dat er twee redenen waren waarom iemand aan de andere kant van het land ging studeren. Of ze wilde zo ver mogelijk van haar ouders verwijderd zijn, of haar ouders hadden het soort kind grootgebracht dat zelfstandig haar vleugels uitsloeg.

Hij had het sterke vermoeden dat Leslie Truong in de tweede categorie thuishoorde. Als hij de vermiste studente moest beschrijven, gebaseerd op de schaarse informatie die hij over haar had verzameld, zou hij zeggen dat ze evenwichtig was, stabiel en een harde werker. Vier à vijf dagen per week stond ze bij het krieken van de dag op en liep de ruim drie kilometer naar het meer voor haar tai-chioefeningen. Lena had haar als zweverig omschreven, maar ze leek bepaald niet het soort jonge vrouw dat in het donker verdween. Aan de andere kant had Truong nooit eerder een lijk – tenminste, ze dacht dat het dat was – in het bos gevonden.

Wat Jeffrey dwarszat, was een onbenullig detail dat misschien iets betekende, maar misschien ook niet. De vorige avond had Bonita Truong hem over de telefoon verteld dat haar dochter kwaad was geweest op haar huisgenotes. Ze miste kleren. Iemand had haar lievelingshaarband geleend en niet teruggelegd. Kennelijk bond Leslie elke avond met die roze band haar haar op wanneer ze haar gezicht waste, iets wat Jeffrey kende uit de tijd dat hij nog met Sara samenwoonde. Ze hadden vaak woorden gehad over de blauwe haarband die ze altijd op de wastafel liet liggen, waar toch al weinig ruimte was. Jeffrey had zelfs een mand voor haar gekocht om haar troep in op te bergen. Sara had er hondenspeeltjes in bewaard.

Jeffrey draaide zijn stoel en keek uit het raam. De z4 was er niet om hem te kwellen. Volgens zijn horloge was het iets na zes uur in de ochtend. De kliniek ging pas om acht uur open. Hij keek naar de kalender. Het was de laatste woensdag van de maand, dus Sara ging niet naar haar werk. Meestal bleef ze die dag thuis en worstelde zich door de papierberg heen die ze in de loop van de maand had verzameld.

Weer keek hij op zijn horloge. Over drie uur landde het vliegtuig uit San Francisco, met Bonita Truong aan boord. De rit vanuit Atlanta duurde nog eens twee uur. Hij moest een deel van de zoekploeg laten aflossen zodat ze wat slaap kregen. Het politiebureau was verlaten, op Brad Stephens na. De jonge agent had aangeboden op de arrestanten in het cellencomplex te passen. Als hij bij de cellen ging kijken, vermoedde Jeffrey, zou hij Brad ook diep in slaap aantreffen. En daarom ging hij niet bij de cellen kijken.

Hij stond op van zijn bureau en strekte zijn rug. Zijn koffiemok was leeg. Hij liep de briefingruimte in. Er brandde nog geen licht. Op weg naar de keuken deed hij alle lampen aan.

Ben Walker, Jeffreys voorganger, had zijn kamer aan de achterkant van het bureau gehad, naast de verhoorkamer. Zijn bureau was zo groot geweest als een industriële koelkast, en de zitplaats vóór het bureau had het comfort gehad van een middeleeuws martelwerktuig. Elke ochtend had Walker Frank en Matt bij zich geroepen, de dagelijkse taken verdeeld en gezegd dat ze bij het weggaan de deur moesten sluiten. Die deur ging pas om twaalf uur weer open, als Walker naar het restaurant vertrok om te lunchen, en vervolgens om vijf uur wanneer hij op weg naar huis langs het restaurant ging. Toen Walker eindelijk met pensioen ging, moest het bureau doormidden worden gezaagd omdat het anders niet door de deur paste. Niemand kon uitleggen hoe hij er ooit in geslaagd was het de kamer in te krijgen.

Wat Ben Walker betrof waren er wel meer raadselachtige zaken. Alleen al het bureau was een les in hoe het niet moest als je politiechef was. Tijdens zijn eerste weekend als politiechef had Jeffrey zijn kamer verplaatst naar de ruimte vóór de briefingruimte. Hij had een gat in de wand gezaagd voor een raam, zodat hij zijn team kon zien, en wat nog belangrijker was, zodat zijn team hem kon zien. Er zaten jaloezieen voor het glas, maar die deed hij zelden dicht. De deur stond altijd open, tenzij iemand privacy verlangde. In een stadje van dit formaat was er veel behoefte aan privacy.

De telefoon aan de keukenmuur ging. Jeffrey nam op. 'Politiebureau Grant.'

'Hallo, vriend,' zei Nick Shelton. 'Ik heb gehoord dat er bij jullie wat narigheid is.'

Jeffrey schonk verse koffie in zijn mok. 'Nieuws verspreidt zich snel.'

'Ik heb een spion in het ziekenhuis van Macon.'

Jeffrey had duidelijk een punt gehoord aan het einde van die zin, maar hij voelde dat er meer kwam. 'Vertel eens, Nick.'

'Gerald Caterino.'

'De vader van Rebecca Caterino?' Jeffrey had zijn telefoonwekker op halfzeven gezet, want dan wilde hij de man bellen. Aan Nicks toon hoorde hij dat hij zijn plan zou moeten wijzigen. 'Moet ik me zorgen maken?'

'Ja, die ouwe heeft gisteravond een bericht ingesproken. Ik beluisterde het vanochtend en vond dat ik je maar wat rugdekking moest geven.'

'Rugdekking?' vroeg Jeffrey. 'Heb ik die dan nodig?'

'Het gaat om de timing.'

Nick drukte zich voorzichtig uit, maar Jeffrey begreep zijn boodschap. In het ziekenhuis had iemand tegen Gerald Caterino gezegd dat zijn dochter voor dood was aangezien toen Lena ter plekke was verschenen. Dat was het soort detail dat tot een rechtszaak kon uitgroeien. 'Bedankt voor de tip.'

'Niks te danken, man. Laat maar horen als je iets nodig hebt.'

Jeffrey hing op. Hij voelde hoofdpijn langs zijn nek naar boven kruipen. Hij had zijn eigen advies moeten opvolgen en wat moeten slapen. In elk geval zou hij zijn volgende stappen dan beter hebben kunnen uitdenken. Dan had hij ervoor kunnen zorgen dat iedereen op dezelfde golflengte zat wat de vorige ochtend in het bos betrof. Hij had de aantekeningen van Frank, Lena en Brad weer kunnen doorlezen. Kunnen regelen dat zijn eigen notitieboekje overeenkwam met wat zij zich herinnerden. De burgemeester kunnen bellen om hem te waarschuwen dat er misschien zwaar weer op komst was. Kevin Blake op de universiteit kunnen waarschuwen dat de bui elk moment kon losbarsten.

Hij staarde in het zwart van zijn koffie. De vloeistof rimpelde tegen de rand. Zijn lichaam voelde nog hoe botten hadden gekraakt onder zijn handen. Rebecca Caterino had een vol halfuur op haar rug in het bos gelegen. Jeffrey had gedacht dat er slechts seconden waren verstreken voor Sara een manier had gevonden om het meisje weer aan het ademen te krijgen, maar volgens haar reanimatieaantekeningen had het bijna drie minuten geduurd.

Drieëndertig minuten in totaal, rekende hij uit.

Het liefst wilde hij zijn excuses aanbieden aan Gerald Caterino. En aan Beckey. Hij wilde hun vertellen wat er precies was gebeurd, dat er fouten waren gemaakt, dat er domme fouten bij waren, maar dat het allemaal eerlijke fouten waren geweest.

Helaas namen advocaten doorgaans geen genoegen met excuses.

'Chef.' Frank pakte een mok van de haak. 'Al nieuws over Leslie Truong?'

'Geen spoor.'

'Verbaast me niks.' Frank hoestte raspend. 'Je weet hoe hysterisch die studentes soms zijn. Die zit waarschijnlijk huilend in een boomhut of zo.'

Jeffrey had de hoop opgegeven dat hij deze oude hond nog nieuwe trucjes kon leren. 'Ik wil dat je alles onthoudt wat er gebeurd is, vanaf gisterochtend toen dat telefoontje over Caterino binnenkwam tot nu.'

Frank had het meteen door. 'Een proces?'

'Waarschijnlijk.'

'Sara vertelt ze wel hoe moeilijk het was om een pols te vinden. Misschien was het wel kantje boord met dat meisje. Met zulke wonden had ze makkelijk een paar keer voor dood kunnen doorgaan.' Frank schonk Jeffrey bij en vulde toen zijn eigen mok. 'Rot voor Sara trouwens. Het mooie van jullie scheiding was nou net dat ze jou niet meer uit de stront hoefde te helpen.'

Jeffrey was niet in de stemming. 'Ga je daar de rest van mijn leven over zeiken?'

'Volgens de natuurlijke orde der dingen leg ik waarschijnlijk eerder het loodje dan jij.'

'Natuurlijke selectie, zul je bedoelen,' zei Jeffrey. 'Je wilt me toch niet vertellen dat als je om de twee maanden naar Biloxi gaat om te gokken, je niet even een natte neus haalt?'

'Om de twee maanden. Denk daar maar eens goed over na. Rustig aan, dan breekt het lijntje niet.' Hij hief zijn mok en liep de keuken uit.

Jeffrey goot de rest van zijn koffie in de spoelbak. Hij was te opgefokt voor nog meer cafeïne.

In de briefingruimte trof hij Marla Simms, de bureausecretaresse, die de stofhoes van haar IBM Selectric haalde. Jeffrey had een computer voor haar gekocht, maar voor zover hij wist, had ze die nog nooit aangezet. Al zijn stukken waren uitgeschreven in haar perfecte handschrift volgens de Palmer-methode of uitgehamerd op de typemachine. Sommige jongere agenten krompen ineen telkens als ze het apparaat aanzette. Het letterbolletje dat tegen het papier sloeg klonk als een pistoolschot.

De klapdeurtjes piepten. Lena Adams schoof haar koppelriem recht.

'Lena, mijn kamer.'

Ze keek naar hem op als het spreekwoordelijke konijn in de koplampen.

Jeffrey ging achter zijn bureau zitten. Zijn blik bleef even op de boekenplank rusten, die gevuld was met studie- en handboeken en waarop – het ergste van alles – een oude foto van zijn moeder stond. 'Krijg wat.'

'Chef?'

'Mijn...' Jeffrey wuifde het weg. Hij was de vorige dag vergeten de bloemist te bellen. Nu was het wachten op een tierend telefoontje van zijn moeder omdat hij niet aan haar verjaardag had gedacht. 'Doe de deur dicht. Ga zitten.'

Lena nam op het puntje van de stoel plaats. 'Is er iets?'

In gedachten hoorde hij Sara voor de zoveelste keer waarschuwen dat Lena altijd dacht dat ze in de problemen zat omdat ze inderdaad meestal iets fouts had gedaan. 'Geef je notitieboekje eens.'

Haar hand ging al naar haar borstzak, maar toen stopte ze. 'Heb ik iets –'

'Geef het nou maar.'

Het notitieboekje dat Lena hem aanreikte, verschilde niet van dat van alle andere agenten, want Jeffrey sloeg ze met honderden tegelijk in zodat ze altijd op voorraad waren. In theorie waren ze bezit van het politiebureau, maar hij hoopte vurig dat die theorie nooit in de rechtszaal getoetst zou hoeven worden.

Snel bladerde hij de achterste pagina's door, waarop de mislukte zoektocht naar Leslie Truong werd beschreven. Dat las hij later wel, in Lena's officiële verslag. Wat hij zocht stond voorin.

Lena had *onbekende vrouw* doorgestreept en vervangen door *Rebecca Caterino*. Ze had de oorspronkelijke conclusie nog niet veranderd: *dodelijk ongeval.*

Jeffrey keek of haar aantekeningen strookten met haar officiële verklaring, waaronder hij zijn handtekening had gezet.

5.58: 911-melding op hoofdkantoor.
6.02: L.A. erop afgestuurd.
6.03: L.A. trof getuige Leslie Truong in veld achter huizen.
6.04: B.S. arriveerde, ging samen met L.A. en Truong naar lichaam.
6.08: L.A. constateerde dood slachtoffer na voelen van hals en pols. Positie lichaam zoals genoteerd.
6.09: L.A. belde Frank.
6.15: B.S. zette terrein af.
6.22: Frank arriveerde.
6.28: Chef ter plekke.

'Brad arriveerde terwijl jij met Leslie Truong stond te praten. Heeft hij naar een pols gezocht toen jullie bij het lichaam aankwamen?' vroeg hij.

'Ik...' Lena had haar verdedigende houding laten varen. Nu was ze een strategie aan het bedenken. 'Dat weet ik niet meer.'

Lena was ter plekke de hoogste in rang geweest. Als ze tegen Brad had gezegd dat hij niet extra hoefde te controleren, zou hij het niet gewaagd hebben om dat wel te doen. 'Als je weer eens een collega erbij lapt, zorg dan voor een goed verhaal.'

Lena sloeg haar blik neer.

Jeffrey bestudeerde het notitieboekje. Hij had tegen Sara gelogen toen ze het de vorige dag over de bijzonderheden hadden gehad die hij had ondertekend. Elke tekstregel besloeg één regel op de pagina. Alles was met dezelfde kleur inkt geschreven. Of Lena had een ongelooflijk vooruitziende blik gehad, of ze had precies gedaan wat ze tegen Jeffrey had gezegd.

Hij sloeg de bladzijde om. Lena had een ruwe schets gemaakt van de positie van het lichaam. Ze had genoteerd dat de kleren nog goed zaten. Niets had er verstoord of afwijkend uitgezien. Ze was heel grondig te werk gegaan, maar had wel één ding verzwegen.

'Waarom heb je de iPod uitgezet?' vroeg hij.

Lena keek betrapt.

Hij liet het boekje op het bureau vallen. 'Je zit echt niet in de problemen. Ik wil alleen de waarheid.'

Ten slotte haalde ze haar schouders op. 'Ik weet het niet. Ik zal wel... Ik probeerde alles goed te doen, maar het gebeurde min of meer per ongeluk, want ik heb zelf een iPod Shuffle wanneer ik ga hardlopen, en ik laad hem niet vaak genoeg op zodat de batterij leegloopt en –'

'Dus je deed het uit gewoonte,' zei hij.

Lena knikte.

Jeffrey leunde achterover. Hij kon allerlei dingen bedenken die je uit gewoonte deed. 'Toen je haar nek en pols op een hartslag controleerde, heb je toen haar kleren rechtgetrokken?'

'Nee, chef.' Ze schudde haar hoofd nog voor hij zijn vraag had afgemaakt. 'Dat zou ik nooit doen. Haar shirt zat goed, of, eh...' Ze legde haar hand op haar heup. 'De ene kant zat hier en de andere kant zat hier, zoals je kunt verwachten bij iemand die valt.'

'En haar short?'

'Die was tot haar middel opgetrokken,' zei Lena. 'Eerlijk waar. Ik heb haar kleren niet aangeraakt.'

Jeffrey zette zijn vingertoppen tegen elkaar. 'Heb je iets geroken?'

'Zoals wat?'

Jeffrey werd zich opeens bewust van allerlei zaken. Dat Lena een vrouw was. Dat hij haar baas was. Dat de deur dicht was. Dat ze ongemakkelijke dingen gingen bespreken. Maar ze was een politievrouw, ze waren allebei professionals, en hij kon haar niet anders behandelen dan willekeurig welke man in uniform. 'Aan hoeveel zedenzaken heb je gewerkt?'

'Bedoel je seksueel geweld?' vroeg ze. 'Zaken waarbij de vrouw werkelijk verkracht was?'

Jeffreys hoofdpijn kwam weer opzetten. 'Ga door.'

'Geen van die zaken is ooit verder gekomen dan het papierstadium.' Ze haalde haar schouders op. 'Je weet hoe studentes zijn. Ze zijn voor het eerst weg van huis. Ze drinken te veel. Beginnen aan dingen zonder te weten hoe ze ermee moeten stoppen. En de volgende ochtend denken ze opeens aan het vriendje thuis of ze raken in paniek, bang dat hun ouders het ontdekken.'

Als ze net zoals Frank ging praten, ging hij ook net als Frank tegen haar praten. 'Rook ze alsof ze seks had gehad?' Hij dwong zichzelf niet weg te kijken toen de blos zich over Lena's hals en gezicht verspreidde. Hij somde de mogelijkheden op. 'Glijmiddel, condooms, sperma, zweet, urine, een mannenluchtje?'

'N-Nee.' Ze kuchte. En nog eens. 'Eh... ze rook vooral schoon.'

'Hoe schoon?'

'Alsof ze net onder de douche was geweest.' Lena pakte haar boekje en stopte het weer in haar zak. 'Raar, toch? Want ze startte vanaf de campus, en het was niet echt koud, maar ook niet warm, maar ze was al minstens anderhalve kilometer aan het rennen, dus hoe kan het dat ze schoon rook in plaats van bezweet?'

'Vertel eens hoe schoon ruikt.'

Lena dacht even na. 'Naar zeep, zoiets?'

'Denk je dat ze aangerand kan zijn geweest?'

Lena schudde meteen haar hoofd. 'Onmogelijk. Ik heb het er met mijn zus over gehad. Beckey was een echte nerd. Die zat elke avond in de bibliotheek. Tijdens college zat ze altijd vooraan.'

Tot zijn ergernis hoorde Jeffrey zijn eigen woorden tegen Sara. 'Wie ze is doet er niet toe. Het is onze taak erachter te komen wat er met haar is gebeurd. Jij gaat alle dossiers verzamelen van onopgeloste verkrachtingszaken uit de volgende drie districten: Grant, Memminger en Bedford. Kijk vooral naar zaken waarbij de aanval plaatsvond in of bij bebost gebied, vooral als het slachtoffer fysieke kenmerken heeft die overeenkomen met die van Caterino. Verkrachters hebben namelijk een voorkeurstype. Ook ga je je notitieboekje kopiëren. Alle relevante pagina's. En dit blijft tussen ons. Begrepen?'

Lena keek alsof ze er iets tegen in wilde brengen, maar toen knikte ze. 'Begrepen, chef.'

'Ik wil je zus spreken. Kijk eens of ze vanochtend langs kan komen.'

Lena opende haar mond. En deed hem weer dicht. 'Ze is blind. Mijn zus.'

'Dan ga ik wel naar haar huis.'

'Nee!' riep Lena. De blos sloeg weer als een bosbrand om zich heen. 'Sorry, chef. Ik zal haar meteen bellen. Waarschijnlijk is ze nu op weg naar haar werk. Ze gaat zelfstandig overal naartoe. Ze kan zich heel goed redden. Alleen moet je met haar niet over persoonlijke dingen praten, daarover is ze heel gesloten.'

Jeffrey was ook helemaal niet van plan zich in Sibyl Adams' privéleven te verdiepen. 'Waarschuw me maar wanneer ze hier is. Laat de deur openstaan.'

'In orde, chef.' Met gebogen hoofd liep Lena terug naar haar bureau.

Alsof zijn dag nog niet slecht genoeg begonnen was, zag Jeffrey Sara bij de balie met Marla Simms staan praten.

Ze keek op en zwaaide. Hij fronste zijn voorhoofd.

Maar Sara liet zich niet uit het veld slaan. Ze liep bij Marla weg en bleef voor zijn deuropening staan. Haar aktetas hing aan haar hand. 'Sorry voor de manier waarop ik zei wat ik zei.'

'Maar niet voor wat je gezegd hebt?'

Ze schonk hem een strak lachje. 'Nee.'

Jeffrey wenkte haar naar binnen. Hij ving een glimp op van de foto van zijn moeder, en zijn hoofdpijn schoot een tandje hoger.

Sara deed de deur dicht en zette de aktetas neer. Ze ging zitten en leunde achterover. 'Drie dingen. Eén was mijn excuus.'

'Was het eigenlijk wel een excuus?'

'Twee: dokter Barney gaat eindelijk met pensioen. Ik neem zijn praktijk over. Volgende week gaan we het aan de patiënten vertellen. Waarschijnlijk moet ik een tweede arts in dienst nemen. Ik vond dat jij het alvast moest weten.'

Het verbaasde Jeffrey niet. Sara had het er al jaren over dat ze de praktijk van dokter Barney wilde overnemen. Nu ze Jeffrey niet meer hoefde te helpen met het aflossen van zijn studieschuld, hield ze geld over. 'En nummer drie?'

'Ik heb vanochtend met de chirurg van Beckey Caterino gepraat. Dit blijft onder ons. Ik mag de röntgenfoto's bekijken. Ik heb hem jouw privémailadres gegeven.'

'Waarom niet je eigen adres?'

'Omdat ik arts ben en wettelijk verplicht de privacy van de patiënt te beschermen.'

'Ben je vergeten dat ik politieman ben en wettelijk gebonden aan de grondwet van de Verenigde Staten?'

Ze haalde haar schouders op, want nu had ze hem waar ze hem hebben wilde.

'Wat zei de chirurg?' vroeg hij.

'Dat de schedelbreuk er ongewoon uitzag. Hij weigerde in detail te treden. Ik probeerde hem uit te horen over die punctiewond in haar ruggenmerg, maar hij waagde zich niet aan speculatie. Of hij wilde niet als getuige worden opgeroepen.'

Jeffrey vermoedde dat hij niet de enige was die vreesde dat een proces zijn carrière zou schaden. 'Nick heeft me gewaarschuwd dat de vader het op een proces wil laten aankomen.'

'Dat kan ik hem niet kwalijk nemen. Het leven van zijn dochter is onherstelbaar veranderd. Ze zal haar hele leven medische hulp nodig hebben. Hij kan kiezen tussen haar thuis verzorgen, en daar gaat hij failliet aan, of haar aan de staat overdragen. Je kunt je voorstellen wat dat inhoudt.'

Jeffrey dacht aan de tijd die ze hadden verspild toen ze werkeloos hadden toegezien terwijl Beckey vocht voor haar leven. 'Denk je dat dertig minuten enig verschil voor haar zouden hebben uitgemaakt?'

Sara trok een diplomatiek gezicht. 'Ze vertoonde al tekenen van bradycardie en bradypneu toen ik naast haar neerknielde.'

Jeffrey zweeg afwachtend.

'Haar ademhaling en hartslag waren gevaarlijk traag.'

'Ik heb je reanimatieaantekeningen gelezen,' zei hij. 'Drie minuten zonder zuurstof is heel lang.'

Nu had Sara hem kunnen afmaken. Drie minuten was een kritische grens voor ernstig hersenletsel. Jeffrey had de informatie online opgezocht, maar zij had dat alles tijdens haar studie geleerd.

'Elke seconde telt,' was het enige wat Sara erover wilde zeggen. Ze was zo ruimhartig om van onderwerp te veranderen. 'Wil je me een plezier doen? Brock weet niet dat ik allerlei telefoontjes pleeg. Hij kon niet ter plekke zijn, laat staan haar onderzoeken, maar ik wil hem niet de indruk geven dat ik hem voor de voeten loop.'

Al zou Sara over Brock heen lopen, dan zou hij daar nog geen probleem mee hebben. 'Heb je iets aan Caterino geroken?'

'Bedoel je seks?' De vorige dag had Sara de mogelijkheid ook al geopperd, vlak voor ze in een eenzijdige schreeuwpartij waren verzand, dus het verbaasde hem niet dat ze erover had nagedacht. 'Als Rebecca aangerand is, is ze wel een halfuur buiten bewustzijn geweest. Ze was verlamd, dus ze kon zich niet bewegen. Maar haar kleren zaten nog goed. Er was niets wat op een worsteling wees, geen blauwe plekken of tekenen van trauma voor zover ik haar bovenbenen heb kunnen zien. Ik heb niets geroken. Maar eerlijk gezegd kwam het niet bij me op om aan haar te ruiken zodra we beseften dat ze nog leefde.'

Hij kon dat 'we' wel waarderen. 'Ik heb Lena gevraagd of zij iets geroken –'

Sara schoot spontaan in de lach. 'En hoe liep dat af?'

'Heel goed. Ze is een professional, Sara. Respecteer haar maar.'

Sara keek om zich heen. Ze moest ruimte creëren om te voorkomen dat ze weer dezelfde grens overgingen en elkaar naar de keel vlogen.

'Lena zei dat Caterino schoon rook. Naar zeep.'

Sara beet op haar onderlip. 'Oké. Laten we het nog eens doornemen. Wat zou het betekenen als Rebecca Caterino was aangerand?'

Jeffrey trok een bureaula open. Hij was niet bang voor die grens. Hij wierp haar zijn rekenmachine toe voor het geval ze hulp nodig had bij het berekenen van het aantal fucks dat ze niet om zijn gevoelens gaf.

'Eerlijk is eerlijk,' was het enige wat ze zei.

Niet dat het hem een beter gevoel gaf. 'Het is nu een jaar geleden.'

'Inderdaad.'

'Hoe zit het met die auto van je?'

'Het is een BMW Z4 met een zes-in-lijn.'

Hij had zichzelf al gekweld met de specificaties. 'Je Honda was vier jaar oud. Die had je pas afbetaald.'

Sara keek weer om zich heen. 'Toen ik die Honda kocht, was ik met een politieman getrouwd. En toen ik die dag het huis uit liep, wist ik dat ik binnenkort niet meer met een politieman getrouwd zou zijn.'

'Ik heb een stomme fout begaan,' zei hij. 'Het stelde niets voor.'

'O, wauw, bedankt, dat verandert de zaak.'

Jeffrey pakte de rekenmachine terug en liet hem weer in de bureaula vallen. 'Rebecca Caterino. Jij eerst.'

Ze liet haar hoofd op haar hand steunen. Hij zag dat ze hier evenveel behoefte aan had als hij.

'Stel dat Beckey is aangerand,' zei ze. 'Dat zou betekenen dat iemand haar vanaf de stad is gevolgd, het bos in, en haar toen heeft aangevallen. Misschien heeft hij haar bewusteloos geslagen met een tak of een steen. Ze valt. Hij verkracht haar. En dan… Hoe gaat het verder? Haalde hij een stuk zeep tevoorschijn en boende hij haar af?'

'Wat dacht je van billendoekjes?'

'Er zijn ook andere vochtige doekjes met een desinfecterend middel. Je kunt geurloze krijgen, maar het ruikt altijd een beetje.' Sara begon te knikken. Nu zag ze het. 'Als hij een condoom heeft gebruikt, heeft hij hoogstwaarschijnlijk geen sperma achtergelaten. En als ze bewusteloos was, vocht ze niet terug en hoeven we niet naar afweerwonden te zoeken op zijn armen en gezicht.'

'Volgens jou is hij haar wellicht vanaf de campus gevolgd. Het was rond vijf uur 's ochtends toen ze ging hardlopen.'

Sara ging mee in zijn gedachtegang. 'Wat dus betekent dat hij haar heeft opgewacht. Dat hij haar observeerde. Maar ging ze 's ochtends altijd hardlopen?'

In zijn hoofd liep Jeffrey de verslagen weer door die hij net had gelezen. 'Normaal niet, maar uitzonderlijk was het ook niet. Ze had ruzie gehad met een van haar huisgenotes. Ze hebben niet gezegd waarover. Beckey ging hardlopen om af te koelen.'

Hij zag door het raampje dat er bezoek was. Lena Adams stond aan de andere kant van de balie. Ze had een zonnebril op en droeg een pastelroze trui, en meer had hij niet nodig om te beseffen dat hij niet naar Lena Adams keek.

Sara had zich ook omgedraaid. 'Ik doe samen met Sibyl vrijwilligerswerk op de wetenschapsclub voor meiden op de middelbare school.'

'Wat is ze voor iemand?'

'Weet je hoe een spiegel je gezicht verdraait, zodat rechts links is en links rechts?'

Jeffrey snapte wat ze bedoelde. Hij schudde zijn computermuis tot leven en logde in op zijn Gmail-account. 'Ik moet haar spreken. Als je wilt, kun je hier op de e-mail blijven wachten.'

Het aanbod leverde hem een opgetrokken wenkbrauw op. 'Geef je me toegang tot je computer?'

'Waarom niet, Sara? Ik heb niks te verbergen.' Hij checkte zijn account nog een keer om er zeker van te zijn dat het de account was die Sara kende. 'Doe maar wat je wilt. Hier blijven wachten, hier niet blijven wachten. Mij maakt het niet uit.'

De briefingruimte begon langzamerhand vol te stromen toen Jeffrey naar de balie liep. Hij duwde de klapdeurtjes open. 'Ms Adams?'

'Dr. Adams,' zei Marla, op iets te luide toon, want kennelijk ging ze ervan uit dat Sibyls blindheid ook een zekere doofheid inhield. 'Ze was op weg naar de universiteit toen Lena belde om te vragen of ze langs wilde komen.'

'Bedankt, Marla.' Jeffrey stak zijn hand al uit, maar trok hem meteen weer terug.

'Hallo?' Sibyl had dezelfde stem als haar zus, maar zachter en minder fel. 'Bent u commissaris Tolliver?'

'Ja.' Jeffrey voelde zich belachelijk. De enige uitweg was eerlijkheid. 'Sorry, dr. Adams. Ik weet niet goed hoe ik hiermee om moet gaan. Hoe kan ik het u aangenamer maken?'

Ze lachte stralend. 'Het is hier vreselijk lawaaiig. Zullen we naar buiten gaan?'

'Prima.'

Met behulp van haar stok zocht ze de deur.

Hij hield hem voor haar open en zei: 'Fijn dat u langs wilde komen. Ik weet dat u druk bent nu het semester er bijna op zit.'

'Dit gaat voor.' Ze hield haar hoofd schuin naar de zon. De regen was weggetrokken. Er stond een frisse bries. Haar accent was zachter dan dat van Lena, maar wel puur zuidelijk Georgia. 'Wat wilt u horen over Beckey en Leslie?'

'De hoofdzaken ken ik. Het waren allebei goede studentes. U hebt ze allebei lesgegeven.'

'Beckey volgt dit semester college bij me. Ik had gisterochtend om zeven uur met haar afgesproken. Zoals ik altijd doe, had ik haar gewaarschuwd mijn tijd niet te verspillen, maar eerlijk gezegd was ik verbaasd toen ze niet kwam opdagen. Over het algemeen werkt ze hard en gedraagt ze zich respectvol.'

'En Leslie?'

'Hetzelfde verhaal. Een harde werker, een goede houding. Ze heeft zich voor het postdocprogramma aangemeld. Ik heb een aanbevelingsbrief voor haar geschreven. Om eerlijk te zijn ga ik niet al te amicaal om met studenten. Het leeftijdsverschil is niet groot. Ik hoop op een vaste aanstelling. Ik hoef geen vrienden met ze te zijn. Ik ben hun docente. Het is mijn taak om ze te begeleiden.'

Jeffrey begreep het. Ook al was Lena soms nog zo dwars, het schonk hem altijd enorm veel voldoening als hij er weer eens in geslaagd was iets tot haar dikke schedel te laten doordringen. 'Weet u iets over het sociale leven van Beckey of Leslie? Misschien hebt u ze weleens gezien...'

Sibyl glimlachte, want zien kon ze niet. 'Ik hoor heel veel. Het onderwijs leeft van roddels. Ik weet dus dat Leslie ruzie had met haar huisgenotes. Een van hen volgt het inleidende college chemie dat ik om drie uur geef. Joanna Gordon. De laatste tijd hoor ik haar klagen over haar woonsituatie. Kennelijk wordt er regelmatig iets gestolen.'

Jeffrey dacht weer aan wat Bonita Truong had gezegd, namelijk dat haar dochter had geklaagd dat ze kleren en een haarband miste. Hij was blij dat het grote aantal diefstallen onder studenten door de campusbeveiliging werd afgehandeld. 'Zou u Leslie als heetgebakerd omschrijven?'

'U wilt waarschijnlijk weten of ik denk dat ze boos is weggelopen?'

Jeffrey fronste zijn wenkbrauwen, maar bedacht dat ze dat niet kon zien. 'Het was nogal heftig wat er gisteren is gebeurd. Ik denk niet dat veel meiden van die leeftijd het zouden aankunnen wat zij heeft gezien.'

'Veel jongens ook niet, als u het mij vraagt.'

Jeffrey kromp ineen, maar ook dat zag ze niet. 'Ik ben afhankelijk van gezichtsuitdrukkingen om dingen wat minder ongemakkelijk te maken.'

'Dat weet ik,' zei ze glimlachend.

Jeffrey keek de straat in. Hij zag een groepje studenten op weg naar college. 'Is er ook maar iets in deze hele zaak wat u een vreemd gevoel bezorgt?'

'Denkt u dat mijn blindheid mijn overige zintuigen heeft aangescherpt?'

'Nee. U bent docente, en aangezien ik jarenlang leerling ben geweest, weet ik dat docenten in één ding heel goed zijn, namelijk in het doorzien van bullshit. En dat doen ze niet met hun ogen.'

Ze glimlachte. 'U hebt gelijk. Ik zal u vertellen waarom Leslie volgens mij niet is weggelopen. Het werk is heel belangrijk voor haar. Ze heeft het grootste gedeelte van haar leven hiernaartoe gewerkt. Ze is nauw met de universiteit verbonden. Ze speelt in het orkest. Ze is vrijwilliger in het wiskundelab. Ze heeft verantwoordelijkheden. En ik weet dat iemand van buiten algauw denkt dat al die verantwoordelijkheden een zware last vormen, maar zo denkt Leslie er niet over. Een vrouw heeft het moeilijk in de wetenschap. Dat hebt u ongetwijfeld van Sara begrepen.'

'Inderdaad.'

'Je moet twee keer zo hard vechten voor de helft van de waardering, dan ga je slapen en als je de volgende dag wakker wordt, moet je de strijd weer helemaal opnieuw voeren. Leslie was daartoe bereid. Ze wist waaraan ze was begonnen. Ze ging de uitdaging maar al te graag aan.'

Jeffrey hield zijn blik op het eind van de straat gericht. Sibyl was scherp en professioneel. Twee dingen die hij van zijn eigen team niet kon zeggen op dat moment. Een stel agenten dat maar een beetje rondlummelde en het over hysterische meiden had, terwijl er één studente zwaargewond was en er één werd vermist, was niet het beeld van zijn korps dat hij wilde uitdragen.

'U weet dat ze lesbisch is?' vroeg Sibyl.

Jeffreys wenkbrauwen schoten omhoog. 'Leslie?'

'Nee, Beckey,' antwoordde Sibyl. 'Ik heb haar tegen Kayleigh horen zeggen dat haar vriendin van de middelbare school het via een mailtje had uitgemaakt. Beckey klonk behoorlijk aangeslagen. Kayleigh drong er bij haar op aan naar huis te gaan, maar Beckey zei dat ze zich op haar studie wilde concentreren.'

Jeffrey vroeg zich af waarom Lena dit niet in haar rapport had vermeld. 'Bedoelt u haar huisgenote, Kayleigh Pierce?'

'Ja, die,' beaamde Sibyl. 'Onder ons gezegd en gezwegen denk ik dat ze verliefd was op Kayleigh. Ik hoorde iets veranderen in haar stembuiging. Ik weet niet of Kayleigh hetzelfde voor haar voelde. Het is moeilijk op die leeftijd. Gevoelens zijn zo intens.'

'Is Leslie Truong ook lesbisch?'

'Ze had een vriendje,' zei Sibyl. 'Natuurlijk zegt dat niet zoveel. Dit is en blijft een klein stadje, en ik werk aan een zeer conservatieve instelling.'

Jeffrey voelde zich verplicht voor de stad op te komen. 'De mensen hier zijn goed, maar u hebt gelijk. We zouden ons wat warmer naar minderheden kunnen opstellen.'

'Wilt u beweren dat ik tot een minderheid behoor?' Ze bracht haar hand naar haar gezicht. 'O, nee.'

Het duurde wel erg lang voor Jeffrey doorhad dat ze een grapje maakte. Misschien omdat hij zich afvroeg of het hier een haatmisdrijf betrof. Wat hij veel eerder had kunnen bedenken als Lena Adams hetzelfde eenvoudige speurwerk had verricht als haar zus en had ontdekt dat Rebecca Caterino lesbisch was.

'Dank u, dr. Adams. Heel fijn dat u langsgekomen bent om met me te praten.'

'O, is dat alles?' vroeg ze. 'Toen Lee over Leslie begon, ging ik ervan uit dat u meer over Tommi wilde weten.'

'Wie is Tommi?'

'Thomasina Humphrey. Heeft Sara niet over haar verteld?'

Jeffrey bestudeerde het gezicht van de vrouw. Hij bespeurde niets slinks. Ze was er oprecht van uitgegaan dat Jeffrey iets wist wat hij niet bleek te weten.

En dat Sara het hem had moeten vertellen.

Sibyl leek zijn gedachten te raden. 'Ik had er niet over moeten beginnen. Sorry.'

'Geeft niet. Misschien kunt u –'

'Ik moet ervandoor. Veel succes, commissaris Tolliver. Het spijt me dat ik u niet beter heb kunnen helpen.'

Jeffrey had bijna haar arm gepakt, maar hield zich op tijd in.

Hij keek Sibyl Adams na toen ze zich met behulp van haar stok over het trottoir verwijderde. Een student voegde zich bij haar. En nog een. Algauw liep er een hele groep om haar heen.

Jeffrey sloot zijn ogen en hief zijn gezicht naar de zon, net zoals Sibyl had gedaan. Hij hoorde een vrachtwagen langsrijden. De wind trok aan en ruiste door zijn haar. Hij pijnigde zijn hersens op zoek naar een rapport dat ooit op zijn bureau was beland, met de naam Thomasina Humphrey erop.

Niets.

Hij liep het bureau weer in. Sara zat nog steeds in zijn kamer. Ze had haar laptop geopend om te werken. Zijn monitor stond naar haar toe gekeerd zodat ze het kon zien als er een mail binnenkwam.

Jeffrey deed de deur dicht. Met zijn hand op de knop leunde hij ertegenaan.

'Thomasina Humphrey,' zei hij.

Ze hief haar kin ten teken dat ze de naam kende.

'Hou je soms iets voor me achter?'

'Blijkbaar.' Daar leek ze het bij te willen laten.

Jeffrey keek achterom, naar zijn team. Elke stoel was bezet. De halve patrouille-eenheid hing buiten de briefingruimte rond, in afwachting van Jeffrey, die de dag moest inluiden. Hij had geen zin in weer een ruzie waarbij hij de enige hysterische gek was die iedereen kon horen.

'Sara.'

Ze nam haar bril af en sloot haar laptop. Ze keerde zich om op haar stoel en keek hem aan. 'Een maand of vijf geleden, eind oktober, bracht Sibyl haar bij me. Tommi was na haar ochtendcollege in het lokaal achtergebleven. Ze was gaan bloeden. Ze zei dat ze ongesteld was geworden, maar Sibyl merkte dat er iets aan de hand was. Ze begon met haar te praten. Het duurde even, maar toen bekende Tommi dat ze de vorige avond was verkracht.'

Jeffrey zweeg even om zich in te houden, want verkrachting was een misdaad. Dat wist Sara, maar toch had ze het hem niet verteld. 'Kende ze de verkrachter?'

'Nee.'

'Heeft ze aangifte gedaan?'

'Nee.'

'Heb je gezegd dat ze dat wel moest doen?'

'Ik heb het één keer gezegd, maar ze wilde niet, en toen heb ik niet aangedrongen.'

'Waarom niet?'

'Omdat ze een goede studente was. Ze was voorzichtig. Ze zat altijd met haar neus in de boeken.'

'Vind je dit echt het moment om me die woorden weer voor de voeten te gooien?'

'Nee, maar je moet goed luisteren naar wat ik hierover te zeggen heb, Jeffrey, want het verklaart heel veel.' Sara stond op en liep naar hem toe. 'Kun je je dat boek nog herinneren dat je aan me hebt voorgelezen, dat boek over Hiroshima?'

Haar toon had iets zo intiems dat hij meteen werd teruggevoerd naar het moment waarop ze doelde. Ze hadden samen in bed gelegen. Jeffrey had het altijd heerlijk gevonden om haar 's avonds voor te lezen. Hij had haar foto's laten zien uit zijn boek en had een aantal schrijnende passages voorgelezen.

'Je vertelde over de schaduwen, weet je nog?' vroeg ze.

Hij wist het nog. De hitte van de nucleaire explosie was zo intens dat alles wat op haar pad kwam een schaduw brandde op de muren of op het wegdek erachter. Een man met een wandelstok. Iemand die op een paar traptreden zat. Planten, bouten, onderdelen van machines. Alles had een blijvende schaduw achtergelaten die je tot op de dag van vandaag kon zien.

'Zo is het ook met verkrachting,' zei Sara. 'Het is een schaduw die dwars door je heen brandt. Het verandert je DNA. Het volgt je de rest van je leven.'

'Hoe erg was het?'

'Heel erg,' zei Sara. 'Ik kende Tommi nog van vroeger, toen ze patient van me was. Daarom bracht Sibyl haar bij me. Ze dacht dat ik haar zou kunnen helpen.'

'En?'

'Ik heb haar gehecht. Ik heb haar iets tegen de pijn gegeven. Ik heb beloofd dat ik het aan niemand zou vertellen. Dat was haar grootste angst, dat haar vader erachter zou komen, dat haar vrienden en docenten en de hele campus het zouden weten. Maar of ik haar geholpen heb?' De vraag leek haar te kwellen. 'Je kunt vrouwen die dit meemaken niet helpen. Je kunt proberen ze een veilig gevoel te geven. Je kunt naar ze luisteren. Het enige wat je echt kunt doen, is hopen en bidden dat ze een manier vinden om zichzelf te helpen.'

'Ik snap wat je zegt,' zei hij. 'Maar waarom noemde Sibyl Tommi's naam in verband met Leslie Truong?'

'Vermoedelijk omdat Tommi de volgende dag was verdwenen, met achterlating van al haar spullen. Ze kwam niet meer terug. Ze nam met niemand contact op. Haar telefoon was uitgeschakeld. Ze was gewoon weg.'

'Kevin Blake heeft niet –'

'Haar ouders hebben haar uitgeschreven. Ik weet niet wat er met haar spullen is gebeurd.'

'Maar Sibyl –'

'Je moet het laten rusten.'

'Tommi Humphrey was het slachtoffer van een misdrijf. Uit je woorden maak ik op dat het een ernstig misdrijf was. En nu wordt Leslie Truong vermist. Wie weet wat er met Beckey Caterino is gebeurd. Het houdt verband met elkaar, Sara. Dat moeten we onderzoeken.'

'Ga je nu elk verkrachtingsonderzoek in de stad heropenen? En hoe denk je de vrouwen te vinden die te beschadigd of te bang waren om het te melden? Hoe wil je de meiden opsporen die met hun studie zijn gestopt omdat vijftien, twintig of dertig minuten van hun leven elke zinvolle seconde van de voorgaande twintig jaar hebben uitgewist?'

Zelden had hij Sara zo geëmotioneerd horen praten over iets wat zo rauw was. Hij had altijd over Tessa ingezeten. Op de middelbare school en als studente zakte ze vaak hele nachten door. Jeffrey kon zich nog levendig herinneren dat hij ooit op een nacht in de voorjaarsvakantie in vijf uur naar Florida was gereden om de plaatselijke sheriff over te halen haar niet met een bekeuring wegens dronkenschap en verstoring van de openbare orde op te zadelen.

Hij koos zijn woorden met zorg. 'Als er verband bestaat tussen wat er met Tommi Humphrey is gebeurd en wat er met Beckey Caterino of Leslie Truong is gebeurd –'

'Laat haar met rust, Jeff. Alsjeblieft. Doe het voor mij.'

Hij stond op het punt haar haar zin te geven, al was het alleen maar omdat hij wanhopig graag iets, wat dan ook, wilde doen om Sara's vertrouwen weer te winnen.

Toen piepte de computer ten teken dat er een nieuwe e-mail was binnengekomen.

Sara nam achter zijn bureau plaats en zette haar bril op. Ze klikte een paar keer. Hij zag de beelden weerspiegeld in haar brillenglazen.

'Kom eens,' zei ze.

Jeffrey ging achter haar staan. Hij vermoedde dat hij naar een opname uit een MRI keek. Hij herkende de reeks halswervels die vanuit de schedel naar beneden liep, maar het ruggenmerg erachter leek op een stuk touw dat in het midden was gaan rafelen. Vezels staken naar buiten. Het hele gebied was omgeven door een soort vloeibare blaas.

'Dat is de punctie in het ruggenmerg,' zei Sara. 'Iets scherps en puntigs is hier door de huid gedrongen.'

Jeffrey voelde Sara's vingers tegen zijn nek drukken.

'Daardoor raakten haar benen verlamd, in feite alles vanaf hier.' Haar hand ging naar haar heup. 'Het letsel is opzettelijk toegebracht. Het is niet het gevolg van de val. Als ik moet raden, zou ik zeggen dat de vorm van het voorwerp in de richting van een priem of een drevel wijst, maar pin me daar niet op vast.'

Jeffrey had allerlei vragen, maar hij hield zich in. Sara opende het volgende bestand, een röntgenfoto.

'De schedelbreuk.' Ze klikte om het beeld van dichterbij te bekijken.

Jeffrey wist hoe een gave schedel eruitzag. De breuk was op het achterhoofd, op de plek waar mannen doorgaans kaal beginnen te worden. Het bot was zonnestraalvormig versplinterd. Een halfrond stuk drukte tegen de hersens.

Sara ging op haar knieën zitten en bracht haar gezicht tot vlak bij het scherm. 'Hier.'

Jeffrey knielde naast haar neer. Hij volgde haar vinger die een halvemaanvorm aan de onderkant van de breuk aanwees.

Hij wist dat ze geen definitieve uitspraak zou doen over wat er was gebeurd, dus hij vroeg: 'Als je moet raden?'

'Ik hoef niet te raden,' zei Sara. 'Iemand heeft met een hamer tegen haar achterhoofd geslagen.'

ATLANTA

11

Sara kreeg haar tweede whisky niet weg. Ze proefde maagzuur. Ze voelde zich ondefinieerbaar bibberig. Jeffreys aantekeningen. Jeffreys dossiers. Jeffreys verhoorkaarten, Jeffreys kaarsrechte lijnen op een verkleurde topografische kaart van Heartsdale. Zijn geest zat tegenover haar aan tafel toen ze zijn woorden van acht jaar geleden las. De namen kwamen weer verrassend scherp boven.

Little Bit. Chuck Gaines. Thomasina Humphrey.

Het fijne handschrift stond in schril contrast met zijn stoere uiterlijk. Jeffrey was de verpersoonlijking geweest van lang, donker en knap. Hij had de zwierige gang van een footballspeler, gecombineerd met een buitengewoon scherpe geest. Zelfs in het nauwkeurige, technische jargon van een politierapport, de samenvatting van een getuigenverhoor of de weergave van een telefoongesprek schemerde zijn persoonlijkheid door.

Sara pakte een van Jeffreys spiraalschriftjes. Het was ongeveer zo groot als een systeemkaart. Op de voorkant had hij datums geschreven, naast de betreffende zaken die binnenin werden behandeld. Ze sloeg het open. Het politiekorps van Grant County was zo klein dat de chef ook de functie van rechercheur bekleedde. Elke zaak waaraan Jeffrey had gewerkt was terug te vinden in zijn notitieboekjes. Hij had alles zeer nauwgezet gedocumenteerd. Sara bladerde door de kopteksten op de eerste twintig bladzijden:

Harold Niles/inbraak. Gene Kessler/fietsendiefstal. Pete Waynes/ fooiendiefstal.
$ 80.000

Het bedrag had een eigen pagina. Jeffrey had het twee keer onderstreept en toen omcirkeld. Het handschrift had dimensie. De punt van de balpen had als braille inkepingen in het papier geslagen.

Sara dacht aan alles waar die tachtigduizend dollar voor kon staan. Geen inbraak. Geen fiets. Vervolgens trok ze het getal door naar Jeffreys leven. Zijn huis had meer gekost. Zijn studieschuld was iets minder geweest. Het saldo op zijn creditcard bedroeg ongeveer vijf procent van dat bedrag, tenminste toen ze er voor het laatst naar had gekeken.

Sara glimlachte.

Er was maar één ding uit die periode dat tachtigduizend dollar had gekost, en dat was haar eerste z4 geweest. Ze had de auto gekocht om hem te vernederen, zonder meer. De ongelukkige blik in zijn ogen telkens als hij de sportwagen zag, gaf haar een zaliger gevoel dan elk orgasme dat hij haar ooit had bezorgd. En Jeffrey had haar verdomd lekkere orgasmes bezorgd.

Ze sloeg de bladzij om.

Rebecca Caterino/DOA

De code DOA – dood aangetroffen – was met één haal doorgestreept en veranderd in *poging tot moord/verkrachting.*

De spanning tussen Jeffrey en Sara was veranderd tijdens de behandeling van de Caterino/Truong-zaken. Sara had een manier gevonden om zich te verzoenen met zijn weigering haar te vertellen met hoeveel vrouwen hij haar hoe vaak had bedrogen. Zoals met veel van haar emotionele aardverschuivingen had haar familie de aanzet gegeven tot die verzoening. Sara herinnerde zich een gesprek met haar moeder op de avond nadat Beckey was gevonden, nog voor het vermeende ongeluk in een crimineel onderzoek was veranderd.

Ze had aan de keukentafel van haar ouders gezeten, met haar laptop open voor zich. Ze had geprobeerd patiëntendossiers bij te werken, maar zich zo door emoties overmand gevoeld dat ze het uiteindelijk had opgegeven en haar hoofd op tafel had gelegd.

Cathy was naast haar komen zitten. Ze had Sara's handen gepakt. Haar moeder had een ruwe huid. Ze tuinierde, deed vrijwilligerswerk en allerlei klusjes waarvoor ze haar mouwen moest opstropen voor ze aan de slag ging. Sara had gevochten tegen haar tranen. Ze had zich ellendig gevoeld vanwege dat arme meisje in het bos. Ze was woedend op Lena geweest. Ze was aangeslagen geweest omdat ze door deze tragedie weer in de onmiddellijke nabijheid van Jeffrey was beland. En ze had zich diep geschaamd omdat ze op haar spreekkamer als een ordinaire ex beledigingen op hem had afgevuurd.

'Lieve kind,' had haar moeder gezegd. 'Laat mij die loodzware haat voor je dragen. Laat mij dat maar doen, dan kun jij verder met je leven.'

Sara had bij wijze van grap gezegd dat ze genoeg haat voor Jeffrey koesterde om iedereen erin te kunnen laten delen, maar het beeld van haar moeders sterke rug die de last torste van haar haat, haar verdriet, haar vernedering, haar teleurstelling en haar liefde – want dat was het moeilijkst, het feit dat ze nog altijd zo intens veel van Jeffrey hield – had op de een of andere manier de druk verminderd die ze het hele jaar tot op haar botten had gevoeld.

Ze keek op van Jeffreys aantekeningen en nam een slok whisky. Ze streek langs haar ogen en ging verder met de klus.

Rebecca Caterino/~~DOA~~ – poging tot moord/verkrachting.

Jeffrey had alles vastgelegd: zijn aankomst bij de plek in het bos, dat hij de afzetting van het gebied had besproken met Brad, dat hij Lena's beschrijving had aangehoord. Zoals de meeste politiemensen gebruikte hij afkortingen, zoals L.A. voor Lena, F.W. voor Frank.

In de kantlijn had hij een telefoonnummer genoteerd. Geen naam, alleen een nummer. Sara trok automatisch de conclusie dat het waarschijnlijk het nummer van een vrouw was met wie hij contact had gehad. Ze leunde achterover en probeerde de vonk van jaloezie te doven waarmee die gedachte gepaard ging.

Ze sloeg de bladzij om.

GESPREK MET SL BETR 30 MINUTEN

Jeffrey was geobsedeerd geweest door de dertig minuten dat Beckey Caterino in het bos had gelegen. Sara had het gevoel gedeeld. Een halfuur was een hele tijd, de helft van het gouden uur waarin de levensverwachting van een patiënt voorspeld kon worden aan de hand van de maatregelen die waren getroffen om hem te redden. Sara had een slag om de arm gehouden toen Jeffrey had gevraagd of dertig minuten verschil zouden hebben uitgemaakt. Medisch gezien zouden dertig seconden al een enorm verschil hebben uitgemaakt. Het was een dubbele tragedie dat ze dat nooit zouden weten.

Sara keek weer in het notitieboekje. Onder haar initialen had Jeffrey de naam Thomasina Humphrey geschreven.

Sara voegde de twee gegevens samen en opeens was ze weer terug in Jeffreys kamer. Ze had op de e-mail zitten wachten die naar zijn computer zou worden gestuurd toen Jeffrey was teruggekeerd van zijn gesprek met Sibyl Adams. Sara had op het punt gestaan hem over haar eigen verkrachting te vertellen. Ze had Tommi de pijn van een ondervraging willen besparen. Ze was ervan overtuigd geweest dat de aanval op het meisje niets te maken had met Leslie Truong, en ze was er al even zeker van geweest dat er geen verband bestond met Beckey Caterino.

Ze had zich vergist.

Ze bladerde verder, op zoek naar iets, wat dan ook, wat hen nu verder kon helpen. Brock was destijds nog de officiële lijkschouwer, dus alle labuitslagen en bevindingen bevonden zich op de plek waar hij zijn dossiers bewaarde. Jeffrey had sommige uitspraken van Sara in zijn notitieboekje opgenomen, maar wat had ze over het hoofd gezien? Wat had hij over het hoofd gezien? Was er een detail, een teken, waarvoor ze blind waren geweest, dat ze hadden genegeerd zodat een gewelddadige, sadistische moordenaar met zijn daden had kunnen wegkomen?

Sara was Jeffreys weduwe. Ze was zijn erfgename. Blijkbaar had ze ook zijn schuld geërfd.

Ze hoorde het geschraap van een sleutel in het nachtslot van de voordeur.

Ze sloeg het notitieboekje dicht, stapelde de dossiers op en propte ze weer in de doos. Tegen de tijd dat Will het appartement binnenkwam, stond ze hem al op te wachten.

Er vielen Sara meteen allerlei dingen op. Dat hij zich had gedoucht. Dat hij een spijkerbroek en een overhemd had aangetrokken. De gespannen trek op zijn gezicht.

Met moeite slikte ze de brandende vragen in die op het puntje van haar tong lagen. *Waar heb je uitgehangen? Waarom heb je niet gebeld? Waarom ben je naar je eigen huis gegaan om te douchen voor je hiernaartoe kwam? Wat is er in godsnaam aan de hand?*

Sara zag Will ook rondspeuren. Hij liet zijn blik door de kamer gaan, naar het halflege bord, de whiskyfles, de dozen met Jeffreys spullen.

Ze ademde diep in en liet de lucht langzaam weer ontsnappen in een poging de rampzalige uitbarsting af te wenden die ze voelde aankomen.

'Hoi,' zei ze.

Will knielde neer. De honden waren op hem afgestormd. Betty danste om hem heen. Sara's windhonden drukten zich tegen hem aan. Er hing iets zwaars in de lucht, alsof ze allebei verdronken in hun eigen poel.

Sara zag een snee op de knokkel van zijn middelvinger. Bloed sijpelde uit het wondje. Ze probeerde het met een grapje. 'Zeg alsjeblieft dat dat komt doordat je Lena hebt geslagen.'

Hij stond op en liep naar de koelkast, trok de deur open en bestudeerde de schappen.

Omdat ze zijn zwijgen er op dat moment niet bij kon hebben, stelde ze een vraag die hij wel moest beantwoorden. 'Hoe ging het?'

Will ademde al even diep in als Sara had gedaan.

'Lena denkt dat je haar klem wilt zetten,' zei hij.

'Dat wil ik ook,' gaf ze toe, maar het stoorde haar dat Lena dacht dat ze de hele dag op een kans zat te wachten om haar het leven zuur te maken. 'Verder nog iets?'

'Ik heb haar bijna een klap in het gezicht gegeven. En daarna heb ik Jared bijna onder schot genomen. Toen heb ik Faiths auto gemold. O, en daarvóór heb ik Jared verteld dat we gaan trouwen.'

Sara verstrakte. Het eerste gedeelte was duidelijk overdreven. Wat het laatste betrof: als dat een nieuwe achterlijke manier van Will was om haar ten huwelijk te vragen, dan kwam hij bedrogen uit. 'Waarom heb je Jared verteld dat we gaan trouwen?'

Will opende de vriezer en keek naar binnen.

Sara keerde zich naar hem toe. 'Heb je gegeten?'

'Ik had thuis nog iets liggen.'

Het stond haar niet aan zoals hij het woord 'thuis' uitsprak. Dit was zijn thuis, de plek waar ze samenwoonden. 'Ik heb yoghurt.'

'Je zei dat ik niet aan jouw yoghurt mocht komen.'

Sara had er schoon genoeg van. 'Jezus, Will, ik ben geen zuivelnazi. Als je trek hebt, pak je de yoghurt.'

'Ik kan ook ijs eten.'

'IJs is niet hetzelfde als yoghurt. Het heeft geen enkele voedingswaarde.'

Hij sloot de deur van de vriezer en draaide zich om.

'Wat is er?' vroeg ze. 'Wat heb je?'

'Ik dacht dat jij ons een spreekverbod had opgelegd.'

Ze kon hem wel slaan. 'Weet je hoe klote het is als degene met wie je verondersteld wordt een relatie te hebben, weigert te zeggen wat hij denkt?'

'Dus dit is een leermoment?'

Sara bedacht dat dit het moment was waarop alles gigantisch fout kon lopen. 'Laten we er maar over ophouden.'

'Waarom heb je me geen bericht gestuurd?'

'Ik héb je berichten gestuurd!' Ze pakte haar telefoon en hield hem het scherm voor. 'Drie, maar geen antwoord, want kennelijk had je je telefoon uitgezet.'

Hij wreef over zijn kaak.

'Ik kan je gebrom en je lange stiltes er nu niet bij hebben, Will. Kun je gewoon als een normaal mens met me praten?'

In zijn ogen vlamde woede op.

Met woede had Sara geen moeite. Ze had al ruziegemaakt met haar zus. Ze was razend vanwege Lena. Ze was gekwetst omdat Faith tegen haar had gelogen. Ze was kapot, want overal was Jeffrey. Ze was doodsbang dat ze in Grant County iets over het hoofd had gezien waardoor een gek had kunnen ontsnappen, en ze was de wanhoop nabij omdat ze het dolgraag wilde goedmaken met de man met wie ze ging trouwen, als hij ooit zijn trots liet varen en haar fatsoenlijk ten huwelijk vroeg.

'Vechten of vrijen,' zei ze.

'Wat?'

'Je kunt kiezen. Je mag met me vechten of je mag met me vrijen.'

'Sara...'

Ze stapte op hem af, want het initiatief lag altijd bij haar. Ze legde haar handen op zijn schouders en keek hem recht in zijn ogen. 'Of we gaan praten over alle dingen waarover we nooit praten, of we gaan naar de slaapkamer.'

Zijn kaak verstrakte, maar hij keek niet onvermurwbaar.

'Will.' Sara streek zijn haar naar achteren. Zijn huid voelde warm. Ze rook de milde geur van zijn aftershave, wat betekende dat hij zich ondanks zijn woede toch had geschoren, want hij wist dat ze van gladde wangen hield.

Ze kuste hem zachtjes op zijn lippen. Toen hij zich niet verzette, kuste ze hem opnieuw, maar deze keer liet ze er geen misverstand over bestaan dat ze ook andere dingen kon doen met haar mond.

Even leek Will er wel voor te voelen, maar toen opeens niet meer. Hij maakte zich van haar los en keek haar aan. Ze zag alle dingen waarover ze geen van beiden durfden te praten naar het oppervlak borrelen.

Een nieuwe ruzie overleefde ze niet. Weer kuste ze hem. Haar handen gleden onder zijn overhemd. Ze liet haar vingers over zijn strakke spieren glijden. 'Kom, dan doen we negenenzestig,' fluisterde ze in zijn oor.

Hij hield zijn adem in. Zijn hart sloeg over. Ze voelde zijn opwinding tegen haar been drukken.

'Sara...' Zijn stem stokte in zijn keel. 'Moeten we niet...'

Ze streek met haar lippen langs zijn oor. Ze kuste zijn hals en begon zijn overhemd los te knopen. Nog steeds voelde ze hem weifelen, ook al had hij zijn hand om haar borst geslagen. Ze bracht haar mond weer naar zijn oor. In plaats van het te kussen nam ze zijn oorlelletje tussen haar tanden.

Weer hield Will zijn adem in.

'Ik heb zin in ruig,' zei ze.

Toen ze hem opnieuw kuste, kuste hij haar harder terug. Hij greep haar om haar middel en duwde haar met haar rug tegen de kast, zodat ze bijna werd geplet. Hij kneep in haar borst. Al haar zintuigen werden overspoeld door begeerte.

Maar toen deed Will een stap terug. Hij hield haar op een armlengte afstand. 'Sorry,' zei hij. 'Dit is mijn grens.'

Ze schudde haar hoofd. 'Wat?'

'Je hebt mijn grens bereikt, Sara. Dit is het.'

'Wat bedoel...' Ze sprak tegen zijn rug, want hij liep bij haar weg. 'Will.'

De deur viel achter hem dicht.

Sara keek de keuken rond en probeerde te bevatten wat er zojuist was gebeurd.

Welke grens?

Wat bedoelde hij met 'Dit is het'?

Ze probeerde haar blouse dicht te knopen. Haar vingers waren stram. Will was haar een loer aan het draaien. Hij speelde een of ander spel. Waarschijnlijk stond hij aan de andere kant van de deur te wachten, dacht hij dat ze achter hem aan zou komen. Dat geintje kende ze van een vorige keer, toen ze haar eigen grens had bereikt. Ze was woest op Will geweest omdat hij dingen voor haar had achtergehouden, keihard tegen haar had gelogen. Ze had hem weggestuurd en hij was vertrokken, maar toen ze de deur had geopend, had hij in de gang op haar zitten wachten. Hij had gezegd...

Zo snel geef ik niet op.

Sara wreef over haar gezicht. Zij gaf het ook niet op. Ze wilde niet vrij zijn, nu al helemaal niet. Ze moest dit hoe dan ook rechtzetten. Als ze daarvoor haar excuses moest aanbieden aan een nukkige volwassen man, dan ging ze haar excuses aanbieden aan een nukkige volwassen man.

Ze liep naar de deur en wierp hem open.

De gang was verlaten.

GRANT COUNTY – WOENSDAG

12

Jeffrey zat tegenover Kayleigh in het studentenhuis waar ook Rebecca Caterino woonde. Hij kon zichzelf wel voor zijn kop slaan omdat hij niet naar zijn gevoel had geluisterd, maar zelfs daarvoor had hij geen tijd. De zaak-Caterino was binnen vierentwintig uur veranderd van een dodelijk ongeluk in een moordaanslag met mogelijke verkrachting. Nu wilde hij feiten. Wat ze tot nu toe hadden gedaan was puur voor de vorm geweest. Inmiddels kende hij de keiharde waarheid.

Caterino's verkrachter had het op haar voorzien gehad. Je liep niet zomaar met een hamer rond. Het meisje was vanaf de campus, of toen ze het bos in liep, gevolgd door iemand die kwaad in de zin had.

En nu werd Leslie Truong, de getuige die zijn stomme team had laten gaan, vermist, en mogelijk was ze ontvoerd.

Het enige wat er voor Jeffrey op zat, was weer van voren af aan beginnen.

'Ik weet niet wat ik moet zeggen, weet u?' Kayleigh had de gewoonte elke tweede zin in een soort vraag te laten eindigen.

'Ik weet dat je al met een van mijn agenten hebt gepraat,' zei hij. 'Neem de gebeurtenissen van gisterochtend nog maar eens met me door. Alles wat je je herinnert kan van nut zijn.'

Ze peuterde aan een los velletje op haar voetzool. Ze droeg een pyjama van blauwe zijde. Aan de binnenkant van haar pols waren Chinese karakters getatoeëerd. Haar korte blonde haar had zich tijdens haar slaap in een spiraal gedraaid.

'Zoals ik al zei, sliep ik.'

Jeffrey keek naar zijn notitieboekje en vroeg zich af of hij Kayleigh zou vertellen dat haar vriendin was aangevallen. Nu verliet hij zich op zijn gevoel, dat hem influisterde dat haar waarde als getuige een duikvlucht zou nemen zodra ze het hoorde. Ze had de neiging alles op zichzelf te betrekken. Vreemd was dat niet. Ze was nog op de leeftijd dat je de wereld alleen door je eigen lens waarnam.

'Ga door,' zei Jeffrey.

'Dus Becks was kwaad op ons. Op ons allemaal. Ze begon te krijsen als een gek, gooide dingen omver, begon ermee te gooien, snapt u?'

Het was een bende in de keuken, niettemin zag Jeffrey dat de afvalbak omver was geschopt. Er zat een deuk in het plastic. De rotzooi op de vloer had een slijmspoor achtergelaten. Het enige voorwerp dat leek te zijn ontzien, was een lichtbruine leren rugzak naast de koelkast.

'Waarom was Beckey kwaad?'

'Weet ik het?' Kayleigh haalde haar schouders op, maar Jeffrey vermoedde dat ze niet alleen wist waarom haar vriendin kwaad was geweest, maar ook op wie. 'Ze schreeuwt "kutwijven" alsof ze ons haat. Dan schopt ze dus mijn deur open. Ik loop achter haar aan naar haar kamer om te kijken waar ze zich zo druk om maakt. Maar denkt u dat ze het wil zeggen?'

'Is Beckeys kamer aan het eind van de gang?'

'Ja.' Eindelijk slaagde ze erin een normaal antwoord te formuleren. 'Toen we hier de eerste keer kwamen, zag iedereen dat dat de kleinste kamer was, en we zetten ons al schrap voor een flinke ruzie, maar dan zegt Becks: "Ik neem de kleinste wel." En vanaf dat moment waren we allemaal dikke vriendinnen.'

'Had ze een relatie?'

'Na de zomer heeft ze het uitgemaakt met haar vriendin. Sindsdien is er niemand meer geweest. Zelfs geen date. Het stikt hier op de campus van de sukkels, weet u?'

'Was iemand op haar gefixeerd?'

'Echt niet. Becks ging niet eens naar bars, deed nooit leuke dingen of zo.' Ze schudde haar hoofd zo hevig dat haar haar heen en weer zwiepte. 'Als iemand, hoe heet het, op haar gefixeerd was geweest, zou ik rechtstreeks naar de politie zijn gestapt. Naar de echte politie, niet die kneuzen op de campus, snapt u?'

Het deed Jeffrey deugd dat ze het verschil wist. 'Heeft Beckey ooit gezegd dat ze zich niet veilig voelde? Of dat iemand haar in de gaten hield?'

'O god, hield iemand haar in de gaten?' Ze keek de keuken rond, naar de deur, naar de gang. 'Moet ik me zorgen maken? Loop ik gevaar of zo?'

'Dit zijn routinevragen. Die stel ik tijdens elk verhoor.' Jeffrey zag de angst opflakkeren en weer doven op haar gezicht. Binnen een uur zouden alle vrouwen op de campus zich waarschijnlijk afvragen of ze zich zorgen moesten maken. 'Laten we ons concentreren op gisterochtend, Kayleigh. Heeft Beckey iets tegen je gezegd toen je haar volgde naar haar kamer?'

'Eh... ze trok haar hardloopkleren aan? En oké, ze houdt van hardlopen, maar zo vroeg op de ochtend? En toen zei Vanessa: "Je gaat toch niet hardlopen tijdens het verkrachtingsuur?" Wat toen grappig was, maar nu zijn we doodongerust omdat ze in het ziekenhuis ligt, snapt u? En haar vader, Gerald, die belde vanochtend en hij moest huilen, wat best wel heftig is want ik heb mijn eigen vader nooit horen huilen, dus toen ik hem hoorde huilen, zat ik er zelf ook helemaal doorheen.' Kayleigh wreef in haar ogen, maar er waren geen tranen. 'Ik heb tegen mijn docenten moeten zeggen dat ik de rest van de week niet op college kan komen. Het is zo willekeurig, weet u? Becks gaat hardlopen, dan slaat ze met haar hoofd ergens tegenaan en nu is haar leven... haar leven is, weet ik het? Maar het is zo treurig. Ik kom mijn bed bijna niet meer uit, want stel dat ik het was geweest? Ik hou ook van hardlopen.'

Jeffrey bladerde terug in zijn boekje. 'Volgens Deneshia had Beckey de hele nacht in de bibliotheek gezeten.'

'Daar was ze vaak. Ze was o zo bang om haar beurs te verliezen, snapt u?' Kayleigh trok een handvol tissues uit de doos op tafel. 'Ze had het de hele tijd over geld. Echt de hele tijd. Niet normaal, toch, om het daar de hele tijd over te hebben?'

Jeffrey was bekend met het verschijnsel. Hij was in Sylacauga opgegroeid en had altijd geweten dat hij arm was, maar pas op zijn eerste dag aan Auburn University had hij beseft hoe het tegenovergestelde van arm eruitzag.

'Is dat haar rugzak?' vroeg hij.

Kayleigh keek de keuken in. 'Ja.'

Jeffrey stopte zijn boekje weer in zijn zak en ging naar de keuken, waarbij hij over lege yoghurtpakken en popcornzakken moest stappen. De rugzak was van kwaliteitsleer en op de flap stonden de initialen B.C. Hij nam aan dat het een eindexamencadeau was, want het was niet iets waar een arme studente geld aan zou uitgeven.

Voorzichtig stalde hij de inhoud uit op het vierkantje vrije ruimte op het aanrecht. Pennen. Potloden. Papieren. Uitgeprinte stukken. Opdrachten. De klaptelefoon was een ouder model. Hij opende hem. De batterij was bijna leeg. Er waren geen gemiste oproepen. De recente oproepen waren gewist. Hij keek bij de contacten. Daddy. Daryl. Deneshia.

'Wie is Daryl?' vroeg hij.

'Die woont buiten de campus.' Ze haalde haar schouders op. 'Iedereen kent hem. Hij heeft hier gestudeerd, maar is er twee jaar geleden mee gekapt omdat hij, eh... beroepsskateboarder probeert te worden?'

'Heeft hij een achternaam?'

'Eh... vast wel, maar weet ik het?'

Jeffrey noteerde Daryls nummer in zijn spiraalschriftje. De telefoon zou als bewijsmateriaal moeten worden geregistreerd, iets wat Lena had nagelaten toen ze de vorige dag met Rebecca Caterino's huisgenotes had gepraat.

Hij stak zijn hand weer in de rugzak en haalde er een studieboek over organische chemie uit, een tweede studieboek over weefsels en een derde over wetenschapsethiek. Te oordelen naar het gewicht was de laptop een nieuwer model. Hij opende hem. Het document op het scherm droeg de titel RCATERINO-CHEM-FINAL.doc

Hij bladerde door de examenopdracht, die er even saai en belerend uitzag als de papers die hij zelf tijdens zijn studie had geschreven.

Hij keek op naar Kayleigh. Ze peuterde nog steeds aan het velletje op haar voet.

'Zou je even willen komen kijken of er iets ontbreekt?' vroeg hij.

Ze hees zich van de bank overeind en sjokte naar hem toe. Ze keek naar de boeken en de papieren en zei: 'Nee? Maar haar bananenklem lag altijd naast haar bed.'

'Bananenklem.'

'Eh… voor d'r haar?'

Alsof zijn intuïtie een vuurpijl afstak. Leslie Truong miste een haarband, en nu bleek Beckey Caterino een haarklem te missen.

Om Kayleigh niet op gedachten te brengen probeerde hij het zo neutraal mogelijk te vragen: 'Ligt die nog steeds naast haar bed?'

'Nee, want dat is het 'm juist, snapt u?' Ze leek verward. 'Beckey kon hem niet vinden. We hebben allemaal gezocht, maar we konden hem ook niet vinden. Dat alles heb ik toch al aan die politiedame verteld?'

Er was maar één politiedame in het korps. 'Agent Adams?'

'Ja, ik zei dat Beckeys bananenklem, die ze van haar moeder had gekregen, niet op het nachtkastje lag waar ze hem altijd neerlegde. Eerst was Beckey kwaad op me, maar toen bedacht ze dat ik hem niet gepakt kon hebben, want ik zou nooit iets pakken wat zo bijzonder voor haar was, want ze had me het hele verhaal al verteld over dat haar moeder die aan haar had gegeven en dat het zeg maar het laatste was wat ze haar gaf, alleen om te lenen, maar toen ging haar moeder dood en hield ze hem voor altijd, snapt u?'

Jeffrey probeerde de zin-zonder-einde te ontleden. 'Je hebt dus tegen agent Adams gezegd dat Beckey haar bananenklem miste?'

'Klopt.'

Nu was Jeffrey degene met de irritante vragen. 'Dus die klem was van haar moeder?'

'Klopt.'

'En Beckey bewaarde hem altijd op haar nachtkastje?'

'Klopt.'

'Maar toen ze er 's ochtends naar zocht, lag de klem er niet?'

'Nee.'

'Wil je het me laten zien?'

Ze ging hem voor door de gang. Hij probeerde de penetrante geur van wiet, zweet en seks te negeren die uit de kamers wasemde. Geen enkel bed was opgemaakt. Vloeren lagen bezaaid met kleren. Hij zag wietpijpjes, slipjes en gebruikte condooms die naast prullenbakken waren beland.

'Hier.' Kayleigh was bij de kamer aan het einde van de gang blijven staan. 'We hebben al gekeken, weet u? Dan hadden we 'm naar het ziekenhuis kunnen brengen. Maar hij was nergens te vinden.'

Jeffrey nam de kamer in zich op. Beckey was niet netjes, maar qua wanorde kon ze niet tippen aan haar huisgenotes. Hij zag het nachtkastje. Een glas. Een lamp. Een poëziebundel die zo krachtig was omgebogen dat de rug was gebarsten. Jeffrey weerstond de verleiding om het boek dicht te doen. Hij liet zich op zijn handen en knieën zakken. Er lag niets onder het nachtkastje. Hij keek onder het bed. Eén sok. Een beha. Pluis en de onvermijdelijke rommel.

'Kent Beckey Leslie Truong?' vroeg hij.

'Dat vermiste meisje?' Ze fronste haar voorhoofd. 'Ik denk het niet? Want ze is, eh... een stuk ouder, toch? Bijna afgestudeerd?'

'Kunnen ze elkaar in de bibliotheek tegen het lijf zijn gelopen?'

'Misschien? Maar het is een heel grote bibliotheek.'

Jeffreys mobiel ging. Hij slikte een verwensing in toen hij het nummer zag. Zijn moeder had hem al drie keer gebeld. Waarschijnlijk was ze aan haar vierde glas van de dag begonnen, treurend om het feit dat haar enige zoon een onverschillige lul was.

Hij drukte het telefoontje weg.

'Chef?' Lena stond in de gang. 'Ik heb het hele studentenhuis weer ondervraagd. Niemand kan zich iets nieuws herinneren.'

Jeffrey hees zich overeind. De onderkant van zijn broekspijpen was bedekt met pluis. Hij probeerde het weg te vegen. 'We moeten terug naar het bureau.'

Lena deed een stap opzij om hem erlangs te laten. Jeffrey had zijn kaartje al aan Kayleigh gegeven. Hij vermoedde dat het meisje het nummer zou weten te vinden wanneer ze ontdekte dat haar huisgenote het slachtoffer was geworden van iets anders dan een ongeluk. Waarschijnlijk ging het nieuws al als een lopend vuurtje de campus rond. Sibyl Adams had gelijk toen ze zei dat het onderwijs leefde van roddel. Misschien dat iemand een verkeerde opmerking maakte tegen de juiste persoon, want zoals het er nu uitzag, was dat zijn enige hoop als hij deze zaken wilde openbreken.

In de grote hal keek Jeffrey om zich heen, op zoek naar Brad. Die had ook opdracht gekregen het studentenhuis voor de tweede keer met een vragenlijst af te werken. Net op dat moment kwam hij uit een kamer. 'Caterino's rugzak staat in de keuken,' zei Jeffrey. 'Alles als bewijsmateriaal registreren.'

'Komt in orde, chef.'

Jeffrey pakte zijn notitieboekje er weer bij. Hij toetste Daryls nummer in. Nadat de telefoon één keer was overgegaan, deelde een telefonist hem mee dat het nummer niet meer in gebruik was.

Hij keek naar zijn telefoon, alsof die hem uitleg kon geven. Hij controleerde het nummer nog eens en probeerde het opnieuw. Weer dezelfde boodschap. Het nummer was opgeheven.

'Wat is er, chef?' vroeg Lena.

Jeffrey liep langs de lift en nam de trap. Hij kon allerlei redenen bedenken waarom Daryls nummer niet langer in gebruik was. De meeste studenten hielden het hoofd amper boven water. Wegwerptelefoons waren geen uitzondering. Vaak was er ook te weinig geld om meer belminuten te kopen.

Toch zat de timing hem niet lekker.

Toen ze het binnenplein overstaken, moest Lena het op een drafje zetten om hem bij te houden. 'Je auto staat toch aan de andere kant?' vroeg ze.

'Ja.' Jeffrey bleef stevig doorstappen, zodat ze nog harder moest lopen. 'Heb jij de boekentas van Beckey Caterino doorzocht?'

'Ik was...' Lena's gezicht sprak boekdelen. 'Ze had een ongeluk gehad, tenminste dat dachten we, dus...'

'Vierentwintig uur geleden stond ik je op dat veld te vertellen dat we ongelukken altijd als potentiële moordzaken behandelen. Weet je nog?' Jeffrey was niet voor haar smoesjes in de stemming. 'Hoe zit het met die haarklem?'

'Die –'

'Vond je het niet nodig om die ontbrekende haarklem onder mijn aandacht te brengen?'

'Ik –'

'Het staat niet in je officiële rapport, Lena. Staat het wel in je notitieboekje?'

Haastig knoopte ze haar borstzak open.

'En het er niet achteraf in zetten. Dat lijkt verdacht.'

'Verdacht?'

'Door dit alles krijgen we een gigantisch proces over ons heen. Besef je dat wel?' Hij sprak zacht, want ze passeerden een groep studenten. 'Rebecca Caterino heeft daar een halfuur gelegen terwijl wij met onze duimen stonden te draaien. Kun jij met je hand op een bijbel in alle eerlijkheid tegenover een rechter zweren dat je al het mogelijke hebt gedaan vanaf het moment dat je haar vond?'

Lena was slim genoeg om niet te antwoorden.

'Dat dacht ik al.' Jeffrey rukte de deur van het beveiligingskantoor open.

Chuck Gaines had zijn schoenen maat vierenveertig op het bureau gelegd. Hij at een appel en keek naar een aflevering van *The Office*. Jeffrey had de man zijn kamer tijdens kantooruren alleen zien verlaten om naar het toilet te gaan of naar de kantine voor de lunch. Hij bracht niet eens de beleefdheid op om te gaan staan toen Jeffrey binnenkwam.

'Daryl,' zei Jeffrey, de naam noemend van de man in Rebecca Caterino's telefoon. 'Hij heeft hier gestudeerd. Ik wil zijn achternaam.'

Chuck duwde een stukje appel in zijn wang. 'Daar heb ik meer voor nodig, chef.'

'Skateboarder. Halverwege de twintig. Twee jaar geleden gestopt met zijn studie.'

'Weet je hoeveel –'

Jeffrey schopte zijn voeten van het bureau. Hij sloeg de appel uit zijn hand. Hij duwde de stoel met de rugleuning tegen de muur. 'Zeg iets zinnigs, godverdomme!' riep hij recht in Chucks gezicht.

'Jezus christus.' Hulpeloos hief Chuck zijn handen. 'Daryl?'

Jeffrey week een stap terug. 'Skateboarder. Twee jaar geleden gestopt met zijn studie. Blijkbaar kent de hele campus hem.'

'Ik ken geen Daryl, maar...' Waggelend schoof Chuck zijn stoel weer naar het bureau. Hij haalde een stapel systeemkaarten uit een la. 'Misschien staat hier iets in.'

Op het politiebureau had Jeffrey een vergelijkbare verzameling verhoorkaarten. Iedere agent had zijn eigen stapeltje, een informeel bestand met namen en bijzonderheden van verdachte lieden die nog geen officieel politiedossier hadden verdiend.

'Oké, eens kijken.' Chuck haalde het elastiek van de kaarten. Op geen enkele stond zijn handschrift. Dat soort werk liet hij over aan zijn campusbeveiligers, die het patrouillewerk deden. Hij keek de kaarten door tot hij had gevonden wat hij zocht. 'Hebbes. Een stuk stront dat altijd aan het skateboarden is bij de bibliotheek. Molt de metalen trapleuning. Een wat oudere gast, achter in de twintig, schat ik. Van dat slappe haar. Loert naar alle meiden, hoe jonger hoe liever, maar neem het hem maar eens kwalijk. Er staat geen naam bij. Volgens deze kaart noemt iedereen hem Little Bit. Een klein wietdealertje. Geen harddrugs.'

Rebecca Caterino was studente. Jeffrey had niet verbaasd opgekeken toen hij in haar studentenhuis wiet had geroken. Als Daryl haar dealer was, verklaarde dat waarom het nummer van de wegwerptelefoon was opgeheven. Dealers veranderden de hele tijd van nummer.

Jeffrey pakte het kaartje uit Chucks hand. Little Bit. Skateboarder. Achter in de twintig. Dealde wiet. De informatie bevatte alles wat hij zojuist had gehoord.

Chuck rolde zijn stoel naar de andere kant van de kamer om zijn appel te pakken, die in de hoek lag. Hij nam hem tussen zijn tanden zodat hij zich met beide handen weer naar zijn bureau kon trekken. 'Verder nog iets, chef?'

Jeffrey probeerde een andere naam. 'Thomasina Humphrey.'

Zo te zien herkende Chuck de naam. 'O, die.'

'Ja, die. Vertel eens.'

Voor het eerst keek Chuck naar Lena. Toen wendde hij zijn blik af. 'O, vooral geklets. Ze verdween. De studenten kwamen met de gebruikelijke idiote verhalen. Dat ze bij een sekte was gegaan. Dat ze zichzelf van kant had willen maken. Wie zal zeggen wat er echt is gebeurd?'

Jeffrey durfde te wedden dat Chuck dat maar al te goed wist, maar hij had hem die dag al een keer vernederd. Ze zouden ongetwijfeld in de toekomst weer moeten samenwerken. Enige waardigheid mocht hij Chuck niet ontzeggen. 'Heb je toegang tot Humphreys gegevens?'

'Zou kunnen.' Chuck begon op zijn toetsenbord te rammelen. Hij pakte een leeg kaartje en noteerde een adres en een telefoonnummer. 'Hier is haar laatste studieoverzicht naartoe gestuurd. Ik weet niet of ze daar nog woont.'

Jeffrey zag dat het een adres in Avondale was, wat klopte met wat Sara hem had verteld. Tommi was een patiënt van haar geweest, in de kliniek. Daarom had Sibyl Adams haar hulp ingeroepen.

Chuck had de appel weer in zijn mond. 'Volgende keer "alsjeblieft" zeggen, graag.'

Jeffrey stopte het adres in zijn jaszak en liep de kamer uit.

Hij voelde Lena vlak achter zich, als een behoeftige pup.

'Chef,' zei ze voorzichtig.

Hij bleef zo plotseling staan dat ze tegen hem opbotste. 'Heb je de rapporten van die onopgeloste verkrachtingen doorgenomen, zoals ik je gevraagd heb?'

'Ik heb het verzoek naar de andere districten gestuurd. Ze worden uiterlijk vanmiddag naar me gemaild. In Grant County gaat het om maar twaalf rapporten.'

'Maar twaalf,' herhaalde hij. 'Dat zijn twaalf vrouwen, Lena. Twaalf levens die onherstelbaar zijn veranderd. Daar wil ik je nooit meer "maar" over horen zeggen.'

'Nee, chef.'

'We wonen godbetert in een studentenstad. Op de campus is het elk jaar een komen en gaan van duizenden jonge vrouwen. Denk je dat het allemaal leugenaars zijn? Dat ze met een vent hebben geneukt en spijt kregen, zodat jij ze als politievrouw niet hoeft te helpen?'

'Chef, ik –'

'Zoek eens uit hoe het staat met mijn verzoek om inzage in de medische dossiers van Rebecca Caterino. Dit moet een officiële zaak worden. Zodra Bonita Truong op het bureau is, laat je het me weten. Ik wil haar zo snel mogelijk spreken. Ik ben de enige die haar over Rebecca Caterino mag vertellen.'

'Ja, chef, maar...' Lena aarzelde bij dat 'maar'. 'Wanneer gaan we anderen vertellen dat het geen ongeluk was?'

'Wanneer ik er klaar voor ben, niet eerder. Pak je boekje. Maak een lijst.'

Ze tastte naar haar borstzak.

Hij wachtte niet tot ze zover was. 'Ga terug naar Caterino's studentenhuis en kijk eens of er foto's van haar zijn waarop ze die haarklem draagt. Je doet hetzelfde met Leslie Truong. Die was een haarband kwijt. Misschien is er een foto van. Daarna spoor je die Daryl Little Bit op, of hoe hij ook mag heten. We hebben redelijke vermoedens wat die wiet betreft, dus fouilleer hem maar. Als je iets vindt, arresteer je hem. Als je niks vindt, neem je hem mee naar het bureau voor verhoor. En je gaat vanavond pas naar huis wanneer je een samenvatting hebt gemaakt van alle verkrachtingsdossiers uit de drie districten. Die wil ik morgenochtend op mijn bureau. Begrepen?'

'Ja, chef.'

Jeffrey liep naar zijn auto op het personeelsparkeerterrein. Weer ging zijn telefoon. Zijn moeder. Die moest inmiddels behoorlijk aangeschoten zijn. Jeffrey drukte het telefoontje weg en stapte in. Hij ramde de auto in zijn achteruit en reed de parkeerplaats af.

Op weg naar Avondale probeerde hij zijn volgende stappen te plannen. Hij zou een officiële verklaring moeten doen uitgaan dat Rebecca Caterino was verkracht. De universiteit zou in rep en roer zijn. En terecht. Een of andere gek had een weerloze vrouw met een hamer aangevallen.

'Jezus,' fluisterde hij. Als hij het diep genoeg tot zich liet doordringen, voelde hij weer de afschuw die hem had bevangen toen Caterino's borstbeen brak. Hij kon zich niet voorstellen wat voor mens een hamer tegen iemands schedel sloeg.

Jeffrey wapperde met zijn handen om het gevoel kwijt te raken.

Over een paar uur werd de moeder van Leslie Truong op het bureau verwacht. Ze zou allerlei vragen hebben waarop hij een eerlijk antwoord wilde geven. Dan was er die skateboardgast, Little Bit. Als de jongen op de campus dealde en dezelfde Daryl was uit de adressenlijst van Rebecca Caterino, was ze waarschijnlijk een klant. Hem als verdachte aanwijzen of uitsluiten was prioriteit nummer één.

Ten slotte zat Jeffrey met Lena Adams. Hij zou elk stukje informatie dat ze had verzameld moeten natrekken en op waarheid moeten toetsen. Wat hem betrof werd het tijd dat ze op eigen benen ging staan. Als Lena niet concreet aantoonde dat ze zich aan de regels kon houden, mocht ze opstappen.

Zijn telefoon ging. Weer zijn moeder. Die was duidelijk flink lam. Hij kon het haar niet kwalijk nemen. Hij was een waardeloze zoon. Hij was trouwens ook een waardeloze politiechef, een waardeloze mentor en een waardeloze echtgenoot geweest.

Jeffrey bleef over zijn misstappen piekeren tot hij het bord passeerde dat hem welkom heette in Avondale City, aantal inwoners 4.308. Hij controleerde het adres dat Chuck hem had gegeven en dat hij eigenlijk in zijn eigen informatiesysteem had moeten invoeren om te zien of de Humphreys nog steeds op dezelfde plek woonden. Maar het hoefde al niet meer, want aan de auto te zien die voor het huis geparkeerd stond, was het meisje nog niet verhuisd.

Sara's zilverkleurige z4 stond voor de brievenbus. Om van het mooie weer te profiteren had ze het dak naar beneden gedaan.

'Tering.' Jeffrey parkeerde achter de sportwagen van tachtigduizend dollar. Hij nam even de tijd om zijn irritatie te verwerken. Als Sara met open dak en met Dolly Parton snoeihard uit de speakers rond wilde rijden, als een opgepimpte boerennerd, dan had ze zijn zegen.

Hij sloeg zijn boekje open en noteerde de actielijst die hij tijdens de rit in zijn hoofd had opgesteld. Hij zou meer werk van zijn aantekeningen moeten maken. Hij zat Lena en Brad altijd aan hun kop te zeuren dat ze zich goed moesten indekken. De gedachte stond hem tegen, maar als Gerald Caterino het korps inderdaad voor de rechter sleepte, moest hij zorgen dat hij zelf ook ingedekt was.

Hij klapte zijn boekje dicht, stopte zijn pen weer in zijn zak en stapte uit. Hij keek op naar het huis. Ooit woonden er in Avondale voornamelijk arbeiders die werkten bij het onderhoudscentrum van de spoorbaan. Het werk had aanzien, wat werd weerspiegeld in de constructie van de huizen. Baksteen rondom. Aluminium kozijnen. Betonnen oprit. Alle moderne gemakken uit 1975.

De Humphreys hadden aan de buitenkant van hun huis niets veranderd. De witte verf was vergeeld, maar bladderde niet af. De auto op de oprit was een ouder model minibus. De verf op de voordeur was zwarte hoogglanslak.

Jeffrey klopte één keer aan, maar de deur ging al open.

De vrouw die opendeed, had een afgetobd gezicht. Ze was niet veel ouder dan Jeffrey, maar haar haar was al volledig grijs. Haar krullen zaten strak tegen haar hoofd gespeld. Donkere kringen omrandden haar ogen. Ze droeg een huisjurk met de rits aan de voorkant. Alleen al haar blik bezorgde hem een schuldgevoel. Sara zou dat gevoel ongetwijfeld nog versterken.

'Mrs Humphrey?'

Ze keek naar de oprit, toen naar de straat. 'Hebt u een blauwe Ford pick-up gezien?'

'Nee, ma'am.'

'Zodra mijn man thuiskomt, moet u vertrekken. Hij wil niet dat Tommi hiermee lastiggevallen wordt. Begrijpt u?'

'Ja.'

Ze deed de deur verder open om hem binnen te laten. 'Ze zijn in de achtertuin. Snel, alstublieft.'

Vanbinnen zag het huis eruit zoals Jeffrey had verwacht, een rechthoek opgedeeld in kleine kamers met in het midden een gang als een bowlingbaan. Hij keek vluchtig naar de foto's aan de muren. Vermoedelijk was Tommi enig kind. De foto's toonden een vrolijke jonge vrouw, meestal omringd door vrienden. Ze had fluit gespeeld in de fanfare. Ze had aan verschillende wetenschapsbeurzen meegedaan. Ze had een reeks honden gehad, toen een kat, en toen een vriendje, met wie ze naar het schoolgala was geweest. De laatste foto was van Tommi met een verhuisdoos in haar armen, vermoedelijk voor een kamer in een van de studentenhuizen van Grant Tech.

Dat was de laatste foto.

Jeffrey opende een glazen schuifdeur. Hij zag Sara aan een picknicktafel zitten, samen met een pijnlijk magere jonge vrouw. Spierwit gezicht. Haar haar was inmiddels kort en zwart. Tommi Humphrey moest begin twintig zijn, maar op de een of andere manier zag ze er ouder en tegelijkertijd jonger uit. Ze rookte een sigaret. Zelfs op meters afstand zag hij haar hand trillen.

Sara leek niet verbaasd hem te zien. 'Dit is Jeffrey,' zei ze tegen het meisje.

Tommi draaide zich iets om, maar ze keek hem niet aan.

Jeffrey liet de regie aan Sara over. Ze wees naar de andere kant van de tafel. Hij ging op de bank zitten, met zijn handen op zijn schoot. In de loop van zijn politiecarrière had hij veel verkrachtingsslachtoffers ondervraagd. Wat hij had geleerd, was dat ze allemaal verschillend gedrag vertoonden. Sommigen waren kwaad. Sommigen verkeerden in een soort schemertoestand. Sommigen waren op wraak uit. De meesten wilden niets liever dan het achter zich laten. Enkelen hadden zelfs gelachen toen ze hun verhaal vertelden. Hij had hetzelfde onvoorspelbare gedrag waargenomen bij oorlogsveteranen. Trauma was trauma. Ieder mens reageerde weer anders.

Sara keek Tommi aan, maar haar woorden waren voor Jeffrey bedoeld. 'Schat, wat je me net hebt verteld, is heel belangrijk. Zou je het ook aan Jeffrey willen vertellen?'

Jeffrey sloeg zijn handen ineen onder de tafel. Het enige wat hij kon, was stilzitten en zwijgen.

'Als je het makkelijker vindt, wil ík het hem wel vertellen,' zei Sara. 'Je hebt me al toestemming gegeven. We willen het je zo gemakkelijk mogelijk maken.'

Tommi tikte haar sigaret af tegen de rand van een boordevolle asbak. Ze had de raspende adem van een kettingroker. Jeffrey dacht aan alle foto's aan de muren in de gang. Sara had gelijk gehad toen ze het had vergeleken met de gevolgen van een atoombom. Vóór de aanval was Tommi een sprankelend, populair, vrolijk meisje geweest. Nu was ze een donkere schim van haar vroegere zelf.

'Als je wilt, kunnen we nu vertrekken,' zei Sara. 'Maar het zou ons echt helpen als Jeffrey het in je eigen woorden hoort. Ik zweer dat er niets zal gebeuren. Dit is niet officieel. Je legt geen verklaring af. Niemand krijgt over dit gesprek te horen. Dat klopt toch?'

De vraag was aan Jeffrey gericht. Antwoorden kostte hem moeite, niet omdat hij het niet met haar eens was, maar omdat hij het gevoel had dat één verkeerd woord deze arme jonge vrouw opnieuw kon breken.

'Dat klopt,' was het enige wat hij zei.

Tommi's borst zette uit toen ze diep inhaleerde. Ze hield de rook een tijd vast. Uiteindelijk sloeg ze haar ogen op. Ze keek Jeffrey nog steeds niet aan, maar richtte haar blik op een punt ergens achter hem. Rook pluimde uit haar mond. 'Ik was derdejaars.'

Ze klonk afgemeten. Het had iets definitiefs zoals ze in de verleden tijd over zichzelf sprak.

'Ik liep terug van de sportschool op de campus. Ik weet niet hoe laat het was. Het was donker.' Ze bracht de sigaret naar haar lippen. Hij zag dat haar vingers geel waren van de nicotine. 'Ik hoorde iemand achter me. Hij zwaaide met iets naar mijn hoofd. Ik zag niet wat het was. Het was hard. Ik raakte verdoofd. Hij greep me. Hij sleepte me zijn busje in. Hij dwong me iets te drinken.'

Jeffrey boog zich met gespitste oren naar voren.

'Ik stikte er bijna in. Ik hoestte het weer uit.' Ze bracht haar hand naar haar hals. 'Het zat in een fles. Dat drankje.'

Jeffrey zag tranen over haar wangen glijden. Hij wilde zijn zakdoek pakken, maar Sara trok al een tissue uit haar mouw.

Zonder haar ogen af te vegen klemde Tommi de tissue in haar vuist.

'Het was Gatorade,' zei ze. 'Of een ander sportdrankje. Met die blauwe smaak. Het plakte aan mijn hals.'

Jeffrey zag haar vingers trillen toen ze de plek op haar hals aanwees.

'Hij was woedend omdat ik het uitspuugde. Hij sloeg me tegen mijn achterhoofd. Hij zei dat ik me niet moest verzetten. Ik verzette me niet.'

Ze schudde een sigaret uit het pakje en probeerde die met de oude aan te steken. Haar trillende handen maakten met moeite contact. Ze stak de sigaret tussen haar lippen.

'Toen waren we in het bos,' vervolgde ze. 'Ik werd wakker in het bos. Ik zal wel wat van die Gatorade hebben doorgeslikt. Ik was ervan buiten westen geraakt. Toen kwam ik weer bij. Hij zat daar. Wachtte. Toen zag hij dat ik wakker was. Hij sloeg zijn hand voor mijn mond, maar ik schreeuwde niet.'

Weer inhaleerde ze. Ze hield de rook vast in haar longen en pufte hem uit met elk nieuw woord. 'Hij zei dat ik me niet mocht verroeren. Dat ik me niet kón verroeren. Dat ik moest doen alsof ik verlamd was.'

Jeffreys mond viel open. Hij proefde de scherpe brandlucht van nicotine.

'Hij had zo'n ding. Een soort breinaald. Tegen mijn nek. Hij zei dat hij me voor altijd zou verlammen als ik niet deed wat hij zei.'

Jeffrey zocht Sara's blik. Die was uitdrukkingsloos. Het was alsof ze probeerde te verdwijnen.

'Ik verroerde me niet. Ik liet mijn armen langs mijn lichaam vallen. Ik dwong mijn benen recht te blijven liggen. Ik moest van hem mijn ogen openhouden. Ik hield mijn ogen open. Ik mocht niet naar hem kijken. Ik keek niet naar hem. Het was donker. Ik kon niets zien. Ik voelde alleen... iets scheuren. Uiteengerukt worden.'

De sigaret bungelde tussen haar lippen. Rook kringelde in haar gezicht.

'Toen kwam hij klaar. Daarna maakte hij me schoon daarbeneden. Het brandde. Ik had wonden. Ik bloedde. Hij veegde mijn gezicht af. Mijn handen. Ik zei niets. Ik bewoog niet. Ik deed de hele tijd alsof. Hij kleedde me weer aan. Hij knoopte mijn shirt dicht. Hij hees mijn slipje omhoog. Hij trok de rits van mijn spijkerbroek dicht. Hij zei dat als ik het vertelde, hij hetzelfde zou doen met iemand anders. Als ik mijn mond hield, zou hij het niet doen.'

Sara boog haar hoofd. Ze had haar ogen gesloten.

'Ik probeerde niet naar hem te kijken,' zei Tommi. 'Ik dacht dat hij me vrij zou laten als ik hem niet kon identificeren. En dat deed hij ook. Hij liet me in het bos achter. Op mijn rug. Ik bleef daar liggen. Hij had gezegd dat ik moest doen alsof ik verlamd was. Ik was ook nog steeds verlamd. Ik kon me niet verroeren. Ik weet niet of ik nog ademde. Ik dacht dat ik dood was. Ik wilde dood. Dat is alles. Dat is er gebeurd.'

Jeffrey keek nog steeds naar Sara. Hij had vragen, maar hij wist niet hoe hij ze moest stellen.

Sara ademde in en opende haar ogen. 'Tommi,' vroeg ze, 'weet je wat voor kleur het busje had, of kun je je er iets anders van herinneren?'

'Nee,' zei ze. 'Het was donker. Het busje was donker.'

'Weet je nog waar ongeveer in het bos je bent achtergelaten?' vroeg Sara.

'Nee.' Ze tikte de as van haar sigaret. 'Ik weet niet meer dat ik overeind ben gekomen. Ik weet niet meer dat ik naar de campus ben teruggelopen. Ik moet gedoucht hebben. Ik moet me omgekleed hebben. Het enige wat ik me van daarna herinner, is dat ik dacht dat ik ongesteld was geworden. En dat ik opgelucht was, omdat...'

Ze hoefde niet uit te leggen waarom ze opgelucht was geweest omdat ze ongesteld was geworden.

Sara ademde zachtjes in. 'Weet je nog waarmee hij je heeft schoongemaakt?'

'Met een waslap. Die rook naar bleekmiddel. Mijn haar was...' Ze keek naar haar sigaret. 'Daarbeneden was mijn haar gebleekt.'

'Nam hij de waslap mee?'

'Hij nam alles mee.'

Sara keek Jeffrey aan. Als hij nog iets wilde weten, was dit zijn enige kans. 'Tommi, Jeffrey heeft nog een paar vragen, vind je dat goed? Een paar maar.'

Jeffrey begreep wat ze bedoelde. Hij probeerde zo zacht mogelijk te praten. 'Had je voordat dit alles gebeurde weleens het gevoel dat je in de gaten werd gehouden?'

Ze rolde de sigaret rond in de asbak. 'Het is moeilijk om aan mijn andere zelf te denken. Om te denken aan hoe het daarvóór was. Ik ken… Ik ken dat meisje niet meer. Ik weet niet meer wie ze was.'

'Dat snap ik.' Jeffrey keek naar de achterkant van het huis. Hij zag Tommi's moeder bij het aanrecht staan. Ze hield hen scherp in de gaten. Elke spier van haar gezicht stond strak. 'Weet je nog of je iets miste? Een persoonlijk voorwerp, of –'

Ze keek hem geschrokken aan.

'Kun je –'

Op dat moment vloog de achterdeur open. Een grote man in een overall vulde de deuropening. In zijn hand klemde hij een moersleutel.

Nog voor de man een woord kon zeggen, was Jeffrey al overeind gekomen, met zijn hand aan zijn pistool.

'Wat doen jullie hier?' wilde de man weten. 'Als de sodemieter bij mijn dochter vandaan!'

'Mr Humphrey…' begon Jeffrey.

Sara greep zijn hand en meteen was hij weer terug in de werkelijkheid.

'Wie zijn jullie?' Humphrey liep de verandatrap af. 'Waarom vallen jullie haar lastig?'

'Ik ben van de politie,' zei Jeffrey.

'We hoeven hier geen vuile smerissen.' Zwaaiend met de moersleutel stapte Humphrey de tuin in. 'Dit zijn privézaken. Ze hoeft niet met jullie te praten.'

Jeffrey keek weer naar Tommi. Ze probeerde een nieuwe sigaret op te steken en deed alsof er om haar heen niets gebeurde.

'Weg hier, klootzak!' Humphrey kwam steeds dichterbij.

Wat Jeffrey betrof gebruikte hij die sleutel. Het was duidelijk dat de man zijn gezin terroriseerde. Zijn vrouw was bang voor hem. Zijn dochter was al gebroken.

'Jeff.' Sara klemde zijn hand nog steviger vast. 'Kom, we gaan.'

Met tegenzin liet hij zich door haar meevoeren, langs de zijkant van het huis. Tegen de tijd dat ze de voortuin hadden bereikt, was Jeffrey al aan het bedenken hoe hij terug kon gaan.

'Stoppen.' Ze gaf een ruk aan zijn hand, alsof hij een aangelijnde hond was. 'Je maakt het er niet beter op. Alleen maar slechter.'

'Die man –'

'Is kapot van verdriet. Hij probeert zijn dochter te beschermen. Dat pakt hij verkeerd aan, maar hij weet niet hoe het anders moet.'

Jeffrey zag dat Tommi's moeder de gordijnen van het voorste raam dichttrok. Ze huilde.

'Stoppen.' Sara liet haar hand uit de zijne glijden. 'Je helpt alleen jezelf als je die vader in elkaar slaat, maar zij schiet er geen donder mee op.'

Jeffrey steunde met zijn handpalmen op het dak van zijn auto. Hij voelde zich verdomd waardeloos. Als hij het monster te pakken kreeg dat dat meisje kapot had gemaakt, zou hij hem als een stok over zijn knie doormidden breken.

Sara stond met haar armen over elkaar te wachten.

'Wist je dat?' vroeg hij. 'Wat ze zei over die verkrachter, dat hij een breinaald tegen haar nek hield?'

'Niet toen het pas gebeurd was. Ze vertelde het net, vlak voor jij kwam.'

'Heb je niet naar bijzonderheden gevraagd toen je haar behandelde? Toen ik er nog iets aan had kunnen doen?'

'Nee,' zei Sara. 'Ze wilde er niet over praten.'

'Dit is vijf maanden geleden, hè? Nadat onze scheiding was uitgesproken. Wilde je me soms straffen? Gaat het daarover?'

'Instappen. Ik ga dit niet op straat uitvechten.'

Jeffrey stapte in de auto. Sara sloeg het portier aan haar kant zo hard dicht dat het chassis heen en weer schudde.

'Denk je echt dat ik zoiets uit wrok zou verzwijgen?' vroeg ze.

Jeffrey keek weer naar het huis. 'Je had haar moeten dwingen om aangifte te doen, Sara.'

'Ik was niet van plan een vrouw die net op brute wijze was verkracht te dwingen iets anders te doen dan wat ze moest doen om zich veilig te voelen.' Sara leunde naar voren, zodat hij het huis niet kon zien. 'Sinds het gebeurd is, is Tommi niet verder dan tien meter de tuin in geweest, met uitzondering van doktersbezoek. Ze kan 's nachts niet slapen. Ze huilt wanneer haar vader laat thuiskomt uit zijn werk. Alles is haar te veel: geluiden, geuren, van de postbode tot de buurman die ze al twintig jaar kent. Wat er in dat bos is gebeurd, is een verhaal dat alleen Tommi kan vertellen. Ze heeft het recht erover te zwijgen.'

'Nou, daar schiet ze dan veel mee op. Ze is praktisch verstijfd.'

'Dat is haar keuze. Wil je haar haar keuze ontnemen?' vroeg Sara. 'En kun je ook maar één agent op jouw bureau aanwijzen die haar aangifte op de juiste wijze zou hebben behandeld?'

'Wat een klotezooi.' Hij startte de motor, maar hij wilde nog niet weg. 'Waarom ben je hier eigenlijk? Je zei dat ik bij haar uit de buurt moest blijven.'

'Ik wist dat je dat niet zou doen, en ik wilde haar erop voorbereiden. Nog bedankt, trouwens. Dit is het ergste wat ik een andere vrouw ooit heb moeten aandoen.'

'Ben je nu opeens de beschermheilige van verkrachte vrouwen?'

'Ik ben haar arts. Ze is mijn patiënt.' Sara sloeg met haar vuist op haar borst. 'Míjn patiënt. Niet jouw getuige.'

'Jouw patiënt had me vorig jaar kunnen vertellen dat er op de campus een sadist actief was die vrouwen verkrachtte. Dan had ze de aanval op Beckey Caterino kunnen voorkomen.'

'Zeker net zoals jij de verdwijning van Leslie Truong hebt kunnen voorkomen?'

'Dat is onder de gordel.'

'Alles is onder de gordel,' zei Sara. 'Alles is vreselijk. Dat is het leven, Jeffrey. Je kunt alleen maar je best doen. Je kunt niet van Tommi verwachten dat ze de verantwoordelijkheid draagt voor al het ergs dat er is gebeurd. Ze kan nauwelijks voor zichzelf zorgen. En je lost dit niet op door haar vader in elkaar te slaan. Je mag hem niet zien als een soort plaatsvervanger van de man die haar echt iets heeft aangedaan.'

'Ik was niet...' Het scheelde niet veel of hij had met zijn vuist op het stuur geslagen. 'Ik was niet van plan hem te slaan.'

Sara liet hem in zijn waan.

Hoe irritant haar zwijgen ook kon zijn, soms paste ze het heel doordacht toe. Jeffrey voelde de spanning wegvloeien uit zijn lichaam. Zijn geest werd weer helder. Dat was Sara's witte magie. Ze gaf hem het gevoel dat de wereld hem niet ging vermorzelen. Hij zou er alles voor overhebben om dergelijke momenten vast te houden.

Hij keek weer naar het huis. Hij hoopte vurig dat Tommi Humphrey op een dag ook een dergelijke rust zou vinden.

Sara schraapte haar keel. 'Tommi zei dat haar verkrachter met iets naar haar hoofd zwaaide. Ze kon niet zien wat het was, maar ze ging wel out door de klap.'

Weer moest Jeffrey denken aan de halvemaanvormige deuk op de röntgenfoto van Rebecca Caterino's schedel.

'Een hamer,' zei hij.

'Tommi overdreef niet toen ze zei dat haar schaamhaar gebleekt was. Ik kon het de volgende ochtend nog ruiken, zelfs nadat ze had gedoucht.'

Jeffrey knikte kort. Ze moest doorgaan, want zijn behoefte om hierover te praten was groot.

'Ik heb het gevoel dat de verkrachter haar in de gaten hield,' zei ze. 'Hij zag zijn kans schoon toen ze de sportschool verliet. Hij had de hamer al bij zich. Van tevoren had hij een waslap in bleekmiddel gedrenkt om al het DNA te verwijderen. Wat betekent dat hij alles van tevoren had gepland en toen het goede moment afwachtte.'

Bij Caterino was Jeffrey op hetzelfde scenario uitgekomen. 'Volgens mij hield hij Beckey ook in de gaten. Ze verliet de bibliotheek rond vijf uur 's ochtends. Om zeven uur had ze een afspraak met Sibyl. Als de verkrachter op de hoogte was van Beckeys agenda, stond hij misschien bij het studentenhuis te wachten om haar vandaar te volgen. Dan ziet hij dat ze gaat hardlopen en besluit hij toe te slaan.'

'Je mag er dus van uitgaan dat de verkrachter wat ouder is, geduldiger. Hij kan zich door de stad bewegen zonder op te vallen. Hij wil alles onder controle hebben. Hij is systematisch. Goed voorbereid.'

Jeffrey hoopte dat ze ongelijk had, want dat type verkrachter was het moeilijkst op te sporen.

'Heb je bij Beckey bleekmiddel geroken?' vroeg hij.

'Nee.' Sara dacht even na. 'Wat betekent het volgens jou dat de verkrachter vijf maanden geleden bij Tommi een hamer en die lap met bleekmiddel meebracht en dat hij gisteren bij Beckey wel de hamer gebruikte, maar haar waarschijnlijk met iets reukloos heeft schoongemaakt?'

'Hij wijzigt zijn modus operandi. Hij leert gaandeweg hoe het beter kan.' Jeffrey weigerde te denken aan de gevolgen die dat voor de stad kon hebben. 'En de Gatorade?'

'Die is blauw,' zei Sara. 'Het onverteerde voedsel dat in Beckeys keel was blijven steken had een blauwe kleur, die overeenkwam met die van Gatorade.'

'Ook haar braaksel.' Jeffrey had zijn shirt en broek weggegooid. Die zou hij weer uit de vuilnisbak moeten vissen voor het geval ze nodig waren als bewijsmateriaal. 'Er moet een verdovend middel in dat drankje hebben gezeten.'

'Rohypnol? GHB?' raadde Sara. 'Ze mocht zich niet kunnen verroeren. Elk van die drugs leidt tot verlies van spierbeheersing, slaperigheid, geheugenverlies en een gevoel van euforie.'

'Verkrachtingsdrugs,' zei hij, want hij werkte in een studentenstad en hij kende dat spul maar al te goed. 'De verkrachter wilde dat ze haar ogen openhield. Ze moest zich bewust zijn van wat hij deed, maar ze mocht hem niet tegenhouden.'

'Door haar te drogeren schakelde hij haar bewustzijn uit. Tommi zei dat hij in het bos wachtte tot ze weer wakker werd. Ik weet zeker dat ze nog steeds maar half bij bewustzijn was. Wat ze je heeft verteld over de fysieke details van de verkrachting is niet het hele verhaal.'

Jeffrey schudde zijn hoofd. Hij was op dat moment niet in staat het hele verhaal aan te horen. 'En de breinaald waarmee hij Tommi bedreigde? Zou dat het werktuig kunnen zijn waarmee hij Beckey heeft verlamd?'

'Nee.' Sara legde het uit: 'Daarvoor was de punctie die we op Beckeys MRI hebben gezien te klein van omvang. Hij heeft iets anders gebruikt.'

'Hij heeft geléérd om iets anders te gebruiken,' zei Jeffrey. 'Denk je dat hij over medische kennis beschikt?'

'Ik denk dat hij over internet beschikt,' zei ze. 'Maar wat dat leren betreft heb je gelijk. Het geweld dat hij op Tommi en daarna op Beckey heeft toegepast duidt op een experiment. Tommi moest doen alsof ze verlamd was. Beckey liet hij geen keuze. Ze moeten zich bewust zijn van de verkrachting, maar ze mogen zich niet verweren. Dat geeft hem een kick. Hij heeft vijf maanden de tijd gehad om het te perfectioneren.'

Jeffrey staarde naar de verlaten straat voor hem. Leslie Truong werd nog steeds vermist. De afgelopen nacht was het bos uitgekamd, maar het was een gigantisch terrein om in het donker te doorzoeken. Misschien lag ze daar ergens, verstrikt en zwevend tussen leven en dood.

'Zijn er meer meisjes, voormalige patiënten, over wie je me niet vertelt?'

'Nee.'

Jeffrey had geen tijd om zich opgelucht te voelen. 'Fantasie moet er ook een rol bij spelen. Hij bedenkt een strategie voor hij in actie komt. Hij jaagt op ze. Hij volgt ze. De man is een roofdier.'

'Wat bedoelde je toen je Tommi vroeg of ze iets miste?'

'Caterino had een haarklem die belangrijk voor haar was. Die lag niet meer op zijn vaste plek. Leslie Truong miste een haarband, maar dat voelt anders. Er ontbraken ook kleren. Ze dacht dat haar huisgenoten spullen van haar pikten.'

Zijn telefoon ging. Jeffrey durfde bijna niet naar het nummer te kijken, maar deze keer was het niet zijn moeder. Het was het bureau. 'Wat is er?' vroeg hij.

'Leslie Truong,' zei Frank. 'Een student heeft haar lichaam in het bos gevonden.'

Jeffrey had het gevoel alsof een afgebroken stuk metaal zich in zijn borst had vastgezet. 'Hoe erg is het?'

'Heel erg,' zei Frank. 'Je moet Sara meenemen.'

ATLANTA

13

Will zat aan zijn bureau op het hoofdkantoor van het GBI en probeerde zich te concentreren op de tekst die voor hem lag. Met een metalen liniaal van vijftien centimeter verankerde hij elke regel, maar de letters dansten en sprongen nog steeds als vlooien in het rond. Hij had al jaren geen notitieboekje meer bij zich. Hij dicteerde zijn bevindingen in zijn telefoon, printte de pagina's later en haalde ze door de inbindmachine. De ervaring had hem geleerd dat hij niet op de spellingchecker kon vertrouwen. Corrigeren was de laatste horde. Vooral samentrekkingen waren een probleem. Normaal herkende hij veelgebruikte zinsneden wel en wist hij waar de problemen zaten. Maar op dit moment betwijfelde hij of hij zijn eigen gezicht nog zou herkennen in de spiegel.

Achteroverleunend wreef hij de slaap uit zijn ogen. Zijn rug deed pijn. Zijn brein voelde gekneusd. Zijn knokkel begon weer te bloeden telkens wanneer hij zijn vingers boog.

De vorige avond was hij bij Faith blijven hangen en had hij in Jeremy's tweepersoonsbed geslapen, op diens verbleekte Star Wars-lakens. Zijn voeten hadden over het uiteinde van de matras gehangen. Het had hem doen denken aan zijn jaren in het kindertehuis. Fantastisch, alsof hij zich al niet ellendig genoeg voelde.

Er waren op de hele wereld niet voldoende dienbladen om wat er de vorige avond met Sara was voorgevallen op weg te stoppen. Will had Sara nooit in een categorie geplaatst die ook maar in de buurt kwam van die van zijn ex-vrouw, maar opeens had ze gedaan wat Angie altijd had gedaan, zodat hij zich tegelijkertijd gek, woedend, geërgerd en vervuld van zelfhaat had gevoeld.

Zijn hele relatie met Angie was getekend geweest door spanning. De ene keer was ze bij hem, dan was ze weer bij iemand anders. Ze verdween. Ze kwam terug. Ze dreef hem tot het uiterste. Ze trok hem met een ruk weer naar zich toe. Zo had ze Will vanaf zijn elfde belazerd. In al die tijd dat ze samen waren geweest, had hij zich geen moment veilig gevoeld.

En nu had hij het gevoel dat hij met Sara ook op het randje balanceerde.

Zodra Will haar appartement was binnengestapt, had hij geweten dat hij kwaad weg zou lopen. Daarom was hij ook zo lang mogelijk bij haar uit de buurt gebleven. Vanaf het begin had alles fout gevoeld, zelfs de muziek waar Sara naar luisterde. Paul Simon. Will wist niet wat hij ermee moest. Hij dacht altijd dat hij Sara's stemming goed kon peilen aan de hand van de muziek die ze beluisterde. Dolly Parton betekende dat ze verdrietig was. Lizzo was ter voorbereiding op de sportschool. Beyoncé begeleidde haar als ze ging hardlopen. Als ze haar administratie deed, luisterde ze naar NPR Tiny Desk Concerts, in een romantische bui naar Adele, en naar Pink wanneer ze zin in seks had.

Paul Simon betekende vermoedelijk dat ze aan Jeffrey dacht.

De dossierdozen van haar overleden man hadden opgestapeld op de eettafel gestaan toen Will was binnengekomen. Dezelfde tafel waaraan Sara en hij altijd aten. Dezelfde tafel waarop ze de eerste keer seks hadden gehad.

Bij het horen van Wills sleutel in de deur had ze zo te zien in alle haast Jeffreys spullen weggestopt. Aan het peil van de whisky in de fles zag hij dat ze meer dan één glas had gedronken. Haar ogen waren bloeddoorlopen. Ze maakte een ontredderde indruk. Naar de oorzaak hoefde hij niet te raden. Een paar jaar eerder had Will Sara iets tegen haar zus horen zeggen over het prachtige handschrift van Jeffrey Tolliver. Ze was er abnormaal op gefixeerd geweest.

Will keek naar zijn eigen geprinte aantekeningen. De dicteerapp was een geschenk uit de hemel. Hij had het handschrift van een kind. Zelfs zijn handtekening was een onleesbare krabbel. Emma schreef al beter dan hij, en dat terwijl ze alleen nog maar krijtjes mocht gebruiken.

'Wilbur.' Al kloppend deed Amanda de deur open. Ze tuitte haar lippen al om hem een bevel toe te blaffen, maar toen ze zag wat hij aanhad, bedacht ze zich. 'Wou je soms net sigaartjes gaan halen bij de Dollar Store?'

Will had die ochtend niet naar zijn huis willen gaan. Hij droeg de kleren waarin hij had geslapen en die hij aan had gehad toen hij bij Sara was langsgegaan: een lichtblauw overhemd en een spijkerbroek.

Tegen haar gewoonte in leek Amanda op antwoord te wachten.

'Ja,' zei hij.

Ze fronste haar voorhoofd, maar liet het passeren. 'Iedereen wordt in de briefingruimte verwacht. Over een kwartier. Ik reken erop dat er hele zinnen over je lippen komen.'

Hij keek haar na tot de deur zich achter haar sloot en rekende uit hoelang hij erover zou doen om vanaf het hoofdkantoor van het GBI aan Pantherville Road de stad in te rijden en dan weer terug.

Een stuk langer dan een kwartier.

Weer werd er geklopt. Will nam aan dat de deur open zou gaan, want niemand wachtte na te hebben geklopt. Het was eerder een waarschuwing dat er een seconde later iemand binnen zou komen.

De deur ging niet open.

'Ja?' riep Will.

Sara kwam binnen. Meteen voelde de kamer kleiner. Ze deed de deur achter zich dicht, maar bleef met de hand aan de kruk staan, als om zichzelf eraan te herinneren dat ze elk moment kon vluchten.

Will had die nacht allerlei scenario's uitgewerkt toen hij probeerde te bedenken hoe hij moest reageren als hij Sara 's ochtends weer tegenkwam. Dit waren de belangrijkste:

1. In de briefingruimte, zij voorin, hij achterin. Ze keek hem aan. Hij keek terug. Ze deden allebei hun werk.
2. In het mortuarium, waar zij de resultaten van de autopsie op Alexandra McAllister doornam terwijl hij geduldig achterin stond te luisteren.
3. Op de gang, zij liep naar haar kamer en hij was met Faith. Ze negeerden elkaar, want zo professioneel waren ze wel.

Niets van dat alles gebeurde. En het ging ook niet gebeuren, want Sara begon te huilen.

'Liefste,' zei ze, 'het spijt me zo.'

Alsof er een steen in Wills keel bleef steken.

'Ik heb naar je gezocht,' zei ze. 'Ik heb bij je huis gewacht. Ik ben naar Amanda's huis gereden. Uiteindelijk zag ik je auto bij Faiths huis staan. Ik was zo bezorgd, maar ik heb niet... Ik wist dat je ruimte nodig had. Heb je nog steeds ruimte nodig?'

In gedachten zag Will haar als een gek in het donker rondrijden. Op zoek naar hem. En toen ze hem had gevonden, was ze weer naar huis gegaan.

'Will.' Ze liep om zijn bureau heen en ging op haar knieën zitten. Met beide handen greep ze zijn hand. 'Ik ben zo zeker van je. Van ons. Het is nooit bij me opgekomen dat je dat uit mijn mond moest horen. Het spijt me.'

Will probeerde zijn keel te schrapen. De steen zat muurvast.

'Ik had je eerder een berichtje moeten sturen. Ik had je moeten bellen. Ik had naar je toe moeten gaan.' Ze drukte haar lippen op de rug van zijn hand. 'Ik negeerde degene die ik het hardst nodig had. Zeg alsjeblieft hoe ik het goed kan maken.'

Will kon heel veel dingen bedenken, maar hij wist niet hoe hij erom moest vragen zonder jaloers te klinken of nog erger: zielig.

Zeg dat je de rest van je leven bij me wilt blijven. Zeg dat ik de enige man ben met wie je ooit samen wilt zijn. Zeg dat je meer van mij houdt dan van Jeffrey.

'Ik weet dat ik het recht niet heb om het te vragen,' zei ze, 'maar wil je alsjeblieft met me praten?'

Eindelijk slaagde hij erin de steen door te slikken, die in zijn maag in accuzuur veranderde. 'Het is goed,' zei hij.

'Het is niet goed.' Ze ging op haar hurken zitten. 'Ik hou van je. Je bent mijn leven. Maar...'

Hij voelde de kamer nog kleiner worden.

'Ik heb van Jeffrey gehouden,' zei ze. 'Als hij niet gestorven was, zou ik nog bij hem zijn.'

Will keek naar zijn hand, die ze bleef vasthouden. Zijn andere hand bloedde nog. Hij legde hem op zijn bureau. Hij had geen idee wat Sara nog meer wilde zeggen, maar hij had elk grammetje zelfbeheersing nodig om haar niet het zwijgen op te leggen.

'Maar dat betekent niet dat jij tweede keuze bent,' zei ze. 'Of een troostprijs of een plaatsvervanger of weet ik veel wat je allemaal denkt.'

Ze had geen idee wat hij allemaal dacht.

'Schat, ik hoef niet per se iemand te hebben. Ik zou er ook voor kunnen kiezen de rest van mijn leven alleen te blijven.' Ze hees zich op haar knieën overeind zodat ze elkaar recht aan konden kijken. 'Ik heb voor je gekozen, liefste. Ik kies voor je zolang je me wilt hebben. Ik wil jóú. Ik wil bij jóú zijn.'

Ze zei allemaal dingen die hij wilde horen. Hij wist alleen niet wat hij ermee moest. Hij was nog steeds gekwetst. Hij voelde zich nog steeds gebutst door hoe ze hem had behandeld. Hij wist dat het accuzuur in zijn maag zou blijven etteren als hij geen manier vond om het te laten verdwijnen.

'Angie deed dat ook,' zei hij. 'Wat jij deed.'

Ze keek alsof ze een klap in haar gezicht had gehad. 'Vertel.'

Tranen biggelden over haar gezicht. Hij wist niet of hij haar zoveel pijn mocht doen.

'Ze dwong me,' zei hij niettemin.

Sara beet op haar onderlip.

'Ze wilde dat ik ruig met haar was. Maar niet…' Hij haatte de bittere nasmaak van Angies naam in zijn mond. 'Niet dat ik haar moest slaan of… Ik bedoel, niet als… Maar alleen zo wilde ze het met me doen: ruig. En ze weigerde… weet je, ze weigerde klaar te komen. Ik deed mijn best, maar… Jezus.'

Het was te moeilijk. Met zijn duim perste Will het bloed uit zijn knokkel. Hij zag het langs zijn vinger naar beneden rollen en op zijn bureau druipen. Hij keek Sara weer aan.

Ze wachtte tot hij verderging.

'Het is alsof…' Hij ging gebukt onder schuld, want het ging niet alleen om zijn eigen verdriet. Het was ook dat van Angie. Hij wist zoveel over haar leven, over de verborgen, duistere, vreselijke dingen waarnaar anderen slechts konden raden. Het was niet zonder reden dat ze zich tot geweld voelde aangetrokken. Soms zag hij zichzelf als haar doos van Pandora. Dat was hun probleem. Ze hadden elkaars intiemste geheimen gekend. Met Sara wilde hij niet dezelfde fout maken. 'Ik weet het niet.'

Zachtjes streek ze zijn haar achter zijn oor. 'De eerste keer dat we vrijden, wist ik dat ze je nooit had toegelaten.'

Will geneerde zich. Angie had hem op zoveel onzichtbare manieren genaaid. Alsof hij telkens weer reïncarneerde na het plegen van een zelfmoordaanslag, waarbij Angie elke keer de ontsteker in haar hand had gehad.

'Ik laat je toe,' zei Sara. 'Je hebt mijn hart. Je hebt alles wat ik ben.'

Will keek naar de uitdraai op zijn bureau. De letters vormden een waas. Als er iets met hem gebeurde, zouden er alleen stapels papier van hem overblijven, vol stomme spelfouten die zelfs iemand uit groep drie er nog uithaalde.

'Het spijt me,' zei hij.

'Liefste, je hoeft nergens spijt van te hebben. Het was mijn fout. Alles wat ik gisteren met je gedaan heb, was fout. Ik ben zo blij met je, zo dankbaar voor jou in mijn leven.' Voorzichtig draaide Sara zijn hoofd weer in haar richting. 'Je bent intelligent en grappig en knap en sexy. En ik kom altijd fantastisch bij je klaar.'

Will klemde zijn kaken op elkaar. Hij had niet om complimenten gevraagd en hij voelde zich opgelaten omdat zij dacht dat hij erom verlegen zat.

'Ik weet dat het nu even stroef gaat tussen ons, maar zullen we zorgen dat het goed komt?' Haar vingers streken zachtjes de spanning uit zijn kaak. Het had niets seksueels. Ze maakte weer contact met hem, probeerde zijn twijfel weg te nemen. 'Wat moet ik doen om je weer een goed gevoel te geven?'

Will wist niet wat hij moest antwoorden. Ze had gelijk. Het voelde nog steeds niet goed. Het kwam alleen goed als ze stopten met praten. Hij trok Sara op schoot. Ze sloeg haar armen om zijn schouders en legde haar hoofd tegen zijn borst. Hij wist dat ze naar zijn hartslag luisterde. Hij ademde diep in om zijn hart tot rust te brengen. Hij voelde zich verward en kwetsbaar. Hij smachtte naar de geborgenheid die alleen Sara hem ooit had geschonken.

Er werd twee keer op de deur geklopt, waarna Faith binnenkwam.

Ze zag Sara op Wills schoot. 'O, shit!'

Will verstarde, maar Sara tilde simpelweg haar hoofd op. 'Begint de vergadering al?' vroeg ze.

'Yep. Yep-yep-yep.' Faith sloeg haar handen ineen. 'Zekers!' De hak van haar schoen bleef achter de deur haken toen ze die snel dicht wilde doen.

'Ik heb een pak van thuis voor je meegenomen,' zei Sara. 'Toen je vanochtend niet bij je huis kwam opdagen, bedacht ik dat je wel schone kleren nodig zou hebben.'

Hij putte een miezerig soort troost uit de gedachte dat Sara bij zijn huis op hem had gewacht.

Ze keek naar zijn bloedende hand. 'Dat maak ik even schoon voor je weggaat.'

Hij bromde iets.

'Ik moet mijn aantekeningen halen voor de vergadering.' Ze stond op en trok haar jurk recht, die licht en soepel om haar lichaam viel.

Will besefte dat ze haar gebruikelijke werktenue niet aanhad, dat bestond uit een lichte pantalon en een donkerblauw GBI-shirt. Haar lange krullen vielen op haar schouders in plaats van keurig te zijn opgestoken. Ze droeg hoge hakken. Haar eyeliner was donkerder dan normaal. Ze had zelfs lippenstift op.

Als hij dat alles had opgemerkt toen ze zijn kamer binnen was gelopen, had hij haar misschien niet hoeven vertellen dat Angie het pas lekker vond als ze hem zo op stang had gejaagd dat hij haar helemaal beurs neukte.

'Tot straks.' Sara streelde nog één keer zijn gezicht en vertrok.

Will keek zo lang naar de dichte deur dat het bloed op zijn bureau inmiddels gestold was. Hij graaide zijn aantekeningen bij elkaar. Uit gewoonte reikte hij naar zijn jasje, dat altijd over de rugleuning van zijn stoel hing. Hij probeerde zich weer op de zaak te concentreren. Lena Adams. Gerald, Beckey en Heath Caterino. Hij zou over ze moeten praten. In een zaal vol anderen. Mensen die hem kenden en van wie sommigen wisten dat hij leesproblemen had.

Amanda vroeg hem nooit om een briefing te leiden. Dat liet ze meestal aan Faith over, want die deed niets liever. Hij wist niet of Amanda hem wilde straffen omdat hij niet netjes gekleed was of dat ze een beroep op hem deed zoals zijn leraren vroeger, vanuit de veronderstelling dat ze Will hielpen uit zijn schulp te kruipen, terwijl ze hem in werkelijkheid aan zijn ergste nachtmerrie blootstelden.

Hij keek de gang door op zoek naar Faith. Toen keek hij in haar kamer. Uiteindelijk vond hij haar in de keuken, waar ze een kop koffie pakte.

'Sorry van net,' zei hij.

'Hoezo?'

En daar lieten ze het bij.

Will volgde Faith naar de briefingruimte. Ze ging aan een tafeltje op de voorste rij zitten. Hij had het gevoel dat hij zijn mening moest bijstellen over wat hij met haar kon bespreken. Niet dat ze de vorige avond ergens over hadden gesproken. Toen hij bij Faith had aangeklopt, had ze hem niet gevraagd wat hij in godsnaam kwam doen. Ze had hem een bak ijs gevoerd en hem tot middernacht heel Vice City door gejaagd.

'Hoe gaat-ie?' Charlie Reed ging naast Faith zitten. Vervolgens kwam Rasheed. Hij had twee bekers koffie bij zich die hij duidelijk niet van plan was te delen. Gary Quintana, Sara's assistent, voegde zich bij hen op de voorste rij, en zo zaten ze allemaal als lievelingetjes van de juf naast elkaar.

Will leunde tegen de muur. Hij was geen lievelingetje van de juf.

'Goeiemorgen, gozer.' Nick Shelton sloeg Will in het voorbijgaan op de schouder, met dat merkwaardige grijp-klapgebaar. Zijn spijkerbroek zat zo strak dat Will vermoedde dat hij op de vloer moest gaan liggen om hem omhoog te hijsen. Nick nam een stoel een paar plaatsen bij Charlie vandaan. Hij opende zijn aktetas van bewerkt leer, die rechtstreeks van Patsy Cline gestolen had kunnen zijn.

'Hoi.' Bij het binnenkomen knipoogde Sara naar hem.

Will volgde haar met zijn blik toen ze naar voren liep. Ze had haar haar opgestoken. Hij keek naar de sierlijke boog van haar hals toen ze naast Faith ging zitten. Sara sloeg een arm om haar heen, en Faith gaf haar een warme hug terug, als de vrouwelijke variant van een boks om dingen glad te strijken.

Hij kon maar beter gaan zitten, bedacht Will, als hij niet Amanda's groeiende toorn op zich wilde laden. Hij nam een tafeltje in de rij achter Sara, iets opzij zodat hij haar profiel kon zien. Ze las haar aantekeningen door. Verstrooid draaide ze haar haar om haar vingers.

Hij dwong zichzelf naar iets anders te kijken.

De briefingruimte was een typische overheidsrechthoek, met gerafeld tapijt en een uitgezakt systeemplafond. De ramen reikten van de vloer tot aan het plafond en keken uit op het parkeerterrein. De tegels hadden watervlekken. De meeste tafeltjes piepten, waren kapot of leden aan beide gebreken. De overheadprojector was een oeroud ding, waar Amanda geen afscheid van wilde nemen. De tv was van het beeldbuistype, waar een draagbare videorecorder van het formaat houten pallet bij hoorde. Het enige wat erop wees dat ze in de eenentwintigste eeuw leefden, waren de vier smartboards voor in de ruimte. De interactieve schermen konden worden gekoppeld aan computers, tablets en zelfs aan telefoons.

Will herkende het werk van Faith. Ze had het moordkabinet van Gerald Caterino op alle vier de borden geprojecteerd. Alle foto's, uitdraaien en notities, alle politieverslagen die ze op haar telefoon had vastgelegd, stonden meer dan levensgroot op de schermen.

Hij wist nog steeds niet hoe Faith had ontdekt dat Heath Caterino Beckeys zoontje was. Het speeksel op de achterkant van de gevangenisenvelop van Daryl Nesbitt had het bewijs geleverd voor haar hypothese. Gerald had hun het resultaat laten zien van de DNA-test uit een naburig laboratorium, dat gespecialiseerd was in bewijsmateriaal waarmee mannen gedwongen werden alimentatie voor hun kinderen te betalen. Alle genetische kenmerken sloten Daryl Nesbitts vaderschap uit, wat betekende dat hij Beckey Caterino niet had verkracht.

Geen wonder dat haar vader al vijf jaar met een wapen naast zijn bed sliep.

Will hoorde het geklik van Amanda's gespleten hoeven op de gang. Al append nam ze haar plaats achter de lessenaar in. Uiteindelijk keek ze op. Geen inleiding, ze kwam meteen ter zake.

'We zitten met allerlei onbekende grootheden, maar dit is de stand van zaken: zoals dokter Linton zal schetsen, zijn er overtuigende indirecte verbanden tussen de twee slachtoffers uit Grant County en de moord op Alexandra McAllister. Daar draait het om. Ten behoeve van onze discussie behandelen we de zaken Caterino, Truong en McAllister als gepleegd door dezelfde onbekende dader. Wat de overige slachtoffers uit de krantenartikelen betreft kunnen we alleen maar gissen. Voor degenen onder jullie die de stand bijhouden: pas bij drie slachtoffers spreken we van een seriemoordenaar. Voor degenen die niet kunnen tellen: we hebben twee dode vrouwen. Rebecca Caterino leeft nog, dat staat vast. Will? Jij bent eerst. Dan komt dokter Linton, dan Faith, en daarna praten Nick en Rasheed me bij over de moord op Vasquez in de gevangenis.'

Will voelde een misselijkmakende kramp in zijn buik. Als hij een das had gedragen, zou hij die hebben losgetrokken. Daar ging het Amanda kennelijk om.

Hij zei: 'We hebben gepraat met –'

'Lessenaar.'

Fuck.

Will voelde zich ongeveer tien jaar oud toen hij naar voren liep. Hij stapelde zijn papieren op de lessenaar en keek naar de wirwar van woorden. Stress verergerde zijn probleem. Het enige wat hij zag waren getallen. Gelukkig was de vorige dag zo uitputtend geweest dat alles tot in de uithoeken van zijn brein stond gekerfd.

'Gisterochtend om 11.45 uur hebben Faith en ik een gesprek gehad met Lena Adams, bij haar thuis in Macon, Georgia. Ze was behoorlijk tegendraads.'

Iemand snoof. Hij vermoedde dat het Faith was.

'Faith is erin geslaagd twee nuttige stukken informatie aan Adams te onttrekken. Ten eerste dat Daryl Nesbitts proces werd gefinancierd door een weldoener. Nader onderzoek wees uit dat die weldoener Gerald Caterino was. Ten tweede dat Bonita Truong, de moeder van Leslie, tijdens een telefoongesprek met Gerald Caterino heeft opgemerkt dat haar dochter een week voor haar verdwijning had gezegd dat er iets persoonlijks van haar was gestolen, wat ze erg vervelend vond. Weer was het Gerald Caterino die ons vertelde dat het om een haarband ging. Toen Faith aandrong, hield hij een slag om de arm en zei dat er misschien meer spullen waren gestolen, zoals kleren. Maar die haarband zou weleens belangrijk kunnen zijn. Volgens de aantekeningen die Caterino bijhield van de gesprekken die hij voerde met ouders en andere overlevenden, misten de vrouwen uit de krantenartikelen ook haarspullen, zoals een kam of een borstel of een klem. Die staan allemaal op de lijst op het bord.'

'Mag ik even?' Sara had haar hand opgestoken. Hij wist niet of ze hem uit de nesten wilde helpen, maar hij was blij met de onderbreking. 'Van wat ik gisteravond heb gelezen in de dossiers uit Grant County, bewaarden Caterino en Truong hun vermiste of gestolen haarspullen op een bepaalde plek. Beckey legde haar haarklem altijd op haar nachtkastje. Leslie stopte een roze haarband in een mandje, samen met de lotion waarmee ze elke avond haar gezicht reinigde. Normaal zou ik dat met een korreltje zout nemen, want het komt allemaal uit de notitieboekjes van Lena, maar –'

'Wacht eens.' Faith knipperde met haar ogen. 'Zeg dat nog eens.'

Sara sloeg een van haar dossiermappen open. Ze hield twee foto's omhoog. De foto's waren van twee meisjes die hun haar ieder op een andere manier hadden opgestoken. 'Hierop zijn de haaraccessoires te zien.'

'Heb jij Lena's notitieboekjes?' vroeg Faith.

'Er zaten alleen fotokopieën in de dozen, maar inderdaad.'

'Ha!' Faith stak haar vuist in de lucht. 'Stop die maar in je reet, zwanger reptiel.'

'Dokter Linton, wil je die aantekeningen met ons delen?' vroeg Amanda. Ze voegde eraan toe: 'Neem jij het maar over. Will, dat is alles. Bedankt voor het grondige werk dat je zoals altijd hebt verricht.'

Sara gaf hem een kneepje in zijn hand toen ze zijn plaats achter de lessenaar innam. 'Ik wil graag beginnen met Thomasina Humphrey.'

Faith bladerde naar een nieuwe pagina in haar notitieboekje. Will ging naast haar zitten. Hij veegde het zweet uit zijn nek. Zijn knokkel bloedde weer.

'Tommi was eenentwintig toen ze werd aangevallen,' ging Sara van start. 'Ze is in het stadje opgegroeid. Vanaf haar veertiende was ze mijn patiënt, dus ik kende haar redelijk goed. Ze was nog maagd toen ze werd verkracht, wat niet ongebruikelijk is. Ongeveer zesenhalf procent van alle vrouwen verklaart dat verkrachting hun eerste seksuele ervaring is. Het gemiddelde slachtoffer is vijftien jaar oud.' Sara hield een foto omhoog van Thomasina Humphrey, die voor een stand op een wetenschapsbeurs stond. 'Ik kan niet met zekerheid zeggen of Tommi het eerste slachtoffer van de verkrachter is, maar ze zou weleens de eerste kunnen zijn geweest op wie hij zijn fantasie botvierde. Hij had duidelijk een plan toen hij haar ontvoerde.'

Will luisterde terwijl Sara alle bijzonderheden opnoemde die ze in Jeffreys dozen had aangetroffen. Hij zag dat ze aangeslagen was en vroeg zich af of het haar zwaar viel omdat ze het slachtoffer kende of omdat ze wist hoe het was om verkracht te worden.

Sara vervolgde haar verhaal. 'De dag na de aanval op Tommi belde Sibyl Adams me in de kliniek. Het was aan het einde van de ochtend, voor de lunch. Ik sprak af met Sibyl en Tommi in het medisch centrum, verderop in de straat. De spoedeisende hulp stelde destijds niet veel voor. Inmiddels is het ziekenhuis gesloten. Maar wel waren er bijna alle instrumenten die ik nodig had, en ook was er voldoende privacy om Tommi te kunnen helpen. Ik moet zeggen dat dit een van de ergste verkrachtingsgevallen was die ik ooit onder ogen heb gehad. Het meisje zou zijn doodgebloed als Sibyl er niet op had gestaan mij erbij te halen.'

Faith leunde achterover. Will zag dat ze haar pen vastklemde.

'Ik begeef me op glad ijs, want Tommi was mijn patiënt,' zei Sara. 'Ik beschik over veel persoonlijke informatie die vertrouwelijk moet blijven. Tijdens ons gesprek gaf ze mij mondeling toestemming om haar verkrachting met de politie te bespreken zolang niets officieel werd vastgelegd. Wat ik jullie kan vertellen, is wat er in de notitieboekjes staat die ik gisteravond heb gelezen.'

Will merkte dat ze het noemen van Jeffreys naam vermeed.

Sara zette haar bril op. Terwijl ze de aantekeningen raadpleegde, zei ze: 'Tommi werd oraal, vaginaal en anaal verkracht. Drie achterste kiezen waren gebroken. Ze had diverse anale scheuren en kneuzingen, tot in de karteldarm. Het bloed kwam hoofdzakelijk van de baarmoederhals, de mond van de baarmoeder, die dient als brug naar de vagina. Het had niet veel gescheeld of ze had een prolaps gehad, een verzakking van de baarmoeder. Het rectovaginale septum was geperforeerd. De dunne darm puilde uit in de achterwand van de vagina. Zoiets heet een fistel. De darminhoud lekte haar vagina binnen. Dat had Sibyl geroken. Ze wist dat het niet alleen Tommi's menstruatie kon zijn.'

Faith opende haar mond, happend naar adem. 'Heb je het kunnen herstellen?'

'Ik ben geen chirurg. En al was ik dat geweest, dan nog was het weefsel te beschadigd voor onmiddellijk herstel. Tommi moest vier maanden wachten voor ze voldoende was genezen om geopereerd te kunnen worden. Toen we haar spraken, was ze aan het herstellen van de eerste twee ingrepen. Het ging om een reeks van acht operaties, waarbij een uroloog, een neurochirurg, een gynaecoloog en een plastisch chirurg waren betrokken.'

'Vier maanden?' vroeg Faith. 'Moest ze vier maanden lang zo leven?'

'Ja.' Sara nam haar bril af. Wills hart trok samen toen hij haar gekwelde gezicht zag. 'Tijdens de behandeling die ik haar gaf, ging het me er voornamelijk om het bloeden te stelpen en het haar zo draaglijk mogelijk te maken. Ik wilde dat ze onmiddellijk naar een traumacentrum werd vervoerd. Dat weigerde ze. Tommi was volgens de wet volwassen, dus ze had het recht behandeling te weigeren. Uiteindelijk gaf ze me toestemming haar moeder te bellen. Beide ouders kwamen naar het ziekenhuis. Van Tommi mocht ik geen ambulance bellen. Ze stond erop dat haar vader haar naar het Grady Hospital bracht.'

'Jezus,' zei Faith. 'Dat is meer dan twee uur rijden.'

'Ze werd gestabiliseerd. Ik diende morfine en steroïden toe. Ik heb geprobeerd zoveel mogelijk splinters uit het zachte weefsel te verwijderen. Mijn grootste zorg was infectie, vooral vanwege die lekkende darm. Ik vroeg Tommi's toestemming om de splinters te bewaren. Ze weigerde. Ik zag huidschilfers onder haar vingernagels, mogelijk omdat ze haar verkrachter had gekrabd. Ook die mocht ik niet verzamelen. Ik vroeg of ik vaginale, anale en orale uitstrijkjes mocht maken voor het geval de verkrachter DNA had achtergelaten. Ze weigerde.'

Will wreef over zijn kaak. Als politieman was hij teleurgesteld, maar als mens wist hij dat er soms maar één manier was om iets slechts te overwinnen, namelijk door er zo snel mogelijk vandoor te gaan.

'Splinters,' herhaalde Faith. 'Waarvan?'

Sara hield een nieuwe foto omhoog. 'Hiervan.'

GRANT COUNTY – WOENSDAG

14

Jeffrey was de campus nog niet op gereden of zijn telefoon ging weer. Hij had tegen Frank gezegd dat alle gesprekken over het gevonden lichaam van Leslie Truong buiten de telefoons en mobilofoons om moesten gaan. Als een door de wol geverfde rechercheur zei dat iets erg was, dan was het heel erg. Er mochten geen bijzonderheden over de moord naar de pers worden gelekt. Hij had nu drie slachtoffers. Twee leefden nog.

Maar daar was alles mee gezegd.

Hij keek op de telefoon. Het scherm toonde een nummer uit Sylacauga. Zijn moeder belde met de telefoon van de buren. Jeffrey drukte de oproep weg, maar Sara had het nummer al gezien. Als ze er al enig plezier aan beleefde dat zijn moeder drie keer had gebeld tijdens het ritje van een kwartier vanaf Avondale, liet ze het niet merken.

Alsof ze het stilzwijgend hadden afgesproken, hadden Sara en hij zich ieder in hun eigen hoofd teruggetrokken. Hij had geen idee wat er op dat moment in haar omging. Zelf probeerde hij uit alle macht niet te denken aan wat ze hem tijdens de rit had verteld.

Sara had haar toevlucht genomen tot onbegrijpelijk medisch jargon toen ze de fysieke aspecten van de aanval op Tommi Humphrey had toegelicht. Tegen de tijd dat ze haar verhaal had afgerond, had Jeffrey een bloedsmaak in zijn mond gehad. Hij had elk woord willen opschrijven, niets willen vergeten van wat het eenentwintigjarige meisje was overkomen, voor het geval ze zich ooit sterk genoeg voelde om een officiële aanklacht in te dienen.

Ze moest rekening houden met de tijd. De ontvoering op zich was een ernstig misdrijf, maar volgens de verjaringswet die in Georgia gold, moest de aanklacht binnen zeven jaar worden ingediend. Verkrachting was na vijftien jaar verjaard. Helaas had Sara van Tommi geen monsters mogen nemen van de gevolgen van de aanval. De splinters, de wanguitstrijkjes, het schraapsel van onder haar vingernagels: ze hadden stuk voor stuk als bewijsmateriaal kunnen dienen en Tommi wat lucht kunnen geven. De wet schreef voor dat een proces over ontvoering, sodomie met verzwarende omstandigheden en ernstige seksuele mishandeling van start kon gaan zodra de verdachte door middel van DNA was geïdentificeerd.

Als een advocaat over veertien jaar vroeg waarom Tommi Humphrey zo lang had gewacht voor ze met haar verhaal naar buiten kwam en hoe ze zo zeker kon zijn van alle bijzonderheden, wilde Jeffrey erbij zijn met zijn oude, door de tijd getekende notitieboekjes, om de klootzak de bijzonderheden door zijn keel te kunnen rammen.

Weer ging zijn telefoon. Hij tikte op het scherm om het gesprek op de speaker te zetten. 'Wat is er, Lena?'

'Ik heb die zogenoemde Little Bit gevonden,' zei ze. 'Hij heet Felix Floyd Abbott en is drieëntwintig. Hij ging ervandoor op zijn skateboard. Ik heb hem bijna een kilometer lang moeten achtervolgen. Hij had wat wietzakjes bij zich. Net niet genoeg om te dealen.'

'Maak een proces-verbaal op. Laat hem maar zweten. Ik spreek hem later wel.' Jeffrey verbrak de verbinding. Felix Floyd, niet Daryl, dus hij was nog steeds op zoek naar de man uit de contactenlijst van Beckey Caterino. 'Little Bit is de wietdealer van de campus,' zei hij tegen Sara.

Ze knikte. Haar hand rustte op de portiergreep toen Jeffrey het personeelsparkeerterrein op reed. Ze wilde dit zo snel mogelijk afhandelen.

'Bedankt,' zei hij.

'Waarvoor?'

'Voor je hulp met Tommi. Voor je aanwezigheid.'

Ze had van alles kunnen zeggen om hem spijt te laten hebben van zijn waarderende woorden, maar ze knikte alleen maar.

Jeffrey parkeerde de auto en keek hoe laat het was. Een uur geleden was Bonita Truongs vliegtuig geland. Ze had hem via een bericht laten weten dat ze rechtstreeks naar Grant County zou komen zodra ze een auto had gehuurd. Het was minstens twee uur rijden. Hij hield zichzelf voor dat lafheid niet de reden was waarom hij haar niet meteen belde. Leslies moeder wilde ongetwijfeld alle bijzonderheden weten. Hij wilde haar zoveel mogelijk kunnen vertellen.

Sara stapte als eerste uit. Ze liep rechtstreeks naar Brocks mortuariumbusje. Hij was bezig de opgevouwen witte canvas tent van het uitvaartcentrum achter uit de bus te trekken. Frank deed vergeefse pogingen hem te helpen. Jeffrey voelde zich misselijk worden. Frank had niets over een tent gezegd. Het noodweer van de vorige dag had de Carolina's bereikt. Blijkbaar zag het er zo erg uit dat ze al hadden besloten het lichaam aan het oog te onttrekken.

'Hallo, Brock.' Sara wreef over zijn arm. 'Ik ben er, mocht je me nodig hebben. Voel je niet op de vingers gekeken.'

'O, Sara, kijk jij me maar op de vingers. Dit is vreselijk. Ik weet niet of ik dit werk nog aankan.'

'Rustig maar.' Ze pakte de sporenkoffer uit het busje en hing de riem over haar schouder. 'Voor zover je er behoefte aan hebt, zal ik je helpen.'

Jeffrey nam de bundel tentstokken van Frank over.

Frank wees naar het bos. 'Het lichaam ligt zo'n driehonderd meter die kant op.'

Jeffrey liep in de richting die Frank aanwees. Het terrein lag in het verlengde van de werkkamer van Kevin Blake. Hij veronderstelde dat de rector al aan het bellen was met het bestuur, de advocaten van de universiteit en de burgemeester. Het kon hem niet schelen wat ze bespraken. Hij maakte zich niet meer druk om zijn baan. Het enige wat hij wilde, was het beest vangen dat deze vrouwen te pakken had gehad. De stad viel onder zijn verantwoordelijkheid. Tot nu toe had hij het bij drie slachtoffers laten afweten. De een had geen vertrouwen dat de politie haar zaak recht zou doen, een ander was bijna gestorven terwijl zij erbij stonden te kletsen, en de derde hadden ze in haar eentje terug laten gaan naar de campus, een halfuur lopen verderop, waar ze nooit was aangekomen.

De dood van Leslie Truong rustte uitsluitend op zíjn schouders.

'Volgens Brad heeft ze dezelfde kleren aan als gisterochtend op de plek waar Caterino is gevonden,' zei Frank. 'Yogapakje, zo te zien. Het lichaam is heel koud en stijf. Waarschijnlijk heeft ze hier de hele nacht gelegen.'

Jeffrey voelde zich steeds beroerder. Hij keek naar Sara. Ze zei niets, maar deze keer wist hij precies wat ze dacht. Tegen Frank zei hij: 'Ik heb met vijftien mensen dat bos doorzocht. Hoe kunnen we haar hebben gemist?'

Frank schudde zijn hoofd, niet omdat hij het antwoord niet wist, maar omdat het antwoord overduidelijk was. Het bos was zeer uitgestrekt. Die nacht was er geen maan geweest. Je zag alleen wat je kon zien.

Jeffrey probeerde een nieuwe invalshoek. 'Felix Abbott. Hij wordt Little Bit genoemd. Ken je hem?'

'Nee, maar Abbott is een naam uit Memminger.' Frank schudde een sigaret uit zijn pakje. 'Het is allemaal Dew-Lolly-tuig.'

Dew-Lolly was de armzalige kruising van twee hopeloze straten in Memminger County twee districten verderop, dus de bewoners waren niet Jeffreys probleem. Hij had de sheriff van Memminger vaak naar achterlijke overtreders in zijn district horen verwijzen als 'een echte Dew-Lolly'.

'Op Caterino's telefoon was een nummer opgeslagen van een zekere Daryl,' zei Jeffrey. 'Is die naam ooit opgedoken in verband met Felix Abbott?'

'Daryl?'

'Geen achternaam. Gewoon Daryl.'

'Er gaat me geen licht op, maar mijn lampjes zijn nog van voor de oorlog. Waarom vraag je dat trouwens?' wilde Frank weten. 'Moet je iets van ze?'

'Ik moet iets van de hele stad.' Jeffrey keek naar Sara, die de tentharingen en het touw pakte. Haar gezicht stond strak toen ze op weg gingen naar de plaats delict. Ze had met eigen ogen de schade gezien die bij Tommi Humphrey was aangericht. Van hen vieren was Sara de enige die echt besefte wat ze diep in het bos konden aantreffen.

Brock verschoof de zware canvas tent op zijn schouder. 'Wil je je moeder bedanken, Sara, omdat ze gisteravond langs is geweest? Het was lief van haar om een tijdje bij mama te zitten. Haar astma speelt weer behoorlijk op. Ik ben bang dat ze opnieuw naar het ziekenhuis moet.'

Weer wreef Sara over zijn arm. 'Je mag me dag en nacht bellen als ze hulp nodig heeft. Je weet dat ik dat niet erg vind.'

'Dank je, Sara. Dat betekent heel veel voor me.' Brock wendde zijn blik af en veegde met zijn mouw langs zijn ogen.

'Truong is door een studente gevonden, Jessa Copeland,' zei Frank. 'Matt neemt haar verklaring af op het bureau.'

'Zeg tegen hem dat hij bij haar moet blijven tot haar familie of een bekende het overneemt.'

'Dat weet-ie.' Frank stak zijn sigaret aan. Hij was de enige die niets droeg, wat maar goed was ook, gezien zijn slechte gezondheid en de driehonderd meter die ze moesten lopen. 'Copeland, die haar gevonden heeft, was aan het hardlopen in het bos. Ze moest omkeren en raakte van het pad af. Toen zag ze Truong. Ze herkende haar onmiddellijk van de mededelingenborden. Ik ben er met Matt en Brad op afgegaan. Brad is er nog steeds.'

'Hoe ligt ze erbij?'

'Net als Caterino. Op haar rug. Kleren zitten nog goed. Ze heeft hier een plek.' Frank tikte tegen zijn slaap. 'Felrood, rond, zo groot als een kwart dollar.'

Sara keek achterom naar Jeffrey.

Als de kop van een hamer.

'Ze was duidelijk dood,' zei Frank, 'maar ik heb wel naar haar pols gezocht. Net als Matt. Ook Brad heeft gevoeld, en toen heeft hij voor de zekerheid zijn oor op haar borst gelegd.'

Jeffrey wist dat nu het 'erge' kwam. 'En verder?'

'Bloed.' Hij wees naar zijn onderlijf. 'Overal.'

'Lag ze op een helling, met haar bekken lager dan haar borst?' vroeg Sara.

'Nee.'

'Er zijn maar twee dingen waardoor het bloed blijft stromen: de zwaartekracht en een pompend hart. Ze moet nog een tijdje geleefd hebben.'

'Lieve god,' mompelde Brock. 'Dat arme, kapotte schepsel.'

Sara stak haar vrije arm door de zijne. Brock was even oud als zij, maar hij was typisch zo iemand die altijd al een oudere indruk maakte. Ze sprak tegen hem op zachte, troostende toon. Het deed Brock zichtbaar goed.

'Misschien kap ik er na deze wel mee, net als Brock,' zei Frank tegen Jeffrey.

'Er is nog een geval, een slachtoffer dat het overleefd heeft. Misschien is er een link met deze zaak.' Jeffrey ging de bijzonderheden niet met hem delen. 'We moeten de lijst met zedendelinquenten eens doornemen.'

'Makkie.'

Jeffrey probeerde zich tegen Franks sarcasme te wapenen. Het GBI was bij wet verplicht om een doorzoekbare databank met geregistreerde zedendelinquenten bij te houden, maar de wetgevers hadden in hun wijsheid geen extra geld of andere middelen beschikbaar gesteld om zo'n databank van de grond te krijgen. De achterstand was enorm. Sommige plattelandsdistricten moesten nog inbellen om online te kunnen gaan. Het ministerie van Justitie had het staatsarchief vanaf het begin als ontoereikend beoordeeld.

Dat wilde niet zeggen dat ze het niet moesten proberen.

'Haal iemand uit de surveillance en zet hem achter een computer,' zei Jeffrey tegen Frank.

'Als ik daar toch mee bezig ben, kan ik net zo goed nog een bordje met UITGANG op de Titanic hangen.'

'Weet je soms iets beters?' vroeg Jeffrey. Ze hadden geen aanwijzingen, geen verdachten, en hun enige mogelijke getuige lag dood op hun tweede plaats delict. 'Wat zei Chuck Gaines?'

Frank trok een scheef gezicht. 'Die eigenwijze lul komt dus aanlopen alsof hij heel wat is. Nou, ik heb hem gelijk teruggestuurd naar zijn hol. Matt checkt de bewakingscamera's, maar die vent heeft zijn auto echt niet op de campus geparkeerd. Hij zal wel vanaf de andere kant van het bos zijn gekomen. Misschien via de brandweg.'

'Ze was meer dan vierentwintig uur vermist.' Jeffrey nam de omgeving in zich op. Het terrein was dichtbebost. Zijn schoenen raakten steeds verstrikt in klimop. 'Waarom heeft ze hier volgens jou de hele nacht gelegen?'

'Ik heb op haar enkels en polsen geen striemen van touwen gezien. Ze is fit en jong. Een type dat terugvecht. Toch heeft hij haar niet vastgebonden.' Frank hoestte een fluim op en spuwde die uit. 'Maar ik ben geen lijkschouwer. En al helemaal geen patholoog. Wat gisteren betreft, ik zou nooit hebben gedacht dat dat van Caterino geen ongeluk was.'

'Wat een geluk dat jij er was, Sara,' zei Brock. 'Ik weet niet of ik de goede vragen zou hebben gesteld.'

Tot zijn ergernis dacht Jeffrey aan het proces dat Gerald Caterino zou kunnen aanspannen, wat betekende dat ze geen van allen met speculaties hoorden te strooien die ze later misschien onder ede zouden moeten toelichten.

Hij richtte zich weer op de huidige zaak en dacht aan iets wat Tommi Humphrey had gezegd, iets wat haar verkrachter verbond met die van Rebecca Caterino.

'Heb je iets blauws bij Truong gezien?' vroeg hij aan Frank. 'Rond haar mond of bij haar keel?'

Frank bleef staan. 'Hoe weet jij dat?'

Sara was nu ook alert. 'Hoe weet hij wat?' vroeg ze.

'Er zat een blauwe vlek hier op haar lippen.' Frank wees naar zijn mond. 'Deed me denken aan toen Dara klein was en ze te veel Kool-Aid dronk.'

Weer ving Sara Jeffreys blik. De vlek kwam niet van Kool-Aid, maar waarschijnlijk van blauwe Gatorade. Dat verklaarde waarom er geen striemen op Truongs polsen en enkels zaten. Net als Tommi Humphrey was ze tijdens de verkrachting gedrogeerd.

'Heb ik iets gemist?' vroeg Frank.

Jeffrey gaf met een knik aan dat hij voorop moest gaan.

Ze liepen in een rij achter hem aan toen hij hen dieper het bos in voerde. Jeffrey verlegde de tentstokken voor een betere grip. In gedachten nam hij nog eens door wat hij wist over de aanvallen op Tommi Humphrey en Rebecca Caterino. Wanneer ze bij het lichaam arriveerden, wilde hij alle bijzonderheden paraat hebben.

De blauwe Gatorade. Het bos. De universiteit. De hamer. Bij Humphrey had de verkrachter bleekmiddel gebruikt. Vermoedelijk had hij geurloze doekjes gebruikt toen hij Caterino schoonveegde.

Het was veel, maar het was niet genoeg.

Jeffrey nam de verschillen nog eens door. Caterino was lesbisch. Humphrey was hetero. De een was eerstejaars. De ander derdejaars. De een was nogal op zichzelf. De ander was het middelpunt geweest van een vriendenkring. De foto's op de gang bij Humphrey thuis hadden hem een goede indruk gegeven van hoe Tommi er voor de aanval had uitgezien. Ze was ietsje te zwaar geweest. Haar blonde haar was in een bob geknipt. Op de groepsfoto's leek ze kleiner dan haar vriendinnen.

Caterino was heel tenger, bijna te mager. Haar bruine haar viel op haar schouders. Hij schatte haar lengte op ongeveer één meter vijfenzestig. Ze was sportief, terwijl Tommi eerder een zittend leven had geleid. Voor zover ze wisten had Rebecca tijdens de verkrachting niet hetzelfde inwendige letsel opgelopen.

Aan de andere kant had Leslie Truong Caterino's belager misschien gestoord voor hij haar had kunnen verminken. Jeffrey wilde Lena's notitieboekje nog eens bestuderen. Ze had ongetwijfeld de opmerkingen van Leslie Truong genoteerd voor ze haar naar de campus had laten terugkeren. Hij had haar officiële rapport gelezen, maar in haar boekje stond misschien iets wat als aanknopingspunt zou kunnen dienen.

Wat hem betrof hoefde ze niet meer op het voordeel van de twijfel te rekenen.

Nog voor hij Brad Stephens zag, hoorde Jeffrey het zachte gemurmel van zijn portofoon al. Net als de vorige ochtend had Brad het gebied met geel lint afgezet. In de verte liepen een paar studenten rond. Ze leken langzaam dichterbij te komen. Sommigen hadden een camera.

Brad hield hen scherp in de gaten. Hij leek bleker dan gewoonlijk. De afgelopen twee dagen was hij aan meer geweld blootgesteld geweest dan hij waarschijnlijk in zijn hele verdere loopbaan zou zien.

Als hij geluk had.

'Chef.' Brad rechtte zijn schouders. 'De plek is veiliggesteld. We hebben alle drie geconstateerd dat ze overleden is.'

'Heb je gisteren bij Caterino naar een pols gezocht?'

'Nee, chef.' Het kostte Brad zichtbaar moeite Jeffrey aan te kijken. 'Ik ging ervan uit dat ze dood was.'

Jeffrey ging ervan uit dat Lena tegen Brad had gezegd dat Caterino dood was en dat hij het niet meer hoefde te controleren. Als laagste in rang had hij gehoorzaamd. 'Je hebt Leslie Truong gisteren gezien. Heb je met haar gesproken of was het uitsluitend Lena's beslissing om haar in haar eentje terug te laten lopen naar de campus?'

'Ik was...' Hij zweeg, niet in staat of niet bereid om Lena te bekritiseren. 'Ik was er ook bij, chef. Ik heb niks gezegd. Het spijt me. Het zal niet weer gebeuren.'

'Alsjeblieft.' Jeffrey reikte hem de tentstokken aan. 'Haal nog wat geel lint en maak de plaats delict zo'n vijftien meter groter. Laat nog twee agenten komen om het publiek op afstand te houden. Daarna zet je deze tent op.'

'Akkoord, chef.'

Sara knielde neer om de haringen en het touw op de grond te leggen. Jeffrey trok de riem van de sporenkoffer van haar schouder. Hij hield zijn hand onder haar elleboog om te voorkomen dat ze struikelde op het oneffen terrein. Het was begroeid met dicht kreupelhout. Varens, klimplanten en doornstruiken haakten aan hun kleren. De modder zompte om hun schoenen. Jeffrey hoorde het geluid van achter elkaar aan jagende eekhoorns.

Hij keek naar de grond. Na de hoosbui van de vorige dag waren de kuilen en gaten in de zachte aarde met plassen gevuld. Tijdens de nachtelijke zoektocht was het hem opgevallen dat de grond doordrenkt was. Zijn schoenen hadden onder de aangekoekte modder gezeten.

De enige voetafdrukken die hij nu zag, waren die van henzelf.

Ook Sara keek naar de grond. Ze had het ook gezien.

Toen ze de vorige ochtend op de ambulance hadden gewacht, was het gaan stortregenen. Of de moordenaar was een spook dat geen voetafdrukken achterliet, of Leslie Truong was aangevallen terwijl ze op de terugweg was naar de campus om naar de verpleegpost te gaan. Dat betekende een opening van een halfuur. Even lang als Rebecca Caterino hulpeloos in het bos had gelegen.

Fucking Lena.

De wind draaide. De doordringende stank van bloed en stront overspoelde zijn zintuigen. Jeffrey duwde de rug van zijn hand tegen zijn neus.

'Haar darmen moeten zijn leeggelopen,' zei Brock.

Jeffrey pakte het mondkapje dat Brock hem aanreikte. Hij wist dat de uitvaartondernemer dagelijks met de dood te maken had. Brock probeerde het tafereel te bevatten, maar dit leek in niets op het verzorgen van het lichaam van een oudere verpleeghuispatiënte die zich had bevuild toen ze weggleed uit het leven.

Jeffrey deed het kapje voor, maar de stank knauwde nog steeds aan de lucht.

Leslie Truong lag plat op haar rug. Ze leek heel jong, dat was tenminste Jeffreys eerste indruk. Haar gezicht had nog dat kinderlijk zachte dat alleen de tijd kon wegslijten. Haar ogen stonden open en staarden uitdrukkingsloos naar het reepje blauwe lucht dat tussen de boomkruinen door zichtbaar was. Haar lippen weken uiteen. Het bloed in haar gezicht was aan het wegtrekken naar de achterkant van haar schedel. Haar huid had de kleur van perkament. De blauwe vlek waarover Frank had verteld stak schril af tegen het rozige wit van haar lippen.

Sara controleerde haar pols. Ze legde haar hand tegen de wang van het meisje. Ze controleerde de buigzaamheid van de gewrichten in haar vingers en ellebogen. 'Volledige rigor mortis treedt na twaalf uur in en verdwijnt na achtenveertig uur. De temperatuur is aan de lage kant geweest, wat van invloed is op het proces. Ik zal de temperatuur van de lever moeten meten, maar ik schat dat ze al uren dood is, minstens sinds gisterochtend.'

Sinds gisterochtend. Sinds Lena haar had laten teruglopen naar de campus. Sinds een psychopaat haar zwaaiend met een hamer door het bos was gevolgd.

Jeffrey haalde diep adem om zichzelf te kalmeren, maar hij hoestte de lucht weer uit voor zijn longen gevuld waren. De rottingsgeur was door het katoenen kapje gedrongen. Hij richtte zijn aandacht weer op het slachtoffer voor hem. Het kostte hem moeite om wat Sara over Tommi Humphrey had verteld te scheiden van wat er vermoedelijk met Leslie Truong was gebeurd.

Ook waren er overeenkomsten met de zaak-Beckey Caterino.

Wat de positie van Truongs lichaam betrof was het niet ondenkbaar dat ze was gestruikeld, op haar rug was beland, bewusteloos was geraakt en uiteindelijk was gestorven. Met haar kleren leek niet te zijn gerommeld. Ze droeg een trui van Grant Tech met een laag uitgesneden hals. Eronder zag Jeffrey de bandjes van haar witte sportbeha. Haar witte yogabroek was tot op haar heupen opgetrokken. Die was van Lululemon, hetzelfde merk dat Sara droeg. Truongs sneakers waren blauwe Nikes. Ze droeg enkelsokken.

Daar hielden de overeenkomsten op.

Bloed was als een rivier tussen Leslie Truongs benen weggestroomd.

Haar witte broek was ermee doordrenkt. Het was zoveel dat zelfs de regen het niet had kunnen wegspoelen. Het had bladeren en takjes zwart gekleurd. Ze lag niet op een helling. Het bloed was naar buiten gestroomd terwijl haar hart zijn laatste razende slagen pompte.

Toch wilde Jeffrey bevestiging. 'Is dit de plek van de moord?'

'Gaan we ervan uit dat de dader ruwweg een halfuur tot drie kwartier had om te kunnen toeslaan?' vroeg Sara.

'Sorry, Sara,' zei Brock, 'maar zou je in verband met mijn aantekeningen kunnen zeggen hoe je aan dat tijdsbestek komt?'

Jeffrey gaf antwoord. 'Leslie Truong verliet gisterochtend rond zes uur de plek waar Caterino is aangevallen. Een halfuur later begon het te regenen.'

'Aha,' zei Brock. 'De regen spoelde de schoenafdrukken weg.'

'Wat denk je dat er gebeurd is?' vroeg Jeffrey aan Sara.

'Ik moet een weerbericht zien voor het exacte tijdstip waarop het begon te regenen, maar als ik er een gooi naar doe, zie ik twee verschillende scenario's.' Ze legde het uit: 'In het eerste scenario liep Leslie terug naar de campus. Ze werd meegenomen en naar een nabijgelegen maar beschutte plek gebracht, bijvoorbeeld achter in een voertuig. Ze werd verkracht en vermoord. Daarna bracht de dader haar weer hiernaartoe, waarschijnlijk over zijn schouder, in de brandweergreep, nog voor het begon te regenen.'

Het leek Jeffrey niet onmogelijk, maar waarschijnlijk was het niet. 'En het tweede scenario?'

'De aanval en moord vonden hier plaats, en vanwege de wolkbreuk zien we geen tekenen van een worsteling.' Ze betrok Brock er nadrukkelijk bij. 'Kun jij nog iets bedenken?'

'Nee, maar het tweede verhaal klinkt aannemelijker,' zei Brock. 'Je zou zeggen dat de verdachte bij een ontvoering er niet meer zo netjes uitzag. Als hij haar droeg, bedoel ik.'

'Hij zou onder het bloed komen te zitten,' zei Sara.

'Het moet een forse kerel zijn geweest om dat meisje zo'n eind te kunnen sjouwen,' zei Brock. 'Ik had al moeite met die tent, en dat canvas weegt hooguit twintig kilo.'

Sara ging even rechtop zitten. Jeffrey zag dat ze tranen in haar ogen had van de stank. Ze ademde door haar mond.

'Het is riskant om haar eerst mee te nemen en dan terug te brengen,' zei Brock. 'Die hele aanval is trouwens riskant. Niet dat hier veel mensen komen, maar er loopt wel een pad.'

Jeffrey had zelf ook al geconcludeerd dat deze moordenaar van risico hield. Het weinige wat ze over hem wisten, wees in de richting van iemand die zich het liefst in het volle daglicht verschool.

Hij richtte zich tot Frank, die vanwege de stank wat afstand had genomen. 'Ik wil een topografische kaart van het hele gebied. Ik wil weten hoe de brandweg zich tot de plaats delict verhoudt. Of hij Truong nou meegenomen heeft naar zijn wagen of haar hier heeft vermoord, hij moest ergens parkeren.'

Frank wilde al vertrekken, maar Jeffrey was nog niet uitgesproken.

'Stuur hier nog een aantal agenten in uniform naartoe. Ik wil een rasteronderzoek tot aan de brandweg. Waar hij haar ook heeft aangevallen, hij is ergens vandaan gekomen. We maken de afzetting nog wat groter en zorgen ervoor dat die omstanders van daarnet geen sporen vertrappen. Zeg tegen de zoekploeg dat ze af en toe omhoog moeten kijken. Niet alles ligt op de grond.'

'Oké.' Frank bracht zijn portofoon naar zijn mond en liep weg.

Sara keek Brock aan. 'Ik wil wel filmen als jij de lijkschouw doet.'

'Nee. Jij bent hier de arts. Jij hoort het belangrijke werk te doen.' Brock opende de sporenkoffer. Hij wilde de oeroude Sony-camcorder pakken, maar het onhandige apparaat glipte uit zijn handen. 'Sorry, dit is gewoon te erg.'

'Absoluut,' beaamde Sara. 'Maar we kunnen haar samen onderzoeken. Goed?'

'Ja, dat is goed.' Brock keek of er een videocassette in de camcorder zat. Hij haalde de dop van de lens en stopte die in zijn zak.

Jeffrey pakte zijn boekje en een pen. Ze waren allemaal aangeslagen. De enorme hoeveelheid bloed tussen Leslies benen suggereerde een verhaal dat geen van hen wilde horen. Hij dacht aan zijn telefoongesprekken met Bonita Truong. Inmiddels zou ze al wel in Macon zijn. In de loop van de jaren had Jeffrey vaak aan ouders moeten vertellen dat hun kind niet meer leefde. Toch kon hij niet bedenken wat hij tegen deze moeder moest zeggen wanneer ze uiteindelijk arriveerde. De waarheid zou haar verpletteren. Misschien zou hij zelf door de waarheid verpletterd worden.

Uw dochter is op brute wijze aangevallen. Ze is gedrogeerd. Ze is verkracht. Ze is gruwelijk mishandeld door een krankzinnige die haar heeft achtergelaten in het bos, waar ze langzaam aan haar verwondingen is bezweken. En misschien moet ik erbij vertellen dat het allemaal voorkomen had kunnen worden, maar laat dat uw verdriet niet in de weg staan.

Sara trok een paar onderzoekshandschoenen aan. 'Ben je zover?' vroeg ze aan Brock.

Hij knikte en drukte op de rode knop. De camcorder kwam zoemend tot leven.

Sara noemde de datum en het tijdstip. Vanwege de opname somde ze ook al hun namen op. Toen begon ze aan het voorlopige onderzoek. Met een lampje scheen ze in de ogen. 'Geen petechieën.'

Het meisje was niet gestikt of gewurgd.

Voorzichtig draaide Sara het hoofd om zodat ze de rode plek op de slaap kon bestuderen. 'Er is voldoende tijd geweest voor het ontstaan van een kneuzing,' zei ze tegen Jeffrey. 'Dit zou de eerste klap kunnen zijn. Afgaande op de locatie zou ze met één slag bewusteloos kunnen zijn geraakt. Ik zou zeggen dat het wapen overeenkomst vertoont met een hamer.'

Brock hield zijn adem in. Hij richtte zijn aandacht weer op de camera en zette het ledscherm schuin. Hij wijzigde iets aan de instellingen. Jeffrey zag zijn handen trillen.

Zijn eigen handen trilden niet, maar zweetten wel hevig. De lucht was doortrokken van geweld. Ondanks het mondkapje was de stank misselijkmakend. Getuige zijn van een onnatuurlijke dood hoorde bij het vak, maar er was iets met dit slachtoffer, met deze zaak, wat hem tot in al zijn vezels met afgrijzen vervulde.

Jeffrey had op de nodige moordenaars en verkrachters jacht gemaakt.

Hij had nog nooit jacht gemaakt op een roofdier.

Sara keek in de neusgaten, in de mond. Ze drukte op de keel van het meisje. 'Ik voel geen obstakels,' zei ze.

'Obstakels?' vroeg Brock.

'Caterino had iets in haar keel, waarschijnlijk een stuk opgebraakt gebak.'

Brock knikte terwijl hij behoedzaam om het lichaam heen stapte.

Sara draaide het hoofd van het meisje in een scherpere hoek om haar nek te kunnen bekijken. Jeffrey zag een klein gaatje met opgedroogd bloed eromheen.

'Er zit een punctiewond bij C5,' zei ze. 'Dat heeft het 'm gedaan.'

'Dat heeft wat gedaan?' vroeg Brock.

'We denken dat de moordenaar zijn slachtoffers wilde verlammen,' zei Jeffrey.

Vol walging schudde Brock zijn hoofd. Jeffrey zag een zweetdruppel langs de zijkant van zijn gezicht glijden.

Sara verplaatste haar onderzoek naar beneden. Ze tilde de trui op. Op de romp zaten blauwe plekken. 'Ze is gestompt. Zo te voelen is een van de ribben ontwricht.'

Jeffrey keek naar het lege blaadje in zijn notitieboekje. Hij maakte een ruwe schets van het lichaam. Ook noteerde hij de locatie van bomen en stenen.

Sara streek met een vinger onder de tailleband van de yogabroek. 'Zoom hier eens op in,' zei ze tegen Brock.

Op haar onderzoekshandschoen zat een rode veeg, maar niet van bloed. Jeffrey herkende de typische roestkleur van de lokale klei.

'Zou ze zich omgerold hebben?' vroeg Brock.

'Misschien,' zei Sara. 'Zullen we haar rug bekijken?'

Jeffrey nam de camera van Brock over zodat hij handschoenen aan kon trekken. Dat kostte hem moeite. Het vinyl bleef steken op zijn bezwete huid.

'Sorry.' Met een ruk trok Brock uiteindelijk de handschoenen tot aan zijn polsen. De band scheurde.

Jeffrey zag een oud litteken op de binnenkant van zijn pols.

'Klaar.' Brock knielde bij het hoofd van het meisje neer. Hij klemde haar schouders vast. Sara legde haar handen op haar middel. Samen draaiden ze haar op haar zij.

De tailleband van Truongs broek was aan de achterkant opgepropt. Aarde en twijgjes plakten aan de blote huid van haar billen.

'Haar broek is opgetrokken terwijl ze op de grond lag,' zei Sara.

'Wat betekent dat volgens jou?' vroeg Brock.

Voorzichtig draaiden ze het meisje weer terug.

'Het zou kunnen betekenen dat hij is teruggekeerd naar deze plek,' zei Sara.

'Nadat hij haar voor dood had achtergelaten?' vroeg Brock. 'Waarom zou hij dat doen?'

Sara keek naar de handen van het meisje. Haar vingertoppen waren rood bevlekt. 'Het is mogelijk dat ze zelf haar broek heeft opgetrokken.'

Jeffrey liet het beeld tot zich doordringen. Leslie Truong die doodbloedde in het bos en naar beneden reikte om zichzelf te bedekken in een vergeefse poging haar waardigheid te bewaren.

Voorzichtig trok Sara de benen uit elkaar.

Het stonk zo dat Jeffrey zijn kiezen op elkaar klemde.

'Het kruis van haar slipje is gescheurd.' Weer pakte Sara het zaklampje. Ze trok de benen nog verder uit elkaar. 'Zoom eens in,' zei ze tegen Jeffrey.

Hij keek naar het ledscherm toen de lens van de camcorder op de macrostand overging. De spandex tussen de benen van het meisje was uiteengereten. Hij zag dikke klonten opgedroogd bloed en iets wat leek op scherpe glasscherven door de stof heen steken, als een explosie die halverwege was vastgelegd. Het slipje was van binnen naar buiten opengescheurd.

'Wat is dat?' vroeg Brock.

'Een houten steel,' zei Sara. 'Hij heeft de hamer in haar lichaam afgebroken.'

ATLANTA

15

Faith staarde naar de foto van de afgebroken steel. De fotograaf had hem op een vel wit papier gelegd met een liniaal ernaast voor de juiste schaal. Het wapen was schoongemaakt, maar bloed en ontlasting waren tot in de nerf gedrongen. Het gedeelte waaraan de kop van de hamer had gezeten was versplinterd. De houten punten staken als kapotte tanden naar buiten.

Sara zei: 'De afgebroken steel kon alleen worden verwijderd door ontleding van het vaginale kanaal. Hij zat heel diep, diep genoeg om de botten van de schaamboog te breken. Hoogstwaarschijnlijk heeft de moordenaar een trap tegen de kop van de hamer gegeven. Die brak af op het dunste gedeelte, bij de hals.'

Faith hield haar adem in. Ze kon niet langer naar de foto kijken.

'Het merkteken van de fabrikant stond op de onderkant van de steel,' vervolgde Sara. 'Het was een zogenoemde monteurs- of machinistenhamer. De steel is aan de onderkant breed en loopt taps toe naar de hals.'

'Met zo'n hamer sla je deuken uit autopanelen,' zei Will.

'Klopt,' zei Sara. 'Hij heeft aan de ene kant een platte kop en aan de andere kant een lange pin met een kegelvormige punt. Voor zover ik me herinner, was er niets bijzonders aan. Je kon hem overal kopen of online bestellen.'

'Voor zover je je herinnert?' vroeg Amanda. 'Stond die informatie dan niet in de rapporten?'

'Er zat gisteravond wel een kopie van het autopsieverslag in de dossiers, maar ik heb geen toegang tot mijn persoonlijke aantekeningen. Die zitten bij Brocks dossiers, samen met de toxicologische en labo ratoriumuitslagen, de maten en de foto's die ter plekke zijn gemaakt. Officieel was hij de lijkschouwer, en mijn functie was simpelweg die van adviseur. We wilden de bewijsketen niet verbreken.'

'Ik wil die informatie hebben,' zei Amanda.

'Ik bel hem wel.' Sara richtte zich weer op de autopsie. 'Leslie Truong had een punctiewond bij c5. Uitgaande van het beeldmateriaal komt de punctie in omtrek en lengte overeen met het instrument waarmee Beckey Caterino is verlamd.'

'Alexandra McAllister,' zei Amanda, 'het slachtoffer uit White County, op wie gisteren autopsie is verricht, had dezelfde punctiewond bij c5.'

'En die andere dingen?' vroeg Faith. 'Had McAllister ook een fistel?'

'Nee, maar ze is zeer bruut verkracht. Er zaten scheuren rond en in de vagina. Op de vaginawand waren krassen te zien die met een scherp voorwerp waren toegebracht. De clitoris was gescheurd.'

Tot Faiths opluchting zweeg Sara even.

'Wat het onderzoek betreft hebben we geluk gehad,' vervolgde ze. 'McAllisters wandelbroek was van stevig, waterdicht materiaal. Normaal beginnen aaseters bij de lichaamsopeningen, dus de moordenaar ging er waarschijnlijk van uit dat beschadigingen die hij tijdens de verkrachting had veroorzaakt als het werk van aasdieren zouden worden beschouwd.'

Faith moest het vragen: 'Zag de lijkschouwer niet dat haar klit was gescheurd?'

'Hij zag geen legitieme reden om het bekken te onderzoeken. Misschien viel het hem op tijdens de balseming. Dan worden er watten in de lichaamsopeningen gestopt om lekken te voorkomen.'

Faith kon een huivering niet onderdrukken.

'Mijn visueel onderzoek van McAllister gisterochtend bevestigde grotendeels wat de lijkschouwer al had geconcludeerd,' zei Sara, 'namelijk dat het een dodelijk ongeluk betrof. Zonder röntgenonderzoek kon de hoofdwond worden aangezien voor een schedelbreuk door een val op een steen. Pas toen ik het lichaam op een punctie in het ruggenmerg controleerde zag ik het verband met Grant County. Als ik niet had geweten waarnaar ik moest kijken, had ik het misschien gemist.

Als ik het had gemist, zou ik McAllister niet hiernaartoe hebben laten brengen voor een volledige autopsie.'

Het lesje in transparantie was duidelijk voor Amanda bedoeld. 'Bedankt voor het chronologisch overzicht, dokter Linton,' zei ze.

Sara vervolgde haar verhaal. 'In Grant County werd van de theorie uitgegaan dat de moordenaar zich in het beginstadium bevond. Hij zag ieder nieuw slachtoffer als een leermoment, een kans om zijn vaardigheden aan te scherpen. De aanval op Tommi had hij verknoeid, bij gebrek aan een minder akelig woord. Beckey overleefde het. Truong niet. Nu slaan we acht jaar over. De moord op Alexandra McAllister heeft hij op overtuigende wijze op een ongeluk laten lijken. Als je me vraagt om deze vier zaken als één geheel te zien, kan ik niet om de hypothese heen dat er duidelijk sprake is van een stijgende lijn tussen Tommi en Alexandra McAllister.'

Faith tikte met haar pen op haar notitieboekje. Ze wilde meer informatie. 'Wil je beweren dat verminking zijn signatuur is?'

'Verlamming is zijn signatuur. Dat heeft hij met eigen woorden gezegd. Hij zei tegen Tommi dat ze moest doen alsof ze verlamd was. Als ze niet meewerkte, dreigde hij het met de breinaald te doen. Met McAllister heeft hij waarschijnlijk niet onderhandeld. Hij doorboorde haar ruggenmerg bij C5. Hij tastte de werking van de zenuwen in haar armen aan. Zo raakte ze volledig verlamd, maar ze ademde nog wel en ze was bij bewustzijn. Dezelfde toestand die hij bij Tommi teweeg wilde brengen.'

'Jezus.' Faith schreef 'verlamming' in haar boekje, maar alleen om even bij te kunnen komen.

'Dokter Linton,' zei Amanda. 'Neem die andere verbanden eens met ons door.'

'Het concreetste verband dat met röntgenfoto's kan worden aangetoond is de hoofdwond. De schedelbreuk van Caterino was halvemaanvormig en paste bij de hamer. De rode afdruk aan de zijkant van Leslie Truongs hoofd paste bij de hamer die in haar lichaam werd aangetroffen. Toen ik gisteren autopsie verrichtte op het lichaam van Alexandra McAllister, kwam haar schedelbreuk overeen met de kop van een hamer.'

Al schrijvend vroeg Faith: 'En Tommi?'

'Ze zei dat haar belager haar met iets heel hards sloeg. Ze kon niet zien wat het was.'

'En het tweede verband?' drong Amanda aan.

'Acht jaar geleden vertelde Tommi ons dat ze tijdens haar ontvoering gedwongen werd een blauw, mierzoet drankje te drinken dat naar Gatorade smaakte. Rebecca Caterino's braaksel en de inhoud van haar keel waren zichtbaar blauw. Tijdens de autopsie op Leslie Truong viel me een blauwe vloeistof in haar maag op. Toen ik gistermiddag volledige autopsie op Alexandra McAllister verrichte, vond ik een vergelijkbaar blauw vocht in haar maag, plus vlekken in haar keel en mond. Ik heb het monster naar Toxicologie gestuurd.'

'Heeft de lijkschouwer van Grant County –' begon Faith.

'Dan Brock.'

'Heeft hij de uitslag van het toxicologisch onderzoek bij Truong teruggekregen?'

'Brock heeft alle monsters naar het GBI gestuurd. Zelfs bij een spoedgeval duurde het vaak een paar maanden voor je de uitslag had. Ik heb hem er nooit naar gevraagd, want tegen die tijd was Daryl Nesbitt de vermoedelijke dader.'

Amanda begon op haar telefoon te typen. 'We moeten kopieën van het lab hebben.'

'Oké.' Faith had behoefte aan meer duidelijkheid. 'Ik begrijp dat er een stijgende lijn in zijn aanvallen zit, doordat hij leert, en dat van de hamer en de Gatorade snap ik, maar Caterino valt erbuiten. Ja, ze was inderdaad gewond, maar niet verminkt zoals de andere twee slachtoffers.'

'Ma'am, mag ik even?' Nick wachtte op het knikje van Amanda en zei toen: 'Een van de theorieën van de chef en zijn team was dat hij ze misschien niet ontvoert. Misschien volgt hij ze het bos in. Hij slaat ze buiten westen en neemt ze mee naar een afgelegen plek, meestal buiten de gebaande paden. Hij drogeert ze tot ze halfdood zijn. Hij verkracht ze. Hij laat ze daar achter en komt later terug, en bij elk bezoek richt hij meer schade aan. Tot het lichaam wordt gevonden en hij op zoek moet naar een nieuw slachtoffer.'

Faith voelde zich draaierig. 'En ze zijn de hele tijd in leven? Ze liggen daar gewoon te wachten tot hij terugkomt en ze opnieuw pijn doet?'

'En ze zijn verlamd,' zei Sara. 'Zonder water zouden ze drie dagen kunnen overleven, zonder eten drie weken, maar als hij terugkwam... wie weet?'

'Ted Bundy keerde terug naar zijn slachtoffers,' zei Faith. 'Als onze moordenaar op Bundy lijkt, bestaat een deel van de spanning uit het risico dat hij betrapt wordt.'

'Nick,' zei Amanda. 'Vertel eens over het profiel.'

Nick klikte zijn Liberace-tas open en haalde er een stapel samengeniete papieren uit. 'Van de chef moest ik de FBI om een daderprofiel vragen. Jullie weten allemaal dat moord door een onbekende onwijs lastig is. We bedachten dat het iemand uit de buurt moest zijn die het bos goed kende en wist waar de studenten te vinden waren. Een jaar later kregen we dit van de Feds.'

Faith hechtte niet veel waarde aan daderprofielen, vooral niet omdat ze veelal opgesteld werden door oudere witte mannen die met allerlei persoonlijke kwesties worstelden. 'Laat me eens raden. Hij had de pest aan zijn moeder.'

'Volgens hen was zijn voornaamste drijfveer problemen met zijn vader. Voor pa was het leven een feestje, maar niet voor onze moordenaar. Hij leefde in een sociaal isolement. Een goede leerling die nooit echt zijn best deed. Uiteindelijk ging hij met zijn handen werken. Leeftijd tussen de vijfendertig en de veertig. Laag gevoel van eigenwaarde. Kon geen vrouw vinden, laat staan een vrouw houden. Hij had het gevoel dat hij minderwaardig was, en daar verschijnt pa op het toneel. De moordenaar zocht straf, zo verklaarden de Feds het risico dat hij nam door de lichamen in het volle zicht te verbergen en er telkens naar terug te keren tot ze gevonden werden. Zelf geloof ik niet in "de moordenaar wil gepakt worden" – volgens mij wil geen enkele moordenaar gepakt worden – maar deze gestoorde klootzak nam wel erg veel risico.'

'Sara?' vroeg Amanda.

'Ik snap wat ze bedoelen,' zei ze. 'Grant was een klein, nogal bekrompen stadje. De moordenaar had het op jonge witte vrouwen voorzien, studentes, die deel van de gemeenschap uitmaakten en een uitgebreide familie hadden. Dan weet je dat je op je tellen moet passen.'

Nick zei: 'In Atlanta had hij dag en nacht zijn gang kunnen gaan met prostituees. Hij had hun lijken in de Chattahoochee kunnen dumpen zonder dat iemand een verband zag.'

'Eén vraag.' Faith stak haar hand op. 'Als hij problemen met zijn vader had, waarom doodde hij dan geen mannen? En waarom verminkte hij ze?'

'Omdat hij zijn moeder haatte.'

Bingo.

'Hoe dan ook,' vervolgde Nick, 'dat profiel is Daryl Nesbitt ten voeten uit. Stiefvader was een succesvol zakenman, tenminste tot de politie hem in de smiezen kreeg. Hij heeft Daryl nooit officieel geadopteerd, dus de jongen voelde zich ongewenst. Zijn moeder was een speedfreak die zichzelf prostitueerde. Ze stierf aan een overdosis toen Daryl acht was. Op zijn zestiende ging hij van school en daarna had hij allerlei simpele baantjes. Hij zag zichzelf als de nieuwe Tony Hawk, maar uiteindelijk werd hij los werkman en liet hij zich zwart betalen om de belasting te ontduiken.'

'Ik wil niet al te stellig klinken,' zei Sara, 'maar die hele familie deugde niet. De politie heeft een paar jaar geleden een inval gedaan in de werkplaats van zijn stiefvader omdat hij gestolen auto's stripte voor onderdelen.'

'Daar heb je een monteurshamer voor nodig,' zei Will.

'Klopt,' beaamde Nick. 'Al het bewijs wees rechtstreeks naar Daryl Nesbitt. Hij woonde in de buurt. Hij had de hamer tot zijn beschikking, die van een bijzonder type was, ook al kon je hem overal kopen. Hij kende de slachtoffers. Motief, middelen, gelegenheid. Het was er allemaal.'

Faith beet haar tong bijna af om een zonneklare tegenwerping binnen te houden, namelijk dat hun verdachte nog steeds aan het moorden was en dat het bewijs dus geen echt bewijs was, eerder een ontkrachte alternatieve theorie. Uiteindelijk zei ze: 'Misschien wilde de moordenaar in het begin gepakt worden. Maar toen besefte hij dat het nog spannender werd als hij ermee wegkwam.'

Will kuchte. 'Als hij inderdaad met elke moord bijleert, dan is het heel slim van hem om zijn slachtoffers over de hele staat te verspreiden.'

'Dat deed Bundy ook,' zei Faith.

Amanda keek haar streng aan. Faith haalde haar schouders op. Ze sprak alleen maar de waarheid, en de waarheid was dat ze het over een seriemoordenaar hadden.

'Om op Faiths punt terug te komen,' zei Sara, 'als het over het thanatologische aspect van de misdaad gaat, heb ik wel wat cijfers.'

Amanda snoerde Sara nooit de mond, zoals ze wel met de anderen deed. 'En die zijn?'

'Bij zestien procent van de seriemoorden zie je een of andere vorm van postmortale verminking. Lijkschending komt bij nog geen tien procent voor. Necrofilie en kannibalisme bij minder dan vijf. In drie procent van de gevallen wordt het lichaam in een bepaalde houding gelegd om een shockeffect teweeg te brengen.'

'Zijn Caterino en Truong volgens jou in een bepaalde houding gelegd?' vroeg Amanda.

'Ze waren in wezen verlamd, maar beiden werden op hun rug aangetroffen. We moeten ervan uitgaan dat de moordenaar ze zo heeft neergelegd. Misschien is Alexandra McAllister ook op haar rug gelegd, maar aaseters hebben om haar lichaam gevochten, dus ze is postmortaal verplaatst.'

'Oké.' Faith moest het in een schema vastleggen om het nog te kunnen volgen. 'We hebben vier degelijke links tussen Humphrey, Truong en McAllister. De hamer tegen het hoofd, de blauwe Gatorade, de verlamming en de verminking. Caterino had de hamer, de Gatorade en de verlamming, maar ze was niet verminkt. Truong en Caterino misten persoonlijke voorwerpen, namelijk de haarband en de bananenklem.'

'Gerald Caterino hield een slag om de arm wat die haarband betrof,' zei Will. 'Misschien werden dingen vermist omdat ze gewoon kwijt waren.'

Faith keek naar het patroon dat ze had getekend. Ze liet haar gedachten gaan over de overige slachtoffers uit de krantenartikelen van Daryl Nesbitt. Ze probeerde het nog één keer met Amanda.

‘Kunnen we daar een minuutje bij stilstaan?’ vroeg ze.

Amanda wist wat ‘daar’ was. ‘Een halve minuut.’

‘Volgens jou mogen we die vent geen seriemoordenaar noemen, hebben we een vaag vermoeden maar geen concrete aanwijzingen omdat er geen bewijs is dat hij drie of meer vrouwen heeft vermoord. Toch?’

Amanda keek op haar horloge.

‘Dus als we van de krantenartikelen uitgaan, hebben we acht mogelijke slachtoffers. Om bewijs te verzamelen dat ze vermoord zijn en niet toevallig allemaal heel stuntelige wandelaars waren, zouden we moeten gaan praten met de rechercheurs, lijkschouwers en eventuele getuigen die bij al die zaken betrokken zijn geweest. Toch?’

Amanda keek nog steeds op haar horloge.

‘Dús,’ zei Faith nadrukkelijk. ‘Waarom gaan we niet praten met die lijkschouwers, getuigen en smerissen om vast te stellen of er meer slachtoffers zijn?’

Amanda keek op van haar horloge. ‘Op dit moment doet het aantal slachtoffers er niet toe. We hebben een moordenaar. We weten dat hij een moordenaar is. We hebben ook iets wat we zelden krijgen in dergelijke situaties en dat is het verrassingselement.’

‘Hij weet niet dat wij weten dat hij nog steeds actief is,’ zei Nick.

‘Precies,’ zei Amanda. ‘Als we gaan aankloppen bij acht verschillende politiedistricten, waar tussen de tien en de vijftig verschillende agenten rondhangen en op roddel uit zijn, hoelang denk je dat het verrassingselement dan overeind blijft?’

‘Maar wat verliezen we ermee?’ vroeg Faith.

‘Wat winnen we ermee?’ bracht Amanda ertegen in. ‘Er zijn geen autopsieverslagen omdat de sterfgevallen niet als verdacht werden aangemerkt. In de helft van de gevallen zijn de lichamen gecremeerd. Er is geen enkel onderzoek gestart, laat staan afgerond. We beschikken al over de gegevens rondom de verdwijning van deze vrouwen. We weten al waar ze zijn gevonden, hoelang ze vermist waren, hoe ze heetten, waar ze woonden, wat ze voor de kost deden en hoe hun familieleden heetten. Wat denk je nog meer aan de weet te zullen komen?’

'Misschien was er een rechercheur die zijn twijfels had bij de bevindingen van de lijkschouwer.'

'Zet dat eens af tegen CNN dat elke stap van ons volgt. Of Fox met een special op primetime. Of de kranten of de verslaggevers of de agenten die off the record iets loslaten over elke vondst, mogelijke aanwijzing of verdachte.' Na een korte pauze vervolgde Amanda: 'Stel je nu de moordenaar eens voor, die naar die uitzendingen kijkt, de uitgelekte informatie hoort en dan zijn modus operandi aanpast. Mogelijk ondergronds gaat of naar een andere staat vertrekt waar we geen contacten en geen gezag hebben.'

Faith kon er niets tegen inbrengen, maar ze was er diep van overtuigd dat praten met mensen het beste en soms het enige instrument was waarover een rechercheur beschikte.

'We kunnen binnen deze vier muren over de krantenartikelen praten tot we een ons wegen, maar er wordt geen enkel telefoontje gepleegd, geen enkele bron uitgehoord zonder dat ik daar toestemming voor geef. Begrepen?' vroeg Amanda.

'Maakt het uit wat ik zeg?'

'Nee,' was haar antwoord. 'Dokter Linton, heb je verder nog iets om met ons te delen?'

Sara schudde haar hoofd.

'Goed, dan is het nu tijd voor het Gerald Caterino-verhaal,' zei Amanda. 'Faith, jouw beurt. Wat mij betreft begin je met die krantenartikelen.'

Dat was Faith ook van plan. Niettemin slaakte ze een diepe zucht waar Emma jaloers op zou zijn geweest. Terugbladerend in haar notitieboekje nam ze Sara's plaats achter de lessenaar in. Alsof ze Barney Fife was die Charlize Theron opvolgde. Sara had een truc uitgehaald door wat make-up op te smeren en haar bril af te zetten zodat ze opeens van een nerd in Julia Roberts was veranderd. Faith zag eruit zoals ze er altijd uitzag: een alleenstaande moeder die 's ochtends negentig procent van de tijd bezig was met aan haar tweejarige dochtertje vragen waarom iets opeens nat was.

Ze had de halve nacht informatie verzameld en vrijwel de hele ochtend aan de telefoon gehangen, maar ze liet zich de kans niet ontnemen om Amanda een steek onder water te geven. 'Dit alles staat gescand op de server als je de bijzonderheden nog eens wilt uitpluizen, maar voorlopig doen we precies wat Amanda heeft gezegd en beginnen we met de slachtoffers uit de krantenartikelen.'

Amanda vertrok geen spier.

'Joan Feeney. Rennie Seeger. Pia Danske. Charlene Driscoll. Deaundra Baum. Shay Van Dorne. Bernadette Baker. Jessica Spivey.' Faith klikte op de afstandsbediening van het smartboard en toonde de foto's die ze van tevoren had gedownload. 'Gerald Caterino had kopieën van alle lijkschouwersrapporten. Zoals al gezegd is er op geen van de slachtoffers autopsie verricht omdat opzet werd uitgesloten. Gerald heeft telefonisch of persoonlijk contact gehad met vrienden en verwanten. Hij heeft met enkele plaatselijke rechercheurs gesproken. Als we van zijn aantekeningen uitgaan, kunnen we Seeger, Driscoll, Spivey, Baker en Baum schrappen.'

'Want?' vroeg Amanda.

'Seeger had al verschillende zelfmoordpogingen gedaan. Driscoll leed aan postnatale depressie. Spivey was een notoire brekebeen. Baker had een jaloerse echtgenoot en twee nog jaloersere vriendjes. Baum verdronk in ondiep water, wat verdacht is, maar niet ons soort verdacht.' Faith wees naar de overgebleven vrouwen. 'Joan Feeney. In het rapport van de lijkschouwer wordt melding gemaakt van diervraat rond haar borsten, anus en vagina. Pia Danske. Diervraat, niet nader omschreven. Shay Van Dorne. Diervraat in "seksorganen", volgens de tandarts die in Dougall County de functie van lijkschouwer bekleedt.'

'Gerald Caterino was niet op de hoogte van de verminkingen, dus daar vroeg hij ook niet naar,' zei Will.

Sara zei: 'Voor zover ik weet heeft Tommi nooit gesproken over wat haar is overkomen, en de zaak van Leslie Truong loopt theoretisch nog, dus we kunnen ons niet beroepen op de wet op de vrijheid van informatie.'

'Correct,' beaamde Amanda. 'Faith?'

Faith liet zich liever niet opjutten, maar ze klikte terug naar de afbeeldingen die ze op Geralds moordwand had verzameld.

'De beste vriendin van Pia Danske zei dat Pia het heel erg vond dat ze de zilveren haarborstel van haar grootmoeder kwijt was,' vervolgde ze. 'Joan Feeney moest op de sportschool een haarband van een vriendin lenen, want de band die ze altijd in haar sporttas bewaarde, was weg. Shay Van Dorne zat in haar auto, met de dochter van de buren. Het meisje wilde een kam van haar lenen. Tot haar schrik ontdekte Van Dorne dat de kam was verdwenen. Volgens Gerald hadden alle drie de vrouwen bovendien vóór hun verdwijning en onafhankelijk van elkaar tegen een vriendin of familielid gezegd dat ze zich niet op hun gemak voelden, alsof ze in de gaten werden gehouden. Dus afgezien van hun lichamen hebben we twee links. De ontbrekende haaraccessoires en het gevoel dat ze gestalkt of geobserveerd werden vlak voor hun dood.'

'Weet je wat er met de lichamen is gebeurd?' vroeg Sara.

'Op Van Dorne na zijn ze gecremeerd.' Faith liep naar een van de smartboards. 'Maar waar het om gaat is dat de drie recente moorden een patroon vertonen.'

'We hebben geen bewijs dat het om moord gaat,' zei Amanda.

Faith trok een scheef gezicht. 'Feeney, Danske en Van Dorne. Ik heb hun profielen op sociale media bekeken, datingsites gecheckt, kredietrapporten, adressen, alle gebruikelijke zaken, maar ik vond geen enkel verband. Toen keek ik naar de kalender. Feeney en Danske verdwenen allebei in de laatste week van maart. Van Dorne verdween in de laatste week van oktober.'

'Tommi Humphrey werd aangevallen in de laatste week van oktober,' zei Sara. 'Caterino en Truong werden eind maart aangevallen.'

'En Alexandra McAllister werd in oktober vermoord,' voegde Faith eraan toe. 'We hebben met een moordenaar te maken die gemiddeld twee slachtoffers per jaar maakt, met een tussenpoos van zo'n vijf tot zeven maanden.'

Amanda keek haar weer scherp aan, want dit ging de kant van een seriemoordenaar op.

'De profiler van de FBI zegt dat de moordenaar een tijd nadenkt over wat hij gaat doen,' zei Nick. 'Fantasie speelt ook een rol. Dan gebeurt er iets waardoor hij in actie komt. Misschien wordt hij voor de zoveelste keer ontslagen of zeurt zijn moeder hem aan zijn kop omdat hij zijn sokken heeft laten slingeren, en daar gaat-ie weer.'

'Wacht even, ik heb een update van het lab.' Amanda keek op haar telefoon. Ze tikte een paar keer op het scherm en las in stilte. Ten slotte zei ze: 'Het GBI heeft in het archief geen toxicologie-uitslagen van Leslie Truong uit Grant County van acht jaar geleden.'

'We faxten toen nog,' zei Nick. 'Misschien zit er een kopie in mijn oude dossiers. Die uitslag zou dan van mij naar Brock zijn gegaan, met een cc voor de chef.'

'Het zat niet bij zijn dossiers,' zei Sara.

'Ga het zoeken,' zei Amanda tegen Nick.

Hij sloot zijn aktetas en vertrok.

'Brock hoort ook een kopie te hebben,' zei Sara.

'Mooi,' zei Amanda. 'Rasheed, jij keert terug naar de gevangenis en gaat aan de slag met de moord op Vasquez. Gary, jij komt nog maar net kijken. Je kunt beter niet bij het volgende gedeelte zijn.'

'Ma'am.' Gary sloot zijn notitieboekje en liep achter Rasheed aan naar buiten.

Amanda wachtte tot de deur weer dicht was.

'Heath Caterino,' zei ze tegen Faith.

Faith betwijfelde of Sara en Will over de ontdekking van de vorige dag hadden gesproken, en om Sara bij te praten zei ze: 'Beckey Caterino heeft een zoontje van zeven. Met kerst wordt hij acht.'

Sara beet op haar lip. Ze had het rekensommetje al gemaakt.

Faith vertelde over de brief die Daryl Nesbitt vanuit de gevangenis naar Gerald had gestuurd. 'Gerald heeft ons de DNA-uitslag van het speeksel op de postzegel en de sluiting van de envelop gegeven. Een officieel en door de rechtbank erkend commercieel laboratorium heeft verklaard dat Daryl Nesbitt niet de vader is.'

'Aha.' Het kostte Sara enige moeite het nieuwe gegeven te verwerken. 'Als Daryl niet Heaths vader is, betekent het dat hij niet degene is die Beckey heeft aangevallen, wat betekent dat hij ook Leslie Truong niet heeft aangevallen.'

Faith probeerde er een positieve draai aan te geven. 'Zodra we een verdachte hebben, kunnen we via een vaderschapstest die hem met Heath verbindt bewijzen of hij Beckey heeft verkracht.'

'We kunnen bewijzen of hij seks met Beckey heeft gehad rond de tijd van de aanval,' zei Amanda. 'Ze is weliswaar lesbisch, maar elke advocaat die het zout in de pap waard is, zal aanvoeren dat ze op dat punt nog wispelturig was. De waarheid doet er niet toe. Het meisje is niet in staat voor zichzelf op te komen.'

Faith steunde met haar ellebogen op de lessenaar. Ze werd doodmoe van Amanda die hen telkens weer terugfloot. Er flitsten zoveel lampjes dat het was alsof ze bezig waren aan een landing op de Las Vegas Strip.

Amanda voelde haar stemming feilloos aan. 'Faith, jij zou toch moeten weten dat dingen met peuterstapjes benaderd moeten worden. Eerst de ene voet, dan de andere. We springen niet zomaar de kamer door. Langzaam maar gestaag, dan komen we er wel. Hoe zit het met die Love2CMurder-website?'

Faith zweeg even nadrukkelijk om haar tegenzin kenbaar te maken. 'Volgens de site is Dirk Masterson een gepensioneerde rechercheur van de afdeling Moordzaken in Detroit. Hij is naar Georgia verhuisd met zijn vrouw, een gepensioneerde lerares, omdat ze in de buurt van hun tien kleinkinderen wilden wonen. Op zijn facturen staat een postbusnummer in Marietta. In Detroit zijn geen gegevens bekend van een politieman genaamd Dirk Masterson. Ondertussen heeft hij Gerald Caterino wel tienduizenden dollars lichter gemaakt.'

'Dirk Masterson,' zei Amanda. 'Dat is toch een naam uit de pornowereld?'

Ze voelden zich allemaal wat ongemakkelijk dat uitgerekend Amanda die opmerking maakte.

'Ik heb een dagvaarding naar Dirks internetprovider gestuurd om uit te vinden wie hij echt is. Ik heb een paar van zijn zogenaamde casestudy's doorgelezen. Als híj een smeris is, ben ik een kip.'

'Voor het einde van de dag heb je hem te pakken,' zei Amanda. 'Verder ga je op zoek naar vermiste vrouwen in de maanden oktober en maart van de afgelopen acht jaar. Mail me de lijst. Dan pleeg ik een paar discrete telefoontjes.'

Faith voelde een sprankje hoop, maar ze temperde het met sarcasme. 'Nu we niet op zoek zijn naar een seriemoordenaar met een specifiek patroon, moet ik misschien een oproep laten uitgaan voor recente meldingen van vermiste vrouwen, of van vrouwen die hebben aangegeven dat ze het gevoel hebben geobserveerd te worden?'

Amanda kneep haar ogen tot spleetjes. 'Doe dat.'

'Bedankt.'

Nu richtte Amanda zich weer tot Sara. 'Denk je dat Tommi Humphrey met ons wil praten? Ze is ons enige levende slachtoffer dat ons van steekhoudende informatie kan voorzien. Het is negen jaar geleden. Misschien herinnert ze zich iets.'

Sara's aarzeling was tastbaar. 'Op de dag dat Nesbitt werd gearresteerd, heb ik haar zijn politiefoto laten zien. Wat het ook mag betekenen, Tommi zei dat hij het niet was, maar diezelfde dag probeerde ze zich te verhangen in de achtertuin van haar ouders. Ze is toen naar een privékliniek gebracht voor behandeling. Een jaar later is het gezin uit Grant vertrokken.'

'Tommi's verkrachter heeft iets tegen haar gezegd,' zei Amanda. 'Hij beloofde haar andere vrouwen met rust te laten zolang zij haar mond hield. We kunnen daaruit afleiden dat hij vaker met haar heeft gesproken. Misschien herinnerde ze zich iets. Of nog waarschijnlijker: misschien hield ze iets achter.'

'Dat is mogelijk,' gaf Sara toe, maar ze bleef terughoudend.

'Zou je er minder terughoudend tegenover staan als er contact wordt opgenomen met Tommi Humphrey als jij degene bent die met haar gaat praten?'

'Ze heeft niet naar zijn gezicht gekeken,' zei Sara, die een rechtstreeks antwoord vermeed. 'Ze was gedrogeerd toen het gebeurde. Ze was maar half bij bewustzijn. De medicatie alleen al kan tot geheugenverlies hebben geleid.'

'Ze kon zich de dagen of weken voorafgaand aan de aanval wel herinneren,' zei Amanda. 'Had ze het gevoel dat ze in de gaten werd gehouden? Miste ze iets wat belangrijk voor haar was?'

Sara twijfelde nog steeds. Toch zei ze: 'Ik zal het proberen.'

16

Gina Vogel kon het akelige gevoel dat ze in de gaten werd gehouden niet van zich afzetten. Ze had het op de sportschool gehad. Ze had het in de supermarkt gehad. Ze had het op het postkantoor gehad. De enige plek waar ze het niet had was thuis, maar dat kwam doordat ze alle jaloezieën en gordijnen dichthield, zelfs overdag.

Wat was er met haar aan de hand?

Eén verdwenen scrunchie en ze dreigde te veranderen in een tweede Howard Hughes, zonder het geld, de roem en het talent. Zelfs haar teennagels hadden een lengte waarop Hughes trots zou zijn geweest. Ze had haar gebruikelijke pedicurebeurt in de nagelstudio afgezegd. Daar ging ze al twee jaar elke maand naartoe. In het leven van een vrouw brak ooit het moment aan dat teennagels knippen een riskante onderneming werd. Dat was meestal het moment waarop ze een leesbril nodig had om haar eigen voeten goed te kunnen zien.

Was ze echt te bang om de straat op te gaan?

Gina legde haar hand in haar nek. De haartjes stonden overeind. Ze had kippenvel op haar armen. Ze praatte zichzelf een zenuwinzinking aan vanwege één verdwenen scrunchie en de vage indruk dat ze door een gek werd gestalkt, en dat alles zonder enig bewijs, maar gebaseerd op een vervelend gevoel en veel te veel uren waarin ze naar moordprogramma's had gekeken.

Ze moest het huis uit.

Gina liep naar de voordeur. Ze had haar huispak aan, maar de buren waren geen van allen thuis. In elk geval niemand die ze aardig vond. Ze zou als een normaal mens naar de brievenbus lopen en haar post ophalen.

Ze liep het betonnen trapje naar de stoep af. Een auto reed langs. Een Acura. Donkergroen. Moeder achter het stuur. Kind op de achterbank. Heel gewoon. Stelde niks voor. Gewoon een gezinnetje op weg naar school of de dokter, dat helemaal geen oog had voor de vrouw in het chique huispak die vanaf haar voordeur voorzichtig het trapje afdaalde, als een halfgare slapjanus die één teen in het zwembad stak omdat ze er niet in durfde te springen.

Nog een laatste trede. Nu was ze op het pad, waarna ze rechtsaf het trottoir op ging en voor haar brievenbus bleef staan.

Met bevende hand nam ze haar post eruit. De stapel bestond uit de gebruikelijke rommel: waardebonnen, catalogi, circulaires. Ze zag de rekening van haar creditcard, ongetwijfeld deprimerend, en een kaart van een politieke campagne, om razend van te worden. De glossy van de universiteit waaraan ze had gestudeerd, was een verrassing. Gina was van de officiële Facebook-pagina geknikkerd nadat ze een idee had gepost voor het thema van de twintigste reünie: *Genaaid? Getrouwd? Vermoord?*

Het tijdschrift begon te trillen, maar dat kwam doordat Gina zelf begon te trillen.

Ze voelde de angstaanval door haar zenuwen jagen, als de stoom van een fluitketel. Weer bracht ze haar hand naar haar nek. Ze haalde sputterend adem. Haar longen verstijfden. Ze kreeg niet genoeg lucht. Ze wist dat iemand naar haar keek. Stond hij achter haar? Had ze voetstappen gehoord? Hoorde ze een man op haar afstappen, die zijn armen naar haar nek uitstrekte?

'Shit,' fluisterde ze. Haar hele lichaam beefde, maar op de een of andere manier weigerden haar benen dienst. Haar blaas begon pijn te doen. Ze sloot haar ogen en draaide zich razendsnel om.

Niemand.

'Shit.' Deze keer zei ze het iets luider.

Ze liep terug naar het huis, maar keek voortdurend over haar schouder, alsof ze gek was. Ze vroeg zich af of de buurvrouw van de overkant haar in de gaten hield. Het nieuwsgierige mens stak haar neus altijd in andermans zaken. Op de buurtapp plaatste ze eindeloze preken over mensen die hun vuilcontainers op straat lieten staan en hun afval niet netjes scheidden. Als ze niet uitkeek, gooide iemand binnenkort een lading vleeswaren op haar Nissan Leaf, en dan waren de rapen gaar.

Gina's knie begaf het bijna toen ze met grote stappen het trapje op rende. Ze sloeg de deur achter zich dicht. De post gleed uit haar handen en vloog over de vloer. Ze rommelde aan het nachtslot, maar deed het niet dicht.

De deur had opengestaan toen ze buiten was. Was er iemand naar binnen geglipt? Net bij de brievenbus had ze als een tol rondgedraaid. Ze had secondelang met haar rug naar de voordeur gestaan. Iemand had stiekem naar binnen kunnen sluipen. Misschien was er nu iemand in haar huis.

'Shit!' Als een razende ging ze de sloten op de ramen en deuren langs, keek in kasten en onder bedden, want zo gestoord was ze inmiddels.

Voelde het zo als je knettergek werd?

Ze liep naar de bank, pakte haar iPad en googelde 'symptomen van knettergek'.

Een vragenlijst verscheen.

1. Ben je humeurig?
2. Ben je je interesse in seks kwijt?
3. Ben je gespannen of rusteloos?
4. Ben je oververmoeid of de hele dag slaperig?

Ze beantwoordde elke vraag met 'ja', want haar vibrator kon niet lezen.

Het antwoord luidde:

Je zit tegen een depressie aan. Heb je overwogen een therapeut te bezoeken? Ik heb bij jou in de buurt vier verschillende specialisten op het gebied van KNETTERGEK gevonden.

Gina liet de iPad weer op de bank vallen. Nu wist het internet dat ze depressief was. Waarschijnlijk werd ze straks overspoeld met spam en reclame voor natuurlijke behandelingen en supplementen om haar stemming te verbeteren.

Ze hoefde geen pil. Ze moest weer grip op zichzelf krijgen. Paranoia hoorde niet bij haar persoonlijkheidstype. Ze was doelgericht. Een initiatiefnemer. Zeer efficiënt. Ordelijk. Ze had een druk sociaal leven, maar ze kon zich ook zeer goed zelf vermaken. Ze bezat alle kwaliteiten die volgens een andere vragenlijst positief waren toen ze twee jaar geleden had gegoogeld op 'ben ik het type dat goed thuis kan werken?'.

De overgang van kantoor naar huis was Gina niet zwaar gevallen, maar ze had al snel ontdekt dat ze een reden nodig had om haar benen af en toe te scheren en haar haren te wassen. Haar twee uitlaatkleppen waren de sportschool, die ze minstens drie keer per week bezocht, en lunchafspraken, die ze minstens twee keer per maand probeerde te plannen.

Ze opende haar agenda op de iPad. Tot haar verbazing zag ze dat ze al zes dagen het huis niet uit was geweest. Ze had lunchafspraken afgezegd. Trainingen overgeslagen. Werkbesprekingen gemist. In plaats van de situatie recht te zetten met een lawine aan telefoontjes begon ze een strategie uit te werken. Dankzij het bestaan van bezorgdiensten kon ze het met een extra week rekken voor ze echt het huis uit zou moeten. Dan wilde haar twaalfjarige baas haar namelijk op kantoor zien voor een videoconferentie met cliënten in Beijing. Ze zou kleren met knopen en ritsen aan moeten trekken en daadwerkelijk moeten verschijnen, want 'Ik heb per ongeluk na middernacht een Mogwai gevoerd' was een smoes die alleen in het jaar 1985 werkte bij twaalfjarige jongens.

Ze keek naar de vierkantjes op de kalender. Na nog een week zou ze in totaal dertien dagen in huis opgesloten zijn geweest. Dertien dagen stelden niets voor. In Frankrijk deden mensen dertien dagen over één lunch. Ze had het bijna dertien dagen volgehouden op het Atkins-dieet. Tijdens haar studie had ze veel langer dan dertien dagen alleen op noedelsoep geleefd. God, ze had wel dertien jáár bij allerlei vriendjes een vaginaal orgasme gefaket.

Ze stond op van de bank en liep naar de keuken, waar ze de koelkast opentrok. Vier plakjes tomaat in een ziplockzakje. Zesentwintig blikjes cola light. Een komkommer van obscene proporties. Een half opgegeten notenreep.

Als de politie in haar koelkast keek, zouden ze haar voor een seriemoordenaar houden.

Ze pakte een blocnote en een pen uit de la en begon een boodschappenlijst op te stellen voor de bezorgdienst. Ze kon soep maken, prutjes en zelfs stoofpot. Ze had massa's meditatieapps gedownload, waarvoor ze altijd te gestrest was geweest om ze te openen. Er was dat boek waarover iedereen het had en waaraan ze steeds niet toekwam. Dat kon ze downloaden. Ze kon het lezen als een echte boekenlezer. Ze kon de hele nacht doorwerken zodat ze haar presentatie voor Beijing ruim op tijd af had. Ze zou zich door deze ontregelende angstaanval heen slaan door gezonde maaltijden te eten, door ervoor te zorgen dat ze fit bleef, door te lezen, te slapen en eindelijk eens goed voor zichzelf te zorgen.

Zonlicht!

Dat had ze nodig. Toen ze klein was, had haar moeder haar altijd op haar kop gegeven.

Zit niet altijd met je neus in een boek, maar ga naar buiten!

Gina kon buiten naar binnen halen. Ze opende de jaloezieën in de woonkamer. Ze keek de straat in, een normale straat zonder een enge man die haar huis in de gaten hield. Ze trok de gordijnen in haar slaapkamer open. Ze liep de keuken weer in en deed de deur open om wat frisse lucht binnen te laten. Ze boog zich over de spoelbak om het raam van het slot te doen.

Eigenlijk zou ze nu Nancy moeten bellen. Als iemand haar hieruit kon halen, was het haar zus. Ze wist het vast nog van de roze scrunchie en zou hopelijk niet tegen haar dochter zeggen dat Gina hem had gestolen, want het laatste waarop Gina zat te wachten, was een gillende brulaap die haar voor de slechtste tante ter wereld uitmaakte.

Ze voelde haar bubbel barsten.

Nancy was haar oudere zus, een geboren bazige bemoeial. Het ergste was dat ze de beste vriendin van haar dochter wilde zijn, wat natuurlijk fantastisch had uitgepakt.

Gina probeerde de bubbel weer te vullen.

Nancy ging haar dochter niet over de scrunchie vertellen. Ze zou langskomen met een fles wijn. Ze zouden samen lachen om Gina die zo dom had gedaan, en dan zouden ze kijken naar verbouwingsprogramma's op tv, bijvoorbeeld dat van die Canadezen van vijfentwintig die een aanbetaling van honderdduizend dollar op de aankoop van een huis hadden bespaard, en dat terwijl Gina recent de zoekopdracht

'Kun je veilig het gedeelte van het brood opeten waar geen schimmel op zit?' had ingevoerd.

Ze keek naar de lege schaal op de vensterbank.

Daar had de scrunchie in gelegen.

En nu lag hij er niet meer.

Gina wist dat ze hem niet zelf had kwijtgemaakt, want ze was geen kwijtmaakster. Ze wist altijd precies waar alles lag, want ze was superefficiënt, systematisch en netjes. En daarom was ze volgens een van de vragenlijsten ook zo geschikt voor thuiswerk.

'Fuck.'

Gina draaide het raamslot weer op zijn plaats. Ze ging Nancy niet bellen. Ze ging haar zus niets van dat alles vertellen, want wettelijk waren er maar twee mensen voor nodig om je vierentwintig uur ter observatie in een psychiatrische kliniek te laten opnemen, en op dat moment kon ze niet één reden bedenken waarom haar zus en haar moeder haar níét in een rubberen kamer zouden laten opsluiten.

Ze liep het huis in omgekeerde volgorde weer door, schoof sloten voor de deuren, trok de gordijnen dicht en sloot de jaloezieën. Het werd weer donker binnen. Ze ging op de bank zitten en opende Google voor een nieuwe zoekopdracht. Haar vingers bleven boven het toetsenbord hangen. Ze huiverde. Of iemand liep over haar graf, of haar lichaam vertelde haar dat ze op het punt stond iets onherroepelijks te doen.

Gina keek naar de cursor op de tablet. Ze keek de kamer rond. De afstandsbediening lag evenwijdig aan de rand van de salontafel, waar hij altijd lag. De deken hing keurig opgevouwen op zijn vaste plek, over de rugleuning van de stoel. Haar sporttas stond bij de keukendeur te wachten. De sleutels lagen op het wandtafeltje om de hoek van de gang. Haar tasje hing aan de rugleuning van de keukenstoel.

De kom waarin ze haar roze scrunchie met de witte vergeet-mij-nietjes altijd bewaarde, was nog steeds leeg.

Gina typte op haar iPad:

'Kan ik een pistool kopen en thuis in Atlanta laten bezorgen?'

17

Sara zat aan haar bureau nog wat dingen op te schrijven naar aanleiding van de briefing. Ze keek naar de naam Rebecca Caterino en merkte dat ze dezelfde stel-dat-lijst maakte als acht jaar geleden. Stel dat Lena een hartslag had gevoeld? Stel dat ze zelf sneller in het bos was verschenen? Stel dat dat verloren halfuur het verschil had uitgemaakt tussen een slachtoffer dat haar aanvaller kon identificeren en een jonge vrouw die veroordeeld was tot een leven van ongekend leed?

Dan zou Leslie Truong misschien nog leven. Joan Feeney. Pia Danske. Shay Van Dorne. Alexandra McAllister. Levens die niet verloren hadden hoeven gaan als ze Beckey Caterino's echte belager hadden gevonden.

Of die van Tommi Humphrey.

Sara's maag trok samen bij de gedachte aan Tommi. Ze had niet moeten ingaan op Amanda's verzoek om contact met haar te zoeken. Telkens wanneer ze eraan dacht dat ze Tommi moest opsporen, zag ze het beeld weer voor zich van de kettingrokende jonge vrouw in de achtertuin van haar ouders. Sara had haar handen ineengeslagen onder de tuintafel. Jeffrey had zwijgend zitten luisteren, zich niet bewust van het trauma dat de twee vrouwen tegenover hem deelden.

Sara richtte zich weer op haar aantekeningen.

Heath Caterino. Bijna acht. Binnenkort kreeg hij groeistuipen. Zijn blijvende gebit kwam door. Zijn kritische denkvermogen werd aangescherpt. Hij ging taal gebruiken als middel om grapjes te maken.

Hij ging vragen stellen.

Wie ben ik? Waar kom ik vandaan? Hoe ben ik hier terechtgekomen?

Misschien niet binnenkort, maar uiteindelijk zou de jongen de afgrijselijke omstandigheden rond zijn geboorte ontdekken. Het internet zou hem antwoorden verschaffen die zijn moeder hem niet kon geven en die zijn grootvader voor hem achterhield. Dan zou Heath over de aanval op zijn moeder kunnen lezen. Hij zou hetzelfde rekensommetje kunnen maken als Sara, dezelfde conclusies trekken als Faith en ontdekken dat hij een last moest dragen die een kind bespaard zou moeten blijven.

Zoveel levens die onherstelbaar veranderd waren door al die gemiste kansen.

Ze mocht zich niet weer in het verleden verliezen. Op haar laptop zocht ze Faiths gescande aantekeningen op, waarna ze haar aandacht op de vrouwen op het scherm richtte.

Joan Feeney. Pia Danske. Shay Van Dorne. Alexandra McAllister.

Wat de onderzoeken betrof had Faith al vóór de briefing haar huiswerk gedaan. Volgens haar aantekeningen waren de lichamen van Feeney en Danske gecremeerd. Autopsierapporten ontbraken. In beide gevallen had de lijkschouwer een ruwe schets van het lichaam gemaakt en de meeste verwondingen gedocumenteerd, maar verder liep het spoor dood.

Shay Van Dorne was een ander verhaal. Zij was begraven. Faith had de gegevens van haar ouders opgeschreven, naast het telefoonnummer van de uitvaartonderneming die de teraardebestelling had verzorgd. Grondig als ze was, had ze het bedrijf gebeld en de locatie van het lichaam achterhaald. Shay Van Dorne was begraven in Villa Rica, een kleine honderd kilometer ten oosten van het hoofdkantoor van het GBI. Eén woord trok Sara's aandacht. Faith had met hoofdletters GRAFKELDER opgeschreven en het omcirkeld.

Sara toetste Amanda's nummer in.

'Hou het kort,' zei Amanda. 'Ik heb over vier minuten een conference-call.'

'Ik begrijp waarom je aarzelt om het onderzoek uit te breiden naar de vrouwen uit de krantenartikelen.'

'Maar?'

'Stel dat het maar om één rechtsdistrict gaat, met één lijkschouwer en één politiebureau?'

'Ga door.'

'Shay Van Dorne.'

'Wil je het lichaam opgraven?'

'Ze is in een grafkelder begraven,' legde Sara uit. 'Dan zit er een extra afsluiting om de kist. Die bestaat uit een van de volgende materialen: beton, metaal, kunststof of composiet. Ze zijn waterdicht om de elementen buiten te houden en te voorkomen dat de aarde de kist opendrukt. De duurdere hebben een luchtdichte afsluiting, maar die is niet hermetisch. Volgens de wet mag een uitvaartonderneming niet garanderen dat de overledene in de oorspronkelijke staat blijft, maar ik ben bij opgravingen geweest waarbij het lichaam nog zo goed als intact was.'

'Wil je beweren dat een drie jaar oud lijk perfect geconserveerd zou kunnen zijn?'

'Wat ik beweer is dat de ontbinding heeft ingezet, maar dat de schade misschien minimaal is,' zei Sara. 'Als Shay op dezelfde wijze verminkt is als Alexandra McAllister en de anderen, weten we dat zij ook een slachtoffer was. En misschien, hopelijk, vinden we bewijs dat ons naar de moordenaar voert.'

'Geloof je dat echt?'

Sara bood geen hoop, maar alles was mogelijk. 'De moordenaar heeft al minstens acht jaar ongestoord zijn gang kunnen gaan. Soms maakt ervaring iemand slordig. Misschien is het lichaam van Shay Van Dorne ook een soort plaats delict. Als we ons aan strohalmen gaan vastklampen, dan zou ik deze als eerste pakken.'

'Dan vragen we wel erg veel van de ouders,' zei Amanda. 'Heb je de aantekeningen gelezen die Gerald Caterino van zijn telefoongesprekken met de Van Dornes heeft gemaakt?'

'Nog niet.'

'Ga ze lezen. Stuur me dan een bericht. Laat weten of je om opgraving wilt vragen.' Sara wilde net ophangen toen Amanda zei: 'Er is een levende getuige.'

Weer trok Sara's maag samen. Ze was terug in Tommi Humphreys achtertuin en zat tegenover Jeffrey. Ze probeerden het meisje over de aanval te laten praten, maar Tommi had gezegd...

Ik ken dat meisje niet meer. Ik weet niet meer wie ze was.

Sara kende dat gevoel maar al te goed. Ze had nog slechts een vaag beeld van de Sara die met Steve Mann naar het schoolgala was geweest, die opgetogen was geweest omdat ze bij de studie medicijnen was aangenomen, de Sara die vol vertrouwen een coschap had aangevraagd in het Grady Hospital. Het was alsof het de herinneringen van iemand anders waren, van een oude vriendin die uit haar leven was verdwenen omdat ze nog maar zo weinig gemeen hadden.

'Ik kan het proberen,' zei ze tegen Amanda. 'Tommi is niet verplicht om met ons te praten.'

'Bedankt, dokter Linton. Ik ben ook op de hoogte van de wetten van de Verenigde Staten.'

Sara kon alleen maar met haar ogen rollen.

'Laat weten wat je met Van Dorne van plan bent,' zei Amanda. 'Ik zal je op de hoogte houden van informatie die aan mijn kant binnenkomt.'

Sara verbrak de verbinding, maar het kostte haar moeite het werk weer op te pakken.

In gedachten zag ze telkens Tommi voor zich. Ze kneep haar ogen dicht om de beelden te verdrijven. Het liefst zou ze nu Will bellen en hem vertellen hoe dit alles de afgrijselijke herinneringen aan haar eigen verkrachting oprakelde. Dat gesprek had vierentwintig uur geleden probleemloos gevoerd kunnen worden. Nu was het alsof ze zout in een open wond wreef.

Er zat niets anders op dan zich te concentreren op de taak die voor haar lag.

Sara richtte zich weer op haar laptop en opende het rapport dat de lijkschouwer van Dougall County over Shay Carola Van Dorne had opgesteld. In het gewone leven was de man tandarts, maar uit zijn eerste zinnen bleek zijn belangstelling voor cartografie.

Van Dorne, een vijfendertigjarige witte vrouw, werd languit liggend aangetroffen bij de noordnoordwesthoek van het substroomgebied van de Upper Tallapoosa River, dat deel uitmaakt van het ACT-stroomgebied, 51 kilometer verwijderd van de Mill Road Parkway, op 33.731944, -84.92 en UTM 16S 692701 3734378.

Sara klikte door pagina's vol kaarten tot ze bij de relevante passages was aangekomen.

De kleuterjuf stond niet als wandelaar bekend en droeg de kleren die ze normaal naar school aanhad. Alles wees erop dat het slachtoffer was uitgegleden, met haar hoofd tegen een steen was geslagen en was bezweken aan een subduraal hematoom, een bloeding die over het algemeen onder traumatisch hersenletsel werd geschaard.

Nu volgde Sara de tandarts niet meer. Hoe de man het letsel had vastgesteld zonder röntgenfoto's of het zichtbaar maken van de hersenpan mocht een medisch wonder heten.

Toen ze bij de beknopte beschrijving van de verwondingen was aangekomen, raakte ze het spoor opnieuw bijster. De tandarts had het volgende genoteerd: *Diervraat in seksorganen zoals aangegeven op de tekening.*

Ze klikte door naar de schets van het lichaam. De ogen en de mond waren doorgekruist. Rond de borsten en het bekken waren twee grote cirkels getekend, met een pijl naar de woorden 'zie foto's'.

Sara vond de jpegs in het hoofdmenu. De tandarts won een tikkeltje respect terug toen ze zag dat hij ruim honderd foto's had gemaakt. Ze had er hooguit twintig verwacht, evenveel als er door de lijkschouwer van White County van Alexandra McAllister waren genomen. De lijkschouwer van Dougall County was veel verder gegaan. Hier was een man aan het werk geweest die bereid was tienduizenden dollars en honderden uren van zijn tijd te investeren in een hobby die hem bruto twaalfhonderd dollar per jaar opleverde.

Sara ging met de tabtoets door de foto's. Het lichaam lag binnen, op een roestvrijstalen brancard, waarschijnlijk van een plaatselijk ziekenhuis of uitvaartbedrijf. Alles was uitstekend verlicht. De camera was van professionele kwaliteit. De tandarts had vanuit alle invalshoeken foto's genomen, behalve vanuit de invalshoeken die Sara nodig had. Hij had te dicht ingezoomd of had te ver van de verwondingen af gestaan. Ze kon de randen niet zien. Het was onmogelijk vast te stellen of de scheuren in de pezen het werk waren van een aaseter of van een scalpel. De foto's van de 'seksorganen' waren kuis, wat gezien de grootte van Dougall County niet vreemd was. Misschien had de tandarts Shay Van Dorne gekend, net zoals Sara Tommi Humphrey had gekend.

Ze nam de rest van de foto's door. Er was een reeks met alleen handen en voeten. Een andere reeks toonde Shays open mond.

Ogenschijnlijk waren die opnamen bedoeld om een blokkade of verstopping van de luchtpijp uit te sluiten, maar Sara vermoedde dat de tandarts die ene verstandskies had willen vastleggen, in het kwadrant rechtsboven in de mond van een vijfendertigjarige vrouw. Het was ongebruikelijk dat er slechts drie verstandskiezen waren verwijderd. Gewoonlijk werden ze twee aan twee of allemaal tegelijk getrokken.

Sara sloot de jpegs.

Ze keerde terug naar het hoofdmenu met Faiths documentatie. Daar vond ze de aantekeningen die Gerald Caterino had gemaakt van zijn telefoongesprekken met Shays ouders, Larry en Aimee Van Dorne. Het echtpaar was na Shays dood gescheiden. Geen van beiden was hertrouwd. Gerald had hen afzonderlijk gesproken.

Larry kon niets ongebruikelijks over het leven van zijn dochter vermelden, wat niet vreemd was. Sara had een zeer nauwe band met haar eigen vader, maar er waren dingen die ze hem niet vertelde, want ze kende zijn neiging om alles meteen te willen oplossen.

Volgens Aimee had Shay een buurmeisje met de auto naar een verjaarspartijtje gebracht toen ze had beseft dat haar kam niet meer in haar tas zat. Eerst had ze het toegeschreven aan de lange vingers van iemand in de lerarenkamer, maar het feit dat hij verdwenen was, had haar duidelijk dwarsgezeten. Shay had haar moeder toevertrouwd dat ze de laatste tijd een vreemd gevoel had gehad, alsof ze in de gaten werd gehouden. Eerst in de supermarkt, toen in de buurt van haar werk en een keer toen ze in de sportschool op de loopband bezig was. De moeder was er verder niet op ingegaan – dat gevoel had iedere vrouw toch weleens? – maar na de dood van haar dochter moest ze onmiddellijk aan dat gesprek denken.

Sara maakte een paar aantekeningen. *Aangetroffen in het bos. Vermoedelijk hoofdwond (hamer?) Seksuele verminking (?) Toegeschreven aan (zag eruit als?) een ongeluk. Vermiste kam. Mogelijk gestalkt.*

Beide ouders vonden dat er iets ongewoons was aan de dood van hun dochter. Shay was atletisch, maar geen wandelaar. Ze ging zelden het bos in. Ze had haar telefoon en tasje in de kofferbak van haar gele Fiat 500 laten liggen. Larry liet doorschemeren dat Shay misschien depressief was geweest. Aimee sprak dat tegen. Hun dochter maakte deel uit van een grote vriendenkring. Ze was sopraan in het kerkkoor. Thuis op haar bureau lagen lesplannen die nog afgemaakt moesten worden. Haar nieuwe vriend was op een congres in Atlanta geweest, op anderhalf uur rijden.

Sara controleerde de datums van Gerald Caterino's telefoontjes. Beckeys vader had tot precies twee weken na de begrafenis gewacht voor hij contact met hen had opgenomen. Sindsdien waren er drie jaar verstreken. Sara betwijfelde of het inmiddels beter ging met Larry en Aimee Van Dorne. Het leek haar onmogelijk dat een ouder ooit weer helemaal de oude werd na de dood van een kind.

In gedachten nam ze de stappen door die bij een verzoek om opgraving genomen moesten worden. Een dergelijk gesprek kon ze niet aan Amanda uitbesteden. Sara zou het lichaam van hun dochter moeten opensnijden, dus zij hoorde de ouders om toestemming te vragen. Het zou geen gemakkelijk gesprek worden. Misschien waren er godsdienstige obstakels, maar de emotionele zouden nog krachtiger zijn. Veel mensen beschouwden opgraving als ontwijding. Dat begreep Sara wel. Alleen al bij de gedachte dat Jeffrey weer uit de grond zou worden gehaald, moest ze huilen.

De Van Dornes zouden allereerst willen weten wat Sara dacht aan te treffen. Ze betwijfelde of daar een gemakkelijk antwoord op was. Shay Van Dornes maaginhoud zou zijn weggezogen tijdens de balseming, dus het was onwaarschijnlijk dat Sara Gatorade zou aantreffen. Een punctie in het ruggenmerg liet niets aan twijfel over. Er konden nog steeds tekenen zijn die wezen op opzettelijke verminking van haar 'seksorganen'. Tijdens de autopsie op Alexandra McAllister had Sara gezien dat er met een scherp voorwerp over de vaginawanden was geschraapt, waardoor er strepen op het weefsel waren ontstaan. Het was mogelijk dat Shay Van Dorne vergelijkbaar letsel vertoonde.

Sara keek op van haar laptop.

Tommi Humphrey was bedreigd met een breinaald. Ze wisten dat de dader leerde van elke aanval. Na de moord op Leslie Truong had hij de hamer niet meer gebruikt. Misschien had hij voor de breinaald een nieuwe toepassing ontdekt.

Ze keek weer naar haar aantekeningen.

Aangetroffen in het bos. Vermoedelijk hoofdwond (hamer?) Seksuele verminking (?) Toegeschreven aan (zag eruit als?) een ongeluk. Vermiste kam. Mogelijk gestalkt.

De grafkelder bood hun de mogelijkheid de dood van Shay te verbinden met de overige misdaden. Sara was vaker bij opgravingen geweest. Balsemen werkte maar enkele weken. Zodra het lichaam in de aarde lag, trad ontbinding snel in. Bij een gesealde grafkelder had het lichaam er in sommige gevallen even ongeschonden uitgezien als op de dag van de begrafenis. Eén keer was het enige teken dat er tijd was verstreken een laagje schimmel op de bovenlip geweest.

Sara dacht weer aan Jeffrey. Het was een beestachtige moord geweest, dat leed geen twijfel. Ze had het met eigen ogen gezien. Hoe zou ze zich voelen als zijn doodsoorzaak niet duidelijk was geweest?

Ze pakte haar telefoon en tikte een bericht aan Amanda:

Ik wil met de Van Dornes praten en ze zoveel mogelijk informatie geven, waarna zij besluiten hoe we verdergaan.

Amanda reageerde meteen.

Oké.

Zal ASAP afspraak regelen.

Heb nog geen dossiers van Brock.

Hoe zit het met Humphrey?

Sara legde haar telefoon neer en leunde achterover. Uitstelgedrag reserveerde ze doorgaans voor huishoudelijke karweitjes, niet voor werkgerelateerde klussen. Je haalde je artsenbul niet door alle onaangename dingen die je moest doen op de lange baan te schuiven.

Dus waarom gaf ze er nu wel aan toe?

Sara opende de browser op haar laptop en tikte 'Thomasina Tommi Jane Humphrey'.

De jonge vrouw zat niet op Facebook, Twitter of Instagram. Ze stond niet in de databank van het GBI, in de telefoongids of op het messageboard van Grant Tech. Een algemene zoekopdracht leverde verschillende Schotse en een paar Humphreys uit Wales op, maar niets in Georgia, Alabama, Tennessee of South Carolina.

In aanmerking genomen wat er met Tommi was gebeurd, leek het logisch dat ze een teruggetrokken leven leidde.

Sara gaf dezelfde zoekopdrachten voor Delilah Humphrey en Adam Humphrey.

Dat leverde één relevant bericht uit *The Grant Observer* op: vier jaar geleden was Adam Humphrey verpletterd toen de auto waaraan hij werkte van de krik gleed. Als nabestaanden werden zijn vrouw en dochter genoemd. Zijn afscheid had plaatsgevonden in Brocks uitvaartcentrum. In plaats van bloemen werd verzocht een donatie te doen aan Planned Parenthood.

Sara bekeek de foto van een glimlachende man met een rond gezicht. Ze had Adam Humphrey twee keer ontmoet. De eerste keer had de vader zijn geknakte dochter achter in zijn busje gestopt om met haar naar Atlanta te rijden. De tweede keer was die vreselijke dag in de achtertuin van de Humphreys. Om zijn dochter te beschermen had Adam een politieman bedreigd.

Sara sloot de browser. Ze dacht na over haar opties. Ze kon in alle eerlijkheid tegen Amanda zeggen dat ze haar best had gedaan, maar ze zouden allebei weten dat het eigenlijk niet waar was.

Voor wie aan informatie wilde komen over de inwoners van Grant County waren er betere plekken dan het internet. Sara's moeder had dezelfde kerk bezocht als de Humphreys. Als Cathy niet wist waar ze waren, kende ze wel iemand die iemand anders kende. Maar dan zou haar moeder vragen hoe het met haar ging. Sara kon liegen, maar Cathy zou meteen horen dat er iets mis was. Er zou een discussie op volgen, misschien wel ruzie, want Cathy was bepaald geen fan van Will en Sara was op dat moment in staat om iedereen die iets verkeerds over hem zei de ogen uit te krabben.

Marla Simms van het politiebureau was een goede reserve, maar Sara wilde liever niet weer iets doen wat allerlei herinneringen aan Jeffrey naar boven bracht. Als je verder wilde met je leven, moest je niet telkens achteromkijken.

Daar zat ze dan met haar ellebogen op haar bureau en haar hoofd in haar handen.

De vorige avond sloeg over haar heen als een vloedgolf over het strand. Ze was nog steeds daas van slaapgebrek. Geen make-up was opgewassen tegen de wallen onder haar ogen. Will had tegen haar geglimlacht toen hij uit de briefingruimte was gelopen, maar Sara wist hoe een echte glimlach eruitzag op dat knappe gezicht, en die leek in niets op de glimlach die zij had gezien. Het was een vreselijk gevoel dat er zo'n afstand tussen hen was ontstaan. Haar lijf deed pijn, alsof ze griep kreeg.

Haar telefoon zoemde. Sara keek snel of Will haar een bericht had gestuurd. Hij was het niet. Het was weer een reeks razendsnel afgevuurde berichten van Amanda.

Lab is labuitslagen Truong kwijt.

Nick kan geen kopieën vinden.

Haal ASAP originelen bij Brock.

Bel ASAP wanneer je met Humphrey hebt gepraat.

Amanda was een groot fan van de ASAP's.

In plaats van te reageren opende Sara de Zoek mijn-app, want als je echt van de ander hield, was dat geen stalken.

Als Wills laatste locatie stond nog steeds Lena's adres vermeld.

Ze liet de telefoon weer op haar bureau vallen.

De vorige avond was ze kwaad geweest toen ze had beseft dat Wills telefoon was uitgeschakeld. Dat hij hem die ochtend nog steeds uit had staan, kwam extra hard aan. Ze wilde het bolletje over de kaart zien bewegen. Haar verstand zei dat hij waarschijnlijk nog in het gebouw was. Hij was vast langs de automaat gegaan om een kaneelbroodje te pakken voor hij naar Faiths kamer ging. Sara was vergeten een pleister op zijn hand te plakken. Die stomme wond bloedde nog steeds. Het was te laat voor hechtingen. Ze zou een recept moeten uitschrijven voor antibiotica. Ze zou hem moeten gaan zoeken en…

En dan?

Ze wilde zo snel mogelijk weg voor ze iets ongelooflijk stoms deed. Als ze bedacht wat ze de vorige avond had gedaan, lag de lat wel erg laag. Ze griste haar tas mee en liep de kamer uit. Op weg naar het parkeerterrein beantwoordde ze Amanda's berichten.

Ga persoonlijk naar Brock toe. Zoek nog naar Humphreys contactinfo. Zodra ik meer weet, hoor je het ASAP.

Het eerste deel van het bericht was gemakkelijk. Brock was naar Atlanta verhuisd toen zijn moeder meer zorg nodig had dan hij haar kon geven. Hij had het familiebedrijf verkocht en van de opbrengst had hij haar naar een van de beste verzorgingshuizen in de staat overgebracht. Brock werkte op twintig minuten rijden ten zuiden van het hoofdkwartier van het GBI. Een paar keer per jaar sprak Sara met hem af voor een lunch of een etentje. Hij wilde vast graag helpen, vooral als hij hoorde aan welke zaken ze werkte.

Wat ze in haar appje over Tommi had geschreven, bezorgde haar een beklemmend gevoel. Ze verkeerde nog steeds in tweestrijd over een eventueel contact met het meisje.

Meisje.

Tommi Humphrey was nu een jaar of dertig, en de brute verkrachting die haar bijna het leven had gekost lag alweer negen jaar achter haar. Het liefst zou Sara haar genezen willen zien, mogelijk getrouwd, misschien had ze een kind geadopteerd, of als het lot haar gunstig gezind was, had ze er zelf een kunnen krijgen.

Ze moest er niet aan denken straks te ontdekken dat niets van dat alles het geval was. Vooral wat het laatste betrof. Doordat ze verkracht was, had Sara zelf geen kinderen kunnen krijgen. Ze wilde niet in Tommi Humphrey een weerspiegeling zien van haar eigen onbeschrijflijke gemis.

Ze keek op naar de lucht. Er was regen voorspeld, en die voorspelling dreigde uit te komen. Ze slaakte een diepe zucht toen ze Wills auto op zijn gebruikelijke parkeerplek zag, naast die van haar. In het voorbijgaan raakte ze het vouwdak even aan. Ze schoof achter het stuur van haar Porsche Cayenne. Haar BMW X5 was een paar maanden geleden total loss geraakt. Ze had de Porsche gekocht omdat Will van Porsches hield, zoals ze ooit een Z4 had gekocht om Jeffrey de ogen uit te steken.

Het leek erop dat Sara's feminisme met een klap tot stilstand kwam zodra ze bij een autodealer binnenstapte.

Ze drukte op de startknop, en de motor sloeg grommend aan. Ze keek naar Wills auto, maar meteen verweet ze zichzelf te sentimenteel te zijn. Uiteindelijk zou Will haar vergeven. Alles zou weer normaal worden. Rationeel wist Sara dat, maar ze vocht nog steeds tegen de neiging om wanhopig van liefde het gebouw weer in te rennen.

Of als een knettergek wijf.

Terwijl ze de parkeerplek af reed, toetste ze het nummer van haar ouders in. In gedachten zag ze haar moeder, die aan het koken was terwijl haar vader uit de krant voorlas. De telefoon aan de muur had een snoer dat helemaal uitgerekt was van alle keren dat Sara en Tessa het tot op de veranda hadden meegetrokken om wat privacy te hebben.

'Ik praat niet met jou,' zei Tessa bij wijze van groet. 'Wat wil je?'

Bijna had Sara met haar ogen gerold. Als ze ergens een hekel aan had, was het aan nummermelding. 'Eigenlijk belde ik mama. Ik zoek contact met Tommi Humphrey.'

'Delilah is na Adams dood naar een andere staat verhuisd. Geen idee waar Tommi is.'

'Heeft mama Delilahs nummer?'

'Moet je haar vragen.'

'Dat wilde ik ook...' Sara hield zich in. 'Tess, kappen nou. Er zijn op dit moment al genoeg mensen kwaad op me.'

'Ik dacht dat je perfect was,' bitste Tess. 'Wie zou er verder nog kwaad op je kunnen zijn?'

Sara's ogen vulden zich met onverwachte tranen.

Tessa slaakte een gekwelde zucht. 'Oké, ik zal ermee kappen. Wat is er mis?'

Sara streek met de rug van haar hand langs haar ogen. 'Will en ik hebben ruzie gehad.'

'Waarover?'

Sara ademde haperend in. 'Ik ben de hele dag in gedachten vreemdgegaan met Jeffrey, en toen ik besefte dat Will heel goed doorhad waar ik mee bezig was, maakte ik het nog erger en is hij weggelopen.'

'Wacht even, Wíll is bij jóú weggelopen?' Tessa was zo verbaasd dat alle scherpte uit haar stem was verdwenen. 'En toen?'

'Toen heb ik een voicemail ingesproken.'

'Nooit bewijs achterlaten wanneer je door het lint gaat.' Tessa citeerde hun wijze moeder. 'En toen?'

'En toen...' Sara had Will de hoofdpunten van de vorige avond geschetst. Alleen haar zus mocht de vernederende bijzonderheden horen. 'Ik wachtte tot hij terugkwam, en toen hij niet kwam, ben ik naar zijn huis gereden. Vervolgens ben ik teruggereden naar mijn appartement, maar daar was hij nog steeds niet. Dus toen ben ik naar de YMCA gereden, naar Wendy's, naar McDonald's, naar Dairy Queen en naar het tankstation waar hij altijd burrito's haalt. Daarna ben ik naar Buckhead gereden om te zien of hij bij Amanda was. En toen ben ik weer teruggereden naar zijn huis, voor het geval ik hem had gemist. Daarna ben ik naar mijn appartement gereden.'

'Maar daar ben je niet gebleven?'

'Nee.' Sara veegde weer langs haar ogen. 'Ik ben naar Faiths huis gereden. Daar stond zijn auto op de oprit. Ze zaten op de bank Grand Theft Auto te spelen alsof er geen vuiltje aan de lucht was. Toen ben ik weer naar huis gereden, waar ik een tijdje op hem heb gewacht. Toen ben ik naar zijn huis gereden en heb gewacht tot hij terugkwam om zich om te kleden voor zijn werk. Maar hij kwam niet. Dus ben ik naar mijn huis gereden, heb wat make-up opgedaan en ben naar het werk gegaan. Daar heb ik hem opgezocht in zijn kamer, me aan zijn voeten geworpen en hem gesmeekt me te vergeven, en dat gaat hij volgens mij ook doen, maar tot die tijd heb ik het gevoel dat er een kluit elastiekjes vastzit in mijn borst.'

Aan de andere kant van de lijn bleef het even stil.

Sara klemde het stuur vast. Ze had moeite te bedenken waarom ze in de auto zat en waar ze naartoe reed.

'Grand Theft Auto op de bank,' zei Tessa. 'Dat is nogal gedetailleerd.'

'Ik heb door het raam van Faiths woonkamer gekeken,' bekende Sara.

'Aan de achter- of aan de voorkant van het huis?'

'Achterkant.'

'Wanneer besefte je dat zij een smeris met een wapen is en dat jij officieel in overtreding was midden in de nacht?'

'Toen ik over het plastic deksel van Emma's zandbak struikelde en plat op mijn gezicht viel.'

Tessa lachte.

Sara liet het passeren.

'O, zusje,' zei Tessa. 'Hij heeft je echt in de tang.'

'Echt wel.' Sara kreeg het ergste nauwelijks over haar lippen. 'Ik weet niet hoe ik dit goed moet maken.'

'Je zult het gewoon moeten uitzitten,' zei Tessa. 'Tijd is het beste medicijn.'

Weer wijze raad van hun moeder.

'Of je koopt iets bij IKEA,' zei Tess, 'en doet alsof je het niet in elkaar kunt zetten.'

'Dat werkt vast niet.' Sara zocht naar het bord voor de afslag. Ze had nog tien minuten. 'Hij is diep gekwetst. En daar heeft hij alle reden toe.'

'Zou een handjob werken?'

'Nee.'

'Pijpen?'

'Was dat maar zo.'

'Rimmen?'

'Hoe ging je sollicitatie bij de verloskundige vanochtend?'

'Mwah,' zei Tessa. 'Ze maakte precies één interessante opmerking. Ik vertelde haar over mijn alwetende grote zus de chique dokter, en toen merkte ze op dat amateurs de Ark hebben gebouwd, maar ingenieurs de Titanic.'

'Je weet dat de Ark over genocide gaat, hè?' Sara schoof een baan op naar rechts om een vrachtwagen met oplegger te laten passeren. 'Noach en een handjevol van zijn kameraden mochten blijven leven terwijl de rest van de wereldbevolking van de aardbodem werd weggevaagd.'

'Het verhaal is een metafoor.'

'Voor genocide.'

'Je tijd is om,' zei Tessa. 'Ik zal je verzoek doorgeven aan mama.'

De verbinding werd verbroken.

Sara pakte een tissue uit haar tas en snoot haar neus. Uit een snelle blik in de achteruitkijkspiegel bleek dat haar waterproof mascara zijn belofte niet nakwam. Ze voelde zich nog steeds wankel en gespannen. Nu ze haar zus alle krankzinnige dingen had verteld die ze die nacht had gedaan, voelde ze zich des te krankzinniger. Nog nooit in haar leven had ze zich door een man zo gek laten maken. Zelfs toen ze zeker wist dat Jeffrey vreemdging, was Tessa degene geweest die verscheurde hotelrekeningen aan elkaar had geplakt en hem als een gestoorde Nancy Drew overal was gevolgd om Sara voor gezichtsverlies te behoeden.

Maar ze was inmiddels zo ver heen dat ze niet meer wist waar ze het zoeken moest.

Op de een of andere manier was de snelheidsmeter naar de honderdveertig gekropen. Sara nam gas terug en ging uiterst rechts rijden. Ze bleef achter een pick-up hangen met een verkiezingssticker op de bumper. In gedachten liep ze de platgetreden paden vol grieven van de afgelopen vierentwintig uur nog eens af. Beckey Caterino. Tommi Humphrey. Jeffrey. Will. Ze voegde Tessa ook bij de lijst, want ze was niet eerlijk tegenover haar zus. Tessa was een volwassen vrouw, een moeder, binnenkort gescheiden. Het was duidelijk dat ze een levenscrisis doormaakte. In plaats van haar te plagen zou Sara haar moeten steunen.

De zoveelste relatie waaraan ze moest werken.

Sneller dan verwacht dook de afslag naar Brock op. Een boze vrouw in een Mercedes stak haar middelvinger naar haar op toen ze om de Porsche heen zwenkte. Sara sloeg rechts af en reed de hoofdstraat in. Het stikte er van de fastfoodtentjes. Ze bevond zich op een bedrijventerrein met opslagloodsen, autobedrijven en onderdelenzaken.

In de loop van de jaren had Sara Brock een stuk of vijf keer op zijn werk getroffen, maar het was te lang geleden om zich de juiste locatie te kunnen herinneren. Met behulp van de *voice control* van de Porsche zocht ze het straatnummer op in haar adresboek. Volgens het navigatiesysteem bevond AllCare AfterLife Services zich op anderhalve kilometer afstand.

Het bedrijf waar Brock werkte, was veel kleiner dan Dunedin Life Services Group, het concern waartoe het Ingle Funeral Home in Sautee behoorde. Sara wist dat AllCare Brock had geheadhunt en hem met een forse bonus – die boven op de verkoopsom van het familiebedrijf kwam – had weten te verleiden om voor hen te gaan werken. Zijn afdeling ging over de werkzaamheden achter de schermen, waarvan de meeste nabestaanden dachten dat die plaatsvonden in het souterrain van hun plaatselijk uitvaartbedrijf.

Georgia had rond de tien en een half miljoen inwoners. Elk jaar stierven er ruwweg zestigduizend mensen. Bij grote bedrijven draaide alles om schaalvoordeel. In de uitvaartbranche betekende dit dat de lichamen werden overgebracht naar hallen vol uitvaartpersoneel die de doden wasten, balsemden, aankleedden en kistten, waarna ze werden teruggestuurd naar de plaatselijke begrafenisondernemer voor de uitvaartdienst. Er viel veel geld te verdienen met het stroomlijnen van een proces waar weinig mensen ooit over nadachten, tot ze ertoe gedwongen waren.

Sara herkende het onopvallende gebouw van eerdere bezoekjes. Het bord met AllCare was weggestopt onder een grote luifel, waarschijnlijk om ervoor te zorgen dat het grote publiek onwetend bleef van wat er binnen gebeurde. Sara reed een bezoekersparkeerplek op. Ze besefte twintig minuten te laat dat ze Brock eerst had moeten bellen. Hij was altijd zo gedienstig dat ze zichzelf er soms aan moest herinneren geen misbruik van hem te maken.

Te laat.

Ze stopte haar telefoon in het voorvak van haar tas en beschouwde het als een kleine overwinning dat ze niet eerst had gekeken of Will zijn telefoon had aangezet of haar als door een wonder een bericht had gestuurd.

De hal van AllCare was even diep als breed en had ongeveer de vorm en grootte van een footballveld. Het parkeerterrein stond vol dure auto's. Het begon al aardig druk te worden. Een rij uitvaartbusjes stond met stationair draaiende motor te wachten, klaar om lichamen af te leveren of op te halen. Sara telde zes trucks met oplegger bij zes laadperrons. Twee waren van een plaatselijke kistenmaker, een derde van een bedrijf in uitvaartbenodigdheden, en de overige drie waren van UPS.

De drie UPS-chauffeurs reden plateaus vol verpakte kisten de hal binnen. Volgens de federale wet waren uitvaartbedrijven verplicht kisten te accepteren die online waren gekocht. Zoals met alle andere consumentengoederen hadden Costco, Walmart en Amazon een groot deel van de markt in handen. Het bespaarde veel geld, tot ergernis van bedrijven zoals AllCare. Het enige wat een groot bedrijf ten val kon brengen, was een ander groot bedrijf.

Sara's telefoon zoemde. Ze verwachtte een bericht van Amanda en hoopte op een van Will, maar het was haar zus.

Tessa: Je bent een sukkel.

Wat je zegt ben je zelf, tikte Sara terug.

Nu ze haar telefoon toch in haar hand had, keek ze even op de Zoek mijn-app. Wills locatie stond nog muurvast op Lena's adres. Ze stopte haar telefoon netjes terug in haar tas en liep de betonnen trap op naar de ingang.

'Goedemorgen,' zei de receptioniste van AllCare met een glimlach toen Sara de foyer binnenstapte. 'Kan ik u helpen?'

'Goedemorgen.' Sara legde haar visitekaartje op de balie. 'Ik ben op zoek naar Dan Brock.'

'Brock is net terug van een vergadering.' Bij het horen van zijn naam glimlachte ze nog stralender. 'Neemt u plaats. Ik zal zeggen dat u er bent.'

Sara was te onrustig om te kunnen zitten. Tijdens het wachten liep ze de kleine ruimte op en neer. De hal was niet voor het gewone publiek bestemd. De posters aan de muren waren op de bedrijfstak gericht: uitvaartverzekeringen, kisten en urnen, een aankondiging van een seminar over het aanbrengen van schaduw op het gezicht van overledenen. Iemand had een sticker boven de voordeur geplakt.

RIJ VOORZICHTIG! WE ZITTEN NIET OM WERK VERLEGEN!

'Sara?' Ze draaide zich om en zag een grijnzende Brock. 'Wat brengt jou hier?'

Voor ze kon antwoorden, nam hij haar in een stevige omhelzing. Hij rook naar balsemvloeistof en Old Spice, twee geuren die ze al sinds haar tiende met hem associeerde.

'Mijn hemel, wat zie jij er piekfijn uit,' zei hij. 'Was je op weg naar een feestje?'

Sara glimlachte. 'Ik ben hier op werkbezoek. Sorry dat ik niet eerst heb gebeld.'

'Ik sta altijd voor je klaar, Sara. Dat weet je.' Hij wachtte tot de receptioniste de deur openzoemde. 'Kom, dan gaan we naar achteren.'

Brocks kamer was helemaal aan het eind van het gebouw en keek uit over de balsemzaal. Terwijl hij Sara de laatste nieuwtjes vertelde, voerde hij haar mee door een lange gang, langs verschillende gesloten deuren en een grote personeelskamer. Zijn moeders astma speelde weer op, maar ze leek tevreden met het verzorgingshuis. Hij had gehoord dat de dominee van de methodistenkerk in Heartsdale was vertrokken, achtervolgd door geruchten. Hij probeerde een nieuwe datingapp voor singles in de uitvaartbranche, genaamd Lucky Stiffs.

'Ging het niet met Liz?' vroeg Sara.

Hij keek zuur. Brocks liefdesleven ging niet over rozen. Vlug veranderde hij van onderwerp. 'Hoe is het met je moeder en de rest?'

'Met Will gaat het uitstekend,' zei Sara bij wijze van wensdenken. 'Papa is min of meer met pensioen. Mama is nog met van alles en nog wat bezig. Tessa overweegt verloskundige te worden.'

Brock bleef staan bij de deur naar de hal. 'Dat is nog eens goed nieuws. Het is zo'n lieve meid. Ze zou een fantastische verloskundige zijn.'

Sara voelde zich schuldig omdat zij niet zo had gereageerd toen Tessa haar plannen had ontvouwen. 'Het is een pittige studie.'

'Iedereen kan een boek uit zijn hoofd leren. Kijk maar naar mij. Maar betrokkenheid kun je niet leren, hè? Dat heb je of dat heb je niet.'

'Je hebt gelijk.'

Brock lachte. 'Je bent de enige vrouw in mijn leven die dat ooit tegen me zegt. Kom binnen.'

Hij opende de deur naar de grote zaal. De doordringende geur van formaldehyde was als een klap in Sara's gezicht. Het chemische middel was het belangrijkste ingrediënt in balsemvloeistof. Ze telde minstens dertig balsemers die zich over dertig lichamen hadden gebogen. Het merendeel was vrouw, en ze waren allemaal wit. Het uitvaartbedrijf stond bepaald niet als multicultureel bekend.

Sara stapte over een lange slang die over de vloer kronkelde. Uit de afvoerbuizen klonk een zuigend geluid. Dertig ronkende pompen dreven vloeistof in dertig halsslagaderen en zogen bloed uit dertig halsaderen. De laatste handeling vond plaats bij de laadperrons. Kisten werden in wachtende uitvaartbusjes geladen of verpakt voor transport.

'Ik ben net terug van een vergadering over Honey Creek Woodlands. Die pakken een flink deel van onze klandizie af.'

Sara had gelezen over de beweging die streed voor natuurbegrafenissen. Als ze om zich heen keek, begreep ze wel waarom mensen niet voor balseming kozen, maar hun dierbaren liever in een natuurlijker omgeving achterlieten. 'Er valt iets voor te zeggen om tot stof weder te keren,' zei ze.

'Dat is vloeken in de kerk.' Brock lachte goedmoedig. 'We mogen Macon-Bibb County wel dankbaar zijn. Daar is besloten dat er alleen begraven mag worden in lekvrije kisten. We hopen dat de hele staat dat als wet aanneemt.'

'Over grafkelders gesproken.' Sara was blij met de opening die hij bood. 'Misschien mag ik een slachtoffer van drie jaar geleden laten opgraven. Volgens de uitvaartonderneming ligt ze in een luchtdichte kelder.'

'Composiet of beton?'

'Dat weet ik niet.'

Brock opende de deur naar zijn hoekkamer. Het enige licht kwam van tl-buizen. Voor de twee ramen die uitkeken op de hal zaten donkere houten luiken, die helemaal gesloten waren. Het was een ruime kamer, of dat had hij kunnen zijn, dacht Sara. Brock was nooit netjes geweest. Overal zag ze stapels papieren en boeken. Zijn dossierkasten barstten uit hun voegen.

'Sorry voor de troep,' zei hij. 'Ik heb de afgelopen drie jaar twee secretaresses versleten. De eerste kan ik niks kwalijk nemen, maar de tweede nam graag een slokje rond lunchtijd en je weet hoe ik daarover denk.'

Brocks vader was een hoogfunctionerende alcoholist geweest, een publiek geheim dat de stad had bewaard omdat de drank hem alleen maar aardiger had gemaakt.

'Waar heb je zin in: koffie of thee?' vroeg Brock.

Sara had zin in een warme douche om het formaldehyde van zich af te spoelen. 'Nee, bedankt. Ik ben nog aan het werk en moet de tijd in de gaten houden.'

'Laat maar horen als je je bedenkt.' Brock maakte ruimte vrij bij een tafeltje, zodat Sara kon zitten. Hij nam de andere stoel. 'Ik zal je het juridische abracadabra besparen, namelijk dat er geen enkele garantie is dat het lichaam nog intact is. We weten allebei dat de kans groot is dat het wel zo is, vooral omdat het in een luchtdichte kist ligt. Tenzij de grafkelder van beton is. Dat zou weleens een probleem kunnen zijn. We hebben de afgelopen jaren wat aantasting gezien, vooral aan de kust, waar de grondwaterspiegel hoger is.'

'Het lichaam ligt in Villa Rica.'

'Dan ziet het er een stuk beter uit. Daar is de grond heel goed. Er zijn in dat gebied drie bedrijven actief. Ze werken allemaal met composiet en ze zijn experts in het luchtdicht afsluiten. Villa Rica ligt binnen mijn werkterrein.' Brock wees naar de kaart van Georgia, die aan de muur was geplakt. Sara vermoedde dat de blauw gearceerde districten door AllCare werden bediend. Ze zag dat White County, waar Alexandra McAllister was gevonden, buiten Brocks gebied lag.

'Ik begrijp het niet helemaal, Sara,' zei hij. 'Wij doen geen opgravingen. Dat doet de plaatselijke uitvaartonderneming. Wil je dat ik namens jou contact met ze opneem?'

'O nee, daarvoor ben ik niet hier. Twee oudere zaken zijn weer actueel geworden,' legde ze uit. 'Rebecca Caterino en Leslie Truong.'

De glimlach verdween van zijn gezicht. Hij keek even geschokt als acht jaar geleden. 'God vergeef me, maar ik heb al een hele tijd niet meer aan die arme jonge vrouwen gedacht. Door hen besloot ik om mijn functie als lijkschouwer neer te leggen.'

'Dat weet ik.'

'Mijn god.' De schok was nog niet weggetrokken. 'Dat moet nu acht jaar geleden zijn. Dat meisje, Rebecca, zit ze nog steeds in een rolstoel?'

'Ja.' Sara bespaarde hem de details. 'Die opgraving waarover ik het had, houdt verband met hun zaken.'

'O nee hè, ze hebben die vent toch niet vrijgelaten?'

'Daryl Nesbitt, nee, die zit nog vast. Maar er is bewijs dat hem mogelijk vrijpleit. In elk geval wat betreft die aanval en moord.'

'Bewijs? Nou, dat is...' Brock zweeg. Hij keek zijn kamer rond alsof de boeken en papierstapels het konden uitleggen. 'Je weet dat ik je niet graag tegenspreek, Sara, maar ik heb de indruk dat Jeffrey die Daryl terecht had opgepakt. Niemand in de stad was verbaasd dat het een Nesbitt was. Mijn pa zei altijd dat we tijdens de economische crisis het hoofd alleen maar boven water konden houden dankzij de Dew-Lolly's die elkaar om een kippenbotje afmaakten. Het gaat er bij mij niet in dat Jeffrey zich heeft kunnen vergissen.'

'Toch was het zo,' zei Sara, een waarheid die als verraad aanvoelde. 'Het GBI heeft nieuwe informatie gevonden waaruit blijkt dat de moordenaar misschien nog actief is.'

'Actief?' Alle kleur trok weg uit zijn gezicht. 'Zijn er meer slachtoffers?'

'Ja.'

In de stilte hoorde Sara buiten de kamer de pompen werken.

'Weet je zeker dat het niet iemand is die op de dader probeert te lijken?' Maar Brock schudde zijn hoofd al en verwierp de mogelijkheid. 'Dat moet een heel slecht mens zijn, Sara. Ik word er misselijk van. Wat hebben we over het hoofd gezien?'

'Daarom ben ik hier.'

'Natuurlijk, je wilt mijn lijkschouwersrapport. Ik heb jouw autopsieaantekeningen en de labuitslagen en...' Hij liep naar zijn bureau en pakte een sleutelring uit de la. 'Alles is opgeslagen in de U-Store. Unit 522. Ik ben net terug van een vergadering, dus ik moet hier blijven. We kunnen vanavond samen gaan, na het werk, of jij gaat nu in je eentje.'

'Ik ga het liefst meteen.' Sara keek toe terwijl hij het hangslotsleuteltje van de ring schoof. 'We willen zo snel mogelijk alle sporen natrekken.'

'Ik snap nog steeds niet wat we over het hoofd hebben gezien. Alles wees naar Daryl Nesbitt. En dan had je ook nog die hamer en zo.' Brock schudde zijn hoofd, al evenmin tot een antwoord in staat als Sara. 'Zei je dat er bewijs is dat hem vrijpleit?'

'Ja.'

'Wat... Maar dat kun je me natuurlijk niet vertellen. Sorry dat ik het vroeg.' Hij had het sleuteltje inmiddels losgemaakt. 'Zou je me op de hoogte willen houden? Voor zover mogelijk, bedoel ik. Ik weet dat je voorlopig niks mag zeggen, maar lieve hemel, nog meer vermoorde vrouwen. Plus die arme Leslie Truong. Dit is een seriemoordenaar, Sara.'

Sara pakte het sleuteltje. Het metaal was klam van zijn hand. 'Deze keer pakken we hem.'

'Dat hoop ik van harte, maar ik ben blij dat Jeffrey dit niet hoeft mee te maken. Je weet hoe hij van ons stadje hield. Het zou opnieuw zijn dood zijn geweest als hij had geweten dat hij het fout had gehad.'

Sara beet op haar lip om een onverwachte stroom tranen te bedwingen.

Brock wist niet waar hij moest kijken. 'O, god, het spijt me. Ik dacht niet aan –'

'Geeft niet.' Ze moest hier snel weg vóór de dam het begaf. 'Ik hou je op de hoogte.'

'Ik loop met je mee naar de –'

'Ik vind het wel. Bedankt. Ik bel je gauw voor een eetafspraak, oké?'

'Zeker, maar...'

Sara was al weg voor hij zijn zin kon afmaken.

Met gebogen hoofd liep ze de hal door. Ze hield haar mond open want ze kon niet door haar neus ademen. Ze botste tegen een paar werknemers op die net uit de kantine kwamen. De mensen in de aan de gang grenzende kamers keken even op toen ze langsliep. In de foyer wenste de receptioniste haar een fijne ochtend, maar fijne ochtenden waren niet aan Sara besteed.

Vloekend draafde ze de trap af. Ze had Brock moeten vragen of hij wist waar Delilah of Tommi Humphrey woonde. De enige plek waar je meer roddels hoorde dan in de kerk was in het plaatselijke uitvaartbedrijf. Het Brock Family Funeral Home had twee generaties lang de drie districten bestreken. Brock was altijd op de hoogte van het laatste nieuws, en anders zijn moeder wel.

Sara stond stil, heel even maar.

Omdat ze er niet aan moest denken weer naar binnen te gaan, beende ze recht op haar auto af. Ze deed alle raampjes naar beneden om frisse lucht binnen te laten. Nog steeds ademde ze door haar mond. Een pijnscheut dwong haar haar vuist te ontspannen. Ze had het sleuteltje zo stevig vastgeklemd dat het metaal een groef in haar handpalm had gesneden.

Waarschijnlijk had Brock om dezelfde reden als zij voor de U-Store gekozen. Het was de enige klimaatgecontroleerde opslagruimte in Grant County. Ergens anders zouden Jeffreys politierapporten en Sara's forensische verslagen zijn weggerot in de vochtige lucht of verpulverd in de hitte. Ze kon Tessa er geen tweede keer naartoe sturen. Niet omdat Tessa het verzoek zou weigeren, maar omdat er een controleprotocol gevolgd moest worden. Sara moest er zelf naartoe, wat betekende dat ze naar Grant County moest rijden, en dat betekende dat ze weer met hetzelfde schuldgevoel zou kampen als de vorige dag.

Ze overwoog Will te bellen om te zeggen waar ze naartoe ging, maar afgezien van de Zoek mijn-app was hun relatie gegrondvest op vertrouwen. Ze hoefde hem niet van al haar doen en laten op de hoogte te houden, en hij zou verbaasd zijn als ze dat probeerde.

Dus waarom voelde dit als bedrog? Omdat de U-Store zich aan Mercer Avenue bevond, recht tegenover de Heartsdale Memory Gardens, waar Jeffrey was begraven?

Aan de locatie van het gebouw kon Sara niets veranderen. Wel moest ze zo snel mogelijk de gegevens van Leslie Truongs autopsie bestuderen. Misschien bevatte het verslag een aanwijzing, iets wat ze allemaal over het hoofd hadden gezien en waarmee de moordenaar gepakt kon worden.

Sara koos voor de weg van de minste weerstand en stuurde een bericht aan Amanda.

Op weg naar Grant County om Brocks dossiers op te halen. Weet nog steeds niet waar Humphrey is. ASAP terug op hoofdkwartier.

Ze startte de motor en verliet de parkeerplek.

Voor het eerst in haar leven zag Sara ertegen op om naar huis te gaan.

GRANT COUNTY – DONDERDAG

18

Jeffrey tikte de lampen aan toen hij door het bureau liep. Zoals gewoonlijk was hij als eerste in het gebouw. Hij schakelde de airconditioning in. Hij zette het koffiezetapparaat aan. Hij opende de jaloezieën in zijn kamer en ging achter zijn bureau zitten.

Volgens de klok op zijn computer was het 5.33 uur. Sara had de hele nacht doorgewerkt. Inmiddels moest ze zo ongeveer klaar zijn met de autopsie op Leslie Truong. Brock had haar geassisteerd. Frank was als derde getuige aanwezig geweest. Normaal zou Jeffrey die taak op zich hebben genomen, maar hij had de afgelopen twaalf uur met potentiële getuigen gesproken, was alle deuren in het studentenhuis van Rebecca Caterino weer langsgegaan, had de huisgenoten van Leslie Truong ondervraagd, het universiteitspersoneel verhoord, het bos uitgekamd op zoek naar bewijs en Bonita Truong, Leslies moeder, een schouder geboden om op uit te huilen.

Niets van dat alles had enig verschil gemaakt. Hij verkeerde in dezelfde situatie als de vorige ochtend rond deze tijd, alleen zat hij nu met een dode studente.

Jeffrey rolde de topografische kaart van het bos op zijn bureau uit. Het overzicht bood hem een betere kijk op het terrein. Op de dalen en valleien, de glooiende heuvels, de meren en beken. Het papier was nog vochtig van toen hij het over de motorkap van zijn auto had uitgespreid. Met een liniaal en verschillende kleuren fineliner had hij lijnen door het bos getrokken. Rood volgde het pad dat Beckey Caterino mogelijk had gekozen toen ze ging hardlopen. Blauw was de route waarlangs Leslie Truong hoogstwaarschijnlijk was teruggelopen naar de campus nadat ze Beckey had gevonden. De regen had alles schoongespoeld; toch had hij opdracht gegeven het ruim drie kilometer lange traject grondig te onderzoeken.

Leslie was gevonden op een dichtbegroeide plek ongeveer dertig meter van het hoofdpad dat van de campus naar de noordoever van het meer slingerde. Jeffrey wist niet of ze daar zelf naartoe was gelopen of er door haar moordenaar naartoe was gedragen. Het enige wat hij wist, was dat haar onderlichaam verlamd was geweest. Waarschijnlijk was ze gedrogeerd. Hij weigerde erbij stil te staan wat Leslie had gedacht toen ze daar lag op wat haar sterfbed zou worden. Bidden was niets voor Jeffrey, anders zou hij tot God hebben gebeden dat ze buiten bewustzijn was geweest.

Een blauwe x gaf de plek aan waar Leslie had gelegen. De contourlijnen op de kaart kronkelden dichter naar elkaar toe en gaven een dal aan dat Jeffrey was ontgaan toen hij ter plekke was geweest. Dankzij de bewakingscamera's op de campus wisten ze dat de moordenaar niet uit de richting van de universiteit was gekomen. IHOP lag zo'n drie kilometer verderop. Het dichtstbijzijnde pad naar Leslies lijk was de brandweg die Frank had genoemd.

Jeffrey had met een groene stippellijn de mogelijke route aangegeven die de moordenaar had afgelegd van Leslies lichaam naar de onverharde, smalle weg. Weer duidden de contourlijnen op een wat lagere glooiing, waar de dader hoogstwaarschijnlijk zijn auto had geparkeerd, uit het zicht. Bandensporen ontbraken. Evenals schoenafdrukken. De regen had het wegoppervlak in een modderige glijbaan veranderd.

Een donker busje. Dat was alles wat Tommi Humphrey zich kon herinneren van de avond waarop ze zo bruut was aangevallen. Jeffrey had een oppervlakkige zoektocht uitgevoerd naar donkergekleurde busjes in de drie districten. In Memminger en Bedford en in grote delen van Grant County woonden veel schilders, elektriciens, loodgieters, timmerlieden en zomaar mensen die graag in busjes reden. De tussenstand stond op achttienhonderddrieënnegentig toen Jeffrey de zoektocht op zijn computer had gestaakt.

Hij richtte zich weer op de kaart en volgde de brandweg vanaf het begin aan Stehlik Way. Stehlik was vanuit het noorden bereikbaar via Nager Road en vanuit het zuiden via Richter Street. De Heartsdale Memory Gardens met hun glooiende heuvels lagen ruim drie kilometer van Richter verwijderd, aan Mercer Avenue.

Aan de overkant van de straat werd een opslagloods gebouwd.

Jeffrey pakte zijn BlackBerry. Hij stuurde een mail naar Lena Adams waarin hij haar opdroeg op weg naar het bureau de bouwplaats aan te doen. Misschien had een van de bouwvakkers een verdacht voertuig gezien, bijvoorbeeld een donker busje. Het was ook mogelijk dat een bouwvakker het verdachte voertuig had bestuurd. In een nieuwe mail droeg hij Lena op alle namen te noteren van werklieden of bezoekers die de afgelopen drie maanden op de bouwplek waren geweest.

Het was niet uitgesloten dat een onbekende op de brandweg was gestuit, maar hoe langer Jeffrey nadacht over de vrouwen die in het bos waren aangevallen, hoe waarschijnlijker het hem voorkwam dat de dader iemand was die bekend was met het terrein – een student of een docent die op of bij de campus woonde, iemand van de brandweer, van een hulpdienst, van het ministerie van Transport, een vertegenwoordiger, een adjunct, een conciërge, een klusjesman of iemand die zijn hele leven hier had gewoond.

Met inbegrip van de studenten telde het district vierentwintigduizend inwoners. Als het nodig was, zou hij in de wijde omgeving op alle deuren kloppen. Het probleem was dat het district geen eiland was. De moordenaar kon evengoed uit een van de aangrenzende stadjes afkomstig zijn. Als Jeffrey Memminger en Bedford erbij nam, kwam hij op ruim honderdduizend inwoners. En met het zuidelijke deel van de staat erbij liep het inwonertal tot in de miljoenen.

Hij zocht op zijn bureau naar de map die Lena voor hem had achtergelaten. Volgens opdracht had ze alle gemelde verkrachtingsgevallen in de drie districten voor hem samengevat. Het betrof dertig onopgeloste verkrachtingen, wat hem een te nauwkeurig aantal leek. Geen van de werkwijzen kwam overeen met die van de dader in Grant County. Geen van de slachtoffers vertoonde enige gelijkenis met Tommi Humphrey, Rebecca Caterino of Leslie Truong.

Jeffrey sloot de map.

Op de politieacademie en op elk seminar dat Jeffrey ooit had bezocht, had hij geleerd dat verkrachters altijd een voorkeurstype hadden. Ze voelden zich aangetrokken tot een bepaalde leeftijdsgroep of een bepaald uiterlijk: jonge blondines met paardenstaarten, grootmoeders met krulspelden, cheerleaders, prostituees, alleenstaande moeders. Daders hadden hun slachtoffers voor het kiezen en daarbij volgden ze hun eigen zieke fantasieën.

Die theorie leek niet op te gaan voor de gevallen in Grant County. Tommi had ten tijde van haar verkrachting kort blond haar gehad. Beckey was een brunette met lang haar. Dat van Leslie was zwart en in een pagekop geknipt. De een zou nog maagd zijn geweest, de tweede was lesbisch en de derde had volgens haar moeder al veel ervaring met mannen. Alle drie de slachtoffers studeerden aan Grant Tech, maar hun leeftijd, bouw, huidskleur en ook de gelaatsvorm verschilden.

Jeffrey wreef over zijn gezicht. Hij mocht niet in dezelfde kringetjes blijven ronddraaien. In twee dagen tijd waren er twee vrouwen aangevallen. Nu begon de derde dag. Wat ging er gebeuren?

Hij keek weer op de klok, nam de hoorn van de vaste telefoon en toetste een bekend nummer in.

'Goedemorgen,' zei Nick Shelton. 'Wat kan ik voor u doen?'

'Met Jeffrey. Hoelang doet de FBI erover om een profiel op te stellen?'

'Hoelang duurt het nog voor je met pensioen gaat?'

'Shit,' mompelde Jeffrey. 'Zo lang?'

'Als de juiste man op de zaak wordt gezet, kan ik het terugbrengen tot een jaar.'

Jeffrey moest er niet aan denken wat er zou gebeuren als de zaak zich zo lang voortsleepte. Hij had gezien wat er met Leslie Truong was gebeurd. Tommi Humphrey had hem de bijzonderheden verteld. 'Nick, in alle eerlijkheid, als dit tot aan het einde van de maand zo doorgaat, haal ik het GBI erbij. Die vent blijft leren. Die gaat meer vrouwen pakken.'

'Wil je echt een wedstrijdje ver pissen met mijn baas?' Nick grinnikte. 'Niet vervelend bedoeld, gozer, maar ze heeft een grotere pik dan die van jou en mij samen.'

Jeffrey wreef in zijn ogen. Als hij zich liet gaan, zag hij nog steeds de afgebroken steel van de houten hamer. 'Mijn ego kan wel tegen een stootje. We moeten die man tegenhouden.'

'Ik snap het, vriend,' zei Nick. 'Stuur me de gegevens maar. Dan zet ik het in gang. Of we de zaak nu overnemen of niet, als er een proces komt, is het niet verkeerd om een FBI'er in de getuigenbank te hebben die J. Edgar Hoover speelt tegenover de jury.'

'Je krijgt ze tegen het eind van de dag.' Jeffrey legde de hoorn weer op de haak. Hij liet zijn hand er nog even op rusten, want hij overwoog Brock te bellen voor een verslag, maar hij wist dat Sara onmiddellijk zou hebben gebeld als de autopsie iets bijzonders had opgeleverd.

Hij rolde de topografische kaart weer op en legde hem opzij. Hij nam zijn mail vluchtig door. De burgemeester wilde met hem praten. De rector wilde een afspraak. De officier van justitie wilde weten hoe het ervoor stond. De studentenkrant van Grant Tech wilde een schriftelijk interview. *The Grant Observer* wilde een persoonlijk onderonsje. Jeffrey deed alles af met een nietszeggend antwoord en bedwong de neiging hun duidelijk te maken dat wat ze 'wilden' en wat ze 'moesten' twee verschillende dingen waren.

In elk geval zat zijn moeder hem niet meer op zijn nek. Na het zoveelste gemiste telefoontje had hij Mae uiteindelijk gebeld en haar een fijne verjaardag gewenst. Toen ze boos was geworden, had Jeffrey haar, zijn eigen moeder, belazerd. Hij had naar een gesprek verwezen dat ze nooit hadden gevoerd en had Mae 'herinnerd' aan zijn belofte van maanden geleden dat hij haar in het weekend na haar verjaardag mee uit eten zou nemen. Zoals elke ladderzatte zuiplap had ze gedaan alsof ze het zich weer herinnerde, en zoals elk kind van een alcoholicus was Jeffrey aan de ene kant blij dat hij eindelijk een manier had gevonden om haar gezuip in zijn voordeel te gebruiken en voelde hij zich aan de andere kant verscheurd door schuldgevoel omdat hij haar voor de gek had gehouden.

Verdere zelfbeschouwing werd hem bespaard door het faxapparaat, dat achter zijn rug een pagina uitdraaide. Brock had hem de gegevens gestuurd van de hamer die Sara uit de vagina van Leslie Truong had gesneden. Het was puur geluk dat er op het uiteinde een fabriekslogo stond gestempeld.

Jeffrey zocht op zijn computer het productnummer op. Hij herkende de karakteristieke gele en groene strepen van het merk.

De ruim zeshonderd gram wegende kruispenhamer van Brawleigh hoorde bij een driedelige hamerset met de toepasselijke naam 'Machinist's Dead Blow Kit'. Penhamers waren speciaal ontworpen voor metaalwerk. 'Behameren' was het proces waarbij een metalen oppervlak werd bewerkt om de materiële eigenschappen te verbeteren. De Dead Blow-collectie van Brawleigh bevatte ook een rechte penhamer en een kunststof hamer.

Jeffrey nam de gegevens door. De kop van de kunststof hamer van ruim zes ons was gevuld met zand en had een omhulsel van polyurethaan. De twee andere hamers hadden een kunststof schijfje op de platte kant van de kop. Alle hamers waren zo ontworpen dat de terugslag werd geminimaliseerd, vandaar de smalle hals van de houten steel van het moordwapen.

Hij zoomde in op de penhamer. De metalen kop had iets sinisters. De pen, tegenover het slagvlak, liep taps toe en werd gebruikt voor scherpe hoeken. Hij had geen idee of de hamer ook bij Tommi Humphrey was gebruikt. Had de moordenaar hem speciaal voor zijn wandaden aangeschaft of was het iets wat hij toevallig in zijn werkplaats had zien liggen?

Brawleigh was een in het hele land bekend merk, even alomtegenwoordig in de gereedschapswereld als Snap-On en Craftsman. Jeffrey gaf een algemene zoekopdracht voor de penhamer en ontdekte dat hij op voorraad was bij Pep Boys, Home Depot, Costco, Walmart en Amazon. Het via gerechtelijk bevel opvragen van alle verkoopgegevens in het gebied was een titanenklus. De officier van justitie in Grant County werkte parttime. Alleen al het opstellen van de verzoekschriften zou dagen in beslag nemen. Jeffrey had die dagen niet.

Hij sloot de tabbladen en keerde terug naar de site van Brawleigh.

De Dead Blow-kit stond onder het menu METAALWERK. Hij liet de cursor boven de submenu's zweven. Niets sprong eruit. Toen ging hij naar HOUTBEWERKING en daar vond hij wat hij zocht.

SPIJKERSETS EN PRIEMEN.

Hij bestudeerde de spijkersets die werden gebruikt om afwerkspijkers in hout te verzinken. De spijker was van gehard staal, rond, ongeveer vijftien centimeter lang, dik aan de bovenkant zodat je er met een hamer op kon slaan en aflopend in een punt aan de onderkant om de kop te kunnen verzinken. Jeffrey balde zijn vuist. Hij wist alles van spijkersets. Zo'n ding was te klein om als wapen te kunnen gebruiken, laat staan als werktuig om een gat in het ruggenmerg te slaan.

Hij klikte op PRIEMEN.

Schrapers. Naaipriemen. Elsen.

Hij zoomde in op de els, die uiterlijk op een schroevendraaier leek. In plaats van een platte of Phillips-kop was het metalen uiteinde tot een scherpe punt geslepen. Ook met dit stuk gereedschap was Jeffrey bekend. Het werd gebruikt om gaatjes in hout te maken zodat een spijker of schroef in de juiste positie kon worden geleid.

Het was ook lang en nauwkeurig genoeg om het ruggenmerg van een vrouw mee te doorboren.

De briefingruimte kwam tot leven. Matt schonk zichzelf een kop koffie in. Frank trok zijn jasje uit en hing het over de rugleuning van zijn stoel.

Jeffrey verliet zijn kamer en stapte op hen af. 'De autopsie?' vroeg hij aan Frank.

Die schudde zijn hoofd. 'Niks, gewoon een zieke smeerlap.'

Jeffrey had niet anders verwacht, maar dat nam zijn frustratie niet weg. 'Hoeveel carrosseriebedrijven en constructiewerkplaatsen zijn er volgens jullie hier in de buurt?'

'Tussen Avondale en Madison?' vroeg Matt. 'Zo uit mijn blote hoofd weet ik er een stuk of twaalf.'

Omdat hij als eerste had gereageerd, zei Jeffrey tegen hem: 'Jij gaat al die zaken af en probeert er met de nodige tact achter te komen of iemand een rechte penhamer merk Brawleigh mist.'

‘Brawleigh,’ zei Frank. ‘Dat is mijn merk.’

‘Doe mij maar Milwaukee,’ bracht Matt ertegen in.

Toevallig waren ze op een goed punt gestuit. Mannen bleven doorgaans hetzelfde gereedschapsmerk trouw. Jeffreys eigen werkbank onderscheidde zich door het kenmerkende geel van DeWalt.

‘Monteurs hebben meestal hun eigen gereedschap,’ zei hij tegen Matt. ‘Kijk eens wie er Brawleigh koopt.’

‘*Yessir*.’ Matt salueerde en liep naar de deur

‘Ben je al opgeschoten met die Daryl uit Caterino’s telefoonlijst?’ vroeg Jeffrey aan Frank.

‘Ik heb al onze incidentrapporten, verhoorverslagen en verkeersovertredingen nagetrokken. De enige Daryl die daarin opdook, was een zekere Farley Daryl Zowaski, vierentachtig jaar oud.’

‘Ook zo’n vieze smeerlap.’ De beruchte potloodventer was alom bekend. Een van Jeffreys eerste arrestaties in Grant County was Zowaski geweest, die hij bij de basisschool had opgepakt.

‘En het register met zedendelinquenten?’ vroeg hij.

‘We hebben drie officieel geregistreerde daders in het district.’

Jeffrey wist dat het werkelijke aantal tien keer groter hoorde te zijn. ‘We houden om acht uur een briefing. Tegen die tijd heb ik het volledige autopsieverslag van Truong. We moeten een plan opstellen.’

‘Wat voor plan?’ Frank klonk oprecht nieuwsgierig. ‘Die moordenaar is een stuk slimmer dan wij.’

Hoewel Jeffrey daar niets tegen in kon brengen, vroeg hij: ‘Waarom zeg je dat?’

‘Hij gaat methodisch en doelbewust te werk. Hij stalkt die meiden, toch? Hij pakt ze niet zomaar op klaarlichte dag zonder een plan.’ Frank haalde zijn schouders op. ‘Een ontvoering door een onbekende is het moeilijkst op te lossen. En als het in serie gebeurt, dan kunnen we het schudden.’

Hij klonk nonchalant, maar Jeffrey wist dat Frank het punt in zijn loopbaan had bereikt waarop niets wat iemand deed, hoe afgrijselijk ook, hem nog deed opkijken.

‘Oké,’ zei Jeffrey. ‘Hij stalkt ze dus. En dan?’

'Als je het mij vraagt, neemt-ie ze nergens mee naartoe. Hij heeft zijn busje misschien op die brandweg geparkeerd, maar dat was om weg te komen. Het ging zo: hij zag Leslie in het bos. Hij wist haar van het pad af te krijgen, deed zijn ding en liet haar daar liggen.'

'Volgens jou is hij dus in het bos gebleven nadat hij Caterino had gepakt. Toen zag hij Leslie Truong.'

'Of misschien zag zij hem?'

'Lena heeft het momenteel behoorlijk bij me verbruid, maar zelfs zij zou het hebben gezegd als Leslie de man had gezien die Beckey Caterino had aangevallen.'

'Ja, maar misschien had Truong niet door dat ze de dader zag. Toen ze terugliep naar de campus, wist ze immers niet anders dan dat het een ongeluk was. Kan zijn dat de dader haar gevolgd is. Ze herkende zijn gezicht van daarvoor en toen ging hij achter haar aan. Of misschien kreeg ze niet eens tijd om hem te herkennen. Misschien was hij woest omdat ze hem gestoord had.'

Jeffrey dacht aan het inwendige letsel bij Tommi Humphrey en Leslie Truong. Die verschrikking was Rebecca Caterino bespaard gebleven. Frank was alleen op de hoogte van de twee recente slachtoffers, dus hij vroeg: 'Waar heeft Truong hem bij gestoord?'

'Toen hij haar neukte?' Weer die opgehaalde schouder. 'Bundy keerde terug naar de lijken. Ik heb eens zo'n eikel van de FBI erover gehoord, in Atlanta. Die kwam met een hele presentatie. Zei dat Bundy dagen, weken en soms maanden later nog terugging. Dan deed hij ze make-up op, kamde hun haar, rukte zich af of neukte ze. Die was echt gestoord, die gast. Soms sneed hij zelfs hun hoofd af en nam dat mee naar huis voor een privémomentje.'

Jeffrey wilde niks over Ted Bundy horen met betrekking tot hun eigen zaak. De seriemoordenaar was drie keer opgepakt, twee keer nadat hij uit hechtenis was ontsnapt, hoewel niet dankzij superieur speurwerk van de politie. Alle drie de keren werd hij aangehouden wegens verkeersovertredingen. Dat soort toeval ging in Grant County niet gebeuren.

'Bundy had het op studentes voorzien,' zei Frank. 'Hij hield van een bepaald type: van nette komaf, lang donker haar, slank, jong. Verrek, da's ook mijn type.'

Op zijn kamer ging Jeffreys BlackBerry over. Hij liep er op een drafje naartoe om de voicemail voor te zijn. Het was het nummer van Bonita Truong. Drie uur geleden had hij haar achtergelaten in de Kudzu Arms, iets buiten Avondale. Hij had gezegd dat ze wat moest rusten, hoewel ze allebei hadden geweten dat dat er niet in zat.

'Met Tolliver,' zei hij. Aan de andere kant van de lijn hoorde Jeffrey haar naar adem happen. Hij sloot de deur van zijn kamer. Toen ging hij op de rand van zijn bureau zitten en luisterde naar de huilende vrouw.

'Ik ben z-zo...' stamelde ze.

'Rustig maar,' zei hij. 'Ik luister.'

'Ze-Ze...' Haar woorden gingen verloren in onverstaanbaar gejammer.

Jeffrey dacht aan de van haar kind beroofde moeder die helemaal alleen op haar kamer in de Kudzu Arms zat. Het bruine tapijt dat altijd klam aanvoelde. Het doorzakkende plafond en de wasbak in de badkamer met zijn bruine vlekken van uitgedrukte peuken. Nadat Sara hem het huis uit had geschopt, had Jeffrey menige drankovergoten nacht in het gore weghotel doorgebracht. Soms was hij alleen geweest, maar meestal had hij gezelschap gehad van een vrouw, die de volgende ochtend een telefoonnummer had achtergelaten waarvan ze allebei hadden geweten dat hij het nooit zou bellen.

'S-S-Sorry,' bracht Bonita snikkend uit.

'U hebt geen enkele reden om sorry te zeggen.'

Zijn geruststellende woorden brachten een nieuwe tranenstroom op gang. Jeffrey luisterde zwijgend, meer kon hij niet doen. Hij wierp een blik in de briefingruimte. Frank zat aan zijn bureau. Marla Simms schonk zichzelf koffie in. Het stoorde hem dat Lena er niet was, maar toen herinnerde hij zich dat hij haar naar de bouwplaats had gestuurd om namen te verzamelen.

'Ik...' zei Bonita. 'Ik kan... Ik kan gewoon niet geloven dat ze er niet meer is.'

Jeffrey klemde zijn kaken op elkaar om er niets stoms uit te flappen, zoals de belofte dat hij er persoonlijk voor zou zorgen dat de man die haar kind had geroofd, gepakt en gestraft werd. 'Mrs Truong, ik zal mijn uiterste best doen om u genoegdoening te geven.'

'Genoegdoening,' zei ze, een zinloos woord voor iemand die verdronk in verdriet. 'Ik heb… Ik heb de foto gevonden. Die met de haarband. U vroeg of ik die had.'

De vrouw was de vorige dag uit San Francisco vertrokken in de veronderstelling dat ze foto's nodig zou hebben voor VERMIST-posters. Nu zou ze ze hoogstwaarschijnlijk selecteren voor de uitvaart van haar dochter.

'Ik heb gepraat…' Bonita's stem stokte weer. 'Haar huisgenoten zeiden dat ze dingen van haar hadden geleend zonder om toestemming te vragen. Kleren. Wat make-up.'

'Ik zou toch graag kopieën willen hebben van de foto's die u van huis hebt meegenomen,' zei Jeffrey. Hij moest deze zaak beschouwen als iets wat hij in samenwerking met Nick deed. Hij pakte een vel papier en krabbelde wat over Franks theorie. De dader die terugkeerde naar de lichamen nam veel risico, vooral omdat hij bij elk nieuw contact met het lijk sporen kon achterlaten. Hij had geluk gehad met de regen, of anders had hij het zo gepland.

'Ik moet…' Weer haperde Bonita's stem. 'Ik moet weten hoe dit alles werkt. Hoe kan ik… Wanneer kan ik… Ik moet haar mee naar huis nemen. Ze hoort thuis te zijn.'

'Ik kan de lijkschouwer vragen u te bellen. Zij legt de details wel uit.' Jeffrey wist dat hij dan officieel bij Brock moest zijn, maar hij wilde de vrouw door Sara laten helpen. 'Blijft u in het hotel?'

'Eh… ja toch?' Ze lachte geforceerd. 'Waar moet ik anders naartoe? Ik kan verder niks doen. Helemaal niets.'

Jeffrey wachtte op meer, maar de verbinding werd verbroken.

Hij toetste Sara's nummer in op zijn BlackBerry. Zijn duim bleef boven de groene knop hangen, maar uiteindelijk drukte hij op de rode knop en wiste het nummer.

De Kudzu Arms had weinig vleiende herinneringen bij hem losgemaakt. Hij moest steeds denken aan Sara toen ze hem in hun slaapkamer had betrapt. Hij zag weer hoe ze haar auto het meer in had laten rijden. Ze was naar het huis van haar ouders gelopen. Hij had achter haar aan willen gaan, maar hoe verder ze zich van hem had verwijderd, hoe meer hij hun band had voelen verslappen. Sindsdien wist hij niet of ze een partijtje touwtrekken met hem speelde of een strop om zijn nek probeerde te leggen.

Jeffrey koos voor de laffe weg en scrolde naar Sara's mailadres. Ze was altijd heel goed met ouders. Zelf kon ze geen kinderen krijgen – een blindedarmoperatie tijdens haar studie was fout afgelopen – maar ze wist hoe ze met verdriet moest omgaan, een gave die Brock miste. Hij stuurde haar de gegevens van Bonita Truong en vroeg of ze contact met de moeder wilde opnemen over het vervoer van het lichaam van haar dochter.

Hij haalde de rest van het autopsieverslag van de fax en bladerde de samenvatting door. Sara's bevindingen bevestigden wat Frank al had vastgesteld. Ze had aangetroffen wat hij had verwacht: de punctie in het ruggenmerg, de blauwe vloeistof in de maag. Met andere woorden: niets wat hen in een bepaalde richting kon sturen. Het zou drie tot vier weken duren voor ze de uitslag van het toxicologisch onderzoek terugkregen van het GBI. Als er GHB of rohypnol in het spel was, leidde dat niet tot een nieuw spoor.

'Goedemorgen.' Brad Stephens liep door de briefingruimte met een doos verzegelde bewijszakken. Hij had de hele nacht in het appartement van Leslie Truong doorgebracht om een lijst op te stellen van haar persoonlijke bezittingen.

'Iets gevonden?' riep Jeffrey.

'Nee chef, niet echt.' Brad kwam zijn kamer binnen en zette de doos op zijn bureau. 'Ik heb haar contacten doorgenomen, zoals je gevraagd had, maar ze had geen namen genoteerd, alleen telefoonnummers.'

Jeffrey nam zijn notitieboekje uit zijn zak. Hij ging naar de pagina waarop hij Daryls telefoonnummer had overgeschreven uit de mobiele telefoon van Rebecca Caterino.

Brad klapte de telefoon van Leslie Truong open en scrolde door de nummers. 'Hier, derde van boven.'

Jeffrey zag het nu met eigen ogen. Twee slachtoffers, allebei met hetzelfde tiencijferige nummer op hun telefoon. Hoewel, ze waren allebei student. Als Daryl dealde, stond zijn nummer waarschijnlijk op de helft van alle telefoons op de campus.

Maar hij wist niet of Daryl dealde.

De 'Little Bit' die Chuck Gaines uit zijn systeemkaartjes had gevist, was de vorige middag gearresteerd.

Net toen Jeffrey Lena wilde bellen voor meer informatie over de arrestatie, zag hij haar aan een van de bureautafels zitten. Hij keek op de klok. Onmogelijk dat ze tijd had gehad om de bouwplaats te bezoeken.

'Lena!' Zijn stem was te luid.

Brad kromp ineen, pakte de bewijsdoos en ging snel de kamer uit.

'Chef?' Lena had haar volumineuze jas nog aan. De tanden van de rits hadden een rode vlek op haar hals uitgebeten. 'Is er iets?'

'Doe de deur dicht.'

Hij gebaarde dat ze moest gaan zitten, maar zelf bleef hij staan. 'Waarom betaal ik voor jouw BlackBerry als je er niet eens op kijkt?'

Daar schrok ze van. Hij keek toe terwijl ze in haar jaszak naar de telefoon zocht.

'Ik zei dat je allereerst langs die bouwplaats aan Mercer moest gaan.'

Terwijl hij sprak, las ze het mailtje. 'Sorry, chef. Ik ben de hele –'

'We zijn allemaal de hele nacht op geweest, Lena. Dat hoort bij het werk. Wil je me vertellen dat je het niet kunt?'

'Nee, ik –'

'Little Bit.'

'Eh...' Ze zocht nog steeds naar woorden. 'Felix Floyd Abbott. Ik heb hem gisteren gearresteerd. Hij zit in de cel in afwachting van transport naar –'

'Heeft hij bevestigd dat hij Little Bit wordt genoemd?'

'Ja, eh... Yes, sir. En zijn uiterlijk komt overeen met de beschrijving die Chuck ons heeft gegeven. Skateboarder, lang haar, net niet genoeg wiet op zak om te kunnen dealen.'

'Waar zijn je aantekeningen? Ik zei dat je kopieën moest maken.'

Ze sprong op van haar stoel, rende terug naar haar tafel en haastte zich weer naar zijn kamer met een handvol fotokopieën. 'Die heb ik gemaakt nadat ik al die verkrachtingszaken voor je had nagetrokken.'

Jeffrey griste de papieren uit haar hand en liet zijn blik over haar keurige blokletters gaan. Haar aantekeningen lazen als een PowerPoint-presentatie. 'Je hebt ze herschreven.'

'Ik –'

'Dit heb je me gisteren niet laten zien.' Hij ging naar de met bullets gemarkeerde stappen die ze had gezet toen ze het lichaam van Rebecca Caterino had bekeken. Er was een passage aan toegevoegd waarin ze tot in detail uitlegde dat ze zowel de halsslagader als de pols twee keer had gevoeld. 'Ben je bereid om met je hand op een bijbel tegenover de rechter te zweren dat dit de waarheid is?'

Lena slikte. 'Ja, chef.'

'Jezus.' Hij bladerde de kopieën door. Alles zag er zo uniform uit dat het evengoed uit een typemachine had kunnen komen. Hij keerde een bladzij om.

VOORLOPIG VERHOOR VAN LESLIE TRUONG

- Man met zwarte wollen muts
- Geen idee hoe oud/kleur haar/kleur ogen
- Weet niet meer wat hij aanhad
- Niet met elkaar gesproken
- Niets verdachts

Er trok een pijnscheut door Jeffreys kaak. Hij had haar officiële verslag gelezen. Er had niets in gestaan over een man met een zwarte wollen muts. 'Wat moet dit voorstellen?'

'Eh...' Lena strekte haar hals om het te kunnen lezen. 'Wat ze heeft gezegd, Leslie. Ik heb opgeschreven –'

'Leslie Truong, de vrouw die Rebecca Caterino heeft gevonden, had een man met een wollen muts gezien, maar dat vond je niet belangrijk genoeg om aan mij te vertellen?'

Aan Lena's gezicht zag hij dat ze maar al te goed wist dat ze het had verkloot. 'Het leek niet belangrijk, chef.'

'Jezus christus. Ik zei toch dat alles belangrijk was? Wat heeft ze nog meer gezegd?'

'Niks,' zei Lena. 'Ik bedoel, wel iets... wat ik heb opgeschreven. Dat is alles wat ze gezegd heeft. Ik zweer het. Ik heb gevraagd of ze daar in de buurt iemand gezien had, en toen had ze het over vier verschillende mensen. Drie vrouwen die ze niet kende maar die waarschijnlijk studenten waren, en één man, en dat is de man die ze heeft beschreven, maar eigenlijk is het geen beschrijving, toch? Dat is alles wat ze heeft gezegd. Ik zweer het. Het stelde niks voor. We dachten allemaal dat dat van Caterino een ongeluk was.'

'Niet wij allemaal, Lena.' Hij klemde de blaadjes zo hard vast dat ze verkreukelden in zijn hand. 'Leslie Truong is verminkt. Weet je wat er met haar is gedaan? Met de getuige die je hebt laten lopen?'

Jeffrey wierp haar Sara's samenvatting toe. Ze kon hem maar net opvangen. Ze begon te lezen en hij zag hoe ontzetting zich meester maakte van haar gezicht.

'Dat daar.' Jeffrey priemde met zijn vinger op het papier. 'Dat is er gebeurd met de vrouw die het gezicht van de dader heeft gezien. Je hebt haar laten gaan. Ze had godverdomme een schietschijf op haar rug, maar jij stuurde haar in haar eentje het bos in, en toen gebeurde dit.'

Tot Jeffreys voldoening trok Lena wit weg.

'Chef, ik –'

'Je gaat nu als de sodemieter naar die bouwplaats, voor ik je penning afpak en je hoogstpersoonlijk mijn briefingruimte uit sleep.'

Ze sprong op van haar stoel.

Maar zo gemakkelijk kwam ze niet van hem af. 'Wanneer je klaar bent, kom je rechtstreeks hiernaartoe, begrepen? Geen gelummel, niet achter schimmen aan jagen. Meteen terugkomen. Ik meen het.'

'Ja, chef.'

Hij keek haar na toen ze langs Frank rende en door de klapdeuren stormde.

Jeffrey ging bij het raam staan. Lena was nu op het parkeerterrein en probeerde het portier van haar Celica te openen.

'Chef?' Frank stond in de deuropening en keek hem vragend aan.

'Niet nu.' Hij moest het gebouw uit voor hij het met zijn blote handen uit elkaar reet. 'Ik ben zo terug voor de briefing. Bel maar als er iets te melden valt.'

Frank deed een stap opzij om hem langs te laten.

Jeffrey negeerde de blikken in de briefingruimte en Marla's getuite lippen achter de receptiebalie. Hij bedwong de neiging om de klapdeuren open te trappen en hield zich in tot hij buiten op de stoep stond.

'Fucking kutzooi,' fluisterde hij, met zijn vuisten gebald in zijn zakken.

Vechtend tegen een koude tegenwind liep hij heel Main Street door, maar tegen de tijd dat hij links afsloeg naar het meer baadde hij in het zweet. De wind sneed messcherp over het water. Het gras was nog nat van de dauw. Hij zag de boorden van zijn grijze broek langzaam zwart worden van het vocht.

Met moeite ontspande hij zijn vuisten. Hij probeerde zijn woede weg te rationaliseren. Lena had het verprutst, maar ze werkte voor hem, wat betekende dat elke fout die ze maakte voor zijn rekening was. Hij probeerde het van haar kant te bekijken. Hij had haar opgedragen haar aantekeningen op te schonen. Ze had haar aantekeningen opgeschoond. Toen ze met Leslie Truong had gepraat, was ze in de veronderstelling geweest dat Rebecca Caterino door een akelig ongeluk om het leven was gekomen. Kon hij in alle eerlijkheid zeggen dat hij iemand met de jonge vrouw zou hebben meegestuurd terug naar de campus? Maar hij wist verdomd zeker dat hij wel tegen zijn baas zou hebben gezegd dat er een man met een zwarte wollen muts bij de plaats delict rondzwierf.

Wat voor soort wollen muts? Hoe vaag was vaag: gemiddelde lengte, lichaamsbouw, haarkleur? Of bedoelde ze dat hij geen baard, snor, piercing of tattoo had?

'Shit.'

Hij moest weer met Lena gaan praten, deze keer zonder tegen haar te schreeuwen. Ergens moest ze haar oorspronkelijke notitieboekje nog hebben. Hij moest de bijzonderheden weten van haar gesprek met Leslie Truong.

Jeffrey draaide zich om en liet zijn blik over de achterkant van de huizen aan het meer gaan. Hij bevond zich op een kleine kilometer van het centrum van de stad. Sara's huis stond op een halve kilometer de andere kant op. Hij overwoog bij haar aan te kloppen, onder het mom van de autopsie. Dan deed hij alsof hij de fax niet had gezien die op zijn kamer was binnengekomen. Sara zou zich gereedmaken voor het werk, waarschijnlijk uitgeput na de lange nacht. Misschien gingen ze met een kop koffie op de veranda aan de achterkant zitten, dan sprak hij de zaak met haar door en sprenkelde zij haar witte magie in het rond zodat hij weer helder kon denken, waarna hij terugging naar het bureau en bedacht hoe hij een sadistische moordenaar ervan kon weerhouden opnieuw een studente aan te vallen.

Jeffrey wreef over zijn mond.

Het was een mooi fantasietje, zolang als het duurde.

Hij liep tussen twee huizen door en ging in de richting van haar straat. De natte boorden van zijn broek kleefden aan zijn kuiten. Hij werd verblind door de zon en hield zijn hand omhoog tegen het licht.

Sara stond vijftig meter verderop. Ze had haar hardloopkleren aan; haar haar was opgestoken, en haar adem was zichtbaar in de frisse ochtendlucht. Ze stond met haar handen in haar zij. Ze keek niet blij toen ze hem zag.

Jeffrey wilde naar haar zwaaien, maar ze keerde hem haar rug toe en begon te rennen.

Zonder te beseffen wat hij deed, rende Jeffrey achter haar aan. Uit domheid, uit wanhoop, of gewoon omdat hij een smeris was. Als iemand bij je wegrende, joeg je achter diegene aan.

Sara sprintte een steile bocht door die evenwijdig was aan de oever. Pompend met zijn armen versnelde Jeffrey zijn pas. Ze had een voorsprong, maar hij was een sterkere renner. Hij zag dat ze de route afsneed via de voortuin van Mrs Beaman. Hij zwenkte de oprit van de Porters op en stormde door hun achtertuin. Tegen de tijd dat ze allebei bij het meer waren aangekomen, had hij zo'n twintig meter van haar voorsprong afgesnoept.

Sara was niet goed op gras. Ze keek achterom. Jeffrey won weer vijf meter. Hij nam een hap lucht en dreef zijn benen voort tot ze het uitschreeuwden. Weer vijf meter erbij, maar nu was Sara bij de achterkant van haar tuin. Haar voet gleed uit toen ze de steile helling naar haar huis op sprintte, diezelfde helling waarover haar Honda naar beneden was gerold.

Jeffrey verkleinde de afstand nog verder. Hij sprong over de afscheidingsmuur en sprintte over het gazon. Hij was nu zo dichtbij dat hij haar zweet kon ruiken toen ze het trapje op stoof. Met een sprong nam hij de treden, maar zijn voet bleef aan de bovenste haken. Hij richtte zich weer op, maar kon niet afremmen. Eerst zag hij de deur dichtslaan, en toen, als een ware Wile E. Coyote, smakte hij er met zijn gezicht tegenaan.

'Fuck!' Hij voelde aan zijn neus. Bloed stroomde tussen zijn vingers door. 'Fuck!' Hij boog zich voorover. Bloed droop op de veranda. Hij zag sterretjes. Zijn neus was gebroken, dat kon niet anders. Hij voelde hem kloppen als een tweede hart.

'Sara?' Hij beukte op de deur. 'Sar–'

Jeffrey hoorde een automotor starten. De z4. Hij kende die zachte grom. Die hoorde hij telkens als hij op zijn kamer was en Sara aan de overkant van de straat haar sportwagentje van tachtigduizend dollar startte.

Hij schudde het bloed van zijn handen en haalde een zakdoek uit zijn kontzak. Hij had er al zijn zelfbeheersing voor nodig om niet om het huis heen te rennen en haar na te kijken toen ze wegreed.

ATLANTA

19

Gina Vogel had moeite om haar opgetrokken schouders wat te ontspannen toen ze haar boodschappenkar langs de schappen van de plaatselijke Target duwde. Ze was ongesteld geworden, dus ze moest het huis wel uit. Ze had nog twee tampons uit haar handtas en eentje uit haar sporttas opgediept, maar nu had ze geen keuze meer. Haar al te amicale band met de bezorger van InstaCart sloot thuisbezorging uit. Amazon deed er twee dagen over, en ze was nog niet zo ver heen dat ze bereid was negenenveertig dollar en vijfenzestig cent neer te tellen voor een doos tampons die ze voor acht dollar in de winkel kon kopen

Bovendien had een vrouw meer nodig dan alleen tampons. Ze moest ook chocola, Advil, nog meer chocola en een zak met minicandybars hebben, want snoep bevatte geen calorieën als je het in één keer in je mond kon stoppen.

Ondanks al deze drijfveren was het gênant moeilijk geweest om uit het huis los te breken. Ze had er zo lang mogelijk mee gewacht en zich beholpen met zoveel opgepropt toiletpapier dat haar badkamer zo langzamerhand op de keuken van Jeffrey Dahmer was gaan lijken. Ook toen had ze nog steeds allerlei uitvluchten bedacht. Ze was met de stofzuiger het hele huis doorgegaan. Ze had de plinten schoongemaakt. De plafondventilators afgestoft, de lampen en de jaloezieën, voor zover ze erbij kon met de latjes dicht. Ze had zelfs de hele nacht doorgewerkt om haar verslag voor Beijing af te maken.

De laatste keer dat ze zo manisch was geweest, was toen ze coke had geprobeerd, wat ze ongeveer driehonderd keer had gedaan tijdens haar studie.

Aankleden was nog het allermoeilijkst geweest. Gina was de mening toegedaan dat je zodra je het juiste tenue aantrok – sportplunje, maatpak, eetbaar slipje – helemaal klaar was voor de bijbehorende taak. Een trainingsbroek aantrekken was niet het probleem geweest. De trainingsbroek was in feite een integraal onderdeel van haar mix-&-match-huispakkencollectie. De deur uit lopen en zich niet alleen blootstellen aan de blikken van de nieuwsgierige buurvrouw van de overkant, maar ook aan die van het grote publiek, had een onmogelijk riskante onderneming geleken.

Gina werd in de gaten gehouden. Dat wist ze zeker. Maar niet zeker genoeg om het aan haar zus te vertellen. Of aan de politie.

Alleen al bij de gedachte dat ze 911 intoetste, voelde ze het bloed naar haar wangen stijgen.

Hallo, wilt u me alstublieft mijn huis uit helpen ik zweer dat ik niet gek ben maar ziet u ik heb een scrunchie gepikt van mijn knorrige, irritante nichtje – ja, die bedoel ik – en nu heeft iemand hem van mij gestolen en voel ik waar ik ook ga ogen in mijn rug en… Ja… ik blijf aan de lijn… Hallo? Hallo? Is daar nog iemand?

Gina was haar paranoia gaan vergelijken met de bizarre pantymaskers die bankovervallers droegen in de film. Of misschien in het echt. Hoe dan ook. Waar het om ging, was dat ze de druk van haar angst ervoer als iets concreets wat over haar gezicht glibberde.

Bij het idee dat ze haar huis uit moest was ze zo in de stress geschoten dat ze twee valse starts had gemaakt. Beide keren had ze de auto gehaald – één keer had ze zelfs de motor gestart – waarna ze het huis weer binnen was gerend, als zo'n dom meisje in een horrorfilm van wie je wist dat ze zou struikelen en vallen en daarna met een kettingzaag in tweeën zou worden gespleten.

Gina had zich bij een nieuwe zusterorde gevoegd. Eentje die perfect bij haar paste.

Uiteindelijk had een telefoontje van haar zus haar de wereld in gedreven.

Nancy was woedend op haar dochter. Gina genoot van de zeldzame keren dat haar zus zich kribbig uitliet over het chagrijnige meisje over wie ze normaal geen kwaad woord wilde horen. Deze keer was er paniek omdat ze misschien zwanger was, want wie had kunnen denken dat condooms soms niet werkten? Waarom schreef niemand erover? Of waarom was het niet op Investigation Discovery?

Gina had op alle juiste momenten 'o hemel', 'hoe kon ze?' en 'o, je meent het niet' verzucht om het tot het laatste sappige, dramatische drupje uit te persen, tot Nancy na een uur uiteindelijk had gevraagd hoe het met háár ging.

'Eigenlijk was ik net op weg naar de Target,' had Gina gezegd, en het verwoorden van haar plan had haar het laatste duwtje gegeven. Ze was niet alleen de deur uit gestapt en achter het stuur van haar auto gekropen, ze was ook haar straat uit gereden als een echte volwassene die wist hoe je een straat uit moest rijden.

Gelukkig was het zo vroeg in de ochtend heel rustig in de plaatselijke Target. Het leek wel of er meer medewerkers dan klanten rondliepen. Gina kreunde toen de boodschappenkar zich uit haar greep loswrong. Ze was zo dom geweest om zomaar een willekeurige kar uit de rij te trekken en pas na vier meter te beseffen dat een van de wieltjes zwabberde, maar in plaats van vier meter terug te lopen, was ze doorgesjokt als dat ene lid van de Donner Party dat bleef beweren dat er aan de andere kant van de volgende heuvel een Jack-in-the-Box was.

Gina vergeleek de boodschappen in haar kar met het lijstje in haar hoofd: toiletpapier, papieren handdoekjes, ijs, chocoladesiroop, een zak minireepjes, grote repen, twee Twixen omdat ze anders zo eenzaam zouden zijn, en Advil met artritisdeksel, ook al was ze daar te jong voor, maar ze was weer te oud om zonder vergrootglas te zien hoe de pijltjes liepen en waarom maakten ze die dingen trouwens zo moeilijk om open te krijgen?

'Duh,' mompelde ze.

Tampons.

Natuurlijk was het schap dameshygiëne helemaal aan de andere kant van de winkel, ergens achteraan in een hoek, naast de babyluiers, incontinentieslips en al die andere ranzige vaginaproducten waar een mannenblik zich nooit aan hoefde te storen.

Huishoudelijke artikelen. Beddengoed. Badhanddoeken. Sportartikelen.

Target verkocht geen wapens. Walmart of Dick's ook niet. Jammer genoeg was het illegaal om online een wapen te kopen en het thuis te laten bezorgen. De dichtstbijzijnde wapenboetiek, of hoe zoiets ook mocht heten, die Gina online had gevonden, bevond zich buiten de stadsgrens. Ook al was ze misschien paranoïde en verkeerde ze in de greep van een psychotische crisis, ze ging de stadsgrens niet over. Bovendien was dit Amerika. Waar bleef die stomme NRA? Eigenlijk zou er naast elke Subway een automaat moeten staan waar je een AK-47 kon kopen.

Dameshygiëne.

Gina liet de reuzendozen maandverband links liggen. Ze minderde vaart om de wat discretere dameswaar te bestuderen. Tampax had een lijn genaamd Radiant, die meteen het beeld opriep van een schijnwerper die uit haar kut scheen. Pearl deed haar aan oesters denken, wat haar weer deed denken aan een cartoon die een ex-vriendje haar ooit had laten zien. Een blinde liep langs een kraam op een vismarkt en zei: 'Goedemorgen, dames.'

Ha.

Ha.

Ex-vriendje.

Haar blik gleed langs de verschillende producten, allemaal in roze of blauw, net als de babytroep. Kartonnen inbrenghuls. Plastic inbrenghuls. Geen inbrenghuls. Zware menstruatie. Matige menstruatie. Lichte menstruatie – wie waren die wijven? Click Compact deed haar denken aan het speculum van een gynaecoloog. Sport Fresh: omdat je zo graag zweet wanneer je ongesteld bent. Smooth: als de billen van de baby die je over negen maanden niet krijgt. Security: een hangslot voor je poesje. Gentle Glide: slechtste openingszin ooit. Organic: waarom zou je er compost van willen maken? Anti-Slip, Rubbery Grip: de te gekke nieuwe jam van Salt-n-Pepa.

Gina koos uiteindelijk voor haar oude toeverlaat: Playtex Sport met FlexFit-technologie. De doos was voorspelbaar roze en blauw, maar er stond ook het groene silhouet op van een vrolijke, slanke vrouw die op straat aan het hardlopen was, met rondzwiepend haar als in *Gone Girl*, een iPhone om haar arm en snoertjes die uit haar koptelefoon bungelden, want evenals Gina had ze geen zin om uit te vogelen hoe de draadloze bluetoothoordopjes werkten die als wit snot uit ieders oren dropen.

Gina zag de marketingvergadering bij Playtex al voor zich. De mannen hadden de atletische, vrolijke groene meid gepitcht, en de vrouwen een donkerrood, bijna zwart silhouet van een vrouw op het randje van menopauzaal, die opgerold in foetushouding lag te gillen op de vloer van haar badkamer.

Moeilijke keuze.

Het zwabberwieltje stuurde haar kar bijna tegen een luierdisplay op. Met enig genoegen overwoog Gina om de vandaal te gaan uithangen, maar zo recalcitrant was ze nu ook weer niet. Tenminste niet op dat moment. Ze wrong de kar eromheen. Op weg naar de kassa griste ze een pak met vierentwintig stuks AAA-batterijen mee, want haar vibrator was gek op menstruatieseks.

Ze zocht naar haar creditcard om die door de reader te halen toen ze besefte dat ze al minstens tien minuten geen last had gehad van haar slopende paranoia.

Bij de kassa's wierp Gina een blik om zich heen. Een zo te zien uitgeputte moeder worstelde met een baby. Een managerachtige werkneemster onderdrukte een geeuw terwijl ze op haar klembord keek. De jongeman achter de kassa die haar menstruatiekit – zoals een FBI-profiler het zou noemen – had gescand, keurde haar nauwelijks een blik waardig.

Er was een hele week verstreken sinds Gina voor het laatst oprecht had gelachen. Ah, het bontgekleurde tapijt van het leven. Het ene moment zat je opgesloten in een bunker te googelen naar 'machinegeweer thuisbezorgd' en het volgende moment stond je ergens in de wijde wereld met je voet mee te tikken op de muzakversie van 'Funky Cold Medina'.

This brother told me a secret… on how to get more chicks…

Tone Lōc had een vooruitziende blik gehad. Hij had zowel de val van Bill Cosby als de rijzende ster van Ru Paul voorspeld.

'Ma'am?' vroeg de jongen achter de kassa afwachtend.

Gina liet haar humeur niet verpesten door dat 'ma'am'. Ze streek haar Amex door de reader. Ze zette een zwierige handtekening in het vakje. Ze deed overdreven beleefd tegen de kassajongen, wat hij duidelijk aanzag voor de wanhoop van een MILF. Of MILNF, *Mother I Like Not to Fuck*, al naargelang de situatie. Ze stopte de akelig lange kassabon in haar tasje en duwde de weerbarstige kar door de schuifdeuren.

Zonlicht!

Wie had dat kunnen denken?

Gina's auto stond helemaal achteraan op het parkeerterrein van het winkelcentrum, iets wat ze als haar eigen *Fear Factor*-uitdaging had beschouwd toen ze het terrein op was gereden. Nu was ze blij met de lichaamsbeweging. Haar hamstrings hadden zich tot vraagtekens opgekruld nadat ze bijna vierentwintig uur per dag als Miss Pitty Pat op de bank had gelegen. Wel voelde ze zich ranzig, bezweet en kramperig omdat ze ongesteld was, maar voor het eerst in haar volwassen leven was dat niet het ergste wat haar overkwam. Eigenlijk moesten ze haar silhouet op een van die stomme dozen zetten.

Gina: kom maar op met de stolsels!

Ze deed haar kofferbak open. Zelfs het zwabberwieltje, waardoor de kar met een schok tegen de bumper stootte, kon haar stemming niet bederven. Ze wierp haar tassen in de auto. Ze pakte er een Twix uit en scheurde de wikkel met haar tanden los. Ze schoof beide knapperige repen in haar mond, zoals je een vel papier in een schrijfmachine rolde, een vergelijking die niemand onder de dertig nog snapte.

Ze was te lui en te lamlendig om dat hele eind weer naar de winkel te lopen om haar kar terug te brengen. Wel was ze zo fatsoenlijk om hem op de met gras begroeide tussenberm naast haar auto te laten staan. Ze nam achter het stuur plaats en overwoog de andere Twix ook uit de kofferbak te halen. Maar misschien ging het ijs smelten. Dus dan moest ze het ijs ook opeten. Zou ze teruggaan naar de Target om een lepel te kopen? Zoiets kon je niet met je handen opeten. Ze kon zo'n beker ook niet op zijn kop zetten en zijn wonderbaarlijke inhoud opslurpen, zoals de goden van weleer zich laafden aan hulpeloze maagden.

Gina hoorde een geluid op de achterbank.

Nerveus keek ze in de achteruitkijkspiegel.

Ze zag de hand van een man, toen zijn arm, toen zijn schouder. Vreemd genoeg volgde haar blik niet de natuurlijke richting naar zijn gezicht, maar schoot terug naar het midden, naar de flits van zonlicht op metaal. Haar mond, nog vol Twix, viel open. Ze zette grote ogen op. Haar neusvleugels trilden. In slow motion zag ze de hamer naar achteren zwaaien en toen naar voren, recht op de zijkant van haar hoofd gericht.

Ze had nog maar één gedachte, een ongelooflijk domme gedachte: *ik wist het.*

20

Met zijn handen in zijn broekzakken liep Will door de gang. De pijn in zijn knokkel liet hem nog eens goed over zijn besluit nadenken. Er liep een verse veeg bloed over de rug van zijn hand. Sara had gezegd dat ze een pleister op de wond ging plakken. Het was niets voor haar om zoiets te vergeten, maar ze zouden allebei aan nieuwe ervaringen moeten wennen.

Ze gaf hem ruimte, respecteerde zijn gevoelens. Op papier klonk het fantastisch, maar in het echte leven had Will nog nooit meegemaakt dat iemand hem ruimte gaf, laat staan zijn gevoelens respecteerde. Hij wist niet goed hoe hij de weg terug moest vinden.

Als hij kwaad op Amanda was, intimideerde en vernederde ze hem net zo lang tot hij inbond. Faith putte zich uit in verontschuldigingen, kroop voor hem, vond zichzelf een slecht mens tot hij toegaf, alleen om haar te laten stoppen en hen beiden uit hun lijden te verlossen. Angie had hem voortdurend gekwetst, maar als ze terugkwam na weer eens een tijd weg te zijn geweest, was Will eroverheen. En hongerde hij naar seks, wat ook een manier was om hem te pakken.

Dat soort strategieën werkte niet bij Sara. Haar aantrekkingskracht bestond er vooral uit dat ze zo anders was dan wie ook in zijn leven. Maar met dit 'ruimte'-gedoe begaf hij zich op volslagen onbekend terrein. Het leek hem een heel slecht idee dat Sara van hem een oplossing verwachtte. Het liefst zou hij haar een plaatje van een aubergine sturen, waarop zij hem een cowgirl zou sturen, en dan werd alles weer normaal.

Will dook de keuken in om het bloed van zijn hand te spoelen, maar opeens stond hij bij de snackautomaat. Hij had al ruim een uur niets gegeten. Hij stopte een dollarbriefje in de gleuf. De spiraal draaide rond. Het kaneelbroodje viel. Will kreeg een kwart dollar terug, de helft van wat hij nodig had voor een Sprite. Hij moest een rare draai maken om met zijn andere hand het muntje uit zijn andere zak te halen.

Hij liep naar de frisdrankautomaat, een technisch hoogstandje waar hij een morbide soort liefde voor koesterde. Hij stopte het geld erin en keek door het glas naar de robotarm die naar beneden gleed, zodat de robothand het blikje Sprite kon pakken en het in het vak aan de onderkant kon deponeren.

'Alles goed, man?' Nick kwam naast hem staan en gaf hem die maffe schoudergreepklop. 'Ik heb nog eens nagedacht over dat profiel dat de FBI-jongens voor de chef hadden opgesteld.'

Will legde zijn broodje op het aanrecht en spoelde het bloed van zijn hand. Dat schoudergedoe ging hem irriteren. Wat hem ook irriteerde, was dat Nick steeds 'de chef' zei als hij het over Tolliver had, alsof hij een soort Crazy Horse was die Custer vierkant de Little Bighorn in had getrapt in plaats van een plattelandssmeris die de verkeerde crimineel had beledigd en het met zijn dood had moeten bekopen.

Will droogde zijn handen af en draaide zich om. 'En?'

Nick groef in zijn zak naar kleingeld. Zijn spijkerbroek zat zo strak dat de contouren van zijn vingers zichtbaar waren. 'Heb jij nog een paar kwart dollars?'

'Nee.' Will had kwart dollars te over, maar zijn schouder was te pijnlijk van al dat grijp-klapgedoe om ze te pakken. 'Dat verslag?'

'Oké. Ik ben eens door mijn oude notitieboekjes gegaan en opeens herinnerde ik me iets over een gesprek tussen de chef en mij.' Nick bevrijdde zijn hand. Terwijl hij de munten uitzocht en in de automaat stopte, vervolgde hij: 'We hadden het over dat profiel. Het was een jaar na de arrestatie, snap je? En de chef had er moeite mee dat het profiel zo naadloos op Nesbitt paste.'

Will dacht weer aan Nicks evaluatie tijdens de briefing. 'Jij zei dat het Nesbitt ten voeten uit was.'

'Ja, maar toen ik net mijn aantekeningen weer doorlas, zag ik dat de chef daar vraagtekens bij had geplaatst. Hij vond het verdacht dat het profiel helemaal klopte, alsof een of andere kantoorlul van de FBI had gezien dat Nesbitt was gearresteerd en het profiel op hem had toegesneden.' Nick haalde zijn schouders op. 'Die gasten zijn even gebrand op de criminelen als wij. Misschien werden ze iets te enthousiast en bewerkten ze het profiel achteraf, zodat het paste bij wat wij over Nesbitt wisten.'

Leunend tegen het aanrecht keek Will toe terwijl Nick zijn keuze intoetste.

'Shit, gozer, heb jij de laatste Sprite gepakt?' Nick drukte nog eens op de knoppen en duwde toen zijn gezicht tegen het glas om de rijen te inspecteren.

Will draaide zich om, schudde het blikje een paar keer hard heen en weer en keerde zich weer naar Nick toe. 'Neem de mijne maar. Ik heb er nog een op mijn kamer.'

Nick pakte het blikje. 'Bedankt, man.'

'Dus waarom dacht de chéf dat iemand voor de kortste weg had gekozen?'

Zijn toon was Nick niet ontgaan, en hij zweeg even. Toen zei hij: 'Het enige wat we hadden, waren foto's van de plaats delict van Truong en een paar BlackBerry-beelden van die van Caterino. Dat zijn twee pd's met weinig overeenkomsten. Hoe noem je zoiets?'

Will zag dat hij antwoord verwachtte en schudde zijn hoofd.

Nick tikte twee keer op de bovenkant van het Sprite-blikje. 'Statistische validiteit.'

Will dacht dat het eerder de onmogelijkheid was om als gevolg van een onderzoek met te weinig middelen algemene conclusies uit de bevindingen te trekken. Niettemin zei hij: 'Dat is mogelijk.'

'Mogelijk? Daar durf ik mijn kop onder te verwedden,' zei Nick. 'Ik vertrouw eerder op de chef dan op mijn eigen geheugen, als je snapt wat ik bedoel. Die man was messcherp. Politieman van de bovenste plank. Nog nooit zo'n goeie kerel ontmoet.'

Will begreep het.

'Maar goed.' Nick trok aan de ring op het blikje.

Sprite spoot als een geiser omhoog.

'Shit!' Hij stapte naar achteren, maar niet snel genoeg om de straal te ontwijken. Het kruis van zijn spijkerbroek was drijfnat. Het spul was zelfs in zijn baard terechtgekomen. 'Shit.'

Will reikte hem wat papieren handdoekjes aan.

Nick keek woedend naar hem op, en Will zag hem rekenen.

Dat kon hij zelf ook.

De getallen logen niet: Nick was vijftien jaar ouder, ruim tien kilo lichter en bovendien minstens dertig centimeter kleiner. Aan de andere kant werkten ze samen en was er de Sara-factor. Ze hadden deze schertsvertoning zo lang volgehouden dat ze die niet konden doorbreken zonder toe te geven dat ze al die tijd een spel hadden gespeeld.

'Jongens?' Amanda was ongemerkt de keuken binnengekomen.

Op weg naar buiten dumpte Nick het blikje in de afvalemmer.

Amanda keek Will met opgetrokken wenkbrauw aan. 'Waarom zie ik je telefoon niet?'

Will was vergeten dat zijn telefoon niet aanstond. Hij hield hem omhoog.

'Hoeveel grenzen denk je vanochtend over te gaan?'

'Twee.' Hij wees naar het pak dat hij had aangetrokken. 'De eerste ben ik al voorbij.'

Amanda fronste haar voorhoofd, maar liet het passeren. 'Praat me eens bij over de eindeloze wachtstand waar we allemaal in zitten.'

In gedachten hoorde Will Faith zeggen dat er bepaalde stappen gezet konden worden om uit de wachtstand te komen, bijvoorbeeld door met verschillende politiedistricten te gaan praten over een seriemoordenaar, maar hij was Faith niet en hij had al genoeg misstappen begaan.

'We wachten nog tot de provider van Dirk Masterson het gerechtelijk bevel heeft verwerkt. Faith is Gerald Caterino's moordkabinet aan het doorspitten. Ik heb in de hele staat een bericht laten uitgaan met het verzoek vermiste vrouwen te melden of vrouwen die hebben aangegeven te worden gestalkt. Daarna heb ik me met onze andere open zaken beziggehouden.'

'Aha, het echte politiewerk,' zei Amanda. 'De hoofdpunten?'

Will gaf haar het overzicht. Een brandonderzoek in Chattooga kon elk moment tot een arrestatie leiden. Een leugendetectortest stond gepland voor een verdachte in een reeks overvallen op drankwinkels in Muscogee. Hij had een compositietekenaar naar Forsyth gestuurd om te praten met een mogelijk slachtoffer van een serieverkrachter. De sheriff van Treutlen County stuurde een hulpsheriff met speekselmonsters die verwerkt moesten worden.

'Mooi. Mail je verslagen maar naar Caroline. Ik heb het druk vandaag. Zij gaat over mijn werklast.'

Caroline was Amanda's assistente, een geduldige vrouw met een heel dikke huid. 'Yes, ma'am.'

'Sara is op weg naar Grant County. De lijkschouwer heeft haar de sleutel van zijn opslagloods gegeven. Ze zou me bellen zodra ze de uitslag van de drugstest heeft.'

Will deed alsof hij zojuist geen stomp in zijn gezicht had gekregen. Hij wilde Sara niet in Grant County hebben, niet nu, en dat was nou net het soort gedachte dat een dominante, bazige partner erop na hield.

Amanda keek op haar horloge. 'Ik heb Caroline opgedragen de ouders van Shay Van Dorne hier uit te nodigen. Hopelijk is Sara op tijd terug. Dat met die Dirk Masterson moet ASAP uitgezocht worden. Bel de provider en zeg dat ze er vaart achter zetten.'

'Denk je dat Masterson iets weet?'

'Ik denk dat ik hier de baas ben en dat jij doet wat ik je opdraag.'

Daar had Will niets tegen in te brengen. Hij pakte zijn kaneelbroodje en liep de keuken uit. Hij zette zijn telefoon aan. Het was stom van hem geweest om zijn verblijfplaats voor Sara verborgen te houden. Aan de andere kant was hij degene die de Zoek mijn-app op haar telefoon had geïnstalleerd. Hij betwijfelde of ze die ooit zelfs maar had geopend.

Hij tikte door naar haar locatie. Ze was al in Grant County. Mercer Avenue. Het blauwe bolletje gaf aan dat ze in een gebouw was dat de U-Store heette. Hij zoomde uit en wijzigde het beeld in satelliet. Zo te zien bevond ze zich tegenover een glooiende grasvlakte.

Met grafstenen.

'Fuck.'

Daar konden zelfs bergen aubergines en cowgirls niets tegen uitrichten. Will stak de telefoon weer in zijn zak, klopte bij Faith aan en opende de deur.

Ze zat aan haar bureau en injecteerde zichzelf met insuline.

Will week al terug, maar ze gebaarde dat hij moest gaan zitten en wees naar haar telefoon, die op speaker stond.

'Schat.' Faith rolde haar shirt naar beneden en gooide de insulinepen weg. 'Ik kan dit niet voor je oplossen. Je moet zelf met haar gaan praten, niet over de telefoon, en een oplossing bedenken.'

Will herkende haar toon, die mengeling van eeuwige liefde en lichte irritatie die ze alleen tegenover haar kinderen aansloeg.

'Toe nou, mam,' smeekte Jeremy. 'Je hebt zelf gezegd dat ik je altijd om hulp kan vragen. En nu vraag ik je dus om hulp.'

Faith lachte. 'Leuk geprobeerd, kerel, maar als je denkt dat ik een relatie op het spel zet die me vierentwintigduizend dollar per jaar aan kinderoppas scheelt, dan ken jij je moeder niet.'

Hij kreunde al net zoals Faith. 'Ik kom deze week mijn was brengen.'

'Neem wasmiddel mee, want je zult het zelf moeten doen.' Faith tikte haar telefoon uit. Tegen Will zei ze: 'Jeremy is kwaad op mijn moeder. Ik probeer hier een leermoment van te maken.'

Will zag zijn kans schoon. 'Misschien moet je moeder hem wat, eh... ruimte geven? Je weet wel, om met zijn gevoelens aan de slag te gaan.'

Faith staarde hem aan. 'Laat hij het niet horen.'

Will kuchte. Nu kon hij niet meer terug. 'Het is gewoon... Dus hij voelt zich gekwetst? Waarschijnlijk heeft hij tijd nodig om het los te laten, en daarom moet zij afstand nemen. En dan kan hij tegen haar zeggen dat alles goed is, over een paar uur of zo. Of over een paar dagen misschien? Denk je dat het dagen duurt?'

'Dagen lijkt me erg lang.'

'Uren dus?' vroeg hij. 'Hoeveel uur?'

'Twaalf?' Ze zag zijn gezicht. 'Nee, drie.'

Will trok het plastic van zijn kaneelbroodje en nam een grote hap.

'Sorry.' Faith klonk oprecht teleurgesteld in zichzelf. 'Mijn zoon ligt in de clinch met mijn moeder. Ik heb mijn dochter beloofd dat ik haar aan Rechercheur Pikachu zou voorstellen als zij me in alle rust liet pissen. Ik heb de *motherlode cheat* toegepast, want alleen zo kan ik mijn Sims het leven geven waar ze recht op hebben. Ben ik echt de juiste persoon om te vragen hoe je een emotioneel gezonde volwassene kunt worden?'

Will keek naar zijn broodje. Het witte glazuur smolt al. Hij nam weer een grote hap.

'Aan mij heb je niks,' zei Faith. 'Ik ben waardeloos. Ik ben een vreselijk mens.'

'Rustig maar.' Het liefst had Will de laatste vijf minuten van het gesprek gewist. Hij deed een poging: '"*There's a thousand reasons we should go about our day.*"'

'Klootzak, waag het niet een liedje uit *Frozen* in mijn kop te planten.' Maar de boodschap was duidelijk overgekomen, want met een ruk trok ze haar stoel naar de computer. 'Heb je Nick gezien? Hij was naar je op zoek.'

Nick was waarschijnlijk zijn ballen aan het afspoelen op het toilet. 'Hij zei dat zijn aantekeningen herinneringen hadden losgemaakt. Tolliver was niet tevreden over dat profiel.'

'Bedoel je de "chef"?'

Heerlijk zoals ze dat zei. 'Tolliver dacht dat het een kwestie van verkeerde prioriteiten was.'

Faith trommelde met haar vingers op het bureau. 'We weten allemaal dat de FBI niet onfeilbaar is. Kijk maar naar dat schandaal rond die ballistische testen. Of het schandaal met die microscopische haaranalyse. Of het schandaal over de schandalen.'

Will stak het laatste stuk brood in zijn mond. 'Hoe zit het met de fotokopieën van Lena's aantekeningen?'

Faith lachte. 'Ze lezen als een Dickens. Een echte Dickens, bedoel ik. Alsof iemand ze heeft geredigeerd en persklaar gemaakt en ze toen heeft geprint en uitgegeven. Zelfs haar handschrift lijkt op dat van een schrijfmachine.'

Will was niet teleurgesteld, want het verbaasde hem niet.

'Waarom heeft Tolliver haar in dienst gehouden?' vroeg Faith.

Ze verwachtte geen antwoord, maar hij had er wel een. 'Er valt iets voor te zeggen om iemand een tweede kans te geven. Er valt ook iets voor te zeggen om niet toe te geven dat je een fout hebt gemaakt.'

'Denk je dat hij verblind was door zijn eigen koppigheid?'

'Dat is Sara's theorie, dat hij niet kon toegeven dat hij zich wat Lena betrof had vergist. Volgens mijn theorie was ze zijn loopjongen.' Will had dat proces in de loop van de jaren op talloze politiebureaus waargenomen. 'De chéf heeft een smerig karweitje en stuurt zijn hulpje erop af om zelf schone handen te houden. Hij kan haar niet ontslaan, want ze kent al zijn geheimen. Hij kan haar niet wegsturen, want misschien heeft hij haar ooit weer nodig. Meestal ziet geen van beiden het als een negatieve relatie waarin ze afhankelijk van elkaar zijn, maar ze hebben er allebei baat bij. Vrienden in nood, zoiets.'

Faith zweeg zolang je geacht werd te zwijgen als je de naam door het slijk haalde van een dode politieman die toevallig de dode echtgenoot van een van je beste vriendinnen was. 'Dat klinkt heel logisch. Ze speelt dezelfde rol bij het politiekorps van Macon.'

Hij likte de suiker van zijn vingers.

'Oké, dit heeft verder niets met Lena te maken.' Faith vouwde haar handen samen op het bureau en keek hem aan. 'Ik heb inderdaad relatieadvies, hetzelfde wat ik tegen Jeremy heb gezegd en waarschijnlijk het laatste wat je wilt horen: praat met Sara. Persoonlijk. Zeg hoe je je voelt. Zeg hoe het weer goed kan komen. Ze houdt van je. Jij houdt van haar. Zoek een oplossing.'

Will wreef over zijn kaak. Zijn vingers plakten. Hij knikte naar Faiths computer. Op het scherm stonden foto's van het moordkabinet van Gerald Caterino. 'Nog iets gevonden?'

'Verdriet.' Faith reed haar stoel weer naar haar monitor. 'Ik weet wat misdaad doet met gezinnen. Ik zie het elke dag, en het is hartverscheurend en vreselijk, maar als ik naar alles kijk wat Gerald heeft gedaan – de verzoeken om informatie, de advocaten, de processen, de privédetectives, de aantekeningen, de telefoontjes en al het geld dat hij heeft uitgegeven – dan wil ik gewoon...' Ze schudde haar hoofd, want er viel niets meer te zeggen.

'Amanda wil dat we werk maken van die Masterson,' zei Will. 'Ik weet niet waarom, maar ze heeft een smerig luchtje geroken en meestal zit ze goed.'

'Afgezien van naar Austin rijden en op hun schoot gaan zitten, zie ik niet wat ik kan doen om de provider er haast achter te laten zetten.' Ze schoof een uitdraai over haar bureau. 'Kijk eens naar deze factuur van rechercheur Dirk. Had al betaald moeten zijn, en dat is de meest recente. Caterino staat voor bijna dertigduizend dollar bij die klootzak in het krijt.'

Will keek naar de cijfers bovenaan het blad. 'Hier staat een straatadres. Je zei toch dat alle cheques naar een postbusnummer werden gestuurd?'

Weer schoof ze hem een vel papier toe, nu met een kaart, een webadres en een telefoonnummer. 'Mail Center Station. Dat is zo'n verzendbedrijf waar je een postbus kunt huren en een straatadres krijgt.'

Will kende dat soort bedrijven. Zijn ex-vrouw had altijd overvloedig gebruikgemaakt van schaduwadressen. Een paar keer was hij gedwongen geweest haar met behulp van minder legale methoden op te sporen.

'Wat klinkt bedreigender voor de gewone man op straat: zeggen dat je een bevelschrift hebt of een dagvaarding?'

Ze dacht even na. 'Een bevelschrift?'

Will drukte de knop voor *speakerphone* in op Faiths vaste telefoon, in het besef dat elke nummermelder 'Georgia Bureau of Investigation' zou tonen.

'Smeer je suiker op mijn telefoon?' vroeg Faith.

'Ja.' Hij toetste het nummer in. De telefoon ging één keer over.

'Mailbox Center Station,' zei een opgewekte jongeman. 'Met Bryan. Waarmee kan ik u van dienst zijn?'

'Bryan.' Will zette een hogere stem op en voegde er een vet zuidelijk accent aan toe. 'Je spreekt met special agent Nick Shelton van het Georgia Bureau of Investigation. Ik ben een officieel bevelschrift aan het opstellen voor een dader die op jullie locatie postbus vierendertig eenentwintig huurt. De rechter wil de naam van de postbushouder weten voor hij het bevelschrift goedkeurt en er een arrestatieteam op afstuurt.'

Faith schudde haar hoofd bij het horen van zijn smoes, want iedereen met een beetje wetskennis zou hem in zijn gezicht uitlachen.

Bryan lachte niet.

Faiths ogen rolden bijkans uit hun kassen toen ze hem op een toetsenbord hoorde rammelen.

'Yes sir... ik bedoel special agent,' zei hij. 'Even kijken... hebbes... Oké, drie-vier-twee-een is verhuurd aan Miranda Newberry. Wilt u haar adres weten?'

Faith gooide haar pennenbeker om in haar haast iets te pakken waarmee ze kon schrijven.

'Laat maar horen, jongen,' zei Will.

'4825 Dutch Drive, Marietta, 30062.'

'Bedankt, man.' Will verbrak de verbinding.

'Holy shit!' Faith gooide haar armen in de lucht alsof de scheidsrechter een driepunter had vastgesteld. 'Niet te geloven!'

'Miranda Newberry.'

Faith keerde zich met een zwaai naar haar computer toe. Ze begon te tikken, toen te fronsen en uiteindelijk te grommen. 'O, jezus...'

Will wachtte terwijl ze verwoed met de muis klikte.

Ten slotte zei ze: 'Miranda Newberry is een ongehuwde, negenentwintigjarige accountant, die is afgestudeerd aan Georgia State en het grootste deel van haar tijd op misdaadblogs zit en... serieus? Ze zit op zes verschillende messageboards voor Young Adult-literatuur. Daar zit ik op te wachten: een witte kleinburgerlijke millennial die me voorschrijft welke boeken in cultureel opzicht geschikt zijn voor mijn bruine dochter.'

'Een oplichter,' zei Will, want hoewel het geen misdaad was om je online voor iemand anders uit te geven, was het zonder meer verboden om er geld voor te vragen. 'Ze doet zich dus als politieman voor?'

'O, shit, moet je kijken.' Faith wees naar het scherm. 'Ze heeft net een foto van de Big Chicken op Instagram gezet. Ze zegt dat ze over een uur een lunchafspraak met haar vriend heeft.'

Will stond op. 'Ik rij.'

De Big Chicken bevond zich op de kruising van Cobb Parkway en Roswell Road. De naam kwam van het bijna twintig meter hoge bord in de vorm van een reuzenkip met opgestoken kop boven een verder onopvallend Kentucky Fried Chicken-restaurant. De plaatselijke bevolking gebruikte het als oriëntatiepunt. Richtingaanwijzingen werden gegeven aan de hand van iemands positie voor of achter, links of rechts van de Big Chicken.

Will wierp een blik over zijn schouder toen de deur openging. De KFC zat rond lunchtijd stampvol personeel van plaatselijke bedrijven. Faith had na even zoeken een plek voor hen gevonden aan een tafeltje achter in de zaak. Ze keek op haar telefoon. Ze lagen een kwartier voor op Miranda Newberry, die inmiddels al een kwartier te laat was.

Weer ging de deur open. Weer wierp hij een blik over zijn schouder.

Nog steeds geen Miranda Newberry.

Will ging naar de frisdrankautomaat en vulde zijn beker met Dr Pepper. Hij liep terug naar Faith en keek in het voorbijgaan naar de andere tafeltjes. Op de Facebook-banner van Miranda Newberry had een ultraslanke vrouw gestaan met in haar armen twee dwergkeesjes, gekleed als Bonnie en Clyde. Als Faith grapjes maakte over kleine hondjes, hield Will wijselijk zijn mond. Betty, zijn eigen hond, was een chihuahua. Soms werd je met een klein hondje opgescheept en dan zat er niets anders op dan ervoor te zorgen.

'Niks.' Faith zat nog steeds over haar telefoon gebogen toen hij tegenover haar ging zitten. 'Ze is een leugenaar, dat is duidelijk. Misschien heeft ze gelogen over die afspraak met haar vriend. Wedden dat die in Canada woont?'

Will zei niets. Hij bewaarde dierbare herinneringen aan zijn eigen Canadese vriendinnetje van de middelbare school. Ze was supermodel geweest.

'Wil je nog iets eten?' vroeg hij.

Faith trok een scheef gezicht. Haar salade had eruitgezien alsof hij al eens eerder was gegeten. 'Waarom stoor ik me zo aan haar Young Adult-boekrecensies?' vroeg ze.

Will nam een slok van zijn Dr Pepper.

'Oké, ik geef toe dat ik een schoolvoorbeeld ben van een witte dame die tekeergaat tegen de jongen van het omeletbuffet omdat kaas vijftig cent extra kost.' Ze haalde even adem. 'Maar echt de enige reden waarom ik nooit coke heb gebruikt, was vanwege wat er met Regina Morrow uit *Sweet Valley High* gebeurde. En hou op over *Go Ask Alice.* Ik schrok me rot van dat boek. Ik had geen idee wat Angel Dust was, maar toch was ik doodsbang. En het maakte niet uit dat de tweehonderdjarige ghostwriter haar woorden als *"dig, it, man"* in de mond legde.'

De deur ging open.

Faith verstrakte.

Will schudde zijn hoofd.

Faith rukte een handvol servetjes uit de houder en maakte haar telefoon schoon. 'Heb ik je verteld dat ik laatst wat guacamole van mijn iPad veegde en toen per ongeluk een post likete van een of andere sukkel met wie ik op school heb geze–'

'Opletten.'

De deur was weer opengegaan.

In het echt verschilde Miranda Newberry nauwelijks van haar foto's. Haar pony was korter. Ze droeg een feloranje jurk met blauwe en groene bloemen. Haar tas was zo groot als een voederzak, met bungelende kwastjes en kralen. Will maakte een lijst van de verschillende soorten wapens die je erin kon verstoppen, van een stiletto tot een .357 Magnum. Maar als hij afging op haar aanwezigheid op sociale media leek het waarschijnlijker dat ze kleertjes voor haar honden en verschillende gestolen creditcards bij zich had.

Faith zette haar camera op de selfiemodus zodat ze kon zien wat er achter haar gebeurde.

Miranda keek niet om zich heen, zoals iemand zou doen die naar een vriend zocht met wie ze een lunchafspraak had. Ze ging iets opzij van het drukke buffet staan, stak haar telefoon omhoog, glimlachte, nam een selfie en liep weer naar buiten.

Faith was nog vóór Will van haar zitplaats opgesprongen. Ze liepen op een drafje het restaurant door. Buiten stapte Miranda niet in de witte Honda CRX die op haar naam stond. In plaats daarvan stak ze de smalle straat over die met een bocht langs de achterkant van de Big Chicken voerde. Vervolgens liep ze door een rij struiken.

Will haalde Faith in op het parkeerterrein van een truckdealer.

'Hopelijk verliezen we haar niet uit het oog.'

Ze maakte een grapje. De feloranje jurk was net een verkeerskegel.

'Waar gaat ze naartoe?' Faith wurmde zich tussen twee witte busjes door.

Will rook patat. 'Naar Wendy's.'

Dat klopte. Miranda koerste recht op het lage gebouw af en rukte de deur open.

Will en Faith minderden vaart. Door de ruit zag Will Miranda in de rij voor de bestellingen staan. De Wendy's was maar halfvol. Er was meer dan voldoende plek op het parkeerterrein. Hij had net een driedelige Big Box-maaltijd gegeten, maar van de patatlucht kreeg hij weer trek.

In het restaurant gingen ze uiteen en namen ieder een eigen rol op zich. Will zocht een tafeltje. Faith stelde zich achter Miranda in de rij op. Vanaf zijn plek zag Will Faith over de schouder van de vrouw turen en meelezen op haar telefoon. Zoals de meeste mensen werd Miranda volledig door het scherm in beslag genomen. Ze had geen idee dat er een agent achter haar stond die een wapen onder haar jasje verborg.

Will zag twee nieuwe klanten het restaurant binnenkomen. Hij probeerde zich in Miranda te verplaatsen. Wie postte er nu een foto van een restaurant waar ze niet ging eten en noemde een vriendje dat ze niet had? Iemand die zich met een valse identiteit aan een wanhopige vader opdrong en hem dertigduizend dollar lichter maakte, vermoedde hij.

Terwijl Miranda op haar bestelling wachtte, ging zijn blik weer naar Faith. Ze keek kwaad, maar dat was niets nieuws. De caissière sprak haar aan. Zonder Miranda uit het oog te verliezen leunde Faith opzij en gaf haar bestelling op.

De vrouw had niets door, maar was duidelijk in de ban van wat haar telefoon te melden had. Will zag een hobbeltje in haar nek waar de halswervels zich hadden aangepast aan een hoofd dat zich voortdurend over een scherm boog.

Ten slotte keek Miranda even op. Haar bestelling stond klaar. Ze pakte het dienblad dat op het buffet op haar wachtte. Eenpersoonsportie, patat, drankje. Ze vulde haar beker met thee zonder suiker. Faith kwam meteen na haar en vulde haar beker met frisdrank, terwijl Miranda doorliep naar de kruiden en sausjes.

Rietje. Servetjes. Zout. Plastic bestek. Ze pompte ketchup in zes verschillende papieren cupjes.

Daarna liep ze naar de zijkant van het restaurant, waar een smal werkblad met hoge barkrukken uitzicht bood op de uitlaatwerkplaats aan de overkant.

'Ma'am?' Faith toonde haar ID.

Bijna liet Miranda haar blad vallen.

'Die kant op.' Faith wees naar Will. Ze had haar politiehouding aangenomen en meteen waren alle ogen op haar gericht. 'Lopen.'

Will zag Miranda's blik door het restaurant schieten. Haar hele houding straalde schuldbesef uit. Will had het tafeltje niet op goed geluk gekozen. Zo hadden Faith en hij alle vluchtwegen onder controle.

Thee klotste over de rand van Miranda's beker. Haar handen trilden. Met kleine stapjes liep ze op het tafeltje af, maar ze zette grotere passen toen Faith haar smerisstem nog iets zwaarder aanzette. Faith was een kleine vrouw, maar als de situatie erom vroeg, kon ze behoorlijk imponerend overkomen.

Miranda ging op de bank tegenover Will zitten. Faith schoof naast haar en duwde net zo lang tegen haar aan tot ze klem tegen de muur zat.

Will nam het voorstelrondje voor zijn rekening, want Faith had voor de verandering zijn taak als zwijgende, onvoorspelbare tweede overgenomen. 'Ik ben Trent. Dat is Mitchell.'

Miranda bekeek zijn ID. Haar handen trilden nog steeds. 'Is dit echt?'

Faith klapte haar kaartje op tafel. 'Bel maar.'

Miranda pakte het kaartje en keek ernaar. Haar ogen waren nat van de tranen. Hij zag haar kaak bewegen toen ze haar opeengeklemde kiezen heen en weer schoof.

Het kaartje werd weer op tafel gelegd.

Ze pakte een patatje, doopte het in elk van de zes ketchupcupjes en schoof het in haar mond.

Will keek even naar Faith, terwijl Miranda zwijgend kauwde. Hij vermoedde dat de vrouw had besloten hen te negeren tot ze het opgaven en haar met rust lieten.

'We willen het met je over Gerald Caterino hebben,' zei hij.

Even staakte het gekauw, toen doopte ze weer een patatje in alle zes de cupjes en stopte het in haar mond.

Faith stak haar hand uit en trok als bij een potje Jenga een patatje uit de stapel.

Miranda slaakte een geforceerde zucht. 'Ik ken mijn rechten. Als ik niet wil, hoef ik niet met de politie te praten.'

Will dacht aan wat Faith zou zeggen. 'Heb je dat op de politieacademie geleerd, rechercheur Masterson?'

Miranda stopte met kauwen. 'Het is niet verboden om een onlinepseudoniem te gebruiken.'

'Dat is nog maar de vraag,' zei Will, die een eigen draai gaf aan Faiths kribbige toon. 'Het is in elk geval verboden je als een politieagent voor te doen. Ook al is hij met pensioen en heeft hij nooit bestaan.'

Daar keek ze van op.

Faith legde haar arm over de rugleuning van de bank. Haar jasje viel open en nu was haar wapen duidelijk zichtbaar voor iedereen die naar beneden keek.

Miranda keek naar beneden.

Ze slikte hoorbaar.

'Mijn hond werd ziek,' zei Miranda. 'Ze moest geopereerd worden en toen ging mijn auto ook nog stuk.'

'En dat kostte bij elkaar dertigduizend dollar?' vroeg Will.

'Ik had een heel jaar gratis gewerkt voor ik er ook maar iets voor vroeg. En toen moest ik er geld voor blijven vragen want...' Ze besefte dat ze te hard praatte. 'Ik moest geld blijven vragen omdat het anders verdacht leek.'

'Slim,' zei Faith.

Miranda keek haar aan, maar richtte haar woorden tot Will: 'Als

Masterson word ik voor vol aangezien. Als mensen weten dat ik een vrouw ben, zou niemand naar me luisteren. Jullie hebben geen idee hoe moeilijk...'

Faith begon te snurken.

'Ik betaal wel een boete,' zei Miranda. 'En ik geef het geld terug. Maakt niet uit.'

'Je bent toch accountant?' Will wachtte op haar knikje. 'Heb je over dat bedrag belasting betaald?'

Haar blik kreeg weer iets gewiekststs. 'Ja.'

'Ik wil graag een kopie van je vergunning als privédetective, je bedrijfsvergunning voor Love2CMurder en je federale ID-nummer of je socialeverzekeringsnummer zodat ik kan checken –'

'Het geld is in de loop van twee jaar uitbetaald. Als gift komt dat in aanmerking voor belastingvrijstelling.'

Faith blies een stoot lucht uit.

Will leende een van haar lievelingsuitspraken. 'Zijn we klaar met de bullshit?'

Miranda's kaak verstrakte. 'Ik hoef niet met jou te praten.'

'Alleen al vanwege die valse identiteit kunnen we je arresteren.'

Ze schoof het dienblad weg. 'Goed, ik heb inderdaad Geralds geld als geschenk aangenomen, maar ik heb hem ook echt geholpen. Denk je dat die dinosauriër weet hoe hij diep in het internet moet duiken?'

Nu kon Faith zich niet langer inhouden. 'Is dertigduizend het standaardtarief voor het instellen van een Google-alert en het uitknippen van wat krantenartikelen?'

'Ik heb veel meer gedaan. Ik heb er ik weet niet hoeveel uren in gestoken. Ik heb de data verwerkt. Ik heb hem patronen laten zien.' Ze bracht haar hand naar haar tas.

Meteen sloeg Faith haar eigen hand om de pols van de vrouw.

'Au!' Miranda kromp ineen. 'Ik wilde alleen mijn telefoon pakken. Die zit in mijn tas.'

Faith pakte de plastic vork van Miranda's dienblad en begon ermee in de voederzak te rommelen. Ten slotte knikte ze.

'Jezus.' Miranda pakte haar telefoon en liet haar duimen over het scherm glijden. 'Het klopt. Ik heb Gerald de Google-alerts gestuurd waarin artikelen werden belicht over aanvallen die leken op wat er met Beckey was gebeurd. Heb je de foto's van haar gezien? Ze was bijna dood. Er zijn heel veel vrouwen dood. Ik doe niet alleen onderzoek naar een reeks moorden. Ik ben op jacht naar een seriemoordenaar.'

Will liet zich niet vermurwen. 'Wat voor patronen heb je Gerald laten zien?'

Al pratend was Miranda met haar telefoon bezig. 'Van de zaken die ik naar hem heb opgestuurd werden alle vrouwen gepakt in de laatste week van maart of in de laatste week van oktober. Ze verdwenen allemaal 's ochtends, tussen vijf en twaalf uur.'

Hij zag Faith verstrakken, want ze was niet op de hoogte van het tijdstip waarop de vrouwen waren verdwenen.

'De datums en tijdstippen zijn al bekend,' zei Will. 'En verder?'

'Heeft Gerald over die haarspullen verteld? En het stalken?'

'Ja.'

'Welke zaken heeft hij jullie laten zien?'

Will hield een slag om de arm. 'Welke zaken denk je?'

'Dan moet ik vanaf het begin beginnen.' Miranda hield de telefoon schuin zodat Will en Faith konden meekijken. 'Oké, dit is de oorspronkelijke Excel-spreadsheet met alle ruwe data die ik naar Gerald heb gestuurd. Mijn zoekcriteria waren vermiste vrouwen in Georgia gedurende de afgelopen acht jaar. Het duurde dagen, soms weken en maanden en één keer zelfs een jaar om uit te vinden wat er was gebeurd, nadat ze als vermist waren opgegeven. Dan hebben we het over duizenden uren die ik erin heb gestoken om dat alles in een doorzoekbare database te zetten.'

'Ga door,' zei Will.

'In deze cel staat wat er met ze is gebeurd.' Haar vinger schoot over het scherm naar een van de kolommen. 'De meeste vrouwen doken weer op, zoals gebruikelijk. Soms moet een vrouw er gewoon even tussenuit. De rest van hen werd gearresteerd wegens drugsbezit of wat dan ook. Een paar zaten in opvanghuizen vanwege een gewelddadige man. Anderen kwamen nooit meer terug, maar misschien zijn die uit de staat vertrokken of er met een vriendje vandoor. Een klein aantal bleek dood te zijn. Kijk maar naar deze kolom.'

'Joan Feeney,' las Faith. 'Pia Danske. Shay Van Dorne. Alexandra McAllister.'

Dezelfde namen die ze uit Geralds lijst had opgediept.

Will zei: 'Volgens Gerald Caterino waren er meer slachtoffers dan er in jouw kolommen staan.'

'Hij keek niet goed, zag alleen wat hij wilde zien. Ik wil wedden dat hij jullie nooit deze volledige lijst heeft laten zien.' Ze streek weer over het scherm. 'In deze cel staan de oktoberverdwijningen van de afgelopen acht jaar. Hier die van maart. Gerald veegde veel namen die ik hem had gegeven van tafel omdat hij geen contact kreeg met de familie of omdat ze geen melding maakten van een vermist haaraccessoire of omdat de slachtoffers niet hadden aangegeven bang te zijn geweest dat ze gestalkt werden. Maar ik vond dat een paar van die vrouwen op de lijst hoorden omdat andere criteria wel op hen van toepassing waren.'

Will zag een bijna onmerkbare verandering in Faiths blik. Ze was vooruit aan het lezen. Ze wist dat Miranda iets op het spoor was.

'Wat zijn die andere criteria?' vroeg hij.

'Zoals ik al zei verdwenen ze allemaal 's ochtends, ergens in de laatste week van maart of de laatste week van oktober. Behalve Caterino en Truong volgden ze een redelijk voorspelbaar patroon – ze waren aan het hardlopen, op weg naar het werk, naar de supermarkt of naar de drogist – toen ze werden ontvoerd. En ze werden allemaal vroeg of laat teruggevonden in het bos, buiten de officiële paden, met verminkingen die de lijkschouwers aan diervraat toeschreven.'

'Toeschreven?' vroeg Will.

'We zullen het nooit weten, want er is bij niemand autopsie verricht,' zei Miranda. 'Onze seriemoordenaar is slim en kent het systeem. Hij kiest zijn slachtoffers in verschillende rechtsdistricten, net als Bundy. Hij martelt ze, net als Dennis Rader. Hij gaat buitengewoon systematisch te werk, net als Kemper. Hij is zo slim om ze buiten achter te laten, waar ze door dieren gevonden zullen worden. Ik weet het niet, maar zou hij een of ander verwrongen beeld hebben van natuurreligies, zoals wicca of die van de druïden? Dit riekt naar dierenoffers, met dit verschil dat de dieren hier de mensen mogen opeten.'

Will vond dat ze nu doordraafde, maar hij ging haar niet corrigeren.

'Geef eens.' Faith griste Miranda's telefoon uit haar handen en begon te tikken. 'Ik stuur deze spreadsheet even naar mezelf.'

'Prima,' zei Miranda. 'Want ik heb hulp nodig. Ik kan niet aan de informatie komen die ik nodig heb om de laatste link te leggen.'

'Wat voor informatie?'

Miranda stak haar hand naar de telefoon uit.

Faith keek eerst of haar e-mail verzonden was voor ze het ding teruggaf.

Miranda ging naar een ander tabblad op de spreadsheet. 'Beckey was acht jaar geleden het eerste slachtoffer in maart. Maar ze overleefde het, dus hij pakte nog een slachtoffer, Leslie Truong, en vermoordde haar. In november van datzelfde jaar dook er een nieuw slachtoffer op in het bos rond Lake Lanier in Forsyth County.'

Will kende de bijzonderheden. 'Pia Danske.'

'Klopt. Danske was op de ochtend van 24 oktober als vermist opgegeven. Twee weken later werd ze dood teruggevonden. Haar lichaam vertoonde tekenen van diervraat.'

Will wist dat dit alles algemeen beschikbare informatie was. 'En verder?'

'Oké, dus Beckey was zijn eerste slachtoffer. We zijn het erover eens dat de moordenaar acht jaar geleden is begonnen, toch?'

Will knikte, want ze wist niets over Tommi Humphrey, en dat wilde hij liever zo laten.

'Sindsdien hebben we twee slachtoffers per jaar,' vervolgde Miranda. 'Vermenigvuldig dat met achtenhalf jaar. Als je Beckey en Leslie meetelt zijn dat negentien slachtoffers in totaal. Maar als je de namen op de lijst bij elkaar optelt, komen we niet verder dan zestien.'

Faith had de spreadsheet inmiddels op haar telefoon gedownload. Het kostte haar merkbaar moeite om haar ontzetting te verbergen toen ze vroeg: 'Hoe zit het met deze kolom, met drie namen? Alice Scott, in oktober vorig jaar als vermist opgegeven. Theresa Singer, maart, vier jaar geleden. Callie Zanger, maart, twee jaar geleden. Wie zijn dat?'

'Singer had PTSS en leed aan zogenoemd dissociatief geheugenverlies. Meestal weet ze niet eens hoe ze zelf heet. Scott kreeg traumatisch hersenletsel. Ze wordt verzorgd door haar ouders op hun paardenranch. Zanger woont en werkt in Atlanta, maar ze beantwoordt mijn telefoontjes niet. Ik heb haar via Facebook een bericht gestuurd, ik heb haar gemaild. Ik heb haar zelfs een echte brief gestuurd via snailmail. Toen stuurde ze me een vordering om geen contact meer te zoeken. Die moet wel erg veel geld hebben.'

'Wacht even,' zei Faith. 'Wat zei je?'

'Dat zijn de drie ontbrekende slachtoffers van de afgelopen acht jaar,' zei Miranda. 'Singer. Scott. Zanger. Dat zijn de vrouwen die wisten te ontsnappen.'

GRANT COUNTY – DONDERDAG

21

De gebroken botjes in Jeffreys neus galmden als cimbalen bij elk woord dat hij sprak. Zwijgen was geen optie. De ochtendbriefing liep ten einde en hij voelde de kneuzing al opzwellen onder zijn ogen. Onder normale omstandigheden zou hij de straat oversteken en de breuk door een arts laten zetten, maar hij weigerde op te biechten dat een van die artsen zijn neus had gebroken door de deur in zijn gezicht dicht te slaan.

Als de acht agenten die naar Jeffrey opkeken het al vreemd vonden dat hun chef toiletpapier in zijn neusgaten had, ontbrak het hun aan het lef om er iets van te zeggen. Jeffrey had hun een samenvatting gegeven van de aanval op Caterino en de moord op Truong, maar de onrustbarender gegevens had hij achtergehouden. Hij geloofde in zichtbaarheid bij het doen van zijn werk. Deze mannen woonden allemaal in het stadje. Ze waren hier opgegroeid. Ze voelden dezelfde verantwoordelijkheid voor de gemeenschap als hijzelf. En wat nog belangrijker was: hij stuurde ze straks met een rotklus op pad, en eensgezindheid was nu van het grootste belang.

Wijzend naar de getallen op het whiteboard zei hij: ‘We hebben in de drie districten elfduizend zeshonderdtachtig geregistreerde busjes. Grant County heeft er drieduizend vierhonderdachtennegentig, waarvan zestienhonderdnegenennegentig donker van kleur. Ieder van jullie pakt bij het weggaan een lijst van de stapel. Je voert je normale surveillance uit, maar telkens als je even pauzeert, ga je de deuren langs, kijkt de bewoner recht in de ogen en noteert zijn gegevens. Als de naam Daryl opduikt, in welke vorm of hoedanigheid ook, bel je meteen mij, Frank of Matt. Als iemand in de verste verte een verdachte indruk maakt, bel je meteen mij, Frank of Matt. Zet ze niet onder druk. Doe een stap terug. Pleeg je telefoontje. Hou je eigen veiligheid in acht. Begrepen?'

'Ja, chef,' klonk het uit acht kelen.

Jeffrey stapelde zijn aantekeningen. Als hij naar beneden keek, voelde hij een kleine explosie in zijn neus. Hij snoof bloed op. Sterretjes dansten voor zijn ogen.

Net toen de agenten vertrokken, kwam Frank het lokaal binnen. 'Ik heb met Chuck Gaines gepraat,' zei hij. 'Hij zet een oproep op het studentenmessageboard om te zien of we de drie vrouwen en de man met de zwarte wollen muts kunnen vinden die Leslie Truong in het bos heeft gezien.'

'Mooi.' Jeffrey had er geen hoge verwachtingen van. De dag dat Caterino was aangevallen, hadden ze al getuigen opgeroepen om zich te melden. Tweeëntwintig studenten hadden zich gemeld, maar geen van hen had iets gezien. Minstens de helft was waarschijnlijk niet eens op het betreffende moment in het bos geweest.

'Fucking Lena,' zei Jeffrey.

Frank zette een voet op een van de stoelen en steunde met zijn elleboog op zijn knie.

Jeffrey begreep dat hij dat niet deed om zijn onderstel te luchten. 'Vertel.'

'Lena is een goeie agent. Ze zou ooit weleens de beste van het korps kunnen worden.'

'Niet voor zover ik kan zien.'

'Dan moet je beter kijken. Die meid heeft dezelfde fout gemaakt die ik zou hebben gemaakt.' Frank haalde een schouder op. 'Ik ben er ook bij geweest, chef. Ik heb Beckey Caterino gezien. Ik dacht dat ze dood was.'

'Gebaseerd op wat Lena –'

'Gebaseerd op het feit dat ze dood leek. Ik meen het. Als ik een dode studente heb en de dame die haar gevonden heeft zegt dat ze lopend naar huis wil, nou, dan laat ik die dame teruglopen naar de campus als ze dat zo graag wil, want waarom niet?'

Jeffrey schudde zijn hoofd, want hoe vaker hij zichzelf die vraag stelde, hoe zekerder hij wist dat hij Truong nooit in haar eentje zou hebben laten gaan. Ook al zou Caterino het slachtoffer zijn geweest van een ongeluk, dan was Truong nog altijd heel jong. Ze was op een lijk gestuit. Zo iemand nam je in bescherming.

Frank zweeg even. Alleen het gepiep van de lucht in zijn verstopte longen was hoorbaar. 'Weet je, er is een reden waarom ik jouw baan niet wilde. Het is een klotejob.'

'Vind je?'

'Je bent een goeie chef. Wat de rest van je leven betreft, daarvoor kan ik niet instaan. Als je mijn dochter neukte, mocht je blij zijn als je er met alleen een gebroken neus afkwam.' Frank lachte een vreugdeloos lachje. 'Toen je nog in Birmingham werkte, hoeveel moorden kreeg je toen op je bordje?'

Jeffrey schudde zijn hoofd. Birmingham was tien keer groter dan Grant County. Daar had je ruim honderd moorden per jaar.

'Tientallen, toch? En ook zonder al die dooien zag je elke week wel bloed, misschien elke dag. Steekpartijen, schietpartijen. Alle soorten ellende. Terwijl we hier in Grant County een paar overdoses hebben, een paar verkeersdoden, soms een ongeluk met een trekker, en misschien één of twee mishandelde vrouwen.' Weer haalde Frank zijn schouders op. 'Je kijkt met een Birmingham-blik naar wat er in Grant County gebeurt.'

Wat er met Tommi Humphrey en Leslie Truong was gebeurd, had Jeffrey nog nooit in Birmingham gezien. 'Daarvoor ben ik ingehuurd.'

'Doe je werk dan. Lena heeft het in zich. Ze heeft gevoel voor dit werk. Of je bent een chef die van haar een goeie smeris maakt, of je bent een klootzak die geen spaan van haar heel laat, alleen omdat het je een beter gevoel geeft.'

'Ik heb je nooit als psychiater gezien.'

Frank gaf Jeffrey het soort schouderkneepje waarmee je iemand als een hond op zijn nummer zet. 'Ik heb jou nooit als vreemdganger gezien, maar zie hier.'

'Bedankt voor de peptalk, Frank.'

'Geen dank, chef.' Na een tweede vernederend schouderklopje liep Frank het lokaal uit.

Voor ook hij vertrok, draaide Jeffrey uit gewoonte het whiteboard naar de muur. Toen hij zijn aantekeningen van de lessenaar pakte, werd hij opnieuw beloond met een kloppende pijn in zijn gezicht. Voorzichtig streek hij over zijn neus. Er stak iets uit wat niet hoorde uit te steken. Hij hield zijn adem in om de druk te verhogen en zo de botjes weer op hun plaats te klikken.

Tranen stonden in zijn ogen. De pijn was te hevig. Tenzij hij de rest van zijn leven op een gangster uit de jaren dertig wilde lijken, zat er niets anders op dan drie stadjes verderop een dokter te zoeken die bereid was hem te helpen.

'Chef?' Marla kwam binnen met in de ene hand een zak diepvriespatat en in de andere een potje Advil. 'Ik heb de patat bij Pete uit de zaak gehaald. Hij wil de zak wel terug.'

Jeffrey drukte de zak tegen zijn neus. Met een knikje vroeg hij Marla het potje open te draaien. 'Is Lena al terug?'

'Ze reed net het parkeerterrein op toen ik van de eettent kwam.'

'Bedankt.' Jeffrey slikte vier pillen droog door en liep de briefingruimte weer in.

Lena ontdeed zich van haar zware jas. Toen ze hem zag, voerde ze haar gebruikelijke konijn-in-de-koplampen-act op. De angst in haar ogen stond hem niet aan. Bij de politie had je negentig procent van de tijd met kwade mannen te maken. Als ze het al niet van haar baas kon hebben, ging ze het niet redden op straat.

'Naar mijn kamer,' zei hij.

Lena volgde hem naar binnen en deed uit zichzelf de deur dicht. Ze wilde gaan zitten, maar hij hield haar tegen.

'Staan blijven.' Jeffrey nam plaats en smeet de zak diepvriespatat op zijn bureau. Door het hoogteverschil ging zijn neus weer harder kloppen.

'Chef –'

Hij priemde met zijn vinger op de fotokopieën van haar aantekeningen. 'Wat is dit voor bullshit?'

Lena hield haar adem in. Ze had duidelijk gehoopt dat ze al genoeg op haar donder had gehad.

'Moet je kijken.' Hij gaf haar de kopieën. 'Je bent agent. Je wilt ooit rechercheur worden. Vertel maar wat er mis is met je aantekeningen, rechercheur-in-spe.'

Ze keek naar de keurige blokletters, naar haar met zorg omschreven handelingen. 'Er is...' Lena kuchte. 'Er staan geen fouten in.'

'Klopt,' zei Jeffrey. 'Geen veel te lange zinnen, geen vlekken, geen doorhalingen, zelfs geen spelfouten. Of je bent de allerslimste smeris in dit gebouw, of de allerdomste. Kies maar.'

Lena legde de kopieën weer op zijn bureau. Ze schuifelde onrustig heen en weer.

'Welke aantekeningen zal ik bewaren, Lena? Welke mogen in de rechtbank worden gebruikt door de advocaten van Gerald Caterino? Of door die van Bonita Truong? Want haar dochter werd vermoord nadat jij had gezegd dat ze in haar eentje naar de campus terug mocht lopen.'

Lena hield haar blik neergeslagen.

'Je zult een verklaring onder ede moeten afleggen. Welke verzameling aantekeningen vertelt de waarheid?'

Lena keek nog steeds niet op, maar ze legde haar hand op de kopieën. 'Deze.'

Hij leunde achterover. De zak diepvriespatat veroorzaakte een natte plek op zijn bureau. 'Waar is je oorspronkelijke notitieboekje?'

'Thuis.'

'Weggooien,' zei hij. 'Als je hiervoor kiest, dan moet je er ook achter staan.'

'Yes, sir.'

'Vertel eens over je gesprek met Leslie Truong.'

Weer schuifelde Lena zenuwachtig heen en weer. 'Ik vroeg of ze daar in de buurt anderen had gezien. Ze zei dat ze tijdens haar boswandeling drie vrouwen was tegengekomen. Ze waren op weg naar de campus. Twee droegen kleren in de kleuren van Grant Tech. De derde niet, maar ze leek een studente. Leslie kende ze geen van allen. Ik heb echt aangedrongen en –'

'En de man?'

'Dat zou ook een student kunnen zijn, dacht ze?' Lena keek hem even aan, maar sloeg haar blik meteen weer neer. 'Ze herinnerde zich alleen die wollen muts. Van zwarte wol, zo'n beanie. Ze kon zich zijn gezicht niet herinneren, evenmin als zijn haarkleur, zijn ogen, hoe groot hij was, en of hij fors was. Ze zei dat hij er heel gewoon uitzag, waarschijnlijk een student. Hij liep op een drafje over het pad.'

'Op een drafje? Dus hij rende niet heel hard?'

'Dat heb ik gevraagd, en ze zei duidelijk op een drafje. Hij gedroeg zich niet verdacht of zo. Ze ging ervan uit dat hij een student was die was gaan hardlopen.'

'Toen ze student zei, doelde ze toen op zijn leeftijd?'

'Dat vroeg ik, maar ze zei dat ze dat niet wist, alleen dat hij een jeugdig loopje had. Oudere mensen hebben misschien last van hun knieën bij het rennen of ze zijn minder snel?' Schouderophalend zei ze: 'Sorry, chef. Is ze... Is ze dood omdat ik...' Ze keek hem weer aan, en deze keer sloeg ze haar blik niet neer.

Jeffrey dacht aan wat Frank had gezegd. Hij kon haar nu vermorzelen. Hij kon iets zeggen waardoor ze tot stof werd vermalen en haar werk nooit meer zou kunnen doen. 'Ze is dood omdat iemand haar heeft vermoord,' zei hij.

Haar ogen blonken in het licht van de plafondlamp.

'Politiewerk is voor het overgrote deel maatschappelijk werk.' Dat had hij vaker tegen haar gezegd, maar hij hoopte vurig dat de les deze keer doorkwam. 'Ik weet hoe het is op surveillance. Je schrijft de hele dag bekeuringen uit, kijkt of er mensen door rood lopen, en je verveelt je dood, en als er dan een lijk opduikt, is dat spannend.'

Hij zag aan Lena's schuldige blik dat zijn woorden doel hadden getroffen.

'Spanning is goed, maar je krijgt er tunnelvisie van. Je ziet dingen over het hoofd. Je maakt stomme fouten. De politie heeft niet veel speelruimte. We moeten alles zien. Zelfs het kleinste detail kan het verschil maken tussen leven en dood.'

'Het spijt me, chef. Het zal niet weer gebeuren.'

Jeffrey was nog niet klaar. 'Ik ben vanuit Birmingham naar hier verkast omdat ik het zat was de ene drugsdealer op te sluiten omdat hij de andere had neergeknald. Ik wilde me verbonden voelen met de mensen die ik beschermde. Je kunt een goeie agent worden, Lena. Een verdomd goeie. Maar dan moet je aan die verbondenheid werken.'

'Ja, chef. Zal ik doen.'

Jeffrey betwijfelde of ze wat dan ook ging doen, maar nog eens tien minuten of tien uur tegen haar preken veranderde daar niets aan. 'Ga zitten.'

Lena nam op het randje van de stoel plaats.

Jeffreys neus was gaan jeuken, alsof hij moest niezen. Hij drukte de diepvrieszak weer tegen zijn gezicht. 'Vertel eens over die bouwplaats.'

Lena ademde snel in en nam het boekje uit haar achterzak. 'Ik heb met iedereen daar gesproken. Ze bouwen een klimaatgecontroleerde opslagloods.'

Jeffrey spoorde haar aan met een knikje.

'Zoals te verwachten lopen daar allerlei extra werklieden rond. Installateurs van garagedeuren, lassers, beveiligers, en dan de gebruikelijke aannemers en zo. Ik wilde dat allemaal uittikken, maar...' Ze gaf hem het boekje.

Jeffrey nam het niet aan. 'Jij bent er geweest. Sprongen er namen uit?'

'Nee, niet echt.' Ze keek op en sloeg haar blik weer neer. Het schuldgevoel was terug. 'Ik wilde alle namen door de databank halen om te kijken of iemand een strafblad had of een aanhoudingsbevel had uitstaan, maar...'

Hoewel hij wist dat wat hij ging horen hem niet zou aanstaan, zei hij: 'Voor de draad ermee.'

'Ik weet dat ik van jou naar die bouwplaats moest en zo snel mogelijk moest terugkomen, maar...' Lena keek weer op. 'Ik ben naar de Home Depot in Memminger gereden.'

Jeffrey liet de informatie bezinken. Weer had ze zijn orders niet opgevolgd, maar het ontbrak haar niet aan intuïtie. Elke aannemer in de wijde omgeving was afhankelijk van de ongeregistreerde arbeiders die rondhingen bij de Home Depot. Doorgaans werden ze 's morgens vroeg opgepikt door de aannemers, die ze voor een hongerloontje afbeulden, ze 's avonds weer afzetten bij de Home Depot en 's zondags naar de kerk gingen waar ze klaagden over al die immigranten die het land naar de kloten hielpen.

'En?' zei hij.

'Ik spreek geen Spaans, maar ik dacht dat ze wel wilden praten.' Lena wachtte op een teken dat ze door mocht gaan. 'Eerst schrokken ze van mijn uniform, maar toen maakte ik ze duidelijk dat ik ze niet lastig wilde vallen, dat ik op zoek was naar informatie?'

Bij dat laatste woord was haar stem omhooggeschoten. Ze was bang dat ze weer in de problemen zat.

'Wilden ze met je praten?' vroeg Jeffrey.

'Sommigen.' Het klonk weer aarzelend.

'Kijk me eens aan. Lena. Ik ga niet tegen je tekeer.'

'Eh... ongeveer de helft zei dat ze op die bouwplaats werkten. Ze worden telkens aangenomen op basis van wat er nodig is, maar ze zeiden dat er vreemd genoeg ook een gringo was die zwartwerk deed.' Ze zweeg, in afwachting van zijn knikje. 'Ze wisten niet hoe hij heette, maar hij werd door iedereen B.B. genoemd. Toen ik aandrong, zei een van die gasten dat het volgens hem de afkorting van Big Bit was.'

'Big Bit,' herhaalde Jeffrey. De naam deed een belletje rinkelen. 'Bit zoals in boorbitje?'

'Weet ik niet,' zei Lena. 'Maar ik moest denken aan Felix Abbott, want –'

'Fuck.' Jeffrey schoot zo snel overeind dat zijn neus vlam vatte. 'Felix zei dat hij ook wel Little Bit werd genoemd. Dan moet er een Big Bit zijn. En misschien is Big Bit Daryl, en misschien heeft Daryl de beschikking over een busje. Waar is Felix nu? Zit hij nog in de cel?'

Lena ging staan omdat hij was gaan staan. 'Ik heb bij aankomst even gekeken. Ze zijn met hem bezig, want hij wordt straks naar de rechtbank gebracht. Zijn aanklacht wordt vanochtend behandeld.'

'Haal hem op. Desnoods pluk je hem uit de bus. Vraag de bewaker om zijn arrestatierapport en zet hem in een verhoorkamer. Nu.'

Lena gooide de deur zo hard open dat het glas trilde.

'Frank?' Jeffrey zag hem niet in de briefingruimte. Hij rende naar de keuken. 'Frank?'

Frank keek op. Hij stond boven de spoelbak een broodje bacon te eten.

'Felix Abbott,' zei Jeffrey. 'Drieëntwintig. Skateboarder. Wietdealer.'

'Waar komt die naam opeens vandaan?' Kruimels vielen uit Franks mond. 'Heeft hij iets met die aanvallen te maken?'

'Denk je?'

'Die familie is één grote, vette, overvolle schijtdoos, maar nee. De jongere generatie heeft het criminele imperium van de familie naar de kloten geholpen. Typische opvolgingskwestie. Tegen de tijd dat de derde generatie aan bod is, is er van het arbeidsethos weinig meer over.' Hij hoestte nog wat kruimels op. 'Dan zou ik eerder aan zijn vader denken. Of aan een van zijn –'

Jeffrey week terug om niet de volle laag te krijgen toen hij weer hoestte.

'Zijn ooms, wilde ik zeggen.' Frank spuwde in de bak en draaide de kraan open om de rommel weg te spoelen. 'Er zijn vijf of zes families in Memminger waar je even gaat kijken als er iets aan de knikker is. De Abbotts staan aan de top. Maar hou ze maar eens uit elkaar. Die gaan als loopse teven met elkaar tekeer.'

'Vertel eens over de Abbotts.'

'Shit, es kijken wat ik nog weet.' Weer hoestte Frank. 'Als ik het juiste tuig te pakken heb, zit de opa in Statesville voor dubbele moord. Oma probeerde bewijs te verdonkeremanen en kreeg vijf jaar in Wentworth. Ze hadden zes zonen, van die gasten die altijd mot hebben in de kroeg, hun vrouw in elkaar slaan en zoveel kinderen, stiefkinderen en onechte kinderen hebben dat iedereen de tel kwijtraakt.'

'Heet er eentje Daryl?'

'Weet ik het? Typisch een probleem van Memminger. Als ik hun namen hoor, moet ik al lachen.'

'Je weet anders wel veel over die familie.'

'Ik heb elke maand koor met een hulpsheriff uit Memminger. Die vent kan zingen, zeg.'

Wanneer politiemensen het over hun koor hadden, bedoelden ze het soort koor dat in een bar bijeenkwam in plaats van in de kerk. 'Werkt er soms een Abbott op de universiteit?'

'Die komen echt niet door het achtergrondonderzoek.'

'En de bijnaam Big Bit? Zegt die je iets?'

'Nee, maar er wordt behoorlijk ingenomen tijdens koor,' bekende Frank. 'Ik wil Memminger weleens bellen en wat rondvragen.'

'Doe dat. Als ik kan bewijzen dat Daryl de gringo genaamd Big Bit is die op de bouwplaats aan Mercer werkt, is hij vlak bij de brandweg geweest die naar de plaats delict van Truong voert.'

'Shit.'

'Shit, wat je zegt. Ga bellen.' Met een pas die het midden hield tussen snelwandelen en hardlopen haastte Jeffrey zich naar de verhoorkamer.

Lena voerde Felix Abbott mee door de gang. Zijn handen zaten geboeid op zijn rug. Hij schuifelde, hoewel hij geen enkelboeien om had. Alles aan hem rook naar bandiet. Dit was niet Felix' eerste arrestatie. Hij had zijn borst vooruitgestoken, als een stuk tuig dat vraagt om een klap.

Jeffrey gaf niet aan de verleiding toe, maar deed de deur naar de verhoorkamer open en liet de jongen binnen. Met opgetrokken lip liep Felix langs hem. Schouders naar achteren. Borst naar voren.

Ondanks zijn dreigende houding zag hij eruit als een doodgewone twintiger. Niet te lang, niet te mager. Slap bruin haar, precies zoals Chuck hem had beschreven. Felix was gekleed als een skateboarder, in boardshorts, een hoody met rits en een verschoten T-shirt met opdruk van de Ramones. Aan de blauwe plek aan de zijkant van zijn hoofd te zien was Lena niet zachtzinnig met hem omgesprongen toen ze hem van zijn skateboard had getackeld.

Met een blik op Jeffreys gehavende neus vroeg Felix: 'Heeft die bitch jou ook te pakken gehad?'

Jeffrey groef de proppen toiletpapier uit zijn neusgaten en gooide ze in de prullenmand. Het was een kleine kamer, zoals je die in de meeste politiebureaus aantrof. Een tafel die met bouten aan de vloer was bevestigd. Aan weerszijden een stoel. Een doorkijkspiegel met daarachter een piepklein observatiekamertje dat ook dienstdeed als opslagkast.

Lena smeet Felix' arrestatierapport op tafel.

Jeffrey ging niet zitten. Hij boog zich over het document en bestudeerde de bijzonderheden. Felix was twee keer eerder gearresteerd, beide keren wegens drugsbezit, en beide keren was hij er met een tik op de vingers afgekomen. Hij zat onder de tattoos. Zijn bijnaam was Little Bit. Volgens zijn rijbewijs woonde Felix in Memminger. Jeffrey herkende het adres aan Dew-Lolly, een luizig motel dat kamers per week verhuurde. Het enige wat hij van de jongen wilde weten was een naam. Niet eens een voornaam. Jeffrey voelde dat als hij Daryl eenmaal te pakken had, hij naar een belangrijke aanwijzing geleid zou worden, misschien zelfs wel naar dé aanwijzing die de zaak openbrak.

Jeffrey keek op. Felix stond aan de andere kant van de tafel. Hij had zijn kaak weer naar voren geschoven, vragend om een klap. Op zijn kin zat een puist. De witte, met pus gevulde kop staarde Jeffrey als een waterig oog aan.

'Zitten,' zei Jeffrey.

Felix schuifelde op zijn dooie gemak om de tafel heen. Lena hield zijn schouders in een klem en duwde hem op de plastic stoel.

'Fuck!' protesteerde Felix.

Jeffrey wees haar de stoel tegenover Felix. Hij sloeg zijn armen over elkaar en keek dreigend op de jongen neer.

Felix keek op, eerst naar Jeffrey, toen naar Lena. Ook zij had haar armen over elkaar geslagen.

Jeffrey begon voorzichtig. 'Je bent gearresteerd met wat wiet op zak.'

'Dus?' zei Felix.

'Dit is je derde arrestatie wegens drugsbezit. Ik heb de officier van justitie al gebeld. We zijn in de stad met een nieuwe actie begonnen: recidive aanpakken.'

Felix gaf een ruk aan zijn schouder. 'Dus?'

'Dus word je bij de zware jongens opgesloten in plaats van opnieuw in de politiecel.'

Weer die ruk aan zijn schouder. Waarschijnlijk had hij ooms in de gevangenis. Hij kon op een gespreid bedje rekenen.

Jeffrey wachtte nog steeds op een reactie.

De jongen wierp een derde 'Dus?' in de strijd.

Lena's hand vloog naar voren. Ze mepte Felix vol in zijn gezicht.

'Jezus, fuck, mens!' Felix bracht zijn handen naar zijn gezicht. Hij keek Jeffrey aan. 'What the fuck, man?'

Jeffrey knikte.

Lena gaf hem weer een klap.

'Wat?' riep Felix. 'Wat willen jullie?'

'Je wordt ook wel Little Bit genoemd,' zei Jeffrey.

'D...' Hij dacht even na. 'Is dat soms een misdaad?'

'Hoe kom je aan die bijnaam?' wilde Jeffrey weten.

'Van mijn... weet ik niet. Van een van mijn ooms? Ik was vroeger klein. Zij waren allemaal groot.'

Groot. *Big.*

'Jezus.' Felix wreef over zijn wang. 'Wat mankeert je, bitch?'

Jeffrey knipte in zijn vingers om Felix bij de les te houden. 'Maak je om haar maar niet druk. Kijk mij aan.'

'Waar moet ik me anders druk om maken, gast?' Met zijn hand tegen zijn gezicht zei hij tegen Lena: 'Ophouden, ja? Het doet zeer.'

Jeffrey hield zijn adem even in. Het liefst had hij het huftertje door elkaar geschud tot zijn tanden uitvielen, maar de slechtste manier om informatie los te krijgen was door de verdachte te laten merken dat je erom zat te springen. Met zijn knokkels op het tafelblad leunde hij naar voren. 'Zal ík je dan maar slaan?'

Felix schudde zo hard zijn hoofd dat zijn haar naar de andere kant zwiepte.

Jeffrey keek woedend op hem neer. Was het een vergissing om Daryl als hun belangrijkste verdachte te beschouwen? Was Felix degene die Beckey Caterino had aangevallen? Die zo hard een hamer tussen de benen van Leslie Truong had geschopt dat de kop was afgebroken?

'Ik wil een dokter.' Felix bleef over zijn wang wrijven. Zijn onderlip stak pruilend naar voren.

Als hij een psychopaat was, was hij een verdomd goeie.

'Waar was je twee dagen geleden tussen vijf en zeven uur 's ochtends?' vroeg Jeffrey.

'Twee dagen geleden?' Felix streek zijn haar weer goed. 'Shit, man, weet ik het? Misschien lag ik te slapen, in bed?'

Lena pakte haar pen en haar boekje.

Felix keek nerveus bij het vooruitzicht dat zijn woorden genoteerd werden.

'Dus twee dagen geleden sliep je tussen vijf en zeven uur 's ochtends?' drong Jeffrey aan.

'Eh... misschien?' Zijn blik ging van Lena naar Jeffrey. 'Ik weet het echt niet, man. Ik ben één keer wakker geworden in de dronkenmanscel in Memminger. Zou dat toen zijn geweest?'

Jeffrey zag dat Lena een streepje naast de aantekening zette om het mogelijke alibi na te trekken. 'Volgens de baas van de campusbeveiliging sta je bekend als wietdealer,' zei hij.

Dat weersprak Felix niet.

'Was je gisteren op de campus?' vroeg Jeffrey.

'Ja.' Hij streek zijn haar weer naar achteren. 'Ik was met mijn skateboard *benihana's* aan het uitproberen bij de bibliotheek. Als je die bewakers een briefje van vijf geeft, kijken ze de andere kant op.'

Het verbaasde Jeffrey niet dat Chucks mannen zich lieten omkopen. Hij keek naar Lena's boekje en zag dat ze weer een streepje had gezet, namelijk om de camerabeelden bij de bibliotheek te bekijken.

'Ga je weleens het bos in?' vroeg hij.

'Wat?' zei Felix vol afkeer. 'Nee, man. Je kunt niet skaten in het bos. Al dat zand en al die rommel.'

'Zijn er bij jou in de familie meer mensen met een bijnaam?'

'Ja, dus?' Op het laatste moment schoot hij naar achteren om een klap te ontwijken. 'Wat is er mis met jullie? Ik dacht dat jullie een deal met me wilden.'

'Wat voor deal?'

'Eh... weet ik het. Wie mijn leverancier is?'

'Geen deals,' antwoordde Jeffrey. 'Vertel eens over die bijnamen.'

Verward als hij was, gaf Felix nog antwoord ook. 'Mijn opa wordt Bumpy genoemd, omdat hij een paar gasten gebumpt heeft, koud heeft gemaakt. Dan heb ik een oom die Rip wordt genoemd, van *rip a fart*, want hij kan keiharde scheten laten. Verder is er Bubba, van Bubba Sausage...'

Jeffrey liet hem de hele lijst afgaan. Het verbaasde hem niet dat die zo lang was. Mannen gaven elkaar nu eenmaal bijnamen. Vroeger op school werd hij Slick genoemd. Zijn beste vriend had Possum geheten.

Felix zei: 'Mijn oom Axle zit vast in Wheeler, wat eigenlijk wel grappig is. Axle-*wheels*. As en wielen, snap je?'

Jeffrey had van Frank begrepen dat de Abbotts niet aan geboortebeperking deden. Het was mogelijk dat Felix een oom had van ongeveer zijn eigen leeftijd.

'Hoelang zit Axle al vast?' vroeg hij.

'Maand of drie? Ik weet het niet. Dat kunnen jullie opzoeken.'

Jeffrey zag Lena weer een streepje zetten.

'Werkt Axle soms met auto's?' vroeg hij.

'Ja. Daarom wordt hij ook zo genoemd. Hij had een leven voor hij naar Wheeler ging.'

Jeffrey dacht aan de Dead Blow-kit en aan de penhamer. 'Doet hij ook carrosseriewerk, uitdeuken en krassen verwijderen?'

'Hij doet alles, man. Die gast is geniaal met auto's. Hij kan zelfs skateboards repareren.'

In gedachten deed Jeffrey een stapje terug. Hij had maar één kans bij deze jongen. 'Als hij jouw skateboards doet, zijn jullie vast heel hecht.'

'Nee, man, Axle heeft nog nooit een reet voor me gedaan. Hij kan me niet uitstaan.'

Het zweet brak Jeffrey uit. Hij voelde dat hij er bijna was. 'Wie z'n skateboards repareert Axle dan?'

'Die van zijn zoon, alleen is dat niet echt zijn zoon, hij heeft hem nooit geadopteerd, zelfs niet toen zijn moeder doodging.' Felix zwiepte het haar uit zijn ogen. Dat soort vragen lag hem beter, precies zoals Jeffrey had voorzien. 'M'n neef, die heeft me aan het skaten gezet. Sindsdien volg ik hem als een schaduw. Hij was erbij toen ik mijn eerste *alley-oop* deed.'

M'n neef.

Lena had opgekeken van haar notities.

Felix' bik schoot haar kant op.

Jeffrey woog zijn opties. Ze zouden een zoekopdracht naar de ooms van Felix kunnen laten uitgaan en dan met name naar de oom met de bijnaam Axle die in Wheeler State Prison zat. Vervolgens zouden ze daarnaartoe kunnen rijden om de informatie uit de gevangene los te krijgen.

Of Jeffrey ging samen met Frank aan de telefoon zitten om rond te bellen tot hij iemand had gevonden die iets afwist van de jongen die door Axle was grootgebracht, maar die officieel zijn zoon niet was. Of hij probeerde het antwoord ter plekke uit deze waardeloze sukkel los te krijgen.

Weer maakte hij een omtrekkende beweging. 'Wat is een alley-oop?' vroeg hij.

'Man, dat is geweldig. Je spint naar de ene kant en dan ga je airen naar de andere kant, als een vis die uit het water springt.'

'Klinkt moeilijk.'

'Ja, is het ook. Je kunt snoeihard op je heup smakken.'

'Hoe heet die neef van je?'

Het was alsof er een schakelaar was omgezet; Felix' hele houding veranderde. Hij was niet langer in relaxte skatermodus. Opeens was hij een jongen uit een criminele familie in het verkeerde deel van de stad, die wist dat je je eigen bloedverwanten niet verlinkte. 'Hoezo?'

Jeffrey knielde neer, zodat hij op ooghoogte met Felix zat. 'Hij wordt Big Bit genoemd, hè? En jij bent Little Bit omdat je hem als een schaduw volgt?'

Felix' blik schoot weer van Lena naar Jeffrey en terug naar Lena. Hij probeerde na te gaan of hij te veel had gezegd.

Jeffrey kon alleen maar raden naar de verbanden die hij probeerde te leggen. Hij moest het uit Felix' mond horen. Met een knik van zijn kin stuurde hij Lena de kamer uit.

Ze klapte haar boekje dicht, klikte haar pen in en liep de deur uit.

Jeffrey stond heel rustig op en liep met bedaarde pas naar Lena's stoel zodat ze tijd had om haar plek achter de doorkijkspiegel in te nemen. Hij ging zitten en sloeg zijn handen ineen op het tafelblad.

In een poging al zijn opties open te houden zei hij: 'Daryl zit niet in de problemen.'

'Shit.' Felix begon met zijn voet op de vloer te tikken. 'Shit-shit-shit-shit.'

Jeffrey las er een bevestiging in dat hij op het juiste spoor zat. Hij probeerde zich in Felix te verplaatsen. Die ging zijn neef niet verraden. In elk geval niet opzettelijk. 'Felix, ik zal open kaart met je spelen. Dit gaat over de bouwplaats aan Mercer.'

Het getik stopte. 'De opslagloods?'

'De FBI gaat zich ermee bemoeien vanwege schending van OSHA-regels.' Jeffrey voelde hoe de leugen zich als een drug door zijn brein verspreidde. 'Weet je wat een OSHA-onderzoek inhoudt?'

'Dat gebeurt zeg maar wanneer mensen gewond raken tijdens hun werk omdat de bazen zich niet aan de regels houden.'

'Dat klopt,' zei Jeffrey. 'OSHA is op zoek naar mensen die willen getuigen tegen de bazen. Ze weten dat Big Bit op die bouw heeft gewerkt. Ze willen een vertrouwelijk gesprek met hem.'

Vanwege de boeien bracht hij beide handen omhoog om aan de puist op zijn kin te peuteren. 'Hoe erg waren die mensen gewond?'

'Heel erg.' Jeffrey vroeg zich af welke kant hij het op moest laten gaan. Zou het aanbieden van een nepbeloning te doorzichtig zijn? Moest hij weer over skateboarden beginnen?

Uiteindelijk koos hij voor stilte, ook al was het voor hem even moeilijk om die stilte te bewaren als voor Felix om haar te ondergaan.

De jongen gaf het als eerste op. 'Ik wil echt mijn neef niet verlinken.'

Jeffrey leunde naar voren. 'Maak je je zorgen om zijn strafblad?'

Felix' gezicht sprak boekdelen. Zijn neef had een arrestatierapport, en mogelijk stond er ook een aanhoudingsbevel of twee voor hem uit. Daarom had Big Bit zich cash laten uitbetalen op de bouw, net als de andere ongeregistreerde werklui. Hij kon het risico niet nemen dat zijn socialeverzekeringsnummer in het systeem opdook.

'Kan me niet schelen of hij eerder in de problemen heeft gezeten,' zei Jeffrey. 'Daar gaat dit niet over.'

'Je snapt het niet, gast. Ik zei toch dat ik hem vanaf dat ik een groentje was als een hondje heb gevolgd.'

Jeffrey liet de leugen schieten. Hij koos voor een betrouwbaardere prikkel, namelijk eigenbelang. 'Goed, Felix. Hoe graag wil je een deal? Je bent nog niet in staat van beschuldiging gesteld. Ik zou de aanklacht wegens die wietzakjes kunnen laten verdwijnen. Ik zou zomaar de papieren kunnen kwijtraken. Geef me zijn naam nou maar, dan ben jij een vrij man.'

Felix begon de puist weer te bewerken.

Jeffrey ademde door zijn gebroken neus. Hij hoorde een zacht fluitje. Dit schoot niet op. Hij zou een besluit moeten nemen.

Hij gaf de jongen nog één kans. 'Nou?'

'Nou wat?' Felix was kwaad. 'Hij is niet eens mijn echte neef, oké? Mijn oom Ax trok bij zijn moeder in zo ongeveer een minuut voor ze die overdosis nam, en toen zat hij met hem opgescheept. We zijn close, dat wel, maar officieel zijn we geen familie. We hebben niet eens dezelfde achternaam.'

Afwachtend klemde Jeffrey zijn kiezen op elkaar.

'Oké, ja,' zei Felix ten slotte. 'Hij zit in Axles huis, nou goed? Ik zit in Dew-Lolly met die methfreaks opgescheept, terwijl hij het ervan neemt in Avondale, zonder een cent huur te betalen.'

'Ik wil zijn naam, Felix.'

'Nesbitt,' zei Felix. 'Daryl Nesbitt.'

Voor het eerst in twee dagen voelde Jeffrey zijn longen opengaan. Hij kon bijna een volle seconde van zijn opluchting genieten voor de deur met een klap openvloog.

'Chef?' zei Frank. 'Je moet komen.'

Jeffrey stond op. Even voelde hij zich uit balans.

Daryl Nesbitt.

Hij was nog niet klaar met Felix; hij moest zien uit te vinden waarom Caterino en Truong Daryls nummer in hun telefoon hadden staan. Zat Daryl in de wietbusiness? Had hij aan dat telefoonnummer genoeg om Daryl op te pakken?

Nesbitt had op de bouwplaats bij de brandweg gewerkt. Zijn vader repareerde beschadigde auto's. Axle Abbott had waarschijnlijk een hamer van Dead Blow in zijn gereedschapskist, een gereedschapskist die zijn stiefzoon in bewaring had zolang zijn pa in de bak zat.

Had Daryl de beschikking over een donker busje? Was hij de afgelopen twee dagen in de buurt van de campus geweest? Jeffrey moest mobieletelefoonrapporten hebben. Creditcardverslagen. Een arrestatierapport. Sociale media.

'Deze kant op.' Frank trok hem mee de gang door. Er was iets mis.

Jeffrey probeerde de lijst in zijn hoofd het zwijgen op te leggen en zei: 'Ik heb Daryls –'

'De rector heeft zonet gebeld,' zei Frank. 'Er wordt weer een studente vermist.'

ATLANTA

22

'Ah.' Faith keek op van haar telefoon, want als ze bleef lezen, werd ze wagenziek.

Will reed terwijl zij politierapporten, krantenartikelen en sociale media doorspitte om een profiel samen te stellen van Callie Zanger. Ze was aan de taak begonnen vanuit de veronderstelling dat ze zou kunnen bewijzen dat Miranda Newberry fout zat met haar spreadsheet vol kleurencodes en tachtig tabbladen, maar tot nu toe wees alles op een slachtoffer dat had weten te ontsnappen.

'En?' vroeg Will.

'Ten eerste is Callie Zanger bloedmooi.'

Will wierp een blik opzij naar de foto op Faiths telefoon. Hij zei niets, maar dat was ook niet nodig. Zanger was adembenemend. Lang, dik haar, een volmaakt dopneusje en een kin om diamanten mee te slijpen. Waarschijnlijk stond ze elke ochtend om vier uur op om pilates te doen en haar *vision board* bij te werken.

Faiths vision board was een gescheurde foto waarop ze lag te slapen.

Ze vatte het voor Will samen. 'Zanger is partner bij een prestigieus advocatenbureau genaamd Guthrie, Hodges and Zanger. Gescheiden. Geen kinderen. Ze is gespecialiseerd in belastingprocesrecht. Eenenveertig jaar. Woont in een penthouse van zes miljoen in One Museum Place, tegenover het High Museum of Art. Werd twee jaar geleden als vermist opgegeven, op 28 maart.'

''s Ochtends vroeg?'

'Waarschijnlijk. Ze verscheen niet op een verplichte woensdagochtendbespreking. Ze vertoont alle kenmerken van een type A-persoonlijkheid, mist nooit een vergadering, dus iedereen was in alle staten. Ze belden de ziekenhuizen, de politie, keken bij haar thuis, gingen langs haar sportschool. Haar BMW stond in de garage. Zangers moeder, Veronica Houston-Bailey, was tegen twaalf uur op het politiebureau in het centrum van Atlanta, samen met de familieadvocaat, wat de reden zal zijn dat het APD niet tegen haar zei dat ze over vierentwintig uur maar terug moest komen.'

'Houston-Bailey van Houston-Bailey Realtors?'

'Die bedoel ik.' De firma was verreweg het grootste makelaarskantoor in onroerend goed in Atlanta. 'Persoonlijk snap ik wel dat het APD zo snel in actie kwam. Een dynamische vrouwelijke advocaat met politieke connecties verdwijnt niet zomaar. En al helemaal niet als ze in een heel akelige echtscheidingsprocedure is verwikkeld waar kapitalen mee zijn gemoeid en die je dagelijks in de krant en op het nieuws kunt volgen.'

'Heeft de politie de echtgenoot benaderd?'

'Rod Zanger, ja, ze hebben zich als een kudde velociraptors op hem gestort. Rod beweerde geen idee te hebben waar ze was, waarom ze vermist werd, blablabla. Maar hij kon niet bewijzen waar hij was geweest op de woensdagochtend van haar verdwijning. Geen bonnetjes, geen telefoonverslagen, geen alibigetuigen. Hij zei dat hij verkouden was geweest en thuis was gebleven in hun villa in Buckhead. Op de vrije dag van de hulp. En van de tuinman. Het APD had hem scherp in de peiling.'

'Stond haar auto in de garage bij haar werk?'

'Op haar vaste plek in One Museum, heel toevallig in een dode hoek die niet door de bewakingscamera's werd bestreken. Bij mooi weer liep ze soms naar haar werk. Maar haar tas en telefoon werden in de afgesloten kofferbak teruggevonden.'

'Dat klinkt bekend.'

'Bijna als een patroon. Kun je je die scheiding nog herinneren?' vroeg Faith. 'Een hele toestand, een soort Assepoester-sprookje, maar dan met de rollen omgedraaid. Ze hadden elkaar ontmoet op Duke Law School. Rod was de arme cowboy uit Wyoming en Callie de schatrijke zuidelijke debutante die hem het hoofd op hol bracht. Volgens de kranten onderhield ze hem.'

Will schudde zijn hoofd, want hij las alleen autobladen en bladen over auto's.

Faith had een bericht. Ze hield haar telefoon voor haar gezicht. Jeremy smeekte haar nog steeds om hulp.

Ze swipete zijn verzoek weg en zei: 'Nu wordt het interessant. Zesendertig uur nadat Zanger als vermist was opgegeven, werd ze midden in de nacht rondzwervend op Cascade Road aangetroffen. Versuft en verward. Bloed stroomde uit een hoofdwond. Haar kleren waren gescheurd. Ze zat onder de modder. Ze had geen schoenen aan. In het ziekenhuis werd ze behandeld voor een zware hersenschudding en onderkoeling.'

'Wat voor hoofdwond?' vroeg Will. 'Hamervormig?'

'Het politierapport vermeldt geen bijzonderheden en de kranten zijn irritant vaag. Maar Zanger werd naar het Grady gebracht en daar werkte Sara vroeger, dus –'

'Wil je dat ze haar geheimhoudingsplicht schendt?'

Faith zag haar ideetje in rook opgaan. 'De volgende morgen ontsloeg Zanger zichzelf uit het ziekenhuis. Volgens de kranten ontbreekt elke registratie van opname in een ander ziekenhuis in de stad. Volgens het APD weigerde ze een officiële verklaring af te leggen en wilde ze zelfs geen informeel gesprek. Ze wilde met niemand praten. Ook de echtgenoot weigerde te praten. De moeder hield al helemaal haar mond. Het onderzoek werd afgesloten, de scheidingsovereenkomst werd achter gesloten deuren afgehandeld, de kranten hadden niets meer om over te schrijven, en inmiddels zijn we twee jaar verder.'

'Hoe is Zanger van Cascade Road in het ziekenhuis terechtgekomen?' vroeg Will.

'Een ouder echtpaar was met hun kleindochtertje aan het rondrijden om haar in slaap te krijgen. Dat werkt trouwens alleen bij kleinkinderen, niet bij je eigen kinderen.'

'De omgeving van Cascade is behoorlijk bosrijk.'

'Ik wil een heel grote satellietkaart van de staat zodat ik kruisjes kan zetten op de plekken waar de vrouwen woonden, waar ze werden gevonden, en op de plek waar ze voor het laatst levend werden gezien.'

'Miranda heeft vast wel zo'n kaart.'

Faith trok een nijdig gezicht, en daar was het hem waarschijnlijk om te doen. 'Een raadseltje, Batman: als "Dirk Masterson" er zo zeker van was dat ze "jacht maakte op een seriemoordenaar", waarom ging ze dan niet naar de politie?'

'Omdat ze wist dat toch wel ging gebeuren wat er ging gebeuren?'

Faith keek op haar telefoon en reageerde met overdreven veel aandacht op Jeremy's bericht. Will had gepleit voor een wettelijk bindende terugbetalingsregeling inclusief rente die Miranda en Gerald Caterino samen moesten uitwerken, maar Will zou Bonnie Parker nog vrijuit hebben laten gaan zolang ze pinkiezwoer dat ze nooit meer met Clyde Barrow een bank zou beroven.

'Niet dat Miranda zo'n brave burger is,' zei Will, 'maar zonder haar zouden we niets van dit alles weten. Zij heeft Gerald van alle informatie voorzien. Gerald heeft die naar Nesbitt gestuurd. Dankzij Nesbitt zijn we op dit punt beland.'

'Bedankt dat je de afgelopen twee dagen even hebt samengevat,' zei Faith. 'Miranda Newberry liegt zelfs over waar ze gaat lunchen. Ze heeft een nepbedrijf opgericht met een nepnaam en een nepwebsite, maar met een echte bankrekening zodat ze cheques kan incasseren. Denk je heus dat Gerald Caterino haar enige slachtoffer is?'

Deze keer had Will geen antwoord paraat.

'Oplichters lichten op,' benadrukte Faith. 'Maar even serieus, het is toch zonneklaar? Als iemand mij een belastingvrij meevallertje van dertigduizend dollar had gegeven, zou ik nog niet dood gevonden willen worden bij Wendy's en al helemaal niet in een poepkleurige jurk.'

Wills telefoon ging. Hij tikte op de knop.

'Met ons,' zei Faith. 'Je staat op de speaker.'

'Hoe ver zijn jullie van Zangers kantoor verwijderd?' vroeg Amanda.

'Vijf minuten?' schatte Faith.

'Sara is ongeveer even ver van het hoofdkwartier. De Van Dornes zijn hier al. Caroline heeft ze naar de vergaderzaal gebracht. Ik wil jullie hier allebei terug, ASAP.'

Faith vermoedde dat ze hadden besloten de ouders om toestemming te vragen voor het opgraven van hun dochter. Ze begon deze keer maar niet weer tegen Amanda over een seriemoordenaar. 'We zitten straks in de spits. Geen idee hoelang we over de terugrit doen.'

'En Brocks dossiers?' vroeg Will.

'Sara heeft ze al even snel doorgenomen,' zei Amanda. 'Alles is er. Het lijkschouwersrapport. Sara's oorspronkelijke autopsieaantekeningen. De laboratoriumuitslagen, foto's, zelfs een filmpje van de plaats delict. Het bloed- en urineonderzoek was negatief, op cannabinoïden na. Truong was studente, dan weet je het wel. Dit heb ik van Sara: rohypnol en GHB hebben een korte halfwaardetijd en worden snel gemetaboliseerd, dus de toxicologietests alleen sluiten drogering niet uit. Eén of alle van de volgende symptomen zijn mogelijk: geheugenverlies, bewusteloosheid, een euforisch gevoel, paranoia en verlies van spierbeheersing in de vorm van verlamde armen en benen. De gevolgen kunnen acht tot twaalf uur aanhouden.'

'En de blauwe Gatorade?' vroeg Will.

'Het laboratorium bevestigde de aanwezigheid in de maaginhoud van een zoete substantie die overeenkwam met een sportdrank, blauw van kleur. Jullie melden je onmiddellijk hier nadat jullie met Zanger hebben gesproken,' beval Amanda.

'Wacht even.' Faith kon het toch niet laten. 'Ga je nog iets vragen over die seriemoordenaarsspreadsheet?'

'Mijn enige vraag is hoe het kan dat een van mijn hoogopgeleide rechercheurs deze mogelijke verbanden niet eerder heeft gezien dan een burger die zich voordeed als pornodetective en die er toevallig op stuitte.'

De steek onder water was duidelijk voor Faith bedoeld. 'Besef je wel hoeveel zaken ik zou kunnen vinden als ik zestig miljard uur op mijn computer kon rondhangen?'

Will keek haar schuins aan.

'Weet je wat zo mooi is als je niet van je fouten leert, Faith?' zei Amanda. 'Dat je er net zo lang mee doorgaat tot je er wel van leert.'

Faith deed haar mond al open, maar Will verbrak de verbinding voor ze een woord kon zeggen.

Na even te hebben gezwegen zei hij: 'Je weet dat Amanda hier achter de schermen waarschijnlijk al mee bezig is?'

Faith weigerde een discussie aan te gaan over Amanda's gewoonte om verstoppertje te spelen met informatie. Ze vond het heerlijk om de Grote Tovenaar achter het gordijn uit te hangen. Faith had geen zin meer om in het mandje van Dorothy te zitten.

'Amanda voelde dat er iets aan de hand was met Masterson,' zei Will. 'Daarom bleef ze op die server hameren. Ze weet dat het om een seriemoordenaar gaat. Je moet erop vertrouwen dat ze een plan heeft. Ze probeert ons alleen maar te beteugelen.'

'Dat is geloof ik al de tweede dag op rij dat ik een man ervan moet overtuigen dat ik geen paard ben.'

Will keek naar de weg voor hen. 'Zanger is zesendertig uur vermist geweest. Waarom zou ze geen aangifte hebben gedaan?'

'Angst?' opperde Faith, want dat was de voornaamste reden waarom vrouwen een aanranding niet meldden. Ze gaf ook de tweede reden: 'Misschien was ze bang dat niemand haar geloofde?'

'Ze moest naar het ziekenhuis. Er was fysiek bewijs dat ze gewond was.'

'Misschien had ze geen zin in gedoe? Ze was in een akelige rotscheiding verwikkeld. Haar man neukte strippers. De strippers hielden hun mond niet. Toen kwam een ex-vriendje van Callie met het verhaal dat ze tijdens haar studie verslaafd was geweest aan Adderall. Het bleef niet bij plaatselijke roddels. Het haalde het landelijke nieuws. En dan wordt ze ook nog eens verkracht?' Een dergelijk trauma was Faith bespaard gebleven, maar op haar vijftiende was ze zwanger geraakt, in een tijd dat er nog heksen werden verbrand. Ze wist hoe het was als iedereen over je sprak, een oordeel over je had en je analyseerde alsof je een monster onder een microscoop was.

'Echt, we weten niet wat Callie Zanger in dat bos is overkomen,' zei ze. 'Bekijk het eens van de andere kant. Ze heeft een veeleisende, dynamische baan, en ondertussen zit ze midden in een nare scheiding en worden haar intiemste geheimen door onbekenden gedeeld. Misschien trok ze het niet meer. Ze ging het bos in om er een eind aan te maken. Wat ze ook probeerde, het mislukte, waarop ze van gedachten veranderde en het bos weer uit liep, en nu geneert ze zich.'

Will reageerde niet onmiddellijk. 'Denk je echt dat het zo is gegaan?'

Faith bedacht dat zo'n soort vrouw eerder in een spa van Four Seasons zou verdwijnen dan dat ze het bos in liep. 'Nee.'

'Ik ook niet.'

Faith tikte op haar telefoon Google Maps aan om te zien of ze in de goede richting reden. Will had geen navigatie in zijn antieke Porsche 911. De auto had een mooi interieur, door Will met de hand in zijn vroegere eer hersteld, maar helaas dateerden die gloriedagen van vóór bekerhouders en opwarming van de aarde. De airconditioning ging niet lager dan 'warm'.

'Hier.' Ze wees naar rechts. 'Je neemt Crescent Avenue. De parkeergarage is toegankelijk vanaf de achterkant van het gebouw.'

Will zette de richtingaanwijzer aan. 'Bellen we van tevoren of gaan we rechtstreeks naar haar kamer?'

Faith woog de opties af terwijl ze op het groene licht wachtten. 'Zanger weigerde met de politie te praten. Ze stuurde Dirk-slash-Miranda een officiële aanzegging. Ze heeft duidelijk aangegeven geen onderzoek te willen.'

'Ze is belastingrechtadvocaat, geen strafrechtadvocaat. Een telefoontje van het GBI zal haar waarschijnlijk de stuipen op het lijf jagen. Maar als we ons persoonlijk melden –'

'Dan gaan we dus een vrouw die hoogstwaarschijnlijk op brute wijze is aangevallen de stuipen op het lijf jagen,' zei Faith. 'Het was zeg maar de ergste dag van haar leven en ze heeft er de afgelopen twee jaar alles aan gedaan om die te vergeten, en dan komen wij opeens met onze penning en gaan aan de korst peuteren tot de wond weer gaat bloeden?'

'Ik zie drie mogelijkheden.' Will telde ze op zijn vingers af. 'Of ze is getraumatiseerd door wat er gebeurd is en daardoor kan ze er niet over praten. Of ze is bang dat de dader terugkomt en haar weer te grazen neemt, wat ook traumatiserend is. Of ze is bang voor de publiciteit, want daar is ze door getraumatiseerd tijdens die ellendige scheiding. Of het is alles bij elkaar, maar dat doet er niet toe, want hoe je het ook bekijkt, ze is getraumatiseerd en wij proberen haar te dwingen iets te doen wat ze niet wil, namelijk praten over wat er is gebeurd.'

Faith stelde de vraag die ze allebei hadden gemeden. 'Wat als ze net zo is toegetakeld als Tommi Humphrey?'

Het werd stil.

Het kostte Faith weinig moeite om in gedachten terug te keren naar de briefing van die ochtend. Sara had een foto omhooggehouden van het versplinterde uiteinde van de hamersteel.

Vier maanden.

Honderdtwintig dagen.

Zo lang had Tommi Humphrey lijdzaam moeten wachten voor de artsen een begin konden maken met het herstellen van de schade aan haar lichaam. Het herstel van de psychologische schade zou een eeuwigheid duren. Op de dag dat Daryl Nesbitt was veroordeeld voor het bezit van kinderporno, had de jonge vrouw geprobeerd zich te verhangen. Amanda had Sara opgedragen contact met haar te zoeken. Misschien kon dat niet meer. Misschien had Tommi Humphrey zich uiteindelijk van het leven beroofd en vrede gevonden in haar graf.

'Ik kan me niet voorstellen hoe Tommi Humphrey ooit heeft kunnen verwerken wat er met haar is gebeurd,' zei ze.

Will kuchte. 'Waarschijnlijk door er niet over te praten.'

'Ja.'

Weer werd het stil in de auto. Faith voelde zich loodzwaar, alsof haar bloed in zand was veranderd.

'Ik kan wel...' zei Will.

'Ik doe het.' Faith toetste het nummer van Guthrie, Hodges and Zanger in. Er werd opgenomen door een idioot verwaande receptioniste, aan wie ze haar volledige GBI-legitimatie doorgaf, waarna ze vroeg of ze Callie Zanger kon spreken.

Will was net Crescent in gedraaid en zocht naar de ingang van de parkeergarage toen Zanger aan de lijn kwam.

'Waar gaat dit over?' Zangers stem deed in scherpte niet onder voor haar kin.

Faith zei: 'Ik ben special agent –'

'Ik weet wie u bent. Wat wilt u?' Zanger sprak op hese fluistertoon. Ze klonk panisch, wat hartverscheurend was maar ook een opening bood.

Faith besloot met de gemakkelijkste mogelijkheid te beginnen. 'Sorry dat ik u lastigval, Ms Zanger, maar mijn chef, adjunct-directeur van het GBI, werd vanochtend door een verslaggever gebeld. Ze verwees hem door naar onze pr-afdeling, maar we moeten een paar dingen met u kortsluiten.'

'Wat voor dingen?' wilde ze weten. 'In zo'n geval zeg je geen commentaar en hang je op.'

Faith keek even naar Will. Hij had een parkeerplaats op straat gevonden.

'Helaas zijn we een overheidsinstantie,' zei ze. 'Geen commentaar is geen optie voor ons. We zijn verantwoording verschuldigd aan het publiek.'

'Bullshit,' siste ze. 'Ik hoef niet –'

'Ik weet dat u niet verplicht bent me te woord te staan.' Faith gooide het over een andere boeg. 'Toch denk ik dat u dat wel wilt. Volgens mij bent u bang dat wat er met u is gebeurd, opnieuw zal gebeuren.'

'Dan vergist u zich.'

Ze klonk verdomd zeker van zichzelf. 'Dit is een vertrouwelijk gesprek,' zei Faith.

'Er bestaat niet zoiets als een vertrouwelijk gesprek.'

'Hoor eens.' Faith had alle mogelijkheden uitgeput. 'Ik sta bij de parkeergarage van uw gebouw. Aan de overkant is een restaurant. Ik blijf tien minuten aan de bar zitten, daarna kom ik naar uw kantoor om u persoonlijk te spreken.'

'Krijg wat!'

De telefoon werd twee keer neergesmeten voor Zanger hem in de houder wist te plaatsen.

Faith walgde van zichzelf. Het laatste wat ze had gehoord voor de verbinding werd verbroken, was de gekwelde kreet van Callie Zanger.

Ze nam haar hoofd in haar handen. 'Ik haat dit werk.'

'Ze verwacht dat je alleen bent,' zei Will.

'Ja.'

Faith stapte uit. Het zand in haar aderen bleef haar naar beneden drukken toen ze op het trendy restaurant afstapte. Buiten op de patio klonk luide muziek. Ze ving haar spiegelbeeld op toen ze de glazen deur opendeed. Will liep zo'n zes meter achter haar en hield afstand, want hij wilde Callie Zanger niet laten schrikken als ze inderdaad verscheen.

Faith hoopte vurig dat ze zich bij haar aan de bar zou vervoegen. Waarschijnlijk had het telefoontje op het kantoor een kleine explosie veroorzaakt. Als Will en zij daar samen verschenen, zwaaiend met hun ID's, zou er een kernbom ontploffen.

Ze keek op haar horloge en nam aan de lege bar plaats. Nog negen minuten. Ze bestelde een icetea bij een barkeeper met een stom plat hoedje. Nog zeven minuten. Ze liet haar blik door het restaurant gaan. Het was het einde van de middag. Ze was de enige aan de bar. Will was een van drie mannen, die ieder aan een aparte tafel zaten.

Als Faith in Callie Zangers schoenen had gestaan, zou ze woedend zijn geweest vanwege de inbreuk op haar leven. Maar ze moest ook aan de schoenen van Pia Danske denken, aan die van Joan Feeney, Shay Van Dorne, Alexandra McAllister, Rebecca Caterino en Leslie Truong. Er waren zoveel slachtoffers dat ze zich niet alle namen kon herinneren. Ze nam haar telefoon uit haar tas en opende Miranda's spreadsheet. Acht jaar. Negentien vrouwen. Twintig als je Tommi Humphrey meetelde.

'Rechercheur Mitchell?'

Ze vergiste zich in de functie, maar Faith corrigeerde haar niet. Ze herkende Callie Zanger van haar foto's. De belastingrechtadvocaat had minder make-up op en haar haar werd met een band uit haar gezicht gehouden, maar ze was nog steeds een beeldschone vrouw, ook toen ze neerplofte op de kruk naast Faith.

‘Dubbele Kettle One met lemon twist,’ zei Callie tegen de barkeeper.

Faith pikte de geoefende stembuiging op. Van een dure belastingrechtadvocaat zou je verwachten dat ze wijn dronk of misschien whisky. Wodka zo uit de fles was voor de echte drinker.

‘Hoor je bij die andere rechercheur? Masterson?’ vroeg Callie.

‘Nee, en dat is geen rechercheur.’

Vol afkeur schudde Callie haar hoofd. ‘Laat eens raden, hij is journalist?’

Faith keek eens goed naar de vrouw. Ze zag er verslagen uit. Leek haar herstel op dat van Tommi Humphrey? In gedachten verweet ze zichzelf dat ze haar gevoelens de overhand had gegeven. Met enige moeite riep ze haar professionele terughoudendheid weer op.

‘Ma’am?’ Met een tik tegen zijn hoedje plaatste de barkeeper de dubbele wodka op de bar.

Faith zag dat hij bepaald niet zuinig was geweest met de fles.

Het leek Callie niet op te vallen. Ze roerde met het cocktailrietje door het glas. Toen de barkeeper zich had verwijderd, zei ze: ‘Ik haat mannen die hoeden dragen om hun gebrek aan persoonlijkheid te verhullen.’

Faith vond haar op slag aardig.

‘Gaat dit over Rod?’ vroeg Callie.

‘Waarom denk je dat ik vanwege je ex-man ben gekomen?’

‘Omdat mijn “ex-man” me ontvoerd heeft.’

Faith keek toe terwijl de vrouw het halve glas achteroversloeg. Even was ze de draad kwijt. Rod Zanger had niet tot een van de mogelijkheden behoord. Ze zocht in haar tas naar haar notitieboekje.

‘Vertrouwelijk,’ zei Callie. ‘Dat heb je beloofd over de telefoon.’

Faith deed haar tas weer dicht.

In één teug dronk Callie het glas leeg. Ze gebaarde naar de barkeeper dat hij bij mocht schenken. ‘Eigenlijk is niets vertrouwelijk, hè?’

Faith kon niet tegen haar liegen. ‘Nee.’

Callie haalde het rietje uit haar lege glas en liet het over de bar tuimelen. ‘Ik was dertien toen een man me zonder toestemming aanraakte.’

Faith zag het rietje tussen haar vingers door glippen.

‘Mijn gebit werd gereinigd, en toen greep de tandarts naar mijn borsten. Ik heb het nooit tegen iemand gezegd.' Ze keek Faith aan. 'Waarom heb ik het nooit gezegd?'

Faith schudde haar hoofd. Ze had zo haar eigen verhalen. 'Want dan zou hij je voor leugenaar uitmaken.'

Callie lachte. 'Daar word ik toch al voor uitgemaakt.'

Faith lachte mee, maar ondertussen voegde ze de puzzelstukken samen. 'Heeft je man je mishandeld?'

Callie knikte bijna onmerkbaar.

Faith beet op haar tong om de vloedgolf aan vragen tegen te houden. Will was veel beter in het laten voortduren van een stilte. Ze nam nog een slok icetea en wachtte.

De barkeeper keerde terug. Weer tikte hij tegen zijn hoed toen hij de dubbele wodka op de bar zette. Deze keer was hij niet gewoon scheutig geweest, maar had hij er bijna een driedubbele van gemaakt. Hij zag Faith kijken en knipoogde voor hij wegliep.

Callie staarde naar het heldere vocht. Ze beet op de binnenkant van haar lip. 'Ik vond zo'n GPS-ding aan mijn auto.'

'Was dat twee jaar geleden?'

'Ja. Tijdens mijn scheiding.' Callie begon met het glas te draaien. 'De tracker zat in een zwarte metalen doos, die met een magneet aan de wielkast was bevestigd. Ik weet niet waarom ik daar keek. Hoewel, eigenlijk weet ik het best. Ik had het gevoel dat ik in de gaten werd gehouden. Ik wist dat Rod me niet wilde loslaten.'

'Heb je het destijds aan iemand verteld?' vroeg Faith.

'Aan mijn echtscheidingsadvocaat.' Ze keek op. 'Altijd naar je advocaat luisteren. Die weet het 't best.'

Uit haar toon maakte Faith op dat het sarcastisch bedoeld was.

'Ze zei dat ik het ding moest laten zitten zoals ik het had aangetroffen. Rod mocht niks merken. We wilden geheimhouding bewaren, dus haar kantoor nam rechtstreeks contact op met een IT'er om het apparaat na te trekken. Uiteindelijk zei hij dat hij de informatie niet kon achterhalen zonder een gerechtelijk bevel, en als we dat aanvroegen, zou Rod gewaarschuwd zijn, dus...'

Wat verlangde Faith nu naar haar notitieboekje. Als Callie haar advocaat toestemming gaf om van de geheimhouding af te zien, had Faith binnen enkele uren een gerechtelijk bevel klaarliggen.

'Hoe gebeurde het?' vroeg ze.

'Ik zat in mijn auto en wilde naar mijn werk rijden. Ik had een vergadering, maar...' Met een handgebaar veegde ze het allemaal weg. 'Ik geloof trouwens niet dat Rod het zelf deed. Hij moet iemand hebben ingehuurd. Hij vond het altijd lekker om mijn gezicht te zien wanneer hij me sloeg. Deze man wilde niet gezien worden.' Callie nam een grote slok en zette het glas met een klap op de bar. Haar handen trilden niet, maar waren wel onvast.

'Ik zie het ding nog steeds, weet je dat?' zei ze. 'De hamer. Toevallig keek ik in de achteruitkijkspiegel. Ik heb geen idee waarom. En toen zag ik die hamer met een zwaai op me afkomen. Het zag er vreemd uit, de kop van dat ding. Ik heb ik weet niet hoe vaak op internet naar een naam gezocht, maar er zijn honderden verschillende hamers. Ze hebben glasvezelstelen of houten stelen en de ene hamer is voor de constructie en de andere hamer is voor gipsplaat, en weet je dat er zelfs YouTube-filmpjes zijn waarop je kunt zien hoe je iemand het beste met een hamer knock-out kunt slaan?'

Faith schudde haar hoofd en deed alsof haar hart niet stilstond.

De laatste week van maart. Vroeg in de ochtend. De hamer.

Callie gebaarde naar de barkeeper voor een nieuw glas. 'Breng er ook maar een voor mijn vriendin.'

Faith probeerde haar tegen te houden.

'Dit is toch vertrouwelijk?' vroeg Callie.

Faith gaf met een knik aan dat de man twee glazen mocht brengen.

Callie keek hem na toen hij naar de andere kant van de bar liep. 'Lekkere kont,' zei ze.

De kont van de man boeide Faith niet. Het was alsof de ruimte om hen heen plotseling was gekrompen. Ze keek in de spiegel. Will zat nog steeds aan zijn tafeltje aan de andere kant van de zaal. Hoewel hij zijn telefoon in zijn hand had, was zijn blik op de bar gericht.

'Wat is het volgende dat je je kunt herinneren?' vroeg Faith.

'Ik werd nota bene wakker in het bos.' Ze ademde diep in. 'Ons eerste afspraakje was een picknick in de tuinen van het Biltmore Hotel. Rod was altijd heel goed in dat soort dingen. Hij wist dat hij me niet kon imponeren met een chic restaurant of een privéclub. Hij gaf me iets wat niet met geld te koop was: broodjes die hij zelf had gesmeerd, chips, papieren servetjes, plastic bekertjes. Hij schreef zelfs een gedicht voor me. Mijn romantische cowboy.'

Ze had dat moment in het bos weer achter zich gelaten. Faith liet haar dwalen.

'De eerste keer dat Rod me sloeg, was een week voor we gingen trouwen. Hij sloeg me helemaal verrot. Ik zag letterlijk sterretjes.' Ze keek verlangend in het lege glas. 'En toen begon hij als een klein kind te huilen. Het brak mijn hart. Die grote, sterke cowboy lag met zijn hoofd op mijn schoot te snikken, smeekte me hem te vergeven, beloofde me dat het nooit meer zou gebeuren, en ik...'

Faith luisterde naar haar wegstervende stem. Haar toon had iets verdrietigs. Callie Zanger was een intelligente vrouw. Ze wist precies wanneer haar leven een verkeerde wending had genomen.

Ze keek Faith even aan. 'Dat verhaal heb je zeker vaker gehoord, hè? Als politievrouw?'

Faith knikte.

'Het is zo gênant als je ziet dat ze allemaal hetzelfde voorspelbare trucje toepassen.' Ze legde het uit. 'Ze huilen en dan vergeef je ze. Ten slotte beseffen ze dat huilen niet meer helpt, en dan praten ze je een schuldgevoel aan. En wanneer het schuldgevoel is uitgewerkt, nemen ze hun toevlucht tot dreigen, en voor je het weet, durf je niet weg te gaan en durf je niet te blijven, en dan na vijftien jaar –'

Faith liet haar niet weer afdwalen. 'Waarom ben je uiteindelijk bij hem weggegaan?'

'Ik werd zwanger,' antwoordde ze met een zuinig lachje. 'Rod wilde geen kinderen.'

Faith hoefde niet te vragen wat er was gebeurd. Callie had gelijk. Ze had dat verhaal al talloze keren gehoord.

'Eigenlijk was het een zegen. Ik kon mezelf niet eens beschermen. Hoe moest ik een kind tegen hem beschermen?'

De barkeeper verscheen voor de derde keer. Deze keer sloeg hij het hoedtikje over.

Met een geoefende draai van zijn polsen zette hij de twee glazen voor hen neer. Faith vermoedde dat hij Callie vaker aan de bar had gehad. Hij wist dat dubbel driedubbel betekende. En hoogstwaarschijnlijk wist hij dat hij royaal voor de hele vertoning beloond zou worden.

'Drink op,' zei Callie.

Faith sloeg haar hand om het glas. De drank voelde koud. Ze deed alsof ze een slokje nam.

Callie nam meteen een mondvol. Ze had al twee driedubbele glazen op en was op het randje van aangeschoten. Faith vroeg zich af of ze al iets gedronken had voor ze naar het restaurant was gekomen. Haar oogleden hingen. Ze bleef maar op de binnenkant van haar lip kauwen.

'Rod speelde tijdens de scheiding een spelletje met me,' zei ze. 'Ik dacht dat ik gek werd.'

Faith deed alsof ze weer een slokje nam.

'Toen we nog getrouwd waren, controleerde hij me altijd om te kijken of ik dingen wel goed terugzette. Als iets niet op zijn plek stond...' Ze hoefde de zin niet af te maken. 'Toen ik wegging, toen ik een eigen huis kreeg, dacht ik: nu mag ik lekker rommel maken, mijn kleren op de vloer laten slingeren, hoef ik de melk niet terug te zetten en heb ik overal schijt aan.'

Haar lach klonk als brekend kristal.

'Weet je wat er gebeurt als je de melk niet terugzet?' Ze rolde met haar ogen. 'Ik had vijftien jaar training achter de rug. Ik kon niet zomaar breken met mijn netheidsfreakerigheid. Ik werd er te zenuwachtig van. En ik wil graag weten waar alles staat, maar opeens stonden de dingen niet waar ze hoorden te staan.'

Faiths borstkas trok samen. 'Zoals wat?'

'O, ik weet het niet. Misschien stond alles toch wel waar het hoorde te staan. Er was eens een komiek die een grap vertelde over dat hij bij mensen inbrak en hun spullen één centimeter verschoof van waar ze hoorden te staan. Dat is toch idioot?'

Faith zei niets.

'Ik voelde me... bekeken?' Callie leek niet tevreden met het woord. 'Alsof iemand in mijn spullen had gerommeld. Mijn spullen had aangeraakt. Er ontbrak niets, maar opeens kon ik op een dag mijn favoriete haarband niet meer vinden.'

Faith klemde het glas vast.

'Mijn háárband,' herhaalde Callie, als om te benadrukken hoe onbeduidend het was. 'Ik zocht in mijn tas, maar daar was hij niet, en ik ging totaal door het lint. Ik haalde de hele boel overhoop, zocht overal, maar hij was weg.'

'Hoe zag hij eruit?'

'Gewoon, een rode haarband.' Ze haalde haar schouders op. 'Ik had er een paar honderd dollar voor betaald.'

Faith keek naar de haarband in Callies haar. Er bungelde een gouden bedeltje aan. Ze herkende de dubbele c van Chanel.

'Ik weet dat het belachelijk klinkt, maar de haarband betekende iets voor me. Ik kon niet eens zonder Rods toestemming een pakje kauwgum kopen. Het was het eerste wat ik na de scheiding zelf kocht. En de reden was dat ik van hem mijn haar altijd los om mijn gezicht moest dragen. Altijd. Hij controleerde me zelfs af en toe op mijn werk.' Ze lachte bitter. 'Dus hij brak bij me in en stal dat ding van me.'

'Stond hij op de bewakingscamera's?'

Ze schudde haar hoofd. 'Daar heb ik niet naar gekeken. Ik wilde niet dat de conciërge het hele gebouw over het hysterische mens vertelde dat moest huilen omdat ze een haarband kwijt was.'

Faith was er altijd van uitgegaan dat je je met een penthouse van zes miljoen wel iets kon veroorloven.

'En zo wist Rod altijd te winnen,' zei Callie. 'Hij gaf me het gevoel dat ik gek was, dat ik niemand kon vertellen wat er aan de hand was omdat ze me niet zouden geloven.'

Met zachte hand stuurde Faith haar terug naar de aanval. 'Je kreeg een klap met een hamer tegen je hoofd. Je bent zesendertig uur vermist geweest. Je had –'

'Ik had een geschénk gekregen.' Aan haar toon was te horen dat ze van één ding zeker was. 'Rod ging me voor de rechter slepen en dan zou hij al onze vuile was buiten hangen. En neem maar van mij aan dat dat heel veel is. Niet alleen mijn vuile was, maar ook die van mijn familie. Van mijn moeder. Van haar bedrijf. Rod wilde ons allemaal op de brandstapel zien. Maar toen gaf hij me dit geschenk, dit weerzinwekkende, barbaarse geschenk, en ik wisselde mijn zwijgen in voor mijn vrijheid. Rod kroop terug naar Wyoming met alleen de kleren die hij aanhad. Ik hield er mijn leven aan over.'

Faith keek naar het glas in haar hand. Callie Zanger klonk triomfantelijk, alsof ze haar wraak had gekregen. Maar hoe meer ze vertelde, hoe meer Faith ervan overtuigd raakte dat ze zich vergiste.

'Weet je nog hoe je vanuit je auto in dat bos terecht bent gekomen?' vroeg ze.

'Nee. De artsen zeiden dat geheugenverlies normaal is na een zware klap tegen het hoofd.' De wodka was weer op. Ze gebaarde naar het glas van Faith. 'Ik weet hoe het eruitziet als iemand doet alsof hij drinkt.'

Faith schoof Callie haar glas toe. Zij wist hoe het eruitzag als iemand aan de drank was.

'Ik herinner me dat ik in het bos wakker werd.' Callie wierp haar hoofd in haar nek. De helft van het vocht verdween. 'Ik werd trouwens een aantal keren wakker. Ik weet niet of het aan de hoofdwond lag of aan de troep die ik van hem moest drinken, maar ik viel telkens in slaap, dan werd ik weer wakker en dan viel ik weer in slaap.'

'Wat moest je van hem drinken?'

'Wat het ook was, ik werd er volslagen stoned van. Ik ijlde. Ik kon mijn gedachten niet bedwingen. Het ene moment was ik doodsbang, maar het volgende zweefde ik door de lucht. Ik kon mijn armen en benen niet bewegen. Ik vergat steeds waar ik was, zelfs wíé ik was.'

Dat leek wel erg veel op rohypnol, dacht Faith. 'Herkende je de smaak?'

'Ja, het smaakte naar pis en suiker. Geef mij dit maar.' Callie hief haar glas in een toost en sloeg de wodka in één keer achterover. Opeens leek de alcohol toe te slaan. Haar ogen werden glazig. Het kostte haar moeite het lege glas goed op de bar te zetten.

Faith stak haar hand uit om te helpen.

'Weet je, het wrange en tegelijk het mooie van de zaak is dat Rod verloor door uitgerekend iets waardoor ik verliefd op hem was geworden.' Ze legde het uit. 'Hij moest altijd controle over me uitoefenen. Hij kon me daar niet gewoon laten doodgaan. Hij bleef maar terugkomen. Drie of vier keer werd ik wakker, en dan was hij er weer.'

'Heb je hem gezien?' vroeg Faith. 'Heb je zijn gezicht gezien?'

'Nee, daar was hij te voorzichtig voor. Maar ik voelde dat hij het was.' Langzaam schudde ze haar hoofd. 'Hij vond het altijd heerlijk om naar me te kijken. Toen we elkaar pas kenden, vond ik dat ongelooflijk sexy. Ik hoefde maar naar een bar te gaan of naar de bibliotheek, en dan zag ik die lange, stoere cowboy om de hoek staan gluren met zo'n intense blik in zijn ogen.'

Faith keek toe terwijl ze het glas naar haar lippen bracht en haar voorhoofd fronste omdat het leeg was.

De barkeeper was in de keuken verdwenen. Will zat nu aan de bar met een cola en staarde in de spiegel.

'Als je zo jong bent, vind je dat soort gedrag verschrikkelijk romantisch. Nu besef ik dat hij me aan het stalken was.' Ze keek Faith veelbetekenend aan. 'Ik schat dat je na drie maanden neuken met een man pas echt doorhebt wat een lul hij is.'

Faith stuurde haar terug naar het bos. 'Wat kun je je verder nog herinneren?'

Loom wreef ze in haar ogen. De wodka had haar losser gemaakt. 'Schaduwen. Vallende bladeren. Het geluid van Rods cowboylaarzen die vastraakten in de modder. Het regende veel toen ik daar lag. Zou hij dat zo gepland hebben?'

Faith wist niet hoe ze daarop moest antwoorden.

De haarband. Het bos. De Gatorade. De verlamming.

Callie zei: 'Ik weet nog dat ik droomde dat hij mijn haar borstelde. Hij begon te huilen, en toen moest ik ook huilen. Het was zo vreemd, want ik voelde me heel vredig, snap je? Ik wilde het opgeven. Maar dat deed ik niet. Ik gaf het niet op. En het mooiste is dat het allemaal zijn fout is. Hij heeft het echt totaal verkloot.'

‘Hoe dan?’

‘Omdat hij me verkrachtte.’ Onverschillig haalde ze haar schouders op. ‘Dat had hij eerder gedaan. Jezus, hoe vaak wel niet? Zo saai, Rod. Verzin eens wat nieuws.’

Faith wist dat haar nuchtere toon haar manier was om het te verwerken.

‘Hij wachtte tot het donker was. Ik kon zijn gezicht niet zien. Ik kon me niet bewegen. Ik kon mijn huid niet eens voelen. Maar mijn lijf begon…’ Ze duwde zich overeind op de barkruk, liet zich weer zakken en kwam weer overeind, alsof ze seks had. ‘En ik weet nog dat ik dacht: dit is de laatste keer dat je dit met me doet, Rodney Phillip Zanger.’

Callie haalde haar schouders weer op, maar ondertussen zocht ze met haar ogen de barkeeper.

Faith zei: ‘Oké, Callie, en ver–’

‘Enverderenverderenverder?’ Ze slikte de woorden half in. ‘Ik ben vijftien jaar van mijn huwelijk in training geweest voor dat “en verder”. Klappen incasseren, leren hoe ik moest doen alsof mijn ribben niet gebroken waren, alsof mijn sleutelbeen niet verbrijzeld was, alsof mijn reet niet bloedde…’ Ze sloeg haar hand voor haar mond, alsof ze iets komisch ongepasts had gezegd.

‘En verder?’ vroeg Faith.

‘Zodra hij klaar was met verkrachten, moest ik dat spul van hem drinken. Ik slikte het door. Hij ging weg. Ik kotste het weer uit.’ Ze glimlachte. ‘Bedankt, lelijke kutwijven op mijn kostschool, dat jullie me geleerd hebben hoe ik op commando moet kotsen.’

Faiths keel voelde alsof ze vuur had ingeslikt.

‘Ik moet mijn hele maagwand eruit hebben gegooid, zo hard moest ik kotsen.’

De trots in haar stem was schokkend.

‘Het had een heel rare kleur.’ Ze streek vaag met haar hand over haar blouse. ‘Ik moest mijn kleren weggooien. Niet dat ik ze wilde bewaren, maar het leek alsof een van die jongens van die dansgroep met die drums… Hoe heet die groep? Helemaal in het blauw? Ze waren ook in Vegas.’

'Blue Man Group?'

'Ja die.' Callie zocht weer naar de barkeeper. 'Ik zag eruit alsof ik door de hele Blue Man Group was verkracht.'

Ze moest lachen, maar Faith zag de tranen in haar ogen.

'Hoe dan ook, het kwam er allemaal weer uit. Ik stond op en begon te lopen. Liever gezegd te strompelen. Mijn benen leken net spaghetti. Ik vond de weg. Dat aardige echtpaar nam me mee. Mijn god, wat vond ik dat rot. Ik zag er niet uit, en ze waren zo bezorgd. Na afloop probeerde ik ze te betalen, een soort beloning omdat ze me gered hadden, maar ze weigerden. Ik bleef aandringen. Ten slotte mocht ik het geld doneren aan het bouwfonds van hun kerk. Dat mag je aftrekken van de belasting, maar daar heb ik geen gebruik van gemaakt. Tegen niemand zeggen. Dan kan ik mijn carrière wel schudden.'

Faith probeerde het brandende gevoel in haar keel weg te slikken. 'Heeft Rod ooit toegegeven dat hij het was?' vroeg ze.

Weer lachte ze. 'Jezus, nee zeg. Daar is hij veel te laf voor. Dat is zijn grote, duistere geheim. Daarom slaat hij vrouwen: omdat hij doodsbang voor ze is. En nu is hij doodsbang voor mij.'

Faith sloeg haar handen in elkaar. Callie was duidelijk dronken. Hoe moest ze haar vertellen dat haar uur van triomf, haar uiteindelijke wraak, een leugen was?

'Rod en ik waren even alleen op het kantoor van mijn advocaat.' Callie keerde zich naar Faith toe. 'Alleen wij tweeën. Ik zei tegen de advocaten dat ze weg moesten gaan. Ik trok mijn haar los en schudde het uit alsof ik Cindy fucking Crawford was. Ik zei tegen Rod: "Ik heb je leven in mijn handen, klootzak. Ik hoef maar met mijn vingers te knippen en je bent er geweest."'

'Wat zei hij?'

'O, wat hij altijd zegt. Hij schold me uit voor gestoorde bitch en zei steeds dat ik het allemaal verzonnen had, maar ik zag de blik in zijn ogen.' Callie wees naar haar eigen ogen. 'Hij was bang voor me. Zijn handen trilden. Hij begon voor me te kruipen, smeekte me niet naar de politie te gaan, jammerde dat hij zoiets nooit zou doen. Dat hij van me hield. Dat hij me nooit pijn zou doen.'

Haar bittere lach vulde het restaurant.

'Weet je wat ik tegen hem heb gezegd?'

Ze verwachtte duidelijk een reactie.

Faith slikte en vroeg: 'Nou?'

'Ik ging vlak voor hem staan, keek hem recht in zijn vieze varkensoogjes en zei: "Ik heb gewonnen."' Ze sloeg met haar vuist op de bar. 'Fuck. You. Rod. Ik. Heb. Gewonnen.'

23

Gina kreeg haar ogen niet open.

Of misschien konden ze wel open, maar wilde ze het niet. Ze was vergeten hoe slapen voelde. Echt slapen. Zoals je sliep toen je jong was, in die glorietijd tussen puber en student wanneer je je ogen maar hoefde te sluiten om de volgende dag om twaalf uur in een staat van opperste zaligheid wakker te worden.

Waar was ze?

Waar was ze in de meest concrete zin, zoals in: *waar op planeet Aarde bevond haar lichaam zich in godsnaam op dit moment?*

Haar oogleden kierden open.

Schemer, bladeren, aarde, zingende vogels, zwaaiende bomen, muggende muggen.

Lieve hemel, wat was Targets kampeerdisplay schitterend realistisch! Ze kon de marshmallows boven het kampvuur bijna ruiken. Of de *baked beans*, zoals in die scène uit *Blazing Saddles* toen ze allemaal scheten lieten.

Gina moest lachen.

Toen hoestte ze.

Toen begon ze te huilen.

Ze lag op haar rug in het bos. Ze bloedde op de plek waar de hamer haar hoofd had geraakt. Straks werd ze verkracht. Ze moest hier als de bliksem weg.

Waarom kon ze zich niet bewegen?

Gina wist niets van anatomie, maar er moest een soort stroomdraad zijn die vanuit haar hoofd naar haar benen liep en ervoor zorgde dat ze op en neer en naar beneden of opzij konden bewegen zodat ze zich kon omrollen en opstaan.

Ze hield haar ogen dicht. Ze probeerde helder na te denken. Ze zag de draad voor zich en probeerde er stroom doorheen te jagen. Wakker worden, draad. Zorg eens voor beweging, draad. Hallo, draad.

I am a lineman for the county...

O, wat had haar moeder Gina uitgelachen toen ze 'Wichita Lineman' van R.E.M. zo mooi vond, terwijl Glen Close het nummer beroemd had gemaakt.

Glen Close?

Glen Campbell.

Had iemand Michael Stipe onlangs nog gezien? Hij zag eruit alsof Julian Assange de Unabomber had geneukt.

Gina's ogen vulden zich met tranen. Straks werd ze verkracht. Straks werd ze verkracht. Straks werd ze verkracht.

Waarom kon ze haar benen niet bewegen?

Haar tenen. Voeten. Enkels. Knieën. Vingers. Ellebogen. Zelfs haar oogleden.

Niets bewoog meer.

Was ze verlamd?

Ze hoorde geadem. Ze dacht niet dat het van haar eigen longen kwam. Er was iemand achter haar. Hij zat achter haar.

De man uit de auto.

Die met de hamer.

Hij snikte.

Gina had precies één keer in haar leven een volwassen man zien huilen: haar vader op 9/11. Gina was in de bibliotheek geweest toen het bericht kwam over het eerste vliegtuig. Ze was in haar auto gesprongen en naar de veiligste plek gereden die ze kende: haar ouderlijk huis. Ze hadden dicht opeen voor de tv gezeten. Gina, haar moeder en haar vader. Haar zus Nancy zat vast op haar werk. Diane Sawyer had een rode trui aangehad. Ze hadden vol afschuw toegekeken terwijl duizenden mensen voor hun ogen waren vermoord. Haar vader had Gina vastgegrepen alsof hij haar nooit meer durfde los te laten. Zijn tranen hadden zich vermengd met die van haar. Iedereen had gehuild. Het hele land had geweend.

Nog geen jaar later was haar vader aan longkanker gestorven.

En nu lag Gina in het bos.

De huilende man was haar vader niet.

Hij ging haar verkrachten.

Hij had haar met een hamer geslagen.

Hij had haar meegenomen naar het bos.

Hij had haar gedrogeerd.

Hij ging haar verkrachten.

In de auto had ze zijn gezicht gezien. De herinnering kriebelde ergens in haar achterhoofd. Ze kon zich zijn gelaatstrekken niet voor de geest halen, maar hij had iets bekends. Ze had hem eerder gezien. Op de sportschool? In de winkel? Op kantoor als ze één keer per maand naar de vergadering ging?

Het gezicht was van de man die haar in de gaten had gehouden. Hij was de bron van haar paranoia. Hij was degene die haar roze scrunchie uit de kom op het aanrecht had gestolen. Hij was de reden dat ze haar jaloezieën dicht had gedaan, haar sloten had gecontroleerd, zich als een kluizenaar in haar huis had teruggetrokken.

Nancy had geen idee dat Gina werd vermist. Ze hadden elkaar over de telefoon gesproken voor Gina naar de Target was vertrokken. Haar zus belde één keer per maand, hooguit. Haar moeder belde één keer per week, maar de laatste keer was de vorige dag, dus het volgende telefoontje kwam pas over zes dagen.

Zes dagen.

Haar twaalfjarige baas had haar Beijing-verslag al. Hij zou haar mailen, maar Gina had hem zo getraind dat hij geen snel antwoord op zijn saaie mails verwachtte, want oudere mensen snapten niks van computers. Haar nieuwsgierige buurvrouw was eigenlijk helemaal niet zo nieuwsgierig. De enige die haar afwezigheid zou opmerken was de bezorger van InstaCart, en ze wist dat hij ook naar andere mensen ging.

Gina's brein schakelde terug naar het heden.

Het gesnik van de man stierf weg als water dat door de afvoer gorgelde.

Hij haalde een laatste keer zijn neus op.

Toen stond hij op, liep wat heen en weer, en het volgende moment drukten zijn knieën tegen haar heupen en zat hij boven op haar.

Hij ging haar verkrachten. Hij ging haar verkrachten.

Gina voelde zijn vingers in haar wangen drukken. Hij dwong haar mond open. Ze wilde zich verzetten, maar haar spieren reageerden niet. Ze wachtte tot hij zijn penis in haar keel duwde. Ze zette zich schrap. Ze bad om kracht, voor een eenmalige krachtstoot zodat ze haar kaken op elkaar kon slaan wanneer hij haar ging verkrachten.

Plastic sloeg tegen haar tanden.

Hij hield een fles voor haar lippen.

Ze hoestte, stikte bijna en slikte toen de vloeistof door die haar mond vulde. Het spul smaakte naar... Waar smaakte het naar?

Suiker. Suikerspin. Urine.

Haar mond werd dichtgedrukt.

De man klom van haar af. Haar hoofd werd opgetild. Hij schoof rond door de bladeren. Hij legde haar hoofd tegen zijn kruis. Haar achterhoofd, niet haar gezicht. Zijn halfstijve lul streek langs haar hals. Zijn benen lagen aan weerszijden van haar lichaam. Hij had haar op zijn schoot getrokken alsof ze oude geliefden waren die op 4 juli samen naar het vuurwerk keken.

Gina voelde dat er aan haar schedel werd geplukt. Ze voelde iets drukken tegen haar hoofd. Een zacht, vertrouwd geschraap.

De man borstelde haar haar.

24

Sara voelde zich opgejaagd toen ze het hoofdkwartier van het GBI in liep. Slaapgebrek eiste zijn tol. Het ritje van anderhalf uur vanaf Grant County had uiteindelijk drie uur geduurd vanwege een ongeluk en spitsverkeer. De eentonigheid onderweg had haar in een staat van halfbewustzijn gebracht. Haar kleren stonken naar het formaldehyde in Brocks bedrijfsloods en naar het vocht uit de muffe U-Store. Ze smachtte naar koffie, maar ze was al laat. Ze wrikte de deur naar de trap open. Toen ze naar boven liep, voelde ze haar hersens stampen in haar schedel.

'Dokter Linton.' Amanda stond haar op het bordes op te wachten. Ze maakte haar blik los van haar telefoon. 'Caroline heeft de Van Dornes naar de vergaderzaal gebracht. Will en Faith zijn in de stad, waar ze met een mogelijk slachtoffer praten.'

Sara dacht onmiddellijk aan Tommi Humphrey. 'Hoe heet dat slachtoffer?'

'Callie Zanger. Belastingrechtadvocaat. De rest horen we wanneer ze hier zijn.' Amanda begon de trap op te lopen. 'Ik heb de uitvaartonderneming gebeld die het lichaam van Shay Van Dorne heeft verzorgd. Ze bevestigden dat ze is begraven in een grafkelder van composiet. Luchtdicht, zoals je al zei. De ouders heten Aimee en Larry. Kort na Shays dood zijn ze gescheiden. Caroline heeft ze verteld dat we overwegen de zaak te heropenen, maar ze heeft het niet nader toegelicht.'

'Heb je niet zelf met ze gepraat?' Sara bleef staan. 'Heb je dat door Caroline laten afhandelen?'

'Ja, dokter Linton. Het is gemakkelijker om te zeggen dat je de bijzonderheden niet weet wanneer je de bijzonderheden inderdaad niet weet.' Amanda liep door. 'Volgens Caroline is er een zekere spanning tussen die twee. Laten we ze maar samen bewerken.'

Sara liet niet merken hoezeer het woord 'bewerken' haar tegenstond. De Van Dornes waren rouwende ouders. Drie jaar geleden was hun kind onverwacht gestorven. Kort daarna was hun huwelijk op de klippen gelopen. Sara ging hen niet manipuleren. Ze ging hun een keuze bieden.

'Ik wil ze graag alleen spreken,' zei ze.

'Want?'

Sara had het helemaal gehad met confrontaties. 'Want dat wil ik nu eenmaal.'

'Je doet maar, dokter Linton.' Alweer verdiept in haar telefoon liep Amanda de volgende trap op.

Sara wreef in haar ogen. Ze voelde haar mascara klonteren. Op weg naar de vergaderzaal dook ze het toilet in om zich wat op te knappen. Volgens de spiegel kon ze er maar net mee door, maar de mascara was nog niet zo uitgelopen dat ze op een wasbeer leek. Ze pletste water tegen haar gezicht. Aan de stank van haar kleren kon ze niets doen. Eigenlijk kon ze nergens iets aan doen; ze kon zich er alleen doorheen slaan. Moed verzamelend liep ze naar de vergaderzaal.

De Van Dornes gingen allebei staan toen Sara de deur opendeed.

Shays ouders zaten tegenover elkaar aan de lange, brede vergadertafel. Ze zagen er heel anders uit dan Sara had verwacht. Om de een of andere reden had ze een beeld voor ogen gehad van een oudere vrouw in een hemdjurk uit de jaren vijftig en een man in pak en met stekeltjeshaar.

Aimee Van Dorne droeg een zwarte zijden blouse boven een zwarte kokerrok en hoge hakken. Ze had een stijlvol kapsel met blonde uiteinden en een schuine pony. Larry was gekleed in een wijde spijkerbroek en een flanellen werkoverhemd. Zijn haar had de kleur van droogtrommelpluis, was langer dan dat van Sara en hing in een vlecht op zijn rug. Het gescheiden stel was de vleesgeworden tegenstelling tussen stad en platteland.

'Ik ben dokter Linton,' zei Sara. 'Sorry dat ik u heb laten wachten.'

Handen werden geschud, namen werden genoemd, en de nerveuze spanning in de zaal werd nadrukkelijk genegeerd. Sara nam aan het hoofdeinde van de tafel plaats om zich tot beide ouders tegelijk te kunnen richten. Ze bedacht dat ze dit alleen iets minder pijnlijk kon maken door meteen ter zake te komen.

'Ik ben patholoog-anatoom in dienst van de staat. Ik weet dat u van Caroline hebt vernomen dat we overwegen de zaak van uw dochter te heropenen. De reden daarvoor is dat ik toen ik het lijkschouwersrapport met betrekking tot Shays ongeluk nog eens doorlas op een paar dingen stuitte die onverenigbaar –'

'Ik wist het, Larry!' Aimee richtte haar vinger op haar ex-man. 'Ik zei toch dat er iets niet klopte aan dat "ongeluk". Ik heb het je gezegd!'

Larry schrok op van Aimees stem.

Sara gaf hem een momentje en vroeg toen aan de moeder: 'Hebt u een reden om het met de lijkschouwer oneens te zijn?'

'Meer dan één.' Aimee stak gelijk van wal. 'Shay ging nooit het bos in. Echt nooit. En ze was gekleed voor school. Waarom zou ze gaan wandelen als er een klas op haar wachtte? En waarom lagen haar tas en haar telefoon in de kofferbak van haar auto? En dan dat akelige gevoel dat ze had. Ik weet dat ze het niet serieus nam, maar een moeder weet het als er iets mis is met haar dochter.'

Sara keek Larry vragend aan.

Hij schraapte zijn keel. 'Shay was depressief.'

Aimee sloeg haar armen over elkaar. 'Ze was niet depressief. Ze maakte een verandering door. Voor iedere vrouw van midden dertig komt er een moment van bezinning. Ik heb het gehad, mijn moeder heeft het gehad.'

Sara voelde dat dit een bekend twistpunt was. 'Waarom was Shay depressief?' vroeg ze aan Larry.

'Het leven?' opperde hij. 'Ze werd ouder. Haar baan werd beleidsmatiger. Met Tyler was het misgelopen.'

'Haar ex,' legde Aimee uit. 'Ze waren al sinds de universiteit samen, maar Shay wilde geen kinderen en Tyler wel, dus besloten ze dat ze beter uit elkaar konden gaan. Gemakkelijk was het niet, maar het was een beslissing die ze samen namen.'

'Uit het politierapport heb ik begrepen dat Shay iemand anders had ontmoet?' vroeg Sara.

'Stelde niet zoveel voor,' zei Aimee. 'Ze had hem gewoon voor de leuk.'

'Ze brachten anders heel wat nachten samen door,' bracht Larry ertegen in.

'Dat doe je nou eenmaal wanneer je het leuk hebt.' Tegen Sara zei Aimee: 'Shay was nog altijd verliefd op Tyler. Ik dacht dat ze wel van gedachten zou veranderen wat kinderen betrof, maar ze was koppig.'

'Van wie zou ze dat nou hebben?' vroeg Larry zich hardop af.

De opmerking had tot een uitbarsting kunnen leiden, maar bereikte het tegenovergestelde effect. Aimee glimlachte. Larry glimlachte. Sara zag dat die twee nog steeds iets hadden samen. Dat iets, vermoedde ze, was hun kind.

'Ik vind het geen gemakkelijke vraag,' zei ze, 'maar ik zou Shays lichaam graag opnieuw willen onderzoeken.'

Geen van beide ouders reageerde onmiddellijk. Ze keken elkaar aan en keerden zich toen langzaam weer naar Sara toe.

Larry nam als eerste het woord. 'Hoe dan? Is er een apparaat?'

'Larry,' zei Aimee. 'Ze heeft het niet over sonar. Ze wil Shay weer opgraven.'

Zijn droge lippen weken van verbazing uit elkaar.

'Officieel wordt het exhumatie genoemd,' zei Sara. 'Maar inderdaad, ik vraag u of we het lichaam van uw dochter uit haar graf mogen verwijderen.'

Larry staarde naar zijn handen. Ze waren knoestig van de artritis. Sara zag een eeltplek op het vlies tussen duim en wijsvinger van zijn rechterhand. Hij was gewend met gereedschap te werken, dingen te maken of te repareren. Aimee was duidelijk een zakenvrouw, degene die op de details lette. Sara's eigen ouders deelden eenzelfde soort dynamiek.

'Ik zal uitleggen welke stappen er bij een exhumatie komen kijken,' vervolgde ze. 'U kunt zoveel vragen stellen als u wilt. Ik zal er zo eerlijk mogelijk op antwoorden. Daarna laat ik u alleen, of u kunt ergens naartoe gaan om erover te praten zodat u allebei tot een afgewogen besluit komt.'

'Hebt u onze toestemming nodig?' vroeg Larry.

Met die vraag zou Amanda wel raad weten, maar Sara deed daar niet aan mee. 'Ja, ik heb uw schriftelijke toestemming nodig voor ik het lichaam laat opgraven,' zei ze tegen de vader.

‘Zou Shay...’ Hij zocht naar woorden. ‘Als ze het zichzelf heeft aangedaan, zou u dat dan zien? Zou u het ons vertellen?’

‘Ik kan niets garanderen,’ zei Sara, ‘maar als er aanwijzingen zijn die op zelfdoding wijzen, is het mogelijk dat ik die vind.’

‘Dus u weet niet goed waarnaar u op zoek bent, en u weet niet goed wat u zult vinden,’ zei hij.

Sara was niet van plan de harde bijzonderheden met hem te delen. ‘Ik kan alleen beloven dat ik zo respectvol en zo zorgvuldig mogelijk met uw dochters stoffelijk overschot zal omgaan.’

‘Maar u vermoedt iets,’ zei Aimee. ‘U vindt iets verdacht, anders zou u hier niet aan beginnen, klopt dat?’

‘Dat klopt.’

‘We hebben niet...’ Larry brak zijn zin af. ‘Ik heb niet veel geld.’

‘U hoeft niet voor de exhumatie of herbegrafenis te betalen.’

‘Oké. Tja.’ Hij kon geen redenen meer bedenken om te weigeren, behalve dat zijn hart weer helemaal opnieuw brak. ‘Wanneer wilt u ons antwoord?’

‘Denk er rustig over na.’ Met een blik op Aimee betrok Sara haar er ook bij. ‘Het is een belangrijke beslissing, maar als u me om een tijdstip vraagt, zou ik zeggen hoe eerder, hoe beter.’

Hij knikte bedachtzaam. ‘En dan? Moeten we een brief schrijven?’

‘Er zijn formulieren die –’

‘Ik hoef geen formulieren of stappen of bedenktijd,’ zei Aimee. ‘U graaft haar op. U kijkt in haar binnenste. U vertelt ons wat er is gebeurd. Ik zeg ja, doe het maar. Larry?’

Larry had zijn hand op zijn borst gelegd. Hij was nog niet zover. ‘Het is drie jaar geleden. Dan is ze toch –’

‘Toen u de begrafenis regelde, wilde u dat ze in een grafkelder werd gelegd,’ verduidelijkte Sara. ‘Als de luchtdichte verzegeling nog intact is, en ik zou niet weten waarom dat niet zo is, verkeert het lichaam nog in goede conditie.’

Larry sloot zijn ogen. Tranen persten zich naar buiten. Elke spier in zijn lichaam was gespannen, alsof hij zich fysiek tegen Sara’s verzoek wilde verzetten.

Het leed van haar ex-man ontging Aimee niet. Op iets mildere toon zei ze tegen Sara: 'Misschien wil ik die stappen toch horen. Hoe gaat het in zijn werk?'

'De exhumatie wordt voor vroeg in de ochtend gepland. Dan is de kans op publiek gering.' Ze zag Larry ineenkrimpen. 'U kunt erbij zijn als u wilt. Maar dat hoeft niet. De keuze is aan u. Bij dit alles is de keuze aan u.'

'Zouden we...' Larry zweeg. 'Zouden we haar zien?'

'Dat zou ik u ten sterkste ontraden.'

Aimee had een tissue uit haar tas gepakt. Ze depte haar tranen, waarbij ze haar eyeliner probeerde te ontzien. 'Verricht u de autopsie hier?'

'Ja,' antwoordde Sara. 'Ze wordt naar dit gebouw gebracht. Eerst maak ik röntgenfoto's om te zien of er gebroken botten, fracturen of vreemde voorwerpen zijn die eerder over het hoofd zijn gezien. Ik verricht de autopsie en onderzoek de organen en het weefsel. Balseming bemoeilijkt toxicologisch onderzoek, maar haren en nagels bieden soms uitkomst.'

'Gaat het zo gemakkelijk?' vroeg Aimee. 'Kunt u gewoon zien of er iets niet klopt?'

Weer verzweeg Sara de bijzonderheden. 'Ik streef ernaar u ondubbelzinnig te kunnen vertellen of Shay stierf ten gevolge van een ongeluk of door iets anders.'

'Bedoelt u moord?' vroeg Aimee.

'Moord?' Larry worstelde met het woord. 'Hoezo moord? Wie zou onze –'

'Larry,' zei Aimee op zachte toon. 'Shay is in het bos gestorven door een ongeluk, of doordat ze zich van het leven heeft beroofd, of doordat iemand haar vermoord heeft. Meer mogelijkheden zijn er niet.'

Larry keek Sara vragend aan.

Ze knikte.

'Stel...' Larry's stem haperde. 'Kunt u ook andere dingen zien?'

'Wat voor andere dingen?' vroeg Aimee.

Sara wist wat zijn grootste angst was. 'Mr Van Dorne, als uw dochter is vermoord, bestaat de kans dat ze verkracht is.'

Hij meed haar blik. 'Kunt u dat zien?'

'En hoe dan?' vroeg Aimee. 'Is er nog sperma? Kunt u zijn DNA vaststellen?'

'Nee. Eventueel genetisch materiaal is geabsorbeerd.' Sara koos haar woorden met zorg. 'Als er kneuzingen zijn geweest of als er inwendig iets is gescheurd, zou de schade nog zichtbaar kunnen zijn.'

'Gescheurd?' vroeg Larry.

'Ja.'

Hij staarde Sara sprakeloos aan. Hij had lichtgroene ogen, net als zij.

Net als haar vader.

Eddie had er nooit naar gevraagd en Sara had hem de bijzonderheden van haar verkrachting nooit verteld, hoewel de last van het gebeurde hun relatie op subtiele wijze had beïnvloed. Cathy vergeleek het met Adam, die van de boom der kennis had gegeten. Ze waren allebei uit het paradijs gegooid.

'Larry.' Aimee had haar armen weer gekruist. Het kostte haar zichtbaar moeite om haar emoties te bedwingen. 'Je weet hoe ik erover denk. Maar dit besluit ik niet in m'n eentje. Shay is evenveel van jou als van mij.'

Larry keek neer op zijn verwrongen handen. 'Twee keer ja, één keer nee.'

Sara herkende deze uitspraak van haar werk in de kinderkliniek. Veel ouders waren het erover eens dat bij belangrijke beslissingen twee keer ja noodzakelijk was. Eén keer nee van een van beide ouders, om welke reden dan ook, kon het einde van het gesprek betekenen.

Larry leunde voorover om zijn zakdoek uit zijn achterzak te pakken. Hij snoot zijn neus.

Sara wilde aanbieden de zaal te verlaten, maar de vader hield haar tegen.

'Ja,' zei hij. 'Graaf haar maar op. Ik wil het weten.'

Sara spreidde de papieren met betrekking tot de zaak-Leslie Truong over verschillende bureaus uit, omdat haar iets dwarszat. Er kwam geen bliksemschicht. Haar concentratie was naar de knoppen. Haar brein was elk gevoel voor logica kwijt. Ze stond weer in de briefingruimte, dezelfde waar ze die ochtend met z'n allen hadden gezeten, maar inmiddels waren er twaalf loodzware uren aan haar slapeloze nacht toegevoegd.

De timing. Er was iets mis met de timing.

Een diepe gaap doorbrak haar gedachtegang. Geen van de twee koppen koffie die ze naar binnen had gegoten, had het gewenste effect. Sara wilde maar één ding: haar hoofd op een van de bureaubladen leggen en vijf minuutjes slapen. Ze keek op de klok aan de muur. 19.02 uur. Aan de andere kant van de hoge ramen was het dreigend zwart. Ze wreef in haar ogen. Schilfertjes mascara hingen nog aan haar wimpers. Ze had zich gewassen in de douchecel achter in het mortuarium. Haar operatiepak rook naar de chemicaliën waarmee Gary de tafels boende, maar alles liever dan de stank van formaldehyde en van het vocht uit de U-Store.

Weer ging haar blik naar de klok, want ze verloor steeds elk besef van tijd. Dat kwam ervan als je de hele nacht door de stad reed, verblind door de bullshit in je hoofd. In elk geval had Tessa er hard om kunnen lachen.

Ze keek voor de derde keer op de klok.

19.03 uur.

Sara hoopte maar dat ze weer wat energie had wanneer de briefing begon. Daarna ging ze naar huis om op haar bed neer te ploffen.

Of Will al of niet naast haar zou liggen, was iets waar ze totaal geen macht over had.

'Dokter.' Nick zette zijn met rhinestones versierde cowboytas op een van de stoelen. 'Volgens Amanda ben je vandaag in Grant County geweest.'

'Twee seconden maar. Ik mocht van Brock in zijn opslagruimte.'

'Nog opgezette lijken gevonden met de kleren van zijn moeder aan?'

Van dat soort ongein was Sara niet gediend. 'Ik heb de dossiers gevonden die we bij dit onderzoek nodig hebben, en ik ben blij dat Brock ons wilde helpen.'

Nicks wenkbrauwen schoten omhoog, maar hij bood zijn excuses niet aan. Hij maakte zijn leesbril los van zijn shirt en keek naar de papieren op de bureaus. 'Is dat alles?'

'Ja.'

Hij streek met zijn vingers over een paar alinea's. 'Het wil er bij mij niet in dat Jeffrey zich hierin vergist heeft.'

'Bedoel je "de chef"?'

Nick hield zijn blik op de pagina gericht, maar zijn heimelijke lachje ontging haar niet. Zelf had hij Jeffrey nooit zo genoemd.

'Nick, even over jou en Will,' zei Sara. 'Ik weet dat Jeffrey het had kunnen waarderen, maar ik niet.'

Hij keek haar over zijn bril heen aan en knikte kort. 'Boodschap begrepen.'

'Dokter Linton.' De bovenkant van Amanda's hoofd kwam als eerste de kamer in. Zoals gewoonlijk liep ze op haar telefoon te tikken. 'Ik heb de documenten inzake Van Dorne naar Villa Rica gestuurd. De opgraving staat voor morgenochtend vijf uur gepland. Op de server staat alle informatie.'

'Fantastisch,' zei Sara, want een koude, donkere begraafplaats bij het krieken van de dag was veruit te verkiezen boven je eigen warme bed.

'Hoe is het met Zanger afgelopen?' vroeg Nick aan Amanda. 'Hoort ze bij de slachtoffers of heeft die Miranda ons maar wat op de mouw gespeld?'

'Ik ben nog niet bijgepraat.' Aan Sara vroeg ze: 'Tommi Humphrey?'

Het duurde even voor Sara's brein was omgeschakeld. Het was niets voor Faith en Will om zich niet te melden. 'Online heb ik Tommi niet kunnen vinden. Ook niet in onze databank of op sociale media. Ik heb mijn moeder gevraagd om haar licht eens op te steken.'

'Het gesprek met Humphrey heeft prioriteit.'

Sara beet op haar lip, want het liefst had ze tegen Amanda gezegd dat niet alles prioriteit kon hebben. 'Ik zal haar weer bellen.'

'Doe dat.'

Met een getergde blik liep Sara de gang op. Ze leunde even met haar rug tegen de muur en sloot haar ogen. Ze beefde van uitputting. Ze was niet in staat Sara de medicijnenstudent op te roepen, die haar hand niet zou hebben omgedraaid voor aaneengesloten diensten.

Haar telefoon trilde toen er een melding binnenkwam. Ze knipperde een paar keer met haar ogen om ze scherp te stellen en swipete door haar berichten. Agenten die om rapporten vroegen. Gary, die vrij wilde om met zijn kat naar de dierenarts te gaan. De staatsadvocaat wilde overleg over een zaak die binnenkort voor de rechter kwam. Brock vroeg of Sara in de U-Store alles had gevonden wat ze nodig had. Alleen al bij de gedachte dat ze overal op moest antwoorden werd ze wanhopig. Schuldgevoel dwong haar op Brocks bericht te reageren.

Heb alles. Heel nuttig. Breng sleutel snel terug. Bedankt.

Dan moest ze meteen haar moeder maar afhandelen, bedacht ze. Een telefoontje voelde als een te zware last. Ze tikte een bericht in de formele stijl waarop Cathy prijs stelde.

Dag mam. Heeft Tessie gevraagd of je Tommi Humphreys telefoonnummer of verblijfplaats voor me wilt opzoeken? Informatie over haar moeder is ook goed. Het gaat om een heel belangrijke zaak. We moeten haar zo snel mogelijk spreken. Veel liefs. S.

Sara schoof haar telefoon in haar zak. Ze verwachtte geen snel antwoord van haar moeder. Cathy's telefoon lag waarschijnlijk op het keukenblad, aan de oplader gekoppeld, want daar liet haar moeder hem meestal achter wanneer ze thuis was.

Als vanzelf ging Sara's hand weer naar haar zak om de telefoon te pakken. Haar duim swipete naar boven. Ze leek wel verslaafd. Er waren uren verstreken sinds haar laatste poging, maar nu kon ze de verleiding niet langer weerstaan.

Ze opende de Zoek mijn-app.

In plaats van Lena's adres stond er nu een echt bolletje op de kaart.

Will had zich weer zichtbaar gemaakt. Hij was in het gebouw. Sara kon wel huilen van opluchting. Ze drukte de telefoon tegen haar borst en verweet zichzelf tegelijkertijd zo wanhopig te zijn.

Op datzelfde moment vloog de deur naar de trap met een klap open. Will deed een stap opzij en liet Faith voorgaan, die met grote stappen de gang op liep. Sara's eerste gedachte was dat Faith er nog erger uitzag dan zij zich voelde. Ze liet haar schouders hangen. Ze klemde haar tas als een voetbal tegen haar borst. Normaal straalde ze een vrolijk soort misnoegen uit, maar nu was ze een en al verpletterende smart.

'Wat een kutbaan,' zei ze tegen Sara terwijl ze links afsloeg, de briefingruimte in.

Will keek al even gekweld als Faith. In plaats van iets tegen Sara te zeggen, schudde hij zijn hoofd.

Ze volgde hem naar binnen.

'En?' vroeg Amanda.

'Nou, dit.' Faith smeet haar tas naar een van de bureaus. De inhoud viel op de vloer. Met haar handen in haar haar zette ze een paar passen in de richting van het raam. Op Will na was iedereen verbijsterd. Faith liep nooit met haar emoties te koop. Sara had haar altijd onverstoorbaar gevonden.

Ze keek naar Will, maar hij knielde neer om Faiths spullen weer in haar tas te stoppen.

'Vertel,' gebood Amanda.

Will zette de tas rechtop op het bureau en zei: 'We hebben Callie Zanger vanuit de auto gebeld, buiten bij haar kantoor.'

Hij gaf een nauwgezet verslag van Faiths telefoongesprek met de advocaat. Will had zich altijd ongemakkelijk gevoeld als hij een briefing moest leiden. Nu klonk zijn stem monotoon, alsof hij een lesje opdreunde. Sara ging op de voorste rij zitten. Will richtte zijn woorden tot Faith, hoewel ze de bijzonderheden uiteraard al wist. Sara besefte dat hij zijn collega in de gaten hield, klaar om in te grijpen als ze hem nodig had.

'Zanger zat met Faith aan de bar,' zei hij. 'Ik zat aan een tafeltje, zo'n drie meter verderop.'

Sara pikte de rauwe klank in zijn stem op. Ook hij was aangedaan door het verhaal van Callie Zanger. Hij vertelde het tot in de pijnlijkste bijzonderheden. De ontvoering. Callies overtuiging dat haar ex-man haar kwaad had gedaan, haar had verkracht, haar voor dood had achtergelaten.

Al pratend wreef Will met zijn duim over zijn gewonde knokkel. Vers bloed sijpelde langs zijn vingers. Tegen de tijd dat hij alles had verteld wat Callie Zanger als de waarheid over haar ontvoering beschouwde, zat het tapijt onder zijn hand vol bloeddruppels.

'Zanger is ervan overtuigd dat het haar man was,' zei hij. 'We hebben haar niet verteld hoe het echt zit.'

Hij zei 'we', maar Sara maakte uit het verhaal op dat hij niet zelf met de vrouw had gesproken.

'De barkeeper zei dat hij ervoor zou zorgen dat ze niet zelf naar huis reed,' zei Will. 'En toen zijn we vertrokken. Dat is alles.'

'Ik kon het haar niet vertellen.' Faith was op een stoel neergeploft. Ze keek gekweld, leek te bezwijken onder de last van die dag. 'Callie denkt dat zij heeft gewonnen. Dat waren haar eigen woorden. "Ik heb gewonnen."'

Niemand zei iets.

Nick peuterde aan een touwtje op de hoek van zijn tas.

Will leunde met zijn rug tegen de muur.

Amanda ademde langzaam uit. Ze was het gehardst van allemaal, maar ze had ook een hechte band met de familie Mitchell. Aan het begin van haar loopbaan had ze samengewerkt met Evelyn, Faiths moeder. Ze had een relatie gehad met Faiths oom. Jeremy en Emma noemden haar tante Mandy.

'Nick,' zei ze. 'In de onderste la van mijn bureau ligt een fles whisky.'

Nick haastte zich weg.

'Ik hoef geen drank,' zei Faith.

'Ik wel.' Amanda bleef altijd staan, maar nu ging ze naast Faith aan het bureau zitten. 'Rod Zanger?' vroeg ze aan Will.

'We hebben hem in Cheyenne opgespoord,' zei hij. 'Hij zit al drie maanden in de cel in Laramie County. Hij slaat zijn nieuwe vrouw ook.'

Faith nam haar hoofd in haar handen. 'Ik kon het haar niet vertellen. Ze gaat er bijna aan onderdoor. Ik ga er zelf bijna aan onderdoor.'

'Die gps-tracker op haar auto?' vroeg Amanda aan Will.

'Daar konden we niet om vragen zonder haar te vertellen waarom.'

'Dat wilde ik haar niet aandoen,' zei Faith. 'Dat kon ik haar niet afpakken.'

Met een knikje spoorde Amanda Will aan zijn verhaal te vervolgen.

'Rod is al tien jaar zeer aanwezig op sociale media. In de week van die aanvallen in Grant County was hij met Callie Zanger in Antwerpen voor een of ander belastingcongres. Er zijn foto's waarop ze op een oranje houten roltrap staan, een bekend ding daar in de stad.'

'Voor zover ik me herinner, had hij toch geen alibi wat zijn verblijfplaats betrof toen zijn vrouw werd ontvoerd?' vroeg Amanda.

'Correct,' zei Will. 'Maar hij heeft altijd ontkend.'

'Hij heeft het niet gedaan.' Vol ongeloof richtte Faith zich tot Amanda. 'Jezus christus, wanneer stop je nou eens met dat gebullshit over deze zaak? Het klopt allemaal. De haarband. De hamer. De maand en het tijdstip. Het bos. Tot en met de blauwe Gatorade. Alles wat Callie heeft gezegd klopt, net zoals alles klopte toen we vanochtend met z'n allen in deze klotekamer zaten en jij tegen ons zei, terwijl je ons uitkafferde en waarschuwde, dat we de man geen seriemoordenaar mochten noemen, ook al wees elk spoor erop dat we met een seriemoordenaar te maken hadden.'

Amanda negeerde het verwijt en zei tegen Will: 'Ik wil de rechercheur spreken die op de verdwijning van Zanger zat. Bel de conciërge van haar gebouw. Misschien liggen de harde schijven van twee jaar geleden nog ergens op zijn kantoor. Als we die –'

Faith stond op. Ze keek naar de autopsiefoto's van Leslie Truong. 'Het gaat om negentien vrouwen, Amanda. Negentien vrouwen die zijn aangevallen. Vijftien zijn dood, en dan hebben we het nog niet over Tommi Humphrey. Je weet wat hij haar heeft aangedaan. Dat wéét je!'

Amanda vertrok geen spier. 'Ja.'

'Dus waarom doen we alsof er godverdomme geen enkel verband is, terwijl...' Ze hield een foto omhoog. Haar stem beefde. 'Kijk hier eens naar! Dit doet hij. Dit zou Callie Zanger zijn overkomen als ze niet had kunnen nadenken, niet had kunnen handelen, als ze niet zelf dat bos uit was gelopen!'

Amanda liet haar stoom afblazen.

'Hoeveel vrouwen zijn nu nog ergens? Misschien is hij op ditzelfde moment met een andere vrouw bezig, Amanda. Op ditzelfde moment, want het gaat om een seriemoordenaar van vrouwen. Dat is hij namelijk. Een fucking seriemoordenaar.'

Amanda knikte. 'Ja, we hebben met een seriemoordenaar te maken.'

Faith hapte bij die woorden naar adem.

'Geeft het je een beter gevoel nu het een naam heeft?' vroeg Amanda.

'Nee,' zei Faith. 'Want je wilde niet naar me luisteren, terwijl je wel naar die stomme spreadsheet van Miranda Newberry luisterde.'

'De bron van de data doet er niet toe,' zei Amanda. 'Het toeval begunstigt hen die voorbereid zijn.'

'Niet te geloven.' Faith liet zich weer achteroverzakken.

Nu richtte Amanda zich tot Will. 'Als we Grant County en Alexandra McAllister niet meetellen, hebben we dertien verschillende rechtsdistricten waar lichamen zijn gevonden. Voorlopig laten we de drie zaken waarbij de vrouwen wisten te ontsnappen buiten beschouwing. Het eerste wat Faith en jij morgenochtend doen, is samen met Nick de districten verdelen. Er moeten telefoons gaan rinkelen, afspraken worden gemaakt, gesprekken gevoerd. Houd het informeel. Geef niet te veel prijs.'

Will maakte zich duidelijk nog steeds zorgen om Faith, maar hij had wel een voorstel: 'We kunnen zeggen dat we in de hele staat een steekproefsgewijs onderzoek doen naar zaken met vermiste personen.'

'Ja, goed,' zei Amanda. 'Zeg maar dat we bestuderen hoe we de rapportage kunnen stroomlijnen. Richt je op de namen op onze lijst. Ik wil alle getuigenverslagen, lijkschouwersrapporten, foto's, opnamen, forensische rapporten, kaarten, schetsen van plaatsen delict, opsporingslogboeken en de namen van alle aanwezigen. En op je tenen, ik meen het, Wilbur. Mijn telefoontjes van vanochtend hebben al wat ruis veroorzaakt. We willen niet dat onze moordenaar onderduikt als hij er lucht van krijgt dat we de basis leggen voor een speciale eenheid.'

'Vanochtend heb je kennelijk telefoontjes gepleegd ter voorbereiding op een speciale eenheid,' zei Faith. 'Dus het was niet alleen vanwege die spreadsheet? Je hebt hier sinds de briefing naartoe gewerkt, maar om de een of andere reden hield je dat niet alleen achter voor ons, maar bleef je erop hameren dat we moesten negeren wat zo klaar als een klontje was?'

'Ik heb sinds vanochtend in alle stilte gewerkt, en stilte is het sleutelwoord dat je blijkbaar hebt gemist.' Amanda deed er nog een schepje bovenop. 'Het laatste waarop we zitten te wachten is dat een of andere halvegare boerenlul van een sheriff in Kontgat tegen de pers gaat opscheppen dat we de nieuwe Jack the Ripper in onze achtertuin hebben. Op deze manier voorkomen we dat. Met peuterstapjes.'

Faith slaakte een getergde zucht.

Amanda leek door te willen gaan, maar toen bedacht ze zich en zei: 'Ja, ik had het je eerder kunnen vertellen.'

'Maar?' vroeg Faith.

'Maar,' zei Amanda, 'ik had het je eerder kunnen vertellen.'

Nooit eerder had Sara Amanda bijna horen toegeven dat ze een fout had gemaakt.

Faith liet zich niet vermurwen. Er was nog iets. 'Ik kan het haar niet vertellen, Mandy. Als het zover is, ben ik niet degene die tegen Callie Zanger zegt dat het haar man niet was.'

Amanda wreef over Faiths rug. 'Dat zien we wel weer wanneer het zover is.'

Nick kwam terug met de whisky. Hij had uit de keuken een beker meegenomen, schonk royaal in en hield hem Faith voor.

Ze schudde haar hoofd. 'Ik moet rijden.'

'Ik rij jou wel,' zei Amanda. 'Emma is nog bij haar vader. We gaan naar Evelyn.'

Faith pakte de beker en drukte hem tegen haar lippen. Aan de andere kant van de kamer hoorde Sara haar slikken.

'Dokter Linton,' zei Amanda. 'Over het verschijnsel dat de moordenaar terugkeert naar zijn slachtoffers. Het Zanger-verhaal bevestigt een patroon.'

Sara voelde zich klemgezet. Haar hoofd was te leeg om zo snel te kunnen omschakelen.

'Dokter Linton?' drong Amanda aan.

Het kostte Sara moeite om een bruikbare hypothese te bedenken.

Will schoot haar te hulp. 'Het patroon is als volgt: de moordenaar schakelt zijn slachtoffers op de een of andere manier uit, waarschijnlijk met een hamer. Dan neemt hij ze mee naar het bos. Hij drogeert ze. Wanneer de drug is uitgewerkt, doorboort hij hun ruggenmerg. Zijn doel is om ze te verlammen, om de volledige controle over ze te hebben. Hij gaat telkens terug naar de vrouwen, tot ze gevonden worden.'

'De doorgesneden zenuwen in de armvlecht van Alexandra McAllister duiden op progressie,' zei Sara.

'Vergeleken met Tommi Humphrey, bedoel je?' vroeg Amanda voor de zekerheid.

'Vergeleken met alle drie de slachtoffers uit Grant County.' Eindelijk kreeg Sara weer wat energie. 'Ik heb de drie slachtoffers – Humphrey, Caterino en Truong – altijd beschouwd als een casestudy in escalatie. De moordenaar was op zoek naar de juiste techniek, de correcte dosering in de Gatorade en het beste werktuig om ze mee te verlammen en wanneer.'

'Vanwaar die Gatorade?' vroeg Amanda. 'Hij kon ze toch ook meteen verlammen?'

Sara moest ernaar raden. 'De rohypnol had een afnemend rendement. Tenzij hij apotheker is, is het een heel lastige drug om mee te experimenteren. De dood is een zeer ernstige bijwerking. De verminderde ademhaling veroorzaakt zuurstoftekort in het bloed. Binnen enkele minuten treedt de hersendood in.'

Will zei: 'Tenzij hij de hele tijd bij hen bleef, moet er een moment zijn geweest tussen het tijdstip waarop ze werden gedrogeerd en dat waarop ze fysiek verlamd raakten dat ze een kans hadden om te ontsnappen.'

'Hij heeft met heel veel vrouwen kunnen experimenteren,' zei Sara. 'Bij ieder slachtoffer leert hij weer iets.'

'Als je naar het FBI-profiel kijkt,' opperde Nick, 'houdt de man van risico. Misschien geeft hij ze in het begin nog een kleine kans.'

'Voor wat het waard is: Humphrey en Caterino wisten te ontsnappen,' zei Will. 'Zanger wist te ontsnappen.'

Faith kuchte. Hoewel het haar nog steeds moeite kostte, zei ze: 'Callie zei dat ze de blauwe vloeistof had uitgebraakt. Het was niet gewoon braken, nee, haar hele maag kwam er zo'n beetje uit. Daardoor werd ze enigszins helder en kon ze zichzelf ertoe zetten op te staan en hulp te zoeken.'

'Miranda Newberry heeft twee andere vrouwen gevonden van wie ze denkt dat ze het overleefd hebben,' voegde Will eraan toe. 'Ze zijn allebei het bos uit gelopen, maar ze hebben onherstelbare schade opgelopen.'

Sara was eindelijk in staat onder woorden te brengen wat haar dwarszat in het autopsieverslag van Truong. 'Leslie Truong voelt als een apart geval. Haar lichaam vertoonde de hele signatuur van de moordenaar – de verminking, het doorboorde ruggenmerg, de blauwe vloeistof – maar ze werd binnen een halfuur vermoord en verminkt. Hij laste geen pauze in tussen het een en het ander. Hij deed alles direct na elkaar.'

'Het totaalpakket,' vatte Amanda het samen.

'Hij was in paniek,' zei Nick. 'Ze was een mogelijke getuige.'

Sara ging er niet helemaal in mee. 'Het zit me dwars dat er geen sporen van rohypnol in haar bloed of urine zijn aangetroffen. De drug metaboliseert snel, maar de dood stopt dat proces. Er hadden sporen in haar maaginhoud moeten zitten. Ze had blauwe vlekken op haar lippen, maar volgens mij waren die opzettelijk aangebracht. Als ik erop terugkijk, schiet me als eerste te binnen dat ik het tafereel er zo geënsceneerd uit vond zien, maar dan in scène gezet door dezelfde persoon die Beckey had aangevallen. Ik snap dat het niet erg zinnig klinkt, maar het voelde... anders?'

Nick zei: 'Jeffrey dacht dat de moordenaar slordig werd met Truong omdat hij wist dat we hem op het spoor waren. Op de campus krioelde het van de politie. De hele stad was in opperste staat van paraatheid.'

Sara kon nog steeds niet goed zeggen wat haar stoorde. 'Ik beweer niet dat een andere man Leslie heeft gepakt, maar het is mogelijk dat het motief anders was. Hij gaf zo'n harde trap tegen de hamer dat die afbrak. Dat veronderstelt woede. Niets van wat we tot nu toe over de moordenaar hebben geleerd, wijst op onbeheerste woede. Hij lijkt eerder alles volledig onder controle te hebben.'

'Er is veel kracht voor nodig om zo'n steel te breken,' zei Will. 'Dan moet je er wel een paar keer tegenaan trappen.'

'De haarband van Leslie Truong was weg,' merkte Amanda op. 'Dat is het enige waardoor ik denk dat ze niet stomweg gepakt werd omdat ze de moordenaar kon identificeren.'

'Op dat punt hield Gerald een slag om de arm, weet je nog?' zei Faith. 'Ze was een studente die samenwoonde met andere studentes, die ze waarschijnlijk aan het begin van het semester had leren kennen. Jongelui pikken voortdurend elkaars spullen. Ik word er gek van.'

'Laten we die haarband even vergeten. Sara?' Vragend keek Amanda in Sara's richting.

'De moordenaar heeft zijn sporen altijd met grote zorg uitgewist. Dat was al het geval met zijn aanval op Tommi Humphrey toen hij een waslap meenam naar de plaats delict om alle DNA af te vegen. De volgende slachtoffers waren zo neergelegd dat het op een ongeluk leek.' Haar brein was eindelijk weer aangeslagen. 'Bekijk het eens zo: bij Leslie liet hij een wel heel opvallend bewijsstuk achter.'

'Op de hamersteel stond een productienummer,' zei Faith.

'Is dat normaal?' vroeg Amanda aan Will.

'Nee, meestal staat dat in het metaal gestempeld.'

Faith had haar notitieboekje gepakt. Ze was er weer helemaal bij. 'Dus A plus B is C, toch? Degene die Tommi heeft aangevallen heeft Beckey aangevallen heeft Leslie aangevallen.'

'Alleen was Daryl Nesbitt wel een verdomd plausibele verdachte,' zei Nick. 'Het bewijs tegen hem was heel concreet.'

'Goed,' zei Amanda. 'Laten we dat eens bekijken. Daryl was een plausibele verdachte omdat?'

'Vooral vanwege Leslie Truong.' Sara nam de relevante bijzonderheden door die Jeffrey in zijn aantekeningen had geschetst. 'De hamer in Leslies lichaam was van een specifiek type. Daryl had Axle Abbotts gereedschap in bezit zolang die in de gevangenis zat. Daryl kende het bos goed. Hij skateboardde met Felix op de campus. Op beveiligingsbeelden die later werden gevonden, zijn ze samen aan het oefenen bij de bibliotheek. Daryl werkte vlak bij de brandweg vanwaar je bij de plaats delict van Leslie Truong kon komen. Later werd er bij hem thuis een wegwerptelefoon gevonden die gelinkt was aan het nummer dat in zowel Caterino's als Truongs contacten stond.'

‘Ik speel even advocaat van de duivel,’ zei Faith. ‘Het is niet zonder reden dat Daryl Nesbitt wegens het bezit van kinderporno in de gevangenis zit in plaats van wegens geweldpleging en moord. Dat laatste kan alleen indirect bewezen worden of moeiteloos van tafel worden geveegd.’

Achteraf gezien moest Sara het met haar eens zijn. Acht jaar geleden was ze even zeker van haar zaak geweest als Jeffrey.

‘Wat kun je vertellen over het filmpje dat bij Truongs dossier zat?’ vroeg Amanda.

‘Ik heb het nog niet bekeken.’ Sara had gehoopt dat ze het ter voorbereiding eerst in haar eentje zou kunnen bekijken, maar die kans was verkeken.

Ze liep naar de gigantische beeldbuis-tv. Will keek altijd vol minachting naar de videorecorder, maar het apparaat bewees eindelijk zijn nut. Ze stopte de videoband in de slede, drukte het deksel naar beneden en pakte de afstandsbediening. Ze wikkelde het snoertje los, ging zitten en drukte op play.

Het beeld op het scherm zigzagde heen en weer en begon toen te rollen.

Will nam het over. Hij stelde de knoppen bij, en opeens zag Sara zichzelf van acht jaar geleden.

Ze leek zo jong, was haar eerste gedachte. Haar haar glansde meer, haar huid was gladder, en haar lippen waren voller.

Ze droeg een wit T-shirt, een grijze hoody en een spijkerbroek. Ze had onderzoekshandschoenen aan. Haar haar zat in een staart. De jongere Sara keek in de camera en noemde de datum, het tijdstip en de locatie. ‘Ik ben dokter Sara Linton. Bij me zijn Dan Brock, de lijkschouwer van Grant County, en Jeffrey Tolliver, politiechef.’

Sara beet op haar lip toen de camera zich op de gezichten richtte van de personen die haar jongere zelf opnoemde.

Jeffrey droeg een antracietkleurig pak. Voor zijn mond en neus zat een katoenen masker. Hij keek bezorgd. Ze keken allemaal bezorgd.

Ze zag de jongere Sara aan het voorlopige onderzoek beginnen. Op zoek naar petechieën scheen ze met een zaklampje in de ogen van Leslie Truong en ze draaide het hoofd van de jonge vrouw om de ronde, rode afdruk op haar slaap beter te kunnen bekijken.

'Dit zou weleens de eerste klap kunnen zijn,' zei de jongere Sara.

De Sara van nu, de levende, ademende Sara, zou het liefst even naar Will kijken, naar zijn gezicht, om eruit af te leiden wat hij dacht.

Maar ze kon het niet.

Op het scherm hing de camera scheef. De lens stond onscherp. Ze zag het wazige wit van Jeffreys mondmasker. Nog steeds herinnerde ze zich de stank van uitwerpselen en bederf die het lichaam had uitgewasemd. Ze had er tranen van in haar ogen gekregen. Nu bekeek ze de blauwe vlekken op Leslie Truongs bovenlip. Ze had het soort afdruk verwacht dat je kreeg als je een tijdje van een vloeistof had gedronken. Achteraf gezien leek het alsof het vocht op haar lippen was gedruppeld en toen was opgedroogd.

'Verstoppingen?' Brocks stem klonk luid. Hij had de camera bediend.

Sara hoorde hoe haar jongere zelf de bevindingen uitlegde. Ze klonk zo zeker van zichzelf. Acht jaar later sprak ze zelden met zoveel overtuiging. In de tussenliggende jaren had ze het inzicht verworven dat er maar weinig situaties waren die slechts op één manier geduid konden worden.

'We denken dat de moordenaar de slachtoffers wilde verlammen,' zei Jeffrey.

Sara kreeg een brok in haar keel. Ze had er niet bij stilgestaan dat ze Jeffreys stem weer zou horen. Die had dezelfde sonore klank die ze zich herinnerde. Haar hart haperde toen ze dat geluid weer hoorde.

De jongere Sara trok het shirt van Leslie Truong omhoog en stuitte op een ontwrichte rib.

Sara liet haar blik naar beneden gaan, naar het flitsende klokje op de recorder.

'Kom eens wat dichterbij,' hoorde ze haar jongere zelf tegen Brock zeggen.

Sara's lippen weken uiteen, en ze ademde diep in. Ze voelde dat Will naar haar keek. Ze kon de onzekerheid die op hem drukte bijna voelen.

Hij was iets groter dan Jeffrey, maar miste zijn klassieke schoonheid. Will had een betere conditie. Jeffrey had meer zelfvertrouwen. Will had Sara. Was ze ergens ook nog van Jeffrey?

Op de video zei Brock: 'Ik ben zover.'

Sara keek weer naar het scherm. Brock hielp haar Leslie Truong op haar zij te draaien. Nu bediende Jeffrey de camera. Hij had uitgezoomd om het hele lichaam in beeld te krijgen. Aan de blote rug van de jonge vrouw kleefden aarde en losse twijgjes. De jongere Sara vroeg zich af of het meisje haar broek zelf had opgetrokken of dat de moordenaar het had gedaan.

'Wacht eens.' Faith stond op. 'Zet eens op pauze. En ga dan terug.'

Sara zocht naar de knoppen, maar Faith pakte de afstandsbediening al. 'Hier.' Ze klikte op de knop voor slow motion. 'Bij de bomen.'

Sara tuurde naar het beeld. In de verte, op zo'n vijftien meter afstand, zag ze mensen. Ze stonden achter geel politielint. Ze kon het gezicht van Brad Stephens niet onderscheiden, maar ze herkende zijn keurig gesteven uniform en zijn malle loopje toen hij de toeschouwers op afstand probeerde te houden.

'Die vent.' Faith zette het beeld op pauze. Ze wees naar een van de studenten. 'Hij heeft een zwarte wollen muts op.'

Sara zag de muts, maar het gezicht was wazig.

Faith zei: 'In Lena's aantekeningen stond een samenvatting van Leslie Truongs getuigenverklaring die ze op de pd van Caterino had afgenomen. Truong zei dat ze drie vrouwen en een man had gezien in het bos. Van die man kon ze zich alleen herinneren dat hij een student was met een zwarte wollen muts op zijn hoofd, een soort beanie.'

Sara liep naar de tv om het van dichterbij te bekijken. De videoband was oud, en de techniek was nog ouder. Het gezicht van de man was tot een vormloze klodder pixels uiteengevallen. 'Ik herken Brad omdat ik hem ken, maar dat is alles.'

Faith keek smekend naar Amanda.

Amanda tuitte haar lippen. De kans dat het beeld verbeterd kon worden was klein. Maar om Faith tegemoet te komen zei ze: 'We laten IT ernaar kijken.'

Faith zette de video stil en drukte op eject. 'Zal ik hem nu naar beneden brengen?'

'Doe maar.' Amanda keek op haar horloge. 'Ik zie je in de hal.'

Faith pakte haar tas. Sara hoorde haar de gang door rennen. Net als zij allemaal hoopte ze vurig op een doorbraak.

'Will,' zei Amanda. 'Ik wil Faith morgen achter haar bureau. Er moeten allerlei telefoontjes worden gepleegd. We hebben dertien verschillende rechtsdistricten om mee in de clinch te gaan. We zien elkaar morgen om zeven uur in mijn kamer om het een en ander af te bakenen. Akkoord?'

'Akkoord.'

'Nick,' zei ze, 'Will praat je bij over wat je gemist hebt. Mijn laatste opdracht is voor jullie allemaal. Ga naar huis. Probeer wat te slapen. Vandaag was een zware dag. Morgen wordt nog zwaarder.'

'Yes, ma'am,' zeiden Nick en Will tegelijk.

Sara begon de documenten van Leslie Truongs autopsie te verzamelen. Ze luisterde met een half oor naar Will, die Nick over de vorming van een speciale eenheid vertelde. Haar telefoon trilde in haar zak. Ze hoopte dat het haar moeder niet was, want ze wist dat ze haar speurtocht naar Tommi Humphrey dan niet langer kon uitstellen.

Het bericht kwam van Brock, een vraagteken gevolgd door...

Dit was voor Cathy bedoeld? Zal ik voor je rondvragen?

Ze had het bericht voor haar moeder per ongeluk naar Brock gestuurd. Ze tikte snel een excuus, knipte en plakte en stuurde de vraag naar Cathy.

Tot haar verbazing reageerde haar moeder binnen enkele seconden.

Schat, ik heb al een bericht aan dominee Nelson gestuurd. Zoals je weet is het te laat om mensen te kunnen bellen. Maar Marla denkt dat Delilah na de dood van Adam hertrouwd is en niet meer in deze staat woont. Liefs van papa, en ook van mij. Mama. PS waarom maak je ruzie met je zus?

Sara keek naar het postscriptum. Tessa had tegen hun moeder gezegd dat ze onenigheid hadden, wat betekende dat de situatie ernstiger was dan ze had willen toegeven.

‘Is er iets?’ vroeg Will.

Sara keek op. Nick was verdwenen. Ze waren alleen in de kamer. ‘Mijn moeder probeert Tommi voor me te vinden.’

Will knikte.

En toen bleef hij afwachtend staan.

‘Wat erg, dat van Callie Zanger,’ zei Sara. ‘Dat moet heel –’

‘Je bent vandaag terug geweest, hè?’ Hij pakte de lege dossierdoos en zette die op het bureau. ‘Had je nog tijd om iemand te spreken?’

‘Nee, ik moest meteen terug voor die afspraak met de Van Dornes, maar toen kwam ik vast te zitten in het verkeer, en dat duurde een eeuwigheid.’ Heel even schoot er een soort schuldgevoel door haar heen, alsof ze iets voor hem achterhield. Ze besloot open kaart te spelen. ‘De opslagruimte is tegenover de begraafplaats.’

Hij stapelde de mappen op elkaar en liet ze in de doos vallen.

‘Ik ben er niet naartoe gegaan.’ Jaren geleden was ze met die gewoonte gestopt om zichzelf voor waanzin te behoeden. ‘Eén keer per jaar leg ik bloemen op zijn graf. Dat weet je.’

‘Het was raar om je op die videoband te zien,’ zei hij. ‘Je zag er zo anders uit.’

‘Ik was acht jaar jonger.’

‘Dat bedoel ik niet.’ Will maakte de doos dicht. Het leek alsof hij meer wilde zeggen, maar hij hield het bij: ‘Ik ben moe.’

Sara wist niet of hij bedoelde dat hij fysiek moe was of moe zoals de vorige avond, toen hij bij haar weg was gegaan.

‘Will –’ zei ze.

‘Ik wil niet meer praten.’

Sara beet op haar onderlip om het trillen tegen te gaan.

‘Ik wil naar huis, pizza bestellen en voor de tv hangen tot ik in slaap val.’

Ze probeerde de watten in haar keel door te slikken.

Hij keerde zich naar haar toe. ‘Zullen we dat samen doen?’

‘Ja, graag.’

GRANT COUNTY – DONDERDAG

25

Jeffrey staarde Frank aan. 'Wat zei je?'

'De rector belde,' herhaalde Frank. 'Er wordt weer een studente vermist. Rosario Lopez, eenentwintig, inmiddels vijf uur vermist.'

Jeffrey hoorde een deur opengaan. Lena kwam de observatiekamer uit, met haar BlackBerry in haar hand.

'Chuck Gaines heeft zijn mensen de hele campus ondersteboven laten keren,' zei Frank. 'Nu doorzoeken ze het bos. De rector heeft om vrijwilligers gevraagd.'

'Zorg ervoor dat er alleen in paren wordt gewerkt.' Het klamme zweet brak Jeffrey uit. Drie studentes in drie dagen. Zijn nachtmerrie werd werkelijkheid. 'Haal Jefferson en White van de surveillance. Zij gaan die zoektocht leiden. Ondertussen verzamel je zoveel mogelijk informatie over Daryl Nesbitt.'

'Nesbitt?'

'Er moet een arrestatierapport van hem zijn. Zijn stiefvader –'

'Wacht even.' Frank pakte zijn boekje. 'Ga door.'

'Daryl heeft een stiefvader, de vriend van zijn moeder, de man zit in Wheeler State Prison. Hij heet Axle, achternaam Abbott. Hij heeft een huis in Avondale, en daar woont Daryl nu. Trek de belastinggegevens na. Kijk of er bouwplannen zijn of anders plattegronden met de positie van het huis ten opzichte van het perceel. Laat Matt erlangs rijden om te zien of er iemand thuis is. Bel de rest van de surveillancedienst en zeg dat ze voorlopig niet naar dat donkere busje hoeven te zoeken. Geen mobilofoon gebruiken. We weten niet of Daryl een politiescanner heeft.'

Frank was nog aan het schrijven toen Jeffrey zich naar Lena toe keerde.

'Ik heb met Memminger gebeld,' zei ze. 'De ochtend dat Caterino en Truong werden aangevallen, lag Felix zijn roes uit te slapen in de dronkenmanscel. Hij werd pas na de lunch vrijgelaten. Hij kan het dus niet zijn.'

'Kom mee,' zei Jeffrey.

Hij ging de verhoorkamer weer in. Felix Abbott zat aan de puist op zijn kin te peuteren. 'Gast, wanneer mag ik nou –'

Jeffrey greep hem bij de voorkant van zijn shirt en smeet hem tegen de muur.

'What the –'

Jeffrey ramde zijn onderarm zo hard tegen Felix' keel dat hij van de vloer werd geschoven. 'Nou moet je heel goed luisteren, jongen, want je helpt ons of je helpt ons niet. Begrepen?'

Met wijdopen mond hapte Felix naar lucht. Hij knikte moeizaam.

'Beckey Caterino. Leslie Truong.'

Felix sperde zijn ogen open. Hij probeerde iets te zeggen, maar zijn keel werd geplet.

Jeffrey gaf hem een paar centimeter ruimte. 'Ken je ze?'

'Het zijn...' Hij hapte weer naar lucht. 'Studentes.'

'Ze hadden Daryls nummer in hun telefoon. Waarom?'

Hij vocht om lucht en schopte om zich heen. Zijn lippen werden blauw. 'Wiet,' antwoordde hij hoestend.

'Daryl verkocht wiet aan Beckey Caterino en Leslie Truong? Hij dealt dus?'

Felix' wimpers begonnen te trillen. 'J-Ja.'

'Hoelang al?'

Weer hoestte Felix.

'Hoelang verkoopt Daryl al wiet op de campus?'

'Al j-jaren.'

'En Rosario Lopez?'

'Ik weet niet...' Hij slikte. 'Ik kan niet...'

Jeffrey keek hem recht in zijn ogen. 'Ken je haar?'

'Ik heb nooit...' Weer hapte hij naar adem toen Jeffrey zijn arm aanspande. 'Nee.'

Jeffrey liet hem op de vloer vallen.

Felix landde op zijn knieën. Zijn gezicht was rood aangelopen. Hij begon weer te hoesten.

'Maak zijn boeien aan de tafel vast,' gebood Jeffrey. 'Hij blijft in isolatie. Geen telefoontjes. Geef hem wat water. Doe de deur op slot. Daarna kom je bij me.'

'Begrepen, chef,' zei Lena.

Op weg naar de briefingruimte veegde Jeffrey zijn handen af aan zijn overhemd. Hij zag Brad achter een van de computers zitten. Marla was aan het bellen. Het was alsof alles elektrisch geladen was. Er werd weer een studente vermist. Misschien dat het net zich rond de moordenaar sloot.

'Matt is op weg naar het huis van Abbott.' Frank kwam Jeffreys kamer uit. Hij las voor uit zijn boekje. 'Daryl Eric Nesbitt. Achtentwintig. Hij heeft zich redelijk gedeisd gehouden, maar volgens mijn collega in Memminger is zijn jeugdstrafblad zo lang als mijn lul.'

'Wegens?'

'Dew-Lolly-ongein: straatgevechten, winkeldiefstal, spijbelen. Maar luister: toen Daryl vijftien was, moest hij op zijn nichtje van zes passen. Het meisje kwam thuis met bloed in haar broekje. De moeder diende een aanklacht in, maar de familie dwong haar die weer in te trekken.'

Zedendelinquent. Criminele voorgeschiedenis. Bekend bij de slachtoffers.

Jeffrey dacht aan Tommi Humphrey. Zou ze Daryl Nesbitt ooit hebben ontmoet? Had hij haar over de campus zien lopen en had hij toen besloten haar te pakken?

'Chef?' Brad wees naar zijn computer.

Jeffrey zag de rijbewijsfoto van Daryl Eric Nesbitt. Hij had een boevenkop. Zijn haar was vettig. Hij had kraaloogjes. Hij keek woedend in de camera, alsof hij poseerde voor een politiefoto.

'Nesbitt heeft nog een boete uitstaan voor rijden met een verlopen rijbewijs,' zei Brad.

'Reed hij in een busje?'

'Een pick-up. Een Chevy Silverado uit 1999. Die is in beslag genomen en staat op het districtsopslagterrein,' zei Brad. 'Ik heb het huis in Avondale gevonden. Het staat in Woodland Hills, aan Bennett Way.'

Jeffrey liep naar de grote districtskaart, die de hele achtermuur besloeg. Hij kende dat deel van de stad, het soort wijk waar je een automonteur kon verwachten die zich niet aan de spelregels hield. 'Nummer?'

'Drie-vier-zes-twee.'

Jeffrey volgde de straat met zijn vinger. Met een gele post-it markeerde hij de plek. Achter Nesbitts huidige woning stond nog een rij huizen. Daarachter spreidde het bos zich over vele kilometers uit, slingerde zich langs de achterkant van het meer en voerde naar de campus.

In de buurt van de plaatsen delict.

'Het huis heeft twee verdiepingen.' Frank keek over Brads schouder op de monitor. 'In het belastingdossier staan de plattegrond en de oorspronkelijke blauwdrukken.'

Brad rammelde op de toetsen. 'Ik stuur het naar de printer.'

De eerste pagina was nog warm toen Jeffrey hem uit het apparaat rukte. Vooraanzicht. Cape Cod-stijl uit de jaren vijftig, met een vierkante voorveranda en twee koekoeksvensters, die als wenkbrauwen uit het dak staken.

De tweede pagina verscheen. Plattegrond van de benedenverdieping. Jeffrey draaide het papier zodat de voordeur op zijn borst was gericht. De achterdeur was nu recht tegenover hem.

De ingang kwam in de woonkamer uit, die de linkervoorhoek van het huis besloeg. De eetkamer was rechts. Een korte gang met aan de ene kant een gangkast en aan de andere kant een trap. Hobbykamer links. Keuken rechts. De achterdeur kwam uit op de veranda aan de achterkant.

Tegen de tijd dat het derde vel uit de printer kwam, had Lena zich bij hen gevoegd.

Boven. Vier slaapkamers, waarvan één grote. Elk met twee ramen. Kleine kasten. Jeffrey wist dat de plafonds schuin afliepen, evenwijdig aan het dak. Een badkamer aan het eind van de overloop. Bad, toilet, wastafel, raampje.

De derde pagina toonde het souterrain. De trap naar beneden was weggestopt onder de trap naar de eerste verdieping. Op de tekening was het een vierkante open ruimte met een hokje op de plek van het stookgedeelte. Steunpilaren en fundamenten waren gemarkeerd met open vierkantjes. Eventuele illegale verbouwingen stonden niet in het belastingdossier vermeld, dus wellicht waren er beneden slaapkamers, een hobbykamer, een wasruimte, misschien zelfs een kooi met Rosario Lopez erin. Sara had gezegd dat de moordenaar met ieder nieuw slachtoffer bijleerde. Misschien had hij bij Caterino en Truong geleerd dat hij gebaat was bij afzondering.

'Chef?' riep Marla van voor in het lokaal. 'Matt op drie.'

Jeffrey zette hem op de speaker. 'Heb je iets?'

'Ik zag Nesbitt net het huis in gaan,' zei Matt. 'Hij had twee tassen bij zich: een van de Burger King en een van de ijzerwarenzaak.'

Jeffreys maag balde zich tot een vuist. De hamer was in Leslie Truong blijven steken. De moordenaar had een nieuwe nodig.

'Daryl reed in een ouder model bestelbus, een antracietkleurige GMC Savana. Kenteken 499 XVM.'

Brad begon al te tikken. 'Die staat op naam van Vincent John Abbott.'

'Axle, de stiefvader,' zei Frank. 'Ik heb bevestigd gekregen dat hij al drie maanden in Wheeler zit opgesloten.'

'Het souterrain loopt onder het hele huis door,' zei Matt. 'Geen buiteningang, maar ik zie aan weerskanten wel twee kiepramen.'

Kiepramen dienden om frisse lucht binnen te laten, maar waren zo klein dat een volwassene er niet doorheen kon, ook een tengere vrouw niet.

'Ik rij nu weg,' zei Matt, 'maar ik heb even in de garage kunnen kijken. De deur staat open. Zo te zien staat er een gereedschapskar van zo'n anderhalf bij anderhalf, met allemaal lades. Groene en gele strepen.'

'Dat zijn de kleuren van Brawleigh,' zei Frank.

Brawleigh, van het merk hamer dat in Leslie Truong was aangetroffen.

Beschikt over moordwapen.

Jeffrey bekeek de laatste pagina die uit de printer kwam. Het was de plattegrond van het perceel, met de positie van het huis. Er waren twee bijgebouwen. Het ene was een losstaande garage aan de kant van de woonkamer. Het andere was een schuurtje van drie bij drie, op ongeveer vijf meter van de achterdeur.

'Aan de achterkant is een schuur,' zei hij tegen Matt.

'Die kan ik vanaf de straat niet zien.'

'Hij staat achter het huis.' Jeffrey raadpleegde de stratenkaart aan de muur. Hij keek naar de plek boven de post-it. 'Heb je je kijker?'

Via de speaker hoorde hij Matt rommelen. Een klik. Een dashboardkastje dat werd dichtgeslagen. 'Ja.'

'Er loopt een straat achter Bennett langs, Valley Ridge. Het zijn korte percelen. Misschien kun je vandaar de achtertuin zien.'

'Ik rij er nu naartoe,' zei Matt.

'We blijven aan de lijn.'

Ze hoorden verkeersgeluiden toen Matt om het blok reed. Zijn mobilofoon stond heel zacht. Hij kuchte. De remmen kreunden bij het stopbord. Zijn handen wreven over het stuur toen hij de afslag nam.

De spanning was bijna ondraaglijk. Ze keken allemaal afwachtend naar de telefoon. Brad had zich omgedraaid op zijn stoel. Lena leunde naar voren als een hardloper aan de start. Frank had zijn handen ineengeslagen. Op dat moment waren er acht mannen aan het surveilleren. Twee waren naar het bos achter de campus gestuurd om het te doorzoeken. Jeffrey had dus tien poppetjes om over het bord te schuiven.

Hij nam de lijst nog eens door die hij in gedachten had opgesteld.

Zedendelinquent. Criminele voorgeschiedenis. In de buurt van de plaatsen delict. Bekende van Caterino en Truong. Beschikt over donkergekleurd busje. Beschikt over moordwapen. Werkte in de U-Store vlak bij de brandweg.

De informatie over het busje was afkomstig van Tommi Humphrey.

Ze had geen officiële verklaring afgelegd. De U-Store was een losse link gebaseerd op een bijnaam. Dat Daryls nummer in de telefoon van de twee slachtoffers stond, kon verklaard worden door zijn wiethandel.

Jeffrey had voldoende aanleiding om bij Daryl aan te kloppen, maar niet genoeg om zijn deur te mogen intrappen. Hij mocht niet riskeren dat dit beest door een formele fout vrijuit ging.

Hij voegde nog een gegeven aan zijn lijst toe:

Rosario Lopez. Studente. Al vijf uur vermist.

Een zweetdruppel gleed over zijn rug. Jeffrey zag geen verband tussen Daryl en Rosario Lopez. Zijn intuïtie sloeg aan, maar geen rechter in de stad die op basis van Jeffreys intuïtie zijn handtekening zou zetten.

Zijn blik ging weer naar de telefoon op zijn bureau. Matt had weer gehoest. Dit duurde te lang. Woodland Hills was een kleine vijf kilometer vanwaar zij zich bevonden. Had hij een van zijn rechercheurs rondjes door de buurt laten rijden terwijl Rosario Lopez werd gemarteld, verlamd en verkracht?

Zijn maag was één brok verkrampte spieren.

Tommi Humphrey had Jeffrey verteld waartoe de moordenaar in staat was. Het lichaam van Leslie Truong toonde tot in het gruwelijkste detail hoe sadistisch de man was. Terwijl al deze politiemensen hier rondhingen, was er misschien opnieuw een jonge vrouw die een metalen priem in haar nek voelde steken.

'Ik ben er,' zei Matt ten slotte. 'Ik heb mijn kijker. Ik zie de bovenkant van de schuur. Het dak is schuin, als een skischans en, shit –'

Door de telefoon klonk het gepiep van remmen.

'De schuur heeft een raam aan de achterkant,' zei Matt. 'Er is overheen geschilderd, maar er zitten veiligheidstralies voor het glas en… fuck. Ik zie de deur aan de zijkant. Die heeft ook ijzeren tralies. Er zit een hangslot op.'

Jeffrey voelde hoe de spanning in het vertrek zich als een strop strak trok.

Misschien zat Rosario Lopez in die schuur opgesloten.

'Zal ik naar binnen gaan?' vroeg Matt.

'Nog niet.' Jeffrey was niet van plan hem er alleen op af te sturen. Hij liep terug naar de kaart aan de muur en volgde de route met zijn vinger. 'Parkeer op Hollister. Als Nesbitt naar buiten komt, dan moet hij daarlangs als hij de buurt uit wil. Hou de lijn open. Je moet meeluisteren.'

'Begrepen, chef.'

'Marla,' zei Jeffrey. 'Alleen mobiele telefoons. Ik wil Landry, Cheshire, Dawson, Lam, Hendricks en Schoeder. Zeg dat ze positie moeten innemen op Matts locatie. Lampen maar geen sirenes.'

Marla keerde zich met een zwaai naar haar telefoon toe.

Met een veeg van zijn arm maakte Jeffrey het dichtstbijzijnde bureau leeg. Papieren en pennen vlogen over de vloer. Hij spreidde de tekeningen van het huis over het blad uit: vooraanzicht, benedenverdieping, eerste verdieping, plattegrond. Hij pakte een pen. 'Goed luisteren, iedereen, want je hebt de leiding over je team. Matt?'

'Ik ben er nog.'

'Jij gaat met Hendricks. Jullie geven me rugdekking bij de voordeur en houden de ramen en de souterrainramen aan de zijkant in de gaten. Hou afstand. Nesbitt mag niet in paniek raken.'

'Tegenover zijn voordeur, aan de andere kant van de straat, staat een auto geparkeerd,' zei Matt. 'Daarachter kunnen we dekking zoeken.'

'Goed,' zei Jeffrey. 'Lena, jij klopt aan.'

Ze keek verbijsterd.

'Ik ben vlak achter je.' Hij nam het met haar door. 'Je klopt aan. Je zegt tegen Nesbitt dat je gekomen bent voor die boete vanwege het verlopen rijbewijs.'

Haar eerste schrik nam wat af. In het hele district was bekend dat Jeffrey Tolliver een beul was als het om verkeersovertredingen ging. De boetes vormden de helft van zijn budget.

'Zorg dat hij rustig blijft,' zei hij tegen Lena. 'Zeg dat het een routinebezoek is, niks om zich druk om te maken. Je bent er om hem mee te nemen naar het bureau. Hij mag de boete rechtstreeks betalen of zorgen dat hij over een uur op borgtocht wordt vrijgelaten. Als hij meekomt, dan is dat mooi. Als hij weigert, dan laat je het zo.'

Haar mond viel open van verbazing. 'Chef?'

'Zonder een redelijk vermoeden van schuld kunnen we dat huis niet binnenvallen.' Jeffrey koos zijn woorden met zorg. 'Felix heeft zojuist toegegeven dat Daryl wiet verkocht aan Caterino en Truong. Misschien ruik je wiet aan Daryl wanneer hij opendoet. Of misschien hoor je binnen iets. We moeten duidelijk kunnen uitleggen aan de officier van justitie waarom we dat huis binnengingen.'

Lena knikte bedachtzaam. Van alle aanwezigen was zij de enige die wist wat hij vroeg.

'Lena, als je denkt dat er gerede aanleiding is om dat huis binnen te gaan, geef je me een teken en doe je een stap opzij. Ik ga als eerste naar binnen.' Jeffrey pakte de tekening van de benedenverdieping erbij. Midden in de gang zette hij een kruisje. 'Dit is het centrale punt, Lena. Als Nesbitt de trap naar het souterrain neemt of de trap naar de eerste verdieping, kun jij vanaf deze plek alles zien.'

Lena perste haar lippen op elkaar. Ze knikte.

'De garderobe.' Hij tekende een cirkel. 'Niet met je rug ernaartoe gaan staan, tenzij je er eerst in hebt gekeken. Ramen, deuren en handen, weet je nog?'

'Ja, chef.'

'Brad.' Jeffrey tikte met zijn pen op de keukendeur. 'Jij bent verantwoordelijk voor de achterkant van het huis. Je neemt samen met Landry positie in. Benader het huis van de kant van Valley Ridge. Hou de zijramen in de gaten. Niemand mag naar buiten.'

'Ja, chef,' zei Brad, hoewel hij doodsbang keek.

'We plaatsen Dawson en Cheshire aan beide uiteinden van Bennett Street. Schoeder en Lam sluiten Valley Ridge af voor het geval hij zover komt. Frank, jij houdt het schuurtje in de gaten.'

Franks kaak verstrakte.

Jeffrey greep zijn schouder om hem eraan te herinneren wie de baas was. Hij had geen tijd voor gekwetste ego's, en hij ging Daryl Nesbitt niet verliezen omdat Frank al buiten adem raakte als hij twintig stappen rende. 'Als Rosario Lopez in die schuur zit, ben ik degene die haar vindt.'

Frank ging er niet in mee. 'En stel dat Lena aanklopt en Nesbitt direct ziet wat er speelt, Lena pakt en haar gijzelt?'

'Dan jaag ik nog voor hij de deur dichtdoet een kogel door zijn kop.'

Jeffrey nam zijn sleutels uit zijn zak en liep naar de wapenkamer. Hij haalde er twee geweren uit samen met kogels, patronen, snelladers en kogelwerende vesten en deelde ze uit.

Lena liet haar te ruime jas afglijden en hees met een zwaai het vest om haar romp. De voorplaat was breder dan haar lichaam. De achterkant hing over haar kont.

Jeffrey stelde de platen goed af. Hij trok het klittenband recht. Lena stond stil, met haar armen opzij. Hij had nog nooit een kind aangekleed, maar dat voelde waarschijnlijk zo. Hun blikken kruisten elkaar. Lena keek bang, maar ook verdomd gretig. Hier had ze voor getekend. Voor het gevaar. De actie. Weerspiegeld in haar gezicht zag hij zijn eigen wanhopige behoefte om zichzelf te bewijzen toen hij voor het eerst het uniform had aangetrokken. De enige andere keer dat Jeffrey die man in de spiegel had gezien, was toen hij zijn trouwpak had aangetrokken.

'We gaan.'

Terwijl ze Lena naar buiten volgden, controleerde Jeffrey zijn Glock om er zeker van te zijn dat er een kogel in de kamer zat.

Hij keek op en kneep zijn ogen samen tegen het zonlicht. Zoals altijd viel zijn blik op de kinderkliniek. Sara's BMW stond weer eens in de showroomstand geparkeerd. Jeffrey bracht zijn vingers naar zijn mond. Hij stuitte op een opgedroogd bloedspoor uit zijn gebroken neus.

Lena's vest slokte haar bijna op toen ze op de passagiersstoel plaatsnam. Het kostte Jeffrey moeite om het stuur niet vast te klemmen. Het bleef stil in de auto tot ze Main Street achter zich lieten.

'Moet ik bij Nesbitt aankloppen omdat jij denkt dat hij zich niet laat intimideren door een vrouw?' vroeg ze.

'Jij gaat naar die deur omdat we een waterdichte aanleiding moeten hebben.'

Lena knikte. Ze begreep dat hij erop rekende dat ze zou liegen. Ze herhaalde zijn eerdere woorden. 'Hij dealt in wiet. Ik rook dat hij naar wiet stonk.'

'Mooi.'

Jeffrey stuurde de auto door de scherpe bocht die de grens tussen Heartsdale en Avondale markeerde. Hij had zijn kiezen zo stevig op elkaar geklemd dat er een pijnscheut door zijn kaak trok. Elke seconde die verstreek bood Nesbitt de gelegenheid om ervandoor te gaan. Om naar de schuur te gaan. Om de straat op te lopen. Om met een hamer het bos in te gaan.

Drie vrouwen.

Nesbitt mocht de kans niet krijgen een vierde te pakken.

Aan het begin van Hollister Road telde hij zes surveillancewagens van Grant County. Matt gaf Landry, Cheshire, Dawson, Lam, Hendricks en Schoeder hun orders. Hij had zijn BlackBerry in zijn hand en liet hun Nesbitts rijbewijsfoto zien. Ze droegen allemaal een kogelwerend vest. Wapens werden gecontroleerd. Geweren werden geladen. De spanning die ze deelden, ontlaadde zich op de gebruikelijke manieren: ze stootten elkaar aan en wipten op en neer op de bal van hun voeten, terwijl ze inwendig strak stonden als een springveer.

Frank en Brad zwenkten om Jeffreys auto heen. Ze stopten om Landry op te pikken en vertrokken naar Valley Ridge. Drie man voor de achterkant van het huis. Vier voor de voorkant. Vier surveillancewagens die het omringende gebied veiligstelden.

Was het genoeg?

Jeffrey minderde vaart en stopte. Hij wilde iedere man in de ogen kijken.

'We hebben radiostilte,' zei hij. 'Jullie hebben drie minuten om je positie in te nemen.'

'Oké, chef.' Ze klonken als een peloton, maar het waren stuk voor stuk echtgenoten, zonen, vrienden, vaders, broers. En Jeffrey was voor hen verantwoordelijk; hij stuurde ze de vuurlinie in.

Hij zag hoe ze in groepjes uiteengingen. De vier surveillancewagens reden weg. Matt en Hendricks liepen op een drafje naar Daryls huis, de hand op hun holster zodat de Glock niet tegen hun zij sloeg.

Jeffrey keek op zijn horloge. Ze hadden elke seconde van die drie minuten nodig om zich te kunnen installeren. Ze moesten doen waarvoor ze getraind waren. Positie innemen, inademen, even een moment nemen om de adrenaline te reguleren, die als amfetamine door hun bloedbaan spoot.

Hij zag Lena's mond opengaan toen ze inademde.

'Zit je vest goed?' vroeg hij.

Ze knikte. Haar kin raakte de kraag.

'Morgenochtend bekijken we voorraadcatalogi,' zei hij. 'Wedden dat ze die vesten ook in het roze hebben?'

Ze wilde al kwaad worden, tot ze besefte dat hij een grapje maakte. Weer ademde ze in. Ze glimlachte, maar haar wang trilde van inspanning.

'Als ik niet zeker wist dat je het kon, zou je hier niet zijn,' zei hij.

Ze slikte weer. Ze knikte weer. Ze keek uit het raampje en wachtte.

Jeffrey keek naar de ronddraaiende secondewijzer van zijn horloge. 'We gaan.'

Op Bennett Street bleef hij onder de vijftig rijden. Hij zag Matt en Hendricks geknield achter een oude Chevy Malibu zitten, die tegenover Nesbitts voordeur stond geparkeerd. Hij zette zijn Town Car op nog geen halve meter achter de antracietkleurige bestelbus, zodat die ingesloten was.

Hij keek naar het huis. De jaloezieën voor de ramen aan de voorkant waren open. De verandalamp brandde. Achter het glas was geen gezicht te bekennen.

Hij zei tegen zichzelf dat dit een makkie ging worden. Nesbitt zou de deur openen. Lena zou hem vragen naar buiten te stappen. De handboeien zouden tevoorschijn komen. Ze zouden Rosario Lopez vinden. En Daryl Nesbitt zou in een gat verdwijnen waar hij nooit meer uit zou kunnen kruipen.

'Jij gaat voorop,' zei hij tegen Lena.

Ze bracht haar hand naar de portierkruk. Ze ademde weer in en hield de lucht even vast.

Jeffrey volgde Lena toen ze uitstapte. Ze trok haar vest recht en zette een stoer gezicht op. Blijkbaar had ze besloten dit als een willekeurige arrestatie te beschouwen. Niets was ooit routine, maar sommige dingen waren minder moeilijk dan andere. Een man met een uitstaande boete en een in beslag genomen pick-up. Weer zeshonderd dollar voor het politiebudget. Weer een punt voor het quotum dat volgens Jeffrey niet eens bestond.

Lena tikte in het voorbijgaan even op het achterpaneel van de antracietkleurige bus.

Jeffrey volgde haar voorbeeld. Hij wierp een blik in de garage. Aan de groen-met-gele gereedschapskar zat een hangslot. Hij zag er een stuk gereedschap op liggen. Groene en gele strepen. De hamerkop van anderhalf pond was gevuld met zand en gehuld in een laag polyurethaan. Het was een van de drie hamers uit de Dead Blow-kit van Brawleigh.

Jeffrey klikte zijn holster open. Lena stond op de veranda. Hij bleef wijdbeens voor het trapje staan. Tussen hem en de deur zat vier meter. Genoeg ruimte voor Daryl om het op een lopen te zetten. Genoeg ruimte voor Jeffrey om hem tegen te houden.

Lena wachtte niet op Jeffreys teken. Ze hief haar arm en beukte met haar vuist op de deur. Toen deed ze een stap terug en wachtte.

Niets.

In gedachten telde Jeffrey langzaam af.

Toen hij bij negentien was aangekomen, beukte Lena weer op de deur.

Jeffrey stond op het punt haar te corrigeren. Dit was een basisregel. Ze werd geacht Nesbitts naam te roepen en te zeggen dat ze van de politie was.

'Fuck!' klonk het van ergens diep in het huis. Een mannenstem. Geergerd. 'What the fuck?'

Voetstappen. Een ketting werd weggetrokken. Een nachtslot klikte terug.

De deur zwaaide open.

Jeffrey herkende Daryl Nesbitt van de foto op zijn rijbewijs. Zijn vettige haar was dennenappelkleurig. Hij droeg een gele sportshort.

Het enige wat hij verder nog aanhad, waren witte sportsokken met blauwe strepen aan de bovenkant. Het rood van zijn blote borst liep door tot in zijn gezicht. Zelfs op vier meter afstand zag Jeffrey dat de man een erectie had. Hij rook niet naar wiet. Hij stonk naar seks.

Lena hief haar kin. Ze had het ook geroken.

'Wat is er?' Daryl keek woedend op haar neer. 'Wat moet je?'

'Daryl Nesbitt?' vroeg Lena.

'Die woont hier niet meer,' zei Daryl. 'Die is vorige week naar Alabama verhuisd.'

Hij wilde de deur dichtdoen.

Lena stak haar hand uit.

Het gebeurde zo snel dat Jeffrey maar één ding kon denken.

Niet doen.

Lena's hand sloot zich om Daryls pols. Hij probeerde zich los te rukken en deed een stap naar achteren. Lena strompelde naar voren. Haar linkervoet schoof over de drempel. Toen haar rechter. Ze was binnen. Ze bleef naar voren bewegen. Daryls arm schoot uit en verdween achter het deurkozijn. Misschien pakte hij een mes, een pistool, een hamer.

De deur viel al bijna dicht.

Jeffrey voelde zijn vinger om de trekker van zijn Glock nog voor hij doorhad dat hij zijn wapen had getrokken. Hij hief het en richtte op het hoofd van Daryl Nesbitt.

Er klonk een daverend schot.

De deur versplinterde op het moment dat hij dichtviel.

Jeffrey sprong over de veranda. De deur was op slot. Hij zette een stap naar achteren en trapte hem open. Hij bestreek de ruimte met zijn wapen, maar binnen zag het er heel anders uit dan hij had verwacht. De eetkamer. De woonkamer. De keuken. Hij zag ze niet. Overal waren deuren, allemaal dicht.

'Links!' Matt stoof langs hem. Hendricks vormde de achterhoede. Alsof Jeffrey een startpistool had afgeschoten. Matt barstte door de gammele deur naar de gang. Hendricks ramde de eetkamerdeur open. Jeffrey zette een stap naar voren. Zijn voet raakte iets hards. Lena's pistool vloog over de vloer.

'Lena!' brulde hij.

Er klonk een geweerschot.

Brad Stephens strompelde de keuken in.

'Lena!' Jeffrey vloog met twee treden tegelijk de trap op. Pas halverwege besefte hij dat hij boven misschien werd opgewacht door iemand die zijn kop van zijn romp ging schieten.

Hij dook ineen en liet zich rollen. Hij belandde voor de deur van de badkamer op de overloop. Hij keek achter zich. Vier slaapkamers. De deuren waren allemaal dicht.

Lena gilde.

Jeffrey rende naar de deur van de ouderslaapkamer en trapte die aan splinters.

Lena lag in een hoopje naast het bed. Haar hoofd bloedde. Ze was tegen een houten bureau gevallen. Misselijk van ellende rende Jeffrey op haar af. Zijn verantwoordelijkheid. Zijn puinhoop. Lena's leven. Hij legde zijn vingers tegen haar hals en voelde haar halsslagader kloppen, waardoor zijn eigen hartslag met een milliseconde vertraagde.

Hij keek op.

Hij zag de laptop op het bureau.

Kinderen.

Jeffrey slikte de gal weg die door zijn keel naar boven kolkte. Zijn blik vloog de kamer door. Goedkope kunststof jaloezieën voor het raam. De kast had geen deur. Kleren lagen in hopen op de vloer. Het bed was een matras op het tapijt. Ergens lag een smerige, verfrommelde witte sportsok.

'Chef!' Matt verscheen aan het eind van de overloop. Brad dook achter hem op. Ze begonnen deuren open te rammen.

'Jeffrey?' fluisterde Lena.

De wereld vertraagde toen hij zich weer naar haar toe keerde.

Ze had hem nooit eerder bij zijn naam genoemd. Het had iets heel intiems zoals ze die uitsprak. Lena had haar arm geheven. Haar hand trilde van inspanning.

Ze wees naar het raam. De kunststof latjes klikten op de wind.

'Shit!' Jeffrey rukte de jaloezieën weg. Het raam was naar beneden geklapt, het bovenste paneel was achter het onderste gegleden. Daryl Nesbitt stond nog geen halve meter van hem af op het overstek boven de keukendeur.

Terwijl Jeffrey toekeek, zette de man zich af en sprong. Hij had zijn armen gespreid en zijn benen fietsten door de lucht. Met een dreun landde hij op het dak van de schuur.

Jeffrey bedacht zich geen moment.

Hij trapte het raam eruit en stapte op het overstek, dat niet breder dan anderhalve meter was. Nog eens drie meter naar de schuur. Het dak liep schuin af, als een skihelling, precies zoals Matt had gezegd.

Ook Jeffrey zette zich af en wierp zich de lucht in.

Zijn armen zwaaiden. Hij probeerde zijn voeten samen te trekken voor de landing en dacht ondertussen aan alles wat fout kon gaan. Hij kon het dak missen. Door het multiplex heen breken. Op zijn zij landen. Zijn been breken, zijn arm, zijn nek.

Hij landde op de tenen van zijn rechtervoet. Hij voelde hoe zijn lichaam verdraaide bij het neerkomen en hoe zijn ruggengraat pijnlijk verwrong. Hij ving zichzelf met zijn linkervoet op, hinkte op zijn rechtervoet verder en tuimelde aan de andere schuine zijde naar beneden, waar hij plat op zijn kont op de grond belandde.

Hij schudde de sterretjes uit zijn ogen en probeerde weer op adem te komen. Hij keek om zich heen.

Daryl rende door de achtertuin. Met een blik over zijn schouder naar Jeffrey vloog hij over de schutting naar de tuin van de buren.

Jeffrey was al overeind gesprongen en rende achter hem aan. Happend naar lucht sprong hij eveneens over de schutting. Zijn voet gleed uit op het gras. Zijn schedel bonkte. Het was alsof er in zijn rug iets was gescheurd. Hij richtte zich weer op en rende om de zijkant van het huis heen.

Hij zag Daryl naar de straat sprinten. Met maaiende armen nam hij de scherpe bocht naar Valley Ridge. Zijn blote voeten stuiterden over het asfalt. Tegen de tijd dat Jeffrey bij de bocht was aangekomen, was hij al dertig meter verder.

'Nee-nee-nee,' smeekte Jeffrey.

Hij kon de afstand niet overbruggen. De jongen was te snel. Jeffrey keek de straat in op zoek naar Dawson. De surveillancewagen stond een footballveld verderop. Dawson had Daryl gezien, stapte uit en rende op hem af.

Jeffreys opluchting was van korte duur, want nu klonk de snerpende kreet van een vrouw.

Weer vertraagde de wereld, werd het wazige beeld van huizen en bomen aan de rand van zijn blikveld stilgezet.

De vrouw was onderweg naar haar auto. Jeffrey zag haar mond openvallen toen Daryl zijn vuist naar achteren zwaaide.

'Nee!' riep hij.

Het was te laat. De vrouw ging neer. Daryl griste haar autosleutels mee.

Jeffrey bleef rennen.

Hij won vijf moeizame meters, terwijl Daryl rommelde met het portier van de rode stationcar.

Weer twee meter, terwijl Daryl de motor probeerde te starten.

En weer twee toen hij de auto in z'n achteruit zette.

Jeffrey perste het laatste grammetje adrenaline uit zijn lijf en dook naar het open autoraam. Hij greep het eerste wat hij te pakken kreeg: een vuistvol vettig haar.

'Klootza–' Met zijn voet op het gaspedaal haalde Daryl naar hem uit.

Jeffreys hoofd knakte naar achteren. Zijn schoenen gleden over het wegdek. Opnieuw haalde Daryl naar hem uit, en nog eens. Ineens gaven Jeffreys uitgeputte spieren het op. Daryls haar gleed door zijn vingers. Hij smakte op de weg. Zijn hoofd knalde tegen het asfalt. Iets zei hem dat hij zo snel mogelijk overeind moest komen. Hij duwde zijn handen op het wegdek en keek omhoog.

Achter de voorruit vertrok Daryl zijn mond tot een grijns. Hij ging over Jeffrey heen rijden. Hij drukte het gaspedaal al in.

Snel krabbelde Jeffrey overeind.

In plaats van naar voren te slingeren, schoot de auto naar achteren, hobbelde over de stoeprand en sloeg tegen het huis aan de overkant.

En niet alleen tegen het huis.

Hij nam ook de gasmeter mee.

Zoals iedereen die ooit een barbecuegrill had aangestoken, had ook Jeffrey weleens brandstof vlam zien vatten. De blauwwitte gloed waarmee de dampen in dichte vlammen uitbarstten, had bijna iets fascinerends. In de gasmeter aan de voorkant van het huis zaten alleen maar dampen. Jeffrey keek hulpeloos toe terwijl de metalen aanvoerbuis uiteen werd gerukt door een kleine anderhalve ton staal. Er was niets betoverends aan, alleen een metaalvonk als een afgestreken lucifer, en toen stond de hele lucht in lichterlaaie.

Jeffrey sloeg zijn armen voor zijn gezicht.

De vuurbal die door de explosie was ontstaan, raasde rond zijn lichaam. Glas versplinterde. Een autoalarm jammerde. Zijn oren begonnen te tuiten. Het was alsof zijn hoofd in een gong zat. De hitte was als een sauna. Hij probeerde overeind te komen, maar verloor zijn evenwicht en sloeg met zijn knie tegen het asfalt.

'Help!'

Daryl zat nog vast in de auto. Hij ramde met zijn schouder tegen het portier, deed verwoede pogingen om eruit te komen. Zijn kreten klonken als een sirene.

'Chef!' Dawson was op vijftig meter afstand. Met pompende armen zette hij het op een rennen.

'Help!' schreeuwde Daryl. Hij hing nu half uit de auto. 'Help me dan!'

Jeffrey strompelde de straat over. Het was alsof de hitte aan zijn gezicht knaagde.

'Help!' gilde Daryl. Vlammen likten aan zijn rug. Hij hing over het portier en klauwde naar de grond. Zijn been zat vast in de auto. Hij kwam er niet uit. 'Alsjeblieft! Help me!'

Jeffrey probeerde het vuur te ontwijken. Hij greep Daryls polsen en trok.

'Harder!' Daryl begon met zijn vrije been tegen het stuur te trappen.

De vlammen laaiden op. Door de hitte smolt de verf van de auto. Jeffrey zag de metalen onderkant van de benzinetank rood opgloeien.

'Trekken!' smeekte Daryl.

Met zijn hele gewicht hing Jeffrey achterover.

'Nee!' gilde Daryl. 'O god! Nee!'

Jeffrey voelde iets knallen. Er schoot iets los, als een champagnekurk die door de kamer vloog. Hij tuimelde naar achteren. Daryl Nesbitt viel boven op hem. Jeffrey probeerde hem van zich af te duwen. De benzinetank kon elk moment ontploffen.

'Chef!' Dawson greep Jeffrey onder zijn oksels en sleepte hem bij de vlammen weg. Iemand gooide water op zijn gezicht. Iemand anders sloeg een jas om zijn schouders.

Jeffrey hoestte een plas zwarte vloeistof uit. Zijn ogen stonden in brand. Zijn huid voelde verschroeid. De haartjes waren van zijn armen gebrand.

'Chef?' zei Matt. Brad was bij hem. Cheshire. Hendricks. Dawson.

Jeffrey rolde zich om. Bloed droop langs zijn keel. Zijn neus was weer gebroken. Hij draaide zijn hoofd.

Daryl Nesbitt lag plat op zijn rug, met zijn armen gespreid, zijn ogen dicht, volkomen roerloos.

Net als Tommi Humphrey.

Net als Beckey Caterino.

Net als Leslie Truong.

Jeffrey duwde zich op zijn elleboog overeind. Hij zag een dik bloedspoor op het gras, dat helemaal terugvoerde naar de brandende auto. Hij volgde het spoor naar Daryl.

De champagnekurk.

De knal die hij had gehoord, was Daryl Nesbitts enkelgewricht geweest toen zijn voet van zijn been werd gerukt.

ATLANTA

26

Hamerend op zijn toetsenbord vulde Will met zorg het laatste vak in op het aanvraagformulier voor een gerechtelijk bevel. Op weg naar zijn werk was hij bij One Museum langsgegaan. De conciërge van Callie Zangers appartementencomplex had het bepaald niet op prijs gesteld dat hij om vijf uur 's ochtends uit zijn bed werd gebeld, maar hij was helder genoeg geweest om Will van de nodige informatie te voorzien.

Nergens slingerden harde schijven van twee jaar geleden rond. Het beveiligingssysteem van het hypermoderne gebouw werd opgeslagen in de cloud. Van de verzekeringsmaatschappij moesten de gecodeerde gegevens vijf jaar bewaard worden. Will verzocht de rechter het GBI toegang te verlenen tot alle opnamen van de drie maanden voor en na de ontvoering van Callie Zanger.

Op zoek naar fouten ging hij met zijn vinger elk woord langs voor hij de aanvraag oplaadde naar het systeem. Hij leunde achterover. Het kon wel vier uur duren voor de aanvraag door een rechter werd goedgekeurd. Vervolgens gingen de advocaten ermee aan de slag. Een hele dag kon verstrijken voor de data waren overgebracht. Ruim tweeduizend uur filmopnamen bekijken vroeg om meer ogen dan Will in zijn hoofd had.

Hij keek hoe laat het was. Amanda had de vergadering op klokslag zeven uur gezet. Hij zou haar vragen of ze haast achter zijn aanvraag wilde zetten. Hij had nog acht minuten rust voor zijn dag in een stroomversnelling zou raken.

Daarvan mocht hij zich vier minuten lang aan zijn zorgen overgeven.

Eerst kwam Faith. Ze was kapot geweest van het gesprek met Callie Zanger. Will was zelf ook aangeslagen geweest. De terugrit naar het hoofdkwartier hadden ze allebei als een kwelling ervaren, Faith omdat ze haar tranen had proberen te bedwingen, en Will omdat hij het liefst iets kapot had willen slaan toen hij Faith had zien vechten tegen haar tranen.

Hij boog zich naar de open deur van zijn kamer. Faiths deur was dicht. Ze was een kwartier geleden gearriveerd. Hij hoorde haar rondscharrelen, maar ze was niet bij hem binnengewipt en hij wist niet of ze gestoord wilde worden.

Will keek op zijn computerklokje. Er was één minuut verstreken.

Hij liet zijn gedachten afdwalen naar de volgende vrouw over wie hij zich zorgen maakte: Sara. De opgraving van Shay Van Dorne zou haar zwaar vallen. Maar dat was niet het enige wat hem dwarszat. De vorige avond waren ze allebei op de bank in slaap gevallen. Sara's hoofd had op zijn borst gedrukt, maar telkens als Will dacht aan wat hen verbond, schotelde zijn brein hem het beeld voor van een verlengsnoer dat op een halve meter van het stopcontact lag.

Hij had geen idee hoe hij de stekker er weer in moest steken.

Sara had hem verteld dat de U-Store zich tegenover de begraafplaats bevond, en Will had haar geloofd toen ze had gezegd dat ze Jeffreys graf niet had bezocht, maar telkens wanneer hij onwillekeurig aan 'de chef' dacht, wilde hij Sara vastgrijpen, over zijn schouder slingeren en haar als een holenmens in zijn grot opsluiten.

Of als een seriemoordenaar.

Will peuterde aan de pleister die Sara op zijn knokkel had geplakt. Hij had zichzelf nooit als jaloers beschouwd. Maar Angie had dan ook nooit voor de volle honderd procent bij hem gehoord. Ze had rondgeneukt sinds ze oud genoeg was geweest om uit een raam te glippen. Will had zich lichtelijk gestoord aan haar slechte reputatie, en hij was woedend geweest toen hij syfilis had opgelopen, maar hij had allerlei redenen bedacht waarmee hij haar ontrouw kon rechtvaardigen. Angie was door te veel mannen in haar leven beschadigd. Seks was haar manier om iets van die macht terug te pakken. Will was de enige man van wie ze ooit had gehouden. Tenminste, dat had ze gezegd.

Nu hij met Sara was en wist hoe echte liefde voelde, besefte hij hoe groot Angies leugen was geweest.

'Mogge, man.' Nick kwam zijn kamer binnen slenteren. 'De vergadering begint zo.'

Will kon hem wel slaan.

'Hoor eens.' Zonder te vragen ging Nick op de bank zitten. 'Wil je mijn eerlijke mening?'

Will draaide zijn stoel naar hem toe. Meestal als iemand zijn eerlijke mening aanbood, betekende het dat hij eerst had gelogen of dat hij nu ging liegen.

'Echt jongen,' zei Nick, 'toen ik pas hoorde dat je het met Sara had aangelegd, wilde ik je zo godsgruwelijk doodslaan dat zelfs God niet naar je lijk zou zoeken.'

Will had het nooit met Sara 'aangelegd'. 'Je kunt het nog altijd proberen.'

'Nee joh, het is toch duidelijk waar haar hart ligt.'

Will wist niet wat hij moest zeggen, dus hij hield zijn mond.

'Maar als je het verkloot...' Nick grijnsde als een boze clown. 'Gratis advies van een ouwe rot: er loopt op de hele wereld niet zo'n goeie vrouw rond als die je in de palm van je hand houdt.'

Ze keken elkaar aan. Will overwoog enkele antwoorden, maar besloot dat hij met 'echt joh, dat meen je' dit wedstrijdje ver pissen waarschijnlijk niet in een gelijkspel zou laten eindigen.

Hij viel terug op zijn standaardreactie. Hij bromde wat, knikte en wachtte tot Nick opstapte.

Zijn blik werd weer naar zijn computerklokje getrokken.

Nick had hem één minuut van zijn tijd gekost.

Op weg naar de trap kwam hij langs Faiths kamer. Will liep met een klop op de deur naar binnen om te zeggen dat de vergadering begon. De woorden stokten in zijn keel.

Faith had haar hoofd op het bureau gelegd. Haar gezicht ging schuil onder haar arm.

Will slikte, zocht naar de juiste woorden. 'Faith?'

Ze draaide haar hoofd om en tuurde naar hem. 'Ik heb een godsgruwelijke kater.'

Wills opluchting ging al snel over in ergernis. Hij had altijd een hekel aan drank gehad. In zijn jeugd betekende een dronken volwassene doorgaans dat hij weer eens op zijn flikker kreeg. 'Het is bijna zeven uur.'

'Geweldig.' Faith pakte haar notitieboekje en haar Starbucks-koffie. Haar kleren waren gekreukeld. Ze had donkere kringen onder haar ogen. 'Van Amanda en mijn moeder moest ik gisteravond mee naar koor. Ik ging knock-out toen ze over hun California Highway Patrol-fantasietjes begonnen.'

Will trok een scheef gezicht.

'Erg hè?' Faith deed de deur achter zich dicht. 'Zelf geil ik op Erik Estrada, maar Larry Wilcox? Serieus, Amanda?'

'Dus het is weer goed tussen jullie?'

'Hm, ik ga mezelf niet veranderen. Zij gaat zichzelf niet veranderen. Dat is trekken aan een dood paard.' Faith lachte. 'En dat is mijn derde en laatste paardengrap in evenveel dagen.'

Will betwijfelde of het een grap was, maar hij was blij dat de oude, sarcastische Faith terug was.

Hij hield de deur naar de trap voor haar open. Faiths stem galmde tegen het beton toen ze hem over haar ex vertelde, die Emma en een paar vriendinnetjes had meegenomen naar de Fun Zone om te spelen.

'Welkom bij de ouderclub, kerel.' Faith giechelde. 'Je hebt zestig dollar neergeteld om je kind bloot te stellen aan een besmettelijke ziekte.'

Will hield de volgende deur open. Faith begon aan een nieuw verhaal. Zijn gedachten dwaalden af naar Sara. Hij voelde haar hoofd nog steeds op zijn borst drukken. De vorige avond had ze anders naar hem gekeken. Aarzelend. Ze was nog steeds onzeker over zijn gevoelens. Will vond zichzelf kleingeestig, want ergens diep vanbinnen, in een donker en misschien wel sadistisch deel van hemzelf, stond die onzekerheid hem wel aan.

Amanda was nog niet op haar kamer, maar Nick had al een plek op de bank ingepikt. Zijn cowboylaars rustte op de rand van de salontafel.

Faith ging naast hem zitten. Zoals gewoonlijk begonnen ze direct over ditjes en datjes te kletsen. Will leunde tegen de muur, wat hij inmiddels zo vaak had gedaan dat het hem verbaasde dat zijn schouderbladen geen deuk in het betonblok hadden uitgesleten.

Hij hoorde geklikklak op de gang, ten teken dat Amanda in aantocht was. Ze zag er precies zo uit als op alle andere dagen. Peper-en-zoutkleurig haar als een helm om haar hoofd. Rok en bijpassend jasje. Discreet aangebrachte make-up. Als ze al een kater had, liet ze daar niets van merken.

'Laten we het kort houden.' Ze reikte Faith een stapel papier aan. Ze wierp Nick een blik toe waardoor hij meteen zijn voet op de vloer zette. Ze leunde tegen het bureau, wat voor haar nog het dichtst bij zitten kwam. 'Ik moet vanochtend naar het Capitool om het hoofd van de toezichtscommissie te informeren. Een van onze slachtoffers komt uit zijn district. Ik wil niet dat hij over de zeik gaat.'

Will keek mee terwijl Faith door de pagina's bladerde. Hij herkende een paar namen van de dertien rechtsdistricten waar de lichamen waren gevonden.

'Waar gaat dat gerechtelijk bevel eigenlijk over dat je vanochtend hebt aangevraagd?' vroeg Amanda.

Will vertelde haar over zijn uitstapje naar One Museum. 'We weten van het APD dat het parkeerterrein niets heeft opgeleverd, maar op de gang bij Zangers appartement hangt een camera. Als je daar wat haast achter kunt –'

'Op weg naar het centrum bel ik de rechter,' zei ze. 'Ondertussen ga je namens mij naar de autopsie op Van Dorne. Zodra, en dan bedoel ook echt zodra, Sara bevestigt of ontkent dat Shay Van Dorne is vermoord, stuur je me een bericht. Begrepen?'

Ze wachtte niet op zijn reactie. Tegen Faith en Nick zei ze: 'Jullie zitten vanochtend met je reet op je bureaustoel. Neem de lijsten door. Maak de afspraken. Goed onthouden: ogenschijnlijk nemen we de dataverzameling met betrekking tot vermiste personen nog eens door. Ga voorzichtig te werk als je mensen ondervraagt. Niemand mag achterdocht krijgen. Hou het –'

'Rustig,' zei Faith.

Amanda trok haar wenkbrauw op, en even verloren ze zich in een stilzwijgende krachtmeting.

'Ma'am, mag ik iets zeggen?' vroeg Nick.

Zonder enige haast keerde Amanda zich naar hem toe.

'Ik heb nog eens nagedacht over Daryl Nesbitt,' zei Nick. 'Ik weet dat zowat dit hele gebouw ervan op de hoogte is hoe ik over Jeffrey Tolliver dacht, maar ik kan het moeilijk bevatten dat hij het bij deze zaak zo mis heeft gehad.'

Met een handgebaar spoorde Amanda hem aan.

'Waarom hebben jullie Nesbitt zo snel vrijgepleit?' wilde hij weten.

Will besefte dat hij niet wist van het bestaan van Heath Caterino, Beckeys zoon. Dat was niet aan onwil te wijten. Amanda deelde de informatie met slechts een klein kringetje, want misschien verkeerde de jongen in levensgevaar.

'Goede vraag.' Amanda kon altijd al liegen als de beste. Ook nu knipperde ze nauwelijks met haar ogen. 'In onze laboratoria is een oud DNA-rapport gevonden van de autopsie op Truong. Dat hebben we vergeleken met een envelop die Daryl Nesbitt naar Gerald Caterino heeft gestuurd. Het DNA kwam niet overeen.'

Nick trok aan zijn baard. Hij was duidelijk op zoek naar gaten in het verhaal.

Will kende de echte geschiedenis, en hij zag een gapend gat dat geen van hen nog had opgemerkt. 'Waarom zijn we er zo zeker van dat Daryl degene was die de envelop dicht heeft gelikt?'

Het enige geluid in de kamer kwam van de ventilator in Amanda's computer.

'Fu-u-uck.' Faith keerde zich naar Will toe. 'Wat een klotestreek.'

'Nick.' Amanda pakte de telefoon van haar bureau. Ze toetste een nummer in en zei tegen hem: 'Ga naar de gevangenis, nu meteen. Ik wil tegen twaalf uur een wanguitstrijkje van Daryl Nesbitt in het lab.'

Toen Nick weg was, legde ze de telefoon weer neer. 'Vertel,' zei ze tegen Faith.

'Het laboratoriumrapport dat Gerald Caterino me heeft gegeven, was het origineel, geen kopie. Hij heeft het wanguitstrijkje van Heath samen met de envelop van Daryl Nesbitt naar een officieel en door het gerechtshof erkend commercieel laboratorium gestuurd. Het is gespecialiseerd in vaderschapszaken. De uitslag van het rapport was eenduidig. Nesbitt kon onmogelijk de vader van Heath zijn.'

'Will heeft gelijk. Die informatie is gebaseerd op de aanname dat Nesbitt degene is geweest die de envelop dicht heeft gelikt.' Amanda richtte zich tot Will. 'Wat denk je?'

'Nesbitt zit nu acht jaar in de gevangenis. Gevangenen weten meer over forensische procedures en DNA dan de meeste agenten.'

'Hij speelt een schaakspel,' voegde Faith eraan toe. 'Zelfs Lena Adams had dat door. Nesbitt werkt volgens een strategie. Hij zet mensen tegen elkaar op. We weten dat hij dankzij gesmokkelde telefoons toegang heeft tot het internet. Zo kan hij achter het bestaan van Heath zijn gekomen en toen heeft hij hetzelfde rekensommetje gemaakt als wij.'

Amanda knikte. Ze had haar besluit genomen. 'Nesbitts DNA zit al in onze databank omdat hij een veroordeelde zedendelinquent is. Wat het DNA van Heath Caterino betreft is de integriteit van het sporenmateriaal van het grootste belang. Om voor de hand liggende redenen wil ik geen gerechtelijk bevel aanvragen.'

'Zal ik Gerald Caterino vragen of ik een uitstrijkje van de mond van zijn zoon mag maken?' vroeg Faith. 'Dus van de jongen van wie hij beweert dat het zijn eigen kind is omdat hij doodsbang is dat Beckeys verkrachter het ontdekt?'

'Ik wil wel –' begon Will.

'Ik doe het,' zei Faith. 'Will gaat naar de opgraving. Hij moet toch wachten op het gerechtelijk bevel voor die bewakingsbeelden. We hebben ieder ons werk.'

'Goed,' zei Amanda. 'Ik zet een ander team op de telefoonlijsten. Wanneer jullie terug zijn, kunnen jullie het met hen kortsluiten.'

Faith dumpte de papieren op de salontafel.

Will voelde de spanning in zijn lijf toen ze wegging. Hij wist niet of hij haar wilde tegenhouden of met haar mee wilde gaan.

'Wilbur,' zei Amanda. 'Op dit moment is het niet belangrijk of het DNA van Daryl Nesbitt al dan niet overeenkomt met dat van Heath Caterino. Waar we nu mee te maken hebben is een opgegraven lichaam dat nieuwe aanwijzingen kan opleveren, en een gerechtelijk bevel dat ons toegang kan verschaffen tot beeldmateriaal waarop het gezicht van een moordenaar te zien is.'

Will wist wanneer hij moest opstappen. Met zijn handen in zijn zakken liep hij naar de trap. De spanning zat nog steeds in zijn lijf, maar van de dringende noodzaak die hij even had gevoeld was niet veel meer over. Wel was hij nog bezorgd. Hij vond het niet prettig dat Faith in haar eentje was. Het stoorde hem dat hij het DNA van de labtest niet had gecheckt. Hij was bezorgd omdat Amanda gelijk had. Nesbitt had de afgelopen acht jaar geen vijftien vrouwen vermoord en vijf andere geterroriseerd.

Wie dan wel?

Iemand die alles wist over de misdaden. Iemand die dicht genoeg bij Daryl Nesbitt stond om hem ervoor te laten opdraaien. Iemand die slim genoeg was om zijn sporen te wissen. Iemand die een verzameling haarbanden, kammen, borstels en haarspelden bezat.

Volgeling? Copycat? Gek? Moordenaar?

Na twee dagen worstelde Will nog met dezelfde vragen die ze zichzelf in de gevangeniskapel hadden gesteld.

Hij verliet het gebouw via de deur onderaan de trap. Het mortuarium bevond zich achter het hoofdkwartier, in een metalen bouwwerk dat aan een hangar deed denken. De wind sloeg tegen zijn jasje toen hij over het trottoir liep. Hij hield zijn ogen op de grond gericht. In de lucht viel niet veel te zien. Donkere wolken. Onweer. Regenscherfjes die in zijn gezicht beten.

Bij het laadperron stond een zwart mortuariumbusje. Beide deuren waren geopend. Gary hielp de chauffeur om Shay Van Dornes kist op een roltafel te plaatsen. Toen Will zich een voorstelling van de opgraving had gemaakt, had hij brokken aarde en puin voor zich gezien, en misschien de hand van een Crypt-keeper die door verrot hout heen stak. De metalen kist zag er smetteloos uit en de zwarte verf glansde nog als een spiegel. Het enige teken dat hij niet rechtstreeks uit de showroom kwam, was de sliert spinrag die aan een van de hoeken hing. Een spin was erin geslaagd zich in de grafkelder te laten sealen.

Will liep de hal van het mortuarium door. Ramen boden zicht op de autopsieruimte. Twee pathologen waren al aan het werk. Ze droegen gele schorten en blauwe operatiepakken. Witte operatiemaskers. Felgekleurde mutsen. Onderzoekshandschoenen van gebroken wit.

Sara was in een kamertje aan het eind van een lange gang. De wanden waren volgehangen met foto's van plaatsen delict. Het achterafkamertje diende als tijdelijke werkplek voor iedereen die het nodig had. Bureau. Telefoon. Twee stoelen. Geen raam.

Will ging langzamer lopen om goed naar haar te kunnen kijken.

Ze had haar armen naar het bureau uitgestrekt. Ze keek op haar iPhone. Ze had een operatiepak aangetrokken. Ze had een bril op. Haar lange, kastanjebruine haar zat in een losse wrong boven op haar hoofd. Will bestudeerde haar profiel.

Het is duidelijk waar haar hart ligt.

Hij hoorde zich te schamen, want Sara was letterlijk voor hem op de knieën gegaan en had bij herhaling gezegd dat ze van hem hield en dat ze voor hem had gekozen, maar niets van dat alles had bij benadering zoveel voor hem betekend als toen Nick tussen neus en lippen door had opgemerkt dat hij Sara in de palm van zijn hand hield.

Ze had hem nog niet gezien. Ze legde haar telefoon neer. Hij zag dat ze de bovenste lade van het bureau opentrok en er een tube lotion uit haalde. Daarmee smeerde ze haar handen en haar blote armen in.

Will vond dat hij lang genoeg getreuzeld had. Hij kondigde zichzelf aan met de woorden: 'Amanda wil dat ik als getuige bij de autopsie ben.'

Ze glimlachte naar hem. Niet zoals anders, onzeker. 'Mijn moeder heeft een e-mailadres gevonden van Delilah Humphrey. Ik weet niet wat ik moet zeggen.'

Will wist ook niet wat hij moest zeggen. Hij moest een manier vinden om dingen recht te zetten met Sara. Deze ontkoppeling sleepte zich te lang voort. Hij ging op de stoel naast het bureau zitten. Zijn knie raakte die van haar.

Sara sloeg haar blik neer. Het beencontact was kennelijk niet genoeg.

'Mijn, eh...' Will schraapte zijn keel. Hij stak haar zijn niet-gewonde hand toe. 'Ik heb ook last van een droge huid.'

Ze fronste haar wenkbrauwen, maar speelde het spel mee. Ze masseerde de lotion in zijn hand. Hij keek naar haar vingers, die zachtjes over zijn huid streken. Het was alsof de spanning in zijn schouders ook werd gladgestreken. Zijn ademhaling vertraagde, net als die van Sara. Geleidelijk veranderde de atmosfeer in de raamloze kamer. Hij merkte dat zij het ook voelde. Ze glimlachte toen ze beurtelings al zijn vingers beetpakte en er een zacht kneepje in gaf. Met haar duim volgde ze de lijnen in zijn handpalm. Wills moeder had aan astrologie gedaan. Tussen haar spullen had hij een poster over handlijnkunde gevonden. Hij dacht aan de namen van de lijnen waar Sara overheen streek.

Levenslijn. Lotslijn. Hoofdlijn. Hartlijn.

Sara keek op.

'Hoi,' zei hij.

'Hoi,' zei ze.

En moeiteloos gleed de stekker weer in het contact.

Sara boog zich voorover. Ze drukte haar lippen op zijn handpalm. Ze was een ongewone vrouw. Ze had iets met Jeffreys handschrift gehad. Ze had iets met Wills handen.

'Zal ik je helpen met de mail?' vroeg hij.

'Ja, graag.' Ze pakte de telefoon weer. 'Zal ik voorlezen wat ik heb?'

Will knikte.

'Eerst de gebruikelijke dingen bij het hernieuwen van een contact,' zei Sara. 'Ik heb haar mijn mobiele nummer gegeven voor het geval ze niets vastgelegd wil hebben. En dan schrijf ik: Ik weet hoe moeilijk het is, maar ik zou graag met Tommi willen praten. Alles wat ze zegt, blijft tussen ons, net als eerst. Wilt u vragen of ze contact met me opneemt, maar alleen als ze wil praten? Ik begrijp en respecteer haar recht om te weigeren.'

Will probeerde zich Delilahs reactie voor te stellen wanneer ze de mail las. De vrouw had geen enkele reden om te reageren, laat staan om haar dochter erbij te betrekken. 'Moet je haar niet vertellen waarom?'

'Dat vind ik een heel moeilijke beslissing.' Sara legde haar telefoon weer neer. Ze bleef zijn hand vasthouden. 'Tommi heeft nooit geloofd dat Daryl Nesbitt haar had aangevallen. Ik heb haar zijn politiefoto laten zien. Ze zei dat hij het niet was. Zonder aarzelen.'

Will liet dezelfde bom vallen die Nick en Faith de staat had doorgejaagd, ieder een andere kant op. 'We gaan de DNA-monsters van Nesbitt en Heath Caterino opnieuw testen.'

Sara's mond viel open van verbazing. Ze zag het gapende gat eerder dan Will het had gezien. 'Jullie denken dat Nesbitt die envelop door iemand anders heeft laten dichtlikken.'

'We weten dat Nesbitt van spelletjes houdt, en hij heeft een reden om zijn gram te willen halen. Ik heb nog nooit een crimineel ontmoet die de ellende waarin hij zat niet op een ander afschoof.'

'Hij weet het verlies van zijn voet aan Jeffrey. Als onderdeel van zijn proces eiste hij schadevergoeding.'

'Hoe zat het met het bewijs?'

Sara somde het op: 'De hamer kwam overeen met het merk en de set die in Nesbitts garage werden aangetroffen. Hij woonde twee straten van het bos vandaan. Hij kende de stad. Twee slachtoffers hadden zijn nummer in hun telefoon staan. Hij had geen alibi voor het tijdstip van de aanvallen. Hij werkte op een bouwplaats dicht bij de brandweg. Hij reed in een donker busje, iets wat Tommi zich ook herinnerde. Het was uiteraard twijfelachtig of Tommi wilde getuigen. En dan was er het schuurtje.'

Will wist dat hij voorzichtig moest zijn. Hij was niet van plan de nagedachtenis aan haar man de grond in te trappen. Tenminste niet waar ze bij was. 'Ik heb begrepen dat hij met zijn rug tegen de muur stond vanwege die derde vermiste studente, Rosario Lopez. Maar als je de kruitdampen laat optrekken, is dat geen zwaarwegend argument.'

'Dat kan ik alleen maar beamen. Daarom drong Jeffrey er bij de officier van justitie niet op aan om hem in staat van beschuldiging te stellen.' Ze legde het uit: 'Als Nesbitt achter de tralies zat, zo meende

Jeffrey, dan zouden zich meer getuigen melden of er zou meer bewijs worden gevonden. Hij heeft nog een heel jaar aan de zaak gewerkt in een poging iets te vinden, wat dan ook, wat de aanvallen met Nesbitt verbond. Maar niemand meldde zich en hij kreeg de zaak niet rond, en uiteindelijk kreeg Nesbitt het voor elkaar poging tot moord aan zijn rapport toe te voegen, dus –'

Gary klopte op het deurkozijn. 'Dokter Linton? We zijn zover.'

'Ik kom zo.' Sara had haar telefoon weer gepakt. Al tikkend las ze haar woorden voor: 'Wilt u Tommi vragen me te bellen of te mailen? Ze zou weleens gelijk kunnen hebben wat die foto betreft. Hoe klinkt dat?'

'Hangt ervan af,' zei Will. 'Wil je haar bang maken?'

'Ze hoort toch bang te zijn?'

'Verstuur hem dan maar.'

Sara wachtte tot ze de mail weg hoorde suizen voordat ze haar telefoon in haar achterzak stopte.

'Gary heeft nog nooit een opgraving gedaan, dus het gaat allemaal langzaam, oké?'

'Langzaam is prima.'

Ze bleef Wills hand vasthouden toen ze door de gang liepen. Ze liet pas los op het moment dat ze bij de voorraadkast waren aangekomen. Ze pakte een geel schort, een blauwe operatiemuts en twee mondmaskers.

'Bij Alexandra McAllister waren met een soort scheermes of scalpel snijwonden toegebracht,' zei ze. 'De moordenaar wist dat het bloed aaseters zou aantrekken. De zenuwen in de armvlecht waren compleet doormidden gesneden. Het gaatje in het ruggenmerg was verborgen, maar ik weet waar ik moet kijken. Waarschijnlijk kan ik je al snel vertellen of het letsel bij Shay Van Dorne dezelfde patronen vertoont.'

'Ik moet het Amanda ASAP laten weten.'

'Is er iets wat Amanda niet ASAP wil?' Sara reikte omhoog en bond het masker om Wills achterhoofd. 'Door het openbreken van de grafkelder is de meeste stank weggetrokken. Eigenlijk heb je dit niet nodig, maar het kan geen kwaad.'

Vervolgens trok ze haar eigen spullen aan en sloeg de banden van het schort twee keer om haar middel. Ze stopte haar haar onder de operatiemuts en deed de operatiehandschoenen aan. Het viel Will op dat ze een transformatie onderging toen ze zich gereedmaakte voor Shay Van Dorne. Soms maakten artsen grapjes om een macabere situatie enigszins te verlichten. Sara maakte geen grapjes. Ze benaderde elk onderzoek naar een doodsoorzaak met respectvolle plechtigheid.

Gary had de kist naar het voorvertrek gereden. Op het deksel was een doorzichtige plastic envelop geplakt. Will zag documenten en iets wat op een raamuitzetter leek, zo'n ding waarmee oude aluminium ramen werden opengezet.

Will trok zijn das wat losser. De lichtpunten leken wel hittelampen, die de lucht tot het kookpunt brachten. Ze staken als robotarmen uit het plafond naar beneden. Het vertrek hing vol camera's en microfoons, waarvan er één recht op de kist was gericht. Een brancard met een opgevouwen wit laken en rubberen hoofdsteun stond al gereed voor het lichaam. Op een tafel lag bruin papier om kruisbesmetting van de kleren te voorkomen. Op een tweede tafel lagen een vergrootglas en operatie-instrumenten. Gary had een uitdraai van het oorspronkelijke ongevalsrapport klaargelegd. Ernaast lag een stapel kleurenfoto's van de plek waar ze gevonden was.

Will had de foto's niet van de server gedownload, dus hij bekeek ze nu. Shay Van Dorne was liggend op haar rug aangetroffen, midden in het bos. Ze had een groene kakibroek aangehad en een witte wollen polo. De kleren waren aan flarden gereten door dieren die zich tegoed hadden gedaan aan haar borsten, romp en bekken. Haar lippen en oogleden waren weggevreten. Een deel van haar neus was verdwenen.

'Klaar?' Sara wachtte tot iedereen geknikt had. Ze drukte op een voetpedaal om de camera's en microfoons in te schakelen. Will hoorde haar datum en tijdstip noemen, haar eigen naam en die van de overige aanwezigen.

Onwillekeurig dacht hij aan het filmpje van Leslie Truong dat ze de vorige avond op de oude videorecorder hadden afgespeeld. Sara had er zo anders uitgezien. Hoewel ze feitelijk dezelfde dingen zei, klonk ze acht jaar later ook anders.

'In dit vertrek zal ik het voorlopige onderzoek uitvoeren, vervolgens maakt Gary de röntgenfoto's en daarna rijden we haar naar de autopsiezaal.' Dat wat de formaliteiten betrof. Nu richtte Sara zich tot Gary: 'De meeste houten kisten worden met een metalen sluithaak afgesloten. De duurdere modellen hebben een slot waarbij een zeshoekige sleutel hoort.'

'Zoals een inbussleutel?' vroeg hij.

'Precies.' Sara peuterde de plastic envelop van de kist. Ze liet de sleutel eruit glijden en hield hem omhoog. 'Dit is een kistsleutel met kruk. De schacht is langer, omdat hij een metalen kist ontsluit. Het slot zit altijd aan het voeteneind, ook wel het voetenpaneel genoemd. Het paneel dat de bovenkant van het lichaam bedekt heet het deksel. Voel je de rubberen pakking?'

Gary streek met zijn handschoenvingers langs de rand van het deksel. 'Ja.'

'De pakking verzegelt de kist, maar niet hermetisch. Weet je nog wat ik je verteld heb over ontgassing tijdens het ontbindingsproces? Als de kist of kelder te strak is geseald, kan een van de twee ontploffen, of ze ontploffen allebei.' Sara liep naar het voetenpaneel van de kist. 'In sommige staten zijn kelders verplicht. In andere weer niet. Onthou goed dat mensen op een dieptepunt van hun leven over een begrafenis moeten beslissen, dus vergeet nooit dat de beslissing die ze nemen de beste is die ze op dat moment kunnen nemen, wat hun keuze ook is.'

'Mijn oma was fan van de Georgia Bulldogs,' zei Gary, 'en toen hebben we een rood-met-zwarte kist gekozen, met bovenop een bulldog.'

Will vroeg zich af of de jongen de open microfoon was vergeten.

Sara duidelijk niet. Ze schoof de sleutel in het gat en ging door met haar les, die evenzeer voor Gary was bestemd als voor een toekomstige jury. 'Houten kisten worden geopend door een kwartslag naar links. Bij metaal moet je vaker draaien. Zo ontgrendel je de sluithaken die het deksel en het voetenpaneel bij elkaar houden. Klaar?'

Deze keer wachtte Sara niet op antwoord. Ze zette beide handen schrap op de kruk, gooide haar schouders in de strijd en draaide. De pakking kraakte. Will hoorde een luchtvlaag die wel iets weg had van de *woesj* waarmee de iPhone een mail verzond.

Hij bracht zijn hand naar het mondmasker dat om zijn nek hing, maar Sara had gelijk. Dat had hij niet nodig. De geur die hij opving was dezelfde ziekelijk zoete lucht die drie jaar geleden door Shay Van Dornes lichaam was afgescheiden toen ze hermetisch afgesloten in de metalen kist was geseald.

Sara schoof haar vingers onder de rand van het voetenpaneel. Ze wachtte tot Gary hetzelfde deed met het deksel.

Ze tilden tegelijkertijd.

Will stond achter Gary, maar door zijn lengte kon hij rechtstreeks in de kist kijken.

Shay Van Dornes huid was gelig en wasachtig. Haar hals was gezwollen. Op haar voorhoofd zaten schimmelplekken. Ze droeg een blouse van zwarte zijde en een lange zwarte rok. Haar donkerbruine haar hing slap om haar schouders. Haar wangen waren onnatuurlijk roze en vol. Haar lippen, neus en oogleden waren vakkundig met modelleerwas gereconstrueerd. Afgezien van de kleurafwijking zou Will nooit hebben geraden dat deze door een dier waren verslonden. Make-up werd door dode huid niet geabsorbeerd.

Haar handen lagen gevouwen op haar borst. De vingernagels waren lang en krom. Ze had de afgelopen drie jaar een kanten beursje vastgehouden.

Voorzichtig verwijderde Sara het beursje. Ze schudde de inhoud op haar hand. Er vielen twee trouwringen uit, de een heel eenvoudig, de andere met een grote diamant.

Will zag Sara's ogen vochtig worden. Haar eigen trouwring lag samen met die van Jeffrey in een houten doosje. Toen Will haar pas kende, had het doosje op de schoorsteenmantel gestaan. Nu stond het op een plank in de kleerkast op de logeerkamer.

'Je vindt vaak persoonlijke voorwerpen bij de overledene,' zei ze tegen Gary. 'Zorg dat je ze registreert en fotografeert, zodat ze teruggelegd kunnen worden voor de herbegrafenis.'

Gary pakte het beursje en legde het voorzichtig op het bruine papier.

'Dan verplaatsen we haar nu naar de brancard.' Sara sleepte een voetenbankje naar zich toe.

Gary pakte een tweede, dat bij de deur stond.

Will leunde tegen de muur. Het lichaam woog iets meer dan vijftig kilo; ze hadden zijn hulp niet nodig. Gary tilde haar bij haar schouders op. Sara pakte de benen. Will zag Shays hand naar beneden vallen toen ze op de brancard werd gelegd. Hij keek naar haar blote voeten. De teennagels waren krom als kattenklauwen. Hij ging op zijn tenen staan en zag een paar hoge hakken in een plastic tas in de kist.

'De wasachtige substantie die je op de huid ziet, heet adipocire of lijkenwas,' zei Sara. 'De anaerobe bacteriële hydrolyse van vet begint tijdens de ontbinding, het vijfde stadium van de dood. Het is een fabeltje dat haren en nagels blijven groeien. De huid trekt zich terug zodat de nagels er langer uitzien. Balsemvloeistof dringt niet door tot in de haarzakjes, waardoor het haar zijn glans verliest.'

Gary reed de kist onder de camera's vandaan en rolde de brancard ervoor in de plaats. 'Waarom heeft ze haar schoenen niet aan?' vroeg hij.

'Dat is niet ongewoon, zeker niet met hoge hakken. Soms zit er ondergoed in een tas bij de voeten. Als er autopsie is gepleegd, vind je soms een verzegelde zak met organen.'

Gary keek lichtelijk onthutst.

'Dat alles hoort bij de standaardpraktijk in dit vak,' zei ze. 'We gaan haar uitkleden.'

Will bleef met zijn rug tegen de muur staan toen ze aan de slag gingen. Gary knoopte Shays blouse open en legde die op het bruine papier. De bh had haakjes aan de voorkant. De kunststof sluiting was gebroken. Voorzichtig trok hij het kledingstuk weg. In de cup boven de plek waar Shays borst had gezeten, waren watten gepropt. Het materiaal was verkleefd met de open wond. De arm viel weg van het lichaam. Ook in de oksel zaten watten.

'Tijdens de balseming worden watten als vulling gebruikt bij lichaamsopeningen en open wonden,' zei Sara. 'Zo kan er geen vocht uit lekken.'

Ze trok de rok naar beneden. Ondergoed ontbrak. De bovenbenen werden gespreid. Will zag ook watten tussen haar benen, bijna als een luier. Onwillekeurig dacht hij aan Leslie Truong, Tommi Humphrey, Alexandra McAllister en al die andere vrouwen op de spreadsheet.

Voorzichtig draaide Sara Shays hoofd om. Ze wreef met een vinger over de nekwervels. Vervolgens bekeek ze de oksels. Met een pincet verwijderde ze het wattenvulsel. Will, die op anderhalve meter afstand toekeek, zag zenuwen en aderen uit de oksel steken als een verzameling kabels die uit een computer was gerukt.

Met het vergrootglas bestudeerde Sara de wond. Ze keek op naar Will en knikte. De punctie bij c5. De compleet doorgesneden zenuwen van de armvlecht.

Shay Van Dorne vertoonde hetzelfde letsel als Alexandra McAllister.

Terwijl Sara de bevindingen opsomde voor de opname, nam Will zijn telefoon uit zijn zak. Hij hield het apparaat laag, buiten het bereik van de camera, en stuurde Amanda een opgestoken duimpje. Ze tikte meteen een 'oké' terug. Hij wilde de telefoon weer in zijn zak steken toen hij aan Faith dacht. Ze was verbonden met zijn locatie-app. Hij zag dat ze flink had doorgereden. Ze was nog ongeveer twintig minuten verwijderd van Gerald Caterino's erf.

Hij overwoog haar iets bemoedigends te sturen, maar een duimpje voelde verkeerd. Faith had Callie Zanger ook al in haar eentje moeten afhandelen. Will wist niet hoe ze het zou aanpakken als Gerald weer instortte. Het geluid van zijn gesnik in dat benauwde kabinet was hartverscheurend geweest. Het had Will doen denken aan de baby's die soms in het kindertehuis terechtkwamen. Ze huilden dagenlang tot ze merkten dat niemand hen kwam troosten.

Uiteindelijk stuurde hij haar een emoji van een bataat. Dat snapte Faith wel.

'Hoezo?' vroeg Gary.

Will keek op.

‘We vinden niks opmerkelijks als we haar oogleden openen,’ legde Sara uit.

Will stopte zijn telefoon weg. Hij wist dat ze ‘opmerkelijk’ in de letterlijke betekenis bedoelde. Vanwege diervraat waren de oogkassen leeg onder de kunststof kapjes die de vorm van de oogleden intact hielden. Er viel niets over op te merken.

Sara peuterde de was weg die Shay Van Dornes lippen vormgaf. De kaken bleven dicht. Ze legde de was op het bruine papier. Ze wees naar de mond en zei tegen Gary: ‘Zie je die vier draden aan de bovenste en onderste gingiva, oftewel het tandvlees?’

‘Ze lijken op broodzaksluitingen.’

‘De balsemer maakt de mond dicht met een mondsluittang. Het apparaat is een soort kruising tussen een injectiespuit en een schaar, maar zie het maar als een soort kleine harpoen. De injector drukt een scherpe pen met een draad eraan rechtstreeks in het bovenkraakbeen en de onderkaak. Dan draai je de bovenste en onderste draden in elkaar zodat de mond dicht blijft. Geef me de kleine draadschaar eens.’

Gary drukte de tang in haar hand.

Sara knipte de draden los. De slappe mond viel open en zakte opzij, alsof de kaak was gebroken. Ze drukte tegen het bot. ‘De kaak is ontwricht.’

Will hoorde aan haar stem dat de ontdekking haar dwarszat. Hij pakte het lijkschouwersrapport van de kar. Het was een standaardformulier. Hij wist dat het hokje met BESCHRIJVING LETSEL – SAMENVATTING op de derde pagina stond. Met zijn vinger volgde hij de enige regel tekst.

Diervraat in seksorganen, zoals aangegeven op tekening.

Will bestudeerde de anatomische schets. De borsten en het bekken waren omcirkeld. Op de ogen en mond waren kruisjes getekend. Over het gebied rond de kaken stond niets vermeld. De lijkschouwer van Dougall County was tandarts. Een ontwrichte kaak kon hem niet ontgaan zijn.

Will keek weer op.

Sara scheen met een lampje in de mond. Ze sleepte het voetenbankje naar zich toe. Vanuit een hogere positie kon ze recht in de keel kijken. Ze drukte de onderkaak naar beneden om de mond zo ver mogelijk te openen. Toen pakte ze het vergrootglas en tuurde naar binnen.

Vanwege de opname verklaarde ze: 'Ik kijk nu naar het rechterbovenkwadrant. Een stukje latex of vinyl zit vast tussen de achterste kies en haar verstandskies.'

Gary had de verandering in haar toon ook opgemerkt. 'Is dat raar?' vroeg hij.

Ze praatte om de vraag heen. 'Verstandskiezen komen gewoonlijk door tussen je adolescentie en kort na je twintigste. Meestal staan ze scheef. Ze kunnen de andere kiezen verdringen en behoorlijk veel pijn veroorzaken. Doorgaans worden ze twee aan twee of allemaal tegelijk verwijderd, dus het is opmerkelijk dat een vijfendertigjarige vrouw nog één verstandskies heeft.'

Sara stapte van het bankje. Met een blik gaf ze Will te kennen dat er iets heel erg mis was. Ze spreidde de foto's uit die de lijkschouwer van Dougall County had gemaakt, en daarop vond ze wat ze zocht. 'De latex zat er nog niet toen de lijkschouwer foto's van de mond maakte.'

'De balsemer had waarschijnlijk handschoenen aan?' opperde Gary. 'Vanwege ziektes?'

'Ja,' zei ze. 'Geef me de forceps eens.' Ze richtte zich weer op Shays lichaam en zette de lamp boven haar hoofd schuin. Ze stak het lange pincet in Shays mond. De latex rekte uit toen ze het eruit probeerde te trekken. Toen begon de kaak weg te glijden.

'Hou de kaak op z'n plaats,' gebood ze. 'Het zit muurvast daarbinnen.'

Gary legde zijn vingers tegen beide kanten van de kin en hield de mond met kracht zo wijd mogelijk open.

Sara deed een nieuwe poging, en gaf weer een ruk aan de latex. Het materiaal was dun, bijna doorzichtig.

Haar telefoon ging. Het geluid klonk gedempt uit haar achterzak.

Fronsend keek ze achterom naar Will. 'Neem jij die? Misschien is het –'

Sara wilde Delilah Humphreys naam niet uitspreken voor de open microfoon.

Will viste de telefoon uit haar achterzak en hield haar het schermpje voor.

'Ik neem deze even op de gang,' zei ze tegen Gary.

Will volgde haar de kamer uit. Ze hield haar in handschoenen gestoken handen in de lucht, want ze mocht de telefoon niet aanraken.

'Je mag het wel horen,' zei ze.

Will tikte op het speakericoontje en hield de telefoon vlak bij haar mond.

'Mrs Humphrey?' zei Sara.

Er klonk geruis. Will was bang dat ze de telefoon te vaak hadden laten overgaan, maar de timer op het scherm liep nog.

'Mrs Humphrey, met dokter Linton. Bent u er nog?'

Nog meer geruis, maar nu klonk er een vrouwenstem. *'What's up, doc?'*

Sara keek verbluft. 'Tommi?'

'Spreekt u mee.' Tommi's stem was dieper dan Will zich had voorgesteld. In gedachten had hij een timide, geknakte vrouw gezien. De stem aan de andere kant van de lijn was hard als staal.

'Sorry dat ik je lastigval,' zei Sara.

'"Je zou weleens gelijk kunnen hebben wat die foto betrof."' Nu citeerde ze Sara's mail. 'Acht jaar geleden heb ik al gezegd dat het Daryl Nesbitt niet was.'

Sara perste haar lippen op elkaar. Will zag dat ze nog niet zover was, dat het bericht aan haar eigen moeder en de mail aan Delilah de enige stappen waren die ze had doorgedacht.

'Tommi,' zei Sara. 'Ik moet weten of je je nog iets herinnert.'

'Wat zou ik me verder nog herinneren?' Het staal was in een scheermes veranderd. 'Waaróm zou ik me iets moeten herinneren?'

'Ik weet dat dit moeilijk is.'

'Ja, ik weet dat u dat weet.'

Sara knikte, en op dat moment besefte Will dat ze Tommi over haar eigen verkrachting had verteld.

'Tommi –'

Tommi onderbrak haar met een lange, gekwelde zucht. In zijn verbeelding zag Will sigarettenrook uit haar mond kringelen.

'Ik kan geen kinderen krijgen,' zei ze.

Sara keek Will weer aan. Ze hield zijn blik vast. 'Dat vind ik heel erg.'

Will besefte dat ze het tegen hem had.

Hij schudde zijn hoofd. Daar hoefde ze zich nooit voor te verontschuldigen.

'Ik wilde gelukkig zijn, weet u,' zei Tommi. 'Ik keek naar u en dan dacht ik: als dokter Linton gelukkig kan zijn, kan ik het ook.'

Sara was zo wijs de gemeenplaatsen achterwege te laten. 'Het is moeilijk.'

Weer stilte. Will hoorde de klik van een aansteker. Een mond die rook opzoog en weer uitblies.

Tommi zei: 'Ik kan alleen seks met een man hebben als hij me pijn doet.'

De onthulling kwam er in één ademtocht uit. Will zag dat Sara hetzelfde deed als hij: vertragen, een manier proberen te vinden om voorbij de overtuiging in Tommi's stem te komen.

Langzaam schudde Sara haar hoofd. Ze wist niet hoe. Ze was totaal verslagen.

'Is het bij u ook zo?' vroeg Tommi.

Weer keek Sara Will aan. 'Soms,' antwoordde ze.

Tommi blies een lange stoot rook uit.

Opnieuw inhaleerde ze.

'Hij zei dat het mijn schuld was. Dat herinner ik me. Dat het mijn schuld was.'

Sara opende haar mond en ademde in. 'Zei hij ook waarom?'

Tommi zweeg even. Ze zoog de rook weer diep in en blies langzaam uit. 'Hij zei dat hij me gezien had en dat hij me wilde en dat hij wist dat ik te verwaand was om hem zelfs maar te groeten, dus moest hij me neuken.'

'Je weet dat het jouw schuld niet is, Tommi,' zei Sara.

'Ja, we moeten verkrachtingsslachtoffers niet langer vragen wat ze verkeerd hebben gedaan, maar mannen vragen waarom ze verkrachten.'

Haar stem had iets zangerigs, alsof ze een mantra opzei die ze in een zelfhulpgroep had gehoord.

'Ik weet dat je dat gevoel niet weg kunt redeneren,' zei Sara. 'Er zullen altijd momenten zijn dat je het jezelf verwijt.'

'Doet u dat ook?'

'Soms,' gaf Sara toe. 'Maar niet altijd.'

'Altijd ís mijn tijd,' zei Tommi. 'De hele fucking tijd.'

'Tommi...'

'Hij huilde,' zei ze. 'Dat herinner ik me vooral. Hij huilde als een klein kind. Op zijn knieën, nota bene, en maar jammeren en als een klein kind heen en weer schommelen.'

Will voelde alle lucht uit zijn longen trekken. Zweet parelde op zijn nek.

De vorige dag had hij een man zo zien huilen.

Op zijn knieën. Heen en weer schommelend. Snikkend als een kind.

Will had in het moordkabinet van Gerald Caterino gestaan. De obsessie van de vader met de aanval op zijn dochter had zich over alle muren verspreid. Lijkschouwersrapporten. Krantenartikelen. Politieverslagen. Getuigenverklaringen. DNA. Een borstel. Een kam. Een scrunchie. Een haarband. Een haarspeld. Niemand op aarde wist zoveel over de aanvallen op Rebecca Caterino en Leslie Truong als Gerald Caterino.

Volgeling? Copycat? Gek? Moordenaar?

Ze waren ervan uitgegaan dat Daryl Nesbitt het DNA van een ander op de envelop had achtergelaten.

Stel dat Gerald Caterino het zelf had gedaan?

Gejaagd zocht Will naar de telefoon in zijn zak. Faith reed waarschijnlijk op ditzelfde moment de oprit van Caterino op. Hij moest haar waarschuwen.

Sara wist dat er iets mis was. 'Tommi...' zei ze.

'Zijn moeder lag in het ziekenhuis.'

'Wát?'

Will verstijfde toen hij Sara's verbijsterde reactie hoorde. Ze had het woord bijna uitgeschreeuwd.

'Daarom deed hij het,' zei Tommi. 'Dat was de reden. Zijn moeder was ziek en lag in het ziekenhuis. Hij was bang dat ze doodging. Hij zocht iemand om hem te troosten.'

'Tommi...'

'Nou, mooie troost ben ik.' Ze lachte bitter. 'Sara, doe me een lol. Wis dit nummer. Ik kan je niet helpen. Ik kan mezelf niet eens helpen.'

Er klonk een klik. Ze had de verbinding verbroken.

Will tikte op zijn telefoon om Faiths nummer te zoeken. 'Ik moet –'

'De latex,' zei Sara. 'Will, die is niet van een handschoen. Die is van een condoom.'

GRANT COUNTY – DONDERDAG
EEN WEEK LATER

27

Jeffrey probeerde zonder te strompelen door Main Street te lopen. Er was een volle week verstreken sinds de inval in het huis van Daryl Nesbitt, en hij wilde de stad laten zien dat alles in orde was met hun politiechef. Of zo in orde als mogelijk met een gebroken neus, een verrekte rug en een piep in zijn longen die hem op een zieke chihuahua deed lijken.

Rosario Lopez had niet in gevaar verkeerd, en eigenlijk was ze niet eens vermist geweest. De studente was met een jongen naar huis gegaan die ze in de kantine had ontmoet, waarna ze, zoals dat vaak ging met studenten, de rest van de dag in bed hadden doorgebracht, waar ze afhaalmaaltijden hadden gegeten en over hun kindertijd hadden gepraat. De klopjacht door het bos en Jeffreys vrees dat ze in de schuur gevangen werd gehouden waren beide ongegrond.

Nu kon hij zichzelf wel blijven kwellen met alle andere manieren waarop hij Daryl Nesbitt zou hebben aangepakt als de mogelijke ontvoering van Rosario Lopez hem niet onder druk had gezet, maar hij had lang geleden geleerd dat zelfverwijt over het verleden je alleen maar opbrak in de toekomst.

Bovendien waren er ernstiger vergissingen die hem slapeloze nachten bezorgden.

Rebecca Caterino verkeerde nog steeds in coma. Niemand kon zeggen hoeveel schade haar hersens hadden opgelopen. Afwachten, was het devies. Jeffrey hield zichzelf voor dat ze uiteindelijk zou herstellen. Beckey zou nooit meer kunnen lopen, maar ze zou nog wel een leven hebben. Ze kon weer gaan studeren. Ze kon haar diploma halen. De verzekeringsmaatschappij van het district was al met haar vader aan het onderhandelen over een schikking. De universiteit zou zich scheel moeten betalen. Praktisch onderaan de lijst stond het feit dat Jeffrey zijn baan mocht houden.

Voorlopig, althans.

Bonita Truong was met het lichaam van haar dochter teruggevlogen naar San Francisco. Sindsdien had ze Jeffrey twee keer gebeld. Beide keren had hij alleen maar kunnen luisteren terwijl zij huilde. Er viel niets te bedenken wat haar verdriet zou verzachten. Zoals Cathy Linton placht te zeggen: de tijd heelt alle wonden.

Jeffrey smachtte naar dat soort heling. Het liefst zou hij de klok sneller laten lopen tot het moment waarop hij zijn eigen verdriet achter zich kon laten. Hij was uit Birmingham vertrokken om te ontsnappen aan dergelijke gewelddadige, hartverscheurende zaken. Hij had gedacht dat Grant County een paradijs zou zijn, waar niets ernstigers voorviel dan een fietsendiefstal of een corpsbal die zijn auto om een boom plooide.

Hij zei tegen zichzelf dat er niets was veranderd. Daryl Nesbitt was een uitzondering. Een psychopaat zoals je die maar één keer in je leven tegenkwam. Voortaan zou Jeffreys loopbaan bestaan uit handen schudden op bijeenkomsten van de Rotary Club en oude dametjes helpen hun kat terug te vinden.

Hij haalde een hoestdropje uit het papiertje en floepte het in zijn mond.

Het voorjaar kondigde zich aan, over de hele lengte van Main Street. De stad was nog steeds een plaatje, ondanks de gruwelen die zich de vorige week in het bos hadden afgespeeld. De bladeren aan de kornoeljes wapperden uitzinnig in de wind. De bloemen die de tuinclub had geplant stonden in volle bloei. Het modeltuinhuisje voor de ijzerwarenwinkel had gezelschap gekregen van een houten bank. Het rek met uitverkoopjes voor de kledingwinkel was helemaal leeg.

Weer hoestte Jeffrey.

De keelpijn kwam niet alleen doordat hij rook had ingeademd. Hij had het afgelopen uur met de officier van justitie en de burgemeester gekibbeld over het bewijs tegen Daryl Nesbitt. De hamer. De nabijheid tot de plaatsen delict. Het telefoonnummer.

De schuur.

Jeffrey dacht telkens met afgrijzen terug aan de zelfgemaakte gevangenis in Nesbitts achtertuin. De tralies voor het raam en de deur waren bevestigd met twintig centimeter lange anti-inbraakschroeven. Ze hadden eruit geboord moeten worden voor ze de deur hadden kunnen openen. Binnen hadden ze een kampeerbed met een pastelroze deken aangetroffen. In de hoek stond een emmer. Ook lagen er een roze borstel en een bijpassende kam.

Aan een metalen ring die met beton aan de vloer was bevestigd, zat een ketting.

Geen bloed. Geen lichaamsvocht. Geen haar. Geen DNA. De schuur zag eruit als een gevangeniscel, maar het was niet tegen de wet om een schuur te hebben die op een gevangeniscel leek. Evenmin als werken in de buurt van een brandweg die toegang bood tot de plek waar een lichaam was gevonden. Of het bezit van een hamer van anderhalve pond, onderdeel van een Dead Blow-kit van het merk Brawleigh. Of rijden in een antracietgrijs busje. Of het feit dat je nummer in de telefoons van twee vrouwen stond die allebei waren aangevallen.

De kinderporno was daarentegen genoeg geweest om Daryl Nesbitt voor minstens vijf jaar op te sluiten.

Vijf jaar.

Daar kon Jeffrey iets mee. Getuigen zouden zich melden. Mensen zouden zich dingen herinneren. Misschien besloot Tommi Humphrey haar zwijgen te verbreken. Jeffrey had zijn twijfels bij haar negatieve reactie op Daryl Nesbitts politiefoto. Hij wilde de pedofiel in een confrontatierij plaatsen zodat Tommi in alle rust vanuit het veilige donker zijn gezicht kon bekijken. Een eendimensionale politiefoto was heel anders dan de man echt voor je te zien.

Het grootste obstakel was Nesbitts advocaat. Hij kwam uit Memminger, een door de wol geverfde verdediger van tuig. De advocaat zou zich tegen een confrontatierij verzetten. Hij had de toegang tot zijn cliënt al geweigerd. Hij had voor elkaar gekregen dat Nesbitt langer in het

Macon Hospital mocht blijven in plaats van in de politiecel. Het ergste was dat hij om ontslag van rechtsvervolging had verzocht omdat er geen gerede aanleiding was geweest om Nesbitts huis binnen te vallen. Als een rechter hierin meeging, was Daryl Nesbitt weer een vrij man.

Jeffrey en Lena waren de enigen die dat konden verhinderen. Ze hadden allebei een verklaring onder ede getekend, op straffe van een veroordeling wegens meineed. Ze waren allebei bereid om met hun hand op de Bijbel te zweren dat ze de waarheid spraken.

Ze wisten allebei dat elk woord gelogen zou zijn.

Er was een bepaald rechtsbeginsel dat 'de vrucht van de giftige boom' werd genoemd. Het kwam erop neer dat bij gebrek aan gerede aanleiding om een woning te betreden alles wat de politie vond zodra ze de drempel was overgegaan, door de rechter als onrechtmatig verkregen bewijs kon worden afgewezen.

Lena was duidelijk zonder gerede aanleiding het huis binnengegaan. Het was niet verboden om in je eigen huis met een erectie rond te lopen. Het was niet verboden om te weigeren de politie te woord te staan. Je mocht zelfs de deur voor hun neus dichtslaan. Lena was de fout in gegaan toen ze Daryls arm had gegrepen. Hij was teruggeweken. In plaats van los te laten was ze over de drempel gestapt. Daarna had ze nog een stap gezet. De deur was dichtgevallen, en toen was de hel losgebroken.

Vanaf dat moment hadden ze niet meer kunnen aankomen met 'Ik rook een wietlucht'.

Gelukkig hadden Lena en Jeffrey een alternatieve gang van zaken kunnen uitwerken, want waar Frank al voor had gewaarschuwd, was daadwerkelijk gebeurd: Daryl had Lena gegrepen en de deur dichtgedaan.

Het was het waard geweest, ook al tetterde Frank nu voortdurend 'Zei ik het niet?' in het rond. Matt en Hendricks bevestigden hun verhaal. Jeffrey ging ervan uit dat ze het voor waar aannamen. De mannen hadden ruim vijftien meter verderop ineengedoken achter een Malibu gezeten. Op die afstand was het moeilijk vast te stellen wie aan wie trok.

Allerlei gênante details werden door de leugen verdoezeld. Dat Lena niet had gemeld dat ze van de politie was. Dat Matt en Hendricks de formatie hadden verbroken. Dat Brad de keuken binnen was gestormd en zijn geweer had afgeschoten. Dat Frank aan de andere kant van de schuur in elkaar was gestort. Dat Lena haar wapen had verloren toen ze Daryl op de trap achterna had gezeten. En het allerbelangrijkste: dat Daryl Lena als een lappenpop door de kamer had gesmeten waarbij ze met haar hoofd tegen het bureau was geknald. Met als gevolg dat de laptop door de klap tot leven was gekomen.

Stom geluk, maar wel geluk.

Puur door de kinderporno stond Daryl Nesbitt een gevangenisstraf te wachten in plaats van dat hij zijn volgende slachtoffer kon stalken. Een pedofiel in de gevangenis kon op allerlei rottigheid rekenen. Volwassen mannen belandden doorgaans niet achter de tralies omdat ze zo'n gelukkige jeugd hadden gehad. Waarschijnlijk was er minstens één veroordeelde die meer dan bereid was het probleem Daryl Nesbitt de wereld uit te helpen. Afgezien daarvan wisten mannen als Nesbitt vaak op allerlei manieren hun verblijf te verlengen zodra de muren zich om hen sloten.

Jeffrey stapte van het trottoir en negeerde zijn overbelaste rugspieren, die zich tot een vuist hadden gebald. Tegen de tijd dat hij bij het Grant Medical Center was aangekomen, had hij zijn hoestdropje op. Het parkeerterrein was zo goed als leeg, op het loodgietersbusje van Linton and Daughters na. Hij nam de zijdeur, in de hoop dat Tessa de lift zou gebruiken.

Die hoop vervloog toen hij nog maar vier stappen binnen was. Hij hoorde gefluit en keek over de leuning, in de verwachting een bos rossig haar te zullen zien.

Dat was de volgende klap.

Eddie Linton keek op. Hij glimlachte.

En toen zag hij Jeffrey.

Jeffrey was niet in staat het op een lopen te zetten. Ook op een drafje zou hij het niet redden. Sara's vader was opmerkelijk fit voor een man die vrijwel zijn hele werkende leven onder een aanrecht had doorgebracht of op zijn buik in een kruipruimte.

Eddie bleef staan op het bordes onder Jeffrey. Zijn gereedschapsriem hing laag om zijn heupen. Dankzij zijn loodgietersbedrijf en vastgoedinvesteringen was Eddie een van de rijkste mannen van de stad, maar hij kleedde zich als een dakloze. T-shirt met gaten. Gescheurde spijkerbroek. Ongekamde haren. Wenkbrauwen die als fusilli alle kanten op kronkelden.

Jeffrey besloot het ijs te breken. 'Eddie.'

Eddie sloeg zijn armen over elkaar. 'Bevalt dat huis van Colton een beetje?'

'Het kan wel een loodgieter gebruiken.'

Eddie grijnsde. 'Koop maar een metalen emmer. Plastic absorbeert de stank.'

Jeffrey kon de eensgezindheid tussen vader en dochter wel waarderen. 'Hoelang gaat dit duren?'

'Hoelang denk je nog te leven?'

Eddie versperde hem de doorgang. Jeffrey was niet zo dom om zich langs hem te wurmen en hij was te trots om weg te lopen.

'Ik heb veel nagedacht over de situatie waarin we ons bevinden,' zei Eddie.

Jeffrey bedacht dat het voor slechts één van hen een kwestie van vrije keuze was.

'Mijn vrouw zei iets heel indrukwekkends toen Sara was geboren. Ken je mijn vrouw?'

Jeffrey keek hem schuins aan. 'We bezoeken geloof ik dezelfde kerk.'

'Ja, nou, het is een verrekt slimme dame. Ik herinner me dus iets wat ze zei vlak nadat Sara was geboren. We waren op de kraamafdeling. Ik hield dat prachtige roodharige meisje in mijn armen en mijn vrouw – Cathy, zo heet ze – zei dat ik me voortaan goed moest gedragen, want meisjes vallen op mannen die op hun vaders lijken.' Hij glimlachte weemoedig. 'Ter plekke, daar in dat ziekenhuis, zwoer ik mijn kleine meisje altijd met liefde en respect te zullen behandelen. Naar haar te luisteren, haar te vertrouwen en haar duidelijk te maken dat ze alleen voor het allerbeste moet gaan.'

'Ik weet dat je ergens een punt probeert te maken,' zei Jeffrey.

'Het punt is dat het zonde van mijn tijd is geweest.' Eddie haalde zijn schouders op. 'Ik had haar moeten negeren om haar te leren hoe ze met mannen moest omgaan die haar als stront behandelen.'

Eddie greep de leuning en hees zichzelf de trap op. Hij stootte met zijn schouder tegen die van Jeffrey. De verrekte spier in zijn rug krijste als een brulaap, maar hij liet niets merken, want die lol gunde hij Eddie Linton niet.

Met vertrokken gezicht zette hij een stap naar beneden. Pijn klemde zich om zijn ruggengraat. Maar dat was niets vergeleken met wat hij voelde toen hij voor de dichte deur van het mortuarium stond.

Voor zijn werkzaamheden als lijkschouwer gebruikte Brock het souterrain van zijn eigen uitvaartbedrijf. Sara had van het ziekenhuis-mortuarium gebruikgemaakt. Haar naam stond nog in het glas gegraveerd uit de tijd dat ze de functie had bekleed. De letters vormden de naam SARA TOLLIVER.

Zijn achternaam was afgeplakt. Op de tape stond nu LINTON, met zwarte viltstiftletters.

Jeffrey bedacht dat hij toen hij vreemdging beter een andere vrouw had kunnen kiezen dan de enige naambordjesmaker in de stad.

Hij peuterde aan een hoekje van de tape, maar zijn gevoel van eigenwaarde weerhield hem ervan die weg te rukken. Met een schuin hoofd luisterde hij of hij iets hoorde aan de andere kant van de deur. Hij was niet in de stemming voor een clash met Tessa. Maar er klonken geen stemmen. Hij hoorde muziek. Paul Simon.

'50 Ways to Leave Your Lover'.

Sara luisterde naar hun nummer.

Jeffrey rechtte zijn schouders. Hij negeerde de pijnscheut in zijn rug en opende de deur.

Sara zat op haar knieën met rubberen handschoenen aan en een blauwe bandana om haar hoofd de vloer te boenen.

Ze keek hem over haar bril heen aan. 'Ben je mijn vader nog tegengekomen?'

'Ja, en ik kreeg de volledige *Götterdämmerung* over me heen.'

Ze wist een glimlach nog net te onderdrukken. De boender viel in de emmer. De handschoenen gingen uit. Ze stond op en sloeg het vuil van haar knieën. Ze droeg shorts en een met verf bespat T-shirt met het verschoten oranje-blauwe logo van Heartsdale High op de voorkant.

'Nesbitt?' vroeg ze.

'De officier van justitie houdt alleen de aanklacht wegens kinderporno aan. Onder ons gezegd kan ik het hem niet kwalijk nemen. De zaak is zwak. Alle bewijs is indirect en dan druk ik me nog positief uit. Wat Caterino betreft kunnen we een proces verwachten.'

'Weet je zeker dat het Nesbitt is?'

'Wie anders?' vroeg Jeffrey. 'Nog afgezien van het indirecte bewijs. De moordenaar kent het bos. Hij wist van die brandweg. Hij was bekend met de campus. Hij stalkte de slachtoffers. Hij stal persoonlijke spullen. Hij was op de hoogte van hun dagelijkse routine. Dat wijst allemaal naar een man die onopvallend zijn gang kon gaan.'

'Dat wijst allemaal naar iemand die in Grant County is opgegroeid.'

'Daryl Nesbitt,' concludeerde Jeffrey.

'Hij heeft binnen een halfuur twee vrouwen gepakt,' merkte Sara op. 'Het wil wel iets zeggen dat er sinds zijn arrestatie niemand meer is aangevallen.'

'Ik hoop dat een gevangene met een foute vader hem uit de weg ruimt voor zijn proces begint.'

Sara fronste haar voorhoofd. Zij kon het zich veroorloven eigenrichting te verwerpen. Als politieman had Jeffrey geleerd dat je soms het schemergebied moest betreden om te voorkomen dat de verkeerde mensen het slachtoffer werden. Het ging erom dat je er niet de rest van je leven in bleef hangen.

'Heb je nog met Brock gepraat?' vroeg ze.

De voorgaande week had Jeffrey vaker met Brock gepraat dan met welke agent in zijn korps ook. De man wilde op de hoogte worden gehouden van het kleinste detail. 'Ik heb vijf voicemails op mijn telefoon. Die aanvallen hebben hem nogal aangegrepen.'

'Dat is het volgens mij niet,' zei Sara. 'Hij weet niet wat hij moet zonder zijn vader. Je weet hoe moeilijk Brock contact maakt. Zijn familie betekent alles voor hem.'

Jeffrey voelde zich schuldig omdat hij Brocks telefoontjes had genegeerd, en dat was Sara's bedoeling ook. 'Hij heeft zijn moeder nog.'

'Ik weet niet hoelang,' zei Sara. 'Vorig jaar heeft Myrna het bijna niet gehaald. Ze was alleen thuis toen ze een zware astma-aanval kreeg. Brock heeft haar toen gevonden. Een paar weken lang was het kantje boord. Ik had hem wel eerder zien huilen, maar niet zoals toen. Hij snikte het uit.'

Jeffrey schudde zijn hoofd. 'Dat kan ik me niet meer herinneren.'

'Ik weet de datum nog omdat de aanval op Tommi Humphrey samenviel met Myrna's verblijf in het ziekenhuis.' Sara trok de bandana van haar hoofd en schudde haar haar los. 'Brock vroeg of ik een tijdje bij haar wilde zitten,' legde ze uit. 'Zijn vader was dronken en de zaak dreef op Brock. Ik ben toen een paar uur bij haar gebleven om hem wat ruimte te geven. Hij was helemaal over zijn toeren toen hij me kwam aflossen. Duizelig bijna, van slaapgebrek en angst, denk ik. De rest van de nacht heb ik over hem liggen piekeren. Toen ik die ochtend op het werk kwam, belde Sibyl me over Tommi.'

Jeffrey begreep de hint. 'Ik zal hem terugbellen.'

'Bedankt.'

Sara pakte de plastic emmer. 'Wil je deze mee naar huis nemen?' vroeg ze.

'Ik heb begrepen dat metaal beter is.'

Met een glimlach droeg ze de emmer naar de wasbak.

Jeffrey keek om zich heen terwijl zij de zeepresten wegspoelde. Hij was al minstens een jaar niet in het mortuarium geweest. Er was niets veranderd, maar eigenlijk was er al bijna een eeuw niets veranderd. Het ziekenhuis was gebouwd in 1930, toen het district een periode van economische bloei beleefde. Het souterrain was al die tijd hetzelfde gebleven. De lichtblauwe tegels aan de muren waren zo oud dat ze bijna weer in de mode waren. De vloeren vertoonden een groen-met-lichtbruin ruitjespatroon. De autopsietafel was van porselein, had afgeronde zijkanten en een afvoer in het midden. Aan de onderkant zaten een ondiepe spoelbak en een kraan. Aan het plafond hing een weegschaal zoals je die op de groenteafdeling van een supermarkt aantrof.

'Jeff?' Sara had de kraan dichtgedraaid en leunde nu tegen het werkblad. 'Wat kom je hier doen?'

'Ik miste je mooie blauwe ogen.'

Hij zag haar met diezelfde ogen rollen. Het was een oud grapje van toen ze nog getrouwd waren. Sara had groene ogen.

'Ik wilde zeggen dat ik blij ben dat je het van Brock overneemt,' zei hij. 'Het district kan wel een patholoog-anatoom gebruiken. De tijden veranderen. Zelfs plattelandsgemeenschappen zien een scherpe stijging van het aantal geweldsdelicten.'

'Ben je een politieworkshop op mij aan het uittesten?'

'Sorry. Ik ben een beetje uit mijn doen nu ik het zonder emotionele ondersteuning moet stellen.'

Voor het eerst sinds zijn binnenkomst keek ze hem recht in zijn gezicht. 'Hoe is het met je longen? Heeft de dokter je ademhalingsoefeningen meegegeven?'

'Drie keer per dag.' Jeffrey nam zich stilletjes voor er die dag nog mee te beginnen. 'Mijn neus doet het meest pijn.'

'Die lijkt wel gebroken.'

'Je had die andere meid eens moeten zien.'

Deze keer kon Sara er niet om lachen. Ze nam haar bril af en poetste de glazen met de onderkant van haar shirt. Ze keek hem pas weer aan toen ze klaar was. 'Was dat echt de reden dat je vreemdging? Omdat ik te veel tijd met mijn familie doorbracht?'

Jeffrey probeerde zijn geheugen te resetten.

'Dat zei je namelijk, vorige week op mijn kamer. Je hebt toen heel veel gezegd. Dat ik meer tijd met jou had moeten doorbrengen in plaats van met mijn familie,' bracht ze hem in herinnering.

Jeffrey nam weer een hoestdropje uit zijn zak. Voorzichtig peuterde hij het papiertje eraf.

'Je bent de loop van de gebeurtenissen vergeten,' zei Sara. 'Het is niet zo dat ik de volgende ochtend gelijk de stad in ben gehuppeld om de scheiding aan te vragen, zonder eerst met jou te praten. Diezelfde avond nog heb ik je gebeld in het motel. Ik was bereid naar je te luisteren.'

Jeffrey wist nog hoe dronken hij was geweest, die eerste avond in de Kudzu Arms. Er had een vrouw onder de douche gestaan terwijl hij zijn woedende bijna-ex aan de telefoon had gehad.

'Ik vroeg je om samen met mij in huwelijkstherapie te gaan,' zei ze.

Hij stopte het hoestdropje in zijn mond. 'Ik had geen zin geld neer te tellen om van een andere vrouw te moeten horen dat ik een klootzak ben.'

Sara trok haar kin in. Ze wisten allebei dat zij in dat geval de cheque zou hebben uitgeschreven.

'Je had het kunnen zeggen,' zei ze. 'Dat van mijn familie. Dat het je dwarszat.'

'Tegen die tijd praatten we niet meer zoveel met elkaar.' Jeffrey zag een opening. 'Vóór ons huwelijk waren we de hele tijd aan het praten. Weet je nog?'

Ze keek hem aan met een ondoorgrondelijke blik in haar ogen.

'Ik vond het heerlijk om met je te praten, Sara. Jouw manier van denken, daar geniet ik van. Je ziet dingen heel anders dan ik.'

Weer trok ze haar kin in.

'Ik had het gevoel dat je leven in een geheim veranderde dat je alleen met je familie deelde.'

'Ze zijn mijn familie.'

'Ze vormen een soort muur van Jericho om je heen, wat prima is. Dat wist ik toen ik met je trouwde.' Hij sprak de waarheid. 'Maar je wilde weten wat er gebeurd was. Je praatte niet meer met me. Dat was een belangrijke reden.'

De oprechte bekentenis leverde hem een vluchtig lachje op. 'Ik ben er nog nooit van beschuldigd niet genoeg te praten.'

'Over wezenlijke dingen, bedoel ik. Hoe je je voelt. Wat je dwarszit. Problemen op je werk. Vroeger maakte je me overal deelgenoot van. Je kon me alles vertellen.' Nu legde hij al zijn kaarten op tafel. 'Ik dacht dat ik met mijn geliefde trouwde. Maar ik eindigde met een zwijgende vrouw.'

Hij zag iets veranderen in haar lichaam, een vertrouwd soort spanning waaraan ze zich altijd vastklampte wanneer ze gekwetst was.

'Zoals dit,' zei hij op zachte toon. 'Dit doe je altijd wanneer ik met je probeer te praten.'

'Wat wil je dat ik zeg?' Ze fluisterde bijna, ook een teken dat ze gekwetst was. 'Wat wílde je dat ik zei?'

Hij schudde zijn hoofd. Het lukte hem niet als ze overstuur was.

'Zeg dan wat ik verkeerd heb gedaan,' zei ze. 'Zeg het dan, want uiteindelijk ontmoet ik weer iemand en ik wil niet dezelfde fout maken.'

Bij de gedachte dat ze ooit iemand anders zou ontmoeten had Jeffrey het liefst het hele gebouw tot de grond toe afgebroken. 'Ik heb het eerder gezegd, ik vond het niet erg dat je voor je familie koos. Maar soms wilde ik dat je voor mij koos.'

'Zou het iets hebben veranderd?' vroeg Sara. 'Je zou wel een andere aanleiding hebben gevonden. Je hebt iedere vrouw bedrogen met wie je ooit bent geweest. Je bent pas gelukkig wanneer je in een voortdurende staat van *limerence* verkeert.'

'Limerence.' Hij probeerde haar toon wat af te zwakken. 'Is dat net zoiets als toen je wou dat ik "semelpaar" was en ik me voor de tweede keer vernederd voelde omdat ik het woord moest opzoeken?'

Ze schonk hem een zuinig lachje. 'Het is een toestand van verliefdheid. Zo voel je je als je pas verliefd bent op iemand. Je bent helemaal bezeten. Euforisch. Je kunt aan niets anders denken.'

'Klinkt geweldig.'

'En dat is het ook, maar vervolgens moet je de vuilnis op straat zetten, de rekeningen betalen en doen alsof je je schoonfamilie aardig vindt, en dat heet dan een relatie. Die krijg je dankzij limerence, maar er is nog iets anders voor nodig om de relatie in stand te houden.'

'Ik weet dat je me niet verwijt dat ik niet van je hou.'

'Jeffrey –'

'Wat moet ik doen om je terug te krijgen?'

Nu werd hij met een echte lach beloond. 'Ik ben geen trofee.'

Ze had geen idee.

Het was eruit voor zijn gezonde verstand hem tegenhield. 'Ik hou nog steeds van je.'

Weer die spanning in haar lichaam. Hij dacht aan haar huid. De zachte welvingen en plooien. Sinds de scheiding hadden ze nog één keer seks gehad. Sara had midden in de nacht bij hem aangeklopt. Hij had de tijd niet gekregen om te vragen wat ze kwam doen. Ze had hem gekust en het volgende moment hadden ze in bed gelegen. Ze hadden allebei tranen in hun ogen gehad. Jeffrey had destijds niet begrepen dat Sara rouwde om iets wat ze was kwijtgeraakt, terwijl hij had gedacht dat hij iets kostbaars terug had gekregen.

'Sara, ik hou nog steeds van je.' Hoe vaker hij het zei, hoe meer hij besefte dat het waar was. 'Ik ben niet van plan het op te geven. Ik blijf die steen de heuvel op duwen tot hij eroverheen is.'

Ze schudde haar hoofd. 'Hoe is het met Sisyfus afgelopen?'

'Weet ik niet. Hij is al tweeduizend jaar dood en we hebben het nog steeds over hem.'

Sara lachte. Niet van harte, maar het was een lach.

'Wees eens eerlijk,' zei ze. 'Het geneest niets, maar het zorgt wel voor een korstje op de wond.'

'Waar moet ik eerlijk over zijn?' vroeg hij, hoewel hij het heel goed wist.

'De vrouwen. Als je dingen recht wilt zetten, moet je eerlijk zijn. Ik weet dat het niet alleen Jolene is geweest.'

Ze wist niets. 'Ik zei het toch, Sara. Het was alleen Jolene, en maar een paar keer. En het stelde geen moer voor.'

Ze knikte één keer, alsof het daarmee was afgedaan. 'Ik ga.'

'Sara –'

'Mijn ouders verwachten me voor de lunch.'

Jeffrey keek toe terwijl ze haar tas en haar autosleutels pakte. 'Dit is niet het einde, Sara. Ik laat je niet los.'

Ze stapte op hem af en legde haar handen op zijn schouders. Ze ging op haar tenen staan om hem recht in zijn ogen te kunnen kijken.

Zo bleven ze even staan, in elkaar verdiept. Ze beet op haar onderlip en vestigde daarmee zijn aandacht op haar prachtige mond.

Jeffrey boog zich naar haar toe.

Ze gaf hem een paar klopjes op zijn schouders. 'Doe het licht uit wanneer je weggaat.'

Jeffrey keek haar na tot de deur zich achter haar sloot. Haar schim bleef niet in het matglas hangen. Aan de andere kant van het afplakband las hij nog steeds TOLLIVER.

Hij ademde zo diep in als zijn door rook beschadigde longen toestonden. Hij keek om zich heen in het oude mortuarium. Sara's kamer was achterin. Hij zag dat ze kartonnen dozen had meegebracht om haar nieuwe dossiers in op te bergen. Een grootverpakking pennen. Een ongeopende stapel blocnotes. De oude compressor van de inloopvriezer begon te janken toen de motor aansloeg.

Naast de aanschaf van een belachelijk dure sportwagen had Sara twee ingrijpende besluiten genomen op de dag nadat ze Jeffrey het huis uit had geschopt. Ze was naar de rechtbank gegaan om de scheiding aan te vragen. Ze had bij de burgemeester haar ontslag als patholoog ingediend. Nu was het amper een jaar later en slechts één van die zaken gold nog.

Niet slecht, vond Jeffrey.

Hij pakte zijn BlackBerry en klikte het scrolwieltje aan om naar *Notes* te gaan.

Jeffrey was van de oude stempel in op één na alle opzichten. Hij had nog steeds een Rolodex. Hij schreef al zijn aantekeningen en dingen die hij niet mocht vergeten nog steeds op. Hij hield een papieren agenda bij. Zijn spiraalschriftjes bewaarde hij in dozen op zolder en zouden uiteindelijk belanden op de zolder van het huis waar hij zou wonen wanneer hij met pensioen ging.

Sara zou samen met hem in dat huis wonen, daar moest alles voor wijken.

Jeffrey keek naar de geheime lijst met namen en telefoonnummers op zijn scherm.

Heidi. Lillie. Kathy. Kaitlin. Emmie. Jolene.

Hij liep de lijst door en verwijderde ze een voor een.

ATLANTA

28

Sara had haar blouse uitgetrokken. Ze stond met haar armen wijd terwijl Faith een microfoontje op haar blote borst plakte. Ze waren in de bus van de forensische opsporing van het GBI. De monitoren aan de wand toonden livebeelden van de dichte achterdeuren. De camera zat in Sara's tas verstopt. Het gaatje in het leer was niet groter dan de omtrek van haar pink.

Faith scheurde weer een stuk tape van de rol.

Sara keek naar het plafond. Ze moest haar ogen drooghouden, maar als ze dacht aan wat ze over het hoofd had gezien, wat acht jaar geleden al duidelijk had moeten zijn, was het alsof ze in een lawine naar beneden tuimelde.

De latex in de mond van Shay Van Dorne had het eerste belletje doen rinkelen. Sara had de loop van de gebeurtenissen in gedachten doorgenomen – de latex had niet tussen Shays tanden gezeten voor ze was gebalsemd, maar wel naderhand – toen Tommi Humphrey had gebeld.

Het tweede belletje was gaan rinkelen toen ze een bekend woord hoorde.

Tommi's verkrachter had beweerd dat hij haar had moeten ontvoeren omdat ze te verwaand was om hem zelfs maar te groeten.

Verwaand.

Sara wist nog dat Brock verlangend naar de cheerleaders had gekeken als ze naar de populaire tafel in de schoolkantine liepen.

'Ze kijken me niet eens aan,' had hij gefluisterd. 'Ze zijn te verwaand om me zelfs maar te groeten.'

Het derde belletje kwam door het gesnik.

Sara kende Daryl Nesbitt niet persoonlijk, maar ze kon zich niet voorstellen dat hij om zijn wandaden had moeten huilen. De enige man die ze ooit regelmatig in tranen had zien uitbarsten, was de jongen die tien jaar lang naast haar in de schoolbus had gezeten.

Bij het vierde en laatste belletje was alles in één klap duidelijk geworden.

Brocks moeder was in de laatste week van oktober in het ziekenhuis opgenomen. Sara kon zich niet alle bijzonderheden herinneren, maar ze wist nog wel dat Brock zich heel anders had gedragen toen hij haar midden in de nacht was komen aflossen. Van zijn overdreven onderdanige houding was niets meer te bespeuren. Hij was heel geanimeerd geweest, praktisch duizelig van opwinding. Sara had het toegeschreven aan bezorgdheid om zijn moeder. Achteraf gezien begreep ze waaruit zijn gedrag was voortgekomen.

Triomf.

'Bijna klaar.' Faith stond achter Sara en klikte de zendontvanger voor de microfoon aan de achterkant van haar broek.

Dan Brock had de tweejarige opleiding overledenenzorg gevolgd. De lessen waren zwaar, vereisten een degelijke kennis van thanatologie, scheikunde en menselijke anatomie. Als districtslijkschouwer had hij veertig uur training moeten volgen aan het Georgia Public Safety Training Center in Forsyth. Daar had hij veel geleerd over forensische wetenschap en forensisch onderzoek. Hij was verplicht geweest om jaarlijks vierentwintig uur nascholing te volgen om op de hoogte te blijven van de nieuwste ontwikkelingen op het gebied van het onderzoek naar doodsoorzaken.

Hij wist hoe hij iemand kon verlammen. Hij wist hoe hij zijn sporen kon wissen.

Onder het puin van de lawine had Sara de laatste, meest belastende aanwijzing in handen gekregen.

Ze had Brocks foto naar Tommi Humphrey gestuurd, met de vraag:

Is dit hem?

Na vier ondraaglijke minuten had Tommi geantwoord:

Ja.

'Oké,' zei Faith. 'Trek je blouse maar weer aan.'

Sara knoopte de blouse dicht. Haar vingers voelden opgezet. Ze dacht aan Faiths rekensommetje tijdens de briefing van de vorige ochtend.

A + B = C.

De man die Tommi Humphrey had aangevallen en verminkt, was dezelfde die Rebecca Caterino en Leslie Truong had aangevallen.

En dezelfde die de vrouwen op Miranda Newberry's spreadsheet had vermoord.

Dezelfde die Callie Zanger had ontvoerd, gedrogeerd en verkracht.

Dezelfde man die Sara als een vriend had beschouwd.

Tranen vulden haar ogen. Ze was woedend. Ze was doodsbang. Ze was verpletterd.

Ruim dertig jaar had Sara alleen maar warmte en oprechte genegenheid voor Dan Brock gevoeld. Hoe was het mogelijk dat het jongetje dat naast haar had gezeten op de kleuterschool, de onhandige puber met zijn minderwaardigheidscomplex die altijd zo grappig uit de hoek kwam, het monster was dat zoveel vrouwen had gemarteld, verkracht en vermoord?

'Ga je gang.' Faith hield één kant van de koptelefoon tegen haar oor.

Sara probeerde zo normaal mogelijk te klinken. 'Eén-twee-drie. Eén-twee-drie.'

'Oké.' Faith legde de koptelefoon op tafel. 'Weet je zeker dat je dit wilt doen?'

'Nee,' gaf Sara toe. 'Maar we hebben geen lijken en geen plaats delict. We hebben vermoedens en een spreadsheet. De families verdienen antwoord en dit is de enige manier om antwoord te krijgen.'

'We kunnen erop gokken,' zei Faith. 'We arresteren hem. Jagen hem de stuipen op het lijf. Misschien praat hij dan.'

Sara wist dat dat niet zou gebeuren. 'Zodra het in de openbaarheid is, zal hij alles doen om het te ontkennen. De Van Dornes, Callie Zanger, Gerald Caterino... alle slachtoffers die hij heeft gemaakt. Die zullen nooit de waarheid weten. Brock zal nooit een bekentenis afleggen, zeker niet zolang zijn moeder nog leeft.'

Met een somber gezicht deed Faith de deur open.

Will hield buiten de wacht. Hij droeg een kogelwerend vest. Zijn geweer hing over zijn schouder. Dreiging droop als zweet van zijn lichaam. Hij keek Sara zwijgend aan, maar zijn zwijgen sprak boekdelen.

Sara trok haar blauwe vest met de diepe zakken aan.

Amanda klom in de bus en zei tegen haar: 'Het codewoord is "salade".'

Sara keek Will weer aan. Hij schudde zijn hoofd. Hij wilde niet dat ze dit deed.

'Zodra je wilt stoppen, om wat voor reden ook, zeg je het woord en dan zijn we er meteen,' zei Amanda. 'Oké?'

Sara kuchte. 'Oké.'

Faith bekeek de monitoren. Ze bevonden zich op een kleine kilometer afstand van het gebouw van AllCare. Via de camera op het dashboard van Nicks auto konden ze de voorkant van de loods zien. Uit privacyoverwegingen waren er binnen geen camera's.

'Een volledige bekentenis voor al die moorden zou geweldig zijn,' benadrukte Amanda, 'maar als je alleen al bijzonderheden over Caterino of Truong aan Brock kunt ontfutselen, is dat genoeg om hem een naald in zijn arm te duwen.'

Ze doelde op de doodstraf.

'Ik heb mannen bij het laadperron en aan de achterkant,' vervolgde ze, 'maar we kunnen niet naar binnen gaan. We weten niet of de jaloezieën in Brocks kamer nog dicht zijn. Zodra je binnen bent, nemen Will en Faith positie in op de gang. Dichterbij kunnen we niet komen zonder ons bloot te geven. Alles wat de camera en de microfoon registreren, gaat rechtstreeks naar hun telefoons. Als je het codewoord uitspreekt, kun je erop rekenen dat ze na acht à tien seconden de deur van de kamer openbreken.'

Sara knikte. Haar lichaam voelde verdoofd.

'Alsjeblieft.' Faith stak haar een geladen revolver toe, met de loop naar beneden. 'Als je deze nodig hebt, haal je de trekker net zo lang over tot de cilinder leeg is, oké? Zes schoten. Aarzel niet. Niet schieten om te verwonden. Je schiet om hem uit te schakelen.'

Sara woog de revolver op haar hand. Ze keek even naar Will en stopte het wapen toen in een van de diepe zakken van haar vest.

'Nick?' sprak Amanda in de mobilofoon. 'Kom eens door.'

'De verdachte is nog binnen.' Nicks stem klonk krakerig door de speaker. 'De lunchploeg is naar buiten gegaan. We hebben ze op straat onderschept. Ik heb de manager apart genomen voor een onderonsje. Ze krijgen om één uur pas weer nieuwe lading. We hebben de straat aan beide kanten afgezet. Er staan nog negen auto's op het parkeerterrein. Eentje is van Brock. De overige staan op naam van personeelsleden. Volgens de manager zitten die waarschijnlijk in de kantine.'

'Faith,' zei Amanda. 'Jullie eerste taak is die burgers daar weghalen zonder Brock te alarmeren.'

'De kantine heeft een raam dat uitkijkt over de loods,' zei Faith. Ze had de blauwdrukken van het gebouw op de website van het district gevonden. 'We moeten voorzichtig zijn.'

'Deze hele operatie vraagt om voorzichtigheid.' Amanda richtte zich tot Sara. 'Zeg het maar, dokter Linton. We kunnen hem nu oppakken. Dan kan Tommi hem identificeren. Ze zou een heel sterke getuige zijn. Ook zonder een bekentenis kunnen we hier een zaak van maken.'

Shay Van Dorne. Alexandra McAllister. Rebecca Caterino. Leslie Truong. Callie Zanger. Pia Danske. Theresa Singer. Alice Scott. Joan Feeney...

Sara schoof de riem van haar tas over haar schouder. 'Ik ben zover.'

Will hielp haar uit het busje. Ze hield zijn hand vast. Ze kuste hem op zijn mond.

'We halen vanavond McDonald's.'

Hij was niet in de stemming voor luchtigheid. 'Als hij je aanraakt, maak ik hem af.'

Sara kneep in zijn vingers en liet los. Hoe verder ze zich van Will verwijderde, hoe verdoofder ze zich voelde. Een soort roes verspreidde zich vanuit haar ledematen naar haar borst, en tegen de tijd dat ze bij haar auto was aangekomen, bewoog ze zich als een robot. Ze klikte haar veiligheidsriem vast. Startte de motor, schakelde en reed de straat op.

Will en Faith volgden haar in een zwarte personenwagen. In de achteruitkijkspiegel zag Sara Wills gelaten uitdrukking. De driekwart kilometer naar de loods duurde eindeloos. Haar hoofd vulde zich met van alles en niets.

Moest ze dit wel doen? Kon ze dit wel? En als Brock weigerde te pra-

ten? Als hij kwaad werd? Ze had tegen iedereen gezegd dat Brock haar nooit iets zou doen, dat hij dat allang zou hebben gedaan als hij had gewild, maar stel dat de Brock die zij kende in de Brock veranderde die genoot van het leed van vrouwen? Ze had uit de eerste hand het bewijs van zijn waanzin gezien. Hij had geen genoegen genomen met het verkrachten van de vrouwen. Hij had ze vernietigd. Ze stond op het punt hem naar de rand te drijven. Zou hij haar ook proberen te vernietigen?

Ze tikte de richtingaanwijzer aan en sloeg af.

Het gebouw van AllCare zag er nog net zo uit als de vorige dag. Toch was alles anders. Een arrestatieteam zat al op het dak. Toen Sara even naar de overkant van de straat keek, zag ze een scherpschutter die de ingang aan de voorkant onder schot hield. Ze wist dat een tweede scherpschutter de achterkant bewaakte. Twee andere mannen in het zwart hadden zich aan weerszijden van de betonnen trap naar de receptie opgesteld.

Als alles volgens plan verliep, zat Brock in zijn rommelige kamer op haar te wachten. Sara had hem gebeld om te zeggen dat ze de sleutel van zijn opslagbox kwam brengen. Brock had heel blij geklonken omdat hij haar weer zou zien. Hij zou lunchen aan zijn bureau en had aangeboden de cake met haar te delen die hij van thuis had meegenomen.

Ma's recept.

Sara reed een parkeerplek bij de voordeur op. Eigenlijk hoorde ze even op adem te komen, haar bonkende hart te kalmeren, maar het zou een nutteloze onderneming zijn. Niets kon haar nog kalmeren.

Bij het uitstappen verschoof ze de riem om haar rechterschouder. Haar linkerhand verdween in de zak van haar vest. Op weg naar de ingang hield ze het wapen vast om te voorkomen dat het tegen haar heup sloeg.

Twee mannen met geweren stonden met hun rug naar de muur aan weerszijden van de betonnen trap. Ze volgden Sara met hun blik toen ze naar boven liep.

Achter haar werd een automotor uitgezet. Portieren werden geopend en weer gesloten. Zonder zich naar Will om te draaien wist Sara wat hij deed terwijl hij haar op enige afstand volgde. Haar geliefde was een onverbeterlijke lijstjesmaker. In gedachten was hij nu alle mogelijke scenario's aan het bedenken:

1. Brock bekent en geeft zich over.
2. Brock bekent maar geeft zich niet over.
3. Brock gijzelt Sara.
4. Will schiet Brock neer.

Ze voegde er zelf nog een punt bij:

5. Brock legt uit dat het een verschrikkelijk misverstand is.

In de lege hal aangekomen verschoof Sara haar tas zodat de camera recht naar voren wees. De receptioniste had een bordje met LUNCHPAUZE op de balie gezet. Op een plastic klok met verschuifbare wijzers stond 13.00 uur, het tijdstip waarop ze terug zou zijn.

Sara ademde zachtjes in. Ze klemde de riem van haar tas vast. Ze verstevigde haar greep om de revolver.

IJlhoofdig liep ze de gang door. Ze hoorde Will en Faith de hal binnenkomen. Het liefst had ze zich omgedraaid, maar ze wist niet of ze nog verder kon als ze Will weer zag.

Acht tot tien seconden.

Zo lang zouden ze er volgens Amanda's schatting over doen om de deur van Brocks kamer open te breken.

Sara betwijfelde of het Will meer dan drie seconden zou kosten.

De deur naar de zaal was nog vijf stappen. Een zweetdruppel rolde over haar borst. Ze voelde hem langs de verborgen microfoon glijden tot hij in haar bh bleef steken. Ze keek even naar de foto's aan de muur.

David Harper, werknemer van de maand.

Hal Watson, bedrijfsleider.

Dan Brock, hoofd balseming.

Naast Brocks foto was een kaart van de staat geplakt. Gearceerde blauwe gebieden gaven aan waar AllCare werkzaam was. Deze versie was nieuwer dan de kaart op Brocks kamer. White County was egaal blauw.

Mijn werkterrein.

Sara hoorde het gemurmel van zachte stemmen. Ze keek achterom.

Faith haalde het personeel uit de kantine. Will had zijn hand aan zijn geweer. Zijn vinger lag langs de trekkerbeugel.

Ze keken elkaar een laatste keer aan.

Sara haalde diep adem.

Ze opende de deur en liep de zaal in.

Haar zintuigen raakten overbelast. De geur van formaldehyde. De felle plafondlampen die elke hoek van de ruimte scherp aftekenden. De dertig roestvrijstalen tafels waren leeg, op één na. Een balsemer had het haar gewassen van een overleden vrouw en was nu bezig de knopen eruit te kammen.

Sara keek of de houten jaloezieën voor de ramen van Brocks kamer dichtzaten. Ze schraapte haar keel. Tegen de vrouw zei ze: 'Hal vroeg of je even naar zijn kamer wilde komen.'

'Hal?' herhaalde de vrouw verbaasd. 'Ik hoef alleen nog maar –'

Weer keek Sara naar de jaloezieën. 'Nu.'

De vrouw liet haar blik naar het kantineraam gaan en toen weer naar Sara. Ze legde de kam neer, trok haar handschoenen uit en maakte onder het weglopen haar schort los.

Sara's hart sloeg wel drie keer zo snel toen ze Brocks kamer naderde. Haar handen waren gaan trillen. Jaren ervaring als arts, chirurg en patholoog hadden haar geleerd haar emoties te onderdrukken. Nu ze voor Brocks dichte deur stond, was ze niet in staat om te schakelen.

Hij was een van haar oudste vrienden.

Hij was een verkrachter.

Hij was een moordenaar.

Sara klopte aan.

'Sara? Ben jij dat?'

De deur zwaaide open.

Brocks glimlach was nog dezelfde. Hij wilde haar omhelzen, maar ze week terug.

'S-Sorry.' Haar gestotter maakte haar panisch. Ze had dit gedeelte gepland. Ze had geweten dat hij haar zou willen omhelzen, want dat deden ze altijd. 'Ik ben verkouden. Ik wil je niet aansteken.'

'Door mijn werk hier heb ik een ijzeren gestel.' Hij wenkte haar naar binnen. 'Sorry dat ik niet met je kon gaan lunchen. Ik moest een vergadering voorbereiden.'

Sara hield haar linkerhand in haar zak. De revolver was bedekt met haar zweet. Ze dwong haar benen voorwaarts. Ze keek om zich heen, in de verwachting dat alles net zo zou zijn als de vorige dag.

Alles was anders.

Brock had zijn kamer opgeruimd. Hij moest de hele nacht hebben doorgewerkt. De bergen dossiers waren opgeborgen. De formulieren en inkooporders lagen op keurige stapels in gelabelde bakken. Zijn bureaublad was leeg, op twee drieringsbanden na, beide minstens zeven centimeter dik. De kunststof banden waren donkergroen. Op de voorkant was in reliëf het gouden logo van AllCare aangebracht. Ze probeerde haar zenuwen te bedwingen toen ze een blik op de dichte latjes van de houten jaloezieën wierp.

Ze konden niet naar buiten kijken. Niemand kon naar binnen kijken.

'Sorry dat het hierbinnen zo warm is.' Brock had de manchetten van zijn overhemd losgeknoopt. Hij rolde zijn mouwen op. 'Wil je water of iets anders?'

'Nee, dank je.' Het kostte Sara moeite haar stem in bedwang te houden. 'Je hebt opgeruimd.'

'Ik schaamde me zo toen je gisteren weer weg was. Meestal laat ik het niet zover komen.' Hij gebaarde naar de kleine tafel. 'Ga zitten. Heb je even tijd?'

Sara zette haar tas op de tafel, zodat de camera op de andere stoel was gericht. Ze ging helemaal naar achteren zitten om de ruimte tussen hen zo groot mogelijk te maken.

'Misschien toch maar beter dat ik me niet door jou laat aansteken,' zei Brock.

In plaats van de stoel tegenover haar te nemen, nam hij achter zijn bureau plaats.

De dikke ringbanden lagen voor hem. Sara zag zijn handen op het bureaublad rusten, maar de camera pikte dat niet op.

Het gat in haar tas zat te laag.

Will zou zich zorgen maken. Hij zou Brocks handen de hele tijd willen zien. Ze hoopte vurig dat hij niet binnen kwam stormen.

'Heb je het nummer gevonden waarnaar je zocht?' vroeg Brock.

Sara's wenkbrauwen schoten omhoog.

'Dat van Delilah?' vroeg hij. 'Ik heb ma ernaar gevraagd, maar je weet hoe vergeetachtig ze soms is, die schat.'

Sara voelde haar onderlip trillen. Dit was te gewoon. Ze mocht het niet gewoon laten worden.

'Sara?'

'Ja.' Ze moest de woorden over haar lippen duwen. 'Ik heb haar gevonden.'

'Mooi,' zei hij. 'Hoe hebben Lucas en zijn mensen jullie vanochtend ontvangen in Villa Rica?'

Ze voelde dat de verbazing zich over haar gezicht verspreidde. Lucas had haar geholpen met de opgraving van Shay Van Dorne.

'Lucas schakelt AllCare in als er iemand gebalsemd moet worden,' zei hij.

Haar lip trilde nu aan één stuk door. Ze kon deze schertsvertoning niet langer volhouden. 'Er zat latex,' zei ze.

Hij zweeg.

'Haar t-tanden.' Weer stotterde Sara. 'Ik heb latex tussen Shays tanden gevonden.'

Brock keek haar uitdrukkingsloos aan.

'Van een condoom,' zei ze. 'Postmortaal.'

Hij vertrok geen spier. Hij legde de groene ringbanden recht zodat ze op één lijn lagen met de rand van het bureau. 'Zal ik je eens iets grappigs vertellen, Sara?'

Haar maag draaide zich om. Ze had hem te snel, te gauw in de hoek gedreven. 'Brock –'

'Nadat je gisteren was vertrokken, moest ik denken aan de eerste keer dat ik besefte dat je mijn vriendin was. Ik wil wedden dat je het zelf niet eens doorhad toen het gebeurde. Of wel?'

Ze kon dit niet. 'Alsjeblieft, Dan.'

'Je bent altijd zo aardig voor me geweest. Je was de enige die ooit aardig tegen me deed.' Zijn stem kreeg iets weemoedigs. 'Ik weet nog dat ik dacht: tja, die Sara Linton is aardig tegen iedereen, dus ik was een soort iedereen, en daarom hoorde ik erbij. Maar op een dag kwam je voor me op. Weet je nog wat je deed?'

Ze beet op haar lip om het trillen tegen te gaan. Waar was hij mee bezig? Ze had hem over de latex verteld. Ezra Ingle had hem waarschijnlijk alles over het onderzoek van Alexandra McAllister verteld. Brock had het bericht over Tommi Humphrey gelezen dat ze per ongeluk naar hem had gestuurd in plaats van naar haar moeder.

'We zaten in groep acht.' Brock stak zijn handen omhoog en bewoog zijn vingers heen en weer. 'Coach Childers.'

Sara begon zich vaag iets te herinneren. Childers was een boer geweest die zijn inkomen had aangevuld op school. 'Hij raakte vast in een combine.'

'Dat klopt. De transportbanden van de kolvenplukker trokken hem naar binnen. Sneden alle vingers van zijn ene hand. Zijn andere arm werd er finaal afgerukt,' zei hij. 'De arme man bloedde dood voor iemand hem kon redden.'

Sara schudde haar hoofd. Waar sloeg dit op? Waarom vertelde hij haar dit verhaal?

'Ik weet nog dat pa coach Childers het souterrain in reed. Ik mocht daar niet in m'n eentje komen, maar ik moest het gewoon zien.' Brock grinnikte, alsof hij over een jeugdige ondeugd vertelde. 'Ik wachtte tot iedereen sliep, toen ging ik naar beneden en trok de rits van de zak open. Coach Childers lag op zijn rug, met zijn arm in een plastic zak op zijn borst. Ik denk dat ze de vingers niet terug konden vinden.'

Opeens wist Sara het weer. Toen Brock op de dag nadat coach Childers was gestorven op de schoolbus was gestapt, was hij begroet door een koor van pesterige kinderen. Ze wisten alles over het ongeluk. Ze wisten ook waar het lichaam van coach Childers naartoe was gebracht.

'Dooiemanshanden,' zei ze.

Brock schonk haar een vreugdeloos lachje. 'Dat klopt. Dat riepen ze de hele tijd. Dooiemanshanden, dooiemanshanden!'

Hij zwaaide met zijn handen, net als de kinderen hadden gedaan. Brock had wekenlang hun boosaardige getreiter moeten ondergaan.

'Weet je nog wat jij toen deed?' vroeg hij.

Ze probeerde te slikken, maar ze had geen speeksel meer in haar mond. 'Ik ging tegen ze tekeer.'

'Je ging niet alleen tegen ze tekeer. Je ging midden in die bus staan en brulde: "Hou jullie fucking bek!"' Brock lachte, alsof hij nog steeds verbaasd was. 'Volgens mij had niemand van ons dat woord ooit hardop gehoord. Man, de meesten wisten niet eens wat het betekende. Ma zei: "O, wat een taal slaat die Eddie Linton uit waar zijn dochters bij zijn." Maar weet je nog wat er toen gebeurde?'

Het voelde zo normaal. Hoe kon het normaal voelen?

'Ik moest nablijven,' zei ze.

'Je had nog nooit in je leven straf gehad.' Zijn glimlach haperde. 'Dat deed je voor mij, Sara. Op dat moment wist ik dat we vrienden waren.'

Ze perste haar lippen op elkaar. Het was te warm in de kamer. Zweet gutste over haar rug. Ze wist niet wat ze moest doen, wat ze moest zeggen. 'Alsjeblieft,' smeekte ze.

'O, Sara, ik weet dat het moeilijk is.' Brock sloeg zijn handen ineen op het bureau. 'Het spijt me.'

Zijn stem was zo vertrouwd, zo begaan. Ze had hem dezelfde troostende toon horen aanslaan tegenover ontelbare nabestaanden. Zo had hij zich tot haar gericht op de dag dat ze naar het uitvaartcentrum was gegaan om Jeffreys begrafenis te regelen.

'Ik nam coach z'n arm mee naar het bos,' zei Brock.

Sara concentreerde zich op de onzekerheid in zijn ogen. Hij was altijd doodsbang voor afwijzing geweest. Ze probeerde de knop in haar hoofd om te zetten, haar emoties af te vlakken.

'Ik was zo eenzaam.' Hij keek haar aan om te zien hoever hij kon gaan. 'Ik wilde gewoon iemand bij me hebben. Dat is alles wat het ooit voor me heeft betekend, Sara. Ik wilde iemand hebben die me niet kon uitlachen of verstoten.'

Ze had haar hand naar haar mond gebracht. Haar brein weigerde zijn woorden te verwerken.

'Het duurde even voor ik doorhad dat bloed een glijmiddel is,' zei hij.

Braaksel kolkte op in Sara's keel. Ze slikte het weer in, probeerde zich te pantseren. Ze mocht niet terugdeinzen. Ze moest hem aan de praat houden. Ze deed het voor de families. Ze deed het voor de slachtoffers van wie ze het bestaan niet wisten.

'Je maakt hier een punctie.' Brock wreef met zijn vingers over zijn borst. 'Als je er dan op drukt, vult de mond zich met bloed.'

Haar keel verstrakte. Zoals hij het zei, klonk het bijna mild, maar Shay Van Dornes kaak was ontwricht. Het condoom was gescheurd tegen haar tanden. Tommi Humphrey was verminkt geweest. Alexandra McAllister was met een breinaald bewerkt.

Sara verdrong de beelden.

Ze dwong zichzelf Brock in zijn behoeftige ogen te kijken. Hij wachtte op toestemming om verder te gaan.

Omdat ze haar stem niet vertrouwde, knikte ze.

'De eerste keer was met Hannah Nesbitt.'

Haar keel kneep dicht.

'Het was vakantie en ik was thuis. Daryl was nog een jongen, een jaar of tien, elf, toen zijn moeder stierf. Dat kun je opzoeken, hè?'

Hij verwachtte antwoord. Ze wist dat de moeder van Daryl Nesbitt aan een overdosis was gestorven toen hij acht was. 'Ja,' zei ze.

'De familie wilde een open kist. Ik was in de afscheidsruimte om te zien of alles in orde was. En toen voelde ik een sterke drang om haar nog één keer te kussen.'

Nog één keer?

'Heel kuis, hoor. Alleen even met mijn lippen op die van haar.' Hij hield zijn adem een tel in en blies weer uit. 'Ik draaide me om en daar stond Daryl. Hij stond daar te kijken. We zeiden geen van beiden iets, maar we wisselden zwijgend iets uit. We waren twee eenzame mensen, die wisten dat er diep vanbinnen iets mis was met ons.'

Het kostte Sara moeite het zwijgen te bewaren. Ze was in dat vertrek geweest. In gedachten zag ze het misselijkmakende tafereel voor zich. Daryl was een kind geweest toen hij een volwassen man op de schending van zijn moeders lijk had betrapt. Waarschijnlijk was hij te bang en verward geweest om het te kunnen bevatten.

'Ik wist dat hij het ging vertellen.' Brock kon haar niet meer aankijken. Hij richtte zijn blik op het bureau. 'Ik wachtte tot hij weg zou rennen en me zou verklikken, maar dat deed hij niet. Hij bewaarde het geheim. En daarom moest ik zíjn geheim bewaren.'

Brock snifte. Met de rug van zijn hand veegde hij langs zijn neus.

'Pa deed tien tot twaalf uitvaarten per jaar voor de Nesbitts en Abbotts of voor aangetrouwde Dew-Lolly's,' zei hij. 'Daryl kon niet van de jonge meisjes afblijven. Zelfs niet van zijn eigen nichtjes. Dan stond hij tegen ze aan te wrijven. Of met hun haar te spelen. Soms nam hij ze mee naar het toilet en dan kwamen ze huilend weer buiten.'

Brocks ogen waren nat van de tranen.

'Ik was dan woest, want ik wist dat als ik er iets over zei, Daryl mij zou verraden. Pa en ma zouden erover horen, en dan was mijn leven afgelopen.' Hij keek Sara aan. 'Dat kon ik ma niet aandoen. Snap je wat ik zeg? Ze mag het nooit te weten komen.'

Sara knikte, maar niet bevestigend. Haar emoties waren uitgeschakeld zodra hij had bekend dat hij ook een kind bij zijn zieke zaakjes had betrokken.

Ze schoof haar hand weer in de zak van haar vest. De revolver was klam van haar zweet.

'Als mensen drinken, doen ze vaak vreselijke dingen. Wanneer ze dan weer nuchter zijn, zeggen ze: "Het lag niet aan mij. Het lag aan de drank."' Hij keek weer naar zijn bureau. 'Maar ik heb me altijd afgevraagd: stel dat degene die ze zijn wanneer ze gedronken hebben hun echte zelf is? Stel dat degene die nuchter is een toneelstukje opvoert?'

Sara had een patroon ontdekt. Hij dwaalde van het onderwerp af en liet zich dan iets ontvallen waardoor hij wist dat ze zou blijven luisteren. Ze hoefde niet lang te wachten tot hij de cirkel weer rond had gepraat.

'Axle, Daryls stiefvader, werkte soms voor ons.' Brock legde het uit: 'Soms krijg je een metalen kist met een geplette hoek of een deuk. De verzekering betaalt, maar je kunt hem nog altijd verkopen als je iemand hebt die de schade herstelt. Iemand die verstand van metaal heeft.'

'De Dead Blow-kit,' zei Sara.

'Axle liet de hamer in een van de kisten liggen.' Het flauwe lachje was terug. 'Ik weet niet waarom ik hem bewaarde. Hij voelde lekker. Hij had een puntig uiteinde. Ik vond hem handig.'

Nu keek Brock haar niet meer aan. Hij peuterde aan de hoek van een groene ringband. Het maakte een tikkend geluid.

'Je hebt de hamer in Leslies lichaam achtergelaten. Je wist dat hij getraceerd kon worden aan de hand van het productienummer op de steel.'

'Ik was van plan iets te zeggen toen je hem eruit trok, zo van: o-dieheb-ik-eerder-gezien. Maar ik wist niet dat Axle in de bak zat. Jeffrey zei iets tegen Frank toen we met z'n allen naar de plaats delict liepen... Kun je je die dag in het bos nog herinneren?'

Sara zag het filmpje weer voor zich. Het bloed dat tussen Leslies benen was weggestroomd. De versplinterde steel die als een verzameling glasscherven naar buiten had gestoken.

'Ik hoorde Jeffrey iets aan Frank vragen over Daryl,' vervolgde Brock. 'Hij had al een zeker vermoeden. Ik wist dat Daryl bij het gereedschap van Axle kon komen, want soms nam Axle Daryl mee om hem te helpen bij de reparatie van een kist.'

Vanwege de opname wilde Sara een duidelijke bekentenis. 'Je liet de hamer in Leslie Truongs lichaam zitten om Axle Abbott erin te luizen?'

Brock neigde zijn hoofd, maar dat was niet voldoende.

Ze zei: 'De hamer was zo diep in Leslie geramd dat ik hem eruit moest snijden.'

Brock streek met zijn vingers langs zijn mond. Voor het eerst uitte hij spijt. 'Ik liet me meeslepen. Ik moest... Het moest allemaal snel. Ze was al bijna op de campus toen ik haar inhaalde. Ik had niet veel tijd om na te denken.'

Hij had helemaal niet nagedacht. Hij had zich laten leiden door zijn donkerste, gruwelijkste driften. Leslie Truong was niet een van zijn fantasietjes geweest. Ze had Brock verhinderd zijn zieke verlangens te botvieren.

'Heb je iets van Leslie meegenomen?' vroeg Sara. 'Stalkte je haar?'

'Ik kende haar niet eens.'

De willekeur maakte de wandaad niet minder afschuwelijk.

'Begrijp het alsjeblieft, Sara. Ik had geen tijd voor een plan. Ze liep terug naar de campus. Ik wist dat ze me in het bos had gezien. Als jij er niet geweest was, had ik een smoes tegenover Jeffrey moeten verzinnen om haar te kunnen opzoeken.'

Sara wist nog dat ze Brock leunend tegen een boom had aangetroffen, snikkend om zijn pas gestorven vader. Tenminste, daar was ze destijds van uitgegaan. Nu vroeg ze zich af of hij had gehuild omdat hij doodsbang was geweest betrapt te zullen worden.

'Ik moest van de gelegenheid gebruikmaken,' zei Brock. 'Ik had maar weinig tijd om het af te handelen. En het klopt wat je over de hamer zei. Met dat nummer op de steel wist ik dat Jeffrey de puzzel kon oplossen. Daarom liet ik hem zitten. Alleen dacht ik dat Axle degene zou zijn die in de problemen zou komen. Uiteindelijk was het Daryl. Alles paste zo mooi in elkaar, Sara. Alsof God het zo bedoeld had.'

Het was eerder stom geluk. 'Hou God erbuiten.'

'Dankzij mij kon een pedo zich niet aan nog meer kinderen vergrijpen,' zei Brock. 'Je weet van dat schuurtje, Sara. Daryl was van plan een kind te pakken. Hij had alles al klaar. Dat heb ik voorkomen. Ik heb een kinderverkrachter de gevangenis in geholpen.'

Ze beet op haar tong om maar niet te zeggen dat ze allebei verkrachters waren.

Haar reactie was Brock niet ontgaan. Hij meed haar blik en begon weer aan het hoekje van de ringband te peuteren.

Tik-tik-tik.

'Ma had die astma-aanval in oktober van het jaar voor pa stierf,' zei hij. 'Dat wil je toch weten, hè?'

Het hart klopte Sara in de keel. 'Ja.'

'Ik had behoefte aan troost,' zei Brock, hetzelfde wat hij negen jaar eerder tegen Tommi Humphrey had gezegd. 'Ik was niet van plan het te doen, maar ik had haar al zo lang in de gaten gehouden, de innerlijke drang werd zo krachtig, en voor ik het doorhad, waren we samen in het bos.'

Sara wist dat het een leugen was. Hij was op alles voorbereid geweest toen hij Tommi had ontvoerd. Hij had de Gatorade met het verdovende middel meegenomen. Hij had de waslap in bleekmiddel gedrenkt.

Hij had een breinaald tegen haar hals gedrukt. Hij had haar zo zwaar verminkt dat ze geen kinderen meer kon krijgen. De sadistische freak was niet op zoek geweest naar troost. Hij had zijn eigen macabere versie van een zwijgende vrouw willen creëren.

'Noem haar naam,' zei Sara. Ze vroeg het niet vanwege de opname. Ze vroeg het voor zichzelf, voor Tommi, voor alle vrouwen die hij kapot had gemaakt. 'Noem haar naam.'

Hij weigerde.

'Dat was in oktober,' zei Brock. 'En toen werd het maart, en pa stierf.'

Maart. Rebecca Caterino. Leslie Truong.

'Kun je je Johanna Mettes nog herinneren? Volgens mij heb je haar kinderen behandeld in de kliniek.'

Hij was weer terug op het verste punt van de cirkel. Sara probeerde hem een duw in de goede richting te geven. 'Ze stierf door een verkeersongeluk.'

'Ik was bij haar toen pa de trap naar het souterrain af kwam.' Brocks stem kreeg iets zwaars. 'Ik zat in haar mond, en pa betrapte ons.'

Sara sloeg haar hand tegen haar keel.

'Pa stortte neer. Hij greep niet eens naar zijn arm. Ik dacht dat hij van de trap was gevallen. Hij is niet aan een hartaanval gestorven. Het kwam doordat hij mij had gezien.'

Brock trok zijn bureaula open. Hij haalde er een pak tissues uit en veegde langs zijn ogen. 'Ik schaamde me zo. Maar ik voelde ook een zekere vrijheid. Ik hoefde het niet meer te verbergen of stiekem te doen. Ma kwam nooit in het souterrain. Ik kon doen wat ik wilde, maar...' Zijn stem stierf weg. 'De eerste keer heb ik het zo verknald. Het ging helemaal niet zoals ik gedacht had. Ik wist de juiste dosering rohypnol niet. Ze werd steeds wakker en bewoog. Ik kreeg niet van haar wat ik nodig had. Snap je wat ik zeg, Sara? Ze moest stil blijven liggen.'

Sara had gezien wat hij had gedaan. 'Je hebt Tommi verminkt.'

'Ze was zo droog, en ik moest...' Hij begon te fluisteren. 'Ik weet dat ik me heb laten gaan. De hamer bleef telkens steken en ik besefte niet hoe scherp de breinaald was, en... en ik was koud bloed gewend. Ze was zo warm. Alsof een hand zich om me heen sloeg. Ik wilde telkens weer. Het was zo heerlijk om met een levend, ademend ding te zijn.'

Tranen van woede brandden in Sara's ogen. Tommi was geen 'ding'.

'Ze probeerde stil te blijven liggen, maar ze bleef maar schokkerig bewegen,' zei Brock. 'Daarom moest ik bij Beckey de priem gebruiken. Zodat ze zich niet kon bewegen.'

Nu lukte het Sara om diep in te ademen. Ze had zijn bekentenis. Eindelijk had hij een naam genoemd.

'De priem verlamde alleen de benen,' zei Brock. 'Met vallen en opstaan bedacht ik daar een oplossing voor.'

Sara dacht aan alle slachtoffers van dat vallen en opstaan.

'Beckey bleef maar met haar vuistjes zwaaien. Ze kon de Gatorade niet binnenhouden. Ik moest haar slaan om haar te laten stoppen. Maar weet je wat?'

Sara schoof naar achteren toen hij naar voren leunde.

'Beckey wist weg te komen, hè?' Hij stak zijn hand op om Sara het zwijgen op te leggen. 'Ik gaf ze een kans. Ik liet ze alleen. Ze hebben allemaal op zeker moment de kans gehad om bij me weg te gaan.'

Bij die leugen schudde Sara haar hoofd. Hij had ze geen kans gegeven. Hij had ze gedrogeerd, en toen de drug niet meer werkte, had hij ze met de priem verlamd. Sommigen, een enkeling, hadden het geluk gehad het stukje tussenliggende tijd te kunnen benutten.

'Ik zocht ze op in het bos,' zei Brock, 'en als ik dan zag dat ze er nog waren, was het gewoon... magisch.'

Het had iets openlijk seksueels zoals hij zachtjes met zijn vinger over zijn lippen streek.

'Degenen die bij me bleven, die gaf ik al mijn tijd. Ik borstelde hun haar. Ik maakte hun make-up in orde. Het ging me niet altijd om seks. Soms hield ik hun hand vast. En wanneer ze er niet meer waren, mochten de dieren ze hebben. Dat is de natuurlijke orde der dingen, toch? As tot as, stof tot stof.'

Hij verwees naar hun gesprek van de vorige ochtend. Sara weigerde hem zijn wanen te laten rechtvaardigen. 'Ze kwamen allemaal hier terecht, hè? Ik zag de kaart op de gang. De districten waar je de lichamen hebt achtergelaten horen allemaal bij jullie werkgebied. Zo kreeg Shay Van Dorne dat condoom tussen haar tanden. Je verkrachtte haar opnieuw toen ze hier binnen werd gebracht.'

Brock trok weer een bureaula open en stak zijn hand erin.

Sara verstijfde, maar toen zag ze wat hij deed.

Hij legde een roze scrunchie boven op de ringbanden. Het elastiek was bezaaid met witte cartoonmadeliefjes. Weer verdween zijn hand. Nu haalde hij een plastic haarklem tevoorschijn. Een roze haarband. Een rode haarband van Chanel. Een zilveren borstel. Een plastic kam. Een haarspeld met schildpadprint, waaraan een tand ontbrak. Er waren zoveel elastieken en haarbanden dat Sara de tel kwijtraakte, tot Brock zijn laatste trofee tevoorschijn haalde: een lang wit lint. Ze hoefde de oranje en blauwe letters niet te lezen om het logo van Heartsdale High School te herkennen.

'Is dat –'

'Ik zou jou nooit iets aandoen, Sara.'

Ze kreeg het warm over haar hele lichaam. De school. Het tennisteam. Sara wist nog dat ze haar haar altijd opbond met net zo'n lint als het lint dat nu tussen zijn vingers hing.

Ze kreeg de vraag slechts met moeite over haar lippen: 'Heb je dat van mij afgepakt?'

'Ja, maar alleen omdat je het dan niet meer kon gebruiken.' Voorzichtig plooide hij het lint over de ringbanden. 'Zo trokken ze mijn aandacht. Een zwiep met hun haar. Hoe ze met hun vingers door hun krullen streken. Ze waren in de supermarkt of in de sportschool en dan hoefden ze hun hand maar omhoog te steken en… Het waren die intieme momentjes waardoor ik verkocht raakte. Het was speciaal, iets wat alleen ik zag. Het was alsof ze licht uitstraalden. Niet als een spotlight, maar als een gloed die vanbinnen kwam.'

Sara voelde tranen op haar wangen. Nu herinnerde ze zich het haarlint. Ze had het van Tessa geleend. En toen was ze het kwijtgeraakt. Ze hadden er schreeuwende ruzie om gekregen, hadden met deuren geslagen en uiteindelijk had Cathy hen allebei naar hun kamers gestuurd.

‘Gina Vogel,’ zei Brock.

De naam galmde door Sara’s hoofd. Ze kon haar ogen niet losmaken van het lint.

‘Een paar maanden geleden zag ik Gina in de supermarkt. Ze is heel grappig. Je zou haar vast leuk vinden.’

‘Wat?’ In gedachten zag Sara alleen zichzelf in de winkel, en Brock die haar vanuit de verte gadesloeg terwijl ze het witte lint in haar haar losknoopte.

‘Sara?’ Hij wachtte tot ze opkeek. ‘Ik wilde Gina voor maart bewaren, maar ik moest er haast achter zetten. Ik wist dat je je geen tweede keer liet beetnemen.’

Het besef van wat hij probeerde te zeggen donderde als een nieuwe lawine over haar heen.

Waar ze allemaal het bangst voor waren geweest, werd werkelijkheid.

‘Heb je nog een vrouw ontvoerd?’ vroeg Sara.

‘Gina is mijn verzekeringspolis.’

Ze keek om zich heen. Nu pas begreep ze het. Hij had geweten dat dit ging gebeuren. De dozen waren keurig gelabeld. Alle documenten waren gearchiveerd. Dit was de kamer van een man die had besloten zijn zaken op orde te brengen.

‘Waar wil je Gina voor ruilen?’ vroeg Sara. ‘Je komt hier niet weg, Brock. Geen denken aan –’

‘Jij zorgt voor ma, hè?’

Sara schoof naar de rand van haar stoel tot ze over de groene ringbanden heen kon kijken. Brock was niet van plan hier weg te gaan. Hij had een injectienaald buiten het bereik van de camera gelegd. Er zat een vaalbruine vloeistof in. De plunjer was helemaal omhooggetrokken.

Ze schudde haar hoofd. ‘Nee.’

‘Ik kan je vertellen waar Gina is.’

‘Brock –’

‘Je bent zo aardig, Sara. Daarom ben je hier. Wil je niet dat de families het kunnen afsluiten?’

Ze zag zijn blik naar haar tas gaan. Hij had al die tijd geweten dat hij werd opgenomen.

'Gina is nog te redden. Als jullie haar op tijd vinden,' voegde hij eraan toe.

Sara zocht verwoed naar een manier om hem tegen te houden. Hij ging zichzelf injecteren. Wat kon ze doen? De revolver uit haar zak halen en hem bedreigen? Hem neerschieten? Het codewoord noemen en hopen dat Will Brock zou doden voor hij het zelf deed?

Gina Vogel.

Nog te redden.

'Je bent een intelligente vrouw, Sara. Jij lost de puzzel wel op.' Zijn blik schoot naar de ringbanden. Hij probeerde haar duidelijk te maken wat erin zat. 'Ik wil geen proces.'

'Zeg waar Gina is,' smeekte Sara. 'We kunnen dit nu stoppen.'

Zijn handen bewogen systematisch achter de banden. Hij haalde de dop van de spuit. Duwde de lucht uit de kunststof cilinder. 'Je weet dat ik de doodstraf krijg. Misschien verdien ik die. Ik heb die vrouwen niet echt een keuze geboden. Ik ben nog niet zo ver heen dat ik dat niet snap.'

'Alsjeblieft,' smeekte ze.

'Ik wil je bedanken voor je vriendschap, Sara. Ik meen het.'

'Dan. We kunnen iets regelen. Zeg alleen waar ze is.'

'Kruising Wallace Road en State Route 515, op anderhalve kilometer ten zuiden van Ellijay.'

'Alsjeblieft…'

De naald gleed in zijn ader. Hij liet zijn duim op de plunjer rusten. 'Gina ligt drieënhalve kilometer naar het westen, op zo'n vijftig meter van de brandweg. Ik heb altijd iets met brandwegen gehad.'

Sara sprak het laatste woord uit dat hij ooit nog zou horen. 'Salade.'

Brock keek verward, maar zijn duim duwde de plunjer al naar beneden. De bruine vloeistof spoot zijn ader in. Zijn mond viel open. Zijn pupillen trokken samen.

'O,' bracht hij hijgend uit, verrast door de snelheid van het middel.

Tegen de tijd dat Will de deur openbrak, was Brock dood.

29

Gina voelde iets nats tegen haar gezicht slaan. Ze dacht dat een hond op haar piste, toen dacht ze dat ze onder de douche stond, en toen wist ze weer dat ze in het bos was.

Haar ogen gingen open.

Boven haar hoofd zwaaiden de bomen. Donkere wolken. Het was nog licht. Een regendruppel tikte op haar oogbol.

Haar ogen waren open!

Ze knipperde. Weer knipperde ze om te bewijzen dat ze het kon. Ze kon haar ogen bewegen. Ze keek op, zag dingen. Daglicht. Ze was alleen. Hij was er niet.

Ze moest weg!

Gina dacht aan de spieren in haar buik. De... De *abs*. De sixpack. De eightpack. Wat mankeerde haar? Waarom kende ze buikspieren alleen van *Jersey Shore*?

Fuck.

Hij kwam terug. Hij had gezegd dat hij terug zou komen.

Ze spande haar spieren. Al haar spieren. Elke afzonderlijke doorregen spierbundel in haar lijf. Ze deed haar mond open. Ze gilde zo hard als ze kon, zo lang als ze kon, dat ene woord.

'Weg!'

Haar lichaam viel op zijn zij. Ze had geen idee hoe ze erin was geslaagd zich om te draaien, maar ze had zich omgedraaid, dus waarschijnlijk lukten andere dingen ook.

Maar ze was zo moe.

En zo duizelig dat de wereld ondersteboven klapte.

Kots spoot door haar keel omhoog. De pijn van haar samengebalde maag sneed als een scheermes door haar lichaam. Ze bleef maar overgeven. Van de geur werd ze nog misselijker. Ze lag er met haar gezicht in. Ze snoof het braaksel op in haar neus. Het was blauw met zwarte spikkels. Ze braakte blauw.

Uit haar keel steeg een kreun op. Ze snifte. De golf braaksel in haar neus gleed haar keel weer in.

Ze sloot haar ogen.

Niet je ogen sluiten!

Ze zag haar hand in de plas met kots. Vlak bij haar gezicht. Ze kon het ruiken. Proeven. Ze zag haar vingers door de dikke blauwe klonten bewegen. Ze wilde opstaan. Ze wist hoe het moest. Ze kon alles nu voelen. Elke zenuw in haar lichaam stond aan en in brand.

De pijn...

Ze mocht zich niet door de pijn laten weerhouden. Ze moest bewegen. Ze moest hier weg. Hij kwam terug. Hij had beloofd dat hij terug zou komen.

Hij had haar gesmeekt op hem te wachten.

Weg, weg, weg!

Ze probeerde zichzelf overeind te duwen. Knieën op de grond. Een meidenpush-up. Ze kon het. Haar hoofd bonkte. Haar hart tolde als een wiel in het rond. Haar oogleden trilden. Ze was zo moe.

Ze hoorde voetstappen.

Weg, godverdomme, weg!

Ze zag schoenen. Zwarte Nikes. Zwarte *swooshes*. Een zwarte broek.

Hij ging haar verkrachten.

Hij ging haar verkrachten.

Opnieuw.

Ze kneep haar ogen dicht.

Niet drinken. Spuug het uit. Rennen.

Ze hoorde de plof waarmee zijn knieën de grond raakten toen hij naast haar neerknielde.

Zijn vingers schoven haar oogleden open. Hij dwong haar hem aan te kijken. Ze had zo haar best gedaan zijn gezicht niet te zien zodat ze in alle eerlijkheid tegen hem kon zeggen dat ze geen idee had hoe hij eruitzag, dat ze niks tegen de politie zou zeggen, dat ze hem niet kon identificeren, dat hij ervan op aan kon dat ze het nooit zou zeggen, en nu dwong hij haar, nu moest ze naar zijn gezicht kijken.

Ze voelde haar ogen woest door de kassen rollen toen ze als een dolle hond naar de grond keek, naar het braaksel, naar de bomen, naar alles, behalve naar zijn gezicht.

'Gina Vogel?' vroeg de man.

Haar ogen bewogen als vanzelf. Hij was jonger dan ze had gedacht. Hij droeg een zwarte honkbalpet. Ze las het woord boven de klep. Felwitte letters op het zwart.

POLITIE.

'Wa...' kraste ze. Haar keel was te pijnlijk. Van de kou. Van het spul dat ze van hem had moeten drinken. Van het overgeven.

Van hem.

'Rustig maar,' zei POLITIE. 'Ik blijf bij je tot de ambulance komt.'

Hij wikkelde haar in een deken. Ze kon niet zitten. Ze was te duizelig. Ze zag voortdurend lichtflitsen. Te veel licht. Haar brein was net dat draaiding in een politielamp. Het wervelde maar rond, ving af en toe een stukje werkelijkheid op en liet het even snel weer wegglippen.

'De man die je dit heeft aangedaan is dood,' zei POLITIE. 'Hij zal geen vrouw ooit meer iets aandoen.'

Gina bracht haar vuist naar haar lippen. Ze probeerde zijn woorden vast te houden, ze niet te laten ontglippen. Het was haar gelukt. Ze leefde nog. Ze zou naar huis gaan. Ze ging van alles veranderen. Ze ging gezonder eten. Ze ging drie keer per week naar de sportschool. Ze ging haar moeder vaker bellen. Ze ging aardig doen tegen haar norse, nukkige nichtje. Ze ging tegen haar twaalfjarige baas zeggen dat ze best wel wist hoe ze haar Outlook-agenda moest synchroniseren.

POLITIE wreef over haar arm. 'Probeer erdoorheen te ademen, oké? Je bent gedrogeerd.'

Echt? Je meent het!

'Ze zijn er bijna,' zei POLITIE. 'Huil maar als je wilt. Ik ga niet bij je weg.'

Gina besefte dat ze haar vuist in haar mond had geduwd. Ze lag als een wezenloze baby naar haar vingers te kijken. Wijsvinger. Middelvinger. Ringvinger. Pink. Duim. Ze kon ze allemaal bewegen. Ze sloot haar ogen. Ze voelde ze nog steeds bewegen. Ze hoefde er niet eens bij na te denken.

Een lach fladderde haar mond uit. Jezus, wat was ze stoned. Hoe kon ze zo high zijn, terwijl ze haar maag letterlijk had uitgekotst? Die lag als smurfenstront op de grond. Ze zwaaide weer met haar vingers en probeerde de zeepbellen te vangen die als amoeben door de lucht zweefden. De kleuren waren schitterend. Gina was schitterend! Ze was een edelsteen die in een caleidoscoop rondtuimelde. Een warme, pluizige sok die loom rond andere warme, pluizige sokken in een droogtrommel danste.

'Ma'am?' zei POLITIE. 'Ma'am?'

Godverdomme, ze was nog steeds oud.

EEN WEEK LATER

30

Sara keek uit het raam van haar werkkamer. De zon ging onder. Het parkeerterrein bij het hoofdkwartier van het GBI was zo goed als leeg. Ze zag Wills auto naast de Mini van Faith. Haar eigen auto stond thuis. Will had er de afgelopen dagen op gestaan haar overal naartoe te rijden. Amanda's Acura stond een stuk dichter bij de hoofdingang.

Ze richtte zich weer op haar laptop. Ze had het filmpje van Brocks kamer op pauze gezet. Ze was alleen maar geïnteresseerd in de laatste zestien seconden.

Sara bekeek Brocks gezicht.

Ze wilde er waanzin in zien, gevaar, agressie.

Maar het was gewoon zijn gezicht.

Hij had haar gevraagd voor zijn moeder te zorgen. Myrna Brock was dood op haar kamer in het verzorgingshuis aangetroffen. Ze was keurig gekapt en opgemaakt. Op haar nachtkastje had een lege injectiespuit gelegen. Het restje dat er nog in zat, was vaalbruin. Na analyse bleek dat ze was geïnjecteerd met een zogenoemde 'hotshot': heroïne gemengd met een dodelijke substantie, in dit geval balsemingsvloeistof.

Dezelfde stoffen die in de spuit hadden gezeten waarmee Brock zichzelf had geïnjecteerd.

Hij had Sara aangewezen als zijn executeur-testamentair. Hij had gedetailleerde aanwijzingen achtergelaten over wat er gedaan moest worden met het stoffelijk overschot van zijn moeder. Hij had alles van tevoren betaald, wat in zijn bedrijfstak gebruikelijk was. Sara had ervoor gezorgd dat Myrna een keurige christelijke begrafenis had gekregen in de Heartsdale Memory Gardens. Haar moeder was erbij aanwezig geweest, maar de rest van de stad was weggebleven.

Wat Brocks eigen lijk betrof: daarover had Sara niets in zijn documenten kunnen vinden. Hij had aan haar overgelaten wat er met zijn lichaam moest gebeuren. Ze vermoedde dat hij ervan uit was gegaan dat ze 'aardig' zou zijn.

Sara had zijn crematie betaald. Ze had boven de wc-pot van het uitvaartcentrum gestaan en net zo lang doorgespoeld tot het laatste beetje as was verdwenen.

Ze drukte op de spatiebalk om het filmpje te starten.

Brock zei: 'Ik heb die vrouwen niet echt een keuze geboden...'

Ze sloot haar ogen, maar ze had dit gedeelte zo vaak bekeken dat ze nog steeds de zweem van een glimlach op zijn gezicht zag. Vanaf het moment dat ze zijn kamer was binnengelopen, had Brock de regie gehad. Ze had hem zijn mouwen zien oprollen. Hij had de hotshot van tevoren klaargelegd. Hij had de spuit onder de rand van een van de ringbanden verstopt. Hij had ervoor gezorgd dat zijn moeder nooit over zijn wandaden zou horen. Hij had het leven van Gina Vogel boven Sara's hoofd laten bungelen.

Anders dan zijn slachtoffers was hij op zijn eigen voorwaarden uit het leven gestapt.

Op het filmpje zei Brock: 'Ik heb altijd iets met brandwegen gehad.'

Sara opende haar ogen. Nu kwam het gedeelte dat haar steeds weer schokte. De enige aanwijzing dat Brock zichzelf injecteerde, was een bijna onmerkbaar verkrampen van zijn schouders.

Ze hoorde zichzelf naar adem happen.

Hij drukte de plunjer naar beneden.

Ze zette het filmpje stil.

Gina Vogel. Nog te redden.

Sara balde haar hand tot een vuist. De bekende verwijten trokken langs als breaking news onderaan een tv-scherm. Met deze hand had ze een geladen revolver vastgeklemd. Met deze hand had ze de injectiespuit weg kunnen grissen. Met deze hand had ze Dan Brock in zijn gezicht kunnen meppen, hem kunnen slaan, hem kunnen afranselen in plaats van het wapen veilig in haar zak te laten zitten.

Sara wist niet wat ze moest met haar woede. Ergens diep vanbinnen had ze Brock in de boeien willen zien, schuifelend door de rechtszaal, met zijn hoofd gebogen, zodat de hele wereld zijn wreedheid kon zien.

Maar er was ook een deel van haar dat aan de andere kant van die rechtszaal had gezeten. Als een slachtoffer dat naar haar verkrachter keek. Haar ogen opgezwollen van de tranen. Haar keel rauw van het huilen. Staand in de getuigenbank, haar slappe arm op de man gericht die haar van haar zelfgevoel had beroofd.

Zou Tommi Humphrey dat kunnen? Zou ze door een afgeladen rechtszaal kunnen lopen en in de getuigenbank kunnen plaatsnemen? Zou de kans om oog in oog met Brock te staan haar ziel helpen genezen? Sara kon het haar niet meer vragen. Tommi had haar nummer geblokkeerd. Delilah had haar mailaccount gesloten.

Callie Zanger had zich dat soort onzichtbaarheid niet kunnen veroorloven. Faith had het haar persoonlijk verteld. De vrouw had het recht om het te weten. Het was niet aan hen om het geheim te houden.

Geen van de slachtoffers of hun nabestaanden zouden hun geheimen lang kunnen bewaren. De persbureaus beriepen zich al op Georgia's Sunshine Laws en eisten openheid van zaken. Ze wilden toegang tot de groene ringbanden.

Dan Brock had een vijftien centimeter dikke stapel papier achtergelaten, waarin hij tot in detail verslag had gedaan van zijn misdaden tegenover zowel de doden als de levenden. Zijn stalkdagboeken voerden terug tot zijn middelbareschooltijd. Tijdens zijn studie postmortale zorg had hij voor het eerst iemand verkracht. Tommi Humphrey was de eerste geweest die hij had verminkt. Rebecca Caterino de eerste die hij had verlamd. Leslie Truong de eerste die hij had vermoord.

Zijn aantekeningen vermeldden de kleur van het haar van het slachtoffer, de kleur van de ogen, de lichaamsbouw, en gaven informatie over haar persoonlijkheid. Zijn verzameling gestolen haaraccessoires werd beschreven tot op de exacte locatie waar hij ze had gevonden. Wat de plaatsen delict betrof, had Brock gebruikgemaakt van zijn vaardigheden als lijkschouwer. Hij had wonden en diepe messteken beschreven. Hij had alles over de locaties genoteerd, over de aftakeling, zijn bezoekjes, het afnemende effect van de rohypnol, de momenten waarop hij had besloten zijn slachtoffers permanent te verlammen, het vermoedelijke tijdstip van overlijden, het snijgereedschap waarmee hij de lichamen had opengehaald zodat het bloed dieren zou aantrekken die elk spoor zouden verwijderen.

Moord, verkrachting, geweldpleging, stalken, gedwongen sodomie, lijkverminking, necrofilie.

Het aantal zaken tegen Dan Brock liep op tot bijna honderd.

En toen had hij ervoor gezorgd dat hij voor geen enkele zaak verantwoording zou hoeven afleggen.

'Help.' Faith klopte op het deurkozijn en liep naar binnen. Ze hield Sara haar telefoon voor. 'Is dit ebola?'

Sara keek naar de foto van de uitslag op Emma's buik. 'Ben je soms op een ander wasmiddel overgestapt?'

'Dat zal die krenterige vader van haar wel gedaan hebben.' Faith plofte op een stoel. 'We hebben alle beveiligingsopnamen van Callie Zangers gebouw bekeken. Brock is drie maanden voor de aanval haar appartement binnengedrongen, zoals hij ook al beschreef in zijn stalkdagboek.'

Sara wist dat ze de komende maanden druk zouden zijn met het natrekken van alle bijzonderheden uit Brocks ringbanden. Alleen een gek zou hem op zijn woord geloven. 'Nog wat gevonden over de man met de zwarte beanie op het filmpje van de plaats delict van Leslie Truong?'

'Niets. Het is VHS. Meer dan een vage vlek konden ze er niet van maken.'

Sara keek weer naar het stilgezette beeld. Brocks duim rustte op de plunjer van de hypodermische naald. Zo wilde ze hem achterlaten: voor eeuwig verstard in het moment waarop hij voor de makkelijkste uitweg had gekozen.

'Ik zeg dit als je vriendin,' zei Faith. 'Je moet niet meer naar dat filmpje kijken.'

Sara sloot haar laptop. 'Ik had iets moeten doen.'

'Vergeet voor het gemak dat je het leven van Gina Vogel hebt gered door die kamer binnen te gaan,' zei Faith. 'Als je die naald had proberen te pakken, zou Brock jou geïnjecteerd hebben. Of hij had je geslagen. Of iets nog ergers, Sara, want hij had een reden om aardig tegen je te doen, maar ondertussen was het een psychopaat die vrouwen vermoordde en verminkte.'

Sara sloeg haar handen ineen op haar schoot. Will had hetzelfde tegen haar gezegd. Meerdere keren. 'Ik ben zo kwaad dat hij nog over macht beschikte. Hij heeft er op zijn eigen voorwaarden een eind aan kunnen maken.'

'Dood is dood,' zei Faith. 'Tel uit je winst.'

Van winst was geen sprake. Iedereen had verloren.

Behalve Lena Adams. Niets van wat ze hadden ontdekt haalde Lena's getuigenis onderuit over hoe de kinderporno op Nesbitts laptop was gevonden. Weer was ze ongedeerd uit de strijd gekomen.

Alleen deze keer met een baby in haar armen.

Sara had al genoeg om woedend over te zijn, dus veranderde ze van onderwerp. 'Hoe is het met Gina Vogel?'

'Wat zal ik zeggen? Goed? Ze zei iets over een verhuizing naar Beijing, maar toen zei ze dat ze nooit uit Atlanta weg zou kunnen.' Faith haalde haar schouders op. 'Het ene moment moet ze huilen en het volgende moment lacht ze, en dan zet ze het weer op een huilen. Ik denk dat ze zich er wel doorheen slaat, maar wie ben ik?'

Sara wist het ook niet. Zelf was ze er op de een of andere manier weer bovenop gekomen. Ze wist niet hoe of waarom. Sommige mensen hadden stomweg geluk.

'Daryl Nesbitt ligt in het ziekenhuis. Sepsis in zijn been.' Faith leek onaangedaan door de toestand van de man. 'Volgens de artsen ziet het er niet goed uit. Er moet weer een stuk worden geamputeerd.'

Sara wist dat dit het begin van het einde betekende voor Daryl Nesbitt. Haar verstand wilde zich verzetten tegen het ongewoon wrede systeem, maar op een lager niveau was ze blij dat Daryl er straks niet meer zou zijn. Het verlies van Jeffrey had haar geleerd dat het recht soms een duwtje nodig had.

'En Nesbitts aanbod om informatie te ruilen over de illegale telefoons die de gevangenis binnen worden gesmokkeld?' vroeg ze.

'Nu hij weet dat die beschuldiging van pedofilie niet wordt geschrapt, boeien die telefoons hem niet meer.'

'Eens een boef, altijd een boef,' zei Sara om Faith voor te zijn.

'In elk geval is er over Gerald Caterino iets positiefs te melden.' Ze haalde haar schouders op. 'Hij vindt het niet goed dat we Heaths DNA vergelijken met dat van Brock. Maar het laatste nieuws is dat de jongen op de basisschool is ingeschreven. Dat is tenminste iets, toch?'

'Het is iets.' Sara vroeg zich af of Caterino zich op aannemelijke ontkenning zou kunnen blijven beroepen. Op een dag zou Heath vragen naar de omstandigheden rond zijn geboorte. Liegen was gemakkelijker als je nooit naar de waarheid had gezocht.

'Ik heb gehoord dat Miranda Newberry schuld heeft bekend in ruil voor strafvermindering.'

'Die is over anderhalf jaar weer vrij.' Faith klonk zwaar teleurgesteld. Gerald Caterino was niet het enige slachtoffer van Miranda geweest. Ze had tientallen rouwende ouders en echtgenoten voor grote sommen geld opgelicht.

'Ze heeft anders wel goed speurwerk verricht,' zei Sara. 'Bijna elke naam op die spreadsheet bleek te kloppen.'

'Als ze speurder had willen worden, had ze naar de politieacademie moeten gaan of haar vergunning als privédetective moeten halen.' Faith had er hard voor moeten werken. Ze had weinig geduld met mensen die dat niet hadden gedaan. 'Je kent het gezegde: "Wie z'n gat brandt, moet op de blaren zitten."'

Faith hees zich overeind. 'Ik ga ervantussen, meid. En kijk alsjeblieft niet meer naar dat filmpje.'

Zodra Faith de deur uit was, verdween Sara's geforceerde lachje van haar gezicht.

Ze opende haar laptop en speelde het filmpje weer af.

Brock had het witte lint over de groene ringbanden gelegd.

Sara had geen idee waarom ze zich het verlies van dat haarlint zo goed kon herinneren. Tessa en zij hadden wel vaker ruzie gehad. Sara's haar was altijd lang geweest. In de loop van de jaren was ze honderden spelden, haarbanden en haarlinten kwijtgeraakt. Ze had geen idee gehad dat Brock uitgerekend dat lint had gestolen. En toen ze Brocks kamer in de loods van AllCare binnen was gelopen, was ze er honderd procent van overtuigd geweest dat hij haar niet zou kunnen raken.

Nu twijfelde ze.

Haar mobiel klonk. Will had een auto-emoji gestuurd. Ze stuurde een rennende vrouw terug en een man achter een bureau om te zeggen dat ze naar zijn kamer kwam.

Ze stopte haar laptop in haar aktetas. De bruine papieren zak in het voorvak kreukelde. Ze moest alles eruit halen om de zak er weer goed in te kunnen stoppen. Haar handtas lag op de bank. Ze keek of haar sleutels erin zaten en sloot haar kamer af.

Terwijl ze de trap af liep, toetste ze Tessa's nummer in.

Tessa nam op. 'Wazzup, Swimfan?'

Sara lachte toegeeflijk. Haar zusje zou geen kans voorbij laten gaan haar te herinneren aan de nacht dat ze Will als een gek door de stad had nagejaagd. 'Ik zat te denken.'

'Dan wordt het link.'

Sara sloeg haar ogen ten hemel. Ze duwde de deur naar het mortuarium open. 'Na die aanval in Atlanta ging ik terug naar huis. En na al die ellende thuis ging ik terug naar Atlanta.'

Tessa slaakte een theatrale zucht. 'Ik ben vergeten hoe ik moet extrapoleren.'

'Jij hebt het zwaar gehad, maar nu ben je thuis en kun je mijn steun wel gebruiken.'

'Daar heb je dan lang over gedaan.'

'Wat ben je weer aardig, dank je.' Sara deed de lampen op de gang uit. 'Ik heb wat rondgebeld en kreeg aanbevelingen voor een paar heel goede verloskundigen. Ze zijn altijd op zoek naar stagiaires. Ik zal je de bijzonderheden mailen wanneer ik thuis ben.'

Tessa snoof schamper, want voor verzoening was meer nodig. 'Hoe staat het er trouwens met Will voor?'

Sara wierp een blik over haar schouder. Ze zag het kamertje achter in het mortuarium waar ze lotion in Wills huid had gewreven. 'Je had gelijk. Ik heb het goedgemaakt met een handjob.'

'Mooi,' zei Tessa. 'Ik ben nog steeds kwaad op je.'

Sara keek naar haar telefoon. Tessa had de verbinding weer verbroken.

Inwendig vloekend liep ze naar het hoofdgebouw. Ze was dol op haar zusje, maar soms kon ze haar bloed wel drinken.

Weer klom ze een trap op, want haar leven bij het GBI was een eindeloze stapel legoblokjes. Ze verschoof haar aktetas en hing haar handtas recht. Bij de gedachte dat ze Will straks zou zien, speelden haar zenuwen heel even op. Sinds Brocks zelfmoord had hij veel geduld met haar gehad. 's Nachts hield ze hem met haar gewoel en gedraai uit zijn slaap. Ze mocht van hem niet op de bank slapen. Will had zijn hele jeugd trauma's moeten verwerken. Hij wist dat je soms alleen maar kon luisteren.

Het was donker op de gang toen Sara de deur opendeed. Amanda en Faith waren al vertrokken. Alleen in Wills kamer brandde licht, dat een witte driehoek over het tapijt in de gang wierp. Sara hoorde Bruce Springsteen op zijn computer.

'I'm On Fire.'

Ze reikte omhoog en trok de band uit haar haar, zodat het los om haar schouders viel.

Ze wachtte tot Will haar in de deuropening zag staan.

Hij glimlachte. 'Hoi.'

'Hoi.' Sara nam op de tweezitsbank in de hoek plaats. Ze liet haar aktetas en handtas op de vloer vallen. Ze klopte op het kussen naast haar. 'Kom eens. Ik wil je iets laten zien.'

Hij keek haar onderzoekend aan, maar ging wel zitten.

Om rustig te worden haalde Sara diep adem. In gedachten had ze dit moment dagenlang ingestudeerd, maar nu het zover was, voelde ze vlinders in haar buik.

'Is er iets?' vroeg Will.

'Nee, liefste.'

Ze haalde de bruine papieren zak uit haar aktetas. Ze maakte hem van boven open en zette hem tussen hen in op de bank.

Will lachte. Hij herkende het McDonald's-logo. Hij boog zich eroverheen en tuurde erin. 'Dat is een Big Mac.'

Sara zweeg.

Hij nam de doos uit de zak. Zijn glimlach haperde. 'Er zit iets in, maar het weegt minder zwaar dan een Big Mac.'

'Later gaan we het erover hebben hoe het komt dat jij weet hoe zwaar een Big Mac is.'

'Oké,' zei hij. 'Maar heb je hem bij het gewone afval gegooid of bij het dooiemensenafval?'

'Schat, vergeet die hamburger nu maar.'

Hij keek nog steeds teleurgesteld, maar dat zou snel veranderen, dacht ze.

Will klapte de doos open.

Hij keek naar het blauwe ringkussentje van Tiffany, dat Sara op een bedje van zwart tissuepapier had gelegd.

De trouwring van titanium en platina was aan de buitenkant donker en aan de binnenkant licht. Will droeg nooit sieraden. Zijn trouwring uit zijn vorige huwelijk was in een pandjeshuis gekocht. Door Will. Angie had hem nooit iets gegeven.

Hij staarde naar de ring, maar zei niets.

Sara probeerde te bedenken hoe ze de situatie woordloos kon redden, want waarschijnlijk was de ring te dik of misschien vond hij de kleur niet mooi of was hij van gedachten veranderd.

Ze moest het hem vragen: 'Ben je van gedachten veranderd?'

Voorzichtig zette hij de doos tussen hen in op de bank.

'Ik heb veel over mijn werk nagedacht,' zei hij. 'Niet over het geld, dat trouwens niet veel voorstelt, maar over hoe ik mijn werk doe.'

Ze perste haar lippen op elkaar.

'Ik probeer mezelf namelijk in de dader te verplaatsen. Zo kom ik erachter hoe hij in elkaar steekt.'

Haar keel snoerde dicht. Hij negeerde de ring helemaal.

'Ik kan me verplaatsen in moordenaars en dieven en vrouwenmishandelaars en verkrachters,' vervolgde Will. 'Ik kan zelfs Brock tot op zekere hoogte begrijpen. Ik kan me heel veel dingen heel goed voorstellen, maar ik kan me niet voorstellen wat ik zou doen als jij doodging.'

Sara voelde tranen in haar ogen prikken. De gedachte dat ze Will zou kunnen verliezen was even ondraaglijk als de gedachte dat hij door dezelfde hel zou moeten gaan als zij na de dood van Jeffrey.

Hij zei: 'Ik zag je op dat filmpje uit Grant County van acht jaar geleden, en ik herkende je niet.'

Ze streek langs haar ogen. Acht jaar voelde als een heel leven.

'Als je in het kindertehuis iets ergs meemaakte, wat het ook was, dan zei je tegen jezelf dat het met iemand anders gebeurde, en zo kon je het aan. Jij was die persoon niet. Je splitste jezelf af, en de nieuwe persoon was degene die verder kon.'

Sara hield haar lippen op elkaar. Hij sprak zo zelden over zijn kindertijd dat ze hem geen aanleiding wilde geven om te stoppen.

Will keek naar de trouwring.

Ze had te veel geld uitgegeven. De kleur stond hem niet aan. Het metaal was te zwaar.

'Je weet dat mijn moeder een hoer was,' zei hij.

Hij probeerde haar ervan af te brengen. 'Schat, je weet dat ik dat totaal onbelangrijk vind.'

Zijn blik was nog steeds op de ring gericht. 'Toen ik haar spullen kreeg, bleek ze van die goedkope nepsieraden te hebben.'

Sara beet op haar tong. De ring was niet goedkoop geweest.

'Halskettingen en armbanden en... en... Hoe noem je dat lelijke ding dat Amanda op haar jasjes draagt?'

'Een broche.'

'Een broche,' zei hij. 'De halskettingen waren zo oud dat de draden uit elkaar vielen. Alle zilveren armbanden waren zwart geworden. Het waren er minstens twintig. Ze zal ze wel allemaal over elkaar heen hebben gedragen. Hoe heten die zilveren armbanden?'

'*Bangles.*'

'Bangles.' Eindelijk keek hij op. Hij legde zijn hand op de rugleuning van de bank. Zijn vingers speelden met de uiteinden van haar haar. 'Hoe heet zo'n strakke halsketting, die op een hondenhalsband lijkt?'

'Een choker,' zei ze. 'Zal ik je foto's laten zien op mijn laptop?'

Hij trok zachtjes aan haar haar. Ze besefte dat hij haar plaagde.

'Je bent zo mooi,' zei hij.

Haar hart miste een slag. Zijn glimlach had iets dromerigs. Sara was wel eerder smoorverliefd geweest, maar Will was de enige man van wie ze slappe knieën kreeg.

'Je ogen zijn heel apart groen, bijna alsof ze niet echt zijn,' zei hij.

Will streek haar haar achter haar oor. Het scheelde weinig of ze ging spinnen als een kat.

'Toen ik je de eerste keer zag, dacht ik steeds dat ik die kleur al eens ergens gezien had. Ik wist niet meer waar, ik werd er gek van.' Zijn hand gleed weg en bleef weer op de rugleuning liggen. 'Ik heb maanden naar een ring gezocht. Ik zag prinsessenringen, marquise ringen, solitaire ringen, en toen werd ik helemaal panisch bij de gedachte dat ik tachtigduizend dollar moest uitgeven.'

'Will, je hoeft geen –'

Hij stak zijn hand in zijn zak en haalde een kleine zilveren ring tevoorschijn. Het was een goedkoop nepsieraad. Het metaal was gebutst. De groene steen had een kras aan de zijkant.

De kleur was bijna identiek aan die van haar ogen.

'Deze is van mijn moeder geweest,' zei hij.

Sara's hand ging naar haar mond. Hij had de ring al die tijd in zijn zak gehad. Hij had het juiste moment afgewacht.

'En?' vroeg hij.

'Ja, lief. Ik wil heel graag met je trouwen.'

Sara hoefde de vraag niet te horen.

Deze keer ging ze het niet verknallen.

NAWOORD

BESTE LEZER,

Laat ik beginnen met een megawaarschuwing: deze brief zit vol SPOILERS, dus als je doorleest voor je aan *Verzwegen* begint, moet je wel bedenken dat het hele verhaal dan volledig verpest is en dat je het helemaal aan jezelf hebt te wijten. Ik meen het! En ga me nu niet vertellen dat het verhaal verpest is omdat je dit hebt gelezen, want dan laat ik je deze alinea zien en roep dan heel theatraal: JE HEBT HET OVER JEZELF AFGEROEPEN!

Nu dat gezegd is, wil ik je hartelijk bedanken omdat je mijn boeken leest, of je nu een nieuwe lezer bent of er vanaf het begin bij bent geweest. Als je tot de laatste groep behoort en je afvraagt hoeveel jaren er zijn verstreken sinds de verschijning van *Nachtschade*, dan is het antwoord negentien.

Ik weet wat je denkt: ik las *Nachtschade* toen mijn eerste kind werd geboren en nu verwacht ze zelf haar eerste kind!

Lezer, dat zijn hartverwarmende verhalen die ik niet wil horen.

Toen ik met het idee voor *Verzwegen* begon te spelen, wist ik dat ik terug wilde keren naar Grant County, maar nadat ik Sara negentien jaar lang (en in zestien boeken) in de meest afgrijselijke situaties had geplaatst, wist ik dat ik het niet over mijn hart zou kunnen verkrijgen om een vrouw van veertig van haar te maken. In de huidige Will Trent-boeken zijn er maar vijf jaar verstreken tussen Jeffreys dood en de lopende verhalen, wat prima werkte in de wereld van Will Trent, maar me voor een probleem stelde toen ik aan het nieuwste boek begon, vooral vanwege de enorme technologiekloof tussen de twee series. In 2001 waren Yahoo! en BlackBerry's het nieuwste van het nieuwste. Facebook, Google en iPhones waren nog niet uitgevonden of bevonden zich in het beginstadium. Ik weet nog dat ik een cd van America Online als onderzetter naast mijn beeldbuismonitor had liggen toen ik het eerste boek schreef. Jezus, mijn laptop was bijna even zwaar als mijn kat.

Voor een dergelijke uitdaging gesteld besloot ik gebruik te maken van het feit dat mijn boeken fictie zijn. In plaats van negentien zijn er maar acht jaar verstreken tussen *Nachtschade* en *Verzwegen*. (Gek genoeg ben ik zelf in de echte wereld ook precies acht jaar ouder geworden.) In Grant County rijdt Sara nu in een z4 in plaats van in een z3. Lena heeft een BlackBerry. Marla Simms gebruikt nog steeds een IBM Selectric, maar die werd in 2001 al tot de dinosauriërs gerekend. Als je je afvraagt waar Gina Vogel zich zo aan ergert, dan weet je het nu.

Ik hoop dat je me mijn reuzensprong in de tijd wilt vergeven. Ik vond het heerlijk om weer met Jeffrey bezig te zijn, vooral omdat hij zich op een punt in zijn relatie met Sara bevindt waarover ik nog nooit had geschreven. Maar ik besefte ook hoeveel ik van Will houd. Toen ik besloot Jeffreys verhaal te laten eindigen, kon ik geen beter eerbetoon aan Jeffrey bedenken dan Will zijn eigen verhaal te laten verdienen. Als je hebt opgelet, weet je dat Will het absoluut verdiend heeft. De zinnen die voor mij de twee grote liefdes in Sara's leven samenvatten staan ergens aan het begin van het verhaal: 'Toen ze nog bij Jeffrey was, had ze altijd geweten dat er tientallen, mogelijk honderden vrouwen waren die even intens van hem zouden kunnen houden als zij. Wat Will betrof was Sara zich er scherp van bewust dat zij de enige vrouw op aarde was die van hem kon houden zoals hij het verdiende.'

Jullie hebben vast niet door dat ik stiekem liefdesverhalen aan het schrijven ben. Spijkerharde, gewelddadige liefdesverhalen, maar toch...

Aan het begin van mijn carrière, al die lange negentien jaar geleden (of acht, in Karin-jaren), nam ik me voor dat de dingen waarover ik schreef van boek tot boek belangrijk moesten zijn. Daarom besloot ik Jeffrey te laten gaan. Daarom besloot ik onomwonden over geweld tegen vrouwen te schrijven. Ik vond het belangrijk om in alle openheid te beschrijven hoe dat geweld eruitziet en om de langetermijngevolgen van trauma zo realistisch mogelijk voor te stellen. Als ik iets heb willen bereiken met mijn twee series, is het dat ze beschouwd zullen worden als de oprechte weergave van verhalen die we niet vaak horen, over overlevenden, vechters, moeders, dochters, zussen, echtgenotes, vriendinnen en schurken.

En om de vraag te beantwoorden die je hopelijk nu stelt: er komen meer verhalen over Sara en Will. Ik verheug me op de reis die voor ons ligt.

Karin Slaughter
Atlanta, Georgia

DANKWOORD

Allereerst wil ik Kate Elton en Victoria Sanders bedanken, die me vanaf het begin hebben bijgestaan. Vervolgens wil ik al mijn vrienden bij HarperCollins bedanken, zowel thuis als in het buitenland (eigenlijk zijn het vooral vriendinnen), inclusief maar niet beperkt tot degenen van wie ik de naam heb geleend voor slachtoffers in dit boek. Dat laatste was een waar genoegen! Mijn oprechte dank gaat eveneens uit naar Hilary Zaitz Michael bij WME, en bij VSA naar Diane Dickensheid, Bernadette Baker-Baughman en Jessica Spivey.

En applaus voor mijn collega-auteurs! Carolina De Robertis heeft me weer geholpen met mijn ranzige Spaans. Alafair Burke heeft me voorzien van niet-bindend juridisch advies. Charlaine Harris heeft me op andere terreinen raad gegeven. Lisa Unger vertelde me over eenhoorns tot ik erbij in slaap viel. Kate White was fantastisch in al haar Kate White-heid.

Wat de medische kant betreft, was David Harper, MD, weer even aardig en ongelooflijk behulpzaam als altijd. Sinds de eerste Grant County-boeken heeft David me geholpen gruwelijke moorden te plegen en (soms) mensen te redden, en ik ben hem eeuwig dankbaar voor zijn geduld. Eventuele fouten komen voor mijn rekening, dus als je een medisch beroep hebt, bedenk dan dat dit fictie is, en als je geen medisch beroep hebt, ga dan niets van dit alles thuis uitproberen.

Dokter Judy Melinek heeft me een aantal geweldige adviezen gegeven op forensisch gebied. Dokter Stephen LaScala heeft me bijgepraat over bindweefselbanden en gewrichten. Ik was gefascineerd door wat Carola Vriend-Schurink me vertelde over het uitvaartbedrijf. Special agent Dona Robertson van het GBI is inmiddels met pensioen, wat een groot verlies is voor de staat maar een prachtkans voor mij (en haar plaatselijke bibliotheek). Dr. Lynne Nygaard heeft me geholpen met wetenschappelijke terminologie. Theresa Singer, die in dit boek Rennie Seeger heet, heeft mijn danswedstrijd gewonnen en daarmee een plek in dit boek verworven. Ik hoop dat het de moeite waard is geweest!

Zoals altijd aan het eind gaat mijn dank uit naar D.A., die al veel langer dan acht Karin-jaren diep in mijn hart zetelt, en naar mijn vader, die me nog steeds soep brengt wanneer ik aan het schrijven ben, hoewel hij dit jaar een paar keer is vergeten maisbrood mee te nemen, en ik voel me verplicht hier op te tekenen dat dergelijke missers onacceptabel zijn.

Een algemene opmerking over de inhoud: ik wil benadrukken dat ik met opzet niet de naam van de dader heb genoemd die tussen 2007 en 2008 minstens vier mensen heeft vermoord in nationale bossen in Georgia, Florida en North Carolina. Ook wil ik mijn onverholen steun uitspreken voor wetsvoorstel 1322 in het Huis van Afgevaardigden van Georgia.

Lees ook
Laatste weduwe

Een onschuldig uitje verandert in een nachtmerrie wanneer Michelle Spivey wordt ontvoerd terwijl ze met haar dochter aan het winkelen is. Ondanks een grote zoekactie is en blijft ze spoorloos.

Een paar weken later worden Will Trent en Sara Linton plotseling opgeschrikt door het geluid van explosies. Binnen no time loopt alles volledig uit de hand. De situatie voert hen naar een afgelegen plek in de bergen, naar de vreselijke waarheid over het lot van Michelle en een moordzuchtige radicale groepering...

Nu verkrijgbaar!

Voor meer informatie: www.queenofcrime.nl